À PROPOS DE L'AUTEUR

Nora Roberts est l'un des auteurs les plus lus dans le monde, avec plus de 400 millions de livres vendus dans 34 pays. Elle a su comme nulle autre apporter au roman féminin une dimension nouvelle ; elle fascine par ses multiples facettes et s'appuie sur une extraordinaire vivacité d'écriture pour captiver ses lecteurs.

Nora Roberts

Devoir ou désir ?

Nora Roberts

Devoir ou désir ?

Traduction française de
MARIE-CLAUDE CORTIAL

HARLEQUIN

Titres originaux :
PARTIE 1 : THE MACGREGOR BRIDES
PARTIE 2 : THE MACGREGOR GROOMS

Ces romans ont déjà été publiés en 2017

HARPERCOLLINS FRANCE
83-85, boulevard Vincent-Auriol, 75646 PARIS CEDEX 13
Service Lectrices — Tél. : 01 45 82 47 47 - www.harlequin.fr
ISBN 978-2-2804-5692-0

Composé et édité par HarperCollins France. Achevé d'imprimer en mars 2021.
par CPI Black Print - Barcelone - Espagne
Dépôt légal : avril 2021.

MIXTE
Papier issu de sources responsables
FSC® C159065

Pour limiter l'empreinte environnementale de ses livres, HarperCollins France s'engage à n'utiliser que du papier fabriqué à partir de bois provenant de forêts gérées durablement et de manière responsable.

TROIS MARIAGES
CHEZ LES MACGREGOR

LAURA

Prologue

D'après les mémoires de Daniel MacGregor

Quand un homme atteint sa quatre-vingt-dixième année, il est tenté de regarder en arrière, d'évaluer sa vie, de méditer sur ses succès et ses erreurs. Il se dit souvent : « Et si j'avais fait ceci au lieu de cela ? » ou « Si seulement je pouvais recommencer ! »

Eh bien, je n'ai pas le temps de me livrer à ce genre de réflexion absurde.

Je regarde devant moi, comme je l'ai toujours fait. Je suis un Ecossais qui a passé la plus grande partie de sa longue vie loin de sa terre natale. L'Amérique est devenue mon pays. J'y ai créé une famille, élevé mes enfants. J'y ai vu grandir mes petits-enfants. Pendant près de soixante ans, je n'ai aimé qu'une seule femme, j'ai vécu avec elle, je l'ai admirée, j'ai travaillé à son côté.

Mon Anna est ce que j'ai de plus précieux au monde. Entre nous soit dit… nous avons eu une vie formidable.

Je suis un homme riche. Pas seulement en termes d'argent, possessions et propriétés de toutes sortes, mais en termes de famille. La famille a toujours compté plus que tout. Mon Anna et moi avons eu trois enfants. Deux fils et une fille. Ils sont ma fierté, qui est presque aussi importante que mon amour pour eux.

Cependant, je dois admettre que j'ai dû, à un moment donné, rappeler à ces trois fortes personnalités leur devoir envers la lignée des MacGregor. J'ai le regret de dire que mes enfants ont été un peu lents dans ce domaine, et que leur mère s'en est quelque peu inquiétée.

Ainsi, grâce au petit coup de pouce que je leur ai donné, chacun d'eux a fait un excellent mariage. Par excellent, j'entends qu'ils ont trouvé l'âme sœur, et ces unions nous ont apporté, à Anna et à moi, deux autres filles et un autre garçon, eux aussi de bonne souche, que nous aimons presque autant que nos propres enfants.

Aujourd'hui, Anna et moi avons onze petits-enfants, qui adoucissent nos vieux jours, et que nous avons vus devenir adultes.

Cependant, ils font comme leurs parents, ils ne se décident pas à remplir leur devoir, à comprendre l'importance du mariage et de la famille. Leur grand-mère est préoccupée nuit et jour. Mais comme je ne suis pas homme à laisser ma femme dans l'inquiétude, j'ai longuement réfléchi à la question.

J'ai trois petites-filles en âge de se marier. Elles sont belles, intelligentes, en bonne santé, et elles font leur chemin dans la société, ce qui, d'après Anna, est aussi important pour une femme que pour un homme. Avec Laura, Gwendolyn et Julia, nous avons dans la famille une avocate, un médecin et une femme d'affaires. Je dois dire qu'elles sont aussi brillantes qu'adorables, c'est pourquoi il est de mon devoir de leur trouver à chacune un mari exceptionnel. Rien de moins.

J'ai remarqué trois jeunes hommes bien sous tous rapports. Ils viennent tous les trois d'une très bonne famille. Ils sont beaux, aussi, ce qui ne gâte rien. Je les imagine déjà passant la bague au doigt de mes petites-filles. Ils formeront des couples parfaits qui me donneront de magnifiques bébés.

Mais chaque chose en son temps. Je vais m'occuper d'elles l'une après l'autre. L'enjeu est trop grave, je dois faire preuve d'autant de patience que d'habileté.

Je vais donc commencer par Laura. Après tout, c'est l'aînée. Si ma petite Laura ne respire pas le parfum de la fleur d'oranger à Noël, je ne m'appelle pas Daniel MacGregor.

Une fois qu'elle sera installée, ce sera le tour de ma chère petite Gwen. J'ai un garçon en vue pour elle. Quant à Julia, c'est elle qui a la tête la plus dure, mais je travaille à la convaincre.

Je vais les aider dans la mesure de mes faibles moyens. Je ne suis pas un entremetteur, rien qu'un grand-père préoccupé qui arrive à l'hiver de sa vie, et j'ai bien l'intention que cet hiver soit le plus long possible. Je veux voir pousser mes arrière-petits-enfants.

Et comment cela sera-t-il possible si ces filles ne se marient pas ? C'est décidé, je vais m'occuper d'elles, et Anna ne se fera plus de souci.

1

La sonnerie retentit huit fois avant de pénétrer dans un coin de son cerveau endormi. A la neuvième, Laura MacGegor tendit péniblement un bras hors de la couette. En tâtonnant, elle trouva le réveil et enfonça la touche d'alarme.

Mais la sonnerie continua. En grommelant, elle fit glisser sa main fine sur la table de chevet de bois de châtaigner et finit par saisir le combiné. Elle le colla à son oreille et murmura d'une voix endormie :

— Allô !

— Il a sonné dix fois !

Laura fit la grimace et se mit à bâiller.

— C'est vrai ?

— Dix fois ! Une de plus et j'appelais police secours. Je te voyais déjà dans une mare de sang.

— Je suis dans mon lit, marmonna-t-elle, furieuse, en s'enfonçant dans l'oreiller. Je dors. Bonne nuit, grand-père !

— Il est bientôt 9 heures du matin.

Daniel MacGregor venait de reconnaître la voix qui lui avait répondu. Maintenant, il savait laquelle de ses petites-filles était encore au lit, en plein milieu de la matinée.

— Laura, ma chérie, il fait un temps magnifique. Tu devrais en profiter au lieu de perdre ton temps à dormir.

— Je ne perds pas mon temps !

Il prit un ton à demi fâché.

— La vie passe très vite, Laura. Ta grand-mère s'inquiète à ton sujet. Pas plus tard qu'hier, elle m'a encore dit qu'elle n'avait jamais l'esprit en paix.

Il fit une pause. A vrai dire, Anna ne lui avait jamais rien dit de tel. Mais ce n'était pas un gros péché que de se servir d'elle pour arriver à ses fins quand il s'agissait du bonheur de sa famille. Après tout, ce n'était pas sa faute si ses petites-filles ne perpétuaient pas spontanément les traditions si appréciées des MacGregor. Il était bien obligé d'intervenir.

Laura marmonna :

— Je t'assure que je vais bien, grand-père. Je dormais, c'est tout.

— Eh bien, il est temps de te réveiller. Voilà des semaines que tu n'es pas venue nous voir. Tu nous manques. Ce n'est pas parce que tu es une grande fille de vingt-quatre ans que tu dois nous oublier, ta chère vieille grand-maman et moi.

Il toussota et vérifia par-dessus son épaule si la porte était bien fermée. Si Anna l'entendait parler d'elle en ces termes, elle serait capable de le scalper.

— Viens nous voir ce week-end, dit-il. Amène tes cousines.

— J'ai un dossier à lire, mais je viendrai bientôt, promit Laura, déjà prête à se rendormir.

— N'attends pas trop longtemps. Nous ne sommes pas éternels, tu sais.

— Mais si !

— Je t'ai envoyé un cadeau. Il va arriver ce matin. Dépêche-toi de te lever et de te faire belle. Passe une robe, pour une fois.

— D'accord. Merci, grand-père. Au revoir.

Laissant tomber le téléphone par terre, Laura se mit la tête sous le drap et se laissa glisser voluptueusement dans les bras de Morphée.

Vingt minutes plus tard, une secousse brutale accompagnée d'un juron la réveilla.

— Bon sang, Laura, tu as recommencé !

— Quoi ?

Elle se redressa sur son lit, ses grands yeux noirs écarquillés, ses cheveux en bataille.

— Quoi ? répéta-t-elle.

— Tu n'as pas raccroché le téléphone.

Furieuse, Julia MacGregor posa ses poings sur ses hanches.

— J'attendais un appel !

— Je...

Laura rejeta en arrière sa crinière emmêlée en regardant Julia sans comprendre. Elle n'était vraiment pas du matin.

— Je crois que grand-père a appelé. Je ne me souviens pas très bien, marmonna-t-elle.

Julia haussa les épaules.

— Je n'ai pas entendu le téléphone. Je devais être sous la douche. Gwen est déjà partie pour l'hôpital. Que t'a dit grand-père ?

Laura la regardait, l'air hagard. Julia se mit à rire et s'assit sur le bord du lit.

— Probablement comme d'habitude : que grand-mère se fait du souci pour nous !

— Oui, je crois que c'était quelque chose dans ce genre.

Avec une ébauche de sourire sur les lèvres, Laura se laissa tomber sur ses oreillers.

— Si tu étais sortie plus tôt de la douche, c'est toi qui aurais pris la communication, et c'est toi qui aurais eu droit au sermon, dit-elle d'un ton plein de regret.

— J'y ai eu droit la semaine dernière.

Julia consulta sa montre en marcassite.

— Je dois aller voir cette propriété à Brookline.

— Je croyais que tu en avais acheté une le mois dernier ?

Julia secoua la tête, faisant danser sa chevelure flamboyante.

— Non, il y a deux mois. Elle est restaurée et prête à être revendue. C'est le moment d'attaquer un nouveau projet.

— Eh bien, quels que soient tes projets, le mien était de dormir jusqu'à midi, puis de passer l'après-midi à étudier un dossier, dit Laura en faisant la moue.

Elle bâilla à s'en décrocher la mâchoire.

— Mais apparemment, j'ai peu de chance d'y arriver.

Julia se mit à rire.

— Tu vas avoir la maison pour toi toute seule pendant plusieurs heures. Gwen fait un remplacement à l'hôpital, quant à moi, je ne prévois pas de revenir avant 17 heures.

— Tu oublies que ce n'est pas à mon tour de faire la cuisine.

— J'achèterai quelque chose en rentrant.

— Une pizza aux deux fromages et aux olives !

— Rien de tel pour te réveiller que de parler du dîner ! dit Julia en riant de plus belle.

Elle se leva, lissa la veste verte qu'elle portait sur un pantalon au pli impeccable.

— A ce soir, ma jolie. Et pense à raccrocher le téléphone !

Laura jeta un coup d'œil au réveil. C'était tentant de se fourrer la tête sous le drap et de dormir encore une heure. La grasse matinée ne lui avait jamais posé de problème.

Mais l'idée de la pizza lui avait ouvert l'appétit. Elle soupira. La vie était dure quand il fallait choisir entre manger et dormir ! Comme son estomac venait de gagner la partie, elle rejeta les couvertures et se leva, vêtue d'un simple T-shirt et d'un short flottant, de soie bleu.

Après avoir vécu sur le campus pendant toute la durée de leurs études universitaires, Laura, Julia et Gwen partageaient une maison à Boston. Julia s'était chargée de la faire rénover, et les trois cousines l'avaient décorée selon leurs goûts éclectiques. Gwen avait un amour inconditionnel pour les antiquités, Julia adorait les meubles modernes et Laura succombait à tout ce qui était kitsch.

Laura descendit l'escalier en laissant traîner ses doigts sur la rampe en chêne. Son contact satiné était un vrai plaisir. Elle cligna des paupières en arrivant dans le hall inondé de soleil. Apparemment, son grand-père n'avait pas exagéré. C'était une superbe matinée d'automne. Elle se dirigea lentement vers la cuisine.

Aucune des trois jeunes filles ne passait beaucoup de temps devant les fourneaux, mais elles avaient néanmoins décoré cette pièce de façon accueillante et chaleureuse. Dieu merci, elles s'entendaient merveilleusement bien ensemble, comme d'ailleurs avec tout le reste de la tribu MacGregor. Laura sourit. Julia et Gwen étaient aussi ses meilleures amies. Daniel et Anna avaient créé une famille diversifiée, mais très unie.

Elle jeta un coup d'œil à l'horloge en forme de chat bleu saphir, dont la queue se balançait au rythme des secondes. Un cadeau de ses parents. Ils étaient partis en voyage aux Antilles pour fêter leur anniversaire de mariage. Caine et Diana MacGregor formaient un couple solide. Vingt-cinq ans de mariage, deux enfants et un des cabinets juridiques les plus respectés de Boston dans lequel ils travaillaient en association, n'avaient pas diminué leur dévotion l'un pour l'autre.

Laura soupira. Comment pouvait-on réussir à faire tout cela ? Elle secoua la tête. Si elle devait y arriver un jour, il valait mieux, dans l'immédiat, qu'elle se concentre sur une seule chose à la fois. Et pour le moment, il s'agissait d'étudier le droit. Ou plutôt, en cet instant précis, de se restaurer. Elle sourit en ouvrant le réfrigérateur. Oui, une seule chose à la fois. Et il était temps qu'elle prenne son petit déjeuner.

Elle attrapa le Walkman resté sur le comptoir et posa

les écouteurs sur ses oreilles. Un peu de musique ne lui ferait pas de mal.

Royce Cameron gara sa jeep derrière une petite Spitfire rouge décapotable. Il l'examina brièvement. C'était le genre de voiture qui donnait envie de se livrer à des excès de vitesse. Il hocha pensivement la tête et tourna les yeux vers la maison.

Elle était magnifique. Ce qui n'avait rien de surprenant dans le quartier chic de Back Bay, à Boston. Et encore moins si l'on pensait au statut social de ses propriétaires, les MacGregor.

Cependant, Royce ne pensait ni à l'argent ni aux classes sociales en contemplant la belle demeure. Ses yeux bleus parcouraient lentement la façade tandis que le vent ébouriffait ses cheveux blonds, qu'il portait longs jusqu'au col. Il rejeta une mèche en arrière et hocha la tête. Cette maison avait un nombre incroyable de fenêtres et portes-fenêtres, ce qui représentait autant d'accès faciles. Il remonta l'allée en pierre bordée d'arbustes aux couleurs mordorées, puis il traversa l'impeccable pelouse pentue. Passant sous le haut portique, il examina la porte qui donnait sur un petit patio.

Il essaya de l'ouvrir, mais elle était fermée à clé. Il haussa les épaules. Un bon coup de pied suffirait à la défoncer. Il poursuivit son investigation, le regard froid, la bouche fermée en une expression presque dure dans un visage à la fois anguleux et harmonieux. La femme qu'il avait failli épouser disait que ce visage était celui d'un criminel. Il ne lui avait pas demandé ce qu'elle entendait par là ; ils étaient sur le point de se séparer, et cela ne l'intéressait tout simplement pas.

Il évalua l'accès à cette adorable vieille maison, qui était sans aucun doute truffée d'antiquités et de bijoux de valeur. Ses yeux bleu pâle scintillèrent. Ils pouvaient se réchauffer et prendre une teinte plus profonde aux moments les plus inattendus, et sa bouche charnelle, bien dessinée, pouvait alors afficher un sourire charmant. Mais en cet instant, il avait une expression glaciale. Une petite cicatrice barrait son menton volontaire, résultat du contact d'un poing orné d'une bague en diamant. Royce mesurait exactement un mètre quatre-vingts, et il avait le corps d'un boxeur, ou d'un homme qui aimait la bagarre.

Il avait été l'un et l'autre.

Il secoua la tête avec un sourire de dérision. S'il avait voulu, il aurait pu se retrouver à l'intérieur de cette maison en trente secondes, sans avoir à fournir de gros efforts.

Même s'il n'avait pas eu la clé de la porte d'entrée.

Il sonna, tout en glissant un regard à l'intérieur par les vitres biseautées. Elles étaient de verre épais, gravé de fleurs. Et naturellement, elles n'étaient protégées par aucun système de sécurité.

Il appuya encore une fois sur la sonnette. Personne ne venant ouvrir, il sortit une clé de sa poche et l'introduisit dans la serrure. Il pénétra dans le hall.

Un mélange d'odeurs flotta jusqu'à ses narines. A celle de la cire et de la citronnelle se mêlait un autre parfum, léger mais envoûtant. Il regarda à droite; l'escalier se trouvait là. A gauche, le grand salon.

Un ordre digne d'un couvent régnait dans cette maison, mais elle avait une odeur sensuelle. C'était une maison de femmes. Royce soupira. Décidément, le beau sexe était un mystère pour lui.

Cependant, tout ressemblait à ce qu'il avait imaginé : les meubles anciens, les couleurs pastel, et, sur une petite table ronde, le reflet chatoyant de boucles d'oreilles vertes, babioles certainement hors de prix que l'une des trois cousines avait laissées traîner.

Tirant de la poche de son jean un minimagnétophone,

il commença à enregistrer ses commentaires tout en déambulant dans la maison.

Les grandes toiles éclaboussées de couleurs vives accrochées au-dessus de la cheminée du salon captèrent son regard. Cela aurait dû être discordant dans cette pièce somme toute assez petite. Au contraire, c'était irrésistible, une célébration de passion et de vie.

Il se pencha pour lire la signature — D.C. MacGregor. Cette peinture devait être l'œuvre d'un des nombreux petits-enfants de Daniel MacGregor. Brusquement, sa contemplation fut interrompue par un bruit insolite. Il dressa l'oreille. Quelqu'un chantait dans la maison.

Enfin, si l'on pouvait parler de chant. Fronçant les sourcils, il arrêta le magnétophone et le glissa dans sa poche tout en retournant dans le hall d'entrée. Il valait mieux parler de cris, voire de hurlements. Il reconnut une chanson de Whitney Houston… littéralement massacrée.

Royce secoua la tête. Cette cacophonie signifiait qu'il n'était pas seul. Il se dirigea vers la pièce d'où la voix s'élevait. Entrant dans une cuisine inondée de soleil, il fut accueilli par un spectacle singulier. Un sourire appréciateur s'épanouit sur son visage, ses yeux se réchauffèrent brusquement.

La jeune femme était grande, et toute en jambes. Des jambes fines et dorées, qui rattrapaient largement l'absence du plus élémentaire talent vocal. Penchée vers le réfrigérateur grand ouvert, elle remuait les hanches d'une façon qui aurait rendu un mourant à la vie.

Ses cheveux noir corbeau, qui n'avaient pas l'ombre d'une ondulation, descendaient jusqu'à sa taille, d'une finesse rarement égalée.

Et elle portait les sous-vêtements les plus sexy qu'il eût jamais eu le plaisir de contempler. Si son visage était aussi séduisant que son corps, elle allait rendre sa journée plutôt attrayante.

— Bonjour !

Il releva les sourcils. Au lieu de sursauter, comme il s'y attendait, elle continua son examen du Frigidaire sans cesser de chanter.

Il toussota.

— Tout cela n'est pas pour me déplaire, mais vous avez peut-être envie de faire une petite pause.

Comme elle balançait les hanches avec enthousiasme, il ne put retenir un sifflement admiratif. Enfin, point d'orgue à ses vocalises, elle alla chercher une note qui aurait pu faire exploser un verre en cristal et se retourna, une cuisse de poulet dans une main, une canette de soda dans l'autre.

En se retrouvant nez à nez avec cet intrus aux cheveux ébouriffés et à l'expression bizarre, Laura se mit à hurler, tandis que la musique jaillissait toujours des écouteurs posés sur ses oreilles. Voulant la rassurer, Royce leva une main apaisante et ouvrit la bouche pour tenter de s'expliquer.

Il n'en eut pas le temps et réussit de justesse à bloquer d'une main la canette de soda qu'elle lui jeta à la tête. Vive comme l'éclair, la jeune fille se tourna alors vers le comptoir et s'empara d'un couteau à découper la viande, puis elle lui fit de nouveau face en le regardant d'un air qui ne laissait aucun doute sur sa détermination : elle n'hésiterait pas à s'en servir pour l'étriper s'il ne se tenait pas à carreau.

— Du calme ! dit-il doucement en levant les deux mains.

— Ne bougez pas ! Ne respirez pas ! cria-t-elle tout en se glissant le long du comptoir pour atteindre le téléphone. Si vous faites un pas, je vous coupe la gorge.

Il hocha la tête. Il aurait pu la désarmer en moins de dix secondes, mais l'un des deux, et plus vraisemblablement lui, aurait ensuite eu besoin de quelques points de suture.

— Je ne bouge pas. Ecoutez, j'ai sonné à la porte mais vous n'avez pas répondu. Je suis juste là pour…

Ce n'est qu'à ce moment-là qu'il repéra ses écouteurs.

— Evidemment, ceci explique cela !

Très lentement, il porta un doigt à son oreille et dit en articulant de façon exagérée :

— Ôtez vos écouteurs.

Laura venait juste de se rendre compte qu'elle les avait gardés. Elle les arracha de la main gauche, sa main droite brandissant toujours le couteau.

— Ne bougez pas. J'appelle la police.

— Comme vous voudrez.

Royce eut un sourire ironique.

— Mais je vous préviens, vous allez vous ridiculiser. Je ne suis là que pour faire mon travail. Cameron Security, cela vous dit quelque chose ? Vous n'avez pas ouvert quand j'ai sonné. Je suppose que Whitney chantait un peu trop fort.

Il garda les yeux rivés à ceux de la jeune fille.

— Permettez que je sorte ma carte professionnelle.

— Avec deux doigts. Et très lentement !

C'était tout à fait son intention. Les yeux qui le surveillaient trahissaient davantage de violence et de détermination que de peur. Une femme seule capable d'affronter un inconnu sans trembler, un couteau à la main, ne donnait pas précisément envie de la défier.

— J'avais rendez-vous à 9 heures pour faire le tour de la maison dans le but d'installer un système de sécurité.

Elle jeta un bref regard sur la carte qu'il lui montrait.

— Un rendez-vous avec qui ?

— Avec Laura MacGregor.

Elle referma sa main libre sur le téléphone.

— Je suis Laura MacGregor, et je n'ai pas le moindre rendez-vous avec vous.

— C'est M. MacGregor qui l'a pris.

Elle hésita.

— Son prénom ?

Royce sourit de nouveau.

— Daniel MacGregor. Je devais rencontrer sa petite-fille Laura à 9 heures. Ma mission : installer le système de sécurité le plus performant dont un grand-père puisse rêver pour protéger ses petites-filles. Il paraît que votre grand-mère s'inquiète.

Laura retira sa main du téléphone, mais elle ne posa pas le couteau.

— Quand vous a-t-il contacté ?

— La semaine dernière. Il m'a fait venir à Hyannis Port, pour un entretien en tête à tête. Sa maison est une véritable forteresse, et cet homme a une forte personnalité. Une fois le marché conclu, il m'a offert un whisky et un cigare.

— Vraiment ?

Elle arqua un sourcil.

— Et ma grand-mère, qu'a-t-elle dit à ce sujet ?

— Au sujet du marché ?

— Du cigare.

— Elle n'était pas dans la même pièce que nous. Votre grand-père a fermé la porte de son bureau avant de sortir ses cigares d'une boîte qui imitait un livre. La couverture portait le titre : *Guerre et Paix*. J'en ai conclu que sa femme n'appréciait pas qu'il fume.

Laura poussa un long soupir de soulagement et inséra le couteau dans le bloc de bois.

— D'accord, monsieur Cameron.

— Il m'a dit que vous seriez au courant. Apparemment, ce n'est pas le cas.

— Non. Il m'a appelée ce matin, il m'a parlé d'un cadeau qu'il m'envoyait. Je suppose qu'il parlait de cette installation.

Elle haussa les épaules, faisant ondoyer ses longs cheveux. Puis elle se baissa pour ramasser la cuisse de poulet qu'elle avait laissée tomber et la jeta dans la poubelle.

— Comment êtes-vous entré ?

— Votre grand-père m'a confié une clé.

Royce la sortit de sa poche et la déposa dans la main tendue de Laura.

— Je vous assure que j'ai sonné plusieurs fois.

— Mmm...

Royce contempla un instant la canette de soda sur le carrelage.

— Vous avez un don pour le lancer, mademoiselle MacGregor.

Il reporta les yeux sur elle. Elle avait les pommettes hautes, et une bouche faite pour l'amour. Quant à ses yeux, ils évoquaient son péché mignon : le chocolat noir.

— Et sans doute le visage le plus extraordinaire que j'aie jamais vu, ajouta-t-il.

Laura se raidit. Cet homme la dévisageait avec un air arrogant et impudique. Il semblait savourer sa friandise préférée.

— Et vous, vous avez d'excellents réflexes, monsieur Cameron. Sinon, vous seriez étendu sur le carrelage de ma cuisine avec un traumatisme crânien.

— Cela en aurait peut-être valu la peine, dit-il avec un sourire désarmant.

Il ramassa la canette et la lui tendit. Laura la prit en annonçant :

— Je vais me changer, et ensuite nous pourrons parler de vos systèmes de sécurité.

— Ne vous inquiétez pas pour moi, dit-il en rivant ses yeux sur les siens.

Elle soutint son regard et dit d'une voix dure :

— Si, je vais me changer, parce que si vous continuez à me regarder de cette façon, vous allez réellement avoir un traumatisme crânien. Attendez-moi, je n'en ai pas pour longtemps.

Elle passa devant lui. Royce la regarda s'éloigner. Elle avait des jambes fascinantes. Il sifflota en hochant la tête d'un air approbateur.

Laura MacGregor était vraiment à couper le souffle, dans tous les sens du terme !

2

Laura était assise à une longue table de chêne. Elle avait passé la matinée dans la bibliothèque du cabinet d'avocat MacGregor et MacGregor, bien décidée à trouver un autre cas de jurisprudence pour peaufiner le dossier qu'elle préparait pour son prochain exposé.

Quand ses parents seraient de retour, la semaine suivante, le dossier serait bouclé. Sa mère allait juger l'affaire Massachusetts contre Holloway, pour laquelle elle lui avait confié des recherches à faire, et elle s'était attachée à ce cas particulier.

Si elle arrivait à faire la paperasserie, le travail sur le terrain, les longues heures de recherche, elle gagnerait peut-être un siège près de sa mère dans la salle du tribunal. Et peut-être, peut-être seulement, pourrait-elle questionner un témoin.

Elle rêvait de se trouver dans l'atmosphère intense du tribunal. Elle comprenait l'importance de la recherche, l'obligation de prévoir le moindre changement et la moindre éventualité dans une affaire judiciaire. Elle avait lu et étudié jusqu'à en avoir mal aux yeux, mais elle allait gagner ses galons. Et finalement, ses propres affaires à défendre.

Amanda Holloway avait tué son mari. Il n'y avait aucun doute là-dessus. Mais sa culpabilité, selon la loi, était une autre affaire. Elle avait été violentée, physiquement et moralement, pendant cinq années. Elle n'avait pas quitté son mari, elle ne s'était pas enfuie. Et à la fin, elle avait craqué.

Un soir, après avoir été battue et violée une énième fois, elle était allée chercher le revolver de service de son mari et elle l'avait vidé sur lui pendant son sommeil.

Laura secoua la tête. Dommage qu'Amanda ait attendu plus d'une heure après avoir été violée. Ce délai faisait de son crime un acte prémédité. Et le fait que John Holloway était un policier très bien noté ne jouait pas non plus en sa faveur.

Laura fronça les sourcils. Certains pourraient penser que justice avait été rendue ce soir-là, mais la loi n'en décidait pas ainsi. Or, elle était bien décidée à utiliser la loi pour éviter la prison à Amanda.

Royce aimait vraiment l'atmosphère de cette maison. La pièce dans laquelle Laura l'avait reçu fleurait bon le cuir, le bois ciré et l'univers féminin. Mais par-dessus tout, il aimait regarder Laura. Pour l'instant, elle ne ressemblait pas du tout à la femme en sous-vêtements qu'il avait entendue chanter, et qui avait parlé systèmes d'alarme avec lui. Elle avait dompté sa cascade de cheveux noirs en une tresse compliquée qui retombait dans son dos. Des gouttes d'or ornaient ses oreilles en forme de coquillages. Elle portait une montre étroite et un bracelet scintillant de diamants.

Son chemisier de soie blanche était très ajusté. Laura MacGregor avait beaucoup de classe, et elle paraissait tout simplement inaccessible en ce moment précis. Royce ne put s'empêcher de rêvasser. Inaccessible, peut-être, sauf pour un homme qui l'avait vue revêtue seulement d'un short et d'un soutien-gorge en satin, en train de remuer frénétiquement les hanches.

Il s'appuya contre le chambranle de la porte.

— Vous ressemblez à une avocate, habillée ainsi.

Elle releva vivement la tête. Un éclair de surprise traversa ses grands yeux sombres.

— J'ai passé mes examens l'été dernier, et depuis, je suis inscrite au barreau. Avez-vous besoin d'un avocat ?

Il posa sur elle un regard de braise.

— Pas pour l'instant, mais si jamais cela se présentait, je penserais à vous.

Il avait déjà pensé à elle pendant toute la semaine.

Laura l'observa une fraction de seconde. Avec ses cheveux en bataille, sa curieuse petite cicatrice et ses yeux à damner une sainte, il ne pouvait que faire naître des questions dans la tête d'une femme. Mais ce n'était pas elle qui allait perdre du temps avec ces fariboles.

Elle poussa un soupir. Elle n'avait qu'une hâte : que Royce Cameron s'en aille.

— Le cabinet est fermé jusqu'à la fin du mois, dit-elle en se plongeant dans son dossier.

— C'est ce que m'a dit la réceptionniste. Mais je ne suis pas venu pour vous demander votre aide, ni celle de vos parents.

Il avança vers son bureau, avec une démarche qui évoquait un chat prêt à bondir. Laura eut un coup au cœur. Faisant l'impossible pour l'ignorer, elle interrogea d'un ton glacial :

— Alors ,que faites-vous ici ?

— J'ai un travail à exécuter dans le voisinage. J'en profite pour vous prévenir que votre système de sécurité sera installé samedi matin.

— C'est très bien. Je suis sûre que mon grand-père va être content.

— Il est très fier de vous et de vos cousines. Dès qu'il parle de vous, il est rayonnant.

Laura se détendit, son regard s'adoucit.

— C'est l'homme le plus merveilleux au monde.

Malheureusement, c'est aussi l'un des plus exaspérants. S'il pouvait, il nous garderait toutes enfermées dans son château, à Hyannis.

— Boston est parfois une ville dangereuse pour une jolie jeune fille, dit Royce en imitant le ton de Daniel.

Laura ne put s'empêcher de sourire.

— Assez bien imité, mais il parle un peu plus fort.

— En tout cas, il a raison, dit Royce. Vous êtes trois jeunes filles célibataires dans une grande maison remplie d'objets onéreux, qui sont faciles à monnayer. L'une de vous est la fille d'un ancien président des Etats-Unis, et vous êtes toutes les trois les petites-filles d'un des hommes les plus riches du pays. Et vous êtes belles. Tout cela fait de vous des cibles potentielles.

— Nous ne sommes pas idiotes, monsieur Cameron.

— Royce.

— Nous ne sommes pas idiotes, répéta Laura. Nous ne marchons pas dans les allées sombres, nous n'ouvrons pas notre porte à des étrangers, et nous n'allons pas draguer dans des bars.

— C'est très louable, dit-il en inclinant la tête, un sourire malicieux aux lèvres.

Maudissant les battements précipités de son cœur, Laura se raidit de nouveau.

— Mon grand-père s'inquiète inutilement. Mais s'il suffit d'installer ce système pour le rassurer, alors, nous allons le faire.

— Ou je me trompe fort, ou cela vous paraît superflu.

— Mes cousines et moi sommes parfaitement en sécurité dans notre maison.

— Vous avez un sens très personnel de la sécurité. Une maison dans laquelle un homme peut entrer comme dans un moulin et vous voir danser en sous-vêtements…

— Vous aviez une clé, et je n'étais pas en sous-vêtements.

— J'aurais pu entrer aussi facilement sans clé. Et qu'est-ce que c'était, si ce n'étaient pas des sous-vêtements ?

— Un pyjama, répliqua-t-elle d'un ton sec en lui jetant un coup d'œil furieux.

Royce sourit, visiblement ravi de la mettre en colère.

— Oh, alors, c'est différent !

Hors d'elle, les joues en feu, Laura déclara d'une voix moins ferme qu'elle ne l'aurait souhaité :

— Monsieur Cameron, vous allez installer ce fichu système, et nous n'en parlerons plus !

Elle recula en le voyant se pencher vers elle.

— Que faites-vous ?

Il respira lentement.

— J'aime votre parfum.

Ses yeux luisaient d'amusement.

— Vous êtes incroyablement nerveuse tout à coup.

— Je n'aime pas être serrée de près par le premier venu.

— Oh, je vois !

Il s'éloigna en un mouvement rapide qui ne laissa pas entre eux la distance qu'elle désirait. Faisant mine de ne plus le voir, Laura retourna à sa lecture.

— Vous en avez pour combien de temps ? demanda-t-il en montrant les livres juridiques.

— Longtemps. Comme vous voyez, j'ai beaucoup de travail.

— Si je revenais vers 19 heures, nous pourrions dîner ensemble ?

— Non, répondit-elle sans lever les yeux.

— Etes-vous prise ?

— Vous le voyez bien.

— Je ne parle pas de travail. Je veux dire, avez-vous une relation avec un homme ?

Elle releva vivement la tête. Elle avait les joues en feu.

— En quoi est-ce que cela vous regarde ?

— J'aime vos yeux, votre parfum. Votre façon de parler,

votre façon de vous déplacer. Ce serait intéressant de découvrir si j'aime votre façon de penser, dit-il doucement.

De plus en plus troublée, elle se força à prendre un ton glacial :

— Voulez-vous savoir ce que je pense à cet instant ?

Royce éclata de rire.

— Non, merci, j'ai ma petite idée. Si vous changez d'avis pour le dîner, vous avez mon numéro de téléphone.

— C'est ça.

Il se leva et aperçut l'étiquette collée à un dossier qui dépassait d'une pile de livres.

— Holloway, murmura-t-il.

Il regarda Laura.

— L'homicide ?

— Oui.

— Je connaissais John Holloway.

— Vraiment ?

Elle avait failli se laisser charmer par le rire de Royce. Et peut-être aurait-elle fini par accepter de dîner avec lui. Mais la déclaration qu'il venait de faire était franchement déplaisante.

— Avez-vous beaucoup d'amis qui abusent de leur femme ? questionna-t-elle d'un ton méprisant.

— Je n'ai pas dit que c'était un ami, j'ai dit que je le connaissais. Il était dans la police, comme moi.

Brusquement intéressée, Laura leva les yeux vers lui :

— Vous avez travaillé avec John Holloway ?

— Nous avons travaillé dans le même commissariat pendant quelques mois. Puis j'ai été muté. John était un bon flic.

— Un bon flic...

Laura ferma les yeux.

— C'est typique ! Il a passé des années à battre sa femme, mais c'était un bon flic. La solidarité de l'uniforme !

— Je ne suis plus dans la police, fit remarquer Royce

d'une voix douce. Et je ne le fréquentais pas, en dehors du travail. Il faisait bien son boulot, c'est tout ce que je sais. Sa vie privée ne m'intéressait pas.

— Eh bien, moi, sa vie privée m'intéresse beaucoup !

Elle avait observé Royce pendant qu'il parlait. Son visage n'avait pas exprimé beaucoup de chaleur quand il avait évoqué son ex-collègue.

— Vous ne l'aimiez pas, n'est-ce pas ?

— Non.

— Pourquoi ?

— Il me faisait penser à un fusil chargé dont le cran de sécurité aurait été défectueux.

— Vous devez avoir gardé des contacts avec la police, et avec des gens qui l'ont connu. Je sais que les policiers détestent parler aux avocats, mais...

— Peut-être parce que les avocats remettent dans la rue les ordures que les flics ont ramassées.

Laura prit une profonde inspiration. Ce genre de propos la hérissait. Mais elle ne voulait pas se mettre en boule.

— Amanda Holloway n'est pas une ordure. Mais elle a eu la mauvaise idée d'en épouser une.

— Peut-être. Je suis désolé, je ne peux pas vous aider.

Il se leva et se dirigea vers la porte.

— Je serai chez vous avant 9 heures samedi matin.

Il lui adressa un bref sourire.

— J'aimerais beaucoup revoir votre pyjama, mais il vaudra mieux que vous soyez habillée. Vous risqueriez de distraire mon équipe.

— Alors, à quoi ressemble-t-il ? questionna Gwen.

Dans le miroir de sa coiffeuse, le regard de Laura glissa de ses longs cils noirs qu'elle enduisait de mascara jusqu'au visage de sa cousine.

— Qui donc ?

— Cet ex-flic expert en sécurité que grand-père a embauché pour nous protéger des criminels de Boston.

Gwen rapprocha sa tête de celle de Laura.

Personne n'aurait pu deviner qu'elles étaient cousines. Les cheveux blonds de Gwen, qu'elle portait courts, contrastaient avec l'avalanche de tresses noir corbeau de Laura. Gwen avait hérité de sa mère une peau claire, des yeux bleu lavande, des cheveux d'une riche teinte dorée.

Elle avait une silhouette délicate, qui donnait une fausse impression de fragilité. Elle était d'une résistance hors du commun, et quand c'était nécessaire, elle pouvait doubler ses horaires à l'hôpital, faire de la gymnastique pendant une heure et avoir encore du dynamisme en réserve.

Laura l'admirait beaucoup. Gwen était belle, brillante, et c'était une travailleuse infatigable.

— Tu ne vas pas me dire que tu ne te souviens pas de lui ? insista-t-elle.

— Mmm ? Non, bien sûr, je m'en souviens. Je pensais à autre chose. Il est probablement assez séduisant.

— Probablement… Donne-moi des détails, Laura. Ce sont les détails qui comptent.

Gwen releva un sourcil.

— Il s'appelle Cameron, c'est bien cela ? Un nom écossais.

— Cela plairait à grand-père, dit Laura, rêveuse.

— C'est certain.

Gwen passa sa langue sur ses dents.

— Est-il marié ?

— Je ne crois pas. Du moins, je n'ai pas vu d'anneau à son doigt.

— Quel âge a-t-il ? La trentaine ?

— Oui, à peu près.

Elle coula un regard complice à sa cousine.

— La chasse est ouverte ?

— Non, nous ne faisons que collecter des données. Bien, récapitulons : il est célibataire, attirant, homme d'affaires, la trentaine, et c'est un Cameron. Tu veux que je te dise ? A mon avis, c'est un coup de grand-père. Il l'a déniché pour toi.

— Pour nous. Nous le savons déjà.

Laura posa le tube de mascara et choisit un rouge à lèvres.

— Grand-père a embauché Cameron pour qu'il pose un système de sécurité dans notre maison. Il doit venir le faire aujourd'hui.

Gwen soupira, puis elle donna un léger coup sur la tête de Laura.

— Ne fais pas semblant de ne pas comprendre. Je te parle de mariage.

— De mariage !

Laura eut un rire bref et posa son tube de rouge.

— Aucune chance !

— Depuis un an, grand-père n'arrête pas de se lamenter parce que aucun de ses petits-enfants n'a le bon sens, comme il dit, de fonder une famille.

— Je sais. Et grand-mère n'a qu'une hâte : faire sauter ses arrière-petits-enfants sur ses genoux, ajouta sèchement Laura. Mais je te l'ai déjà dit : il est impossible que grand-père considère Royce Cameron comme un mari potentiel pour l'une d'entre nous. Ce n'est pas du tout le genre de type qu'un grand-père surprotecteur choisit pour ses petites-filles.

Gwen se percha sur le long comptoir peint en rose.

— Ah oui ? Et peux-tu me dire pourquoi ?

— Je suis sûre que ce type est dangereux. On le voit dans ses yeux, il a quelque chose d'un animal qui n'est pas vraiment dompté.

— Mmm ! De plus en plus intéressant !

— Pour un amant, à la rigueur. J'imagine qu'il doit être époustouflant au lit.

Laura eut un sourire ironique avant d'ajouter :

— Mais je doute que ce soit le genre de relation durable à laquelle Daniel MacGregor pense.

L'esprit ailleurs, Gwen prit le tube de rouge à lèvres et fit sortir le bâton.

— Mais Cameron, en revanche, c'est exactement ce qu'il doit avoir à l'esprit. Cet homme a le sang chaud. Il engendrera des garçons et des filles éclatants de santé, comme dirait grand-père.

— C'est ridicule, dit Laura.

Exaspérée, elle posa brusquement sa brosse à cheveux sur la coiffeuse. C'était curieux cette sensation qu'elle venait d'éprouver au creux de l'estomac.

— C'est absurde. Grand-père ne pourrait pas... il ne voudrait pas.

— Il voudrait et pourrait, trancha Gwen. Et j'ai bien l'impression que sa petite combine commence à porter ses fruits.

Laura lui jeta un regard noir.

— Que veux-tu dire ?

— Je dis que nous sommes samedi matin.

Gwen jeta un coup d'œil à son bracelet-montre.

— Il est précisément 8 heures du matin, et tu n'es obligée d'aller nulle part. Pourtant, non seulement tu es debout, mais tu es habillée. Tu as mis du mascara, alors que tu n'en as pas besoin, et du rouge à lèvres.

Elle se pencha vers sa cousine et huma son odeur.

— Sans parler de ton parfum...

— Et de son beau chemisier neuf, dit Julia, qui venait de faire son apparition.

— Un chemisier de soie rouge, précisa-t-elle.

— Très bien ! Un chemisier de soie rouge pour passer le samedi matin à la maison, quoi de plus naturel ! dit Gwen, gentiment sarcastique.

Elle se laissa glisser de son tabouret et tapota l'épaule de Laura.

— Veux-tu connaître mon diagnostique, ma chérie ? Il s'agit d'un sérieux cas d'attirance physique.

— Il ne m'attire pas le moins du monde ! J'avais juste... j'avais l'intention de faire du shopping, c'est tout. Des courses pour Noël. Ce qui explique pourquoi je suis debout et habillée.

— Tu ne fais jamais de courses le samedi, fit remarquer Julia, impitoyable. C'est vrai, tu as horreur de courir les boutiques, je trouve cela plutôt triste, soit dit en passant. Et tu ne commences jamais tes achats de Noël avant la mi-décembre.

— Pour une fois, je vais faire une exception, rétorqua Laura, agacée.

Elle se leva et se faufila entre ses deux cousines pour gagner sa chambre.

Le chemisier était posé sur son lit comme une alarme rouge et brillante. Furieuse, Laura claqua la porte derrière elle. Qu'avaient-elles donc toutes les deux ? Elle le porterait, ce chemisier, que cela leur plaise ou non. Elle avait toujours aimé les couleurs vives. Et la soie. Pourquoi ne porterait-elle pas ce fichu vêtement ?

Elle l'enfila en marmonnant entre ses dents. Qu'est-ce que c'était que cette histoire ? Elle se moquait éperdument de Royce Cameron. Ce n'était pas du tout son genre d'homme, mais alors pas du tout ! Il était arrogant, mal élevé et content de lui. De plus, il l'avait surprise dans une situation ridicule, ça, elle ne l'avait pas oublié !

Fronçant les sourcils, elle enfila un pantalon gris anthracite. Et ses cousines semblaient oublier qu'elle ne recherchait pas une relation avec un homme. Non, elle voulait profiter encore de quelques années de liberté absolue.

La sonnerie de la porte d'entrée retentit. Délibérément, Laura prit tout son temps pour mettre ses chaussures. Puis elle tourna le dos au miroir, et descendit lentement l'escalier.

Royce se tenait dans le hall d'entrée. Il était vêtu d'une

veste de cuir fatuguée, d'un jean délavé, et, visiblement, il n'avait trouvé ni peigne ni brosse à cheveux ce matin. Il parlait et riait avec Julia et Gwen. Laura eut le temps de descendre la moitié de l'escalier avant qu'il tourne la tête, avant que ses yeux étranges, d'un bleu profond et frangés d'épais cils noirs, rencontrent les siens. Avant que son sourire énigmatique, dangereux, apparaisse sur ses lèvres.

Elle prit une profonde inspiration. Son cœur venait de faire un bond dans sa poitrine.

— Bonjour, Laura, dit-il en s'inclinant, une main sur le cœur. Vous avez un chemisier splendide !

3

Royce ne poursuivait pas les femmes, et encore moins celles qui ne montraient aucun signe d'intérêt pour lui. Quand il en rencontrait une qui l'attirait, il le lui faisait comprendre. Directement, sans jouer à cache-cache, sans faux-semblants. Ensuite, il attendait qu'elle saisisse la balle au bond, si elle en avait envie.

Et puisque Laura MacGregor ne rattrapait pas la balle, il n'avait plus qu'à tourner la page et l'oublier.

Cependant, cela semblait plus facile à décider qu'à faire.

Près de trois semaines s'étaient écoulées depuis qu'il avait vu Laura pour la première fois, et quatre jours depuis la dernière fois. Et il n'arrêtait pas de penser à elle. Il ne la revoyait pas seulement dans cette tenue sexy qu'elle portait le jour où il s'était introduit dans la maison, bien que cette image ait tendance à faire irruption dans sa tête avec une régularité d'horloge. Non, c'était surtout son visage qui le hantait. Le sang-froid qu'il avait lu dans ses yeux quand elle l'avait affronté. L'intelligence et la détermination dont elle avait fait preuve quand elle lui avait parlé de lois et de justice. C'était ce petit sourire satisfait qui avait retroussé le coin de ses lèvres, pendant qu'elle descendait l'escalier, le jour où il était venu poser le système d'alarme.

Il était bien forcé de l'admettre : ce qu'il voyait, c'était Laura tout entière.

Assis dans son petit bureau, il passa une main nonchalante dans ses cheveux en soupirant. A force de penser à Laura, le soir, il en perdait le sommeil. C'était assommant. Ce qu'il devait faire, c'était ouvrir son carnet d'adresses et passer la soirée avec une femme pas compliquée, et pas exigeante. Il secoua la tête. Cette idée était plutôt déprimante. Mais il voulait bien être pendu s'il prenait le téléphone pour appeler Laura. Il l'avait invitée à dîner, elle avait refusé. Il lui avait dit de l'appeler si elle changeait d'avis. Elle n'avait pas changé d'avis. Il ne s'était pas ridiculisé ainsi auprès d'une femme depuis que, à douze ans, il était tombé amoureux fou de la meilleure amie de sa grande sœur...

— Allons, Cameron, conduis-toi comme un grand garçon, se dit-il.

Il se tourna vers l'écran de son ordinateur et se plongea dans l'étude du système de sécurité destiné à un immeuble de bureaux dans le sud de Boston.

Quand le téléphone sonna, il l'ignora jusqu'au quatrième coup. En jurant, il décrocha l'appareil. Sa secrétaire devait encore être en train de se poudrer le nez.

— Cameron Security !

— Ne serait-ce pas Cameron lui-même ?

Royce reconnut aussitôt la voix. Impossible de se tromper, avec cet accent écossais.

— C'est Cameron lui-même, monsieur MacGregor.

— Parfait, vous êtes l'homme que je cherche. Vous vous êtes occupé de la maison de mes petites-filles ?

— Oui. Le système est installé, et il fonctionne.

Et la facture, la fichue facture était encore dans le courrier en attente.

— J'ai installé le meilleur système jamais inventé, ajouta-t-il.

— Je compte bien là-dessus, mon garçon. Je veux que ma femme ait l'esprit tranquille. Avez-vous testé le système vous-même ?

— Oui, comme vous me l'aviez demandé. Toute tentative d'effraction ou de destruction de l'installation envoie un signal d'alarme directement au premier commissariat du quartier et sur mon beeper personnel.

— Parfait, parfait. Mais mes petites-filles doivent le mettre en marche pour être protégées. Elles sont jeunes, vous savez, et elles sont très occupées. Ma femme craint qu'elles n'oublient de le brancher.

— Monsieur MacGregor, je ne peux garantir ce système que s'il est utilisé normalement.

— Exactement. Et c'est ce que j'expliquais à Anna ce matin. Mais elle s'inquiète encore. Je me suis dit que, pour la rassurer, vous pourriez peut-être passer chez mes petites-filles — ce soir, par exemple — et tenter de pénétrer dans la maison...

— Attendez. Vous me demandez d'aller m'introduire chez elles par effraction ?

— Eh bien, si vous y parvenez, nous saurons qu'il faut trouver autre chose, mais si vous échouez, je pourrai tranquilliser ma femme. Elle est âgée, ajouta Daniel à voix basse. Je m'inquiète beaucoup pour sa santé. Nous serions heureux de vous dédommager généreusement pour votre temps et votre dérangement.

— Savez-vous combien d'années de prison pourrait me coûter cette petite plaisanterie, monsieur MacGregor ?

Daniel éclata de rire. C'était merveilleux, il avait vraiment trouvé l'oiseau rare pour sa Laura !

— Ecoutez, Royce, vous êtes un ancien officier de police, je suis sûr que vous savez mieux que moi ce que vous risquez. Et vous savez comment vous y prendre pour ne pas avoir d'ennuis. Je voulais aussi vous dire que j'ai l'intention de faire installer un nouveau système de sécurité chez moi. J'ai une grande maison, et je veux ce qu'il y a de mieux, quel que soit le prix.

Royce soupira en se renversant contre le dossier de sa chaise.

— Etes-vous en train d'essayer de me corrompre, monsieur MacGregor ?

— Exactement, monsieur Cameron. Je sais que vous êtes un jeune homme entreprenant.

— Absolument. Et cela risque de vous coûter une belle somme.

— Que m'importe, si cela offre la tranquillité d'esprit et la sécurité à ceux que j'aime ?

Royce contempla le plafond d'un air dubitatif.

— J'ai rencontré beaucoup de personnes intelligentes et démoniaques dans ma vie, monsieur MacGregor. Mais vous, vous pourriez encore leur donner des leçons.

Le rire de Daniel fusa de nouveau dans le téléphone. Royce éloigna vivement l'écouteur. C'était une véritable explosion, qui lui fit siffler les oreilles.

— Vous me plaisez, Cameron. Que je sois damné si je mens ! Vous me contacterez quand vous serez allé voir si l'installation fonctionne. Nous prendrons rendez-vous pour que vous veniez moderniser la mienne.

Cela allait lui rapporter gros. Royce comptait le nombre de zéros tout en se dirigeant sous la pleine lune vers l'ombre des grands arbres qui cachaient la maison.

Il examina les fenêtres. Rien ne lui était plus facile que d'évaluer la situation comme le ferait un cambrioleur. Il avait enquêté sur un nombre incalculable de vols de ce genre pendant ses années de service dans les forces de l'ordre. Et c'était pour cette raison précise qu'il avait décidé de travailler pour la sécurité privée. La plupart des gens n'avaient pas la moindre idée de leur vulnérabilité pendant qu'ils dormaient.

Un cambrioleur habile projetant d'entrer dans cette

maison aurait pris le temps de l'étudier au préalable sous toutes les coutures, mais lui, il débarquait au milieu de la nuit, sur la requête d'un Ecossais prêt à dépenser une fortune pour protéger ses petites-filles.

Un cambrioleur aurait su aussi que le système d'alarme était très sensible. A condition d'avoir de solides connaissances en électronique, naturellement. Il soupira. Puisqu'il en était là, autant jouer le jeu et imaginer qu'il était le roi des monte-en-l'air. Un peu amusé malgré tout par cette situation insolite, il entreprit de défaire son propre travail.

Un quart d'heure plus tard, il hocha la tête avec satisfaction. Il était plutôt doué, à vrai dire, mais peut-être moins en tant que voleur qu'en tant qu'expert en sécurité. Ce système était pratiquement infaillible, et s'il ne l'avait pas mis au point lui-même, il aurait été incapable de le démonter.

Satisfait, il s'apprêtait à remettre tout en ordre quand un flash l'aveugla. Laura MacGregor apparut de l'autre côté de la vitre, un Louisville Slugger à la main.

— Que diable faites-vous ici ? lança-t-elle d'un ton furieux.

— Je fais des vérifications, à la demande de mon client, cria-t-il à son tour.

— Je ne vous ai rien demandé !

— Pas vous, votre grand-père.

Laura passa son Slugger dans l'autre main, puis elle fit volte-face et saisit le téléphone.

Royce se gratta le menton et passa lentement ses doigts sur sa cicatrice. Si Laura appelait la police, il allait en avoir pour toute la nuit à s'expliquer. Bien sûr, il avait des amis dans les forces de l'ordre, mais ils seraient trop contents de le mettre en garde à vue, juste pour s'amuser.

Voilà qui allait doubler la facture de cette petite aventure nocturne.

Quelques minutes plus tard, Laura posa bruyamment

le récepteur. Elle se dirigea d'un pas ferme vers le tableau de contrôle du système d'alarme, composa le code, puis elle ouvrit la serrure de la porte d'entrée.

— Vous êtes deux idiots, vous et mon grand-père !

— Vous l'avez appelé ?

— Evidemment ! Vous espériez vraiment que j'allais vous croire sur parole ? Je devrais vous assommer, cela vous apprendrait à faire tout ce que Daniel MacGregor vous demande !

Elle posa son arme.

— J'apprécie votre maîtrise, dit Royce en riant.

Il lui adressa un sourire radieux.

— Pensez à votre grand-mère. Elle va pouvoir dormir sur ses deux oreilles.

— Ma grand-mère n'a jamais eu de problèmes de sommeil. C'est mon grand-père qui a manigancé tout cela.

Exaspérée, elle leva les mains, et son T-shirt suivit dangereusement le mouvement, découvrant un ventre satiné.

— Il passe ses nuits à imaginer le meilleur moyen de nous rendre la vie impossible. C'est le seul but de sa vie : rendre fous tous les membres de sa famille. Au moins, j'ai la satisfaction de savoir que ses oreilles vont carillonner pendant le reste de la nuit.

Royce sourit de plus belle et se rapprocha d'elle.

— Si vous étiez couchée, comme vous devriez l'être, vous ne vous seriez même pas rendu compte de ma présence.

Il tendit la main pour jouer avec les cheveux de Laura, qui formaient un rideau noir autour de ses épaules.

— Pourquoi n'êtes-vous pas au lit ?

— J'avais faim, marmonna-t-elle.

— Moi aussi.

Il s'approcha encore. Le destin semblait jouer en sa faveur. Il avait placé une chaise à un endroit qui empêchait Laura de reculer. Elle jeta sur lui un regard affolé.

— Où allez-vous ?

Son cœur battait à grands coups. Royce paraissait plus dangereux que jamais à cet instant, avec son regard brûlant, son sourire charmeur. Il était… terriblement attirant.

— Ecoutez…

Il l'interrompit.

— Je n'arrête pas de vous revoir dans votre petit pyjama.

Laura sentit son pouls accélérer sa course tandis que les yeux de braise de Royce se promenaient sur son corps. Puis il l'emprisonna en posant ses deux mains sur le dossier de la chaise.

Laura frissonna.

— Allez-vous-en ! murmura-t-elle.

— Je suis sûr que ce n'est pas ce que vous voulez.

Il se pencha légèrement vers elle, laissant son corps effleurer le sien, son souffle passer sur sa bouche.

— J'aurais juré que vous n'attendiez que cela, dit-il en plongeant dans les yeux de Laura un regard pénétrant.

Il approcha ses lèvres des siennes. Les pupilles de Laura s'élargirent tandis qu'il l'entendait prendre une longue inspiration. Il attendit, le sang bouillonnant.

— Laissez-moi vous embrasser, murmura-t-il.

Elle ne fit rien pour l'en empêcher quand il posa sa bouche sur la sienne. Pendant les longues secondes où ils étaient restés les yeux dans les yeux, elle avait été prise de vertige, comme si du vin chaud coulait dans ses veines. Quand leurs lèvres se rejoignirent, le désir lui imposait déjà sa tyrannie, violent comme un coup de poing dans un gant de velours. Leur baiser se fit plus profond, envoyant dans tout son corps un tourbillon de plaisir.

Avide, éperdue, elle enlaça Royce et se pressa contre lui. La même faim les poussait l'un vers l'autre, le même volcan grondait au fond d'eux. C'était la passion luttant contre la passion, la force se mesurant à la force.

Royce oubliait tout. Laura avait une saveur sauvage, une peau soyeuse. Sa bouche était l'essence même du péché, elle lui faisait perdre la raison. Il passa les mains dans ses cheveux, lui renversa la tête en arrière pour prendre plus, encore plus de cette bouche impatiente, érotique.

— Laissez-moi vous faire l'amour.

Il écarta ses lèvres des siennes pour les poser sur sa joue, sur sa gorge.

— Je...

Laura avait le souffle court. La tête lui tournait.

— Attendez... attendez.

— Pourquoi ?

— J'ai besoin de réfléchir.

Elle posa ses mains sur les épaules de Royce et se redressa.

— J'ai perdu la tête.

Ses yeux bleus dans les yeux chocolat de Laura, Royce fit glisser ses mains sur les hanches de la jeune femme.

— Je peux faire en sorte que nous ne réfléchissions plus du tout, ni l'un ni l'autre, murmura-t-il.

— Je n'en doute pas.

Elle recula, dans une tentative désespérée de mettre quelque distance entre eux.

— Laissez-moi une minute.

— Cela ne changera rien. J'aurai toujours envie de vous. Et vous aurez toujours envie de moi.

— Lâchez-moi.

Cela lui en coûta, mais il finit par laisser retomber ses mains. Il s'éloigna d'elle de quelques pas.

— Je suis assez loin ? Ou préférez-vous que je prenne la porte pour que vous puissiez prétendre que ce n'est pas arrivé ?

Piquée au vif, Laura se redressa.

— Je n'ai pas à prétendre quoi que ce soit. Si je n'avais pas voulu, ce ne serait pas arrivé. Je suis responsable de mes actes, monsieur Cameron.

— Très juste. Dans ce cas, pourquoi ne sommes-nous

pas en train de nous rouler sur l'un de vos magnifiques tapis, pour finir ce que nous avons commencé ?

— Vous ne mâchez pas vos mots.

— Je suis honnête.

— Moi aussi. Laissez-moi vous dire que nous n'allons pas rouler sur un tapis, pour la bonne raison que je ne couche pas avec le premier venu.

Royce hocha la tête et fourra les mains dans ses poches. C'était humiliant de se rendre compte qu'elles tremblaient.

— Cela aussi, c'est légitime.

Il posa sur Laura un regard d'aigle et ses lèvres se retroussèrent : le visage de la jeune femme venait d'exprimer une incrédulité teintée de méfiance.

— Vous ne vous attendiez pas à me voir raisonnable, n'est-ce pas, Laura ?

— A vrai dire, non. Ce qui prouve que j'ai raison : je ne vous connais pas.

Reprenant ses esprits, elle ne chercha pas à s'échapper quand il fit quelques pas pour s'approcher d'elle. Il lui caressa doucement le bras, fit remonter sa main jusqu'à son épaule. Puis il la prit par les poignets.

— Je suis Royce Cameron, dit-il d'une voix mi-sérieuse, mi-amusée. Trente et un ans, célibataire, ex-flic travaillant à son compte. Pas de casier judiciaire. J'ai passé quelques années à l'université, mais les études, ce n'était pas pour moi. J'aime les grands chiens stupides, le rock, la nourriture italienne et les femmes dangereuses.

Les yeux de Laura pétillèrent.

— Voilà qui me donne une vague idée de votre personnalité, mais ce n'est pas ce que je voulais dire.

— Je suppose que c'est un début. Voulez-vous en savoir davantage ?

Le cœur battant à tout rompre, Laura hocha la tête. Royce devait sentir son pouls danser la sarabande sous ses doigts.

— Vous ne me croiriez pas si je vous disais non, dit-elle.

— Vous devrez attendre demain soir, 19 h 30. Nous irons dans un restaurant italien.

— D'accord.

Elle ne bougea pas et soutint son regard quand il pencha la tête et prit sa lèvre inférieure entre ses dents.

— J'adore votre bouche. Je pourrais passer des heures à la butiner.

Il la lâcha et tourna les talons. Laura s'adossa à la vitre. Il lui semblait bien que Royce lui avait envoyé un sourire étincelant avant de s'éloigner, mais elle n'en était pas très sûre : sa vision était floue.

— Refermez derrière moi, dit-il. Et enclenchez ce fichu système d'alarme. Je ne vais pas jouer les cambrioleurs tous les soirs.

Incapable d'articuler le moindre mot, elle hocha la tête. Oui, elle avait bien besoin du système d'alarme ! Mais tous les systèmes d'alarme du monde n'arriveraient pas à fermer la brèche que Royce avait creusée en elle.

4

Gwen fit irruption dans la salle de bains, en sous vêtements, le visage maquillé.

— J'ai filé mon dernier collant. Et Greg va arriver d'une minute à l'autre.

Laura passa la tête par le rideau en plastique.

— Tu peux prendre un des miens mais il risque d'être trop grand. Tu as rendez-vous avec le Dr Smarm ?

— Ce n'est pas un rendez-vous, il m'accompagne à une réception organisée par l'hôpital.

— Il a vraiment une tête de vampire, dit Laura en riant.

— Il est chirurgien en chef !

— Chef des vampires !

Laura ferma le robinet de la douche.

— Et tout ce qui l'intéresse, c'est d'ajouter un autre cran à son scalpel, ajouta-t-elle.

— Alors, il va être drôlement déçu ! dit Gwen en fronçant les sourcils.

— Pourquoi n'y vas-tu pas avec Jim Proctor ? C'est un type tout à fait sortable, dit Laura.

— Il est fiancé. Depuis deux semaines, avec une institutrice.

— Alors, dans ce cas...

Le torse enveloppé dans une serviette de toilette, Laura sortit de la douche.

Elle posa un regard admiratif sur Julia qui avait passé une robe longue en velours vert foncé.

— Tu es sur ton trente et un, dit-elle.

— Soirée au country-club avec Peter.

— Peter est très bien, juste un peu trop sérieux.

Julia observa Laura, qui hésitait entre un fourreau de soie rouge et une robe en lainage bleu.

— Et toi, tu m'as tout l'air d'avoir un rendez-vous important.

— Nous allons écouter de la musique, dit Laura.

— Elle va danser. Troisième rendez-vous en deux semaines ! annonça Julia.

— Ce n'est pas un rendez-vous comme tu imagines. Nous nous voyons amicalement, c'est tout.

Gwen sortit de la salle de bains.

— Quand tu en auras assez de le voir, tu penseras à moi ?

Le regard noir de Laura la fit rire.

— Allons, Laurie, je ne vois pas ce qu'il y a de mal à s'intéresser à un homme superbe et disponible ! Tu ne connais pas ton bonheur.

La sonnette de la porte retentit.

— C'est Greg ! s'écria Gwen affolée. Julie, va lui tenir compagnie un petit moment, tu veux bien ?

Julie se rembrunit.

— Je te préviens, s'il me fait du plat, je l'envoie promener.

— Cinq minutes, Julie, pas une seconde de plus, promit Gwen en se ruant dans sa chambre.

— Je ne sais pas pourquoi elle ne l'envoie pas sur les roses, marmonna Julia.

Prenant une longue inspiration, elle plaqua sur son visage un sourire crispé qui se voulait radieux et se tourna vers Laura.

— Comment me trouves-tu ?

— Débrouille-toi pour que ton sourire ressemble moins à une grimace.

Laura ne savait pas quelle robe choisir. Certes une robe rouge était plus appropriée pour passer une soirée dans un club. Elle soupira. Non, elle ne la choisissait pas parce que c'était une robe sexy, ni parce que le tissu de soie additionné de Lycra suivait chaque courbe de son corps, affirmant sa féminité triomphante. Et si elle portait des talons aiguilles, c'était uniquement parce que cette robe ne supportait pas d'autres chaussures.

Laura attacha de gros anneaux dorés à ses lobes d'oreilles et secoua la tête. Julia avait de ces idées ! Royce et elle se voyaient pour la seule raison que chacun appréciait la compagnie de l'autre, parce qu'ils avaient des tas de choses à se dire et qu'ils riaient beaucoup ensemble.

Elle soupira. Oui, mais quand il l'embrassait, elle sentait sa raison chavirer.

Elle posa une main sur son estomac un peu à l'envers. Bon, d'accord, elle devait bien admettre qu'il y avait entre eux une forte attirance physique. Mais Royce ne l'avait pas pressée d'aller au-delà de ces baisers qui lui vidaient littéralement le cerveau.

Et pourquoi diable ne la pressait-il pas d'aller plus loin ? Il la rendait folle avec sa façon de la laisser défaillante, sans rien faire pour l'entraîner au lit.

Laura redressa la tête. Elle était complètement stupide ! N'avait-elle pas dit à Royce qu'elle voulait d'abord le connaître ? Et ne lui donnait-il pas le temps qu'elle avait réclamé ? Et voilà qu'elle était de mauvaise humeur parce qu'il ne l'emmenait pas dans sa grotte en la traînant par les cheveux !

C'était pitoyable.

Quand la sonnette de la porte d'entrée émit ses deux notes, Laura rejeta en arrière son épaisse chevelure noire et descendit l'escalier d'un pas ferme. Elle allait simplement passer une soirée tranquille et agréable avec Royce, se répéta-t-elle pour se convaincre. Ils voulaient juste apprendre à se connaître. Rien que deux personnes civilisées passant la soirée en tête à tête. Il n'y avait pas de quoi en faire un plat !

Elle ouvrit résolument la porte en souriant.

Royce avait fière allure. Son jean, sa chemise et sa veste noirs s'accordaient parfaitement à son air d'ange déchu.

— Vous êtes très ponctuel, je n'ai plus qu'à...

— Attendez.

La saisissant par les mains, il fit glisser les siennes jusqu'à ses poignets, qu'il enserra comme avec des menottes. Il plongea son regard dans le sien, puis il le fit couler le long du corps de Laura. Cette robe rouge lui allait comme une seconde peau, épousant la courbe parfaite de ses hanches, dessinant ses seins fermes. Il esquissa un sourire.

— Excusez-moi une minute.

Il l'attira à lui, la prit dans ses bras et s'empara de sa bouche. Sous le choc, Laura émit un petit cri tandis qu'une chaleur suffocante l'envahissait. Et elle se retrouva tout aussi brusquement libérée mais étourdie, le souffle court.

— Qu'est-ce... qu'est-ce que cela signifie ? bégaya-t-elle.

— Je voulais vous remercier pour la robe que vous portez... si l'on peut dire.

Royce lui adressa un bref sourire. Il était ravi. Comment ne pas l'être en voyant l'expression médusée de Laura ?

Le regard malicieux, il dit d'une voix suave :

— Mettez un manteau, Laurie. Il fait froid dehors.

L'ambiance du club était chauffée à blanc. Laura avait retrouvé son aplomb grâce à un verre de bordeaux. Les coudes appuyés sur la minuscule table, elle ne cherchait pas à cacher son étonnement. Jamais elle n'aurait cru que Royce pouvait rester assis à écouter du jazz. Apparemment, il n'avait pas fini de la surprendre. Pour l'instant, il la fixait de ses yeux bleus où se reflétait la flamme dansante des bougies. Il avait un regard magnétique, qui la grisait aussi sûrement que le vin. Essayant de prendre un air détaché, elle demanda :

— Pourquoi avez-vous quitté les forces de l'ordre ?

Comme il ne répondait pas, elle ajouta :

— C'est peut-être une question trop personnelle ?

— Pas du tout. Et pour répondre à votre première question, j'ai compris que je n'étais pas fait pour travailler en équipe. Pour bien faire ce boulot, il faut être passionné, et je ne l'étais plus.

— Pourquoi ?

Les yeux bleus de Royce se mirent à luire.

— A cause des avocats !

Laura leva le menton dans un réflexe de défense.

— Tout le monde a droit à un avocat !

— Oui, je sais, c'est la loi.

Il prit son verre, fit tourner les glaçons.

— Mais ce n'est pas la justice. Et vous avez une cliente, en ce moment, qui serait d'accord avec moi.

— Ah oui ? Laquelle ?

— Amanda Holloway.

— Je croyais que vous n'approuviez pas ce qu'elle a fait.

— Ce n'est pas à moi de la juger. Je n'étais pas dans sa tête, le soir où elle a tué son mari. Mais pour moi, son cas illustre l'aspect défectueux du système juridique.

— Son procès commence dans dix jours. Vous pourriez peut-être m'aider ? proposa Laura.

— Je ne peux rien vous dire.

— Il est évident que vous n'aimiez pas son mari.

— Je n'aime pas non plus le type qui vit dans l'appartement situé en face du mien. Mais je n'aurais pas non plus grand-chose à vous dire à son sujet. Votre mère connaît son boulot, Laura, sinon elle ne serait pas là où elle se trouve.

— Je ne comprends pas comment vous avez pu renoncer à votre travail, à tout ce en quoi vous avez cru. Vous n'auriez pas travaillé dans la police si vous n'aviez pas eu le désir d'apporter votre contribution à la justice.

— En effet. Cependant, au bout de quelques années, j'ai vu que je n'étais pas capable de changer grand-chose.

Laura le dévisagea un instant. Elle avait perçu dans sa voix, une nuance de déception, de désillusion.

— Mais vous en aviez envie.

— Oui, c'est exact. Maintenant, je le fais à ma façon. Je n'ai plus à me soucier des implications politiques et du devoir de réserve des policiers. Et je suis plus doué pour l'électronique que pour l'obéissance.

— Vous aimez être votre propre patron.

— C'est bigrement vrai.

— Je ne peux pas vous en blâmer, dit-elle en soupirant. Moi, je travaille pour mes parents. C'est un rêve, ils sont merveilleux. Je ne crois pas que je me serais sentie à l'aise dans un grand cabinet où il s'agit surtout de facturer des honoraires rondelets à de riches clients.

— Je suis étonné que vos parents n'aient pas été rayés du barreau pour excès d'éthique, persifla Royce.

Les yeux de Laura s'étrécirent.

— C'est facile et mesquin de s'en prendre aux avocats.

Il sourit.

— Oublions ça. J'ai envie de vous dire quelque chose.

— Quoi ?

— Vous êtes incroyablement belle. Irrésistible.

Elle inclina la tête en se renversant sur son dossier.

— Vous essayez de changer de sujet de conversation.

— Et intelligente, avec ça. Si nous commençons à parler justice, nous allons nous disputer. Pourquoi perdre notre temps ?

— J'aime discuter. C'est pour cela que je suis avocate.

— Et moi, j'aime danser.

Il la prit par la main et se leva.

— C'est la raison pour laquelle nous sommes ici.

Elle le regarda d'un air surpris.

— Vous dansez ?

— Eh bien, je n'ai jamais atteint mon rêve de toujours : entrer au Bolchoï, répliqua-t-il en l'entraînant vers la piste. Mais je me débrouille.

— Vous donnez plutôt l'impression de préférer les matchs de boxe.

Il la serra si fort contre lui qu'elle ne put continuer à parler.

— Nous nous battrons plus tard, chuchota-t-il à son oreille.

Sans desserrer son étreinte, il la guida avec souplesse et précision à travers la piste. Elle n'avait pas besoin de réfléchir pour le suivre. De toute façon, elle n'aurait pas pu, son cœur battait trop vite, le saxo gémissait, et les yeux de Royce ne la lâchaient pas un instant.

Maudissant l'accélération des battements de son cœur, elle murmura :

— Vous dansez très bien.

— Danser est la seconde des deux meilleures choses qu'un homme puisse faire avec une belle femme. Pourquoi ne pas la faire bien ?

Laura dut humecter ses lèvres.

— Vous avez pris des leçons ?

— Sur l'insistance de ma mère. C'est d'ailleurs pourquoi je suis capable de battre un champion en cinq rounds. Dans mon entourage, si un gars prenait des leçons de danse, il avait intérêt aussi à apprendre à se servir de ses poings.

Il fit une petite pause. Comme elle allait lui poser encore une question, il dit en la serrant plus fort :

— Vous parlez trop.

Laura avait la tête floue, le pouls palpitant.

Rivés l'un à l'autre, ils continuèrent à évoluer sur la piste. Laura avait l'impression de se liquéfier. Elle murmura le nom de Royce en glissant une main derrière sa nuque.

— Savez-vous qui je suis ? demanda-t-il brusquement.

Il attendit que les yeux de Laura s'ouvrent lentement et rencontrent les siens.

— Savez-vous qui je suis, maintenant, Laura ?

Elle savait ce qu'il demandait. Et chaque instant qu'ils avaient passé ensemble avait été une danse dont les pas les avaient amenés jusque-là.

— Oui, je crois.

— Alors venez chez moi.

Il l'embrassa encore, suivant le tracé de ses lèvres du bout de sa langue jusqu'à les faire trembler.

— Venez au lit avec moi.

Elle se moquait bien que la musique se soit arrêtée, que le club soit plein de monde. Elle s'oublia dans ce baiser.

— Ma maison est plus près, murmura-t-elle.

— Comment le savez-vous ?

— J'ai cherché votre adresse.

Elle sourit.

— Mes cousines passent la soirée à l'extérieur.

Elle glissa sa main dans la sienne, entrelaça ses doigts aux siens.

— Venez chez moi, dit-elle d'une voix rauque.

— J'ai cru que vous ne le diriez jamais.

Ils s'embrassaient encore en sortant dans la fraîcheur de cette soirée d'automne. Dès qu'ils se retrouvèrent dans la voiture, ils se jetèrent l'un sur l'autre.

— Dépêchez-vous de nous emmener, dit Laura d'une voix rauque.

— Dites-moi d'abord ce que vous avez sous cette robe.

Elle rit.

— Rien que du parfum.

— Comptez sur moi, je vais conduire à tombeau ouvert.

Il passa la première vitesse.

— Bouclez votre ceinture, et gardez vos mains tranquilles. Je veux vivre encore longtemps pour faire l'amour avec vous.

Laura se débattit avec la ceinture de sécurité pendant que la voiture bondissait sur la route, puis elle serra ses mains l'une contre l'autre sur ses genoux. Elle n'avait qu'une envie : s'en servir pour arracher la chemise de Royce, le toucher, lui faire perdre la tête. C'était à la fois fascinant et terrifiant. Elle n'avait jamais éprouvé un désir d'une telle violence, un besoin presque animal qui palpitait tout au fond d'elle.

— Parlez-moi encore de vous, dit-elle en le dévorant des yeux. De votre famille, de vos frères et sœurs.

— Je n'en ai pas.

Il accéléra, zigzagua entre les voitures, grilla un feu rouge.

— Vos parents vivent encore dans la région où vous êtes né ? demanda Laura.

— Ma mère est partie en Floride avec son second mari. Mon père est décédé.

— Oh, je suis désolée.

— Il est mort comme il voulait, en faisant son devoir.

Obligé de ralentir, Royce leva le pied et soupira.

— Ces gens n'ont rien d'autre à faire que de sortir la nuit ?

Eclatant de rire, Laura posa une main sur son cœur affolé.

— Dieu, comme je suis nerveuse ! Cela ne m'arrive jamais. Je vais me mettre à bavarder, je le sens. Vous feriez mieux de me parler, sinon je vais me mettre à raconter n'importe quoi.

— Je pourrais vous décrire ce qui va vous arriver dès que je vous aurai enlevé cette robe.

— Roulez plus vite ! Nous y sommes presque.

Royce enfonça l'accélérateur et remonta la rue. C'est

ce moment précis que son beeper choisit pour se mettre à sonner. En jurant copieusement, Royce fourra sa main dans la poche de sa veste et tendit l'appareil à Laura.

— Lisez le code qui vient de s'inscrire, s'il vous plaît.

— Oui, attendez, c'est... mais c'est le mien ! Royce, c'est l'alarme de ma maison !

Royce eut un regard dur, tandis que l'appareil continuait à émettre sa tonalité lancinante. Il se gara contre le trottoir, deux maisons avant celle de Laura.

— Restez ici, ordonna-t-il. Et bouclez les portières.

— Mais vous ne pouvez pas... la police va...

— C'est moi qui ai installé ce système.

Il bondit hors de la voiture et claqua la portière. Evitant la lumière des réverbères, il se faufila vers la maison.

En dix secondes, Laura décida de le suivre. Elle maugréa contre ses chaussures ridicules qui l'empêchaient de courir vite. Alors qu'elle arrivait dans le flot de lumière qui s'échappait des fenêtres, elle vit deux hommes s'empoigner.

Sans réfléchir, elle se précipita tout en regardant à droite et à gauche, à la recherche d'un objet pouvant lui servir d'arme. Affolée, ne sachant que faire, elle hésita trente secondes avant d'avoir une inspiration subite. Elle ôta une chaussure. Brandissant un talon aiguille, elle se rua vers le lieu du drame.

Elle vit alors briller des cheveux dorés sous la lumière, entendit un juron et un grognement quand le poing de Royce vint percuter un visage familier.

— Ian ! Oh, mon Dieu, Ian !

Laissant tomber sa chaussure, elle s'accroupit près de l'homme que Royce avait envoyé rouler dans le gravier.

— Bon Dieu, que se passe-t-il ici ? dit-il en se relevant et en tâtant sa mâchoire.

— Oh, mon chéri, ta lèvre saigne ! Je suis désolée, je suis vraiment désolée !

Elle se pencha sur lui et l'embrassa tendrement.

— Je vais bien, merci, grommela Royce dans son dos. Il se frotta le poing. Mais l'aiguillon de la jalousie le brûlait plus encore que ses phalanges. Il fronça les sourcils quand Laura et Ian levèrent les yeux sur lui.

— Je crois comprendre que vous vous connaissez ? maugréa-t-il.

— Bien sûr que nous nous connaissons !

Laura caressa les cheveux de Ian.

— Vous venez d'assommer mon frère !

Ian tâta sa mâchoire.

— Vous avez un sacré droit. Je ne l'ai même pas vu venir !

— Viens à la maison avec moi, je vais te mettre de la glace sur le visage.

— Ne t'inquiète pas, Laura, ce n'est pas grave.

Ian tendit la main à Royce.

— Ian MacGregor, dit-il.

— Royce Cameron. Désolé.

Royce lui serra la main et l'aida à se mettre debout.

— Je n'aurais jamais cru que ce soit si dangereux de venir voir ma sœur, plaisanta Ian. J'ai été accueilli par un concert d'alarmes et un vrai feu d'artifice de lumières aveuglantes. Vous connaissez la suite…

— Nouveau système de sécurité, expliqua Royce. Je l'ai installé il y a quelques semaines.

— Eh bien, vous pouvez être fier de vous. Il fonctionne à la perfection !

Ian lui adressa un sourire pacifique, quoiqu'un peu en biais.

— Vous voulez une bière ? proposa-t-il.

Royce eut un sourire mi-gêné, mi-amusé.

— Pourquoi pas ? Mais avant, je vais dire aux flics de ne pas se déranger.

— Je suppose que vous avez aussi changé les serrures, dit Ian en suivant Royce vers l'entrée de la maison.

— Naturellement.

Ils laissèrent Laura derrière eux. En équilibre sur son unique talon aiguille, elle resta bouche bée. Puis, reprenant ses esprits :

— C'est typique ! marmonna-t-elle en ramassant son autre chaussure. Les hommes commencent d'abord à s'étriper, et ensuite, ils sont amis pour la vie.

5

— J'imagine que tu n'as aucune envie de me raconter pourquoi tu essayais de t'introduire chez moi à 10 heures, un samedi soir ?

Ian maintenait une bouteille de bière glacée contre sa joue meurtrie. Il sourit à sa sœur.

— Je n'aurais pas essayé de m'y introduire, comme tu dis, si tu m'avais prévenu que les serrures avaient été changées.

— Tu aurais pu m'annoncer ta visite !

— Impossible, j'ai décidé au dernier moment de passer ici pendant le week-end.

Il tourna les yeux vers Royce.

— Première année de droit à Harvard. J'avais besoin de respirer un peu.

— Je n'en doute pas, dit Royce en hochant la tête d'un air méditatif.

Son propre week-end venait de prendre une tournure inattendue, et plutôt décevante. Il n'avait plus qu'à réagir avec philosophie. Il n'avait pas le choix. Cependant, si Laura avait la bonne idée de changer sa robe de sirène contre un bon vieux jogging ou n'importe quelle tenue qui ressemble à un sac, il se sentirait plus détendu.

— Où sont les cousines ? interrogea Ian.

— Elles sont sorties.

— Tu as quelque chose à manger ? demanda-t-il avec un regard malicieux.

Laura soupira. Les yeux de Ian avaient cette petite lueur qu'elle connaissait bien. Il savait pertinemment ce qu'il venait d'interrompre en faisant irruption dans leur soirée. Et apparemment, il ne le regrettait pas le moins du monde.

— Je meurs de faim, ajouta-t-il.

— Si tu veux manger, débrouille-toi tout seul.

— Elle me dorlote, dit Ian d'un ton ironique en se dirigeant vers le réfrigérateur. Vous voulez un sandwich ?

Royce échangea un long regard avec Laura.

— Pourquoi pas ?

— Tu sais, Laurie, j'avais l'intention d'aller rendre visite à nos grands-parents, mais j'ai éprouvé un besoin urgent de te voir.

Il lui adressa un sourire radieux tout en sortant du réfrigérateur une assiette de viande froide et une sauce à réchauffer.

— Oh, laisse-moi faire, tu vas en mettre partout !

Elle le poussa et soupira en sentant le bras de son frère sur ses épaules. Il l'embrassa sur la joue.

— Va t'asseoir et bois ta bière ! ordonna-t-elle.

Il obéit et posa ses pieds sur la chaise qui lui faisait face. A vingt-deux ans, avec ses cheveux dorés, son visage aux traits anguleux adoucis par une bouche de poète, et ses yeux tirant sur le violet, il faisait de son mieux pour égaler, voire dépasser, la réputation que son père s'était faite à Harvard, qu'il s'agisse de ses études ou de ses relations avec les femmes.

— Alors, Royce, dites-moi comment vont les affaires dans le secteur de la sécurité, dit-il.

Ce n'était pas une question. C'était une affirmation. Ian MacGregor avait décidé de ne pas bouger d'un pouce, et il n'avait nullement l'intention de laisser Royce poser ses mains sur Laura tant qu'il ne serait pas satisfait par ses réponses.

Royce hocha lentement la tête. Après tout, cela était tout

à fait légitime de la part d'un garçon qui se souciait de sa sœur. Il fit contre mauvaise fortune bon cœur.

— Ma foi, il y a pire. Je gagne honorablement ma vie, dit-il en levant son verre.

Au cours de la semaine suivante, Laura noya sa frustration dans le travail. Ian s'était installé. Il passait chaque soirée, chaque nuit chez elle à Back Bay, et il conduisait tous les matins jusqu'à Cambridge pour aller à ses cours.

Un véritable chien de garde ! Laura n'en pouvait plus.

— Il aurait besoin d'une bonne laisse, grommela-t-elle.

— Qui donc, ma chérie ?

Laura leva les yeux de ses dossiers. Sa mère se tenait sur le seuil de la pièce, la tête penchée sur le côté, l'air interrogateur. Diana Blade-MacGregor avait des cheveux aussi noirs que ceux de sa fille, des yeux sombres, une peau mate qu'elle devait à son héritage de sang comanche. Elle portait un tailleur couleur bronze qui soulignait sa fine silhouette.

Laura esquissa un sourire. Comme toujours, sa mère était parfaite. C'était invariablement le mot qui lui venait à l'esprit quand elle pensait à elle. Absolument parfaite. Mais pour l'instant, elle n'était pas d'humeur à faire des compliments.

— Ton fils, répondit-elle. Il va me rendre folle !

— Ian ?

Diana entra dans le bureau en essayant de dissimuler un sourire. Ian lui avait dit que Laura paraissait plus qu'intéressée par un homme.

— Qu'a-t-il fait ?

— Il ne me laisse pas en paix une seconde. Il s'est mis dans la tête qu'il doit me protéger. Je n'ai pas besoin d'être protégée, ni par lui, ni par quiconque.

— Je vois.

Diana se percha sur le bord du bureau et passa doucement une main sur les cheveux de sa fille.

— Tout cela aurait-il à voir avec un certain Royce Cameron ?

— Mon petit frère n'a pas à interférer dans ma vie privée, répondit Laura d'une voix grinçante.

Elle fit une pause et prit une profonde inspiration.

— Et cela a tout à voir avec Royce Cameron !

— J'aimerais le rencontrer. Ton grand-père a certainement une très haute idée de lui.

— Mon grand-père ?

Troublée, Laura fronça les sourcils.

— Qu'a-t-il à voir avec Royce ? Il s'est adressé à sa société, c'est tout.

— Tu connais mal Daniel MacGregor, ma chérie.

En riant, Diana secoua la tête.

— Trésor, Daniel MacGregor n'aurait mis personne sur ton chemin — et encore moins un homme séduisant — sans se renseigner sur lui au préalable. Il paraît que Cameron vient d'une excellente famille.

Laura soupira, exaspérée.

— C'est le côté écossais de grand-père...

— Et tu es l'aînée de ses petites-filles.

Le sourire de Diana s'attendrit.

— C'est une position délicate dans laquelle ton père et moi t'avons mise.

— Je ne vois pas ce que tu... oh !

Elle se leva en voyant Royce apparaître.

— Royce !

— Désolée. On m'a dit à l'accueil que vous n'aviez pas de rendez-vous et que je pouvais monter...

— C'est bon, je...

L'émotion lui coupa la parole. Elle détestait cette sensation. Et elle détestait reconnaître que Royce en était responsable. Par sa simple présence.

— Maman, je te présente Royce Cameron.

— Je suis si heureuse de vous rencontrer.

Diana quitta le bord du bureau et lui tendit la main. Royce la serra chaleureusement.

— Désolé d'interrompre votre tête-à-tête. Je voulais juste voir à quoi Laura va ressembler en prenant de l'âge. Elle a beaucoup de chance apprемment.

Diana sourit. Royce savait parler aux femmes.

— Merci. D'après mon mari, les Comanches vieillissent assez bien. Mais je pense que vous voulez parler à Laura. J'espère vous revoir, monsieur Cameron. Laura, je vais dire un mot à Ian au sujet de notre petite conversation.

— Merci, maman.

Dès qu'elle fut partie, Royce se tourna vers Laura.

— Votre frère se cache-t-il dans le placard ?

Laura poussa un petit gloussement.

— Pas pour l'instant.

— Parfait.

Vif comme l'éclair, il l'enlaça par la taille et l'attira contre lui. Il vit ses cils papillonner tandis qu'il posait sa bouche sur la sienne.

— Il faut que je vous voie, Laura, seule.

— Je sais, je voudrais moi aussi... Mais pour l'instant, tout est si compliqué, et... mais embrassez-moi !

Ce qu'il fit presque avec rudesse, cette fois, laissant passer dans la virulence de son baiser toute son impatience et sa frustration, mais aussi une montagne de promesses.

— J'aurais dû frapper votre frère plus fort, plaisanta-t-il.

Il prit Laura par les hanches et l'attira encore plus intimement contre lui.

— Je vais le trouver et l'assommer.

Laura promena ses doigts dans sa chevelure blonde.

— Ce n'est pas la peine. Laissez-moi faire, murmura-t-elle.

— Essayez de vous échapper. Dites à la secrétaire que vous allez déjeuner.

— Il n'est que 10 heures du matin.

— Un déjeuner exceptionnellement tôt.

Royce lui mordilla le cou, puis revint sur sa bouche.

— Et qui durera presque toute la journée.

Laura soupira.

— C'est vraiment impossible.

Il laissa traîner ses lèvres sur sa gorge. Elle frissonna de plaisir.

— Je ne devrais pas, dit-elle dans un râle.

Il revint explorer ses lèvres, et sentit contre sa poitrine les battements de son cœur qui s'accéléraient.

Prise de vertige, Laura chuchota :

— D'accord, laissez-moi seulement un...

— Laura, est-ce que tu as le dossier de...

Caine MacGregor se figea, la main posée sur la poignée de la porte. Il lança un regard aussi acerbe qu'interrogateur à l'homme qui était positivement en train de dévorer sa fille.

D'un ton glacial, il articula :

— Excusez-moi.

— Papa !

Se libérant des bras de Royce, Laura s'éclaircit la voix, tout en maudissant la rougeur qui envahissait ses joues.

— J'étais... nous étions...

Se tournant vers Royce, Caine le toisa.

— Monsieur ?

— Royce Cameron, répondit-il posément.

Il avait un loup en face de lui, sans aucun doute. Et les quelques cheveux gris qui éclaircissaient ses tempes n'enlevaient certainement rien à l'efficacité de ses crocs.

— Et j'étais en train d'embrasser votre fille, ajouta-t-il.

— J'ai des yeux pour voir, Cameron, dit Caine sur un ton cinglant. Systèmes de sécurité, si je ne me trompe ? Ne devriez-vous pas être en train de travailler à cette heure-ci, au lieu d'embrasser ma fille ?

Royce glissa ses pouces dans les poches de son pantalon.

Il n'était même pas rasé, il n'avait pas eu l'intention de voir Laura ce matin. Mais il était sorti faire quelques courses et s'était retrouvé devant le bureau de la jeune fille sans très bien savoir comment.

Il n'ignorait pas quelle apparence il offrait à un père qui adorait sa fille et se souciait de son avenir. Un père richissime, qui portait un costume Armani comme s'il était né dedans.

— Je reviens à l'instant de Hyannis Port. J'y ai passé ces deux derniers jours à mettre au point un système de sécurité ultraperformant pour la maison de votre père, expliqua-t-il.

Caine plissa les yeux.

— C'est donc cela ? C'est ce vieux tyran qui joue les entremetteurs, marmonna-t-il.

Puis, d'une voix menaçante :

— Dans ce cas, j'imagine que vous avez du pain sur la planche. Nous ne voudrions pas vous faire prendre de retard dans votre travail, dit-il d'une voix cinglante.

— Papa ! Tu n'as pas le droit de lui parler sur ce ton !

— Mais si, dit doucement Royce. Vous ressemblez tellement à votre mère. Il a toutes les raisons du monde de me rudoyer.

— Bien dit, murmura Caine.

— Je reviendrai, dit Royce en se dirigeant vers la porte. Il s'arrêta quand il se retrouva nez à nez avec le père de Laura.

— Et je recommencerai à embrasser votre fille, monsieur MacGregor. Il faudra vous y habituer.

Furieuse, Laura s'insurgea :

— Si vous croyez que vous allez continuer à parler de moi comme si j'étais un trophée, je...

Lui jetant un coup d'œil par-dessus son épaule, Royce l'interrompit.

— Nous avons fini. Du moins pour l'instant.

Et il sortit.

— Quelle arrogance ! maugréa Caine.

Il fourra ses mains dans ses poches. L'ébauche d'un sourire relevait les commissures de ses lèvres.

— Mais je dois avouer que ce garçon me plaît, ajouta-t-il.

Laura s'élança et posa un doigt sur le torse de son père.

— C'est vrai ? Alors, pourquoi as-tu fait cette scène ? Tu m'as humiliée !

— Pas du tout.

— Si ! Tu es resté là comme un... un...

— Un père, termina-t-il.

Il prit le menton de sa fille entre deux doigts.

— Crois-tu que je ne sais pas ce qu'il a en tête ? Ses mains étaient...

— Je sais exactement où étaient ses mains, rétorqua Laura, furieuse. Elles étaient là où je voulais qu'elles soient. Je ne suis plus une enfant, et je ne vais pas laisser les hommes de ma famille jouer les gardes du corps pour protéger ma vertu. Elle est à moi, et j'en ferai ce que je voudrai, avec qui je voudrai.

— Sauf si je te bats et si je t'enferme.

Elle eut un petit rire dédaigneux.

— Tu n'as jamais levé la main sur moi.

— Une erreur évidente, à laquelle je pourrais remédier, jeune fille.

— Arrêtez !

Diana entra en coup de vent et referma la porte derrière elle.

— Cessez de crier. On vous entend dans toute la maison !

— Qu'on nous entende ! hurlèrent en chœur le père et la fille.

— Baissez le ton et asseyez-vous, tous les deux !

— Papa a perdu la tête, s'exclama Laura.

Elle se laissa tomber dans un fauteuil.

— Maman, j'ai vingt-quatre ans. Croit-il que je n'ai jamais été embrassée par un garçon ?

— Il vaudrait mieux pour toi que tu n'aies jamais été embrassée de cette façon, grommela Caine. Diana, cet homme a…

— Cela suffit !

Levant les mains, Diana ferma les yeux. Une personne au moins dans cette famille devait garder son calme. Elle prit une profonde inspiration.

— Laura, même si tu avais cent dix ans, tu n'aurais pas le droit de parler à ton père sur ce ton.

Elle se tourna vers son mari.

— Et toi, Caine, souviens-toi que Laura est adulte, responsable, intelligente, et qu'elle peut embrasser qui lui plaît.

— Attends une minute, bon sang ! dit Caine.

— Ne me crie pas après ! l'avertit Diana. Si tu t'es mal conduit envers Royce, tu lui présenteras tes excuses.

— Plutôt mourir.

Diana le cloua du regard.

— Je m'en assurerai moi-même, dit-elle entre ses dents. Mais pour l'instant, il est plus important que vous vous comportiez comme deux adultes responsables, tous les deux. N'oubliez pas que vous vous trouvez dans un lieu de travail.

— Dis-le à ta fille, dit Caine en menaçant Laura d'un doigt furieux. C'est elle qui était en train de faire ça, pratiquement sur son bureau.

— Nous n'étions pas sur le bureau, fulmina Laura.

Se sentant rougir, elle baissa les yeux. Ils auraient pu y être si on leur avait laissé quelques minutes supplémentaires.

— Royce est passé me voir pour m'inviter à déjeuner, ajouta-t-elle d'un ton ferme.

— A déjeuner, bien sûr ! ricana son père.

Laura fit claquer sa main sur le bras du fauteuil.

— Tu parles comme grand-père.

Caine se redressa, piqué au vif.

— De mieux en mieux ! C'est le monde à l'envers ! C'est toi qui cries, alors que j'ai une réaction parfaitement normale en voyant ma fille se faire vampiriser par un inconnu. Quant à ton grand-père, il considère apparemment ce godelureau comme un parfait étalon, digne de continuer la lignée des MacGregor.

— Caine ! gémit Diana en se laissant tomber à son tour dans un fauteuil.

La voix de Laura monta d'une octave.

— Quoi ? Que veux-tu dire ? De quoi parles-tu ?

— Cela crève les yeux, répondit Caine. Tu es l'aînée de ses petites-filles, et tu es en âge de te marier.

Il imita la voix de Daniel MacGregor :

— « Il est temps que tu fasses ton devoir, que tu trouves un mari convenable et que tu aies des enfants. »

Laura ouvrit la bouche mais aucun son n'en sortit. Elle était muette de stupeur. Mais bientôt, un cri strident s'échappa de sa gorge.

— Tu comprends, maintenant ? dit Caine.

Satisfait de l'effet produit, il alla s'asseoir près de sa femme.

— C'est lui qui l'a choisi ! cria Laura.

Elle s'étranglait de fureur.

— Il l'a envoyé chez moi, il l'a sélectionné pour que je puisse... que je puisse procréer !

— Hum !

Heureux de ne plus être la cible de sa fille, Caine se mit à examiner ses manchettes.

— C'est un peu plus cru que ce qu'il avait en tête, je présume.

Laura écumait de rage.

— Je vais le tuer ! De mes propres mains !

Visiblement amusé, Caine se cala dans son fauteuil.

— Lequel des deux ?

— Grand-père ! Tu ferais mieux d'organiser ses funérailles.

Elle attrapa son manteau et son attaché-case.

— Je prends ma journée. Je dois aller à Hyannis Port.

Diana s'élança vers elle.

— Laura !

— Laisse-la y aller, dit Caine.

Il prit sa femme par la main tandis que Laura sortait en trombe.

— Il l'a bien mérité, ajouta-t-il.

— Seigneur ! Comment ai-je pu m'intéresser à une telle famille ?

— Tu me voulais moi, lui rappela Caine avec un sourire malicieux. Tu ne pouvais pas te tenir tranquille.

Il lui embrassa le bout des doigts.

— Et tu ne peux toujours pas.

— Je vais faire un effort.

— Diana.

Il retourna sa main et pressa ses lèvres sur sa paume. Il savait, aussi sûrement que sa femme, à quel point ce baiser la troublait.

— Je me faisais du souci pour notre bébé, dit-il d'une voix douce.

— Laura n'est plus un bébé. Elle a grandi, Caine. Je sais, cela arrive trop vite.

Elle appuya sa tête contre celle de son mari.

— C'est dur à admettre.

— Je ne veux pas qu'elle se jette à la tête de n'importe quel... Cameron, que mon père aurait choisi pour elle.

— Laura choisit elle-même, dit tranquillement Diana. Elle l'a toujours fait. Que penses-tu de lui ?

— Je ne sais pas.

Il appuya la main de sa femme contre sa joue.

— C'est difficile à dire. Je voyais rouge.

Il soupira.

— Au fond, il me plaît bien.

— A moi aussi.

— Ce qui ne veut pas dire qu'il peut se permettre... ici, dans ce bureau. Pour l'amour du ciel !

— Ah oui, tu veux dire qu'ils ne peuvent pas agir comme nous l'avons fait nous-mêmes ! dit-elle avec un air malicieux.

— Mais c'était complètement différent ! objecta Caine.

Il fronça les sourcils. Diana continuait à le regarder en souriant.

— D'accord, d'accord. Ce n'était peut-être pas si différent.

Il caressa la jambe de Diana.

— Alors, tu veux essayer le bureau ? Pour voir si cela fonctionne toujours ?

— Nous avons donné assez de matière à bavardage à toute l'équipe aujourd'hui.

Elle se pencha vers lui, effleura ses lèvres des siennes.

— Nous attendrons que tout le monde soit parti.

— Je t'aime, Diana.

Il prit sa nuque entre ses mains pour approfondir leur baiser.

— Je t'aime mille fois plus que le jour où tu es entrée dans ma vie.

— Nous avons eu beaucoup de chance. Tout ce que je souhaite, c'est que nos enfants en aient autant que nous, dit-elle d'une voix émue.

Elle passa tendrement ses mains dans les cheveux de Caine, où l'argent se mêlait à l'or. Cette nuance la ravissait.

— Caine, Laura est partie chez Daniel. Te rends-tu compte ? Elle va l'écorcher vif ! dit-elle en riant.

— Je sais.

Il lui adressa un bref sourire de loup.

— Je regrette vraiment de rater ce spectacle.

6

Installé dans son bureau situé en haut de sa forteresse privée, Daniel MacGregor se cala dans son grand fauteuil de cuir et tendit la main vers sa boîte de cigares en souriant par anticipation. Il n'y avait rien de tel qu'un bon havane.

Sa femme s'était absentée pour quelques heures. Il pouvait donc fumer sans craindre d'être pris en flagrant délit.

Il soupira d'aise. Que Dieu la bénisse, Anna prenait à cœur tous ses intérêts, et particulièrement sa santé, mais aucune femme ne pouvait comprendre qu'un homme ait besoin de tenir un bon cigare entre ses doigts. En ce qui le concernait, cela l'aidait à réfléchir, à mettre ses projets au point.

Il jeta un coup d'œil inquiet sur la boîte. Elle allait bientôt être vide. Il devrait la donner à l'un des enfants pour qu'il en fasse entrer une autre en catimini dans la maison.

Content de lui, il s'enfonça dans le cuir patiné de son fauteuil favori et souffla la fumée vers le plafond. Il avait réussi sa vie, et maintenant, il était presque assez vieux pour prendre du bon temps. Dès que ses petits-enfants seraient installés, qu'ils feraient leur devoir en renouvelant le sang de la lignée MacGregor, il serait satisfait de couler des heures tranquilles comme il le faisait ce matin.

Il passerait avec Anna des jours paisibles remplis de pensées heureuses. Il hocha la tête d'un air satisfait. Grâce au ciel, ses projets pour Laura se réalisaient comme prévu.

Du moins, d'après les bribes d'informations qu'il avait réussi à extorquer aux cousines de sa petite-fille. Apparemment, ses petits-fils trouvaient Royce méfiant. Daniel sourit en formant des anneaux de fumée. Royce ne pouvait pas être plus méfiant que les MacGregor.

Il avait tiré aussi quelques informations de Royce Cameron lui-même. Oh, peu de chose : le jeune homme avait rencontré Laura et ses cousines. Il avait trouvé Laura très séduisante, et il avait reconnu que c'était étonnant qu'aucun homme n'ait songé à l'enlever.

Royce Cameron avait bien caché son jeu. Daniel eut un petit rire. Heureusement, il avait su lire entre les lignes, et dans les yeux de Royce.

Ce gars avait mordu à l'hameçon. Harponné, Royce Cameron !

Un mariage au printemps serait parfait, à moins qu'il puisse les inciter à se décider avant l'hiver. Pourquoi perdre encore du temps pour faire des bébés ? Les bébés lui manquaient terriblement.

Souriant toujours, il tira sur son cigare. Laura serait adorable en mariée. Elle ressemblait à sa mère, et Diana avait été radieuse quand Caine avait fini par l'emmener promener dans l'allée du château. Evidemment, il avait mis deux fois plus de temps qu'il ne lui en aurait fallu à lui-même, mais finalement, tout s'était arrangé.

Daniel soupira. Avec la nouvelle génération, tout était différent. Les jeunes avaient besoin d'un petit coup de pouce. Il allait laisser ses petits-fils mûrir encore un peu, mais il était grand temps d'inciter les plus âgées de ses petites-filles à faire leur devoir. Et qui pouvait s'y prendre mieux que lui ?

En imaginant Laura au bras de son père, revêtue du voile de mariée des MacGregor, Daniel se sentit submergé d'émotion. Une si belle fille, si douce, si adorable…

— Daniel MacGregor !

La voix explosa littéralement dans le vestibule. Daniel faillit en lâcher son cigare. La fumée qu'il venait juste d'avaler l'étouffa. Il se mit à tousser en agitant frénétiquement les mains pour dissiper le nuage qui s'était formé dans la pièce. Le cœur déchiré, il s'empressa d'écraser le restant de son cigare et le remit dans la boîte qu'il fourra dans le tiroir de son bureau avec le cendrier, tandis que son nom résonnait dans la maison.

— Daniel MacGregor ! Je sais que tu es ici ! Je suis venu pour te tuer !

En faisant la grimace, il se leva avec une souplesse surprenante pour un homme qui venait de fêter ses quatre-vingt-dix ans, et ouvrit la fenêtre.

— Ah, je te trouve enfin !

Hors d'elle, Laura était magnifique. Elle entra précipitamment dans la pièce, le doigt pointé sur lui.

— Tu as un culot phénoménal ! hurla-t-elle.

— Laurie, ma chérie, quelle bonne surprise ! dit-il en retournant prudemment s'asseoir derrière le grand meuble en acajou.

Le regard noir, Laura se dirigea vers lui. Malgré sa carrure de taureau, ses cheveux blancs comme neige, autrefois roux, sa barbe luxuriante et son regard bleu qui n'avait jamais pâli, elle ne semblait pas impressionnée. Daniel se sentit ébranlé.

— Et n'essaie pas de m'avoir avec des paroles mielleuses ! prévint-elle d'une voix menaçante.

Elle posa ses deux mains à plat sur le bureau.

— Tu as trouvé un étalon pour moi, hein ? Pour qui me prends-tu ? Pour une jument ?

Daniel écarquilla les yeux d'un air candide.

— Je ne vois pas du tout de quoi tu parles, ma chérie.

Il lui adressa un sourire radieux, tout en calculant le meilleur moyen de sauver la situation.

— Comme c'est charmant ! Tu as fait tout ce chemin

depuis Boston pour venir me voir ! Nous allons prendre le thé dans le salon.

— Tu ne risqueras pas de l'avaler quand je t'aurai étranglé. Croyais-tu que je ne comprendrais pas ton petit manège ?

— Mon petit manège ? J'étais tranquillement assis à mon bureau. Je m'occupais de mes papiers.

— Ne fais pas l'innocent. Je suis assez grande pour trouver un homme quand je l'aurai décidé moi-même.

— Naturellement, ma chère petite. Tu seras obligée de les chasser à coups de bâton, ils seront trop nombreux. Tu es si belle ! La première fois que je t'ai prise dans mes bras, tu n'avais que quelques minutes, j'ai dit à ton père : « Voici le plus beau bébé du monde ». Il y a si longtemps !

Poussant un profond soupir, il posa ses coudes sur le bureau, comme s'il avait besoin d'un support.

— Ces souvenirs me rendent tout bizarre. Je suis un vieil homme, Laura.

— Ne me fais pas le coup de l'attendrissement ! Tu es vieux quand cela t'arrange. Espèce de vaurien.

Il cligna des paupières et fit de son mieux pour pâlir tout en portant une main à sa poitrine.

— Laura, comment oses-tu me parler ainsi ? Oh ! Mon cœur ! J'ai des palpitations !

Laura se contenta de plisser les yeux.

— Je peux arranger cela. En les faisant cesser définitivement !

— Mon cœur est peut-être en train de se briser, dit-il en prenant un air lamentable. De se briser en deux parce que ma petite-fille préférée me parle durement. Elle me manque de respect, dit-il d'une voix faible. Rien ne peut atteindre un vieil homme comme les paroles méchantes de sa petite-fille adorée.

— Estime-toi heureux que je daigne te parler. Et ne crois pas que tu vas t'en tirer en me faisant ton numéro. Tu es solide comme un bœuf, mais pour l'instant, je crois que tu as moins de bon sens que n'importe quel quadrupède.

Daniel redressa la tête et son regard changea brusquement.

— Tiens ta langue, ma fille. Je n'accepterai pas ce langage, même venant de toi.

— Comment as-tu pu me mettre dans une situation aussi embarrassante ? Pour l'amour du ciel, grand-père, tu as engagé ce type pour moi !

— Tu avais besoin d'un système d'alarme.

Sa voix n'était plus vacillante, elle éclata comme un coup de tonnerre.

— Toi et mes autres petites-filles, vous vivez seules dans cette grande ville. Je protège ceux que j'aime, et je ne voulais pas que votre grand-mère se ronge les sangs. Un point c'est tout.

Laura donna un coup de poing sur le bureau.

— S'il s'agissait de cela, ce serait différent.

Essayant un autre angle d'attaque, elle se rapprocha de Daniel et posa ses poings sur ses hanches.

— Daniel Duncan MacGregor, vous êtes sous serment. Pouvez-vous jurer que tout ce que vous dites est la vérité, rien que la vérité ?

— Je ne mens jamais, ma petite fille. Maintenant, si tu veux...

— Je n'ai pas fini de lire l'acte d'accusation.

— Je suis accusé ?

Il éclata de rire.

— Tu n'as pas encore un an de barreau, et tu crois pouvoir m'interroger !

— S'il te plaît, réponds à mes questions. As-tu oui ou non engagé Royce Cameron ?

— Je t'ai déjà répondu. Oui, je l'ai engagé. Sa société a une excellente réputation.

— Et pour ce service particulier, tu lui as donné de l'argent.

— Je n’attends pas d’un entrepreneur sérieux qu’il me procure ses services gratuitement.

— Est-ce que, oui ou non, tu l’as encouragé à... parler à l’aînée de tes petites-filles, une certaine Laura MacGregor ?

— Quelle absurdité ! Je n’ai jamais...

— Je te rappelle que tu es sous serment !

— Je ne l’ai jamais incité à te parler. J’ai peut-être mentionné que l’aînée de mes petites-filles était une belle jeune femme célibataire.

Il fit une pause, l’œil sombre. Puis il ajouta :

— Ce n’est pas un crime.

— Tu m’as jetée en pâture à lui.

— Certainement pas !

Son sourire s’élargit, plus malicieux que jamais.

— C’est lui que j’ai jeté à ton cou. Et je savais que s’il ne te plaisait pas, tu serais libre de le rejeter, non ?

— C’est...

— Mais tu ne l’as pas rejeté, n’est-ce pas, Laurie ?

Elle fronça les sourcils et serra les dents.

— Cela n’a rien à voir.

— Mais si, et tu le sais, sinon tu ne serais pas venue ici me faire une scène. Tu aurais ri un bon coup et tu aurais renvoyé Royce Cameron.

Il prit sa main avant qu’elle puisse s’écarter, et la serra gentiment.

— Il est fou de toi.

— C’est faux.

— Non, c’est la vérité. Un homme est capable de voir ce genre de choses chez un autre homme. N’oublie pas que je l’ai eu chez moi pendant deux jours presque entiers, j’ai eu le temps de l’observer.

Laura retira vivement sa main.

— Tu l’as acheté !

Daniel sourit. Lui aussi, il était capable de mener un petit interrogatoire.

— Est-ce qu'il n'a pas fait du bon travail dans ta maison ?

— Comment pourrais-je le savoir ? Je n'y connais rien.

— Il a fait un excellent travail, et grâce à lui, ta grand-mère et moi pouvons dormir tranquilles. Et si j'ai envie d'améliorer la sécurité dans ma propre maison, pourquoi ne pas engager un homme qui a déjà fait ses preuves ?

Laura se massa les tempes. Comment contrer l'argument de son grand-père ? Il tenait parfaitement debout. Furieuse qu'il ait renversé la situation, elle dit d'une voix venimeuse :

— Tu sais très bien que c'est un complot.

— Naturellement, c'est un complot. La vie entière en est un.

Il lui adressa son sourire le plus enjôleur.

— C'est un bel homme, ce Royce Cameron. Il vient d'une bonne famille, et il a réussi dans la vie. Son grand-père était un homme très bien.

Laura en oublia sa colère.

— Tu as connu son grand-père ?

— Un peu. C'était un policier qui avait un sens aigu du devoir, et une bonne tête d'Ecossais. Sa grand-mère était une Fitzwilliams, une forte lignée. Je l'ai connue un peu mieux.

Il agita ses sourcils.

— Je l'ai connue avant que ta grand-mère ne me fasse perdre la tête. Alors, quand j'ai cherché une petite firme privée dans les environs de Boston pour ces systèmes de sécurité, et que j'ai vu le nom de Cameron qui était le nom du grand-père de Royce, cela m'a fait revenir quelques années en arrière, et je me suis dit : « Est-ce que ce ne serait pas le petit-fils de Millie Fitzwilliams ? »

Vaincue, Laura dit d'une voix presque inaudible :

— Alors tu l'as vraiment cherché.

— Pour satisfaire ma curiosité, pour connaître le petit-fils de vieux amis. Et j'ai constaté que c'était un homme solide, intelligent et doué pour les affaires. Pourquoi ne pas le faire travailler pour moi ?

— Et pourquoi ne pas lui fourguer ta petite-fille en prime ?

— Comme je te l'ai dit, je l'ai poussé de ton côté. Mais personne ne t'a mis un couteau sous la gorge pour que tu ailles danser avec lui.

Laura serra les dents.

— Comment sais-tu que je suis allée danser avec lui ?

Daniel lui adressa un sourire énigmatique.

— J'ai mes informateurs, ma petite fille.

— J'ai envie de t'étrangler.

— Tu ferais mieux de m'embrasser.

Il prit encore sa main dans les siennes.

— Tu m'as manqué, Laurie.

— Personne ne te manque, espèce de conspirateur.

Mais elle ne put résister à l'envie de l'embrasser, et Daniel n'eut qu'à l'attirer un peu pour qu'elle s'asseye à côté de lui.

— Sait-il que tu l'as mis sur mon chemin ? s'enquit-elle anxieusement.

— Allons, ma chérie, je suis plus malin que cela. Mais dis-moi ce que tu vas faire ?

— Je vais avoir une relation torride avec lui.

— Laura ! s'exclama Daniel, choqué.

L'horreur qu'elle lut dans son regard suffit presque à la récompenser.

— Tu récoltes ce que tu as semé, grand-père. Et puisque tu as mis un si beau spécimen masculin à ma disposition, je vais m'en servir jusqu'à ce que j'en aie assez.

Daniel la prit par les épaules et plongea ses yeux dans les siens.

— Laura, dis-moi que tu plaisantes !

— Peut-être.

Elle ébaucha un sourire.

— Et peut-être pas. La prochaine fois, tu réfléchiras

à deux fois avant de jouer à ce petit jeu avec moi, Daniel MacGregor.

Le regard grave, Daniel toussota.

— Bon, maintenant, écoute-moi bien, Laurie.

Il fit une pause en entendant la voix de sa femme.

— Laura ? Tu es là ? J'ai vu ta voiture !

— Je suis là, grand-mère !

— Chut !

Daniel secoua doucement sa petite-fille pour la dissuader.

— Ne la laisse pas monter ici, elle a le nez fin comme un limier. J'ai tiré quelques bouffées de cigare.

— Je descends tout de suite, grand-mère !

Laura se pencha vers Daniel.

— N'oublie pas que tu as une dette envers moi. Et si tu ne t'en souviens pas, je peux laisser échapper que j'ai vu quelques cigares cachés derrière tes dossiers. Sous la lettre c, comme « catimini ».

Daniel pâlit.

— Tu ne ferais pas cela !

Laura ne se départit pas de son sourire triomphant en se dirigeant vers la porte.

— A ta place, je ne ferais pas de pari là-dessus.

Riant sous cape, elle descendit prestement l'escalier avant que sa grand-mère n'ait l'idée de la rejoindre. Elle adorait son grand-père, ce n'était pas elle qui allait trahir son petit secret.

Les deux femmes se retrouvèrent dans le hall d'entrée et tombèrent dans les bras l'une de l'autre.

— Tu aurais dû nous prévenir de ta visite, je ne serais pas sortie ! dit Anna.

Laura jeta un coup d'œil sur l'amoncellement de sacs remplis d'achats.

— Je vois que tu as été très occupée ce matin.

— Je veux que mes achats de Noël soient terminés la veille de Thanksgiving.

Elle lui glissa un bras autour de la taille et l'entraîna vers le salon.

— Asseyons-nous. Nous allons prendre le thé.

Elle sonna pour prier la gouvernante de le préparer.

Laura l'observait. Anna MacGregor était toujours aussi adorable. Et si forte ! C'était vraiment une femme remarquable, qui avait réalisé son rêve à une époque où les femmes qui voulaient devenir médecins étaient l'objet de railleries ou de mépris.

Et non seulement elle avait atteint son but, mais elle était arrivée au sommet en devenant l'un des plus grands chirurgiens de la côte Est des Etats-Unis. Ce qui ne l'avait pas empêchée d'être une mère et une maîtresse de maison accomplies.

— Comment fais-tu, grand-mère ?

En poussant un soupir de soulagement, Anna s'assit et posa ses pieds sur un gros coussin de velours.

— De quoi parles-tu, ma chérie ?

— De tout ce que tu arrives à faire. Comment t'y prends-tu ?

— Le grand secret, c'est de faire une chose à la fois. Il est vrai qu'à une certaine époque, une matinée de shopping ne m'aurait pas épuisée.

Elle sourit.

— Je suis si heureuse que tu sois là. Je vais rester assise et m'offrir un petit moment de paresse.

Aussitôt inquiétée par le ton d'Anna, Laura se leva.

— Tu devrais t'allonger. Tu t'es trop fatiguée aujour-d'hui !

— Laura !

Anna parlait d'une voix sereine, chaude comme un rayon de soleil.

— Laura, j'ai mal aux pieds, c'est tout. Maintenant, assieds-toi. Et dis-moi, tu n'as pas fait tout ce chemin pour venir faire des reproches à ton grand-père ?

— Je...

Laura soupira.

— Tu es au courant de tout, naturellement ?

— Je sais qu'il a joué les entremetteurs, et je m'attendais à te voir depuis une semaine. Royce Cameron doit te faire beaucoup d'effet, pour qu'il t'ait fallu tout ce temps avant de comprendre.

— Il est merveilleux.

— Je l'ai vu de mes propres yeux.

— J'ai seulement dit à grand-père que j'allais avoir une histoire d'amour torride avec Royce.

— Oh !

Anna poussa encore un soupir et agita ses orteils pour les décontracter.

— C'est tout ce que Daniel méritait, je suppose.

— Mais je le pensais.

Laura fit une pause. Combien de femmes osaient dire une chose pareille à leur grand-mère ?

— Je vais avoir une histoire d'amour avec lui.

Anna resta silencieuse, écoutant la table du thé rouler dans le couloir. Elle attendit que la gouvernante soit repartie et versa elle-même la boisson brûlante et parfumée dans les tasses.

— Je n'ai pas besoin de te conseiller la prudence. Tu es une jeune femme intelligente, et responsable.

Elle posa la théière.

— Et pourtant, je vais quand même le faire.

— Ne te fais pas de souci. Je suis… vraiment très attirée par lui. Je n'ai jamais été attirée à ce point par un homme. Et je l'aime beaucoup. Je ne croyais pas cela possible, mais en réalité, je l'aime beaucoup.

— Et bien sûr, il éprouve les mêmes sentiments pour toi.

— Oui, je crois.

Rêveuse, Laura sirota son thé, et posa la tasse sur sa soucoupe.

— Tu me connais, les hommes me rendent folle. Je

n'avais vraiment pas l'intention de... enfin, j'ai tant de choses à faire, je n'ai pas le temps de me compliquer la vie. Mais grand-père l'a engagé. Il l'a engagé, tu te rends compte ? Et cela t'amuse !

Anna riait de tout son cœur.

— Je suis désolée, ma chérie, je sais que je ne devrais pas.

— Ce sera peut-être drôle dans dix ou vingt ans, marmonna Laura. Mais pour l'instant, c'est tout simplement humiliant. Et par-dessus le marché, Ian a décidé de jouer les chaperons. Il ne me lâche pas d'une semelle. Et à le voir avec Royce, tu jurerais que c'est son meilleur copain depuis qu'il lui a cassé la figure.

— Ian a frappé Royce ?

— Non, c'est le contraire, mais c'était un malentendu.

— Evidemment, dit Anna avec un calme olympien.

Elle but une gorgée de thé.

— Et mon père a fait irruption dans mon bureau, ce matin. Et il a montré les dents en voyant que Royce m'embrassait.

— Oh !

Le sourire d'Anna était radieux.

— Pauvre Caine. Sa petite fille, son bébé...

— Je ne suis pas...

Anna l'interrompit d'une voix douce.

— Tu es sa petite fille, son bébé, et tu le seras toujours. Vous vous êtes disputés, j'imagine.

— C'était à celui qui crierait le plus fort, mais maman est arrivée et elle nous a calmés. Seulement, quand elle a dit que grand-père avait... enfin, quand j'ai compris que c'était un coup monté, je n'ai pas pu m'empêcher de venir dire à grand-père ce que j'en pensais.

— Evidemment.

Anna hocha pensivement la tête. Les MacGregor ne rataient jamais une occasion de dire haut et fort ce qu'ils pensaient. Elle rejeta en arrière une mèche de cheveux blonds.

— Mais maintenant, vous êtes réconciliés, conclut-elle avec un regard espiègle.

— On ne peut pas rester longtemps furieux contre grand-père. Il a le don d'entortiller les gens.

— Personne ne le sait mieux que moi. Et personne ne sait mieux aimer que Daniel.

— C'est vrai.

Hésitante, Laura se mordit la lèvre supérieure. Elle allait dire ce qu'elle ne s'était jamais permis de dire jusque-là.

— Grand-mère… Je crois que je pourrais tomber amoureuse de Royce, si je voulais.

— Laura !

Anna prit les mains de sa petite-fille dans les siennes avant de dire :

— Quand tu tombes amoureuse, tu n'as absolument pas le choix. Cela arrive tout seul.

Le pas lourd de Daniel se fit entendre dans l'escalier.

— Tiens, voilà ton grand-père !

Elle lui pressa doucement la main.

— A ta place, j'attendrais un peu pour lui annoncer cette bonne nouvelle.

— Bien sûr, je ne vais pas lui donner tout de suite cette satisfaction. Je préfère le laisser mijoter un peu, ça lui apprendra ! dit Laura d'un petit ton pincé.

Elle prit sa tasse de thé au moment où Daniel entrait dans le salon.

Il s'arrêta sur le seuil et les contempla un instant, un sourire rayonnant aux lèvres.

— C'est parfait, parfait ! Mes femmes sont là. Elles sont si belles ! Et tout à moi !

7

Laura ne rentra pas directement chez elle. Elle roula jusqu'à Boston, et entra dans un restaurant. Elle voulait dîner seule pour s'offrir un temps de réflexion. Apparemment, elle n'avait que deux possibilités : soit s'entêter et donner une bonne leçon à son grand-père en ne revoyant plus Royce Cameron...

A cette idée, elle faillit s'étrangler avec sa salade. Elle posa bruyamment sa fourchette.

Prenant une profonde inspiration, elle s'exhorta à calmer les battements précipités de son cœur. Voyons, il fallait garder la tête froide. N'était-elle pas là pour réfléchir ?

D'un autre côté, elle pouvait fréquenter Royce et laisser leur relation, si relation il y avait, progresser naturellement avec le temps. Elle pouvait considérer que cette interruption dans la fuite en avant des événements était un signe pour qu'elle ralentisse, qu'elle réfléchisse de façon approfondie. Elle hocha la tête en avalant la dernière feuille de salade. Oui, il valait mieux qu'elle examine vraiment la question avant de faire le grand saut.

Elle soupira. Depuis quand une MacGregor craignait-elle de courir un risque ?

A 1 h 15 du matin, Laura se retrouva devant chez Royce, en train de cogner à la porte.

Elle entendit un bruit sourd et un juron. Puis un étroit faisceau lumineux apparut sous la porte. Inclinant la tête, Laura sourit. Royce devait la regarder par le judas. Quelques secondes plus tard, il y eut un bruit de serrure qui s'ouvrait.

— Qu'est-ce qui ne va pas ? demanda-t-il.

— Pourquoi faudrait-il que quelque chose n'aille pas ? Elle entra en trombe.

Royce s'appuya contre la porte et lutta pour se réveiller. Laura paraissait aussi fraîche et bien repassée que la veille, à 10 heures du matin, dans son petit tailleur à rayures et ses chaussures à talons plats. Mais lui se sentait aussi froissé que les draps de la nuit précédente, dans le jean râpé qu'il avait réussi à sortir du fouillis de la chambre, et à enfiler avant d'aller ouvrir.

Il se passa les mains sur le visage, sentit sa barbe lui chatouiller les paumes. Il remonta ses mains dans ses cheveux. Il devait ressembler à un épouvantail.

— Est-il 1 heure du matin ? Ou ai-je fait la grasse matinée ?

Laura tourna son poignet, consulta sa montre.

— Il est 1 h 17 du matin, pour être précise.

— Oui, c'est cela, soyons précis. Que faites-vous ici ? Amusée, Laura marcha dans le petit salon.

— Je n'étais jamais venue chez vous.

Elle jeta un regard circulaire. Les meubles étaient plus que défraîchis, et la poussière qui les recouvrait avait une bonne semaine d'épaisseur. Une pile de journaux s'élevait près d'un canapé avachi. Une petite aquarelle, vraiment excellente, représentant le port de Boston, était accrochée au mur ; sur des étagères en pin trônait un ensemble stéréo, et, par terre, un tapis berbère attendait désespérément un bon coup d'aspirateur.

— Maintenant, je comprends pourquoi, ajouta-t-elle. Elle releva les sourcils.

— C'est une vraie porcherie !

— Je n'attendais pas…

Il se ressaisit. Après tout, il était 1 heure du matin, bon sang !

— Oui, et alors ? rectifia-t-il.

— Ce n'était qu'une remarque. Avez-vous un peu de vin ? Je n'ai pas voulu boire en mangeant, comme je conduisais.

— Oui, je crois en avoir.

Il essaya de retrouver ses esprits.

— Vous êtes juste venue pour boire un verre ?

— Cela vous pose un problème ?

Gardant son sourire décontracté, elle se dirigea vers la gauche. La cuisine était certainement par là.

— Vous en voulez un verre ? demanda-t-elle d'un ton aimable.

— Non merci.

Il la dévisagea et passa encore ses mains dans ses cheveux emmêlés.

— Servez-vous.

Laura eut un petit sourire étonné. A en juger par la propreté et l'ordre qui régnaient dans cette cuisine, Royce ne devait jamais y mettre les pieds.

Elle trouva cependant une bouteille de chardonnay dans le réfrigérateur et, après avoir cherché quelques secondes, elle sortit d'un placard un verre non ébréché.

Il la regarda le remplir.

— Et j'imagine que vous réinvestissez la plupart de vos profits dans votre entreprise, dit Laura. Ce qui serait une preuve de sagesse et de frugalité. Etes-vous sage et frugal, Royce ?

— Pas particulièrement. Mais je peux vivre sans objets superflus, tout simplement.

— J'aime ce qui est superflu.

Elle lui porta un toast et sirota son vin.

— Je suppose que je coûterais cher si je voulais me faire entretenir.

Elle l'observa par-dessus son verre. Il avait les paupières

lourdes de sommeil, et faisait la moue. Il était très sexy avec son jean taille basse, qu'il n'avait pas boutonné et qui moulait ses hanches étroites. Son torse nu laissait voir une fine cicatrice blanche sous l'épaule gauche.

— Vous êtes-vous blessé au travail ?

— Blessé ?

— Votre cicatrice.

Il lui jeta un coup d'œil et haussa les épaules.

— Oui. Dites-moi ce que vous voulez, Laurie ?

— J'ai une question à vous poser.

— D'accord. Faut-il répondre par vrai ou faux, ou est-ce une question à choix multiple ?

— Rien que oui ou non.

Elle fit un effort pour soutenir son regard. Une étude trop approfondie de son corps risquait d'égarer ses pensées.

— Saviez-vous que mon grand-père vous avait engagé pour continuer la lignée des MacGregor ?

— Hein ?

— Répondez par oui ou par non, Royce, ce n'est pas très compliqué. Je vais reformuler ma question ; quand vous avez accepté d'installer le système de sécurité de ma maison, vous êtes-vous rendu compte que mon grand-père vous avait sélectionné en tant que partenaire potentiel de sa petite-fille Laura ?

— Partenaire ? Que voulez-vous dire ?

Visiblement, ses idées commençaient à s'éclaircir.

— Vous voulez dire… non, vous plaisantez !

— Je crois que cela répond à ma question.

Elle voulut s'éloigner de lui, mais la main de Royce se posa sur son bras.

— Etes-vous en train d'insinuer qu'il m'a acheté pour vous ?

— De la plus charmante façon.

— Quel mufle !

— Non, c'est tout simplement un MacGregor.

Laura tapota la main de Royce.

— Il y a des hommes qui seraient flattés.

— Vraiment !

Ses yeux ressemblaient à deux étroites fentes d'un bleu électrique.

— Vraiment..., répéta-t-il.

Comprenant sa réaction, Laura lui tapota encore la main.

— Vous n'aviez aucune idée de ses intentions ? Il n'est pourtant pas si subtile. Il croit l'être, mais c'est faux.

— J'ai eu l'impression, tout au début, qu'il avait une idée derrière la tête. Mais je me suis imaginé que c'était parce que vous étiez d'une laideur incroyable.

Un éclat de rire explosa dans la gorge de Laura.

— Merci quand même !

— Non, attendez un peu.

Il se frotta lentement les yeux. Peut-être était-il en train de rêver ? Quoi qu'il en soit, il devait se sortir de là.

— Il parlait souvent de vous, sa petite-fille Laura. Belle, intelligente, brillante. Célibataire. Je me suis dit que ses allusions étaient vraiment énormes, et que vous deviez désespérer de... enfin, de vous marier. Ensuite, je vous ai vue, et j'ai pensé que j'avais mal interprété ses paroles.

Elle inclina la tête sur le côté.

— Je suppose que c'est un compliment.

— Vous m'avez dit qu'il avait mijoté notre rencontre pour...

— Il veut que je me marie. Et que j'aie des enfants. Il vous a sélectionné pour les faire.

— Qu'est-ce que vous dites ?

Royce leva une main comme pour se défendre.

— Je ne me présente pas sur le marché aux chevaux !

— Moi non plus. C'est incroyable, vous ne trouvez pas ?

— Quelle vieille crapule !

— C'est le mot juste. Cependant, je vous préviens : il

n'y a que sa famille qui ait le droit de l'appeler ainsi. Nous détestons que d'autres le fassent.

Elle posa son verre sur la table.

— Voilà. Il m'a paru préférable d'éclaircir cette question. Bonne nuit, Royce.

— Attendez une minute !

Il lui suffisait de faire un pas pour lui barrer le passage.

— Vous débarquez chez moi en pleine nuit pour poser votre petite bombe, et vous croyez que vous allez repartir comme si de rien n'était ?

— J'ai cru que vous aimeriez savoir de quoi il retournait, et savoir aussi que j'ai parlé à mon grand-père et que j'ai mis les points sur les i.

— C'est parfait, mais ce sont vos histoires de famille.

Il tendit un bras en travers de la porte et appuya une main sur le chambranle pour l'empêcher de sortir.

— Et je tiens à vous dire que je me moque éperdument des petites combines de Daniel MacGregor.

De sa main libre, il joua avec une mèche de cheveux de Laura. Elle sentit son cœur battre plus vite.

— Pourquoi ne me dites-vous pas ce que vous avez derrière la tête, Laura ? Je veux que vous me disiez pourquoi vous êtes venue chez moi en pleine nuit. Vous auriez pu me téléphoner, ou attendre demain…

Il n'y avait que l'espace d'un pas entre eux. Elle le franchit, annulant la distance qui les séparait, et répondit d'une voix rauque :

— Je veux que vous me fassiez l'amour pendant toute la nuit. Est-ce suffisamment clair ?

— Laura, parlez-vous sérieusement, si j'ose dire ?

Elle sourit.

Il se pencha et la souleva dans ses bras. Laura retint son souffle. Avant qu'elle ait le temps de passer un bras autour de son cou, la bouche de Royce était sur la sienne, brûlante, affamée. Avec un petit murmure de plaisir, elle s'abandonna à son baiser, tout en se débarrassant de ses chaussures, tandis qu'il l'emportait dans la chambre.

Malgré la pénombre, elle devina les draps froissés. Le sommier craqua quand il la déposa sur le lit. Elle enlaça Royce et l'attira contre elle, leurs lèvres toujours soudées, et elle se laissa emporter par ce baiser qui lui donnait le vertige.

En lui mordillant le cou, il fit glisser sa veste sur ses épaules et la jeta par terre. Laura était tendue comme un arc. Son corps mince, impatient, frémissait sous sa caresse, soupirait quand il passait sa langue sur les points particulièrement sensibles. Il voulait savourer cet instant, mais le besoin qu'il ressentait était trop violent, comme s'il avait été refréné pendant des années.

Ses mains couraient sur le corps de Laura, lui infligeant une sublime torture, les plongeant tous les deux dans un désir décuplé. Il l'entendit gémir et sentit son cœur palpiter sous sa paume. Incapable de prolonger plus longtemps ce prélude effréné, il lui arracha son chemisier. Du bout des dents, il fit glisser son soutien-gorge, vague de satin sur de la soie, et referma sa bouche sur le globe parfait d'un sein.

Laura laissa échapper un râle. Les lèvres et la langue de Royce sur sa peau nue lui faisaient perdre la tête. Frénétique, elle arqua son corps, s'offrant tout entière à lui tandis que ses ongles s'enfonçaient dans son dos, criant son exigence.

Elle ne savait pas qu'elle était capable d'éprouver un désir aussi aigu, aussi immédiat. Et quand la bouche de Royce revint s'emparer de la sienne, elle sentit des larmes gonfler ses paupières sous cet accès de sensations irrésistibles qui la submergeaient.

Elle roula avec lui, son corps fluide bouillonnant d'énergie. Sa chevelure noire et soyeuse les enveloppa voluptueusement pendant qu'ils luttaient pour faire tomber les dernières barrières. Frémissant d'impatience, elle haletait quand Royce fit glisser sa jupe.

Laura laissa échapper un cri rauque. Dans la semi-obscurité, il vit ses yeux s'agrandir tandis qu'elle murmurait son nom et qu'elle plongeait les mains dans ses cheveux. Puis elle perdit tout contrôle.

Elle ne se rendit pas compte qu'ils glissaient à terre, entraînant les draps avec eux. L'air était dense, suffocant. Fermes et possessives, les mains de Royce s'affolaient sur son corps. Laura étira un bras, comme pour retrouver son équilibre. Elle entendit vaguement quelque chose tomber et se briser. Elle se tendit contre lui, dans une silencieuse supplique pour qu'il aille plus loin, encore plus loin. Il ne résista plus et la fit basculer dans un monde où elle ne pouvait plus se raccrocher qu'à lui. Sans réfléchir, elle entortilla ses jambes fines autour de ses hanches et répondit à son rythme précipité. Elle se sentait insatiable, elle en voulait plus, toujours plus, pour apaiser la tempête qui se déchaînait au fond d'elle.

Elle n'entendait plus que le rugissement de son propre sang, elle ne sentait plus qu'un plaisir indicible, elle ne voyait plus que le visage de Royce, ses yeux bleus comme des lacs rivés aux siens.

Il plaqua sa bouche sur la sienne. Soudés l'un à l'autre, ils dérivèrent de plus en plus loin, de plus en plus haut, jusqu'à l'explosion ultime.

Retrouvant ses esprits, Royce s'étendit sur le sol glacial. Laura était blottie contre son corps brûlant. Il soupira d'aise. Il mourrait heureux s'il pouvait rester ainsi pendant les vingt prochaines années.

— Où sommes-nous ?

Royce sourit. La voix de Laura aurait pu laisser penser qu'elle avait vidé une bouteille de vin jusqu'à la dernière goutte.

— Je jurerais que nous sommes par terre, chuchota-t-il.

— Comment est-ce possible ?

— Je n'en ai pas la moindre idée.

Il remua et grimaça de douleur. Quand il trouva l'énergie de porter une main à son épaule, il eut une sensation poisseuse sous les doigts. Il jeta un coup d'œil autour de lui.

— Il y a du verre brisé sur le sol.

— Ah ?

— Et maintenant, j'en ai aussi dans l'épaule.

— Seigneur !

Elle soupira, frotta son visage contre les muscles de son torse nu avant de relever la tête.

— Qu'avons-nous cassé ? Nous allons être criblés d'éclats de verre.

— Quoi qu'il arrive, je dirai toujours que cela en valait la peine !

Avec une force qui lui coupa le souffle, il la prit dans ses bras et la porta sur le lit.

— Ne bouge pas. Je vais nettoyer.

— Tu ne devrais pas…

Il alluma la lumière.

— Prends garde à ne pas marcher dessus ! s'exclama-t-elle.

— C'est déjà fait.

Il poussa un chapelet de jurons. Laura éclata de rire.

— Désolée, dit-elle aussitôt. Je n'avais jamais entendu ces mots associés de cette façon !

Elle prit un air contrit.

— Royce, tu saignes !

— A un ou deux endroits. Ce n'est pas grave. Je vais chercher un balai.

— Laisse-moi te soigner.

Elle regarda Royce s'éloigner. Son sourire se fit rêveur.

— Seigneur, quelle carrure ! soupira-t-elle.

Déconcerté, il s'arrêta et jeta un coup d'œil par-dessus son épaule. Laura était assise sur son lit, offrant à sa vue ses longs membres effilés, sa magnifique chevelure emmêlée.

— Ce que tu vois te plaît ?

— Mmm.

— J'en ai autant à ton égard, murmura-t-il avant de passer dans la pièce adjacente.

Laura se pencha par-dessus le lit et secoua les bris de verre qui se trouvaient sur les draps. Royce revint, armé d'un balai et d'une pelle.

— Fourre le drap dans un coin, je m'en occuperai plus tard.

Elle leva un sourcil, jeta un regard circulaire dans la chambre. Outre le lit, il y avait une commode, une chaise — c'en était probablement une sous cet amas de vêtements — et un miroir dont le tain avait presque entièrement disparu. En face, un petit bureau surchargé par un ordinateur et une imprimante.

— Quel confort !

— Je te l'avais dit, je ne passe pas beaucoup de temps ici.

Il jeta les morceaux de verre dans la corbeille à papier, et posa le balai et la pelle contre le mur.

— Est-ce que cela t'arrive de faire la lessive ? demanda Laura.

— J'attends d'y être obligé.

Elle se mit à rire et tapota le lit à côté d'elle.

— Assieds-toi. Je vais examiner tes coupures.

Royce obtempéra. Laura passa un doigt léger sur son épaule avant de l'embrasser doucement.

— C'est juste une égratignure, chuchota-t-elle.

Elle posa sa joue contre son dos.

— Comment va ton pied ?

— Il a connu pire.

— Comme cette épaule ?

Elle fit glisser son doigt sur une balafre.

— Erreur de jeunesse. Je n'ai jamais recommencé, répondit-il.

— Et celle-ci ?

Elle effleura la petite cicatrice sur son menton.

— Bagarre dans un bar. J'étais assez stupide pour l'avoir cherchée, et assez ivre pour ne rien sentir. Cette erreur-là, je ne l'ai pas refaite non plus.

— Te serais-tu assagi ?

Elle se pencha et lui effleura le menton du bout des lèvres.

— Plus ou moins, répondit-il, les yeux élargis de désir.

— Je préfère que ce soit moins que plus.

Elle s'agenouilla et lui enlaça le cou.

— Je détesterais que tu sois irréprochable.

— C'est pourtant bien ce que tu es toi-même, non ?

Elle éclata de rire et se mordit la lèvre inférieure.

— Plus ou moins, dit-elle malicieusement.

— Moi je dirais plutôt plus que moins. Laura MacGregor, de la famille des MacGregor de Boston !

Elle le regarda d'un œil amusé. Royce fit lentement remonter ses mains jusqu'à ses seins.

— Et d'abord, que fais-tu dans mon lit ? dit-il avec un sourire ravageur.

— Il m'est venu à l'idée que c'était l'endroit où j'avais envie de me trouver.

Elle lui mordilla les lèvres.

— J'ai la mauvaise habitude de m'obstiner quand je veux quelque chose. C'est un trait de famille.

Elle promena sa bouche sensuelle sur le visage de Royce.

— Et je te voulais. Je te veux. Prends-moi encore, Royce.

Elle referma sa bouche sur la sienne et lui ôta tout espoir d'avoir l'esprit clair.

— Emmène-moi de nouveau où tu m'as emmenée cette nuit, murmura-t-elle, le souffle court.

Il l'attira contre lui.

8

La côte Est disparaissait sous la neige. Le vent qui soufflait du Canada apportait un froid mordant. Les moteurs des voitures ronflaient, et les rues se transformaient en patinoires.

Malgré cela, les magasins étaient noirs de monde à l'approche de Noël. Les cartes de vœux emplissaient les boîtes à lettres, et de toutes les cuisines s'échappaient des odeurs délicieuses.

Emmitouflée jusqu'aux yeux et armée d'une pelle pour dégager la neige, Laura se dirigea rapidement vers l'allée. Aveuglée par le reflet du soleil, elle tira de sa poche une paire de lunettes noires. L'air glacé lui mordait les joues, lui brûlait la gorge. Rien n'aurait pu la rendre plus heureuse.

Des écouteurs cachés par sa capuche rouge lui emplissaient la tête de chants de Noël, aussi joyeux que son humeur. Elle sourit en plongeant la pelle dans l'épaisse couche immaculée. Sa vie était parfaite.

Elle avait gagné son premier procès la semaine précédente. C'était un cas assez anodin dans le monde de la justice, un simple dommage causé contre une propriété, mais elle avait fait face au juge et elle avait plaidé. Et elle avait gagné. Elle avait deux nouveaux clients, qui voulaient lui faire rédiger leur testament.

Et ce n'était qu'un début.

Noël approchait. Jamais elle ne l'avait attendu avec

une telle impatience. Elle adorait les lumières colorées qui scintillaient aux fenêtres des maisons, les Père Noël qui filaient sur les pelouses dans leur traîneau, l'éclat des sapins aux décorations lumineuses.

Même l'atmosphère frénétique des magasins lui plaisait. Et peu importait que Julia et Gwen fassent des yeux ronds quand elle se mettait à chanter ou qu'elle rêvassait en regardant par la fenêtre. En riant, elle rejetait leurs commentaires quand elles prétendaient qu'elle était amoureuse.

Comme ses cousines se trompaient ! Elle n'était pas amoureuse, elle vivait une aventure excitante avec un homme superbe, ce qui n'était pas du tout la même chose. Si elle avait été amoureuse, elle serait restée assise près du téléphone en se rongeant les ongles, dans l'attente de son appel. Elle aurait pensé à lui chaque minute de chaque jour, et elle n'aurait pas fermé l'œil de la nuit. Elle aurait perdu l'appétit, et son humeur serait devenue capricieuse.

Laura secoua la tête en se remettant au travail. Rien de tout cela ne lui arrivait. Evidemment, elle pensait assez souvent à Royce. Presque tout le temps, en fait. Mais elle ne restait pas figée près du téléphone, elle mangeait normalement et son humeur était parfaitement égale.

Avait-elle été triste quand il avait refusé son invitation pour Thanksgiving à Hyannis Port ? Pas du tout. Il lui avait manqué, et elle aurait aimé qu'il soit là, mais elle ne s'était pas mise à le harceler ni à se lamenter.

Laura envoya une pelletée de neige par-dessus son épaule et hocha la tête. Oui, c'était bien cela, elle n'était pas amoureuse.

Elle sentit deux mains la prendre par les hanches et envoya voltiger la pelle en poussant un cri étranglé. Elle fit volte-face. Ses yeux plongèrent dans deux yeux bleus au regard agacé. Royce avait la tête et les épaules couvertes de neige. Et ses lèvres remuaient.

— Pardon ? dit-elle.

Il secoua la tête. Fronçant les sourcils, il se pencha vers elle et ôta les écouteurs de ses oreilles.

— Je disais : qu'est-ce que tu fais ?

— Je dégage l'allée.

Il passa une main dans ses cheveux noirs pour en faire tomber les flocons.

— Je le vois bien !

— Je t'ai donné un coup de pelle ? interrogea Laura en riant.

Elle se mordit l'intérieur de la joue et lutta pour garder une voix calme.

— Si c'est le cas, j'en suis désolée, ajouta-t-elle sans le paraître le moins du monde.

Royce plissa les paupières et partit d'un grand éclat de rire.

— Si tu n'écoutais pas de la musique à plein volume, tu entendrais ce qui se passe autour de toi. Et pourquoi diable es-tu dehors à pelleter la neige ?

— Parce que ma voiture est dessous, et que je dois me rendre à mon bureau.

Il lui ôta ses lunettes de soleil, qu'il glissa dans la poche de son anorak.

— Je suppose qu'il n'y a pas un jeune garçon dans tout le voisinage qui voudrait gagner quelques dollars en déblayant la neige de cette allée.

— Je suis parfaitement capable de le faire moi-même.

Prise de soupçons, elle posa ses poings sur ses hanches.

— Attention, ne va pas me dire que c'est un travail d'homme, sinon je te casse la pelle sur la tête !

Lui prenant le menton entre deux doigts, il releva son visage vers lui en lui adressant un sourire de défi.

— Oui, c'est un travail d'homme, dit-il doucement.

Laissant échapper un son qui ressemblait au sifflement d'une bouilloire, Laura lui tourna le dos. Mais Royce arriva près de la pelle avant elle.

— Rentre, dit-il. Réchauffe-toi. Je vais m'en occuper.

— Il n'en est pas question. Il s'agit de *ma* voiture, et de l'allée de *ma* maison, insista-t-elle.

— Je ne vais pas rester là à te regarder faire.

— Eh bien, ne reste pas. Tu ne voudrais pas aussi que je te prépare une tasse de chocolat chaud pendant que tu exécutes cette tâche, ô combien masculine ?

— C'est pourtant une bonne idée !

Laura trépignait. Elle se pencha et forma une boule de neige. Royce la reçut à l'arrière de la tête. Il ne sourcilla même pas.

— Nous jouerons plus tard, quand j'aurai fini, dit-il.

— N'espère pas que je vais te préparer un chocolat !

— Ça tombe bien, j'aime mieux un café.

— Tu n'as donc rien à faire ? Tu ne travailles pas ?

— Il n'est que 7 h 30. J'ai tout mon temps.

Il releva les sourcils en souriant. Ce qu'il ne lui disait pas, c'est qu'il avait besoin de la voir, tout simplement. Il s'était promis d'aller à son bureau à la première heure. Mais sans qu'il sache comment, sa voiture était venue se garer devant la maison de Laura. Il était resté assis là à la regarder. Et plus il l'avait contemplée, plus il avait eu envie d'elle, ce qui ne manquait pas de l'inquiéter.

Le second missile poudreux explosa sur son dos. Il l'ignora et continua à déblayer l'allée.

Depuis la fenêtre du premier étage, Julia et Gwen observaient la scène, le nez collé à la vitre.

— Qu'est-ce qu'il attend pour la prendre dans ses bras ? interrogea Gwen d'un ton alangui.

— Je lui donne dix secondes, quand il aura fini, pour l'embrasser à en perdre haleine.

— Cinq ! Il travaille vite.

— A ton avis, dans combien de temps va-t-elle comprendre qu'elle est amoureuse de lui ?

— Bien visé, Laura ! Brrr ! La neige va lui couler dans le cou. Pour répondre à ta question, je lui donne jusqu'à Noël.

— Moi, je crois qu'elle le sait déjà.

Julia sourit d'un air malicieux avant d'ajouter :

— Elle est trop entêtée pour l'admettre.

— Et lui ?

— Oh, lui, il est pris dans ses filets. Tu as vu comment il la regarde ?

Gwen se mit à rire.

— Oui, si Boston était engloutie par un raz-de-marée, je crois qu'il ne s'en apercevrait même pas.

Julia soupira, puis elle s'écria joyeusement :

— Oh, ça y est !

Elles restèrent silencieuses. Royce venait de faire volte-face, et Laura recula d'un pas.

— Tu vas voir, il va lui donner un baiser fantastique, murmura Julia.

Laura cessa de reculer et planta fermement ses pieds dans la neige.

— Je veux cette pelle !

— Tu veux une pelle ? Celle-ci ?

Il l'envoya de l'autre côté de l'allée. Profitant de la distraction de la jeune femme, il se jeta sur elle et la renversa sur la pelouse ouatée en amortissant sa chute avec son propre corps.

— Idiot ! s'écria-t-elle en prenant une grosse poignée de neige.

Avant qu'elle puisse lui frotter le visage avec, il retourna sa main. La respiration saccadée, elle frissonna sous la sensation humide et glacée de la neige qui fondait sur son propre cou. Prête à insulter Royce, elle constata, affolée, qu'il venait de trouver le meilleur moyen pour l'en empêcher.

Royce l'embrassait passionnément. Prise de vertige, elle sentit la chaleur revenir dans son corps, tandis que les pensées désertaient sa tête. Elle avait les jambes en coton. Comment allait-elle faire pour se remettre debout ? Pour la forme, elle tenta de protester, puis passa ses bras autour du cou de Royce.

— Si tu crois te tirer d'affaire de cette façon..., hasarda-t-elle quand elle put reprendre son souffle.

Il sourit et l'embrassa doucement.

— Tu as le nez tout rouge.

— C'est très délicat de ta part de le faire remarquer.

Le prenant par surprise, elle jeta une poignée de neige sur son visage et explosa de rire en essayant de se libérer.

— Maintenant, tu es aussi rouge que moi. Et permets-moi de te dire que c'est très séduisant.

Ils jouèrent à lutter sur le tapis blanc et moelleux. Au bout de quelques minutes, ils étaient trempés jusqu'aux os et hors d'haleine.

— Laisse-moi me lever, espèce de brute ! s'écria-t-elle.

D'une main, il ramassa de la neige et en fit une boule.

Laura plissa les yeux et prit un air menaçant.

— Fais-le et tu vas le payer !

Elle sentit son pouls s'accélérer. Le sourire de Royce s'était évanoui, très lentement, et ses yeux n'avaient plus leur éclat rieur. Ils parcouraient son visage, tandis que les doigts de Royce en suivaient le contour.

— Royce ?

— Chut..., dit-il en caressant lentement ses lèvres.

Royce voulait croire que c'était le désir qui lui coupait le souffle. Laura avait un visage unique, un corps mince et séduisant. Mais il savait que ce n'était pas cela. Le désir, il connaissait. Cette fois, c'était beaucoup plus.

Il effleura doucement sa bouche, comme s'il goûtait un mets aux saveurs inconnues. Puis il s'éloigna.

Laura était subjuguée. Sa vie en eût-elle dépendu, elle n'aurait pu prononcer un mot. Ni Royce ni personne ne l'avait jamais embrassée ainsi. Elle était habituée à l'avidité, aux demandes pressantes, elle en rêvait elle-même. Mais cette tendresse sans fond, c'était nouveau. Et peut-être inquiétant.

Elle laissa ses bras retomber mollement. Tout ce qu'elle était, tout ce qu'elle avait, elle se sentait prête à le lui offrir.

Quand Royce se rendit compte qu'elle tremblait, il fit tomber la neige de ses cheveux.

— Tu as froid ?

— Royce...

— Il vaudrait mieux rentrer et te réchauffer.

L'affolement s'emparait de lui. Que lui arrivait-il ? Il devait reprendre ses esprits, s'éloigner d'elle. Il se leva rapidement et l'aida à se remettre debout.

— Tes cheveux sont mouillés. Rentre, je vais finir de déblayer l'allée.

Laura ne répondit pas. Elle avait le vertige.

— Oui, très bien.

Elle voulait rentrer, s'asseoir et sentir de nouveau ses jambes lui obéir.

— Je vais... je vais préparer du chocolat chaud.

— Non merci, une autre fois.

Il passa devant elle pour reprendre la pelle.

— L'allée est presque déblayée, et j'ai beaucoup de choses à faire.

Laura hocha la tête. Ils n'allaient pas parler de ce qui venait d'arriver. Cela valait mieux, tant qu'elle n'avait pas vraiment saisi ce qui se passait. Elle poussa un soupir discret.

— D'accord, dit-elle d'une voix à peine audible. Tu es le bienvenu dans la maison, si tu veux te sécher.

— Merci, c'est inutile. A bientôt.

— A bientôt.

Il monta dans sa voiture et démarra en trombe.

Laura rentra chez elle, arracha son manteau et dénoua vivement l'écharpe enroulée autour de son cou.

Il faisait trop chaud à l'intérieur. Elle enleva la veste

qu'elle portait sur un pull en cachemire. S'asseyant sur le seuil, elle tira ses bottes, ôta ses chaussettes.

Il faisait encore trop chaud. Elle se sentait fiévreuse. Peut-être avait-elle contracté une maladie ? La grippe, qui sévissait un peu partout ? Oui, elle avait dû inhaler le virus. C'était certainement la raison pour laquelle elle avait la tête engourdie, les muscles douloureux, et tremblait comme une feuille.

Elle leva la main et porta ses doigts à ses lèvres, encore gonflées du baiser de Royce.

Fermant les yeux, elle posa son front sur ses genoux et accepta l'évidence. Qui était pire que tout ce qu'elle aurait pu imaginer. Elle était tombée amoureuse sans en prendre conscience.

Oui, qu'elle le veuille ou non, elle était follement éprise de Royce Cameron.

9

— Tu as été très bien au tribunal aujourd'hui, dit Diana en souriant à sa fille qui travaillait près d'elle à la bibliothèque.

— Merci.

Laura inscrivit une note dans la marge du compte rendu qu'elle lisait.

— C'était vraiment agréable. J'apprécie que tu m'aies laissée parler devant le juge, dit-elle.

— C'était un témoignage basique, mais qui ne manquait pas de pièges. Tu t'es très bien débrouillée. Le jury s'est montré attentif à tes propos et on sent que ta cliente te fait confiance.

Laura sourit encore.

— Parce que toi-même, tu me fais confiance, maman. Amanda est ta cliente, pas la mienne.

— Tu m'es d'une aide précieuse dans ce procès, Laura chérie.

Diana parcourut des yeux la pile de livres qui s'élevait sur la table.

— Mais nous n'avons pas encore gagné la partie, ajouta-t-elle.

— Es-tu inquiète ?

— Non, un peu soucieuse seulement, répondit Diana. Je ne veux pas qu'Amanda passe un seul jour en prison.

Je crois vraiment qu'elle était en légitime défense. En fait, Laura, je m'inquiète surtout pour toi.

— Mais pourquoi ? Je vais très bien.

— Tu en es sûre ?

— Absolument. Je fais ce que j'ai toujours rêvé de faire. J'ai une vie riche et passionnante. De plus, nous sommes à deux semaines de Noël et, pour la première fois de ma vie, j'ai pratiquement fini mes achats. Tu vois, tout va bien !

— Tu ne parles pas de Royce.

— Il va bien lui aussi.

Laura reporta vivement les yeux sur ses papiers.

— Je l'ai vu hier soir. Nous avons dîné ensemble.

Elle fit une pause. Diana attendit patiemment la suite.

— C'était parfait. J'aime beaucoup sortir avec lui. A vrai dire, je crois qu'il est préférable que nous prenions un peu de recul. Nous sommes allés très vite en besogne, et avec les vacances qui arrivent, il y a tant de choses à faire ! C'est le moment idéal pour réfléchir.

Diana poussa un soupir.

— Tu me ressembles tant ! C'en est presque effrayant.

— Que veux-tu dire ?

— Ma chérie, tu ne m'as pas dit une seule fois comment tu te sens avec lui, ni ce que tu éprouves réellement.

— Bien sûr que si. Je viens de te dire que j'aime beaucoup le voir, que nous sommes heureux ensemble. C'est un homme complexe, très intéressant, et je...

Démontée par le regard patient de sa mère, elle laissa mourir sa phrase.

— ... Et je suis amoureuse de lui. J'ai tout gâché. Je ne m'y attendais pas du tout.

Elle fit une pause et plissa les paupières.

— Je devrais tuer grand-père pour m'avoir entraînée dans cette histoire.

Diana posa ses mains sur la main libre de sa fille.

— Est-ce si problématique d'aimer un homme intéressant, un homme que tu respectes, et dont tu apprécies la compagnie ?

— Oui, parce que nous avions fixé une règle du jeu dès le départ.

— Vraiment ? dit Diana, mi-amusée, mi-soucieuse.

— C'était un accord tacite. Ni lui ni moi ne voulions tomber amoureux, nous marier et fonder un foyer. Royce est aussi horrifié que moi par la machination insensée que grand-père a mise au point.

Elle expira longuement.

— Maman, je vais très bien, je t'assure. Je suis agacée contre moi-même, c'est tout. Mais je suis capable de faire face. Il suffit de laisser la situation reposer quelque temps et de penser à autre chose.

Diana secoua la tête d'un air navré.

— Quelle obstination ! Vous avez peur de prendre des risques avec vos sentiments.

— Peut-être, admit Laura. Mais je ne veux pas perdre Royce, et c'est ce qui se passera si je rends notre relation trop compliquée. Je préfère me contenter de ce que j'ai, plutôt que le voir s'éloigner de moi.

— Et tu es sûre qu'il le ferait s'il savait que tu l'aimes ?

— Je ne suis sûre de rien. C'est bien pour cela que j'ai décidé de prendre un peu de distance. Ce qui ne devrait pas être un problème avec tout le travail que j'ai, et les vacances qui approchent.

Elle fit un effort pour sourire.

— Pour conclure et revenir au début de notre conversation, je suis en pleine forme.

En fredonnant joyeusement, Caine retourna au bureau, un petit paquet brillant au bout des doigts. Il s'était échappé pour aller chercher un collier qu'il avait commandé à un créateur. Diana allait avoir une belle surprise. Il la voyait déjà ouvrir son cadeau de Noël. Il lui passerait lui-même autour du cou le bijou en or et pierres précieuses.

Il sourit. Rien ne lui faisait plus chaud au cœur que de voir sa femme heureuse.

Entendant un bruit de pas dans l'escalier, il se retourna. Son front se rembrunit, et sa bonne humeur s'envola aussitôt. C'était Royce Cameron, l'homme qui jouait les don Juan avec sa fille.

— Cameron !

Royce jeta un coup d'œil autour de lui. Son moral déjà peu élevé dégringola encore de plusieurs niveaux. Il n'arrêtait pas de tomber sur ces satanés MacGregor !

— Monsieur MacGregor...

— Les bureaux sont ouverts de 9 heures à 17 heures, dit fraîchement Caine. Si vous voulez voir Laura, vous feriez mieux d'attendre qu'elle ait fini sa journée.

— Je ne suis pas venu voir Laura, mais votre femme.

Le regard de Caine se fit perçant.

— Ah oui ? Avez-vous un rendez-vous ?

— Non, mais je crois qu'elle acceptera de me recevoir. Mon motif est officiel, monsieur MacGregor, pas personnel.

— L'emploi du temps de Diana est déjà surchargé. Mais je peux vous accorder quelques minutes.

Pour la première fois, Royce sourit.

— Monsieur MacGregor, si j'avais un problème avec la justice, vous seriez le dernier avocat de Boston vers qui je me tournerais. Vous seriez trop content de me voir sous les verrous pour dix ou vingt ans, en quartier d'isolement de préférence.

Caine ne put s'empêcher de sourire.

— J'envisagerais plutôt des travaux forcés dans un centre de haute sécurité, dit-il.

Il ouvrit la porte et entra le premier dans le hall d'accueil, et tendit son petit paquet à la secrétaire.

— Cachez cela, Mollie.

— Oh, Monsieur MacGregor, c'est le collier ? Est-ce que je peux le regarder ?

— Oui, mais faites attention, je ne veux pas que ma femme le voie. Appelez-la et demandez-lui si elle a un instant pour recevoir M. Cameron.

— Tout de suite.

Mollie commença par faire glisser hors du sachet la boîte recouverte de velours. Elle souleva le couvercle.

— Oh ! s'exclama-t-elle en posant une main sur son cœur. C'est le plus merveilleux collier que j'ai jamais vu ! Il va vraiment plaire à Mme MacGregor !

Ravi, Caine s'assit sur le bord du bureau et contempla le bijou.

— Vous croyez ? demanda-t-il.

— N'importe quelle femme qui le trouverait sous l'arbre de Noël saurait qu'elle est adorée, répondit la jeune fille. Regardez comme ces pierres captent la lumière du soleil !

Royce les observait, éberlué. Il avait sous les yeux l'un des plus grands avocats des Etats-Unis, qui souriait devant un bijou comme un gamin devant un sac de billes multicolores. Cet homme était encore fou de la femme qu'il avait épousée un quart de siècle plus tôt.

Comment cela était-il possible ? Comment deux personnes pouvaient-elles vivre ensemble pendant toutes ces années et continuer à s'aimer comme au premier jour ?

— Pas de commentaire, Cameron ?

Royce se ressaisit et jeta un coup d'œil sur le collier. C'était un objet exotique, dont les pierres luisantes, aux couleurs profondes, alternaient avec des perles en vieil or. Ce collier serait parfait au cou de Diana MacGregor. Et à celui de sa fille, aussi.

Mal à l'aise, il hocha la tête en se balançant d'un pied sur l'autre.

— C'est impressionnant, dit-il. Je ne connais pas grand-chose aux bijoux.

— Les femmes, elles, s'y connaissent, dit Caine en adressant un clin d'œil à Mollie.

— Vous pouvez le croire, dit Mollie en rangeant le cadeau dans le tiroir inférieur de son bureau. J'appelle Mme MacGregor. Si vous voulez bien vous asseoir, monsieur Cameron.

— Il va venir dans mon bureau, dit Caine. Appelez-moi quand Diana sera libre, Mollie.

Son sourire s'élargit quand il se tourna vers Royce.

— Cela vous convient-il ?

— Tout à fait.

Prenant un air décontracté, Royce suivit Caine dans l'escalier, dont la rampe brillait comme un miroir.

Ce lieu respirait l'opulence. Les tapis moelleux, les fauteuils en cuir, les odeurs subtiles, la variété de bois précieux. Le lambris du hall dans lequel ils venaient d'entrer était certainement en acajou. Mais le plus frappant, c'était l'atmosphère qui y régnait. On se serait cru dans une maison douillette, confortable, plutôt que dans un lieu de travail. Il était troublant que quelqu'un réussisse à créer ce genre d'ambiance.

Royce précéda Caine dans son bureau et lui indiqua un profond fauteuil aux tons mordorés.

— Asseyez-vous, Cameron. Voulez-vous boire quelque chose ? Un café ?

Royce choisit une chaise en cuir au dossier enveloppant. Il secoua la tête.

— Non merci. Je ne suis plus dans la police depuis longtemps, mais je me souviens de la façon dont on mène un interrogatoire. Je suis probablement aussi doué que vous pour le faire.

— Allons droit au but, vous voulez bien ? Quelles sont vos intentions en ce qui concerne ma fille ?

— Je n'en ai aucune. Pas d'intentions, pas de plans, pas de projets.

— Cela fait presque trois mois que vous la fréquentez.

— C'est vrai. J'imagine que je ne suis pas le premier.

Caine le transperça du regard et resta quelques secondes silencieux. Royce avait raison, mais il était le premier qui lui causait du souci.

— En effet, sa vie amoureuse n'a pas commencé avec vous, dit-il. Laura est une belle jeune femme, très sociable. Et riche, ajouta-t-il en gardant les yeux rivés sur ceux de Royce.

Il retint un sourire de satisfaction. Cette insulte venait de provoquer un éclair de fureur dans le regard de Royce qui bondit de sa chaise en aboyant :

— Je me moque éperdument du contenu de son compte en banque ! Croyez-vous qu'un homme puisse s'intéresser à autre chose qu'à elle lorsqu'il est en sa compagnie ? Vous pouvez penser ce que vous voulez de moi, mais je trouve qu'une telle idée est insultante pour Laura.

— Cela ne m'empêche pas de l'avoir, pourtant.

Se détendant un peu, Caine se renversa sur son dossier.

— Et maintenant, je sais que vous y pensez aussi.

— Permettez-moi de vous dire que vous êtes un beau salaud.

— Ce que nous pensons vous et moi n'a pas vraiment d'importance. J'aime ma fille. Je fais confiance à son jugement dans la plupart des cas, et j'ai toujours pensé qu'elle savait juger les gens. Elle vous trouve quelque chose, et je vais essayer de respecter son choix. Mais si vous lui faites le moindre mal, je vous…

Les yeux luisants, il se pencha vers Royce.

— Si vous la rendez malheureuse, je serai impitoyable.

Quand son téléphone sonna, il répondit sans quitter Royce des yeux.

— Oui, Mollie, merci.

Il raccrocha, inclina légèrement la tête sur le côté.

— Ma femme va vous recevoir maintenant. Son bureau est de l'autre côté du hall.

Royce se leva et enfouit ses poings dans ses poches. Il

préférait ne rien dire, il ne pourrait proférer que des paroles pleines d'amertume. Ce type était vraiment imbuvable ! Sans lui dire au revoir, il sortit précipitamment du bureau.

— Il sait se maîtriser, murmura Caine pour lui-même.

Il ne put s'empêcher d'éprouver un élan de sympathie pour le jeune homme.

Le front soucieux, Royce frappa doucement à la porte de Diana. Elle ne le fit pas attendre. Son sourire offrait un contraste saisissant avec l'air renfrogné de son mari.

— Royce ! Quelle joie de vous voir ! Entrez, je vous prie, asseyez-vous. Voulez-vous une tasse de café ?

— Non, je ne veux rien, merci.

Il serra les dents.

Diana retint un sourire. Royce avait du mal à dissimuler sa fureur. Jetant un coup d'œil vers le bureau de Caine, elle soupira et demanda doucement :

— Que puis-je pour vous ?

— Rien. J'ai obtenu quelques informations qui peuvent vous être utiles dans l'affaire Holloway.

— Vraiment ? Mais asseyez-vous, je vous en prie ! insista Diana.

— Je ne veux pas m'asseoir, rétorqua Royce un peu plus brusquement qu'il ne le souhaitait. Je veux juste en finir avec cela et sortir d'ici.

S'exhortant au calme, il inspira profondément et jeta à Diana un coup d'œil navré.

— Je vous prie de m'excuser.

— Ne vous inquiétez pas. J'imagine que mon mari a été un peu sec.

— Pour l'instant, j'aimerais mieux ne pas en parler, ni de Laura, ni d'aucun des MacGregor.

— Eh bien, parlons d'Amanda Holloway !

— Je ne la connais pas. Je ne l'ai jamais rencontrée. J'ai un peu connu son mari, qui a travaillé dans le même commissariat que moi.

— Aviez-vous directement affaire à lui ?

— Une fois seulement. Nous étions en service de nuit tous les deux et nous avons reçu un appel.

Il fit une pause et finit par s'asseoir. Diana attendit qu'il continue.

— Il s'agissait d'une querelle domestique. Le type avait cogné sa femme, les gosses hurlaient. J'ai maîtrisé l'homme, et Holloway s'est occupé de la femme. Elle avait le visage en sang, tuméfié, et elle voulait partir. Elle ne pouvait plus supporter cette situation. Je me souviens bien qu'elle disait cela en pleurant quand Holloway s'est occupé d'elle.

Royce se frotta le menton d'un air pensif.

— Il lui a fait mal. J'avais plaqué son mari au sol et je lui passais les menottes, quand j'ai entendu la femme qui criait. Holloway lui avait tordu un bras derrière le dos, c'est un vrai miracle qu'il ne le lui ait pas cassé, et il l'avait coincée contre le mur. Je lui ai demandé de se calmer, mais il m'a répondu : « Cette salope, c'est tout ce qu'elle mérite. » Il a ajouté que son mari avait le droit de lui donner une bonne leçon. Puis il l'a giflée, et j'ai dû laisser le mari allongé par terre pour écarter Holloway de la femme.

Royce fit une seconde pause.

— Il avait la réputation d'être un bon policier, solide. Les hommes l'appréciaient. Il faisait bien son boulot. Je me suis dit qu'il avait perdu la boule ce jour-là. Mais je n'ai jamais oublié l'air qu'il avait en frappant cette femme, et je sais qu'il s'en est bien tiré avec cette histoire. Je sais aussi que si je n'avais pas été là, il se serait déchaîné encore plus. C'est pourquoi j'ai rapporté l'incident au lieutenant.

— S'agit-il du lieutenant Masterson ?

— Oui.

— Il n'y a aucune mention d'un incident comme celui que vous venez de me décrire, dans le dossier Holloway.

— Parce que le lieutenant m'a donné l'ordre de l'oublier. D'après lui, Holloway n'avait fait que se défendre contre une femme hystérique. Le clou de l'affaire, c'est que, quelques semaines plus tard, j'étais muté. Cela m'a suffisamment choqué pour me donner envie de creuser un peu la question. Au cours des six mois qui ont précédé ma mutation, trois appels sur le 911 provenaient de la maison des Holloway. Dispute conjugale. Des policiers ont répondu. Il n'y a pas eu de charges contre lui et les rapports ont été enterrés.

— Ils se sont serré les coudes, murmura Diana.

— Oui. Et Holloway ne s'est plus gêné, il s'est mis à battre sa femme, dès qu'il croyait en sentir la nécessité.

— Accepteriez-vous de témoigner ?

— S'il le faut. Cela ne change rien au fait qu'elle l'a tué. Vous allez plaider les circonstances atténuantes ?

— Votre témoignage m'éclaire sur la personnalité de l'homme, le désespoir de sa femme et la complicité de la police. Elle avait appelé à l'aide, et personne n'est venu. Elle a fait ce qu'elle a pu pour survivre. Personne n'a pris son parti.

— Si, vous. Et Laura.

— Et maintenant, vous vous joignez à nous, Royce. Pourquoi ?

— Peut-être parce que j'espère sincèrement que cela va changer la donne. Et parce que c'est important pour Laura.

Diana hocha la tête.

— Et parce qu'elle est importante pour vous.

Royce hésita un instant.

— Elle... compte, finit-il par dire. Si vous voulez que nous reparlions de ce dossier, je me tiens à votre disposition.

— Je vous suis très reconnaissante d'être venu, dit Diana en lui tendant la main.

Elle le regarda partir. Il venait de disparaître dans l'escalier, quand la porte qui lui faisait face s'ouvrit.

— Alors ? demanda Caine.

— Il m'a apporté quelques éléments à ajouter à la défense d'Amanda Holloway.

Elle scruta son mari.

— Il est amoureux de Laura. Et elle est amoureuse de lui.

— Voyons, Diana, elle n'est qu'une petite fille…

Il s'appuya contre la porte.

Comprenant l'émotion de son mari, Diana traversa le couloir et prit son visage entre ses mains.

— Elle sera toujours notre petite fille. Rien ne peut changer cela, murmura-t-elle.

— Je sais, je sais…

Il poussa un profond soupir.

— Mais pourquoi faut-il que Laura ait jeté son dévolu sur un gars qui serait ravi de m'envoyer à l'autre bout de la planète d'un coup de pied aux fesses ?

Diana se mit à rire et l'embrassa tendrement.

— Mon chéri, c'est une des raisons pour lesquelles il te plaît.

10

Deux jours avant Noël, Laura grimpa quatre à quatre l'escalier qui menait chez Cameron Security. Comme d'habitude, la secrétaire n'était pas visible. Laura s'élança vers le bureau de Royce et frappa brièvement à la porte. Elle l'entrouvrit sans attendre la réponse.

— Puis-je te voler une précieuse minute, Royce Cameron ? s'enquit-elle en passant juste la tête.

Royce était au téléphone. D'un geste de la main, il lui fit signe d'entrer. Il parlait d'une voix ferme qui trahissait une exaspération certaine.

— Si vous en êtes sûr cette fois-ci, je peux commencer dès le début de l'année.

Il se frotta le front du bout des doigts.

— Non !… Je comprends. Merci, et joyeux Noël !

Il posa bruyamment le téléphone sur son support.

— C'était mon grand-père ? dit Laura. De tous les MacGregor, il est le seul à pouvoir susciter ce genre de réaction.

— Il s'est enfin décidé sur un système de sécurité. Une fois de plus. Il change d'avis comme de chemise. Je crois qu'il veut me mettre sur le gril pour le restant de mes jours.

Il leva les yeux. Laura avait un sourire radieux.

— Qu'est-ce qui te rend si joyeuse ?

— Plusieurs choses ! Nous avons vraiment fait un grand

pas aujourd'hui, au procès. Ton témoignage d'hier y est pour beaucoup.

— J'en suis enchanté.

— Je sais que ce n'était pas agréable pour toi, mais cela nous a vraiment aidés. Il va y avoir une enquête sur Masterson. On va enfin rendre justice à Amanda Holloway.

Elle se pencha par-dessus le bureau et l'embrassa.

— Merci.

— Je n'ai rien fait qui vaille la peine d'en parler. Je croyais que tu partais à Hyannis Port ?

— Je passe chez moi prendre mes sacs. J'aimerais que tu acceptes de venir avec moi. Tu sais que tu es le bienvenu.

Elle releva un sourcil.

— Et je sais que grand-père t'a harcelé pendant des semaines pour que tu viennes pendant les vacances.

— J'apprécie beaucoup ton invitation, mais je ne peux pas venir. De plus, je ne suis pas très chaud pour les réunions de famille.

Laura secoua la tête.

— Je parie que tu n'as même pas fait de sapin, dit-elle.

— Si, j'ai l'horrible sapin en céramique que tu m'as offert.

— Il n'est pas horrible, il est kitsch. C'est complètement différent.

Laura poussa un soupir discret. Elle avait une folle envie de lui demander encore une fois de venir. Comment trouver les mots susceptibles de le convaincre de passer Noël avec elle, de faire partie de sa vie ?

— Tu me manqueras, murmura-t-elle.

— Mais non, tu n'auras pas le temps de penser à moi. Tu seras entourée de gens.

Il esquissa un sourire en se levant.

— Des hordes de MacGregor, dont la seule évocation me met les nerfs en pelote. Tu n'auras pas le temps de te rendre compte de mon absence.

— Tu me manqueras quand même.

Elle déposa un baiser léger sur ses lèvres, avant de tirer de sa poche une boîte enveloppée d'un papier brillant qu'elle lui tendit.

— Qu'est-ce que c'est ?

— Un cadeau. C'est la tradition. Je te demande de l'ouvrir le matin de Noël.

— Je ne peux pas l'accepter… et je n'ai pas de cadeau pour toi.

— Royce, dis-moi seulement merci.

— Merci.

— Maintenant, souhaite-moi un joyeux Noël.

— Joyeux Noël, Laura.

— Nous nous reverrons dans quelques jours.

Laura pivota sur ses talons et sortit à vive allure. Il était hors de question que Royce voie ses yeux embués.

Dès qu'elle fut partie, Royce se rassit. Il resta à son bureau jusqu'à la nuit tombée, plongé dans ses réflexions. Plus il réfléchissait, plus il était accablé. Il devait se rendre à l'évidence, il ne pourrait pas éternellement nier ce qui lui arrivait. Cela s'était probablement produit à son insu dès la première fois où il avait vu le visage de Laura, le jour où elle l'avait affronté en tenue légère en brandissant un couteau.

Comment un homme pouvait-il ne pas aimer une femme comme elle ?

Mais peu importaient ses sentiments. N'avait-il pas tourné ce sujet dans sa tête pendant des jours ? Non seulement Laura venait d'un monde différent du sien, mais elle était la nièce d'un président, la petite-fille d'un magnat de la finance. Une héritière. Son père, qui semblait le haïr, ne s'était pas privé de le lui faire remarquer d'un ton acerbe.

Et au cas où il l'oublierait, il n'avait qu'à se rappeler que Laura portait des boucles d'oreilles en diamants, qu'elle vivait dans la Back Bay, dans une grande maison remplie d'œuvres d'art et d'antiquités, et qu'elle conduisait une voiture de sport qui devait coûter une année complète de ses revenus. Et encore, une année prospère !

La liste de leurs différences s'égrenait implacablement dans sa tête. Laura était diplômée d'Harvard, et il n'avait même pas terminé ses études. Non ! Décidément, leur histoire n'avait aucune chance de durer. Il était en plein délire quand il se permettait d'imaginer sa vie avec Laura.

Cependant, au cours des dernières semaines, il avait découvert quelque chose. Il comprenait maintenant pourquoi Daniel MacGregor avait ce regard à la fois étonné et émerveillé, quand il parlait de sa femme. Il savait maintenant comment un homme pouvait tomber profondément amoureux, au point que cela ne finisse jamais.

Il suffisait de trouver la seule, l'unique femme de sa vie.

Il se passa une main sur les yeux. Il valait mieux oublier cela tout de suite. Oublier Laura et continuer.

Royce jeta un coup d'œil autour de lui. Une impression de vide le frappa de plein fouet. Il se tourna vers la fenêtre. Qu'attendait-il pour fermer son bureau et rentrer chez lui ? Il secoua la tête. Ce serait la même chose. Si son bureau lui semblait vide, son appartement le paraîtrait encore plus. Pourquoi cela ne l'avait-il jamais dérangé jusque-là ? Il avait aimé cette vie de loup solitaire. Il avait aimé aller et venir comme bon lui semblait, au moment qui lui plaisait. Maintenant, la seule pensée de dormir seul lui était presque insupportable.

Il se cacha le visage dans les mains. Quand était-il devenu si lâche ? C'était lui qui avait fait le premier pas avec Laura. Il avait recherché sa compagnie. Et maintenant, il allait la laisser partir parce qu'il avait peur qu'elle le repousse, ou qu'elle ne veuille pas de lui autant qu'il voulait d'elle ?

C'était stupide. Il laissa tomber ses bras le long de son

corps. Il n'allait pas rester assis pendant trois jours à broyer du noir. Il avait encore quelque chose à faire.

Il attrapa son manteau et sortit.

Laura soupira. Royce ne s'était pas trompé. La maison, à Hyannis Port, était remplie de MacGregor. Et les MacGregor étaient plutôt bruyants. La musique s'échappait à flots de la chambre des plus jeunes. Dans le salon, Anna jouait des chants de Noël au piano, et chantait à tue-tête, accompagnée par Daniel qui poussait son timbre de baryton au maximum.

Du haut de l'escalier venaient des voix masculines. Laura tendit l'oreille. Apparemment, c'était Mac, l'aîné des petits-fils, qui se querellait avec Duncan.

Elle entra dans la salle du « trône », comme l'appelait affectueusement la famille en hommage à Daniel et à sa chaise dotée d'un haut dossier sur laquelle il présidait aux événements familiaux. Devant les larges fenêtres qui ouvraient sur les falaises, le sapin de Noël surchargé d'ornements scintillait de lumières multicolores.

Il allait rester éclairé, nuit et jour, jusqu'à l'Epiphanie.

A son pied s'amoncelaient des dizaines de paquets enrubannés. A minuit, suivant la tradition familiale, il y aurait une petite émeute. Ce serait à qui déballerait le premier son cadeau, dans une atmosphère pleine d'amour et de rires. Laura sourit. Surtout d'amour. Les membres de cette famille avaient beau se livrer à des batailles verbales acharnées, il n'en était pas moins vrai qu'ils étaient débordants d'amour.

Laura sentit son cœur se serrer. Royce allait passer seul cette merveilleuse fête de famille. Elle détestait cette idée.

La voix de Caine, derrière elle, la fit sursauter.

— Je me demande comment ils font, dit-il en posant les mains sur ses épaules, qu'il se mit à masser doucement.

Chaque année, ils trouvent un arbre magnifique. Depuis ma plus tendre enfance, à Noël, j'ai toujours vu un sapin, installé à cet endroit précis. Et il a toujours été parfait. Avant que nous soyons assez grands pour rester debout jusqu'à minuit, mes frères et moi avions l'habitude de nous glisser dans l'escalier pour guetter le Père Noël.

Laura se laissa aller contre lui et dit à voix basse :

— Je n'ai pas le moindre mauvais souvenir dans cette maison. Je viens de me rendre compte depuis peu de temps à quel point j'ai de la chance. Et je t'aime tant.

Elle se retourna et posa sa tête sur l'épaule de son père.

Captant une intonation triste dans sa voix, il lui releva doucement le menton. Les yeux de Laura brillaient de larmes. Il lui caressa tendrement les cheveux et demanda :

— Qu'y a-t-il, mon bébé ?

— Rien. Je me sens un peu sentimentale. C'est la saison qui veut cela. J'ai constaté que je ne me laissais pas suffisamment aller. Tu es le premier homme dans ma vie, le premier qui m'a prise dans ses bras. Et tu ne m'as jamais laissée tomber. Pas une seule fois.

Un tonnerre de pas retentit dans l'escalier, mêlé à une avalanche de cris et de rires.

— Ian et Julia ont commencé une bataille de boules de neige.

Laura se pressa contre son père.

— Encore une tradition MacGregor.

— Intéressée ?

— Oh oui !

Elle renversa la tête en souriant.

— Si on se joignait à eux ? Va leur lancer un défi. J'arrive dans une minute.

— Tes désirs sont des ordres, ma chérie.

Il l'embrassa sur le bout du nez.

— Toi non plus, tu ne m'as jamais laissé tomber, Laura. Je suis fier de toi.

— Tel père, telle fille, dit-elle en riant.

Laura s'assit sur le bras du fauteuil. Elle allait rejoindre les autres, mais avant, elle avait besoin de quelques minutes de solitude.

Elle allait faire un vœu devant l'arbre, comme elle l'avait souvent fait lorsqu'elle était enfant. Aujourd'hui, ce serait le vœu d'une femme, l'espoir qu'un soir de neige, la veille de Noël, l'homme qu'elle aimait se trouver à côté d'elle dans cette pièce.

— Laura !

Elle releva la tête. Pendant une fraction de seconde, elle crut être en plein rêve. Mais non, c'était bien Royce. Un sourire éclatant s'épanouit sur son visage.

— Royce ! Tu as changé d'avis ? C'est merveilleux !

Elle se rua vers lui, prit ses mains dans les siennes.

— Mon Dieu, tu es gelé. Où sont tes gants ? Donne-moi ton manteau, et va te réchauffer près du feu.

— Il faut que je te parle.

— Bien sûr.

Elle souriait toujours, mais son regard se figea quand elle regarda derrière Royce. Dans le hall plein de monde régnait un silence de mort.

— Ma famille, dit-elle.

— Je ne veux pas être présenté à un demi-million de MacGregor, du moins pas avant de t'avoir parlé.

— Très bien.

Elle parcourut du regard plusieurs visages intrigués.

— Allez-vous-en ! ordonna-t-elle.

Avant même de savoir si elle allait être obéie ou ignorée, elle ferma la porte et entraîna Royce dans la salle du trône.

— Ne t'inquiète pas, tu en as déjà rencontré quelques-uns, et tu vas découvrir les autres pendant les jours qui viennent. Tu verras, ils ne sont pas si terribles.

— Je ne sais pas si je vais rester.

— Oh !

— Peut-être n'en auras-tu plus envie, quand j'aurai fini de parler.

Laura avait brusquement la gorge sèche.

— Enlève au moins ton manteau et laisse-moi t'offrir un verre pour te réchauffer. Aimes-tu le cognac ?

— Oui, merci.

Il se débarrassa de son manteau pendant qu'elle préparait deux verres.

— Bel arbre, marmonna-t-il.

— Ce n'est pas un arbre de table en céramique, mais il fait l'affaire.

Elle revint et lui tendit la boisson. Levant son verre, elle dit sans le quitter des yeux :

— Je suis heureuse que tu sois venu.

— Attends un peu.

Royce la regarda s'installer sur la chaise de Daniel. Assise dans ce meuble gigantesque, elle aurait dû disparaître mais, au contraire, elle avait un air royal. Essayant de rassembler ses esprits, il baissa les yeux et soupira. Qu'il soit damné si Laura lui faisait perdre la tête sans qu'il se soit battu.

— Si tu as quelque chose à me dire, je t'écoute, dit-elle d'un ton anxieux.

Son verre à la main, il se mit à faire les cent pas. Il sirota le liquide ambré et fit une petite moue. Décidément, il n'aimait pas le cognac. Il posa le verre sur la table.

— J'ai été obligé de venir jusqu'ici, en territoire ennemi, finit-il par lancer sans préambule.

Laura ne put s'empêcher de rire.

— En territoire ennemi ?

— Ton père me déteste.

— Oh, Royce, ce n'est pas vrai. Il est juste…

— Peu importe.

Marchant de long en large, il balaya d'un geste sa protestation.

— Et pourquoi ne me détesterait-il pas ? Je ne suis pas

allé à Harvard, je n'ai pas une gigantesque maison, je suis un ancien flic qui a créé une entreprise, et je couche avec sa fille. Chez lui. A sa place, j'aurais fomenté un meurtre rapide et discret.

— Mon père n'est pas intolérant.

— Il n'a pas besoin de l'être. Les faits parlent d'eux-mêmes. Et même si tu les occultes, ce n'est pas le marché qui a été conclu entre nous.

— Quel marché ?

Il secoua la tête, s'arrêta et tourna les yeux vers elle.

— J'ai… euh, laisse-moi une minute.

Il se dirigea vers une fenêtre. Sur la pelouse d'un blanc immaculé, une demi-douzaine de personnes se livraient à une bataille de boules de neige. Au bout de quelques instants, il se tourna vers elle et continua :

— Je ne connais rien à ce genre de famille. Ce n'est pas mon milieu. Ta famille est unique, sous tous les aspects. Je ne suis pas pauvre. Mon affaire tourne bien. Je sais ce que je fais.

S'éloignant de la fenêtre, il recommença à s'agiter comme un lion en cage. C'était plus facile de parler en bougeant.

— Je me moque pas mal de ton argent. Pour moi, que tu aies cinq dollars ou cinq millions, cela ne change rien.

Laura était abasourdie. Elle n'aurait su dire ce qui l'étonnait le plus, des paroles de Royce ou de son expression à la fois abattue, coléreuse et nerveuse, bien qu'il fasse apparemment un effort pour se maîtriser.

— Je n'ai jamais pensé le contraire, dit-elle.

— Je peux subvenir à mes besoins, je le fais depuis longtemps. Mais toi, tu es habituée à avoir tout ce que tu veux. Et tu dois continuer ainsi.

— Parfait. Je suis heureuse de te l'entendre dire, car j'en ai bien l'intention.

Elle se leva.

— Royce, j'aimerais que tu ailles droit au but.

— Eh bien, c'est ce que j'essaie de faire…

Son regard se réchauffa et se mit à briller dangereusement.

— C'est ce que j'essaie de faire, répéta-t-il. Tu crois que c'est facile pour moi ? Je n'avais jamais fait ce genre de projet. Je ne l'ai même jamais souhaité.

Il se dirigea vers elle d'un pas énergique, la fureur bouillonnant dans ses yeux.

— Que ce soit bien clair, Laura. Je n'ai jamais souhaité cela.

De plus en plus éberluée, Laura demanda :

— Souhaité quoi ?

— Etre incapable de passer une malheureuse journée sans penser à toi. Te chercher, la nuit, alors que tu n'es pas là. Avoir besoin d'entendre ta voix. Etre amoureux de toi !

— Amoureux de moi ? répéta-t-elle.

Elle se laissa tomber sur une chaise.

— Tu es amoureux de moi…

— Maintenant, écoute-moi bien. Ne m'interromps pas. Je sais que tu éprouves des sentiments pour moi, sinon tu ne m'aurais pas laissé te toucher. Il se peut que tout ait commencé entre nous comme une pure réaction chimique, mais c'est beaucoup plus. C'est sacrément plus, et si tu voulais nous laisser une chance…

— Royce !

— Ecoute-moi jusqu'au bout, Laura.

Il fit une pause. Il avait besoin de s'écarter d'elle, de retrouver ses esprits. Il avait l'impression de traverser la rue sur un fil, au dixième étage d'un immeuble.

— Nous sommes bien ensemble, et je sais que je peux te rendre heureuse. Qui plus est, ton grand-père est de mon côté.

Le regard de Laura s'assombrit. L'immense chaleur qui lui inondait le cœur disparut en un clin d'œil.

— Tu as frappé à la mauvaise porte, dit-elle.

— C'est pourtant ce que j'ai fait. Ton grand-père pense

que je suis assez bon pour toi, alors pourquoi ne penserais-je pas la même chose ?

Laura resta bouche bée. Puis elle se mit à hurler :

— Il pense que tu es assez bon pour moi ?

— Exactement. J'ai les reins solides, je ne suis pas idiot, et je ne triche pas. Et je t'aime. J'aime tout ce qui se rapporte à toi. Je peux même tenter de vivre près de ta famille. Voilà qui serait suffisant pour convaincre n'importe qui.

Il plongea une main dans sa poche d'où il sortit une petite boîte.

— C'est pour toi, dit-il en la lui tendant.

Laura la prit, la tripota nerveusement. Après une profonde inspiration, elle finit par l'ouvrir. Son cœur fit encore une embardée. Sur un anneau d'or, un rubis d'un rouge profond scintillait au fond du petit coffret.

— J'ai pensé qu'un diamant était trop conventionnel pour toi, marmonna-t-il. Pour nous.

— Es-tu en train de me faire une proposition, Royce Cameron ?

Laura faisait des efforts violents pour garder la tête froide. Dieu merci, sa voix était douce mais ferme, alors que son cœur planait encore quelque part dans la stratosphère.

— C'est une bague, non ? dit Royce, sur la défensive.

— Sans aucun doute, et elle est très belle, dit-elle en la contemplant.

Comme elle levait les yeux vers lui, Royce interrogea :

— Qu'y a-t-il ? Elle ne te plaît pas ? Elle est trop petite ?

— Idiot ! J'attends.

— Tu attends ? C'est plutôt moi qui attends.

Elle soupira.

— Très bien, allons-y. Je n'ai pas programmé cela, moi non plus, je ne l'ai pas souhaité. Cela ne correspond pas au marché conclu tacitement entre nous. Mais je suis amoureuse de toi, Royce Cameron !

S'attendant à un autre genre de déclaration, Royce était

déjà prêt à sortir tout un arsenal d'arguments. Abasourdi, il n'arriva qu'à prononcer :

— Pardon ?

— Ecoute-moi bien !

Laura se régalait maintenant. Elle se rassit sur la chaise et tendit un bras vers lui.

— Tu es un homme extraordinairement séduisant. Tu as ta propre entreprise, et bien qu'il t'arrive, apparemment, de te sous-estimer, la santé générale de ton ego est assez bonne, sans parler de celle de ton cerveau.

Elle serra les lèvres et hocha la tête pour donner plus de poids à ses paroles.

— Et pour utiliser ta tournure de phrase idiote, je crois que tu es assez bon pour moi.

— Tu es amoureuse de moi !

Il fit une pause, incapable de prononcer un mot de plus. Les yeux rivés sur lui, Laura resta un instant silencieuse. Puis elle se décida à continuer :

— Oui, Royce, désespérément ! Mais si tu ne m'avais pas aimée, je l'aurais accepté courageusement, je t'assure. Je peux être stoïque. Cependant, puisque tu m'aimes, c'est différent. Et si tu avais le bon sens de me demander de t'épouser, au lieu de me fourrer cette petite boîte dans la main, je te dirais oui.

Il la regardait toujours intensément, et ses idées commençaient à s'éclaircir. Quant à son cœur… il était perdu.

— J'avais préparé de très bons arguments pour te convaincre de m'épouser.

— Veux-tu que je les écoute ?

— Non, je préfère te dire encore…

Royce hocha vaguement la tête. Ce n'était plus difficile à dire, les mots débordaient de son cœur.

— Je t'aime, Laura.

Il effleura ses cheveux, tout près des tempes, sans détourner les yeux des siens.

— Je t'aime. Je veux passer ma vie avec toi, créer une famille avec toi. Je veux que nous passions Noël ensemble. Veux-tu m'épouser ?

— Oh ! C'était vraiment très bien !

Pour la première fois, elle sentit ses yeux s'embuer.

— Je veux ma bague, et je veux que tu m'embrasses. A ce moment-là, ce sera parfait.

— Dis oui d'abord.

— Oui, oui, absolument oui.

Elle se jeta à son cou, et ses lèvres rencontrèrent tout naturellement sa bouche. C'était mille fois plus que parfait.

— Je suis si heureuse de t'avoir trouvé. Si heureuse de t'avoir trouvé alors que je ne te cherchais même pas. Je commençais seulement à rêver de ton existence.

Elle laissa couler une première larme, tandis qu'il lui glissait la bague au doigt.

— Il n'y a pas longtemps, j'ai commencé à souhaiter ton existence, répéta-t-elle. Et tu es là.

— Nous sommes là, murmura-t-il.

La porte d'entrée claqua et quelqu'un entra dans le hall.

— Nous sommes encerclés, chuchota-t-il en lui faisant un clin d'œil.

— Ils vont t'aimer, Royce.

Elle se mit à rire en levant une main vers sa joue.

— Tu as déjà le plus âgé des MacGregor dans ton camp.

Les yeux pétillants, elle s'appuya contre lui.

— Allons le lui annoncer. En temps ordinaire, j'aurais aimé le faire attendre un peu, mais c'est Noël. Il va adorer mon cadeau : je vais lui dire qu'il ne s'est pas trompé en te choisissant pour moi.

GWENDOLYN

Prologue

D'APRÈS LES MÉMOIRES DE DANIEL MACGREGOR

La famille est ce qu'il y a de plus précieux pour un homme. C'est aussi sa plus lourde responsabilité. Je n'ai jamais failli à ma tâche, et je m'occupe bien de tout ce qui m'appartient.

J'ai assisté aux noces de l'aînée de mes petites-filles. Quelle magnifique mariée elle faisait ! Radieuse, lumineuse dans sa longue robe blanche, sous son voile qui contrastait avec ses cheveux noirs et brillants.

Notre Laura offrait une telle image de bonheur que j'ai dû consoler ma petite Anna. Ce genre d'événement provoque toujours en elle une forte émotion.

Pour moi, ce fut un moment de joie intense et de satisfaction personnelle. J'ai vu mon fils, Caine, le fier papa, sourire en conduisant Laura vers l'homme qu'elle aime. L'homme que j'ai choisi personnellement. Mais nous n'allons pas parler de cela.

Les enfants deviennent désagréables quand ils croient, à tort, que nous nous mêlons de leurs affaires. En fait, il ne s'agit que de s'occuper d'eux pour leur bonheur. Ne confondons pas.

En ce jour de printemps absolument parfait, j'ai observé Caine. Il n'a pas cessé de sourire. J'ai ri sous cape tandis qu'il échangeait des bourrades viriles avec son tout nouveau gendre ; je dois avouer que j'ai même dû écraser une larme quand Ian, le frère de la mariée, a porté un toast aux jeunes époux.

Oui, ce fut vraiment une journée merveilleuse pour le clan MacGregor.

De ce côté-là, j'ai fini mon travail. Laura et Royce vont être heureux, et il vaudrait mieux qu'ils n'attendent pas trop longtemps pour donner à leur grand-mère des bébés qu'elle fera sauter sur ses genoux. Anna est déjà impatiente d'avoir un arrière-petit-enfant.

Maintenant, je peux m'occuper de ma douce Gwen. Elle est belle comme une princesse, ma Gwen. Elle est d'un naturel sérieux, et romantique. Et quel cerveau elle a ! Dieu du ciel, cette petite est brillante comme le soleil. Mais elle est comme sa grand-mère, et elle ne voit pas qu'elle a besoin d'un homme près d'elle, et d'enfants qui lui apporteront du bonheur.

C'est donc à moi de faire en sorte qu'elle épouse l'homme qu'il lui faut, un homme solide. Je l'ai déjà trouvé. Il a un bon esprit, et un grand cœur. Je n'accepterais rien de moins pour ma Gwen, et que je sois damné si je la laisse jeter son dévolu sur quelqu'un qui n'ait pas toutes ces qualités.

Ce ne sera pas facile, mais j'ai tout mon temps. Je connais assez la vie pour savoir choisir mon moment. Je sais être patient. Il me faudra certainement plusieurs mois pour préparer le terrain. Je connais l'importance des fondations, elles doivent être solides quand vous voulez construire quelque chose qui doit durer.

Je suis prêt à parier que ma petite Gwen sera fiancée avant Noël. Et à elle non plus, je ne lui demanderai pas de remerciements. Non, cela ne sera pas nécessaire. Je serai suffisamment remercié.

Mais je n'aurais pas à faire tout cela si mes petites-filles savaient s'occuper d'elles.

1

— On le déplace à trois ! Allons-y. Un, deux, trois !

Avec des gestes précis et parfaitement synchronisés, Gwen et l'équipe des urgences soulevèrent le patient. Il pesait une bonne centaine de kilos. D'une voix calme et sûre, Gwen ordonna :

— Audrey, intubez-le, je vous prie.

Elle lui adressa un sourire encourageant. Audrey se mit à la tâche avec dextérité, pendant que l'infirmière en chef coupait le jean ensanglanté de l'homme plongé dans le coma.

Gwen l'observait, guettant le moindre signe vital, tout en donnant des ordres aux autres membres de l'équipe.

— Les motos, marmonna-t-elle en fronçant les sourcils, quelle calamité !

— Heureusement qu'il avait son casque, fit remarquer Audrey. Voilà, le tube est installé.

— C'est une armure qu'il lui aurait fallu. Prise de sang ! Il a l'odeur de quelqu'un qui a fait la foire.

Gwen ajusta ses lunettes de protection, et se mit à la tâche sur la jambe de l'accidenté.

Les mains rapides, l'esprit vif, elle examina la blessure, qui allait de la cheville au genou, laissant apparaître le tibia. L'os était cassé net. C'était à elle de remettre les morceaux en place, avant d'envoyer le patient en chirurgie. Rapidement, efficacement. Et de le maintenir en vie.

Dans la salle adjacente, une femme hurlait, en répétant sans arrêt le nom de Johnny, d'une voix à déchirer le tympan.

— C'est lui, Johnny ? s'enquit Gwen en jetant un coup d'œil par la porte vitrée qui séparait les deux pièces.

— John Petreski, vingt-deux ans, dit une infirmière.

— D'accord, on va s'arranger pour qu'il puisse danser à son prochain anniversaire. Lynn, appelez le service de chirurgie, et annoncez-leur l'arrivée de Johnny. Fyne, remplacez-moi pendant que je vais voir ce qui se passe dans la chambre 2.

Elle sortit par la porte à double battant.

Le médecin stagiaire dut hausser le ton pour se faire entendre par-dessus les cris hystériques de la femme.

— Contusions, lacérations. Nous attendons les radios. L'épaule est déboîtée.

— Comment s'appelle-t-elle ? demanda Gwen.

— Tina Bell.

— Tina !

Gwen se pencha vers elle.

— Tina, nous allons vous aider. Mais d'abord, il faut vous calmer.

— Johnny ! Johnny est mort !

— Non, il est vivant.

La jeune femme lui prit la main et la serra de toutes ses forces. Gwen retint un petit cri de douleur.

— Il part au service chirurgie. Nous prenons soin de lui, affirma-t-elle d'un ton apaisant.

— Il est blessé. Il est atrocement blessé.

— Oui, il est blessé, mais nous allons le soigner. Vous devez m'aider, Tina. Quelle quantité d'alcool a-t-il ingurgitée ?

— Quelques bières.

Les larmes jaillissaient des yeux de Tina, se mélangeant à la poussière et à la sueur de son visage.

— Quelques bières seulement ? interrogea Gwen.

— Johnny !

— Combien exactement ? insista Gwen. Il faut que je sache ce qu'il a bu pour pouvoir le soigner.

— Six ou sept, je ne sais pas. Personne ne comptait.

— A-t-il pris de la drogue ?

— Nous avons partagé deux ou trois joints. Pas plus. Johnny !

A travers la porte vitrée, Branson Maguire ne perdait pas une miette du spectacle. Un véritable ballet se déroulait sous ses yeux. Travail d'équipe, costumes, lumières. Et sous l'éclairage le plus puissant, la délicate femme blonde, vêtue d'une hideuse blouse verte.

Il ne voyait pas ses yeux, cachés derrière de larges lunettes de protection, qui lui couvraient la moitié du visage. Pourtant, il savait à quoi elle ressemblait. Dr Gwendolyn Blade, héritière prodige, fille d'un demi-Comanche et d'une autre héritière. Une MacGregor.

Il avait vu la photographie de Gwen dans les journaux, à la télévision, quand son oncle menait sa campagne présidentielle, et, ensuite, pendant les huit années où il avait vécu dans la plus grande maison du pays. Et sa photo était posée au milieu d'autres portraits sur le bureau massif de Daniel MacGregor, bâtisseur d'empires et grand-père de Gwendolyn.

Branson se considérait comme un fin observateur, mais il ne l'avait pas imaginée si légère. Elle donnait l'impression d'être une fée, et cette image faisait oublier celle, réelle celle-là, de la femme coincée dans une tente éclaboussée de sang, en train de se battre pour sauver des vies.

Il ne la quittait pas des yeux. Elle se déplaçait comme une danseuse. Ses gestes étaient pleins de grâce, tout en étant d'une incroyable précision. Ses cheveux, qui oscillaient entre le roux et l'or sous les lumières vives, étaient coupés comme ceux d'une gamine, avec des mèches toutes droites qui pointaient au-dessus du front. « Effet de style ou mesure pratique ? » se demanda-t-il.

Il serait intéressant de le savoir.

Il resta où il se trouvait, les mains confortablement enfoncées dans les poches de son imperméable gris anthracite, et il continua son observation.

Gwen avait remarqué son visage derrière la vitre. Cheveux blonds tombant sur le col, regard acéré des yeux gris qui semblaient cligner rarement, pli sérieux de la bouche…

Elle n'avait pas le temps de lui accorder plus qu'un bref regard et une pensée éphémère.

Ses deux patients venaient d'être emmenés en chirurgie. Gwen sortit de la salle et dut s'arrêter pile. L'inconnu lui bloquait le passage.

— Docteur Blade ? Gwendolyn Blade ?

Il souriait maintenant, d'un bref sourire un peu en biais. Gwen s'amenda. Elle s'était trompée. Les yeux de cet inconnu n'étaient pas froids, ils étaient d'une chaleur veloutée, tout comme sa voix.

— Oui. Puis-je vous aider ?

— En effet. Je suis Branson Maguire.

D'un geste automatique, elle serra la main qu'il lui tendait. Il garda sa main dans la sienne.

— Oui ? interrogea-t-elle.

Il lui adressa un sourire grimaçant.

— Mon ego en prend un sacré coup. Je suppose que vous n'avez pas beaucoup de temps pour lire ? dit-il.

Gwen était fatiguée. Elle rêvait de s'asseoir devant une tasse de café brûlant. Et elle voulait récupérer sa main.

— Je suis désolée, monsieur Maguire, je…

En retirant sa main, la clarté se fit dans son esprit.

— Oh oui ! *Matt Scully Détective*… J'ai lu certains de vos livres. Vous avez créé un personnage intéressant.

— Scully fait un bon travail pour moi.

— Je n'en doute pas. Je n'ai malheureusement pas le temps de parler littérature pour l'instant. Si vous permettez…

— Ils sont lavande.

— Pardon ?

— Vos yeux.

Il se planta sur ses jambes et plongea ses yeux dans ceux de Gwen. Chez tout autre homme, ce regard aurait été mal élevé. Mais chez lui, il paraissait naturel.

— Je me demandais si c'était un effet de la lumière. Mais ils ne sont pas bleu ciel, ils sont bleu lavande.

Gwen sentit des picotements sur sa nuque.

— Ils sont bleu clair sur mon permis de conduire. Maintenant, comme je vous l'ai dit, je suis pressée.

— Votre équipe ne s'arrête-t-elle pas à 14 heures ? Il est presque 15 heures, dit-il, les yeux rivés sur elle.

Elle recula comme sous l'effet d'une douche froide — réflexe de défense automatique pour une femme qui, à cause de sa famille, avait passé la majeure partie de sa vie sous les projecteurs.

— Comment connaissez-vous mon emploi du temps ? demanda-t-elle d'un ton méfiant.

Il lui répondit par une autre question.

— Je suppose que vous ne m'attendiez pas ?

— En effet.

Elle jeta un coup d'œil par-dessus son épaule. Les infirmiers emmenaient Tina sur un chariot.

— Docteur, docteur ! Je veux voir Johnny. Il faut que je le voie !

— Excusez-moi.

Gwen tourna le dos à Branson et s'éloigna.

Il l'entendit parler. Sa voix, glacée quand elle s'adressait à lui, prenait maintenant un accent chaleureux et réconfortant. La jeune femme blessée se répandit en sanglots étouffés et hocha la tête.

— Quelle sollicitude, toubib ! commenta Branson, quand Gwen s'approcha de nouveau de lui.

— Vous étiez en train de me dire que j'aurais dû m'attendre à votre visite ?

— Votre grand-père m'a dit qu'il vous avait prévenue.

— Prévenue ?

Gwen était décidément très fatiguée. Elle ferma les yeux.

— J'ai besoin d'un café, murmura-t-elle. Suivez-moi.

Faisant voler sa blouse, elle fit volte-face et descendit le couloir. Elle tourna à gauche, passa une porte et entra dans une salle de repos. Branson regardait de tous côtés, imprimant dans sa mémoire les moindres détails, les couleurs ternes, les chaises bon marché, les vestiaires tristes, le moteur bruyant du réfrigérateur, l'odeur de café réchauffé qui n'arrivait pas à effacer les senteurs écœurantes de l'hôpital.

— Confortable, dit-il, un peu ironique.

— Voulez-vous un café ?

— Oui, merci. Noir, sans sucre.

Elle prit un pot de café réchauffé et remplit deux tasses. C'était un vrai jus de chaussette, elle le savait. Elle ajouta dans la sienne une cuillerée de sucre.

Après avoir goûté celui qu'elle lui tendait, Branson frissonna.

— Heureusement que je suis dans un hôpital. Vous faites des lavages d'estomac, entre autres ?

— C'est un de mes plus grands plaisirs. Excusez-moi, j'ai besoin de m'asseoir.

Elle s'assit, croisa les jambes et tenta de remuer ses orteils dans ses chaussures à talons plats.

— Ecoutez, monsieur Maguire…

— Appelez-moi Bran !

— Ecoutez, je suis navrée, mais il y a un malentendu. Mon grand-père est… enfin, il est ce qu'il est…

Bran s'assit à côté d'elle sur le petit divan usé jusqu'à la corde.

— C'est l'homme le plus extraordinaire que j'aie jamais rencontré, dit-il.

Gwen ne put s'empêcher de sourire d'un air attendri.

— Oui, c'est un homme incroyable. Et il a des idées et des objectifs bien arrêtés. Quant à ses méthodes, il y aurait beaucoup à redire. Je suis sûre que vous êtes charmant, et j'aime beaucoup vos romans, mais je ne suis pas intéressée…

Il se risqua à avaler une autre gorgée de café.

— Pas intéressée par quoi, exactement ? s'enquit-il.

— Par le fait de fréquenter un homme.

Elle glissa ses longs doigts effilés dans ses cheveux.

— Mon grand-père trouve que je n'ai pas une vie sociale assez active. Mais j'ai celle qui me convient. Et les rendez-vous avec un homme n'arrivent pas en tête de mes priorités.

Branson leva un sourcil intrigué en s'installant aussi confortablement que possible au bout du canapé. Les yeux de Gwen avaient maintenant la couleur fascinante des iris, ce qui la rendait aussi délicate et attirante qu'une pièce de verre soufflé.

— Pourquoi ? demanda-t-il.

— Parce que je suis chirurgien en deuxième année de stage, et que j'ai d'autres chats à fouetter. De plus, je n'ai pas envie de sortir avec des hommes spécialement sélectionnés pour moi par mon grand-père. Quant à vous, et pour en finir, vous ne semblez pas avoir besoin de l'intervention d'un homme de quatre-vingt-onze ans pour avoir une relation avec une femme.

Branson hocha imperceptiblement la tête. Après quelques secondes de silence, il dit :

— C'était peut-être un compliment. Oui, décidément, je crois que c'en est un. Merci.

Son sourire étincelant et plein d'humour fit naître une petite fossette au coin de sa bouche.

— Je n'avais pas l'intention de vous demander de sortir avec moi, continua-t-il. Mais maintenant, je vais être obligé de le faire. Rien que pour apaiser mon ego.

— Vous ne vouliez pas…

Gwen fit une pause et respira profondément. Elle avait besoin d'un peu de solitude, son cerveau commençait à fatiguer. Rouge de confusion, elle demanda :

— Que faites-vous ici ?

— De la recherche.

Il sourit encore, d'un air charmant.

— Du moins c'est ce qui était prévu. Je commence à écrire un livre, et j'ai besoin de données médicales pour la toile de fond et l'atmosphère de mon roman. De la couleur, des mots professionnels, le rythme de vie d'un hôpital, ce genre de choses. Daniel m'a dit que vous pourriez m'aider, que je pourrais rester ici quelques semaines et vous embêter en vous posant des tas de questions.

— Je vois.

Gwen appuya la tête sur le dossier du canapé et ferma les yeux.

— Eh bien, voilà qui est embarrassant.

— Moi, je trouve que c'est formidable. Alors, que voulez-vous faire ? Sortir avec moi, boire un café digne de ce nom, faire l'amour, vous marier, avoir trois enfants, acheter une grande maison et un horrible chien ?

Elle ouvrit un œil et éclata de rire.

— Non, merci.

— D'accord, vous n'avez pas envie de café. Je suis très souple, vous savez. Mais je veux que nous fassions l'amour avant de nous marier. J'y tiens beaucoup.

Gwen sourit en poussant un soupir fatigué.

— Essayez-vous de faire en sorte que je me sente mieux, ou encore plus ridicule ?

— Les deux.

Il posa sa tasse de café. Le coup de fouet donné par la caféine ne compensait pas le choc causé à son estomac.

— Vous êtes belle, Gwendolyn. Je vous dis cela pour que vous ne croyiez pas votre grand-père responsable si je finis par flirter avec vous.

Au lieu de s'effacer, le sourire de Gwen se fit acéré comme un scalpel.

— Les hommes qui essaient de flirter avec moi se retrouvent souvent obligés de suivre un traitement médical. Je vous dis cela au cas où vous auriez besoin de prendre une assurance.

Il lui lança un regard sardonique.

— Message reçu. Et pour mes recherches, allez-vous m'aider ? Je vais passer quelques semaines dans le service des urgences, sans ennuyer personne. Je ne poserai mes questions qu'aux moments où cela ne vous dérangera pas, vous et votre équipe. J'ai l'intention d'introduire certains détails dans mon histoire, et j'espère qu'ils seront cohérents. Vous aurez toute liberté de les effacer ou de me suggérer la façon de les corriger pour qu'ils sonnent juste.

Gwen referma les yeux. Elle rêvait d'un oreiller, d'une couverture, et d'une pièce sombre.

— Vous êtes libre d'observer, dit-elle. Même si j'ai des objections, vous pourrez passer outre. C'est ce que vous avez déjà fait, si je ne m'abuse. Mes grands-parents ont une grande influence dans l'administration de l'hôpital.

— Si vous n'avez pas envie de coopérer, je peux aller dans un autre centre hospitalier. Ce n'est pas ce qui manque à Boston.

— Je suis désolée d'être désagréable, mais je suis épuisée. Elle se frotta lentement les tempes du bout des doigts dans l'espoir de retrouver sa bonne humeur. Après tout, ce n'était pas la faute de Branson si elle avait passé une journée particulièrement fatigante.

— Je ne vois aucune objection à vous donner un coup de main dans vos recherches, tant que vous ne devenez pas encombrant dans le service des urgences. Je répondrai à vos questions quand j'en aurai le temps, et je mettrai mon équipe au courant, pour qu'elle vous aide dans la mesure du possible.

— Je vous remercie. Et si, quand nous aurons fini, je vous invite à dîner, ou si je vous achète un petit cadeau pour vous remercier, allez-vous m'attaquer au scalpel ?

— J'essaierai de me retenir. Je serai dans l'équipe de nuit pendant les trois prochaines semaines.

— Pas de problèmes, j'aime vivre la nuit.

Il fit une pause. Gwen paraissait effectivement exténuée. Surpris, il constata qu'il avait envie de lui proposer de dormir en posant la tête sur ses genoux. Se ressaisissant, il dit :

— Si vous voulez, je peux vous déposer chez vous.

— Merci, j'ai ma voiture.

Il inclina la tête.

— Combien de personnes avez-vous déjà rafistolées parce qu'elles s'étaient endormies derrière leur volant ?

— Un point pour vous. Je vais dormir ici.

— Comme vous voudrez.

Il se leva sans cesser de la regarder. Gwen avait les yeux lourds de sommeil. L'ombre délicate qui les soulignait sembla s'approfondir pendant qu'il l'observait.

— Dormez au moins huit heures d'affilée, docteur. Je reviendrai demain.

Il se dirigea vers la porte, fit une pause et se retourna.

— Une dernière chose : mon assurance médicale me rembourse à cent pour cent.

Un silence total régnait dans le couloir. A 3 heures du matin, le service des urgences était calme. Branson se dirigea vers la sortie, accompagné par le bruit de ventouse que ses chaussures produisaient sur le carrelage.

Dehors, le vent de novembre le frappa de plein fouet au visage. Il regagna sa voiture à pas lents, se remémorant sa conversation avec Gwen. Il aurait dû lui dire que n'importe quel homme se serait conduit comme un imbécile en n'essayant pas de la séduire. Or, il était un Maguire, et les Maguire étaient tout sauf des imbéciles.

Il grimpa dans sa Triumph décapotable. Il avait repoussé le fauteuil en arrière, le plus loin possible pour pouvoir caser ses longues jambes. Il tourna la clé de contact et sourit. C'était bon d'entendre le ronronnement régulier du moteur. Cette voiture était un vrai rêve.

Gwendolyn aussi. Elle ressemblait même un peu trop à une princesse de conte de fées.

Branson enfonça la touche du lecteur de CD et se mit à fredonner sur la musique de Verdi. En s'engageant sur l'avenue, il commença à échafauder un plan qui aurait rempli Daniel MacGregor de fierté.

2

A 10 heures du matin, Gwen ouvrit la porte de sa maison de Back Bay. Frissonnant sous la pluie fine et glaciale, elle se précipita à l'intérieur pour se mettre au chaud.

Elle jeta un coup d'œil circulaire dans l'entrée. Sa cousine Julia devait déjà faire visiter une propriété. Elles n'étaient plus que toutes les deux à partager la maison, Laura MacGregor étant partie tout de suite après son mariage avec Royce Cameron.

Elle lui manquait encore. Les trois cousines avaient vécu sous le même toit pendant des années. Depuis l'enfance, elles formaient un trio inséparable.

Dieu merci, Laura nageait dans le bonheur, mais c'était difficile de se résigner à son absence.

Gwen accrocha son manteau à la patère. Elle avait tout son après-midi libre. Elle allait commencer par un long bain brûlant. Mais non, elle avait d'abord un furieux appétit à assouvir.

Elle se rendit dans la cuisine en frottant son cou douloureux, souvenir du canapé de la salle de repos sur lequel elle avait dormi.

Le parfum des roses chatouilla ses narines avant qu'elle les voie. Il devait y en avoir trois douzaines, blanches comme la neige, dans un magnifique vase en cristal.

Gwen sourit. C'était sûrement un présent d'un des

admirateurs de Julia. Les roses l'avaient toujours touchée. C'était son côté romantique, sans doute.

En souriant, elle ouvrit le réfrigérateur, sans toutefois se faire trop d'illusions. Depuis que Laura était partie, il était toujours vide, ou presque. Les trois cousines avaient coutume de dire que Laura dévorait, que Julia ne mangeait jamais, et que Gwen ne prenait le temps de le faire que lorsque la nourriture apparaissait sous ses yeux comme par magie.

Sans grand enthousiasme, elle sortit un carton de yaourts, vérifia la date limite de consommation. Dépassée depuis une semaine. Bah, ce n'était pas très grave. Après tout, ce n'était que du lait caillé. Elle ferma la porte du réfrigérateur et entreprit de lire le petit mot que Julia avait laissé sur la table.

« Gwen, bravo pour les roses ! Me caches-tu encore d'autres secrets ? T'interrogerai plus tard. Messages pour toi sur le répondeur : Grand-père… Et la voix sexy d'un homme nommé Bran. Celui qui t'a envoyé les fleurs ? Mmm… Je reviens à 18 heures. Peut-être. Julia. »

Fronçant les sourcils, Gwen relut la note avant de regarder de nouveau les roses. Une petite enveloppe était épinglée à une tige. Elle la prit et la tapota sur sa main pendant quelques secondes avant de se décider à l'ouvrir.

« Elles vous ressemblent. Merci d'avance pour votre aide. »

— Oh ! s'exclama Gwen.

Une sensation de vertige mêlée à une immense joie s'empara d'elle. Impossible d'ignorer cette sensation.

— Elles sont pour moi, murmura-t-elle.

Elle se pencha et les huma longuement. Puis, se ressaisissant, elle releva la tête. Trois douzaines de roses à longue tige en plein mois de novembre, c'était un peu fou. Merveilleusement fou, mais tout de même…

Décidément, elle devait faire preuve d'une plus grande détermination pour décourager Branson Maguire. Gwen soupira. Où son grand-père voulait-il en venir ? Elle ne le savait que trop.

Elle se tourna vers le répondeur téléphonique et appuya sur la touche de lecture des messages. Elle ne put s'empêcher de sourire en entendant la voix de Daniel.

— « Je déteste ces machines. Plus personne n'arrive à parler à un être humain. On a toujours affaire à ces engins diaboliques. Pourquoi n'êtes-vous pas à la maison, les filles ? Gwen, j'ai un jeune ami qui a besoin d'aide. C'est un écrivain, il sait ficeler un bon roman. Mais c'est un Irlandais, alors, naturellement, il adore les histoires de meurtres, de chasses aux tueurs fous. Tu vas lui donner un coup de main, ma chérie, je peux compter sur toi ? C'est une faveur que te demande ton vieux grand-père. Tu verras, c'est un gentil garçon. Sa mère est allée à l'université avec la tienne, ce n'est donc pas tout à fait un inconnu. Julia, j'ai vu ton père. Il m'a dit que tu achetais une nouvelle maison. En voilà une fille futée ! Mais est-ce que Gwen et toi vous ne pourriez pas appeler votre grand-mère, de temps à autre ? Elle se fait du souci. »

Gwen rit doucement en se passant une main dans les cheveux. C'était un message typique de Daniel MacGregor. Mais sa proposition semblait bien inoffensive. Le fils d'une amie de sa mère. Très bien, apparemment, cela ne cachait pas de complot. Une simple faveur, facile à accorder.

Satisfaite, Gwen se remit à manger son yaourt en écoutant le message suivant. C'était Branson.

— « Gwendolyn. »

Elle suspendit son geste, laissant la petite cuillère près de sa bouche. Branson avait une façon de prononcer son prénom, c'était troublant. Il le disait en entier, mettant en valeur tout le romantisme qu'il contenait au lieu d'aller au plus vite et au plus facile en l'appelant Gwen.

— « C'est Branson Maguire. J'espère que vous avez bien dormi. Et j'espère aussi que vous aimez les roses blanches. Si vous avez un petit moment aujourd'hui, et si vous voulez le passer avec moi, j'en serais très heureux. J'aimerais vous inviter à déjeuner ou à dîner, mais je ne veux pas vous importuner. J'aimerais aussi parler de deux ou trois choses avec vous, au sujet de mon roman. Si vous pouvez, appelez-moi. Je serai chez moi toute la journée. Sinon, je vous verrai ce soir à l'hôpital. »

Gwen ne prit pas la peine de noter le numéro. Elle s'en souviendrait. D'un air pensif, elle finit de porter la cuillère à ses lèvres. La demande de Branson était raisonnable. Il n'y avait pas d'arrière-pensée dans le contenu de son message ni dans le ton de sa voix. Elle prit encore une cuillerée en riant d'elle-même. « Tu ferais mieux de t'écouter toi-même, ma petite Gwen, et d'analyser tes propos. » Elle n'avait pas oublié ses propres paroles, la veille, qui l'avaient mise dans une situation plutôt embarrassante vis-à-vis de Branson Maguire.

Après tout, sa demande était raisonnable. Elle pouvait certainement lui accorder une heure, ne serait-ce que pour lui faire oublier ses soupçons ridicules envers lui et son grand-père.

Elle saisit le téléphone, composa le numéro de Branson. Il répondit à la troisième sonnerie.

— Maguire.

— Bonjour, c'est Gwen Blade. Merci pour les roses, elles sont magnifiques.

— J'en suis ravi. Ont-elles bien rempli leur emploi ?

— Quel emploi ?

— Vous ont-elles suffisamment radoucie pour que vous me donniez une heure de votre temps ?

— Ce ne sont pas les roses qui y sont parvenues, mais le message que mon grand-père m'a laissé. J'ignorais que ma mère était allée à l'université avec la vôtre.

— Quelques semestres seulement. Ma mère a continué des études de plasticienne, et la vôtre, apparemment, a fait une multitude de choses. Ma mère m'a dit que Serena MacGregor s'intéressait à tout.

— C'est vrai, et elle continue d'ailleurs. Cela dit, je peux vous rencontrer à 14 heures, si vous voulez. J'ai quelques courses à faire en ville. Nous pourrions nous y retrouver.

Branson ne répondit pas tout de suite. 14 heures... c'était après le déjeuner, et bien avant le dîner. Gwendolyn était une femme intelligente.

— C'est d'accord, dit-il. Que pensez-vous du Boston Harbor Hotel ? On y sert un thé particulièrement délicieux.

— Oui, je sais.

Elle jeta un coup d'œil à son pot de yaourt en rêvant d'une belle pâtisserie pleine de crème.

— Très bien. Rendez-vous dans la grande salle.

Gwen était toujours à l'heure, et elle ne dérogea pas à cette habitude pour son rendez-vous avec Branson. Elle sourit en pensant à Julia. Si sa cousine la voyait, elle n'aurait pas fini de dire que cette qualité était tellement agaçante qu'elle en devenait presque un défaut. Avant de se rendre au Boston Harbor Hotel, elle avait pris un bain bouillonnant qui avait fait des merveilles pour la détendre. Pendant qu'elle barbotait dans la baignoire, elle avait feuilleté un livre de poche : *Que ta mort soit belle*, de Branson Maguire. Elle l'avait déjà lu il y avait quelque temps, mais elle désirait se familiariser avec son style avant le rendez-vous.

Elle parcourut la salle d'un regard rêveur. Pourquoi faisait-elle cela pour Branson Maguire, qu'elle connaissait à peine ? Elle secoua la tête. Elle aurait consacré autant d'attention et de réflexion à l'histoire d'un patient avant de lui administrer son traitement, ou à la personnalité d'une relation quelconque avant de lui choisir un cadeau. En fait, elle ne faisait jamais les choses à moitié. Elle était sérieuse et méticuleuse. Elle avait passé ses examens à l'école de médecine avec plusieurs années d'avance et était maintenant le plus jeune des chirurgiens stagiaires de l'équipe du Boston Memorial Hospital.

Un succès mérité compte tenu du travail acharné qu'elle avait fourni. Mais elle reconnaissait qu'elle avait eu de nombreux soutiens : une famille aimante, généreuse, qui l'avait toujours assistée dans les décisions qu'elle avait prises tout au long de ses études. Et la fortune des MacGregor, qui arrangeait souvent les choses.

Mais c'était l'amour de la médecine, le mystère de la science qui avaient scellé son destin.

Elle traversa lentement le salon de l'hôtel en contemplant la beauté du décor, les immenses vases remplis de fleurs exotiques, le marbre et les dorures.

N'ayant pas entendu arriver l'ascenseur, elle ne vit pas Branson en sortir. Mais lui la repéra immédiatement. Elle avait revêtu un ensemble pantalon gris haute couture, et elle portait un manteau noir sur le bras. Un minimum de bijoux classiques : une montre au bracelet de cuir très étroit et de fines boucles d'oreilles en or, des bijoux de famille, vraisemblablement.

Elle paraissait alerte, toute fraîche, et beaucoup moins fragile que la veille au soir.

— Vous êtes à l'heure, dit-il en s'approchant d'elle.

— Oui, c'est une de mes pires habitudes.

— J'aime les femmes ponctuelles.

Il la prit par le bras et l'entraîna vers l'ascenseur.

— Vous paraissez en pleine forme. Apparemment, vous avez bien dormi.

— Oui, merci. Où allons-nous ? s'enquit Gwen.

— Dans ma suite.

Il ne la quittait pas des yeux. Ceux de la jeune femme s'assombrirent.

— Comment cela, dans votre suite ?

Il se mit à rire.

— Gwendolyn, vous ne devriez vraiment pas être aussi confiante, plaisanta-t-il. Les gens pourraient profiter de vous.

Elle ouvrit la bouche pour parler, mais il ajouta :

— Détendez-vous, ce n'est pas un piège. J'ai demandé qu'on nous serve le thé dans mon salon. Ce sera plus pratique pour que je prenne des notes. De plus, nous ne serons pas toujours interrompus par des serveurs.

— Très bien. Il se trouve que je meurs de faim.

Il la prit de nouveau par le bras en sortant de l'ascenseur.

— La presse trouve que c'est excentrique pour un auteur de vivre dans un hôtel. En réalité, c'est un appartement de première catégorie, avec un service pour le ménage.

Il fit une pause et regarda Gwen. Elle souriait.

— Vous avez un sourire superbe. Pourquoi avez-vous finalement décidé de me l'offrir ?

— Mes parents ont presque toujours vécu dans un hôtel, jusqu'après la naissance de Mac, mon frère aîné. Et il leur arrive souvent d'y descendre. Mes deux frères vivent à l'hôtel toute l'année, et ma jeune sœur Amelia rêve d'y vivre quand elle sera en âge de le faire. Je ne considère pas que ce choix soit le moins du monde excentrique.

Elle attendit qu'il ouvre la porte, et ils entrèrent dans un vaste salon. Elle remarqua le petit ordinateur portable au bout de la table de la salle à manger en châtaigner à côté d'un fouillis de livres, de papiers, et de tasses à café.

— Cet endroit me semble parfait pour travailler, dit-elle.

— Pour l'instant, il fait l'affaire. Parfois, j'ai une vague envie d'acheter une maison, dont je tondrais la pelouse et peindrais les volets. Cette idée est en général de courte durée, mais je suppose qu'un de ces jours, elle va prendre forme.

— Si cela se produit, vous devriez appeler ma cousine Julia. Elle est agent immobilier.

— Ah oui, Jules Premier.

Gwen inclina la tête.

— La presse l'a affublée de ce nom quand oncle Alan était Président. Elle trouvait cela amusant. Mais à sept ans déjà, Julia avait un solide sens de l'humour.

— Ce doit être quelque chose de grandir à la Maison Blanche. Voyons, son frère est un artiste. Ses cousines sont avocates. L'une d'elles a fait un mariage en grande pompe au printemps dernier, me semble-t-il.

— C'est vrai. Mais sommes-nous venus là pour discuter de ma famille ou de votre livre ?

— Pour bavarder.

Il esquissa un sourire. Gwen était toujours sur le qui-vive, elle se protégeait.

— Daniel MacGregor aime parler de ses enfants et petits-enfants. Je l'ai si souvent entendu que j'ai l'impression de les connaître. Il est très fier de vous.

Le regard de Gwen s'adoucit encore une fois.

— J'ai tendance à être sur la défensive dès qu'il s'agit de ma famille. Encore une fâcheuse habitude.

Une petite cloche résonna.

— Ce doit être le thé, dit-il. Installez-vous, faites comme chez vous.

Gwendolyn jeta un coup d'œil circulaire dans la pièce pour choisir sa place. L'endroit le plus pratique était la table de la salle à manger, à l'extrémité opposée de l'endroit où travaillait Branson.

Elle adressa un sourire au serveur. Branson se mit à plaisanter avec lui, et lui parla avec beaucoup de naturel du dernier match de football, puis il lui glissa discrètement un billet plié dans la main.

Dès que le serveur fut parti, il sortit une bouteille du seau à glace.

— Champagne ?

— Non, merci, pas pour l'instant.

— Nous la sortirons plus tard. Servez-vous.

Il indiqua de la main les plats remplis de minisandwichs et de pâtisseries.

— Vous avez dit que vous étiez affamée, ajouta-t-il.

— Et vous, vous avez dit que vous souhaitiez parler de votre livre avec moi.

Elle s'empara de la théière et remplit leurs tasses.

— Puisque vous y tenez, Gwendolyn… Mon personnage principal est un médecin psychopathe.

— Charmant.

— Absolument charmante, en effet. Une femme époustouflante.

— Une femme ?

— Oui. Je trouve qu'il n'y a pas assez de femmes psychopathes en littérature, de nos jours. Ce que je veux faire, c'est une espèce de pièce inspirée de *Docteur Jekyll et M. Hyde*, avec un zeste de veuve noire.

Il mordit dans un sandwich.

— Vous êtes absolument parfaite.

— Vraiment ?

Il plongea ses yeux intenses, couleur ardoise, dans ceux de la jeune femme.

— Absolument. Vous avez l'apparence idéale. Pas seulement la beauté, mais aussi l'air fragile, les os délicats. La grâce et l'efficacité. J'avais une idée bien arrêtée pour mon personnage féminin. Je la voyais grande, voluptueuse et terrifiante, continua-t-il sans la quitter du regard. Mais maintenant, je me rends compte qu'il vaut mille fois mieux créer un contraste. Je ne pourrais pas rêver d'un meilleur modèle que celui que vous m'offrez.

Gwen fronça légèrement les sourcils, puis elle esquissa un sourire. Après tout, mieux valait prendre le parti de s'amuser de ces propos.

— Si je comprends bien, vous êtes en train de me dire que je suis un excellent modèle pour un personnage psychopathe ?

Il sourit. Son regard se réchauffa encore.

— Cela vous ennuie ?

— Bizarrement, je me sens flattée. Ainsi, votre tueuse est une femme médecin, qui guérit d'une main et tue de l'autre.

— Nous y voilà. Vous comprenez vite.

Il glissa un peu en avant sur sa chaise en tapotant le bord de son assiette du bout des doigts.

— Elle maîtrise tout, elle sait exactement ce qu'elle fait. Elle s'amuse beaucoup. Le pouvoir de guérir, l'émotion forte de détruire. Naturellement, elle est folle, mais à un niveau différent. Alors si j'en faisais un chirurgien, à quoi ressemblerait sa vie ? Elle serait plus âgée que vous. Je ne veux pas compliquer les choses en faisant d'elle un génie, en plus du reste.

— Je ne suis pas un génie, mais une bonne étudiante, rien de plus.

— Gwendolyn, vous avez suivi les cours de l'école de médecine de Harvard, et cela avec deux années d'avance. Vous êtes un génie. Vivez avec cette certitude.

Il prit un autre sandwich, ce qui ne l'empêcha pas de voir qu'elle clignait des paupières. Après avoir avalé sa bouchée, il continua :

— Quelle pression devra-t-elle supporter en tant que femme chirurgien ? C'est surtout un territoire masculin, non ? Le club des garçons. Et puis, il y a ce complexe de Dieu, cette arrogance et cet ego que procure le fait de mettre les mains à l'intérieur d'un corps humain.

— Arrogance et ego ?

— Vous avez les deux. Ne vous fâchez pas. Je vous ai observée quand vous êtes intervenue avec ce gamin, hier. Vous lancez un ordre, et jamais il ne vous viendrait à l'idée que quelqu'un pourrait ne pas obéir immédiatement.

Il revoyait la scène, exactement comme elle s'était déroulée sous ses yeux.

— Vous arpentez l'hôpital, d'une chambre à l'autre, et les gens deviennent attentifs. Vous ne le remarquez pas parce que vous y êtes habituée. C'est ce que vous attendez d'eux. Et c'est ce que je veux pour mon personnage, cette attente de respect et d'obéissance absolus, cette confiance en elle-même. Tandis que, par ailleurs, elle est en proie à la colère et la frustration. Eprouvez-vous beaucoup de colère et de frustration, Gwendolyn ?

Dieu du ciel, il avançait vite.

— Maintenant, ou d'une manière générale ? s'enquit-elle.

Il lui adressa un sourire radieux.

— J'aime votre voix. Beaucoup de classe. Quoi qu'il en soit, il faut que le personnage féminin fasse comme vous pour avancer sur ce champ de bataille. Comment affrontez-vous le harcèlement sexuel à la fois subtil et ouvert qui règne dans ce milieu, tout en faisant des progrès dans votre travail ? Voyez-vous, mon personnage rêverait de mutiler les conquêtes parce qu'elle trouverait les hommes inférieurs, irritants, gênants et odieux.

Le sourire de Gwen s'épanouit de nouveau.

— Elle commence à me plaire, dit-elle.

— Très bien, c'est ce que je souhaite. Et j'espère aussi que le lecteur l'aimera, même si elle lui donne la chair de poule.

Il disposa encore quelques minisandwichs sur son assiette tout en continuant à parler.

— Elle est brillante, ambitieuse, et elle se croit tout permis. Quelques hommes avec lesquels elle sort, au début, sont des ordures, ce qui la rend encore plus sympathique. Ensuite, elle va faire le grand saut. J'imagine que les exigences, les pressions, le stress occasionné par les questions et les décisions constantes sur la vie et la mort finissent par avoir raison de son humanité.

Gwen avait la gorge sèche. Elle hocha lentement la tête.

C'était certainement plus positif de rire et d'être intriguée que d'être agacée. Elle choisit un sandwich au cresson dans le méli-mélo qu'il lui avait préparé.

— Effectivement, la pression est très forte, finit-elle par dire. Un grand nombre de bons médecins abandonnent la partie car ils ne peuvent pas faire face à la charge de travail qui les attend à l'hôpital, les heures harassantes, la bureaucratie horripilante. Les urgences, les restrictions de budget, la vie privée sans cesse perturbée. Votre héroïne n'aura pas beaucoup de temps pour se distraire si elle n'est pas très flexible. Je crois comprendre qu'elle travaille dans l'un des plus grands hôpitaux de Boston.

— Tout à fait.

Branson sortit un carnet de sa poche et se mit à griffonner en interrogeant :

— Combien d'heures de travail par semaine peut-elle faire ?

— De quarante à cent cinquante !

Il sourit, déposa un superbe éclair au chocolat sur son assiette, là où elle venait de prendre le sandwich.

— Continuez, dit-il.

Une heure s'était écoulée quand elle pensa à regarder sa montre.

— Je suis en retard. Je dois partir si je veux finir mes achats de Noël avant de prendre mon service.

— Finir ? Nous ne sommes qu'en novembre.

— Je suis obsédée par l'idée de tout finir avant tout le monde.

Elle se leva. Branson l'imita.

— Attendez, je vous accompagne !

— Pour faire du shopping ?

Il l'aida à enfiler son manteau. Et en profita pour respirer son parfum.

— J'ai un goût infaillible pour choisir des cadeaux, répondit-il. Et pendant ce temps, je pourrai encore vous harceler de questions. Ensuite, je courrai à l'hôpital avec vous.

— Encore quelqu'un qui veut tout avoir fini avant les autres, persifla-t-elle.

— Vous l'avez dit. J'adore mon travail.

Il attrapa son pardessus et prit d'autorité la main de la jeune femme. Leurs doigts s'entrelacèrent. Il ouvrit la porte et l'entraîna vers l'ascenseur.

3

— Alors, quand vas-tu me le présenter ? interrogea Julia avec un petit air gourmand.

Gwen découpait du papier cadeau avec une précision chirurgicale. Sans lever les yeux, elle interrogea :

— Qui ?

— Le type qui est assez bon pour toi.

Julia jeta un coup d'œil sur la pile de cadeaux à emballer. Il faudrait qu'elle s'y mette, elle aussi, mais rien ne pressait. Aujourd'hui, elle avait envie de flâner.

— Assez bon pour moi ! répéta Gwen d'un ton grinçant.

Elle posa au milieu de la feuille une boîte contenant une chemise et replia soigneusement les bords du papier.

— Le gars au bouquet de fleurs, précisa Julia en bâillant.

Elle sirota son café brûlant.

— Branson ? Tu veux le rencontrer ? dit Gwen sur un ton faussement détaché.

— Cela fait trois semaines que tu sors avec lui, et je ne l'ai même pas aperçu !

— Je ne sors pas avec lui ! affirma-t-elle, l'air renfrogné.

Elle retourna la boîte pour terminer le pliage.

— Je l'aide dans ses recherches !

Julia se renversa sur le dossier de sa chaise. Elle adorait Gwen. Sa cousine avait un caractère bien trempé, et un sens de l'ordre hors du commun, tempéré par sa générosité naturelle, son humeur tranquille, sa loyauté inébranlable, et son surprenant manque de connaissance de soi.

— Il est très séduisant, hasarda Julia.

— Mmm.

— Ce n'était pas une question. J'ai vu une photographie de lui sur la couverture d'un de ses livres, et j'ai suivi quelques interviews à la télévision. Je le trouve vraiment très séduisant.

— Je n'allais pas te dire le contraire.

Après un instant d'hésitation, Gwen choisit un ruban rouge.

— Donc, il ne t'intéresse pas sur le plan personnel, je veux dire dans le sens d'une relation homme femme ? interrogea Julia en posant sur sa cousine un regard moqueur.

— Je n'y ai même pas pensé.

— Gwen !

Avec un soupir d'impatience, Gwen écarta le ruban.

— Cela ne m'intéresse pas, si tu vois ce que je veux dire ! Et tu commences vraiment à parler comme une MacGregor !

Julia sourit, une lueur joyeuse dans ses grands yeux noirs.

— C'est un compliment ou une insulte ?

— Tu sais très bien que grand-père ne rêve que de nous voir mariées, toutes les deux, maintenant que Laura est casée. Il s'est cru très malin le jour de Thanksgiving, quand il nous a posé toutes ces questions sur les garçons que nous sommes censées fréquenter. Non mais, vraiment, il exagère !

Gwen partit d'un brusque éclat de rire.

— Décidément, il ne changera jamais !

— Qui a envie qu'il change ? dit Julia. Il a été un peu plus explicite avec toi : « Eh bien, ma petite Gwen, comment t'entends-tu avec mon jeune ami écrivain ? Un chic type, ce Branson, et quel cerveau ! De plus, les Irlandais attachent beaucoup d'importance à la famille. »

Gwen secoua la tête en nouant le ruban autour du paquet.

— Apparemment, il aime beaucoup Branson.

— Il veut te caser.

— Non, en réalité, ce n'est pas cela. C'est ce que j'ai cru au premier abord, mais j'ai vite compris que je m'étais trompée. Cette histoire est sans danger.

Julia ouvrit la bouche mais elle la referma aussitôt. Après un silence, elle déclara :

— Si tu préfères voir la situation sous cet angle... Mais grand-père ne t'aurait pas lâchée si facilement si Laura et Royce n'avaient pas annoncé qu'ils allaient avoir un bébé. A partir de ce moment-là, il a été trop occupé à s'éponger les yeux, à porter des toasts et à donner des bourrades à Royce en souriant au souvenir de son petit complot.

Interrompant son pliage, Gwen se mit à tripoter un gros nœud rouge en soupirant.

— Nous allons être tantes, tu te rends compte ? Laura paraît si heureuse.

— Oui.

Julia renifla discrètement.

— Quand je pense qu'il y a un an à peine, elle prétendait que l'idée d'une relation avec un homme la laissait froide. Exactement ce que tu es en train de me dire.

— Julia, pour l'amour du ciel !

— On a sonné à la porte !

Julia bondit sur ses pieds.

— Je vais ouvrir !

D'un pas léger, elle se précipita vers l'entrée. Comment Gwen pouvait-elle méconnaître à ce point ce qui se passait en elle ? Voilà une femme qui était capable de découper des gens et de les recoudre du matin au soir, de classer tous les os du corps humain par ordre alphabétique, de diagnostiquer une multitude de maladies et de traumatismes, et elle ne se rendait compte de rien quand elle engageait son cœur dans une relation avec un homme.

Avec un sourire amusé, Julia ouvrit la porte. Branson

se tenait sur le seuil, une superbe boîte de gâteaux dans les mains.

— Doughnuts ou biscuits danois ? demanda-t-elle.

— Les deux.

— Eh bien, entrez !

Branson étudia avec intérêt la jeune femme pulpeuse aux cheveux roux qui venait de l'accueillir. Ses yeux avaient la couleur du chocolat noir et sa peau paraissait aussi douce que la crème la plus onctueuse. Elle portait une épaisse robe rayée en chenille de coton et des chaussons décorés d'une tête de Bunny.

— Branson Maguire, dit-il, je suis heureux de vous rencontrer.

Julia sourit en lui tendant une main couverte de bagues.

— Je vous ai reconnu, ajouta-t-elle.

Branson prit la longue main fine dans la sienne.

— Enchanté, Julia MacGregor. Je vous ai reconnue aussi.

— N'est-ce pas comique ? Je vous aime déjà. N'importe quel homme qui m'apporte des pâtisseries le dimanche matin devient instantanément un ami.

— Que pensez-vous de la crème bavaroise glacée au chocolat ?

— Je pense que vous allez être mon meilleur ami. Mais je vous en prie, débarrassez-vous donc de cette boîte.

Elle la lui arracha presque des mains.

— Enlevez votre manteau. Vous allez bien passer un moment avec nous ? Je crois pouvoir trouver un peu de café pour accompagner ces petites merveilles.

— C'était mon intention. Je me suis dit que si le Dr Dish était…

Il fit une pause, et une grimace.

— Oups… Petit dérapage.

— Le Dr Dish ?

Les yeux de Julia eurent une lueur malicieuse.

— Voilà qui me plaît. Et puisque vous m'avez apporté

quelques millions de calories, nous pouvons garder ce petit secret entre nous.

— J'apprécierais beaucoup.

Il accrocha son manteau à la patère.

— Est-elle ici, ou allons-nous être obligés de dévorer à nous deux le contenu de cette boîte ?

— Elle est en train d'opérer dans la salle à manger. C'est par ici.

— Belle maison, commenta Branson en la suivant dans le hall.

— C'est ma préférée. C'est pourquoi nous vivons ici.

— C'est vrai, vous aimez acheter des maisons.

— Acheter, vendre, réhabiliter, restaurer. Et vous, vous aimez raconter des histoires.

— Mmm...

Ils traversèrent un salon douillet dans lequel un feu brûlait dans une petite cheminée en pierre. Une grande coupe aux teintes bleu-vert attira son regard. Il s'arrêta pour l'admirer.

— C'est l'œuvre de ma mère, dit Julia.

— Fabuleux. Elle va avoir une place dans l'histoire. A la fois dynamique épouse de président et brillante artiste.

— Je vous aime vraiment beaucoup.

— J'ai fait un reportage sur votre père quand j'étais au lycée.

Il lui adressa un sourire étincelant.

— J'ai eu la meilleure note.

— L'ancien président Alan MacGregor sera très heureux de l'apprendre, dit Julia, ravie.

Le prenant par la main, elle l'entraîna vers la salle à manger.

— Regarde qui arrive les bras chargés de cadeaux ! lança-t-elle joyeusement.

Gwen releva vivement la tête. Les ciseaux qu'elle tenait à la main se refermèrent avec un claquement sec.

— Oh!

Elle se ressaisit et lança un bref :

— Bonjour, Branson!

— Il nous apporte des gâteaux, dit Julia en riant. C'est pourquoi j'ai décidé de tomber amoureuse de lui. Je vais les mettre sur une assiette et préparer du café. Ne le laisse pas partir tout de suite, Gwen. Je crois que je pourrais bien avoir envie de le garder.

Julia fit un clin d'œil à Branson et se dirigea vers la cuisine.

— A vrai dire, je crois que je pourrais bien tomber amoureux de votre cousine aussi, dit-il en s'asseyant près de Gwen sans attendre son invitation.

— Le moins que l'on puisse dire, c'est que vous êtes rapide.

Branson esquissa un sourire. Ne venait-il pas de discerner une nuance de jalousie dans sa voix? En tout cas, il l'espérait.

— Vous ne croyez pas au coup de foudre, toubib?

— Non.

Gwen pinça les lèvres. Elle venait de dire un mensonge plus gros qu'elle. En réalité, elle croyait à toutes sortes de fadaises quand il s'agissait des histoires de cœur.

— Pourquoi avoir apporté des gâteaux? questionna-t-elle d'un ton faussement détaché.

— Vous ne mangez que si quelqu'un pourvoit à votre nourriture.

Il prit nonchalamment un ruban bleu et l'examina.

— Et c'est ma modeste façon de vous remercier pour le temps que vous me consacrez.

— C'est très gentil.

Branson posa le nœud dans une boîte de rubans dorés. Automatiquement, Gwen le reprit pour le placer dans la boîte appropriée.

— Mais ce n'était pas nécessaire. Cela ne m'a pas dérangée, ajouta-t-elle.

Les lèvres de Branson se retroussèrent. Délibérément cette fois-ci, il prit un ruban rouge.

— Dérangement ou pas, vous avez pris ces heures sur votre temps de détente, et vous m'avez vraiment été d'un grand secours.

Il posa le ruban dans la boîte verte.

— Votre roman avance ? demanda-t-elle en le rangeant au bon endroit.

— Assez bien.

Julia revint en portant un plateau garni d'une cafetière, de deux tasses et d'un plat rempli des gâteaux qu'il avait apportés. Il sourit et déposa le ruban argenté dans la boîte rouge.

— C'est parfait.

Julia se mordit la joue pour ne pas rire. Gwen remettait méthodiquement les rubans en ordre.

— J'espère que vous ne serez pas vexé, mais j'ai mis ma part de côté pour l'emporter dans ma chambre. J'ai quelques coups de téléphone à passer. Venez quand vous voulez, Branson. Et apportez des chocolats !

Lui faisant un signe dans le dos de sa cousine pour lui souhaiter bonne chance, elle sortit du salon.

Branson se tourna vers Gwen.

— Puis-je vous aider à emballer les cadeaux ?

— Non, merci, j'ai ma méthode.

Hochant la tête d'un air rêveur, il versa le café dans les tasses et déposa un beignet doré sur une petite assiette.

— Est-ce que vous prenez du sucre ?

— Oui, dans une seconde.

Elle replia les coins du papier avec la plus parfaite symétrie.

— Vous avez passé une bonne fête de Thanksgiving ?

— Bruyante, gourmande. Magnifique. Et vous ?

— A peu près pareil.

Il avait les yeux rivés sur les mains expertes de Gwen. Elle fit glisser l'ongle de son pouce sur le papier plié, formant un bord aussi droit et aiguisé qu'une lame de rasoir. Elle était complètement concentrée sur le moindre détail. C'était absolument adorable. Il éprouva brusquement un désir irrésistible de l'embrasser.

— Je suis désolé, Gwendolyn, mais ceci est inévitable.

Enveloppant d'une main la nuque de la jeune femme, il lui inclina doucement la tête et posa ses lèvres sur les siennes. Il sentit Gwen se raidir contre lui, mais elle ne se débattit pas. Cependant, tout son corps trahissait sa surprise. Décidant de profiter de cet avantage, il enfonça son autre main dans la douceur dorée de ses cheveux courts.

Elle avait un goût délicieusement frais, comme la brise tiède des premiers jours du printemps. Il s'était posé la question pendant trois semaines : comment avait-il pu attendre si longtemps pour connaître la réponse ? Gwen était tout simplement… exquise.

D'une langue insistante, il lui fit entrouvrir les lèvres. Et essaya de se rassurer. Le martèlement qui faisait battre sa gorge n'était rien d'autre qu'une manifestation d'approbation. Gwen semblait s'abandonner dans ses bras.

Prise de vertige, Gwen essaya de réagir. Dieu, il fallait que cela cesse immédiatement. Elle eut l'idée de reculer, de s'échapper. Mais Branson se mit à lui mordiller la lèvre inférieure, et l'idée s'envola.

— Douce, merveilleuse Gwendolyn, murmura Branson.

Il lui caressa le cou du bout des doigts. Elle frissonna et s'écria :

— Arrêtez !

Elle posa une main sur son torse. C'était surprenant. Le cœur de Branson battait aussi vite que le sien. Il paraissait pourtant si maître de lui !

— Attendez un peu.

— Je ne veux pas, dit-il.

Il l'embrassa plus passionnément. Il voulait la prendre dans ses bras, embrasser sa gorge, ses épaules, son corps entier.

— J'ai dit : arrêtez !

Réussissant à se dégager, Gwen reprit son souffle et retrouva ses esprits.

— Nous avons passé un marché.

— Avez-vous quelqu'un dans votre vie ?

— Non, ce n'est pas la question.

Il releva les sourcils d'un air interrogateur.

— Avez-vous un problème avec les écrivains d'origine irlandaise ?

Du bout des doigts, elle ébouriffa ses cheveux, qui se redressèrent comme les pétales d'un tournesol.

— Ne soyez pas ridicule, rétorqua-t-elle.

— Considérez-vous que le fait de s'embrasser soit une habitude malsaine ?

Elle lui jeta un coup d'œil en biais.

— Vous êtes en train de vous moquer de moi !

— Peut-être de nous deux. Et je vous avoue que le fait de vous embrasser pourrait bien devenir une habitude.

Il passa un doigt sur le contour de sa bouche tout en la dévorant de ses yeux gris.

— Quelque chose en moi grandit à votre égard.

— Quelque chose ?

— Je ne connais pas encore la définition exacte. Je cherche. Seriez-vous prête à m'aider ?

Suivant le contour de sa joue du bout du doigt, il plongea ses yeux dans ceux de Gwen.

— Vous êtes nerveuse.

Une sensation de surprise et de plaisir l'envahit.

— Je croyais que vous étiez totalement insensible. Je vous ai observée au cours des dernières semaines. Vous ne tressaillez jamais, vous n'hésitez jamais, vous ne fléchissez jamais. Mais maintenant, vous êtes nerveuse, parce que je vous touche. Et c'est incroyablement excitant, Gwendolyn.

— Taisez-vous !

Elle recula sa chaise et bondit sur ses pieds.

— Je ne suis pas nerveuse. Je n'ai tout simplement pas envie de continuer cette scène absurde.

— Là, vous mentez.

Il se mit à rire. Les yeux de Gwen étaient orageux.

— Vous êtes déstabilisée, et je ne peux pas vous le reprocher. Mais lorsqu'une femme fond dans mes bras comme cela vient de se produire, elle peut toujours feindre l'indifférence, cela sonne faux.

— Je n'ai pas feint indifférence, dit froidement Gwen.

Il recommença à rire.

— Non, vous avez raison. Je me suis trompé.

Il prit sa main, et ignora sa tentative de la libérer. Un sourire arrogant se dessina sur son visage.

— Ne vous inquiétez pas, je ne vais plus vous embrasser avant…

— Branson, je suis très occupée.

— Et moi, Gwendolyn, je suis très obstiné. Et je vous veux. Ce n'est probablement pas la première fois que vous entendez cela.

Elle fit un violent effort pour se maîtriser. Non, ce n'était pas la première fois, mais ces paroles n'avaient jamais été assorties de ce sourire suffisant et de cette assurance outrancière. Elle détestait le résultat de cette combinaison, mais elle devait bien l'admettre : c'était terriblement excitant.

— Si vous voulez que je continue à vous aider, vous devrez accepter mes conditions.

— Non, je n'aime pas les conditions.

— Vous et votre insupportable arrogance !

— Vous avez peur que je vous séduise. Car vous savez aussi bien que moi que cela nous pend au nez. Mais nous allons patienter encore un peu.

Le sang de Gwen ne fit qu'un tour. D'une voix étranglée, elle lança :

— Si vous me prenez pour une femme facile, vous ne pouvez pas faire une erreur plus grossière !

— Je ne pense rien de tel. Je crois que vous êtes extraordinairement forte. Vous m'étonnez chaque jour un peu plus. Vous vous dévalorisez si vous croyez que je n'en ai que pour vos beaux yeux et votre corps splendide.

— Je...

Elle leva les mains mais les laissa aussitôt retomber.

— Vous avez réussi à me troubler, dit-elle, vaincue.

— C'est un début. Pourquoi ne vous laisserais-je pas le temps de réfléchir, puisque, de toute façon, c'est ce que vous allez faire ? Je vous verrai plus tard à l'hôpital.

Gwen se détendit et hocha la tête.

Il prit son visage entre ses mains et déposa sur sa bouche un baiser aussi ferme que bref.

— Je suppose que cela m'aidera à patienter, dit-il en soupirant.

Il tourna les talons et sortit.

4

La première semaine de décembre, Gwen travailla de nouveau en équipe de jour. Au fil des années, elle avait appris à adapter son horloge interne à son emploi du temps. Quand elle avait besoin de repos, elle dormait profondément, et réussissait à se réveiller sans effort dès que c'était nécessaire.

Depuis qu'elle avait décidé de devenir médecin, comme sa grand-mère, elle n'avait jamais rien laissé la détourner de son but. La famille et son travail, c'était tout ce qui comptait dans sa vie. Le reste n'était qu'accidentel.

Y compris les hommes.

« Y compris Branson Maguire », se dit-elle avec détermination.

Cela faisait trois jours qu'il brillait par son absence. Il devait avoir réuni assez d'informations, il n'avait plus besoin de son aide. De plus, il avait dû finir par comprendre qu'elle n'avait aucune envie de s'engager avec lui. Apparemment, elle avait réussi à le décourager.

Dieu merci !

Gwen sentit un frisson la parcourir, en même temps qu'une impression de tristesse. Elle se ressaisit. Allons, tout cela n'était dû qu'à la fatigue.

Se forçant à se concentrer sur son travail, elle posa des points de suture sur la cuisse d'un patient.

La porte s'ouvrit brusquement. Elle leva les yeux. Branson entra, referma la porte. Elle sentit son cœur chavirer.

— Vous n'êtes pas autorisé à entrer ici, dit-elle d'une voix hésitante.

— Je ne vous gênerai pas, c'est promis.

Il s'approcha pour regarder la blessure.

— Aïe ! dit-il en adressant un sourire de sympathie au blessé.

— Excusez-moi, monsieur. J'ai l'impression de vous connaître, dit le patient, saisissant l'occasion de penser à autre chose.

— C'est ce que tout le monde me dit.

Branson prit une chaise pliante et s'assit près du lit.

— Comment vous êtes-vous débrouillé pour vous faire raccommoder par le plus joli chirurgien de Boston ? interrogea-t-il d'un ton amusé.

— Aïe...

Renekee leva les yeux sur Gwen. Elle se concentrait sur son travail.

— J'étais sur une luge. Aïe...

Il prit une profonde inspiration.

— Affrontement inopiné avec un arbre. C'est l'arbre qui a gagné.

— C'est une belle journée pour faire de la luge. Et vous ne pouviez pas mieux tomber, avec le Dr Blade. Mais donnez-moi un conseil. Maintenant que vous la connaissez un peu, comment dois-je m'y prendre pour l'inviter à dîner, ce soir ?

— Eh bien, je...

Gwen ne rougit pas, mais son estomac remua de façon très désagréable.

— Branson, sortez d'ici.

— Juste un simple dîner, tranquille, continua-t-il. Elle oublie de manger, je ne fais que me préoccuper de sa santé.

Renekee paraissait s'amuser beaucoup.

— Vous avez raison, dit-il. Emmenez-la dans un restaurant biologique.

— Bonne idée. Nous boirons un peu de vin, avec modération. Dîner aux chandelles, c'est parfait pour reposer les yeux. Un bon repas, voilà qui détend après une journée harassante.

— Ne m'obligez pas à appeler le service de sécurité, Branson Maguire. Monsieur Renekee, je vais vous faire un pansement maintenant. Il faudra éviter de le mouiller. Je vous donnerai une liste d'instructions à suivre, et vous reviendrez me voir dans une huitaine de jours pour que j'ôte les points de suture.

— Elle a des mains magiques, vous ne trouvez pas ? continua Branson en faisant semblant d'ignorer son intervention. Si j'avais besoin de me faire recoudre, je n'hésiterais pas. Connaissez-vous ce restaurant français qui fait des desserts flambés… impressionnants. Croyez-vous que le Dr Blade aurait envie d'y aller ?

— En tout cas, ma femme en serait ravie.

— Et je suis sûr qu'elle a beaucoup de discernement. Qu'en pensez-vous, doc ?

Gwen fronça les sourcils mais ne détourna pas les yeux de son champ opératoire.

— Voilà, c'est terminé, monsieur Renekee.

Elle repoussa sa chaise à roulettes et la lança vers la table où elle prit une liste indiquant les précautions à prendre pour les points de suture.

— Voilà. Et à votre place, j'oublierais les luges pendant quelque temps.

— Je ne suis pas prêt à recommencer, faites-moi confiance. Et merci.

Il prit la feuille et arbora un sourire complice.

— Vous devriez lui laisser une chance, dit-il avant de s'en aller.

Gwen ôta rageusement ses gants et son masque. Prenant un ton exagérément outré, elle lança :

— Je vous interdis de venir me déranger quand je travaille. Pour qui vous prenez-vous ? On n'entre pas ici comme dans un moulin. Et de quel droit me tenez-vous des propos pareils pendant que je suis dans l'exercice de ma profession ?

Même s'il l'avait souhaité, il aurait été incapable d'arrêter le sourire qui s'épanouit sur ses lèvres. La voix de Gwen lui rappelait le givre de la Nouvelle-Angleterre aux premiers matins d'hiver.

— N'est-ce pas extraordinaire que je ne puisse pas vous chasser de mes pensées ?

Elle émit un son étranglé en déboutonnant sa blouse.

— Vous avez besoin d'un traitement ou d'un examen ? demanda-t-elle sans sourciller.

— Chérie, si vous voulez jouer au docteur…

Faisant une pause, il regarda du coin de l'œil les nombreux instruments pointus et tranchants à portée de main. Il fit une petite grimace. Mieux valait s'en tenir là.

— Pardon pour cette mauvaise plaisanterie, dit-il. J'ai travaillé vingt-quatre heures sur vingt-quatre pendant plusieurs jours. Quand je suis sorti pour respirer un peu, j'ai tout de suite pensé à vous. Je suppose qu'il y a une raison à cela, et j'aimerais vous inviter à dîner.

— Ma soirée est prise. Je dois trouver des fonds destinés à l'hôpital.

— Je peux vous aider…

— J'ai une escorte.

— Une escorte !

Partagé entre l'envie de rire sur le choix de ce mot et de se laisser aller à la colère en pensant qu'elle sortait avec un autre homme, il dit :

— Cela me paraît mortellement ennuyeux.

— Greg est un ami, un associé, et un homme charmant.

Et qui, admit-elle en son for intérieur, était une illustration vivante du qualificatif « ennuyeux ».

— Si vous voulez bien m'excuser, j'ai du travail, ajouta-t-elle sur un ton tranchant.

— Et pour le déjeuner ?

Gwen ferma les yeux.

— Branson !

— Croyez-vous vraiment que je vais m'avouer vaincu parce qu'un type nommé Greg vous escorte pour trouver des fonds destinés à l'hôpital ?

Gwen prit une profonde inspiration. Elle allait essayer une autre tactique. Elle lui adressa un sourire de défi.

— J'ai peut-être l'intention de déjeuner avec Greg.

Branson essaya d'ignorer l'accès de colère qui s'empara de lui.

— Vous voulez me rendre fou. D'accord, oublions le déjeuner. Quand prenez-vous votre pause ?

— Pourquoi ?

— Nous pourrions courir à mon hôtel et faire l'amour en vitesse pour que vous me sortiez de la tête. Vous êtes en train de me rendre fou.

Elle ne fut pas moins étonnée que lui quand elle se mit à rire.

— Avalez des tranquillisants et appelez-moi demain matin. Et maintenant allez-vous-en, je ne veux plus vous voir ici.

Elle se dirigea vers la porte.

— Etes-vous sincère en me proposant de vous téléphoner demain ? interrogea-t-il.

Elle lui jeta un coup d'œil par-dessus son épaule et évita soigneusement de lui tenir la porte quand il voulut la suivre.

Branson la retint juste avant de la recevoir en pleine figure. Il recula en serrant les dents. « Ah, tu me cherches, pensa-t-il, eh bien tu vas me trouver ! » Il savait déjà quel mauvais tour il allait lui jouer.

Des flocons légers tombaient sur Hyannis Port, enveloppant les arbres centenaires qui embellissaient la pelouse pentue du château des MacGregor.

Branson aimait le scintillement de ses pierres, l'élégance de ses fenêtres et la fantaisie de ses tourelles. Il s'était souvent demandé comment l'introduire dans un de ses livres. Quel meurtre, quel scandale pourrait bien amener Scully le blasé dans un tel lieu ? Mais son détective pourrait aussi être conduit jusqu'ici par une femme, comme il l'avait été lui-même.

Une femme qu'il avait définitivement dans la peau, qui occupait toutes ses pensées et qui commençait à s'installer dans son cœur.

Il avait toujours cru que s'il tombait amoureux, il s'en rendrait compte immédiatement. Ce serait une explosion de passion, de désir, de folie. Mais là, il s'agissait de quelque chose d'insidieux, un sentiment parti d'une attirance basique, et qui l'emmenait lentement vers un territoire inexploré.

Grimpant les marches qui menaient à la porte d'entrée ornée des armoiries des MacGregor, Branson soupira. Oui, c'était un mystère. Et il ne pouvait pas résister à un mystère, il ressentait le besoin de l'explorer, couche après couche, jusqu'à ce qu'il arrive au cœur.

Si c'était vrai, s'il était vraiment amoureux de Gwen, il devait en être sûr, il voulait vérifier les faits autant que les émotions. Et pour cela, il avait besoin d'aide.

Anna vint ouvrir elle-même la porte. Elle était adorable et sortait probablement de chez le coiffeur. Ses grands yeux noirs brillèrent de plaisir. Elle tendit sa main fine à Branson.

— Quel plaisir de vous voir ! Daniel va être ravi.

— J'espérais qu'il ne serait pas là. J'aurais pu tenter de vous convaincre de partir avec moi à Barcelone.

Elle rit et l'embrassa sur la joue.

— Bas les pattes, espèce de chien irlandais !

Arborant un sourire carnassier, Daniel descendait le grand escalier.

— Barcelone, hein ? Vous croyez que je suis sourd, et aveugle par-dessus le marché ? Venir flirter avec ma femme à mon nez et à ma barbe !

— Je suis pris en flagrant délit. Vous êtes un homme plus heureux que moi, monsieur MacGregor, d'avoir trouvé et gardé une telle femme !

Enchanté, Daniel lui donna l'accolade, à sa manière bourrue et chaleureuse, avec une énergie qui démentait ses quatre-vingt-onze ans.

— Vos belles paroles vous ont encore sauvé la vie. Entrez et asseyez-vous. Nous allons boire un verre.

— Du thé, corrigea Anna avec douceur et fermeté.

Daniel roula ses yeux bleu vif.

— Anna, ce garçon a roulé depuis Boston dans la neige et le froid. Il lui faut un whisky.

— Il prendra un thé, et toi aussi. Entrez dans le salon, Branson, je reviens tout de suite.

— Quelle misère ! Impossible de boire un whisky avant le coucher du soleil, et encore, il faut vous estimer heureux, à ce moment-là, si vous arrivez à en siroter deux doigts.

Il secoua la tête d'un air lamentable et passa un bras autour des épaules de son ami.

Le feu de bois qui brûlait dans la cheminée du salon faisait chatoyer les meubles cirés, et jetait des lueurs rougeoyantes sur les tableaux accrochés aux murs.

— Le thé me convient très bien, affirma Branson. Je préfère que nous ayons la tête claire, tous les deux, pour discuter du sujet qui m'amène.

— Le jour où un verre de whisky m'embrumera le cerveau, ou celui de n'importe quel Irlandais bien trempé, sera un jour sombre pour l'humanité !

Daniel s'assit, étira ses longues jambes en frottant sa barbe blanche à l'aspect soyeux.

— Vous avez quelque chose de particulier à me dire ?

Branson ne répondit pas tout de suite. La lueur qui venait de s'allumer dans les yeux bleus de Daniel confirma ses soupçons.

— Il m'a fallu du temps pour me rendre compte que la première impression de Gwendolyn était la bonne.

— Gwen ? Que lui arrive-t-il ? dit Daniel d'un air innocent.

Il croisa ses longues mains impeccablement manucurées.

— Ah ! J'y suis, elle vous a aidé pour votre roman. Est-ce que cela avance ?

— Son aide, ou mon roman ?

— Les deux.

— Le roman va très bien, et jusque-là, Gwen m'a beaucoup aidé.

— Bien, bien ! C'est une fille intelligente, ma petite Gwen, brillante comme un diamant. Elle ressemble à sa grand-mère — une femme pour laquelle vous semblez éprouver plus qu'une décente affection.

— Vous aimez bien fourrer votre nez partout, marmonna Branson. « Allez à l'hôpital, mon garçon, Gwen est celle qu'il vous faut », dit-il en imitant la voix du vieil homme.

Daniel lui adressa un large sourire. Il n'avait pas sous-estimé Branson Maguire.

— Me serais-je trompé ?

Branson s'enfonça dans son fauteuil.

— A votre avis, quelle peut être sa réaction ? Croyez-vous qu'elle va vous remercier de m'avoir jeté à ses pieds ?

— Je dirais que cela dépend de vous.

Ils furent interrompus par Anna.

— Qu'as-tu encore fait, Daniel ?

Elle entra en poussant elle-même la table à thé, et jeta un coup d'œil exaspéré à son mari.

— Rien, je n'ai rien fait, ma douce amie.

— Il a joué les entremetteurs entre votre petite-fille

et moi, dit Branson en se levant pour l'aider. Je parle de Gwendolyn, ajouta-t-il.

— Daniel !

Anna releva le menton.

— Daniel ! Nous en avons pourtant parlé plusieurs fois ! Tu étais d'accord pour ne plus interférer dans la vie de nos petits-enfants.

— Je n'interfère pas. Gwen a fait la connaissance de Branson, un jeune homme très bien sous tous rapports. Je m'intéresse à elle, j'appelle cela…

— Fourrer son nez dans la vie des autres, termina Branson d'un ton implacable.

Versant du thé dans la tasse d'Anna, il ajouta :

— Le pire, c'est que je vous en suis reconnaissant.

Daniel lui jeta un coup d'œil perspicace. Il se tourna vers sa femme.

— Tu vois, il apprécie. Et c'est normal. Une belle fille comme notre Gwen ! Intelligente, soigneuse, aimante. Et de bonne souche.

— Inutile d'énumérer ses qualités, dit sèchement Branson.

Il servit une tasse de thé à Daniel.

— Et j'espère que vous n'allez pas tout gâcher en lui débitant la liste de mes qualités avant que j'aie eu le temps de commencer quoi que ce soit avec elle.

— De commencer !

Daniel donna un coup de poing dans le bras de son fauteuil.

— Vous avez déjà eu un mois entier. Vous traînez, mon garçon !

— Daniel ! Laisse-le tranquille, intervint Anna.

— Si je le laisse tranquille, nous serons arrivés au siècle prochain avant qu'il se décide.

— C'est pour cela que je suis venu.

— Tu vois !

Daniel donna un autre coup de poing, triomphant cette fois. Puis il se rembrunit.

— Que voulez-vous dire ?

— Votre petite-fille ne coopère pas.

— Elle ne coopère pas !

Daniel roula les yeux.

— Mais qu'attendez-vous pour lui faire du charme ? Avez-vous besoin que je vous écrive comment un homme doit s'y prendre pour faire la cour à une femme ?

Branson remua sur sa chaise.

— Faire la cour ne me paraît pas être l'expression appropriée en ce qui la concerne.

— Vraiment ?

Les yeux de Daniel s'étrécirent en deux fentes bleues inquiétantes.

— D'après vous, quel est le terme approprié, jeune homme, quand vous pensez à elle ?

— Je n'en ai pas un particulier.

Branson leva une main en signe de paix.

— Elle m'attire beaucoup, et elle m'intéresse beaucoup.

Il fit une pause. Bon sang, pourquoi avait-il tant de mal à parler ? Que diable, il était avec des amis !

— Je suis à moitié amoureux d'elle.

— A moitié seulement ?

Anna éclata de rire.

— Vous voyez, Branson, il n'est jamais content !

— Qu'est-ce que cela peut avoir de bon de faire les choses à moitié ? grogna Daniel, exaspéré.

— C'est bien suffisant pour l'instant. Je veux d'abord voir si elle continue à réagir de la même façon ou s'il y a un changement. Je vis depuis un certain temps déjà sans avoir le cœur brisé, et je compte bien continuer ainsi. Ce que je veux dire, c'est que vous n'êtes pas arrivé où vous êtes sans être capable de lire dans la tête des gens, de juger leur force et leur faiblesse. Et je sais que vous aimez votre famille. Donc, vous avez dû considérer le pour et le contre avant de décider que je conviendrais à Gwendolyn.

— Tu vois comme il est intelligent, Anna. Rien d'étonnant à ce que je le trouve si attachant, dit-il d'une voix de velours.

— Ne vous emballez pas trop vite, avertit Branson. Moi, je n'ai pas encore décidé si nous allions bien ensemble.

Daniel semblait sur le point d'exploser. Branson prit un ton conciliant.

— Cependant, je désire vraiment examiner cette possibilité. Puisque vous connaissez Gwendolyn…

— Il l'appelle Gwendolyn, dit Daniel d'une voix adoucie. Tu entends ? Il l'appelle par son prénom complet. N'est-ce pas romantique ?

— Vous la connaissez depuis sa naissance, continua Branson. Moi, je n'ai eu que quelques semaines pour la découvrir. Vous pourriez me guider un peu, me donner quelques indices.

— Elle aime l'honnêteté, dit Anna en jetant un regard éloquent aux deux hommes.

Branson sourit.

— Je n'ai pas l'intention d'être malhonnête, je ne fais que profiter d'une situation déjà en place.

— Elle a besoin de perdre la tête, affirma Daniel. Elle adorait les contes de fées quand elle était petite.

— Non, elle doit garder la tête froide, corrigea Anna. Gwen est très fière de sa force de caractère et de son indépendance.

— Elle a besoin qu'on lui offre des roses et qu'on lui fasse la cour au clair de lune, insista Daniel.

— Elle a besoin d'intégrité, et d'être respectée par quelqu'un sur qui elle puisse compter, objecta encore sa femme.

Branson poussa un soupir.

— Eh bien, tout cela ne m'aide pas beaucoup.

En pleine confusion, il secoua la tête. Anna et Daniel éclatèrent de rire.

— Est-ce que j'ai manqué une plaisanterie ? interrogea-t-il, plus confus que jamais.

— Je vous avais dit que Gwen ressemblait à sa grand-mère, et c'est la vérité, dit Daniel en prenant la main d'Anna. Il n'y a rien de plus à dire. C'est ainsi qu'était mon adorable Anna Whitfield, il y a soixante ans, quand elle a rencontré un Ecossais maladroit qui est tombé follement amoureux d'elle dès la seconde où il l'a vue dans sa robe rose, au bal estival de Donahues.

— Contentez-vous d'être vous-même, Branson, et laissez Gwen être ce qu'elle est. Ce sera un bon début.

Heureuse d'avoir insisté pour prendre sa voiture, Gwen entra dans l'allée de la maison à minuit. Jamais de toute sa vie elle n'avait passé une soirée aussi assommante.

Et s'il avait passé une fois de plus la main sur sa jambe, le chirurgien Greg aurait eu sérieusement besoin d'une intervention chirurgicale.

Elle soupira. Branson ne se serait probablement pas gêné pour faire des commentaires et des remarques piquantes sur les discours pompeux qui avaient ponctué cette soirée.

Gwen secoua la tête. Pourquoi pensait-elle à Branson ? Elle sortit lentement de sa voiture. Elle aurait mieux fait de rester chez elle, ce soir-là, de se blottir sur le canapé en face d'un bon feu, avec un verre de cognac et un livre. Puisqu'il était trop tard pour cela, elle allait se mettre immédiatement au lit et oublier cette pénible soirée.

Elle était presque arrivée à la porte de la maison quand elle aperçut le petit arbuste en pot sous la lumière du perron. Un poirier, avec des poires de soie dorée. Sur une branche, un petit oiseau en bois des îles ajoutait ses couleurs vives.

Stupéfaite, elle s'accroupit. Une carte était accrochée à une feuille. Son nom y était inscrit.

Après une seconde d'hésitation, elle la détacha et l'ouvrit.

« Considérez cela comme votre premier cadeau de Noël. Bran »

Gwen porta la carte à son cœur. Que lui arrivait-il ? Ses yeux s'embuaient, son cœur se mettait à taper à grands coups. Mais après tout, elle avait toujours été sensible aux attentions délicates, et celle-ci était absolument adorable.

Elle soupira en passant doucement un doigt sur les fruits.

Et soudain, elle s'assit à côté du petit arbre et se prit la tête à deux mains. Elle n'avait pas voulu s'en rendre compte, mais maintenant, elle était bien obligée. Elle avait un problème, un sérieux problème.

5

Gwen sortit de la salle de chirurgie en frottant son cou ankylosé. Cette intervention avait duré plus que prévu, il y avait eu des complications, mais heureusement, elle avait été autorisée à y assister. Cela faisait dix heures qu'elle était debout. Avec un peu de chance, elle pourrait partir assez tôt, après avoir passé une journée passionnante.

Branson l'attendait dans le corridor. Elle sentit son cœur battre plus vite. Décidément, la journée ne faisait que s'améliorer.

— On m'a dit que vous étiez ici, en train de recoller les morceaux d'un gars.

— J'assistais à l'opération, rectifia-t-elle. Mais vous n'êtes pas loin de la réalité. C'est un homme de trente-six ans qui a fait joujou avec une tronçonneuse.

— Aïe...

— Je crois qu'il va récupérer son bras.

Elle se frotta le cou en appelant l'ascenseur.

— Le Dr Meritt est le meilleur chirurgien de cet Etat. Je ne connais personne qui aurait pu faire ce qu'il vient de faire. Le patient sera certainement capable de couper un arbre de Noël avec sa tronçonneuse l'année prochaine.

— Et vous, avez-vous installé un sapin ?

— Je vais le faire ce week-end.

Gwen jeta un coup d'œil dans la salle des urgences. Tout

semblait calme. Son nom ne figurait pas sur le panneau des permanences.

— Je vais boire un café, décida-t-elle.

— Vous avez fini votre service ?

— Dans dix minutes.

Elle entra dans la salle de repos et se dirigea tout droit vers la cafetière.

— Je ne pensais pas vous voir aujourd'hui.

— J'ai dû m'occuper de deux ou trois bricoles, dit Branson, évasif.

Il sortit une boîte de sa poche et la lui tendit.

— De ceci, en particulier.

La cafetière à la main, Gwen fixa la jolie boîte argentée.

— Branson, il faut que vous arrêtiez ce petit jeu.

— Quel petit jeu ?

— Vous ne pouvez pas continuer à me faire des cadeaux.

— Mais pourquoi ?

Il sourit.

— Les autres vous ont plu, il me semble, et j'ai trouvé un thème qui fait un lien entre eux.

Gwen baissa les yeux. Oui, ce thème animalier était charmant. Il y avait d'abord eu l'oiseau sur le poirier, puis les deux colombes qui formaient une petite broche adorable, le trio de poules en porcelaine, et les quatre oiseaux ridicules en plastique qui gazouillaient quand on remontait leur mécanisme, et qu'il lui avait offerts par plaisanterie.

Mais elle les aimait tous.

— Ouvrez-la, dit-il.

Lui retirant la cafetière des mains, il lui tendit de nouveau la boîte et versa le café dans les tasses tout en l'observant du coin de l'œil.

Gwen soupira. Elle était ravie, impossible de ne pas l'admettre. Elle regarda encore Branson d'un air incertain puis, poussant un grand soupir, elle souleva le couvercle, pour découvrir une longue chaîne tressée de cinq petits anneaux.

— Oh, Branson ! Il est magnifique ! Comment faites-vous pour savoir ce qui va me plaire ?

— Patience, détermination, obstination.

Il posa les tasses, prit le collier et le lui passa autour du cou.

Gwen effleura la chaîne du bout des doigts.

— Je ne devrais pas accepter.

— Bien sûr que si. Il vous plaît.

— Naturellement, il me plaît, dit-elle avec une note d'exaspération dans la voix. Il est charmant.

Gwen garda les yeux fixés devant elle. Tout cela n'avait aucun sens. Branson et elle se connaissaient à peine. Elle ne l'avait jamais encouragé. Tout simplement parce qu'il n'était pas la prochaine étape dans sa vie.

— Pourquoi faites-vous cela ? interrogea-t-elle.

— Parce que j'éprouve toujours ce sentiment indéfinissable pour vous.

Plongeant les yeux dans ceux de la jeune femme, il se pencha vers elle, effleura sa bouche avec ses lèvres. Il adorait ce mélange de trouble et d'énervement qu'il lisait dans son regard.

— Et j'ai l'impression que c'est de plus en plus important. Mais si vous enleviez votre blouse ? Vous seriez un peu moins impressionnante, docteur. Et nous pourrions sortir.

Il glissa un bras autour de sa taille.

— Je pensais à un dîner aux chandelles cette fois.

— Je ne suis pas habillée pour sortir.

— Vous êtes superbe.

Il fit une pause. L'hésitation de Gwen était palpable. La jeune femme penchait visiblement vers la capitulation.

— Je veux être avec vous, Gwendolyn. Je veux vous faire l'amour. Je ne me rappelle pas avoir jamais rien désiré aussi violemment.

Il l'embrassa. Gwen ne chercha pas à s'échapper. Quand il s'éloigna de quelques millimètres, elle dit à voix basse :

— Je n'ai pas eu tellement le temps de reprendre mon souffle depuis que vous êtes entré dans ma vie.

— Ne le reprenez pas, dit-il d'un ton brusque, impatient. Venez avec moi.

Perdue dans son regard, Gwen ne répondit pas. Elle le laissa poser de nouveau ses lèvres sur les siennes. De plus en plus exigeantes, elles chassaient dans sa tête toute idée de protestation. Elle se sentit électrisée tandis qu'il l'entraînait dans la chaleur de la nuit.

— Pour l'amour du ciel, Gwendolyn, laissez-moi vous toucher.

— Je veux…

Elle avait posé ses mains sur le visage de Branson. Elle passa ses doigts dans ses cheveux blonds.

— Je vous veux, Branson. Je ne joue pas les saintes-nitouches.

Elle recula pour le regarder dans les yeux. Elle devait être honnête avec lui, c'était vital pour elle.

— Mais je veux que vous sachiez…

Hésitante, elle baissa les yeux une fraction de seconde.

— Je n'ai jamais suffisamment désiré un homme pour le laisser m'approcher de trop près.

Branson resta sans voix. Il lui fallut un bon moment pour que sa tête prenne du recul, oublie la tempête qui venait de se déclencher dans son corps. Un moment pour comprendre ce qu'elle venait de lui dire.

Gwen était vierge. Oui, c'était bien une princesse de conte de fées finalement.

Instinctivement, il adoucit son étreinte.

— Vous ne pouvez pas savoir à quel point c'est important. Je ne veux pas vous faire de mal.

— Cela ne me fait pas peur.

Elle fit un pas en arrière, se passa une main dans les cheveux.

— Je suis médecin, je…

Ses yeux s'étrécirent quand Branson rit doucement.

— Qu'est-ce qui vous amuse ?

— Je reconnais que le sujet qui nous préoccupe a quelque chose à voir avec l'anatomie, mais absolument rien avec la médecine.

Seigneur, c'était un vrai plaisir de voir la lueur de colère dans ses yeux.

— Et croyez-moi, vous ne penserez plus comme un médecin quand je vous ferai l'amour.

— Je n'ai pas encore dit que vous alliez le faire, dit-elle, exaspérée.

Le sourire de Branson et la manifestation de son ego typiquement masculin l'irritèrent assez pour qu'elle retrouve un peu d'aplomb.

— Et si vous continuez à trouver drôle mon manque d'expérience dans ce domaine…

— Je ne trouve pas cela drôle du tout. Je trouve que c'est érotique. Et j'aimerais échanger le dîner contre un souper tardif, très tardif. Je veux vous donner beaucoup de temps…

Il fit une pause, tendit la main et la referma sur le collier. Il attira Gwen plus près de lui.

— Pour partager avec vous toutes sortes d'expériences.

— Je n'ai encore rien décidé.

Son beeper se mit à sonner.

— Excusez-moi, dit-elle, soulagée.

Elle s'éloigna, sortit l'appareil de sa poche et lut le message.

Tournant les talons, elle sortit précipitamment et partit à la recherche du médecin de garde.

— Dieu soit loué, Blade, vous n'êtes pas encore partie. Un gamin de douze ans vient d'arriver. Il a reçu plusieurs coups de fusil dans la poitrine et l'abdomen.

Incrédule, Branson observait la scène. Gwen se transforma sous ses yeux. La jeune femme troublée qu'il avait en face de lui quelques secondes plus tôt redevint froide comme l'acier. Elle se précipita vers la lourde porte à double battant. Les infirmiers poussaient le blessé sur un chariot. Gwen leur emboîta le pas, mémorisant les informations qu'ils lui donnaient oralement. Elle enfila des gants et une blouse pendant qu'une infirmière lui fixait un masque stérile sur le visage. En quelques secondes, ses mains entrèrent en action.

Fasciné, Branson avait suivi le mouvement. Un homme et une femme se ruèrent dans la salle, posèrent des questions entre deux sanglots, supplièrent Gwen de sauver leur fils.

— Nous sommes là pour ça, mais vous ne pouvez pas rester ici, dit-elle.

Elle introduisit un tube dans la trachée du blessé.

— Wallace ! ordonna-t-elle sans lever la tête. Préparez une perfusion. Il perd tout son sang.

— Il va s'en sortir ? Dites-le-moi, docteur, qu'il va s'en sortir ! Il revenait de chez un ami. Il rentrait à la maison. Mon bébé, mon Scotty !

Wallace les raccompagna vers la sortie.

— Scotty est entre de bonnes mains maintenant, dit-il sur un ton rassurant. Vous avez de la chance, c'est le Dr Blade qui s'occupe de lui.

Les mains de Gwen s'activaient avec rapidité et assurance, sa tête restait froide.

— Je ne sens plus son pouls, dit l'infirmière. La pression artérielle n'arrête pas de baisser.

D'une voix claire, Gwen donna des ordres. Elle savait quelle apparence elle offrait. Celle du médecin sûr de lui, sûr de sauver une vie. Mais tout au fond d'elle, elle se sentait glacée. Il y avait moins d'une chance sur mille pour que ce garçon soit sauvé.

— Allons, Scotty, reste avec nous, murmura-t-elle.

La sueur se mit à couler dans son dos, mais elle ne s'en soucia pas. Son regard était résolu, celui d'un courageux combattant. Parfois, elle le savait, on pouvait tenir la mort en respect, du moins pour quelque temps. Mais Scotty avait dix impacts de balle. Tant de dégâts dans un seul petit corps ! Allons, elle ne devait pas se laisser aller à de telles pensées. Elle devait se concentrer sur chaque étape.

Le temps passait comme l'éclair, tandis que l'équipe médicale l'épaulait, oubliant tout le reste.

Quand le cœur de Scotty flancha, elle ne ralentit pas son rythme.

— Electrodes !

En un éclair, l'appareil fut branché sur le jeune garçon et la décharge électrique envoyée. Scotty tressauta, mais son cœur ne réagit pas.

— Encore, encore, bon sang !

Avec le second choc, le moniteur cardiaque enregistra une pulsation.

— Continuez !

Il n'y avait plus que cela qui comptait pour elle maintenant : défier l'inévitable, s'acharner pour que ce gosse recommence à respirer.

— La tension artérielle tombe. Plus de pulsation.

Grimpant sur le chariot, Gewn se mit à califourchon sur Scotty et commença à lui faire elle-même un massage cardiaque.

Elle s'obligea à ne pas remarquer ses magnifiques cheveux noirs bouclés, son visage d'ange endormi. Elle ne devait pas penser, mais agir. Seulement agir.

— Je veux encore deux unités de sang, dit-elle. Intraveineuses. Vite, dépêchons, il faut le tirer de là !

Ils transportèrent le chariot, Gwen continuant son massage cardiaque. Quand les parents se précipitèrent et s'accrochèrent au chariot, elle ne détourna pas les yeux du visage de Scotty.

Abasourdi, Branson la suivit. Le chariot fut introduit dans l'ascenseur. Gwen continuait inlassablement son massage avec une détermination farouche.

Deux heures plus tard, la porte de l'ascenseur se rouvrit. Gwen apparut, visiblement épuisée. Elle posa les yeux sur lui, mais apparemment sans le voir. Branson sentit un froid l'envahir. Le regard de Gwen était éloquent : elle venait de perdre la partie.

— Gwendolyn !

Elle secoua la tête. Passant devant lui, elle se dirigea vers son bureau. Avec une lenteur délibérée, elle prit les feuilles des courbes médicales, qu'elle compléta. Puis, toujours en silence, elle se rendit au vestiaire.

Branson la suivit et s'arrêta derrière elle.

— Je suis désolé, dit-il.

— Ce sont des choses qui arrivent. Il était presque mort quand ils l'ont amené ici.

Elle sortit de son casier une veste de laine.

— Vous n'auriez pas dû m'attendre, Branson. Je suis trop fatiguée, ce soir. Je veux être seule. Je rentre chez moi.

— Je vous emmène.

— Non merci, j'ai ma voiture.

Elle prit son manteau, son sac.

— Je ne vais pas vous laisser partir seule alors que vous êtes complètement bouleversée, insista-t-il.

Elle haussa les épaules et enfila son manteau.

— Nous avons fait tout ce que nous avons pu.

Elle avait les doigts raides quand elle ouvrit la porte.

Il attendit qu'ils soient sortis, et que la neige légère tourbillonne autour d'eux et s'attache aux cheveux de Gwen.

— Je vous raccompagne chez vous, répéta-t-il.

— Laissez-moi tranquille.

Elle repoussa la main qu'il avait posée sur son bras et

se tourna vers lui. Elle avait un poids insupportable sur la poitrine.

— Je suis parfaitement capable de conduire jusqu'où j'ai envie d'aller. Je ne veux pas vous voir, je n'ai pas besoin de vous, je ne veux…

Effrayée, elle fit une pause et pressa ses paupières du bout des doigts.

— Je suis désolée, je suis vraiment désolée.

Il tendit une main vers elle.

— Non, je vous en prie !

Elle secoua la tête avant qu'il puisse la toucher encore.

— J'ai besoin de marcher.

Il enfonça résolument ses mains dans ses poches.

— Très bien. Marchons.

6

La brise était coupante et la neige tombait en flocons tourbillonnants. Sans parler, ils se dirigèrent vers le fleuve dans le bruit continu de la circulation. Les rues brillaient sous les réverbères. Un Père Noël agitait sa cloche d'un geste automatique pendant que les piétons se dépêchaient, indifférents.

Gwen soupira. C'était bientôt Noël. La fête des enfants, des familles, des secrets et du bonheur. Mais le destin, si l'on y croyait, se moquait bien des jours et des saisons.

— Il ne faut pas se laisser atteindre, finit-elle par dire.

Elle avait horriblement froid aux mains. Elle les fourra dans ses poches au lieu de faire l'effort de sortir ses gants.

— Si vous le faites, vous perdez votre équilibre, vous commencez à douter de vous, de vos instincts, de vos capacités. Et la fois suivante, vous ne pouvez pas vous concentrer. Il ne faut pas se laisser atteindre. Je le sais.

— Mais vous risquez de perdre votre humanité. Et que se passe-t-il si cela arrive ?

— C'est un équilibre qui n'est pas facile à garder, murmura Gwen. Quels que soient les efforts que vous faites, vous vous retrouvez toujours en train de vaciller d'un côté ou de l'autre.

Elle fit une pause et contempla l'eau.

Elle aimait cet endroit, cette ville, malgré sa circulation automobile insensée. Elle aimait ses immeubles anciens, ses belles voies navigables. Elle aimait son histoire, et sa fierté. Mais à cet instant précis, elle n'y trouvait aucun réconfort.

Ce lieu faisait partie d'un monde qui pouvait être glacé et cruel pour les gens sans défense. Après un long silence, elle dit :

— Je ne voulais pas le laisser partir. Pourtant, j'ai su que c'était sans espoir dès l'instant où j'ai évalué la gravité de ses blessures. Mais parfois, il y a des miracles.

Elle ferma les yeux. Dieu merci, Branson savait se taire. Elle lui en était reconnaissante. Apparemment, il comprenait son besoin de parler.

— Je peux l'affronter. Je peux affronter les nombreuses heures de travail, le stress, la pression. C'est ce que je voulais. Je suis formée pour cela. Je peux aussi assurer le travail administratif, la bureaucratie. Les patients désagréables, les drogués, les vies ratées. On finit presque par ne plus les remarquer. Et puis, brusquement…

Sa voix tressaillit et elle pressa encore ses doigts contre ses paupières.

— Il n'avait que douze ans.

D'une voix douce, Branson murmura :

— Vous avez fait l'impossible pour essayer de le sauver.

Il la fit pivoter face à lui. Les larmes s'étaient mises à couler sur les joues de Gwen.

— Combien de vies avez-vous sauvées aujourd'hui, cette semaine, cette année ?

— Quand je vois des gens souffrir, je sais que je peux les soigner, la plupart du temps, ou du moins les aider.

— Et vous le faites, dit-il tranquillement. Quel que soit l'effort que vous ayez à fournir, vous ne reculez jamais.

— Je sais que parfois la partie est perdue d'avance. C'est normal, c'est rationnel, mais il y a une part de moi qui ne peut l'accepter. Ce gosse était encore vivant ce matin. Il s'est levé, il a pris son petit-déjeuner. Il a peut-être couru pour attraper le bus et rêvassé en classe. Ensuite, parce qu'il a pris la mauvaise rue au mauvais moment, sa vie s'est brusquement arrêtée.

Elle se remit à marcher et poursuivit :

— Je suis allée voir ses parents. C'était mon patient, et j'en ai éprouvé le besoin.

Elle soupira.

— Il faut savoir accepter quand on ne peut plus rien faire. On regarde l'horloge, on note l'heure. Et c'est fini.

— Gwendolyn, ce que vous faites est très courageux.

Il prit ses mains dans les siennes, et les frotta doucement pour les réchauffer. Puis il les porta à ses lèvres.

— J'en ai le souffle coupé.

Il l'attira contre lui. Avec un soupir, elle se laissa aller dans ses bras et posa la tête sur sa poitrine.

— Je suis désolée d'avoir été désagréable avec vous tout à l'heure.

— Chut.

Il posa un baiser sur ses cheveux.

Gwen ferma les yeux. C'était bon d'être réconfortée ainsi. Branson était un homme sur lequel on pouvait s'appuyer. L'envie de lui s'empara d'elle et elle releva la tête. Ses lèvres rencontrèrent tout naturellement celles de Branson. La chaleur de son baiser l'apaisa.

— Branson !

Elle essaya de sourire quand il essuya ses larmes.

— Si vous voulez encore de moi, je viens avec vous maintenant.

Branson sentit son cœur s'emballer. Il immobilisa ses mains sur les joues de la jeune femme.

— Si je veux encore de vous ? Quelle question ! Mais je ne peux pas vous demander d'être à moi dans ces circonstances.

— Mais...

Elle ferma les yeux pour savourer le baiser qu'il posait sur son front.

— Vous êtes bouleversée, et vulnérable en ce moment. Je pourrais facilement me convaincre que je vous réconforte, que je détourne votre esprit de pensées pénibles.

— N'est-ce pas ce que vous feriez ?

Il soupira.

— Je profiterais aussi de vous et de la situation. Et cela, il n'en est pas question.

Et surtout, il ne pourrait pas. Il voulait beaucoup plus qu'un bref moment de plaisir avec elle.

— Je ne vous comprends pas. Je croyais que vous préféreriez avoir l'avantage.

— Pas de cette façon. Notre premier moment intime ensemble ne doit pas se produire parce que vous êtes malheureuse, ou parce que vous m'êtes reconnaissante de vous avoir écoutée. Quand je vous toucherai, quand vous me le permettrez, cela ne sera pas dû à autre chose qu'à nous deux.

— Si vous prenez soin de moi parce que je ne suis jamais allée avec un homme…

— Je prends soin de vous parce qu'il s'agit de vous. Vous êtes importante pour moi, Gwendolyn.

Il déposa un léger baiser sur ses lèvres.

— Vous comptez énormément pour moi. C'est pourquoi je vais faire en sorte que vous dîniez, et ensuite je vous ramènerai chez vous. Et si c'est nécessaire, je vous borderai moi-même dans votre lit pour être sûr que vous allez dormir.

Gwen ne put s'empêcher de sourire.

— Je n'ai pas besoin que l'on prenne soin de moi.

— Je sais. C'est pourquoi c'est si tentant. Ce soir, je ne vais pas vous donner le choix. Mais vous avez froid !

Il glissa un bras autour de ses épaules et ils se dirigèrent vers l'hôpital.

— J'apprécie votre attitude, mais je vais bien maintenant. Et j'ai ma voiture, alors…

— Il faut que vous dîniez.

— Je n'ai pas faim.

Branson aperçut un petit restaurant au bout de la rue.

— Vous devez manger. Allons voir ce que propose celui-là.

Ils marchèrent jusqu'au restaurant.

— C'est simple, copieux. Cuisine américaine.

— Le service est nul, et la qualité de la nourriture laisse à désirer.

— Parfait. Ce sera l'aventure.

Il l'entraîna vers la porte du restaurant.

— Docteur Blade, je crois que nous sommes sur le point d'avoir notre premier rendez-vous.

Elle leva les yeux vers lui tandis qu'il poussait la lourde porte de verre fumé. Ils furent assaillis d'odeurs et de chaleur. Des boules de Noël aux couleurs criardes se balançaient au plafond. Gwen sentit son moral remonter.

— Pourquoi pas ? dit-elle en riant.

Un flot de voix entremêlées s'échappait de la salle surchauffée. Elle n'entendit pas ce que Branson disait à la serveuse, mais elle vit qu'il lui glissait un billet dans la main. En trente secondes, la jeune fille les installa à une table à l'écart, dans un coin tranquille.

— Ce n'est pas le genre d'endroit où l'on achète le maître d'hôtel, dit Gwen en se faufilant sur la banquette défoncée.

— Cela a marché, non ?

Sa fossette se creusa.

— Vous aviez besoin de vous asseoir, et le plus loin possible de ce brouhaha.

— C'est une adresse populaire pour célibataires, dit-elle.

Elle posa sa tête sur le haut dossier de cuir.

— Beaucoup d'aides-soignants et d'infirmiers viennent ici pour flirter, ou draguer.

Etonné, Branson releva les sourcils. Gwen se mit à rire et répondit à sa question silencieuse.

— Non, moi je ne viens pas souvent. J'ai rarement assez d'énergie pour cela.

Il prit fermement une de ses mains dans les siennes et leva les yeux vers la serveuse qui venait prendre leur commande.

— Nous allons commander des boissons et le dîner en même temps, dit-il.

Il choisit le vin, l'apéritif et les plats.

— Le steak presque saignant, précisa-t-il. Vous ajouterez une bouteille d'eau minérale, sil vous plaît.

Gwen attendit que la serveuse s'éloigne, puis elle prit une profonde inspiration.

— Branson, vous avez commandé pour moi sans me consulter !

— Je vous promets que cela ne deviendra pas une habitude, répondit-il sans sourciller. Votre cerveau est fatigué, il a été trop sollicité pour prendre encore des décisions. Détendez-vous, mangez de la viande rouge, récupérez. Je m'occupe du reste. Et pour vous montrer que je suis sincère, c'est vous qui choisirez pour moi la prochaine fois que nous dînerons ensemble.

— Vraiment ?

Elle eut un pâle sourire.

— Est-ce que vous aimez le ris de veau ?

Il fit la grimace.

— Disons que je peux m'en passer toute ma vie sans me sentir privé.

— Souvenez-vous-en la prochaine fois que vous déciderez de ce que je vais manger.

— Message reçu. Quel est votre prochain jour de congé ?

— J'ai une demi-journée samedi, et mon dimanche tout entier.

— Voulez-vous sortir avec moi samedi soir ? Vous choisirez l'heure, et le lieu.

Elle leva un sourcil.

— On joue *les Noces de Figaro* au conservatoire. Cela vous tente ?

— J'adore l'opéra.

Gwen cligna deux fois des paupières.

— C'est vrai ?

— J'aime vous surprendre de temps à autre.

Il sourit à la serveuse qui venait de déposer le pain et l'eau sur la table.

— Merci beaucoup.

Il prit un petit pain, le partagea en deux et le beurra avant d'en passer une moitié à Gwen.

— Et j'aime particulièrement Mozart. Je passerai vous prendre à 19 heures. Nous dînerons après, si cela vous convient.

— Je crois que oui.

— Parfait. Ensuite, j'aimerais que vous restiez avec moi. J'aimerais vous faire l'amour. Et je voudrais dormir avec vous, faire une longue grasse matinée, et prendre un copieux petit déjeuner au lit dimanche matin. Qu'en pensez-vous ?

Gwen avala sa bouchée de pain, la fit glisser avec une gorgée d'eau pétillante qu'il lui avait servie.

— Je crois que cela me conviendra parfaitement, parvint-elle enfin à dire.

— Laura, viens voir, s'écria Julia. Gwen est revenue avec un tas de paquets !

— Laura est ici ?

— Elle inspecte le contenu du réfrigérateur, naturellement, dit Julia qui prit un sac et se précipita dans le salon.

Gwen se laissa tomber sur une chaise.

— Ouf, je n'en peux plus, soupira-t-elle !

Elle replia une jambe sous elle et se massa lentement la plante des pieds. Elle prit une profonde inspiration, humant avec délices les odeurs mêlées de pin, de cannelle, et de bois de pommier qui brûlait dans la cheminée. C'était bon, c'était l'odeur de la maison.

— Cela m'apprendra à avoir attendu le dernier moment pour chercher une nouvelle robe, dit-elle. D'ailleurs, je n'en avais pas besoin.

— Si, tu en avais besoin, je te l'ai dit l'autre jour, dit Julia.

Elle plongea la main dans un sac en papier.

— Un rendez-vous important mérite une robe neuve, continua-t-elle.

— Attends un peu, la robe n'est pas dans ce paquet.

Brandissant un sachet en plastique transparent, Julia lui envoya un regard malicieux.

— Tu crois ?

Prise d'une furieuse envie de rire, elle se mordit la joue. Ce qu'elle venait d'extirper du sachet était ni plus ni moins qu'un porte-jarretelles rose en dentelle.

— Pas mal…

— J'en avais assez de mettre des collants, dit Gwen, rouge de confusion. J'ai pensé que ce serait plus pratique si je…

Elle se mit à rire et haussa les épaules.

— D'accord, j'ai eu envie de mettre Branson dans tous ses états.

— A mon humble avis, tu as toutes les chances de réussir ! Pauvre Bran, il va perdre la boule.

Julia sortit le soutien-gorge assorti. Il se fermait par-devant grâce à un minuscule bouton de rose en dentelle.

— Ma chérie, tu vas le tuer !

Laura vint s'asseoir sur le bras du fauteuil de Gwen.

— Alors, c'est le bon ?

— Je veux que ce soit le bon.

— Il va arriver dans quelques heures, dit Julia. Laura, pourquoi ne restes-tu pas un peu plus longtemps avec nous ? Tu pourrais voir à quoi il ressemble.

— J'aimerais beaucoup, mais j'ai rendez-vous avec mon mari. Fais-nous voir ta robe, Gwen.

— D'accord, mais n'oubliez pas que j'ai passé des heures à la choisir… soyez indulgentes.

Tirant une boîte d'un autre sac, elle l'ouvrit et déplia un long fourreau en velours vieux rose.

— Oh ! Elle est magnifique, murmura Julia.

— J'ai peur qu'elle soit un peu trop compliquée, avec cette encolure et ces poignets bordés de perles, vous ne trouvez pas ?

— Mais non, elle est superbe.

Laura passa délicatement la main sur le tissu chatoyant.

— C'est classique et élégant. Elle doit t'aller à merveille.

— Ce n'est pas terriblement sexy. J'ai cherché quelque chose avec un peu plus de… enfin, je revenais toujours à celle-ci.

— Au contraire, elle est très sexy, commenta Julia. Encolure montante, longues manches étroites.

Elle éclata de rire.

— J'espère que Branson a le cœur solide. Heureusement que tu travailles au service des urgences !

Elles éclatèrent de rire.

— Tu es nerveuse ? demanda Laura.

— Devine !

Gwen sourit en repliant soigneusement la robe dans le papier de soie.

— C'est le bon moment, et c'est l'homme qu'il me faut. Maintenant, je vais m'offrir un long bain chaud et passer deux heures à me maquiller et à me coiffer.

Elle rassembla ses achats et sortit de la pièce.

— Tu le connais, ce type ? demanda Laura à Julia quand elles entendirent l'eau couler dans la baignoire.

— Je te l'ai déjà dit, il n'a d'yeux que pour elle. Et c'est le premier qui amène cette drôle d'expression sur le visage de Gwen

— Oui, c'est bon de la voir rêveuse.

Laura s'étira. Elle se sentait paresseuse, et satisfaite.

— Comment le vieux MacGregor l'a-t-il trouvé ?

— Relation entre les vieilles familles. Mais attention ! Gwen ne sait pas que grand-père tire les ficelles.

Avec un éclat de rire, Laura secoua la tête.

— Elle est vraiment à côté de la plaque. Il ne peut pas s'en empêcher.

Elle fit une pause avant d'ajouter :

— Et tu sais quoi, Julia ? Si elle finit par avoir une relation sérieuse avec cet homme que grand-père lui a dégoté, ce sera ensuite ton tour. Il ne te lâchera pas.

— Qu'il essaie ! Je l'attends au tournant !

Julia prit sur le sapin un vieux Père Noël qui présentait une ressemblance frappante avec Daniel. Avec quelques rapides torsions du poignet, elle le fit tournoyer en disant :

— Tu as entendu ? Un homme averti en vaut deux.

Laura faillit s'étrangler de rire.

— Tu peux toujours essayer d'y croire, dit-elle.

Le visage barbu et jovial du vieux Père Noël continua de leur sourire d'un air satisfait.

A 19 heures précises, Gwen descendit l'escalier. Elle était calme, détendue, sûre d'elle. Les diamants que ses parents lui avaient donnés quand elle avait réussi ses examens étincelaient à ses oreilles. C'était merveilleux de se sentir si féminine, et secrète. Et amusant aussi.

Elle suspendait son châle au portemanteau quand la sonnette retentit.

Elle eut un coup au cœur, qui faillit avoir raison de sa belle assurance. Elle ouvrit la porte. Branson était là, en smoking, une gerbe de roses blanches dans les bras.

— Mon Dieu, Branson, elles sont magnifiques !

— Attendez. Ne bougez pas !

Il resta où il était et l'examina.

— Vous êtes splendide, Gwendolyn, tout simplement éblouissante !

— Je ne vous raconterai pas tout le travail qu'il m'a fallu pour arriver à ce résultat.

Elle sourit en prenant les fleurs.

— Je vais les mettre dans l'eau tout de suite. Cela ne vous ennuie pas de m'attendre un instant ?

Il prit sa main, l'embrassa longuement et plongea son regard dans le sien.

— Je vous attendrai toute la vie s'il le faut.

7

Le salon de la suite était rempli de roses blanches qui commençaient à s'ouvrir. Des bougies blanches réchauffaient la pièce et la parfumaient délicatement. Une petite table avait été rapprochée de la fenêtre, dont les rideaux étaient grands ouverts pour permettre de voir le scintillement des lumières de la ville. L'argent et le cristal brillaient sur la nappe d'un blanc immaculé.

Gwen poussa un profond soupir.

— Avez-vous recours à des fées ? murmura-t-elle.

— Non, mais cet hôtel a une équipe très efficace.

S'approchant d'elle, il fit glisser le châle qui lui enveloppait les épaules.

— J'ai téléphoné juste avant que nous ne quittions l'opéra pour qu'ils aient le temps de tout installer.

— Vous vous êtes donné beaucoup de mal.

— Absolument pas. J'adore créer des décors.

Il posa le châle sur un sofa, prit la main de Gwen et la pressa contre ses lèvres.

— Et j'ai fait cela pour nous deux. Naturellement, j'ai commandé le repas sans vous consulter en tenant compte de vos préférences.

— Je crois que pour une fois, je peux vous pardonner.

— Un repas froid m'a paru plus pratique. Avez-vous faim ou voulez-vous déjà boire une coupe de champagne ?

— Le champagne me tente bien.

— La tentation… C'est exactement ce que je veux pour vous ce soir.

Il préleva dans le bouquet un bouton de rose et le lui tendit avant de prendre la bouteille dans le seau à glace.

— La première fois que je vous ai vue, j'ai pensé à un ballet, à une chorégraphie parfaite.

Gwen inclina légèrement la tête en souriant pendant qu'il faisait sauter le bouchon.

— Les danseurs sont beaucoup plus robustes que la plupart des gens ne le croient.

— Les meilleurs sont forts, passionnés, infatigables. Vous me faites aussi penser aux princesses des contes de fées.

Il lui tendit une coupe de champagne et ajouta :

— Elles aussi sont plus résistantes qu'on ne croit. Pourtant, c'est difficile de ne pas avoir envie de sauver une princesse et de la chérir.

— De quoi aimeriez-vous me sauver, Branson ?

— De la réalité, pour une nuit.

Il trinqua avec elle.

— Aux contes de fées et aux histoires qui ont une fin heureuse.

Elle sirota le champagne, laissa les bulles lui chatouiller la langue avant de déclarer :

— Cependant, ce moment est bien réel. Vous n'avez pas à me séduire, Branson. Je suis ici parce que cela me plaît. Parce que je vous veux.

— Vous séduire, Gwendolyn, est un plaisir inégalable.

Il se pencha vers elle et caressa doucement sa joue, puis il posa un baiser furtif sur ses lèvres.

Gwen ne paraissait pas nerveuse, pas encore. Pourtant, il aurait voulu qu'elle le soit. Il avait envie de voir le désir, l'impatience dans ses yeux magnifiques. Mais il savait attendre. Il allait ôter une à une chaque couche de réalisme, jusqu'à ce qu'il trouve le romantisme que Gwen cachait au fond d'elle.

C'était cet aspect d'elle qu'il voulait découvrir et chérir.

— Goûtez cela, Gwendolyn.

Il prit une fraise dans un bol et l'enroba de chocolat blanc.

Gwen ouvrit la bouche tandis qu'il portait le fruit à ses lèvres. Elle laissa le mélange de textures et de saveurs s'attarder sur sa langue.

— C'est merveilleux.

— Prenez-en d'autres.

Il lui donnait des petites bouchées, entrecoupées de brefs baisers. Gwen se détendait, et il perçut bientôt son premier frisson de plaisir.

— Vous n'avez qu'à me dire ce que vous aimez. Et si vous en voulez davantage. Ou moins.

Il lui donna un baiser plus appuyé.

— Et vous me direz quand vous serez prête.

— Je ne suis pas une poupée de porcelaine.

Gwen entendit sa propre voix trembler. Branson l'emmenait vers une contrée qu'elle ne connaissait pas, et les premiers pas étaient étourdissants.

— Vous n'avez pas à vous faire de souci, ajouta-t-elle.

— Vous n'êtes pas fragile, mais précieuse.

Voyant ses doigts trembler, il la débarrassa de son verre qu'il posa sur la table. Puis il plongea son regard pénétrant dans le sien.

— Et ce soir, vous êtes à moi.

Gwen sentit son cœur chavirer quand il la prit dans ses bras. Elle ferma les yeux. Elle se rendait bien compte que c'était ridicule, mais elle ne put repousser l'image qui s'imposa à son esprit : celle d'un chevalier, dont l'armure d'argent étincelait au soleil, et qui l'enlevait sur son cheval blanc. Elle sourit en pressant ses lèvres contre le cou de Branson.

— Je suis envoûtée, chuchota-t-elle.

— C'est ce que je voulais.

Le lit était jonché de pétales de roses. A côté, des bougies brûlaient, répandant une douce lumière. Branson la posa sur ses pieds à côté du lit.

— Le temps n'existe plus, ici, Gwendolyn. Plus rien n'existe que nous deux. Rien que vous et moi.

Elle le croyait de toute son âme. Le monde qu'il avait créé pour elle était la seule réalité dont elle avait besoin ce soir.

Elle leva les bras, les jeta autour de son cou et se laissa fondre en lui.

Sa bouche était patiente, persuasive, parfois possessive. Palpitante, Gwen tanguait, en pleine tempête, étourdie par cet assaut, enivrée par la subtile odeur des roses et des bougies.

Maintenant, la bouche de Branson voyageait sur sa gorge, près de son collier. Ses mains de plus en plus impatientes s'activaient sur sa fermeture Eclair. Bientôt, elles se posèrent sur sa peau dénudée.

Gwen poussa un petit râle de plaisir tandis que Branson tressaillait. Il avait de la soie sous les mains. Il allait perdre la tête. Mais non, il devait prendre son temps. Son désir pour Gwen était aussi grand que son besoin de donner. Il la fit tourner doucement et laissa sa bouche se délecter sur sa nuque, sur la courbe de son épaule. Quand le bras de Gwen se leva et s'accrocha à lui, son cœur bondit dans sa poitrine. Mais il exhorta sa bouche à rester patiente, ses mains à ne pas s'affoler.

Gwen frissonna, se pressa contre lui quand il prit ses seins dans ses mains en coupe, et qu'il les caressa de ses pouces. Il fit glisser la robe par terre.

— Seigneur !

Il ne s'attendait pas à trouver un tel déploiement de fantaisie en dessous. Il avait imaginé son émerveillement en voyant son corps nu, et son accès de désir. Mais ce slip de soie rose, ces froufrous de dentelle ! Il fit pivoter Gwen pour qu'ils se retrouvent face à face.

Les yeux de Branson étaient fous de désir. Gwen sentit

son cœur battre follement dans sa poitrine. Il baissa les yeux, les promena sur son corps. Elle se sentit brûler tandis que sa tête se vidait de toute pensée.

— Je voulais t'étonner..., parvint-elle à murmurer.

Elle fit instinctivement un pas en arrière quand les yeux de braise de Branson revinrent se poser sur les siens. Elle pouvait y lire une réaction qui n'était pas vraiment civilisée.

Branson n'avait pas assez d'yeux pour la contempler. Gwendolyn était toute rose et blanc, comme quelque chose d'inaccessible derrière une vitrine. Il avait envie de faire sauter les barrières et de l'enlever, de la dévorer. Prenant sur lui, il caressa du bout des doigts le léger renflement de la soie rose.

— Je suis ébloui.

Gwen était hypnotisée. Les yeux de Branson étaient rivés aux siens. Comment pouvait-il la caresser avec une telle douceur alors que son regard brûlait d'une flamme qui le dévorait ? Elle tendit une main tremblante vers sa cravate, qu'elle desserra, et commença à déboutonner sa chemise. La gorge sèche, elle murmura :

— Je veux te voir.

Les petites lueurs de crainte qui dansaient dans ses yeux n'échappèrent pas à Branson.

— Regarde-moi, dit-il quand elle arriva enfin à ouvrir sa chemise. Je veux voir tes yeux quand je te touche. Je veux voir ce que tu ressens quand mes mains se posent sur toi.

Il passa un doigt entre le haut de sa cuisse et son porte-jarretelles, qu'il détacha. Les yeux de Gwen s'agrandirent et elle retint son souffle. Il détacha le second.

— Tu trembles, c'est ce que je veux. Et par-dessus tout, je veux que... tu te rendes.

Il l'emporta sur le lit et recouvrit son corps avec le sien. Sa bouche s'écrasa sur celle de Gwen.

Et brusquement, il relâcha son étreinte, la laissant défaillante de désir.

Ses lèvres et ses mains chaudes et expertes parcoururent ses hanches, ses cuisses. Un violent accès de chaleur s'empara d'elle, le désir devenant presque douloureux. Il prit possession de ses seins en faisant glisser son soutien-gorge.

Personne ne l'avait jamais touchée ainsi. Personne n'avait jamais éveillé en elle des sensations aussi puissantes et conflictuelles. Des pétales de roses collaient à sa peau comme des baisers romantiques. La douce lumière des chandelles luisait à travers ses paupières lourdes. D'une voix magnétique, Branson murmurait des paroles d'approbation et de promesses tout en faisant battre son cœur comme un tambour avec ses mains expertes. La caresse paresseuse de sa bouche lui volait chacun de ses souffles avant même qu'elle puisse en exhaler un.

Branson se noyait en elle. Il voulait lui donner tout ce qu'il avait. Et prendre tout ce qu'elle était. Il roula ses bas le long de ses cuisses minces, et frémit de joie. Gwen respirait plus lourdement, ses gestes s'impatientaient.

Elle posa de nouveau ses longues mains fines sur lui. Il ne put résister à l'urgence de l'embrasser encore. C'était cela ou mourir.

Elle gémit en faisant tomber sa chemise, en sentant sa peau glisser sur la sienne. C'était ce qu'elle voulait, cette intimité, corps contre corps, esprit contre esprit. Ses premières nervosités oubliées, elle sourit contre la bouche de Branson et prit son visage entre ses mains.

Le plaisir était frais et soyeux. Elle s'y blottit.

Branson l'observait. Gwen flottait, dérivait, il en était sûr. Ses soupirs languissants lui procuraient un bonheur intense. Il ne pouvait pas la quitter des yeux. Rien ne lui échappait, pas le moindre tressaillement ni le moindre signe d'émotion.

Suffoquant, elle s'arc-bouta sous son corps, de plus en plus exigeante.

Les sensations étaient presque trop fortes. Gwen secoua

la tête une fois, comme pour nier ce qui arrivait au fond d'elle. Puis une chaleur intense se répandit en elle, comme une boule de lumière. Le plaisir était soudain aigu et violent, presque insupportable. Elle entendit son propre gémissement, qui enfla en elle et qui vint emplir l'air brusquement lourd.

— Branson!

Il ne fallait pas qu'elle reprenne son souffle, que son esprit s'éclaircisse. Dès qu'il fut sûr qu'elle était prête et qu'elle éprouverait plus de plaisir que de douleur, il se laissa tomber en elle.

Il était en elle, il l'emplissait, et c'était si naturel de bouger en même temps que lui, aussi naturel que de respirer. Gwen se donnait, se rendait complètement. Et quand la bouche de Branson se posa sur la sienne, elle l'accueillit avec avidité. Quand ses mains se posèrent sur les siennes, elle les serra très fort pour compléter leur union.

Lentement, doucement, ils savouraient cet instant magique. Ils étaient amants. Elle pouvait lire son propre émerveillement dans les yeux de Branson. Et son cœur s'emplit de joie au moment où ils s'élevèrent et retombèrent tous les deux.

Branson pressa ses lèvres sur la gorge de Gwen. C'était fou, il n'avait jamais vraiment fait l'amour, avant. Il était presque aussi innocent qu'elle. Il n'avait jamais su ce que c'était que d'aimer la personne avec qui il faisait l'amour.

— Gwendolyn, belle, courageuse, outrageusement sexy!

Gwen sourit. Le bonheur bouillonnait dans ses veines.

— Branson. Magnifique Branson!

Il releva la tête. Les yeux de Gwen étaient embués, sa peau luisait, le coin de ses lèvres était légèrement relevé.

— Je vais avoir du mal à te laisser sortir de ce lit, dit-il d'une voix rauque.

D'un doigt, il suivit le contour de son visage.

— Il y a une baignoire à jets dans la salle de bains.

— C'est vrai ?

— Je crois que je peux te laisser aller jusque-là, mais pas plus loin. Que dirais-tu d'un bon bain chaud, d'un verre de champagne, et d'un homme qui a déjà envie de recommencer à faire l'amour avec toi ?

— Hum... Je dirais que c'est la tentation suprême !

Elle prit son visage entre ses mains et lui donna un baiser.

— Je me suis souvent demandé comment c'était, la première fois. Comment je me sentirais après. Rien de ce que j'ai pu espérer n'était aussi merveilleux que ce que j'ai vécu ce soir.

Emu, Branson posa son front contre le sien.

— Je ne sais pas quoi te dire.

— Dis-moi que la nuit n'est pas finie.

— Non, elle ne fait que commencer.

Quand le moment serait venu, il lui dirait qu'il voulait passer toutes ses nuits avec elle, toute sa vie. Cependant, s'il le lui disait maintenant, la femme romantique voudrait le croire, mais la femme rationnelle douterait. Il devait attendre le moment où Gwen ne pourrait plus avoir le moindre doute.

— A quoi penses-tu ? s'enquit-elle.

Revenant au moment présent, il sourit.

— Je cherchais ce que je pourrais faire pour te persuader de remettre cette petite... surprise que tu avais tout à l'heure.

— Maintenant ?

— Non.

Il lui effleura les lèvres du bout des doigts.

— Après le bain. Tu pourrais le porter quand nous prendrons notre souper.

Elle gloussa de rire.

— Tu veux que je dîne en porte-jarretelles ?

Il se pencha vers elle pour mordiller les lèvres qu'il venait de caresser.

— Oui.

Elle resta un instant silencieuse, puis elle déclara d'un ton amusé :

— Je vais te laisser une chance de me convaincre, dans la baignoire.

— Je suis très bon en sports aquatiques, dit-il en prenant un air faussement sérieux.

Elle éclata de rire.

— J'espère bien !

8

Gwen glissa lentement vers l'état de veille avec l'impression de se trouver dans une débauche de luxe, comme si elle se reposait sous plusieurs couches de soie chatoyante. Elle soupira et tendit la main à côté d'elle. Le vide qu'elle rencontra dans le lit la réveilla complètement.

Branson n'était plus là. Elle aurait voulu qu'il soit tout près d'elle, le sentir sous ses mains.

Elle attendit avant d'ouvrir les yeux. C'était si bon de rêver, d'avoir cette impression de flotter. Et de se sentir revenir doucement à la vie.

Jamais elle n'aurait cru que le corps puisse accomplir de tels miracles. Rien dans ses études, sa formation professionnelle, son travail ne lui avait appris quelles merveilleuses réactions le système humain pouvait avoir aux stimulations sensorielles.

Elle frotta sa main sur le drap. Il était froid. Depuis combien de temps Branson était-il parti ? Et quand allait-il revenir ?

Il lui avait promis un petit déjeuner au lit. Elle s'en souvenait bien. A contrecœur, elle ouvrit les yeux et cligna des paupières en regardant l'horloge. Il était peut-être un peu tard pour le petit déjeuner, mais c'était l'heure idéale pour un brunch.

Elle se leva et trouva un peignoir fourni par l'hôtel,

sur la porte de la salle de bains. Elle l'enfila et partit à la recherche de Branson.

Il travaillait sur l'ordinateur, à la table du salon. Il fronçait les sourcils en se concentrant, et son regard paraissait un peu irrité. Bizarre. Elle croyait qu'il écrivait sans effort ou presque, les mots se présentant avec fluidité. Il semblait tout faire avec tant de naturel. Mais en cet instant, il faisait penser à un homme qui luttait pour arriver à quelque chose et qui était loin d'être satisfait du résultat.

Elle se passa une main dans les cheveux avec l'espoir de leur donner un semblant d'ordre. C'était excitant de le voir travailler et réfléchir sans qu'il s'en rende compte.

Branson releva brusquement la tête.

— Bonjour, Gwendolyn. Je ne voulais pas te réveiller, dit-il en souriant.

— Je te dérange dans ton travail ?

— De toute façon, je n'ai pas vraiment la tête à cela.

Il lui tendit les bras. Elle traversa rapidement la pièce et prit ses mains dans les siennes.

— Je me suis levé tôt, dit-il en embrassant le bout de ses doigts. J'ai pensé que tu avais besoin de te reposer.

— Je ne me suis jamais sentie aussi détendue.

Branson l'attira sur ses genoux. Elle se mit à rire.

— Ni mieux reposée, ajouta-t-elle en approchant sa bouche de la sienne.

— Je ne t'ai guère laissé le temps de te reposer.

— Heureusement.

Il trouva un point particulièrement tendre à la base de sa nuque et se mit à le mordiller.

— Nous pouvons retourner au lit et commander le petit déjeuner, susurra-t-il.

— Mmm. Pour l'instant, c'est très bien ainsi.

Il glissa une main sous son peignoir.

— Je suis d'accord. Qui se soucie du petit déjeuner ?

Ils étaient étendus sur le sol du salon. Gwen avait posé sa tête sur la poitrine de Branson.

Il était presque midi, et son cerveau voulait bien se remettre à fonctionner. Branson sourit en sentant ses doigts frais sur son poignet.

— Tu prends mon pouls, toubib ?

En riant, Gwen retira sa main.

— Je suppose que oui. Il bat encore un peu trop vite pour un homme en pleine maîtrise de soi.

Il regarda le creux palpitant de sa gorge, et y posa un doigt.

— Le tien aussi.

En s'asseyant, il l'entraîna avec lui.

— Si je ne te nourris pas, tu n'auras même pas la force de retourner dans le lit.

Il se leva et la prit par la main pour qu'elle en fasse autant.

Elle lorgna du côté de l'écran.

— Est-ce que je peux lire ?

— Non !

Il se rua sur l'ordinateur et l'éteignit.

Gwen se rembrunit.

— Voilà qui est un peu brutal.

— Je n'ai pas envie d'être critiqué.

— Qui a dit que je critiquerais ?

— Tu l'aurais fait, tu n'aurais pas pu t'en empêcher. Le problème, ma chérie, c'est que s'il y a peu de gens qui se croient capables de manier le scalpel, tout le monde, ou presque, pense avoir des talents d'écrivain.

Il l'embrassa légèrement.

— Personne ne lit mon travail tant qu'il n'est pas terminé, excepté mon éditeur. Cela me permet de garder mes amis.

— Oh, d'accord, si tu es aussi susceptible !

— On ne se refait pas. Que veux-tu manger ?

Elle haussa les épaules.

— N'importe quoi.

Gwen faisait la moue, ce n'était pas le moment de sourire, mais il ne put s'en empêcher.

— Tu boudes ? C'est très séduisant !

— Je ne boude jamais.

— Personne ne m'a prévenu, murmura-t-il. Gwendolyn Blade n'aime pas être contrariée. Elle boude.

Il était ravi. Encore une facette d'elle qu'il ne connaissait pas.

— Ce n'est pas vrai. Vas-tu commander le petit déjeuner ou dois-je le faire ?

— Je m'en charge, avec plaisir.

Comme il était d'humeur joyeuse, il commanda deux fois plus qu'ils ne pouvaient manger.

— Tu te sentiras mieux quand tu auras pris un café, dit-il.

Gwen serra les dents.

— Je me sens parfaitement bien.

— Je crois avoir autre chose qui peut te rendre le sourire.

Il lui tendit un gros paquet entouré d'un ruban rouge.

Elle retint sa respiration.

— Branson, je ne suis pas un enfant qu'il faut apaiser avec des cadeaux. Et si j'étais en colère contre toi, ce n'est pas un cadeau qui y changerait quelque chose.

— Celui-ci peut-être.

Il lui adressa son sourire le plus ravageur.

— Tu ne peux pas le savoir si tu ne l'ouvres pas.

Elle ne voulait pas, mais elle était trop curieuse pour résister. Le paquet était plus lourd qu'il n'y paraissait. Elle le posa sur la table et se mit à tripoter le ruban.

Puis, avec un soupir, elle dénoua le ruban et l'ouvrit.

Apparemment, Branson avait abandonné le thème animalier. C'était un bol superbe, avec un glaçage bleu azur à l'intérieur. Gwen n'eut pas besoin de regarder la signature.

— Tante Shelby ! murmura-t-elle. Comment as-tu fait ?

— Je l'ai suppliée. Ou, plutôt, j'ai supplié Julia, et elle a usé de toute son influence sur sa mère.

Emue, Gwen se força à parler calmement.

— Je le trouve magnifique, dit-elle en secouant légèrement la tête.

Comment Branson pouvait-il lui faire éprouver tant d'émotions différentes en si peu de temps ?

— Tu ne pourras jamais me faire un plus beau cadeau, ajouta-t-elle.

— J'en ai encore un ou deux dans ma manche.

Avec un petit sanglot étouffé, elle se jeta dans ses bras.

— Je ne sais pas ce qui m'arrive. Tout est allé si vite.

— Fie-toi à moi. Où que nous allions, nous irons ensemble.

— Il faut que je retrouve mon équilibre. Tu n'arrêtes pas de me déstabiliser.

Elle s'accrocha à lui.

— On dirait que tu sais ce que je pense, ce que je ressens. Avant moi. C'est horripilant.

Elle soupira et posa la tête sur l'épaule de Branson.

Brusquement, les mots qu'il avait prononcés quelques instants plus tôt résonnèrent à ses oreilles d'une manière insistante, comme un signal d'alarme. Elle releva la tête.

— Que voulais-tu dire par « personne ne m'a pré-venu » ?

— Mmm ?

Elle s'éloigna lentement de lui et examina son visage.

— Avec qui as-tu parlé de moi ?

Il détourna son regard.

— Je ne sais pas ce que tu veux dire.

On frappa à la porte. Il se leva, soulagé.

— Ce doit être le petit déjeuner.

Pendant ce temps, Gwen réfléchit rapidement et tira quelques conclusions.

— Tu m'as observée, n'est-ce pas, Branson ? dit-elle

quand ils se retrouvèrent seuls. Tu avais besoin d'un modèle pour ton roman. C'est bien ce que tu as dit un jour ?

— Bien sûr, je t'ai observée.

Il versa soigneusement le café.

— A un niveau professionnel. Nous étions d'accord.

— Mais maintenant, nous ne sommes plus à un niveau professionnel.

— L'un n'a rien à voir avec l'autre.

Gwen le foudroya du regard. Branson la regarda d'un air déconcerté.

— Crois-tu que j'utilise ce qui s'est passé entre nous dans mon livre ? Est-ce que tu es en train de m'accuser de cela ?

— Je ne t'accuse pas, je te pose une question.

— Alors, la réponse est non.

Ses yeux n'étaient plus qu'une fente.

— Tu ne sembles pas convaincue.

— Cela me paraît bizarre que tu me connaisses aussi bien, comme si j'étais un des personnages que tu as créés.

— La seule chose dont je me sers pour mon livre, c'est ta profession, le langage spécifique de l'hôpital. C'est tout. Je n'ai pas pris de notes pour mon foutu bouquin quand Daniel et Anna m'ont parlé de toi.

La vague de honte qui avait commencé à monter en elle reflua.

— Ils t'ont parlé de moi ?

Branson se mordit la lèvre. Il aurait mieux fait de se taire !

— Le café refroidit, dit-il pour gagner du temps.

— Tu leur as posé des questions à mon sujet ? demanda-t-elle d'un ton glacial.

— Et alors ? Ce n'est pas un crime. Je m'intéressais à toi. Je voulais te connaître un peu plus.

— Quand ?

— Peu de temps après notre première rencontre. Pour l'amour du ciel, ils ne m'ont divulgué aucun secret, dit-il impatiemment. Tu aurais aussi bien pu leur poser un tas de questions sur moi, et je suis certain que Daniel se serait fait un plaisir d'y répondre. Il doit connaître les moindres détails de ma vie, sinon il ne m'aurait pas laissé t'approcher à moins d'un kilomètre.

Gwen leva une main.

— Il a tout arrangé, c'est bien cela ? Et tu le savais.

— Non, je l'ignorais quand je t'ai rencontrée. Et je n'en ai eu la certitude que lorsque je suis allé le voir. Mais je ne vois pas ce que cela change ?

— Je n'aime pas être manipulée, trompée.

— Je ne t'ai pas trompée, Gwendolyn.

Elle hocha lentement la tête.

— Mais manipulée ?

— Non plus.

La frustration avait assombri sa voix, son regard.

— J'étais attiré par toi. Fallait-il que je m'éloigne parce que Daniel MacGregor avait décidé que je devais courtiser sa petite-fille ?

Gwen resta un instant silencieuse. La fureur grondait en elle.

— Tu aurais dû me prévenir.

— Il a seulement fait en sorte que nous nous rencontrions. S'il n'y avait rien eu entre nous, j'aurais terminé mes recherches pour mon livre, j'aurais mis ton nom en première page dans les remerciements, et l'histoire se serait terminée là.

Retournant vers la table pour attraper sa tasse de café, Gwen secoua la tête. Elle prendrait le temps d'approfondir la question quand elle serait plus calme.

— Je ne comprends pas comment tu peux le défendre. Il t'a manipulé autant que moi.

— Je lui en suis reconnaissant. S'il n'avait pas organisé notre rencontre, je ne t'aurais sans doute jamais connue. Je ne serais pas tombé amoureux de toi.

Gwen s'immobilisa et leva les yeux vers lui.

— Je t'aime, Gwendolyn. Quelle que soit la façon dont nous nous sommes rencontrés, le résultat est le même. Tu es celle que j'attendais sans le savoir.

— Tu vas trop vite, protesta Gwen.

Son estomac lui jouait encore des tours.

— Nous avons été jetés à la tête l'un de l'autre, et nous n'avons pas eu le temps de réfléchir.

— Je connais mes sentiments.

— Pas moi, dit-elle d'un ton désespéré. Je viens juste de découvrir que quelqu'un a tiré les ficelles. Je veux prendre le temps de réfléchir. Nous devons prendre quelque distance.

— Tu ne me crois pas ! s'écria Branson.

Le doute qu'il lisait dans les yeux de Gwen était insupportable.

— Te rends-tu compte à quel point c'est insultant pour toi de douter de mes sentiments ? Et pour moi de te les offrir comme un cadeau et de voir que tu les rejettes ?

— Je ne les rejette pas.

Terrifiée, elle posa une main sur son cœur palpitant.

— Je te dis seulement que nous avons besoin de prendre un peu de recul, tous les deux.

— L'éternité ne ferait pas changer mes sentiments pour toi. Mais j'ai une autre façon de te convaincre : je veux t'épouser. Je veux avoir des enfants avec toi.

Il n'y avait pas une trace d'amour dans sa voix, mais une note coléreuse. Gwen pâlit. Mais ce n'était pas pour cette raison. C'étaient les paroles elles-mêmes de Branson.

— Nous marier. Grand Dieu, Branson, nous ne pouvons pas...

— Parce que ton grand-père en a eu l'idée ?

— Non, pas à cause de cela. Parce que nous avons à peine eu le temps de...

— Pourquoi as-tu couché avec moi ?

— Je...

La tête lui tournait. Elle leva une main mal assurée qu'elle posa sur son front.

— Parce que nous avions envie l'un de l'autre.

— C'est tout ? Rien que du désir sexuel ?

— Tu sais bien que non.

— Comment le saurais-je, si tu ne me le dis pas ?

Gwen recula en luttant pour rester calme.

— Tu es plus habile que moi avec les mots, Branson. Tu sais t'en servir. Maintenant, tu t'en sers pour me bousculer, alors que j'ai besoin de temps pour réfléchir.

Renfrogné, Branson hocha la tête. Elle avait raison.

— D'accord, mais je ne retire pas ce que j'ai dit, et je ne peux pas changer mes sentiments. Réfléchis une heure, une année, une vie entière, je t'aimerai toujours. Il faudra t'habituer à me l'entendre dire.

Gwen avait la gorge sèche. Son cœur sautait dans sa poitrine chaque fois qu'il prononçait ces mots.

— Si nous pouvions éviter de brûler les étapes, murmura-t-elle.

Changeant brusquement d'humeur, Branson sourit.

— Comme tu voudras, mais permets-moi de te dire que tu as déjà plusieurs étapes de retard.

Il se pencha pour l'embrasser et chuchota :

— Essaie de me rattraper.

9

Gwen rentra chez elle épuisée. Elle avait sauté le repas de midi et travaillé plus de trois heures supplémentaires. Elle soupira. C'est ce qui expliquait sans doute son humeur maussade. Cela n'avait rien à voir avec le fait que Branson n'était pas venu à l'hôpital depuis deux jours.

S'il était en colère contre elle, elle n'y pouvait rien. C'est ce qu'elle se disait depuis qu'elle avait quitté son hôtel, le dimanche précédent. Elle faisait la seule chose raisonnable : garder la tête froide, prendre un peu de recul pour approfondir la question.

Elle avait même résisté à la tentation d'appeler son grand-père pour lui reprocher ses manigances. Ce qui lui avait coûté un énorme effort de volonté.

De toute façon, elle arriverait à Hyannis Port la veille de Noël. Ce serait beaucoup plus satisfaisant de lui dire en face ce qu'elle pensait.

D'un geste las, elle retira ses gants, son écharpe, son bonnet de laine. C'était bon de retrouver la chaleur de la maison. Dehors, le froid était mordant.

— Julia ! Tu es là ?

Pas de réponse. Gwen soupira encore. Julia et elle n'avaient presque jamais le temps de se voir. Elles vivaient pourtant sous le même toit !

Gwen se baissa pour retirer ses bottes. Elle avait besoin de parler à quelqu'un. Quelqu'un qui l'écouterait vraiment, qui lui dirait qu'elle avait raison d'être furieuse, et de vouloir analyser la situation dans laquelle elle était malgré elle.

— Un homme de quatre-vingt-onze ans qui joue les entremetteurs ! marmonna-t-elle en se dirigeant vers la cuisine. C'est insultant, inacceptable. Quelqu'un doit lui faire comprendre que la vie n'est pas un jeu.

Un peu rassérénée, elle ouvrit la porte de la cuisine. Et elle sentit ses jambes se dérober à la vue de l'énorme paquet posé sur la table.

— Oh, Branson, murmura-t-elle.

Elle se ressaisit rapidement. Elle n'allait pas se laisser attendrir par quelque cadeau ridicule.

Ignorant le paquet, elle se tourna résolument vers le réfrigérateur. Elle y trouva un petit mot de Julia, écrit au stylo rouge.

« Je suppose que tu as deviné de qui vient ce cadeau. J'ai failli l'ouvrir pour jeter un coup d'œil, mais j'ai résisté vaillamment. Je meurs d'impatience de savoir ce que c'est ! Heureusement, je rentrerai tôt ce soir. Dieu merci, nous partons dans quelques jours rejoindre la tribu des MacGregor pour Noël. Julia. »

Gwen enfonça ses mains dans ses poches. Elle n'avait plus faim, c'était un peu de vin qu'il lui fallait. Elle sortit un verre du placard et resta plantée dans la cuisine, les yeux rivés sur le paquet.

— Je ne l'ouvrirai pas, dit-elle tout haut. Puisque j'ai décidé de tout remettre à plat, je… oh ! Et puis je dois cesser de parler toute seule !

Elle se passa une main sur le visage.

— Sinon, je vais finir à l'hôpital psychiatrique !

Elle se servit du vin, le dos tourné au paquet. C'était curieux, elle avait l'impression qu'il lui envoyait des signaux. Elle sirota une gorgée, l'avala à contrecœur. Finalement, elle n'en avait pas envie. La seule chose qu'elle voulait, c'était prendre un bain et enfiler des vêtements confortables. Mais le paquet agissait comme un aimant. Malgré elle, elle se tourna lentement vers lui.

— D'accord, d'accord, je vais l'ouvrir.

Elle posa sur lui un regard noir tout en arrachant le ruban doré.

— Cela ne changera rien, de toute façon, grommela-t-elle. Je ne vais pas me laisser charmer.

Une fois le papier arraché, elle ouvrit la boîte.

— Je ne vais pas... oh !

Des boîtes à musique étaient nichées dans le papier de soie, représentant huit danseuses de différents pays. Elle ne put s'empêcher de les prendre dans ses mains l'une après l'autre pour les admirer sous toutes les coutures. Puis elle les aligna sur la table. Oubliant ses bonnes résolutions, elle remonta leur mécanisme et contempla le spectacle avec un sourire radieux.

Valse, charleston, flamenco, les danseuses se mirent à tourbillonner, à claquer des talons.

Fascinée, Gwen essuya une larme.

— Il faut que cela cesse. Comment réfléchir alors qu'il n'arrête pas de me troubler ?

Tandis que la musique s'arrêtait, elle essuya ses joues et sortit d'un pas ferme de la cuisine.

Les doigts de Branson couraient sur le clavier de son ordinateur. Scully, le détective dur à cuire, commençait à se faire tout petit devant les attraits flamboyants du Dr Miranda Kates. Il allait bientôt perdre toute objectivité, compromettre sa carrière et avoir le cœur brisé.

Ce serait bon pour lui. Ces épreuves le rendraient plus humain. Scully avait été trop maître de lui au cours de ses trois relations précédentes. Cette fois, il allait perdre la tête. Et il n'avait vraiment pas de chance : la femme pour laquelle il allait tout abandonner était une tueuse qui gardait toujours son sang-froid, quoi qu'il arrive. Oui, Scully allait souffrir, mais il n'en deviendrait que meilleur.

Hochant la tête, Branson s'arrêta un instant d'écrire pour passer une main sur ses yeux. Il soupira. Celui qui avait dit que la souffrance forgeait le caractère devait être fou à lier.

Qui diable avait besoin d'un caractère bien trempé ? Lui, il n'avait besoin que de Gwendolyn. Mais il avait tout gâché avec elle. Il n'y avait aucun doute là-dessus.

Il se leva. Il avait besoin de bouger. Il se mit à arpenter d'un bout à l'autre la suite de l'hôtel dont il avait fait sa demeure. Il aurait dû parler du coup monté à Gwendolyn. Ils en auraient ri tous les deux et ils l'auraient oublié.

Mais cela ne lui avait paru ni important, ni nécessaire. Et surtout, cela ne lui avait pas semblé être une bonne stratégie. Il n'avait pas voulu courir le risque de la voir s'éloigner avant d'avoir eu le temps de la séduire.

Et ensuite, il était déjà trop impliqué et il avait presque oublié la façon dont leur histoire avait commencé.

Il avait fini par lui avouer ses sentiments. Elle n'était pourtant pas prête à l'écouter. Etait-elle entêtée au point de sacrifier leur amour à cause de cette ridicule machination montée par son grand-père ?

Il secoua la tête. De toute façon, qu'espérait-il avec une femme comme elle ?

Les mains enfoncées dans les poches, il s'approcha de la fenêtre. Les lumières de la ville scintillaient sur la neige, donnant des reflets chatoyants à l'eau du port. Boston baignait dans l'atmosphère des vacances de Noël. Les amis et les familles étaient réunis, hors d'atteinte du froid et du vent.

Lui, il était seul, parce que la femme qu'il aimait ne voulait pas admettre qu'elle l'aimait elle aussi.

Plongé dans ses pensées, il sursauta en entendant un coup frappé à la porte. Qui cela pouvait-il être ? Il n'avait pas encore commandé son dîner. Il n'avait envie de voir personne. Qui que ce soit, qu'il aille au diable, se dit-il en se dirigeant vers la porte. Il jeta un coup d'œil par le judas et ferma les yeux. Il n'avait certainement pas bien vu. Gwendolyn se tenait sur le seuil.

Le cœur battant la chamade, il recula. C'était bien sa chance ! Il ne s'était pas rasé depuis deux jours, et il se sentait aussi agréable qu'un ours mal léché. On pouvait dire que le Dr Blade avait bien choisi son moment ! Il se coiffa du bout des doigts et se décida à ouvrir.

— Visite à domicile ? dit-il en grimaçant un sourire.

— Tu sembles en avoir besoin. Tu as l'air exténué. Est-ce que je t'ai réveillé ? Je tombe mal peut-être ?

— Non, tu ne m'as pas réveillé.

Il recula et inclina la tête en la voyant hésiter.

— Tu entres ?

— Je veux bien.

Gwen inspecta la pièce avec des yeux ronds. Un désordre indescriptible régnait dans le salon. Des verres et des bouteilles traînaient dans tous les coins, et la table était jonchée de papiers, de livres et de tasses sales.

— J'ai donné quelques jours de congé à la bonne ! dit Branson en prenant conscience pour la première fois du capharnaüm ambiant. Je ferais mieux de la rappeler. J'ai du café, je vais laver deux tasses.

— Non, merci, je ne veux rien.

Elle lui jeta un coup d'œil inquiet.

— Tu as l'air vraiment fatigué.

— Il ne m'a pas laissé dormir.

Il indiqua de la main son ordinateur.

— Ni manger, je suppose ? Ni prendre l'air non plus…

Le médecin qui n'était jamais loin en elle continua :

— Branson, tu vas te rendre malade. Je suis désolée si ton livre n'avance pas, mais…

— Il n'avance pas, il galope. Je suis au sommet de la

vague. Si mon livre stagnait, je me dirais sans doute que j'ai besoin d'aller chez le coiffeur, ou d'apprendre le japonais. Tu es sûre que tu ne veux pas de café ?

— Oui, et tu devrais commander un peu de nourriture.

— Entendu, toubib.

Il attrapa la cafetière et se servit une tasse. Son système nerveux ressemblait déjà à un réseau de fils électriques, alors que pouvaient bien faire quelques décilitres de caféine en plus ?

Il observa Gwen en fronçant les sourcils.

— Toi non plus, tu n'as pas l'air en forme.

— Nous avons soigné la plupart des victimes de l'accident de bus aux urgences, cet après-midi.

— Quel accident de bus ?

Gwen ne cacha pas sa surprise.

— Sur le pont Longfellow. Tu n'es pas au courant ? Le bus a dérapé sur la glace, trente-cinq blessés. La radio et la télévision en ont parlé plusieurs fois, paraît-il.

— Les informations n'ont pas fait partie de mes priorités aujourd'hui.

Il l'examina par-dessus le bord de sa tasse. Elle était un peu pâle, mais elle paraissait solide, comme toujours.

— Pourquoi n'enlèves-tu pas ton manteau ? Assieds-toi, je vais commander le dîner.

— Je ne peux pas rester. Je dois faire une double journée demain, pour pouvoir prendre trois jours de vacances à Noël.

— Toujours consciencieuse, docteur Blade.

Gwen sourit. Branson avait dit cela très gentiment.

— Je voulais te remercier pour les boîtes à musique. Elles sont adorables. Je croyais que tu étais furieux contre moi.

— Vraiment ?

— Je sais que tu l'as été. Je suis contente que ce soit fini. Maintenant que les choses se sont apaisées, j'espère que nous pourrons en parler calmement, après les vacances, quand nous aurons un peu plus de temps.

Gwen s'approcha de lui. Elle fut soulagée quand il prit sa main.

— Je serai de retour le 27. Si tu es libre…

— Libre comme l'air.

— Tu ne devrais pas rester seul à Noël. Tu sais que tu serais le bienvenu à Hyannis Port. Mes grands-parents seraient ravis que tu viennes.

Branson l'observa un long moment sans rien dire. Gwen retint son souffle. Son cœur commençait à battre à grands coups dans sa poitrine.

— Tu n'as vraiment aucune idée de ce qui se passe ? murmura-t-il. Tu fais comme si de rien n'était…

— Non, j'ai seulement pensé que si tu n'es pas en colère…

— Je suis en colère.

Branson parlait sans élever la voix, sans la menacer. Ce n'en était que plus perturbant. Elle avait grandi dans une famille qui exprimait chaque émotion à plein volume.

— Il faut tout t'expliquer, hein ? Si je me mettais à crier, si je renversais la table, si je cassais des verres, tu pourrais conclure en bonne logique que je suis furieux. Mais moi, je ne fonctionne pas de cette façon. Mes actes et mes sentiments ne sont pas toujours simples, ni logiques.

— Très bien.

Gwen hocha vaguement la tête. Cette froide maîtrise était plus effrayante qu'un violent éclat de voix.

— Tu es furieux contre moi, donc nous devons discuter.

— Tu m'as blessé, dit-il à voix basse.

Gwen ne put empêcher les larmes de lui monter aux yeux.

— Branson, je suis désolée, je ne voulais pas !

Encore plus furieux de s'être laissé aller à admettre cela, il répliqua sèchement :

— Je n'ai pas besoin de ta compassion, ni de ta sympathie.

Il se tourna vers elle. L'expression qui se lisait dans ses yeux était d'autant plus terrifiante qu'elle contrastait avec le calme absolu de sa voix.

— Je veux t'entendre dire que tu m'aimes, parce que c'est la vérité. Si je ne le lisais pas sur ton visage, si je ne l'avais pas senti quand je t'ai prise dans mes bras, je m'en irais. Crois-tu que j'aime m'humilier de la sorte ?

— Non. Je t'en prie, asseyons-nous et parlons calmement.

— J'ai dit tout ce que j'avais à dire. Je t'aime, je veux t'épouser, créer une famille avec toi. Qu'est-ce que tu ne comprends pas ?

— Comprendre et accepter, ce n'est pas forcément la même chose.

Elle poussa un petit soupir. Branson ne voyait-il pas qu'elle avait besoin de décider en toute lucidité ce qui était bon et nécessaire pour eux deux ?

— Tu crois peut-être m'aimer, mais peut-être que je...

Elle secoua la tête.

— Je suis venue ce soir pour te dire que je ne veux pas être bousculée.

Rapide comme un chat, il s'approcha d'elle, la prit dans ses bras et la fit taire d'un baiser. Gwen ne réagit pas. Son cœur fondit, tandis que ses paroles rationnelles sonnaient creux dans sa tête.

— Dis-moi ce que tu éprouves maintenant, dit-il sans desserrer son étreinte.

— En ce moment, je suis complètement dépassée, incapable de penser. Je t'en prie, ne fais pas cela.

Branson la regarda d'un air incrédule. Elle ne mentait pas, elle paraissait en plein désarroi. S'il voulait, il pourrait la faire abdiquer, c'était le moment. Il recula.

— Tu ferais mieux de partir.

Elle hocha la tête, força ses jambes cotonneuses à la porter jusqu'à la sortie. La main sur le loquet, elle se tourna vers lui. Leurs regards se rencontrèrent.

— Je n'ai pas l'habitude de perdre le contrôle de moi-même. Il faut que je comprenne ce que cela signifie pour moi, dit-elle d'une voix à peine audible.

Elle ouvrit la porte. Avant de partir, elle ajouta :

— Et je veux savoir ce que je vais faire de mon amour pour toi.

Elle sortit en trombe. Branson voulut la suivre, mais il s'arrêta au milieu de la pièce. C'était inutile, elle ne l'écouterait pas maintenant. Il fit un effort pour calmer les battements fous de son cœur. S'il essayait de profiter de l'avantage qu'elle venait de lui donner, elle le ferait reculer pied à pied. Il avait déjà fait trop de faux pas.

Il passa lentement une main sur sa poitrine. Les pulsations douloureuses s'étaient apaisées. Il eut un petit sourire. Le Dr Blade l'avait guéri.

Bon sang, il mourait de faim. il allait commander un repas, un repas pantagruélique, un vrai banquet. Il avait aussi besoin d'une douche, d'un bon rasage, et d'une longue promenade.

Ensuite, il se remettrait au travail. Il n'avait plus que quelques jours avant Noël.

— Elle m'aime, dit-il en éclatant de rire. Et elle dit qu'elle est complètement dépassée. Eh bien, elle n'a encore rien vu !

10

Daniel MacGregor se rembrunit en poussant un profond soupir.

— Qu'est-ce qui ne va pas avec ce garçon ?

— Rien, répondit sèchement Gwen.

Elle était arrivée de bonne heure à Hyannis et elle avait épinglé son grand-père avant que le reste de la famille ne risque de les déranger.

— Ce n'est pas le problème, ajouta-t-elle.

Il tendit un doigt et dit avant qu'elle puisse placer un mot :

— Le problème, c'est que tu as rencontré un jeune homme bien sous tous rapports, pourvu d'un cœur généreux et d'une grande intelligence, qui t'a fait la cour. Et c'est cela que tu lui reproches.

— S'il m'a fait la cour, c'est parce que tu me l'as jeté à la tête, sous de faux prétextes.

— De faux prétextes !

Daniel fit rouler ses yeux bleus.

— Voulait-il faire des recherches pour son roman policier, oui ou non ?

— Oui, mais...

— N'es-tu pas médecin, n'as-tu pas quelques connaissances dans le domaine médical et chirurgical ?

— Grand-père...

— Et si vous êtes tous les deux jeunes, en bonne santé, et

célibataires, quel mal y a-t-il à vous avoir mis sur le même chemin ? S'il ne te plaît pas, laisse-le tomber !

— Ce n'est pas un poisson que l'on pêche pour le rejeter à l'eau !

— Donc, tu l'aimes bien, n'est-ce pas, ma Gwennie ?

Exaspérée, Gwen ferma les yeux. Comment avait-elle pu croire une seule seconde qu'elle arriverait à discuter avec Daniel MacGregor ?

— Mes sentiments pour Branson n'ont rien à voir avec cette conversation.

— Bien sûr que si, toute la question est là.

Il lui adressa un large sourire.

— T'a-t-il demandé de l'épouser ?

— Je ne te répondrai pas.

Daniel prit un ton triomphant.

— Il te l'a demandé !

Il donna une bourrade dans le bras de son fauteuil.

— Je savais que le jeune Branson Maguire était un homme de goût, et de caractère.

— Et c'est pour cela que tu l'as choisi ?

— Exactement, je...

Il fit une pause, siffla entre ses dents. Cette fois, Gwen l'avait eu.

— Ecoute, Gwennie, c'est pour ta grand-mère. Elle se fait tant de souci de te savoir seule dans cette grande ville.

— Je ne suis pas seule.

— Tu risques de rencontrer un individu louche. Ce Dr Gilbert, par exemple...

— Il s'appelle Greg, et c'est un homme tout à fait charmant.

— Mais ce n'est pas Branson Maguire. Allons, reconnais donc que j'ai raison !

Gwen serra les dents. Elle ne devait pas laisser apparaître le sourire qui forçait ses lèvres.

— Je préfère peut-être les hommes plus sérieux.

— George te ferait mourir d'ennui.

— Greg. Et tu vas cesser de faire semblant de ne pas comprendre. Tu as mis ton nez dans ma vie, et dans celle de Branson. Si tu crois que nous allons te remercier, tu…

Elle fit une pause. La porte d'entrée venait de claquer, et des voix s'élevaient dans le hall.

— C'est Rena, dit Daniel.

Heureux de cette interruption, il quitta son fauteuil.

— Rena ! cria-t-il. Ta fille est ici !

— Gwen ?

Secouant la neige de ses cheveux roux, Serena MacGregor Blade se rua dans la pièce. Son regard brillait de joie.

— Ma chérie, tu es arrivée tôt !

En riant, elle lui ouvrit les bras.

— Comme tu m'as manqué !

Gwen se laissa tomber dans les bras de sa mère et se pressa contre elle dans un élan désespéré. Serena leva un sourcil et jeta un regard acéré à son père.

— Qu'est-ce que tu lui as fait ?

— J'ai eu un gentil entretien avec elle, rien de plus.

Il lui adressa un sourire innocent. Mais il ne put s'empêcher d'admirer sa fille. Il n'y avait qu'elle pour débusquer si rapidement ses fanfaronnades. C'était parfois gênant. Soulagé, il entendit la voix de Justin Blade. Son gendre vint bientôt les rejoindre.

— Papa ! s'écria Gwen en se jetant à son cou.

Justin avait un visage énergique aux traits réguliers, des cheveux noirs parsemés de fils d'argent, de grands yeux verts brillants comme des émeraudes. Il les tourna vers Serena, et tous les deux posèrent un regard accusateur sur Daniel.

Préférant battre en retraite, Daniel dit d'un ton décontracté :

— Nous allons boire un verre et faire un bon repas. Je m'occupe de tout. Le reste de la famille va arriver d'une minute à l'autre. Je ne sais pas ce que ta mère complote, Serena. Elle n'arrête pas de s'agiter en tous sens, de s'inquiéter pour la moindre chose.

— Vous ne changerez jamais, commenta Justin en riant. Dieu merci !

Serena entraîna Gwen vers le canapé.

— Es-tu aussi en colère contre Branson Maguire que contre ton grand-père ? s'enquit-elle tendrement.

— Les nouvelles voyagent vite, marmonna Gwen.

Justin lui ébouriffa les cheveux.

— Si ce Maguire ne t'intéresse pas, n'en parlons plus !

— Il m'intéresse, au contraire !

La main de Justin resta en suspens.

— Je vois. Jusqu'à quel point ?

— Justin ! s'exclama Serena.

Elle secoua la tête en riant, mais elle aussi brûlait d'en savoir plus.

— Comment est-il ? s'enquit-elle. Parle-nous de lui.

— Il est écrivain. Je suppose que vous le savez déjà.

— C'est un bon écrivain, reconnut Justin.

Serena poussa un soupir.

— Je ne l'ai pas vu depuis qu'il était bébé. Sa mère et moi avons perdu contact. C'est dommage. Je lui téléphonerai.

Justin sortit un cigare d'une boîte posée sur la table basse.

— Il est allé au casino de Las Vegas. Mac le connaît un peu.

— Vraiment ? Le monde est petit ! dit Serena en souriant à sa fille. Mais tu ne nous as pas dit comment il est, Gwen chérie.

— Il est charmant et gentil. Il travaille beaucoup. Il aime la nourriture française et les opéras italiens. Il a un sourire magnifique et des yeux gris.

— Mais tu l'aimes !

Serena cligna des paupières pour chasser le picotement qui lui montait aux yeux. Elle prit la main de son mari.

— Justin, elle l'aime !

Gwen se leva, trop nerveuse pour rester assise.

— Peut-être ! Comment le saurais-je ? Je n'ai jamais éprouvé cela avant. Il veut m'épouser. Il insiste, comme si c'était quelque chose d'incontournable. Et c'est grand-père qui est responsable de tout.

Justin porta la main de Serena à ses lèvres avant de dire :

— Ton grand-père a déjà fait ses preuves dans ce domaine.

— Alors je dois m'incliner ? dit Gwen d'un ton aigre.

— Bien sûr que non.

Justin se leva, posa ses mains sur les épaules de sa fille.

— Tu as ton libre arbitre, et tu dois suivre ton cœur.

— Ils ne me disent pas la même chose. Et tout cela arrive trop vite. C'est très bien dans les romans de perdre la tête, mais dans la réalité, c'est effrayant. Comment pourrais-je l'épouser ?

Elle se tourna vers sa mère.

— Comment puis-je savoir si je serai capable d'affronter toutes les exigences et les responsabilités du mariage ? M'occuper de ma carrière, de mon mari, et avoir des enfants ? Comment puis-je être sûre que je ferai un aussi bon travail que toi, ou que grand-mère dans ce domaine ?

— Tu ne peux pas le savoir à l'avance, ma chérie. Mais tu peux décider d'essayer chaque jour pendant toute ta vie. Jusqu'à présent, tu as réussi tout ce que tu as entrepris.

Serena tapota le coussin à côté d'elle.

— Viens t'asseoir près de moi. Tu as toujours été très sérieuse. Tu ne manques pas d'humour, mais tu as toujours été très responsable, et tu as toujours su ce que tu voulais.

— Je l'ai blessé, murmura Gwen. Et j'ai peur de recommencer si je ne fais pas attention.

— En l'épousant.

— Oui, et en étant une mauvaise épouse.

Serena se pencha vers elle pour l'embrasser.

— Je ne peux pas te dire quel choix tu dois faire. C'est

à toi de décider. Et je ne vais pas te dire non plus de suivre ta raison ou ton cœur. Au bout du compte, si tout va bien, tu suivras les deux.

— Tu as raison. Je dois décider moi-même. Et je le ferai.

Elle se leva de nouveau.

— Je vous aime, tous les deux. Je vais faire une promenade pour réfléchir avant que la horde n'arrive.

Cette nuit-là, Gwen dormit à peine. Il était presque 3 heures du matin quand la maisonnée avait décidé d'aller se coucher. Gwen se tourna et se retourna dans son lit. Elle était restée étendue pendant des heures, espérant trouver la bonne réponse, mais elle n'avait vu que le visage de Branson.

Et elle avait eu envie de lui, désespérément.

Avant l'aube, elle s'endormit, d'un sommeil léger encombré de rêves. Branson était dans le couloir de l'hôpital, les yeux rivés sur elle pendant qu'il lui parlait. Ensuite, ils partaient ensemble faire des courses en ville, et il gardait un sourire charmant aux lèvres. Puis il la serrait contre lui pendant qu'elle pleurait la mort d'un patient. Et il l'embrassait à l'étouffer sur le seuil de sa porte. Enfin, il la soulevait dans ses bras et la déposait sur un grand lit jonché de pétales de roses.

Et il dardait sur elle un regard intense en lui disant qu'il l'aimait.

Puis le rêve dériva vers la réalisation de ses vœux. Elle se vit en train de sourire à Branson, les bras tendus vers lui. Elle acceptait, elle lui donnait tout.

La musique jouait quand il l'emporta sur un étalon blanc. Elle se sentit envahie d'un sentiment de puissance. Leurs rires se mêlèrent tandis qu'ils s'éloignaient dans un bruit de sabots et que les cornemuses jouaient un air joyeux.

Elle remua, soupira. Et elle se réveilla en murmurant son nom.

Les cornemuses jouaient encore.

Gwen s'assit, se frotta les yeux. Rêvait-elle encore ? Mais non, c'était bien des cornemuses ! Accompagnées du rythme régulier d'un tambour. Elle bâilla, se mit à rire et se leva.

Son grand-père avait dû organiser un petit divertissement pour ce matin de Noël. Elle jeta un coup d'œil à l'horloge. Bizarre, il était encore très tôt.

A peine 8 heures.

Elle cherchait sa robe quand sa porte s'ouvrit brusquement. Julia apparut, pieds nus, les cheveux en bataille, les yeux écarquillés.

— Regarde par la fenêtre ! Il faut le voir pour le croire !

Des voix résonnèrent dans le hall. Des portes s'ouvrirent et se refermèrent, des pas martelèrent le sol.

— Tout le monde est réveillé. Qu'est-ce que grand-père a encore fait ? demanda Gwen.

— Ce n'est pas lui.

Julia attrapa sa cousine par le bras et l'entraîna vers la fenêtre.

— C'est Bran !

Abasourdie, Gwen contempla le spectacle. Sur la grande pelouse, dix gaillards en kilt dansaient un quadrille écossais.

— Tu as vu ! s'écria Julia, stupéfaite. Il y a onze cornemuses et douze tambours. L'amour de ta vie a bien fait les choses !

Gwen aperçut Branson, au milieu, les cheveux flottant au vent.

— Il a fait cela pour moi !

— Il est fou, décréta Julia. Fou de toi. Il est incroyable.

En riant, Gwen posa une main sur sa bouche. Oui, son grand amour avait complètement perdu la tête. Mais n'était-ce pas merveilleux ?

— Il m'aime, il m'aime vraiment ! Ce n'est pas une

erreur, ce n'est pas trop rapide, ce n'est pas une passade. C'est parfait. Il est parfait !

— Alors, qu'attends-tu pour le rejoindre ? dit Julia en éclatant de rire.

— J'y vais tout de suite !

Elle enfila une paire de bottes, et descendit en fermant son peignoir. Ses grands-parents étaient déjà près de la porte. Anna boutonnait calmement le manteau de Daniel.

— Je n'en ai pas besoin, protestait-il.

— Si, le vent est glacial. Je ne veux pas que tu prennes froid. Tu as bien une minute, les musiciens ne vont pas s'envoler.

— Et quels musiciens !

Il aperçut Gwen qui dévalait l'escalier. Il lui adressa un sourire satisfait.

— N'est-il pas bien, ce garçon ?

— Il est merveilleux, grand-père !

Elle prit son visage barbu entre ses mains et l'embrassa avec fougue.

— Mais je ne vais pas te remercier avant une semaine.

Elle se précipita dehors dans le froid et joua des coudes au milieu des membres de sa famille.

— Taisez-vous, ordonna-t-elle, je n'entends rien !

Mais elle aurait aussi bien pu s'adresser au vent.

Très vite, cela n'eut plus la moindre importance. Ils pouvaient parler, rire, crier. Elle ne les entendait plus. Elle n'entendait que la musique quand Branson traversa la pelouse enneigée pour venir vers elle.

Elle ne se rendit pas compte que sa famille était devenue silencieuse. Elle ne sentit pas les larmes couler sur ses joues. Elle ne vit que le visage de Branson. Et ses yeux. Dans lesquels se reflétait son cœur.

— Joyeux Noël, Gwendolyn.

— Branson !

— Je t'aime.

Il leva une main vers elle pour essuyer une larme sur ses longs cils.

— Tu es tout ce que je désire. J'admire ta force, ton honnêteté, ta compassion et ta logique. J'ai besoin de toi. Je te promets ici même, devant tous les gens qui sont importants pour toi, que je ne t'abandonnerai jamais.

— Quel homme ! s'exclama Daniel, la voix mouillée de larmes. Je l'avais bien dit ! C'est celui qu'il fallait à ma Gwen !

Branson sourit. Gwen sentit la main de sa mère serrer la sienne. Pour la soutenir, l'approuver, lui transmettre son amour. Puis Serena s'éloigna.

— Veux-tu de moi, Gwendolyn ? demanda Branson.

Gwen s'avança vers lui. Son cœur débordait. Se tenant entre sa famille et lui, elle prit ses mains dans les siennes.

— Je t'avais dit que je ne voulais pas être bousculée. Que je ne voulais pas que tu me pousses à accepter ! dit-elle, les larmes aux yeux.

— Oh, laisse-lui une chance, Gwen !

Ignorant l'intervention de sa sœur cadette, Gwen garda les yeux rivés sur ceux de Branson.

— Et je ne veux toujours pas. Mais je ne peux pas résister au fait d'être aimée, et de t'aimer. Je vais donc te répondre devant les gens qui comptent le plus pour moi. Oui, je veux de toi, Branson.

— Qu'attends-tu pour l'embrasser, mon garçon ?

C'était Daniel.

Lui jetant un coup d'œil par-dessus la tête de Gwen, Branson rencontra son regard luisant de joie.

— Je crois qu'à partir de maintenant, je peux me débrouiller tout seul ! s'écria-t-il en riant avant de prendre Gwen dans ses bras.

JULIA

Prologue

D'APRÈS LES MÉMOIRES DE DUNCAN MACGREGOR

J'ai le plaisir de dire qu'en choisissant le jeune Branson, j'ai réussi au-delà de mes espérances. C'est un Irlandais intelligent. Nous sommes fiers qu'il fasse partie de notre famille.

Je l'ai observé pendant que notre Gwen remontait la nef dans sa robe de princesse, héritage de sa grand-mère. Et j'ai lu dans ses yeux de l'amour pour toute une vie, et même plus.

Anna et moi avons assisté à la cérémonie main dans la main. La vie est un cycle, embelli par l'amour. Dans cette église, avec la lumière qui formait des arcs-en-ciel en tombant à flots par les vitraux, ma Gwen et son Branson ont entamé leur propre cycle à l'intérieur de ceux que les générations précédentes ont forgés.

Notre Gwen commence une nouvelle vie. Et notre Laura est éclatante de santé. Elle attend son premier bébé. Maintenant, c'est au tour de Julia. Elle s'active comme une abeille. C'est une tête dure, notre Julia, elle me ressemble.

Alors que je m'occupais de ses cousines, j'ai déjà commencé à mettre au point ma stratégie en ce qui la concerne. Ce sera encore plus difficile avec elle, je m'y attends, elle est têtue. Mais bah ! Il n'y a pas plus têtu que son grand-père, Daniel MacGregor.

Cependant, j'aurai bien besoin d'un peu d'aide pour cet arrangement. Je sais à qui je vais en demander. Cela fait plusieurs années déjà que j'ai à l'œil le garçon que je lui destine, et je sais que Julia aussi, bien qu'elle préfère souffrir les tourments de l'enfer plutôt que de l'admettre. Quelle petite tête de mule ! Que Dieu la bénisse.

Ces deux-là sont faits l'un pour l'autre. Ils ont le caractère bien trempé, et ils ne manquent jamais une opportunité de s'invectiver. Ils me feront de beaux bébés, et Anna sera comblée.

Anna a déjà remballé la robe de mariée des MacGregor. Je ne lui ai pas dit qu'elle devrait certainement la sortir de nouveau avant la fin de l'année...

Mais je vous en donne ma parole.

1

Julia entra dans la minuscule bibliothèque adjacente au salon et jeta un coup d'œil circulaire. C'était décidé. Elle allait faire tomber ce mur pour n'avoir qu'une seule grande pièce. Marchant lentement, elle hocha la tête et continua son inspection.

Elle allait également remplacer toutes les vitres par des doubles vitrages, et enlever cette horrible peinture bleue sur les lambris pour retrouver la couleur chaude du bois de châtaignier. Celui qui avait choisi cette couleur aurait mérité d'être pendu.

Elle enregistra ses observations sur un minimagnétophone. Elle avait toujours préféré cette méthode, plus rapide que des notes griffonnées et souvent illisibles.

Deux cassettes étaient déjà pleines concernant la maison de Beacon Hill. Elle allait l'acheter. Ce serait sa maison, et elle déciderait elle-même de la décoration. Julia fronça les sourcils tandis qu'un petit sourire satisfait se dessinait sur ses lèvres. L'entrepreneur aurait intérêt à lui fournir exactement les matériaux qu'elle désirait, qu'il faille lui faire du charme ou le rudoyer. Elle avait toujours obtenu ce qu'elle voulait de l'une ou l'autre façon. S'il le fallait, elle mettrait la main à la pâte en peignant les murs et les fenêtres. Le travail ne lui faisait pas peur. Mais elle avait besoin de professionnels.

Julia acceptait volontiers les conseils, surtout quand ils

coïncidaient avec ses propres points de vue. Et une fois un projet entamé, elle allait toujours jusqu'au bout.

Ce goût du travail bien fait lui venait de ses parents. Alan MacGregor avait été président des Etats-Unis pendant deux mandats, épaulé par Shelby Campbell MacGregor, la première dame du pays, qui ne s'était pas contentée d'organiser des réceptions pour les dignitaires.

Les femmes du clan MacGregor n'avaient jamais été de pâles reflets de leur mari ou de leur père. Une MacGregor avait sa propre personnalité. Julia comme les autres.

Elle monta lentement l'escalier en courbe. De ses yeux couleur chocolat, elle examina le sol, le plafond, traquant chaque détail, chaque défaut qui aurait pu lui échapper. Elle avait une peau fraîche comme les roses, des cheveux bouclés d'un roux flamboyant. Une grande bouche, souvent en activité, et des mains fines rarement immobiles. Son corps débordait d'une énergie qui semblait inépuisable.

Elle n'était pas vraiment belle, mais même ses détracteurs reconnaissaient qu'elle était attirante. Et des détracteurs, elle n'en manquait pas, comme toutes les femmes qui faisaient connaître haut et fort leurs opinions.

L'un des hommes qu'elle avait fréquentés l'appelait « La reine des Amazones ». A priori, ce n'était pas un compliment, pourtant cette expression lui allait comme un gant. Julia était indépendante, séduisante. Et impitoyable.

Se tapotant le menton du bout des doigts, elle étudia la chambre dans laquelle elle couchait depuis un mois. Il allait falloir dégager la cheminée. Quelle mauvaise idée ses prédécesseurs avaient eue en la condamnant ! Décidément, ces gens n'avaient aucun goût.

Elle se voyait déjà allongée sur un superbe lit bateau, enfouie dans une montagne de coussins, avec une tasse de thé au jasmin et un bon livre. Et un feu crépitant dans l'âtre.

On était seulement à la fin du mois d'août et il faisait

encore chaud à Boston, mais cette image lui plaisait. Et pour Thanksgiving, le rêve serait devenu réalité.

A Noël, la maison serait magnifique. Julia sourit. Elle pendrait la crémaillère pour le réveillon de la Saint-Sylvestre. Ce serait parfait.

La sonnette de la porte retentit. Julia consulta sa montre. M. Murdoch était toujours aussi ponctuel. Elle travaillait avec lui depuis près de six ans. Ce n'était pas la première propriété qu'elle achetait ou réhabilitait. L'immobilier était sa passion, et elle avait le sens des affaires dans le sang.

Son grand-père, Daniel MacGregor, était parti de rien, et avait fait fortune rapidement grâce à son esprit vif, son œil aiguisé et son tempérament d'entrepreneur. De tous ses enfants et petits-enfants, c'était Julia qui lui ressemblait le plus dans ce domaine.

Elle dégringola l'escalier, impatiente de discuter des plans et des tarifs avec l'artisan écossais. C'était son grand-père qui lui avait recommandé Michael Murdoch et sa société, des années plus tôt, et elle ne pouvait que l'en remercier. C'était un artisan capable, digne de confiance, pour qui elle éprouvait de surcroît une réelle affection.

Elle ouvrit la porte en souriant. Mais son sourire s'évanouit aussitôt.

Ce n'était pas Michael Murdoch qui se trouvait en face d'elle, mais son fils, Cullum Murdoch, le seul point noir dans son excellente relation avec Michael.

Sans se soucier de lui dire bonjour, elle demanda froidement :

— Où est votre père ?

— Il ne se sent pas bien.

Cullum ne gaspillait pas ses sourires avec les femmes désagréables. Ses yeux verts, sa bouche pleine et bien dessinée restèrent impassibles.

— Je viens le remplacer.

— Michael est malade ?

Inquiète, elle tendit la main à Cullum.

— Que lui arrive-t-il ? A-t-il vu un médecin ?

— Ce n'est pas grave, juste un refroidissement.

Cullum se radoucit un peu. Cette femme paraissait sincère. Apparemment, elle avait beaucoup d'affection pour son père.

Ils restèrent immobiles sur le palier éclairé par le soleil matinal. Libérant sa main, Julia réfléchit rapidement. Elle n'avait pas spécialement envie de travailler avec Cullum, et encore moins de laisser le chantier prendre du retard. Mais elle ne voulait surtout pas que Michael se croit obligé de venir travailler à peine guéri. Bien sûr, Cullum lui mettait les nerfs à vif, mais si elle voulait avancer, elle devrait le supporter quelques jours.

Il parut lire dans ses pensées et lui lança un regard ironique.

— Si vous pouvez affronter la situation, madame MacGregor, j'y arriverai moi aussi.

Julia se rembrunit. Les hommes qui étaient aussi beaux que lui l'agaçaient rarement. Il avait un visage qui paraissait sortir des mains d'un sculpteur, un corps souple et musclé, et des cheveux blonds et ondulés qu'il portait un peu trop longs. Cependant, malgré ces attributs flatteurs, il l'irritait bel et bien avec son sourire suffisant. Son arrogance lui donnait une furieuse envie de le remettre à sa place avec des paroles cinglantes.

Julia soupira. Agaçant ou pas, Cullum Murdoch travaillait bien, c'était indéniable. Tel père tel fils. Et après tout, il ne s'agissait que d'un remplacement.

— Très bien, Murdoch, commençons.

Cullum hocha la tête et entra dans le hall carrelé de céramique rose. Il jeta un bref coup d'œil sur l'escalier, et arrêta son regard sur le plafond voûté.

— Comment sont les fondations ?

— Solides comme un roc.

— Je vais vérifier.

Julia serra les dents. Et voilà, c'était exactement ce qu'elle redoutait. Cet homme allait constamment remettre en question son jugement et ses opinions, mépriser ses goûts. Prenant une profonde inspiration, elle tira de sa poche de pantalon les bandes qu'elle avait enregistrées et les lui tendit.

— J'ai pris des notes.

— Ah oui, les fameuses cassettes MacGregor ! dit-il, sarcastique.

Il les prit et les fourra dans la poche arrière de son jean.

— C'est plus pratique que de prendre des notes sur un papier, et c'est le plus sûr moyen pour que mes plans et projets soient correctement interprétés.

— Vous êtes vraiment très efficace.

— C'est ma maison ! rétorqua-t-elle.

Il lui lança un regard agacé.

— Personne ne vous dit le contraire.

Passant devant elle, il entra dans le petit salon et jeta un coup d'œil circulaire. C'était charmant, mais celui qui avait peint les lambris en bleu aurait mérité d'être pendu !

— Confortable, marmonna-t-il.

— Trop petit, corrigea-t-elle. Je veux faire tomber le mur de droite et réunir cette pièce et celle d'à côté.

Cullum hocha vaguement la tête. Elle avait raison, bien sûr, mais il ne résistait pas au plaisir de la contredire.

— Les vieilles maisons comme celle-ci supportent mal les changements de structure.

— Sans doute, mais ce n'est qu'une cloison.

D'un pas nonchalant, il s'approcha du mur et le regarda de haut en bas.

— Ça va certainement abîmer ce beau plancher en pin.

— Eh bien, vous n'aurez qu'à le réparer !

Elle traversa la pièce vide.

— Je veux enlever la peinture bleue pour laisser apparaître les panneaux de bois naturel. De plus, le plâtre des plafonds est à refaire. Les pierres de la cheminée doivent être rejointoyées par endroits, mais le manteau est très bien comme il est. Et là...

Elle entra dans l'autre pièce et attendit qu'il la suive.

— La porte ouvrant sur le patio est trop petite. Je veux faire élargir l'ouverture, et mettre une porte en châtaignier avec du verre biseauté et une poignée en cuivre.

Cullum imaginait sans effort le résultat. Oui, c'était exactement ce qu'il fallait ici. Cependant, il préféra hausser les épaules.

— Il va falloir supprimer des briques.

— Je le sais, Murdoch.

— Ça va vous coûter cher.

Elle lui jeta un regard furieux et répliqua d'une voix tranchante :

— Nous discuterons de votre devis une fois que vous l'aurez établi. Pour continuer, il va sans dire que je veux faire repeindre ou retapisser tous les murs. Quant à la cheminée...

Elle fit une pause et inclina la tête sur le côté.

— Je veux la faire déplacer, pour qu'elle se trouve en face de celle de la pièce voisine. Il faudra aussi ouvrir le foyer. Et je veux du double vitrage à toutes les fenêtres, naturellement.

— Naturellement.

Ignorant son intervention, elle passa devant lui. Quel dommage que Michael Murdoch ait été obligé de se faire remplacer par son fils. S'il avait été là, elle lui aurait demandé son avis, elle aurait discuté avec lui. Il y aurait certainement eu un point ou deux qui les auraient fait rire. Et ils se seraient probablement mis à quatre pattes pour examiner le plancher de plus près.

Mais avec le fils, c'était inenvisageable.

Cullum l'observait du coin de l'œil. Décidément, Julia

MacGregor était aussi raide et glaciale qu'une déesse de la guerre. Mais elle sentait sacrément bon. Chaque fois qu'il s'approchait d'elle, il était assailli par son parfum. Difficile de se concentrer dans de telles conditions.

Mieux valait garder ses distances. De toute façon, elle était méprisante, autoritaire et arrogante. Ce n'était vraiment pas son type. Et s'il se demandait parfois quel goût avaient ses lèvres, c'était un pur réflexe, rien de plus.

Il la suivit au premier étage, et inspecta minutieusement chaque pièce, du sol au plafond. C'était une très belle maison, ce qui n'avait rien d'étonnant, au fond. Julia MacGregor n'était pas du style à acheter n'importe quoi. Elle avait l'œil en ce qui concernait l'immobilier.

Il hocha imperceptiblement la tête. Oui, elle savait revaloriser une maison, et elle s'y connaissait en matière de décoration. Mais pourquoi était-elle si exaspérante ? Bon sang, cette femme était un vrai moulin à paroles ! Et elle le traitait comme s'il avait une graine de courge à la place du cerveau. Elle expliquait tout dans les moindres détails. Le croyait-elle vraiment incapable de voir tout seul ce qui devait être changé ?

Ils passèrent près d'une heure dans la cuisine. Julia voulait qu'elle soit complètement réorganisée autour de deux points : la vieille cheminée de brique et l'ancien placard mural aux portes en chêne sculpté.

Cullum l'écoutait sans sourciller. Mais deux ou trois idées qu'elle venait d'émettre étaient irréalisables. Il allait se faire une joie de le lui démontrer. Et doubler son plaisir en les remplaçant par ses propres suggestions.

Planté au milieu de la cuisine, il dit :

— Vous avez beaucoup de place, pourquoi la gaspiller ainsi ?

— Je ne veux pas...

— C'est stupide de mettre le four et le réfrigérateur dans ce coin. Il vous faut un plan plus rationnel. Esthétique et pratique à la fois. Il est évident que vous ne devez jamais faire la cuisine.

Elle lui adressa un coup d'œil furibond.

— Dans votre univers, les femmes passent leurs soirées à préparer des petits plats à leurs maris qui rentrent épuisés du travail, je suppose.

— Dans mon univers, les gens qui mangent le mieux sont ceux qui cuisinent eux mêmes. Vous pouvez garder l'évier sous la fenêtre. Le plan de travail s'inscrira autour, comme ceci. Il peut être incurvé.

Il avait des gestes vifs, précis, ceux d'un homme accoutumé à prendre les choses en mains — et à être obéi.

— Le lave-vaisselle ici, le four dans ce coin, le réfrigérateur là. Débarrassez-vous de cette horrible porte. Et si j'étais vous…

— Ce que vous n'êtes pas.

Il fit mine de ne pas remarquer l'interruption de Julia.

— J'installerais une autre longueur de comptoir ici. Un bar, pour poser les plats, mais aussi pour prendre le petit déjeuner, ou un repas sur le pouce, ou encore pour boire un verre avec quelqu'un. J'utiliserais cet espace, je le ferais entrer dans la pièce en supprimant ce mur.

Julia leva un sourcil.

— Je croyais que les vieilles maisons traditionnelles n'aimaient pas trop les changements de structure, dit-elle d'un ton sec.

Cullum haussa les épaules. Un bon point pour elle.

— Si vous voulez en faire tomber un, vous pouvez en faire tomber deux. Et utiliser cette partie du salon. Je peux aussi faire courir un banc sous la fenêtre.

Le regard de Julia s'éclaira. Il venait d'avoir une idée géniale.

— J'ai vu un superbe banc de prière la semaine passée. Il serait parfait à cet endroit.

— Mieux encore. Vous n'allez pas garder cette véranda

telle qu'elle est. Si vous l'abattez, vous gagnerez beaucoup en luminosité.

Julia esquissa un sourire. Oui, c'était exactement ce qu'elle voulait.

— Eh bien, je vais y réfléchir, consentit-elle.

— Parfait. Je suppose que vous ne voulez pas garder le revêtement de sol.

— Bien sûr que si, il est tout neuf !

— Je suis sûr qu'il recouvre un superbe plancher.

— Vous plaisantez. Personne ne serait assez stupide pour recouvrir un parquet !

Lui jetant un regard de défi, Cullum tira un canif de sa poche.

— Vous pariez ?

Julia hésita. Elle préférerait qu'il ait raison, mais elle détestait avoir tort.

— D'accord, soulevez un coin. Mais si vous vous êtes trompé, vous retirez cinq pour cent sur votre devis.

— Et si j'ai raison, vous suivez mes conseils pour la cuisine.

Elle hocha la tête.

— Marché conclu !

Il se dirigea vers le coin le plus proche de la porte de derrière et se mit à genoux.

Moins de trente secondes plus tard, il déclara :

— Vous allez être très heureuse.

— Il n'y a pas de plancher, je m'en doutais bien.

Un sourire victorieux aux lèvres, elle le rejoignit et regarda de plus près.

— Oh !

Elle se mit à quatre pattes, et poussa une exclamation de joie en voyant le bois.

— Enlevez un peu plus de lino.

— Le plancher est probablement rayé et taché.

Il fit ce qu'elle lui demandait. C'était aussi excitant que

de trouver un trésor enfoui. Julia se refréna pour ne pas arracher le lino à mains nues.

Ils étaient maintenant hanche contre hanche, épaule contre épaule. Cullum lui jeta un coup d'œil en coin. Julia MacGregor était surprenante. On aurait dit une gamine à qui on aurait donné un cornet-surprise. Une mèche de ses cheveux bouclés vint lui effleurer la joue. Son odeur fruitée détourna son attention. Sans réfléchir, il tourna la tête et se mit à la humer.

Julia se redressa vivement tandis qu'une sensation bizarre se manifestait au creux de son estomac.

— Que faites-vous ? demanda-t-elle d'un ton sec.

— Rien.

Il se remit à soulever le lino. Que lui arrivait-il ? Est-ce qu'il devenait complètement idiot ?

— Vous étiez en train de me renifler, dit-elle.

Cullum resta impassible.

— Je ne suis pas un chien de chasse. Je respirais plus fort, c'est tout. Je fais souvent cela pour me relaxer.

Julia ouvrit de grands yeux. Que se passait-il ? Son pouls battait la chamade, c'était horripilant. Elle avait la bouche sèche, et sentait sa peau brûler.

— Eh bien, ne le faites pas à côté de moi !

Elle se mit debout.

— Allons au deuxième étage, qu'on en finisse !

— Je vous suis.

Cullum referma son canif et le remit dans sa poche. Il était furieux contre lui-même. Il venait de faire preuve d'un manque total de contrôle.

— Et ne vous inquiétez pas, madame MacGregor, je ferai en sorte de retenir mon souffle.

— Idiot, murmura-t-elle en sortant de la pièce.

Décontenancée, elle secoua la tête. D'elle ou de lui, à qui faisait-elle allusion avec ce qualificatif ? Elle n'était pas très sûre de le savoir.

Daniel MacGregor rêvassait. Il se voyait tirer sur un cigare. Blotti dans le fauteuil massif de son bureau cossu, il envoyait au plafond des volutes de fumée imaginaires, tout en écoutant son vieil ami Michael Murdoch au téléphone.

— Alors, ton garçon a marché ?

— Oui. Je me suis mis à tousser et je me suis pincé le nez au téléphone. Je parlais comme ça.

Sa voix était devenue étouffée et rauque. Il continua :

— Je lui ai dit : « Cullum, il faudra que tu ailles voir Julia aujourd'hui, je ne suis pas en forme. »

Puis, reprenant une voix normale :

— C'est un bon garçon, il n'a pas hésité une seconde.

Daniel sourit au plafond, changea le téléphone d'oreille. Il connaissait Michael Murdoch depuis quinze ans, il respectait en lui le professionnel, et il aimait l'homme. Il l'avait soutenu quand il avait perdu sa femme, dix ans plus tôt. Et il complotait avec lui depuis presque aussi longtemps.

— C'est un gros travail, dit Daniel. Cela va prendre plusieurs mois, pendant lesquels ils vont s'affronter.

— Je vais être malade pendant une ou deux semaines. Ensuite, il y aura encore deux semaines de convalescence. A ce moment-là, Cullum sera dans le chantier jusqu'au cou. Je n'aurai plus qu'à le convaincre de le terminer. Il y a de fortes chances pour qu'il soit le premier à le vouloir.

Daniel hocha la tête.

— Je ne comprends pas pourquoi il ne s'est jamais intéressé à Julia. Ils se connaissent depuis des années. Ce sont des jeunes gens en bonne santé, et aussi séduisants l'un que l'autre.

Il caressa sa barbe blanche.

— Je te le dis, Michael, si on ne les prend pas en main, les jeunes d'aujourd'hui passent à côté de ce qui est important.

— Il y a une étincelle entre eux, Daniel. Toi et moi, nous n'avons qu'à souffler dessus. Il est temps que Cullum s'installe, et qu'il soit heureux.

— Voilà qui est bien parlé ! Et ta stratégie me paraît infaillible.

Daniel tambourina sur la table du bout des doigts.

— Et pour Julia, c'est la même chose. Cette petite a déjà vingt-cinq ans. Je me demande ce qu'elle attend !

Il sourit, s'enfonça dans son fauteuil.

— Ton Cullum et ma Julia nous feront de magnifiques bébés, Michael.

2

Inconsciente de ce qui se tramait autour d'elle, Julia feuilletait joyeusement des livres d'échantillons. Assise au milieu de son lit, elle était entourée d'une montagne de catalogues : peintures, papiers peints, carreaux de céramique, poignées de portes, quincaillerie de cuisine et de salle de bains. Elle inscrivait sur un bloc-notes ce qui lui paraissait intéressant avant d'enregistrer ses choix définitifs.

Faisant une pause, elle soupira. Il avait fallu deux semaines de rendez-vous, de négociations, de discussions âpres avec Cullum pour définir exactement les travaux à réaliser, ainsi que la date limite de leur exécution et le montant des devis.

Elle n'avait pas eu le choix, elle avait dû accepter qu'il s'occupe du chantier. Le jour où elle était allée voir Michael Murdoch, elle l'avait trouvé si abattu qu'elle avait renoncé à lui demander quel jour il comptait revenir.

Elle changea de position et étira ses jambes ankylosées. Elle avait passé une partie de la matinée à concrétiser la vente d'une vaste propriété. Elle ne s'était pas encore changée et portait la petite jupe bleue et le gilet qu'elle avait mis pour le rendez-vous. Dès qu'elle était rentrée chez elle, elle avait libéré ses cheveux de la pince qui les retenait en chignon, les laissant flotter sur ses épaules.

Pensive, elle tapota le catalogue, et resta un moment à

contempler ses bagues. Elle avait un faible pour les pierres colorées montées en bracelets, bagues et colliers.

Elle se mit à fredonner, accompagnée par le bruit de la scie et du marteau venant du premier étage. Elle sourit. C'était bon à entendre.

Le dos tourné à la porte, elle se remit à feuilleter ses catalogues, ignorant le bruit de pas qu'elle avait cru entendre.

Cullum s'arrêta sur le palier de la chambre et ses yeux, comme attirés par un aimant, se posèrent immédiatement sur les jambes nues de Julia. Le souffle coupé, il resta quelques secondes à les admirer. Dieu du ciel, Julia MacGregor avait des jambes fantastiques, et sa minuscule jupe n'en couvrait qu'une infime partie. Cullum déglutit péniblement. Il avait la gorge sèche. Avec ce spectacle sous les yeux, il aurait presque pu oublier qu'elle avait un caractère de chien.

Julia remua un peu et se frotta lentement la cuisse. Levant les yeux au ciel, Cullum prit deux profondes inspirations pour se remettre d'aplomb, et demanda d'une voix mal assurée :

— Vous avez une minute, madame MacGregor ?

— Mmm ? fit Julia sans lever les yeux de son catalogue.

Allait-elle jeter son dévolu sur les églantines sur fond bleu nuit ou sur ces rayures, plus traditionnelles ? Non, décidément, elle préférait les fleurs.

— Julia MacGregor ?

Il s'approcha d'elle, passa une main devant ses yeux. Et faillit éclater de rire en voyant son regard outré.

— Que faites-vous ici ?

Sentant son pouls accélérer sa course, elle tenta de se rassurer : seule la surprise pouvait en être responsable.

— Votre mur est tombé. Voulez-vous venir voir ?

— Oui, une minute !

Faisant mine de ne pas être pressée, elle reporta les yeux sur le papier peint. Elle détestait être prise de court, ne pas avoir le temps de se composer une attitude. Avec un type comme ce Murdoch, il fallait toujours être sur ses gardes.

— Vous pouvez y retourner, j'arrive, dit-elle, furieuse d'entendre sa voix trembler.

Incapable de bouger, Cullum avait les yeux rivés sur elle. Il s'assit sur le bord du lit.

— Vous allez trop vite, dit-il d'un air amusé. Vous n'avez pas besoin de papier peint avant au moins deux semaines. Les murs ne sont pas prêts.

Puis, voyant les rayures qu'elle avait choisies :

— Mmm, plutôt sévère, celui-ci.

Il parcourut du regard les jambes de Julia.

— Tout à fait différent de vous.

— C'est un compliment ou une insulte ?

Elle résista à l'envie de tirer sur sa jupe. Elle n'allait pas lui donner la satisfaction de la voir embarrassée par ses réflexions stupides. Comme il ne répondait pas mais se contentait de sourire, elle ajouta :

— Une insulte, évidemment. Allez vous faire pendre !

— Pourquoi êtes-vous sur votre trente et un ?

Il tripota le bas de sa jupe. Julia allait certainement lui donner une claque sur la main. Il ne fut pas déçu.

— J'avais une vente. La propriété de Court Street.

— Ah oui, un bel endroit, mais un peu trop dans le centre.

Il ouvrit son livre d'échantillons de peintures.

— Voilà ce qu'il faut dans une pièce comme celle-ci. Un vert profond. C'est une couleur reposante.

Julia ne dit rien. Elle y avait déjà pensé.

— Vous vous lancez dans la décoration, Murdoch ?

— A force de restaurer des maisons, on finit par savoir ce qui peut leur convenir.

Ses yeux, d'un vert aussi profond que celui qu'il venait de désigner, se plantèrent dans les siens.

— Vous faites preuve de créativité pour réhabiliter une

maison, et une fois que vous l'avez vendue, les propriétaires gâchent tout avec des couleurs et des meubles à vous faire dresser les cheveux sur la tête.

Julia continua son exploration du catalogue. Elle était d'accord avec Cullum une fois de plus. Voilà qui commençait à devenir agaçant. Et dangereux. Il fallait changer de sujet et vite.

— Comment va votre père ? demanda-t-elle.

— Il se remet, mais c'est long.

Incapable de cacher son inquiétude, il fit une pause et fronça les sourcils.

— Je ne l'ai jamais vu malade aussi longtemps. Le médecin lui a donné des fortifiants et lui a recommandé de rester tranquille encore une semaine ou deux.

— Cela me paraît raisonnable, dit Julia avec un sourire de sympathie.

Rien ne la touchait plus que l'amour et la tendresse familiales. Elle posa une main rassurante sur le genou de Cullum.

— Vous verrez, dans huit jours, il sera en pleine forme. Il est solide comme un roc.

— Il n'arrête pas de dire qu'il vieillit. Mais, bon sang, il n'a que soixante ans, dit-il en plongeant un regard inquiet dans celui de Julia.

Stupéfait, il fit une pause. Julia lui souriait. C'était un événement. Il avait envie de prolonger ce sourire le plus longtemps possible.

— Mon père m'a dit qu'il voulait revenir, reprendre le travail, mais c'est encore trop tôt.

— Surtout, dites-lui de ne pas s'en faire. Nous nous en tirerons très bien tous les deux.

Avec un large sourire, Cullum hasarda un doigt léger sur sa cuisse. La réaction ne se fit pas attendre.

— Gardez vos mains dans vos poches !

— La vôtre est sur mon genou, lui rappela-t-il en riant.

Elle la retira, furieuse.

— C'est bien fait pour moi. Cela m'apprendra à essayer d'être amicale. Sortez de mon lit !

— Je ne suis pas dedans, mais dessus. Et pour vous dire la vérité, je n'avais pas encore envisagé d'y entrer. Mais vous venez de me faire entrevoir un univers de possibilités alléchantes.

— Murdoch, le jour où vous entrerez dans mon lit, il y aura des glaciers en enfer !

Cullum hocha lentement la tête. Il ne savait pas ce qui le poussait, son ego ou le désir. Peut-être un mélange des deux. Mais il se pencha vers elle, rapprocha son visage de celui de Julia, et plongea son regard dans le sien. Leurs bouches étaient séparées d'un souffle.

— Vous pariez ? dit-il d'un ton suave.

Julia soutint son regard. Le sang grondait à ses oreilles. Son amour-propre en prenait un coup, mais elle devait bien reconnaître que, pendant une fraction de seconde, elle avait été terriblement troublée. Elle avait été tentée. Mais, Dieu tout-puissant, il fallait qu'elle se reprenne. Elle ne se laisserait jamais séduire par un homme aussi arrogant que Cullum Murdoch. Le regard flamboyant de colère, elle répondit :

— Contrairement à vous, je ne fais pas de paris, et surtout pas sur ce genre de sujet. Et contrairement à vous, je ne pense pas prendre la position horizontale avec quelqu'un que je supporte à peine en position verticale.

Cullum éclata de rire. La petite lueur d'excitation qui avait traversé les yeux de Julia ne lui avait pas échappé. Haussant les épaules, il se leva.

— Cela ne m'empêche pas d'aimer vos jambes, Julia MacGregor.

Sans plus de cérémonie, il sortit, la laissant stupéfaite.

Le souffle court, elle alla ouvrir sa penderie et fit défiler rageusement les cintres, à la recherche d'un pantalon.

Désormais, elle se couvrirait jusqu'aux chevilles chaque fois qu'elle risquerait de le rencontrer.

— Et après cela, il a voulu me faire parier que je coucherais avec lui. Non, mais pour qui se prend-il ?

Deux jours plus tard, Julia fulminait encore. Elle arpentait sa chambre d'un pas nerveux sous l'œil amusé de sa cousine Laura, qui berçait son bébé dans ses bras.

— Il voulait te taquiner, dit Laura.

Elle coucha le petit Daniel dans son berceau, près de la fenêtre.

— Il sait que tu réagis au quart de tour chaque fois qu'il te provoque, ajouta-t-elle.

— Je ne m'énerve pas facilement, rectifia Julia. Excepté quand j'ai affaire à Cullum Murdoch.

— Eh bien, ignore-le ! Tu as dit toi-même qu'il travaillait merveilleusement bien. Considère la fin, pas les moyens.

— Tu as raison.

Fermant les yeux, Julia s'exhorta au calme. A travers la porte de la chambre lui parvenait le bruit des travaux. Maintenant, elle la tenait toujours fermée. Elle rouvrit les yeux et sourit.

— Voilà, maintenant, il n'existe même pas ! Je l'ai chassé de ma tête.

— Bravo !

Laura se mordit la lèvre inférieure pour vaincre une subite envie de rire. Mais ce n'était pas le moment. Julia était bien assez énervée.

— Es-tu sûre que cela ne te dérange pas de t'occuper de Daniel ? demanda-t-elle. Je te promets que je serai de retour à 15 heures au plus tard.

— Au contraire ! J'ai hâte de l'avoir tout à moi.

D'une main légère, Julia caressa la joue du bébé.

— Il est si beau, Laura, et il a déjà tellement changé !

— Oui, il grandit vite. Je déteste l'idée de passer une seule minute loin de lui. Je sais qu'il va falloir que je trouve une nourrice. Mais c'est difficile. Je n'aurais jamais cru que ce soit aussi difficile.

— Tu es une mère formidable, et Royce est un père de rêve.

— Tout le mérite revient à Daniel. C'est un bébé idéal. Il est très facile à vivre.

Elle se leva en soupirant.

— Bon, il sera très bien avec sa tante Julia. J'ai apporté tout ce dont il peut avoir besoin. N'hésite pas à m'appeler si tu as le moindre problème. Ah, j'allais oublier ! Il adore être pris sur les genoux, quand il se réveille et…

— Laura !

Julia rit gentiment.

— Je te promets que je ne vais pas aller le vendre dès que tu auras le dos tourné.

Laura eut un pâle sourire.

— Excuse-moi. Je te remercie de me dépanner ce matin.

— Je suis folle de joie. Je n'ai aucun rendez-vous, nous ne serons pas dérangés, Daniel et moi.

Julia poussa doucement sa cousine vers la porte. Quand elle se retrouva enfin seule, elle se mit à fredonner, heureuse de passer la matinée avec le bébé.

— J'espère que tu ne vas pas dormir trop longtemps, mon ange ! dit-elle tout bas en se penchant sur le berceau.

Deux heures plus tard, elle regrettait amèrement d'avoir formulé ce souhait. L'ange Daniel hurlait à pleins poumons. Elle essaya de lui donner son biberon, qu'il repoussa d'une main aussi vigoureuse que potelée. L'ours qu'elle lui tendit traversa aussitôt la pièce en vol plané. Elle le berça, lui chanta une chanson. Rien n'y fit. Au bout d'un quart d'heure, Daniel était écarlate.

— Qu'est-ce que vous lui avez fait ?

Le bébé dans les bras, Julia fit volte-face. Cullum venait d'entrer dans la pièce.

— Désolé, j'ai frappé, mais je suppose que vous n'avez pas pu entendre.

— Je l'ai battu, c'est mon passe-temps favori ! aboya Julia, hors d'elle. Que faites-vous ici ? Là, là, calme-toi, mon tout petit.

— Il est mouillé ?

— Non. Je ne suis pas la dernière des imbéciles, j'aurais compris.

De sa main libre, elle écarta les cheveux qui lui tombaient sur les yeux.

— Il ne veut pas de lait, il ne veut pas que je le berce, et je le promène depuis une demi-heure, en pure perte.

— Voyons un peu.

Cullum s'approcha à grandes enjambées. Julia se détourna, serrant l'enfant contre elle dans un geste protecteur. Cullum roula les yeux.

— Détendez-vous, Julia. Il y a longtemps que je n'en ai pas dévoré un.

Sans lui demander son avis, il lui prit Daniel des bras. Elle n'opposa aucune résistance. Elle était à bout.

— Qu'est-ce qui t'arrive, jeune homme ?

Julia ouvrit de grands yeux. Dans son jean râpé et sa chemise aux manches roulées jusqu'aux coudes, Cullum portait le bébé au creux de son bras comme s'il avait fait cela toute sa vie.

— Ce doit être ses dents, décréta-t-il.

— Comment le savez-vous ?

— J'ai trois nièces, grâce à ma sœur, et figurez-vous que chacune d'elle a des dents. Curieux, non ? Votre cousine vous a-t-elle donné quelque chose qu'il puisse mâcher ?

— Je ne crois pas. Je vais vérifier.

Pendant ce temps, Cullum offrit un doigt au bébé, qui se jeta dessus. Cullum hocha la tête.

— Si vos gencives étaient aussi gonflées que les siennes, vous crieriez encore plus fort, affirma-t-il.

— Voilà !

Julia lui tendit une sucette bleue. Cullum la glissa entre les gencives de Daniel, et les cris cessèrent comme par magie.

— C'est mieux comme ceci, non ? murmura-t-il en essuyant les joues baignées de larmes.

Il le regardait d'un air chaleureux, ses grands yeux verts pleins de tendresse.

— Il est vraiment adorable, dit-il.

— Vous aimez les bébés, apparemment.

— Et pourquoi ne les aimerais-je pas ?

Il le brandit au-dessus de sa tête. Julia eut un haut-le-corps. Mais Daniel était ravi.

— Il faut lui faire oublier qu'il a mal aux gencives, continua Cullum. Tu veux venir travailler avec moi, Daniel ?

— Vous ne pouvez pas l'emmener en bas. Il y a trop de bruit et de poussière.

Sans cesser de sourire à Daniel, Cullum secoua la tête.

— Les femmes s'inquiètent toujours pour un peu de poussière. Il va aimer cela. Les bébés aiment le mouvement et les sons. Cela les stimule.

Daniel était très occupé à mâchonner sa sucette. Cullum le cala sur sa hanche.

— Ensuite, nous irons dans la cuisine pour déjeuner. Une bière et un sandwich à la viande.

Julia sourit malgré elle.

— Je veux bien accepter, pour une minute, mais ne lui faites pas manier la scie électrique !

Cullum planta un baiser sur le crâne duveteux de Daniel.

— Vous me faites confiance ou vous préférez descendre avec nous pour me surveiller ?

— Aussi curieux que cela paraisse, je vous fais confiance, mais je viens quand même.

Elle attrapa un bavoir.

— Il bave beaucoup, dit-elle.

— Bah, qu'est-ce qu'un peu de bave entre hommes ?

— Cullum, je...

Julia hésita.

— J'apprécie vraiment votre intervention. Je commençais à m'arracher les cheveux.

Hochant la tête, Cullum eut un sourire amusé. C'était la première fois qu'elle l'appelait par son prénom.

— Cela aurait été dommage. Ils sont magnifiques.

Il lui tendit la main.

— Si nous allions voir où en sont les travaux ?

Avant d'avoir le temps d'y penser, Julia mit sa main dans la sienne. C'était difficile maintenant de la retirer.

— Vous avez beaucoup avancé. Croyez-vous pouvoir commencer la grande chambre la semaine prochaine ?

— C'est dans mes intentions.

— Je vais sortir les meubles pendant le week-end, je les mettrai dans la chambre du rez-de-chaussée.

— Je le ferai avec mes gars. Vous vous êtes décidée pour les couleurs et les matériaux du comptoir de la cuisine ?

— Oui, hier. J'ai la bande magnétique.

— Je m'en doute. Qu'avez-vous choisi ?

— De la céramique bleue.

— Pas mal.

— Hello, Cullum !

Un charpentier sortit du salon.

— Vous voulez jeter un coup d'œil avant qu'on finisse ?

— Oui, j'arrive.

Julia tendit les bras.

— Attendez, je vais prendre Daniel.

Leurs bras s'effleurèrent quand ils se passèrent le bébé.

— Allez-y, nous vous regarderons à distance, c'est plus sûr.

Du bout du doigt, Cullum pressa doucement le nez de Daniel.

— N'oublie pas le sandwich à la viande, dit-il en riant.

Et il s'éloigna.

— Eh bien, c'était inattendu, non ? murmura Julia en mettant Daniel sur son épaule.

Elle soupira. Qui aurait pu croire qu'un homme si horripilant pouvait être aussi adorable avec un bébé ?

Tapotant le dos de Daniel, elle se rapprocha de la porte. Le mur abattu, la pièce paraissait grande et très lumineuse. Et pleine d'hommes, d'outils et de bruit.

Julia sourit. Rien ne lui plaisait davantage que de voir les étapes d'un travail. Elle n'aimait pas entrer dans un intérieur prêt à être habité. C'était tellement plus excitant de faire des transformations quand c'était possible, et de s'occuper soi-même de la décoration.

Sur le sol recouvert de vieux tissus, le charpentier avait posé une table à tréteaux sur laquelle il découpait des planches. Agenouillé près de la cheminée, le maçon en rejointoyait les pierres.

Dans l'ouverture nouvellement pratiquée, Cullum discutait avec deux ouvriers.

Brusquement son rire s'éleva. Un rire terriblement viril.

Julia frissonna. C'était le mot juste pour décrire Cullum. Elle avait senti sa main calleuse quand il avait pris la sienne. Il dégageait une odeur de sciure de bois et de sueur. Ses bras avaient des muscles allongés, qui devaient être durs au toucher.

Et la façon dont son jean lui moulait les hanches était... délicieuse.

— Seigneur ! murmura-t-elle.

Quelle idée de remarquer la façon dont le jean de Cullum lui moulait les hanches, et le cercle doré qui entourait ses pupilles, juste avant le passage au vert de ses iris ! En quoi cela pouvait-il l'intéresser ? Elle se moquait bien de Cullum en tant qu'homme. Tout ce qui l'intéressait en lui, c'était qu'il fasse bien son travail.

Se tournant vers elle, Cullum lui adressa un sourire et fit un clin d'œil au bébé.

Julia serra Daniel de plus près. Mais cela ne fit rien pour calmer les battements fous de son cœur.

3

La journée avait démarré sur les chapeaux de roues. Au petit déjeuner, Julia avait prononcé un discours pour l'Association des Femmes d'affaires de Boston. A 13 heures, elle s'était rendue à un forum de sciences politiques à Harvard, où elle était invitée à donner une conférence. Et ce soir, elle devait faire un discours à l'occasion du dîner donné par le salon de l'immobilier.

Les discours ne lui faisaient pas peur. Il ne s'agissait après tout que de faire part de ses opinions. Elle avait toujours été douée pour cela. Les huit années passées à être la Première Fille des Etats-Unis lui avaient procuré une excellente formation sur le tas pour s'adresser à la foule et aux médias.

Elle acceptait ce genre d'invitations plusieurs fois par an, et essayait de les regrouper sur deux ou trois jours.

Malgré son emploi du temps serré, elle trouva le moyen de courir les antiquaires pour chercher des poignées de portes.

Celles qui lui avaient été proposées ne lui convenaient pas. Elle voulait plus de fantaisie. Chaque porte de sa maison devait avoir un aspect unique quand elle serait terminée.

Elle jeta son dévolu sur plusieurs boutons ovales en cuivre, en verre biseauté, en bois des îles, et en émail brillant. Les formes étaient superbes.

En rentrant chez elle, elle fit un détour par Murdoch and Sons. Michael adorait les visites impromptues.

Elle entra dans la zone industrielle, aussi à l'aise entre les bâtiments et les énormes camions qu'elle l'était à Beacon Hill. Elle adressa un signe amical aux personnes qu'elle connaissait et se retrouva dans la propriété des Murdoch. Elle sourit en coupant le contact. Le vieux camion de Michael était là.

Julia prit la boîte pleine de quincaillerie et poussa un petit grognement. C'était bigrement lourd. Elle avait gardé son tailleur de conférencière, ce qui provoqua des sifflements admiratifs de la part des ouvriers.

Connaissant la plupart d'entre eux, elle répondit par un sourire indulgent.

Le bureau d'accueil était petit et passablement en désordre. Derrière le meuble métallique, la secrétaire lui sourit d'un air las.

— Julia ! Vous êtes fraîche comme une rose !

— Bonjour, Meg. Beaucoup de travail ?

Roulant les yeux, Meg tendit la main vers le téléphone qui sonnait.

— Murdoch and Sons. Un instant, je vous prie.

Enfonçant une touche, elle poussa un petit soupir.

— Les affaires marchent bien. Ce qui signifie que je passe mes nuits à rêver du téléphone. Est-ce que je peux vous aider ?

— J'ai quelques objets que je voudrais montrer à votre patron. Est-il libre ?

— Vous plaisantez ! Pour vous, il l'est toujours ! Allez-y.

— Merci. Comment va-t-il ?

— Encore un peu fatigué, mais il reprend des forces. Cela va le dynamiser de vous voir. Je vais l'appeler pour le prévenir de votre arrivée.

— Merci.

Julia se dirigea vers le couloir qui desservait les bureaux.

La porte de Michael était fermée. Bizarre. Les Murdoch préféraient généralement garder leurs portes ouvertes. Vaguement intriguée, Julia frappa doucement et attendit.

De l'autre côté, Michael venait juste de recevoir l'appel de Meg lui annonçant l'arrivée de Julia. Vif comme l'éclair, il enfouit au fond d'un placard son sandwich et son verre de bordeaux. Le jeu électronique qu'il avait emprunté suivit le même chemin, ainsi qu'une généreuse part de gâteau au chocolat. Toutes choses qui ne collaient pas avec son image de vieil homme malade.

Julia attendit quelques secondes et frappa de nouveau. Quand la porte s'ouvrit, son inquiétude redoubla. Très rouge, Michael paraissait avoir une forte fièvre.

— Julia !

Il n'eut pas besoin de jouer la comédie pour être essoufflé.

— C'est si gentil de venir me voir ! ajouta-t-il en tendant les mains vers elle.

— Monsieur Murdoch ! Comment allez-vous ?

Julia posa sa boîte sur le bureau et prit les mains de Michael dans les siennes.

— Vous devriez être au lit.

— Mais non, je vais très bien.

Il ajouta une petite toux pour faire bonne mesure.

— Je me repose, ma chère petite. Je ne comprends pas pourquoi un vulgaire refroidissement m'a épuisé de la sorte.

— Je croyais que vous aviez la grippe ?

— Mmm. Il faut croire que c'était cela, en effet.

Elle le prit par le bras pour le conduire vers une chaise. Michael poussa un profond soupir.

— Dites-moi, comment mon fils se comporte-t-il ?

Julia réfléchit un instant. Elle avait plusieurs griefs contre Cullum, le premier étant qu'il n'arrêtait pas de remettre en question les choix qu'elle faisait. Mais c'était inutile de fatiguer Michael avec ses petits problèmes. Elle sourit.

— Le chantier avance bien. Naturellement, j'aurais préféré que ce soit vous qui vous en occupiez.

Il se mit à rire doucement en lui pressant la main. Aucun homme ne pouvait rêver d'une bru plus parfaite que Julia.

— Cullum est le meilleur dans tout ce qu'il entreprend, affirma-t-il.

— Il a été à bonne école, dit-elle avec un sourire charmeur.

Enchanté, Michael sourit en repoussant le compliment d'un geste de la main.

— Vous allez me faire rougir. Mais dites-moi ce que vous avez dans cette boîte ?

— Des trésors. Je suis folle de joie. J'ai trouvé ce que je voulais : des boutons de portes !

Les yeux de Michael s'éclairèrent.

— Montrez-moi cela !

Ils passèrent vingt minutes à contempler les acquisitions de Julia, discutèrent et spéculèrent sur leur âge et leur histoire.

— La porte de ma chambre est en très vieux chêne. C'est une rareté, la plupart de ce qui était d'origine a été remplacé. Les derniers propriétaires ont tout enlevé, et ils ont peint les moulures en bleu.

Michael secoua la tête.

— Quel crime !

— Cullum vous a-t-il dit qu'ils avaient posé du linoléum sur le plancher de la cuisine ? Je vais le retaper. Il sera magnifique !

Elle brandit un bouton de porte en verre.

— Que pensez-vous de celui-ci avec les sculptures verticales de la porte de ma chambre ?

— Ce sera superbe.

Elle lui adressa un sourire radieux.

— J'adore parler décoration avec quelqu'un qui a les mêmes goûts que moi.

Jetant un coup d'œil à sa montre, elle s'exclama :

— Oh, Seigneur, il est horriblement tard ! Je dois rentrer chez moi pour me changer.

— Vous sortez ce soir ? demanda-t-il doucement.

Il riva son regard dans celui de la jeune fille. Une petite enquête n'avait jamais fait de mal à personne.

— Vous avez un nouvel ami ?

— Pas de nouvel ami, mais j'ai un dîner à 19 h 30.

— Vous pouvez laisser la quincaillerie ici, Cullum vous la portera. Et il se fera un plaisir de l'installer.

— Formidable ! J'ai hâte de voir le résultat.

Elle se pencha pour l'embrasser sur la joue.

— Et prenez soin de vous, monsieur Murdoch. Je veux vous voir danser quand je pendrai la crémaillère.

— Comptez sur moi ! dit Michael avec un sourire malicieux.

Une fois Julia partie, il s'enfonça dans son fauteuil en riant. Un petit scénario commençait à s'élaborer dans son cerveau toujours actif. Au bout de quelques minutes, il se leva lentement et ferma sa porte à clé. Puis il se précipita vers son placard en se frottant les mains. Il allait manger tout en téléphonant à Daniel MacGregor pour le mettre au courant de l'évolution de leur dernier plan.

— Ce qu'elle peut être horripilante !

Marmonnant entre ses dents, Cullum aligna les poignées par terre. Julia MacGregor était d'une impatience ! Heureusement pour elle, elle s'était adressée directement à son père !

Mais, bon sang, qu'avait-elle dans la tête ? Quelle idée de préparer une soirée dans une maison qui était encore en pleins travaux !

Elle trouvait probablement très original que ses amies se promènent sur de vieux tissus couverts de gravats, et dégustent des canapés en faisant des commentaires sur les plafonds dont les plâtres n'étaient pas finis.

Pour couronner le tout, elle voulait que ses satanés boutons de porte soient posés. Exaspéré, Cullum s'empara d'un tournevis. Il n'avait pas eu le choix. Michael avait insisté, disant que Julia faisait partie de leurs meilleurs clients et qu'ils se devaient de lui faire plaisir.

Cullum soupira en se rappelant les paroles de son père : « Mais si tu n'as pas le temps, je peux y aller et m'en occuper moi-même. »

— Comme si j'allais le faire travailler alors qu'il est en convalescence, grommela-t-il pour lui-même.

Il était bientôt 23 heures. Il avait presque fini, et il se sentait d'une humeur massacrante. Julia était vraiment l'exemple type de la fille à papa, trop gâtée, arrogante, nombriliste. D'ailleurs, il ne faisait pas une découverte. Il avait été stupide de penser qu'elle était peut-être différente de ce qu'elle paraissait quand il l'avait vue avec le bébé dans ses bras, ou le jour où elle avait ri avec les ouvriers. Elle leur avait généreusement apporté des boîtes de beignets et des litres de café. Elle les connaissait tous par leurs noms, et elle trouvait toujours un moment pour discuter avec eux et les complimenter sur leur travail.

Cullum haussa les épaules. Il n'y avait sans doute rien de sincère dans tout cela. C'était une simple tactique.

Entendant la porte d'entrée s'ouvrir, il eut un sourire amer. Mademoiselle finissait par rentrer à la maison. Il fallait espérer qu'elle avait passé une excellente soirée, parce que, maintenant, elle allait déchanter ! Il allait lui dire ce qu'il pensait.

Alors qu'il arrivait sur le palier, il entendit des voix dans le hall. Celle de Julia, et une voix masculine. Il eut un rire de dérision. Mademoiselle amenait chez elle un de ses charmants cavaliers. Malgré lui, il tendit l'oreille.

— Tod, je veux dormir, j'ai eu une journée épuisante, dit Julia.

— Allons, Julia, vous n'allez pas me renvoyer sans m'offrir un verre ?

Julia soupira et fit de son mieux pour ne pas paraître agacée. Depuis six mois, elle sortait avec Tod de temps à autre, mais la plupart du temps, elle refusait ses invitations. Tod avait deux atouts majeurs, et elle osait à peine admettre que c'étaient les seuls qu'il offrait à ses yeux : il était superbe avec une cravate noire, et il était capable de s'amuser même pendant la soirée la plus ennuyeuse.

Elle lui devait bien un verre rien que pour cela.

— D'accord.

Elle ôta sa cape, révélant sa robe du soir en satin moiré.

— Que voulez-vous boire ? demanda-t-elle en se forçant à sourire.

— En fait, je n'ai aucune envie de boire. Ce que je voudrais vraiment…

Se déplaçant avec une souplesse féline, il glissa un bras autour de sa taille et l'embrassa avant qu'elle ait le temps de réagir.

Elle ne protesta pas, mais elle ne répondit pas à son baiser. Elle avait déjà constaté que les baisers de Tod ne changeaient en rien la vitesse de son pouls. Elle en éprouvait une légère déconfiture, sans plus. Embrasser Tod, c'était assez agréable, mais lire un bon livre l'était encore plus.

— Tod, je suis fatiguée.

— Je fais ce qu'il faut pour vous détendre.

Elle sentit ses mains se promener sur son dos, où deux brides étroites se croisaient sur sa peau nue.

— J'ai attendu ce moment toute la soirée, Julia.

— Je suis désolée.

Elle le repoussa doucement. Elle commençait à en avoir assez, mais Tod l'étreignit plus fort et ses lèvres se firent plus exigeantes. Elle levait les bras pour le repousser gentiment quand elle sentit les mains de Tod se poser sur ses fesses. Elle se dégagea brusquement.

— Fichez-moi la paix !

— Julia !

Sans cesser de sourire, il se mit à tripoter une de ses brides.

— Ne jouez pas à ce petit jeu avec moi, Julia.

Elle serra les dents. Maintenant, il laissait son doigt descendre entre ses seins.

— Dans quelle langue est-ce que je dois vous dire de me laisser tranquille ? dit-elle sèchement.

Tod se rembrunit.

— A quoi jouez-vous, Julia ? Voilà des mois que vous me faites languir. J'ai été patient, mais, ce soir, je suis fatigué d'attendre.

Julia le regarda avec des yeux étincelant de fureur.

— Que voulez-vous, au juste ? Que je m'allonge sur le plancher et que je vous laisse faire ce que vous avez à faire ? Je suis vraiment stupide d'avoir pensé qu'une relation sexuelle impliquait deux personnes consentantes.

— Ne jouez pas la comédie, Julia. Vous n'allez pas me faire croire que vous avez choisi cette robe au hasard.

Julia prit une profonde inspiration. La coupe était pleine. Elle marcha d'un pas décidé vers la porte et l'ouvrit en grand.

— Non, je ne vous le ferai pas croire. Je l'ai mise parce qu'elle me plaît. Et je crois savoir qu'une femme est libre de s'habiller comme elle veut. Maintenant, vous allez partir avant que je fasse ce que j'ai vraiment envie de faire, c'est-à-dire vous donner un coup de genou bien placé.

Tod devint rouge de colère.

— Vous êtes vraiment une garce frigide, dit-il en se dirigeant vers la porte.

Elle la claqua derrière lui, puis elle ferma les yeux pour mieux retrouver son souffle.

— Quel connard !

— Et moi qui croyais que c'était un chic type !

Elle ouvrit des yeux arrondis par la stupeur. Et sa colère redoubla.

— Que diable faites-vous chez moi, Cullum ?

— Mon boulot.

Il desserra le poing qu'il s'apprêtait à envoyer dans la figure de Tod. Julia n'avait pas eu besoin de lui, elle s'était débrouillée comme un chef. Chapeau ! C'était d'autant plus admirable qu'elle semblait vraiment secouée par cet affrontement.

— Notez bien que je comprends ce vieux Tod. Vous avez une robe à damner un saint, dit-il en posant sur elle un regard de braise.

Elle se redressa.

— Allez au diable !

— Du calme !

Il lui effleura le bras du bout des doigts tandis qu'elle passait en trombe devant lui. Il ajouta :

— Désolé, je voulais dédramatiser un peu. Vous devriez vous asseoir. Vous tremblez.

— Je tremble de colère.

— Vous avez bien remis ce salaud à sa place.

Elle lui jeta un coup d'œil assassin.

— Vous avez tout vu, vous êtes content ? Vous étiez aux premières loges, n'est-ce pas, Murdoch ?

— J'ai été le témoin involontaire de cette charmante scène, mais c'est votre faute à vous, pas la mienne.

— Ah oui ?

Julia le fusilla du regard. C'était bon de transférer sa rage de Tod sur Cullum. S'approchant de lui, elle enfonça dans son torse un doigt à l'ongle acéré.

— Et je suppose qu'une femme qui s'habille de façon séduisante fait de la provocation. Et quand elle se met du parfum, en réalité, elle envoie un message brûlant ?

Elle fulminait.

— Je ne faisais pas allusion à votre robe, mais à ces satanés boutons de porte.

— Aux boutons de porte ?

A bout d'arguments, elle se passa une main dans les cheveux.

— Souvenez-vous, c'est vous qui avez voulu que les poignées de porte soient installées ce soir.

Maintenant, c'était lui qui la regardait d'un air furieux.

— C'est vous qui êtes passée voir mon père pour lui parler de cette soirée ridicule que vous organisez. Croyez-vous que cela m'amuse de travailler jusqu'à minuit ?

Julia posa ses doigts sur ses tempes qu'elle se mit à masser lentement. Elle avait horriblement mal à la tête.

— Attendez ! Je suis bien allée voir votre père, pour prendre de ses nouvelles. J'avais couru les antiquaires. Je lui ai montré mes trouvailles pour qu'il me donne son avis.

— Et pour le pousser à faire avancer le travail de sorte que vous puissiez lancer vos invitations.

— Quelles invitations ?

Elle leva les mains en l'air.

— Je n'organise pas de fête. Comment pourrais-je faire une fête dans l'état où se trouve ma maison ? Je ne sais pas ce que vous...

Faisant une pause, elle ferma les yeux.

— Oh, je vois ! Attendez, il me faut un cachet d'aspirine.

Cullum la regarda d'un air désemparé. Sans se soucier de sa réaction, elle se dirigea vers la cuisine, lui offrant la vue perturbante d'un dos nu et de hanches étroites. Cullum voulut détourner le regard, mais il était hypnotisé. Tod avait raison, c'était une robe assassine.

Julia revint, une tasse à la main.

— Il y a eu un petit malentendu. Je lui ai montré ces poignées, et je lui ai dit que je mourais d'impatience de voir à quoi elles ressembleraient sur les portes. Mais je n'ai pas dit que je ne pouvais pas attendre. Vous comprenez.

Les sourcils froncés, Cullum hocha vaguement la tête.

— Et j'ai parlé aussi d'une fête. J'ai l'intention de pendre la crémaillère, mais pas avant la soirée de la Saint-Sylvestre. Je n'ai pas précisé la date, j'ai simplement dit que je voulais qu'il vienne danser. Il a dû croire que je voulais la faire le plus vite possible.

Cullum prit un air pensif. Cela ne ressemblait pas à son père de tirer des conclusions hâtives. Mais il est vrai qu'il avait été malade.

— Je suis désolée que vous soyez venu travailler si tard, dit Julia, un peu radoucie.

— Ce n'est pas grave. J'ai posé quelques poignées. Voulez-vous jeter un coup d'œil ?

Elle se força à sourire malgré l'épuisement qui s'abattait maintenant sur ses épaules.

— Bien sûr !

Il indiqua la porte de la cuisine.

— Que pensez-vous de celle-ci ?

Julia poussa une petite exclamation de joie. Il ne put retenir un sourire.

— C'est parfait. Je savais bien que l'émail conviendrait tout à fait à cette porte, dit-elle.

Elle s'en approcha pour mieux admirer les clochettes bleues délicatement peintes sur l'émail blanc.

— J'adore ces petits détails. C'est ce qui fait la personnalité d'une maison.

— Oui, je dois reconnaître que c'est une réussite.

Il regarda par-dessus l'épaule de Julia. Elle se retourna brusquement et ils se retrouvèrent face à face, les yeux dans les yeux. Très près l'un de l'autre, assez près pour qu'elle puisse voir la fascinante bague dorée qui entourait les iris verts de Cullum. Assez près pour que son sang se mette à bouillonner dans ses veines.

Son cœur s'emballait de façon inquiétante.

— Je... vous remercie de vous en être occupé, bégaya-t-elle.

Cullum hocha la tête. La proximité de Julia le paralysait.

— Comme je disais, ce n'était pas un gros travail, dit-il d'une voix un peu rauque.

Il voulait cette bouche, et beaucoup plus encore. Prenant une profonde inspiration, il essaya de se ressaisir, appelant à la rescousse les discours qu'il se tenait quelques minutes plus tôt au sujet de Julia. Mais sa bouche paraissait si douce, si généreuse.

— Je ferais mieux de m'en aller.

— Oui.

Julia avait la gorge sèche. Que lui arrivait-il donc ? Elle sentait une pression monter dans sa poitrine. Ils étaient en face l'un de l'autre, se touchant presque, et elle avait l'impression d'étouffer.

— Je vous raccompagne.

— Merci, je connais le chemin.

— Parfait.

Ils bougèrent en même temps et sans qu'ils sachent comment, leurs lèvres se rencontrèrent. Le feu s'empara d'eux tandis que leurs langues s'entremêlaient. Prenant Julia dans ses bras, Cullum pressa son corps musclé contre ses courbes lascives. Elle se tendit contre lui pour mieux l'épouser.

Les mains de Cullum exploraient ses formes, lui donnaient envie de crier. Elle fourra ses longs doigts dans ses cheveux dorés.

— Nous sommes fous, dit-elle dans un souffle.

— Complètement.

Ses lèvres s'emparèrent de la gorge palpitante de Julia Elle avait l'odeur et le goût du péché.

— Cullum, nous ne pouvons pas.

— Je sais.

Elle lui fit relever la tête pour reprendre avidement possession de ses lèvres.

Etourdis, ils finirent par s'éloigner l'un de l'autre.

Julia était pantelante. Elle s'appuya contre la porte. C'était cela ou s'effondrer par terre.

— Nous ne pouvons pas, cela ne nous mènerait nulle part, parvint-elle à dire d'une voix saccadée.

— Vous avez raison.

Il parlait à voix basse. Et ses yeux ne pouvaient pas s'écarter d'elle. Il n'avait qu'une envie : posséder ce corps nu sous la robe de satin.

Il fit un pas en arrière.

— J'ai vraiment envie de vous, Julia.

Elle porta une main à son cœur qui battait à grands coups.

— Bon sang, nous devons penser à autre chose, n'importe quoi !

Pourquoi ne pouvait-elle pas retrouver son souffle ?

— Rappelez-vous, Cullum : nous n'avons pas la moindre sympathie l'un pour l'autre.

— C'est dur de se soucier de cela pour l'instant.

Julia avait les joues rouges, les yeux luisants. Il s'efforça de retrouver son calme. Sidéré, il se rendit compte que ses propres genoux flageolaient.

Julia reprit la parole :

— Si nous faisons ce à quoi nous pensons maintenant, nous nous mépriserons nous-mêmes et nous nous détesterons réciproquement demain matin. Bien sûr, je me sens obligée de souligner que demain matin est relativement loin.

Elle soupira de soulagement. Elle avait réussi à sourire.

— Nous ferions mieux de ne plus y penser. De mettre cela sur le compte du stress, des hormones ou d'autre chose tout aussi bizarre.

Sans détourner les yeux de lui, elle s'éloigna de la porte pour qu'il puisse sortir.

— Et si cela ne fonctionne pas, que ferons-nous, Julia ? demanda Cullum en ouvrant la porte.

Dieu sait qu'il avait besoin d'air et d'espace.

— Je ne sais pas.

Il l'observa pendant quelques secondes encore. Etait-elle aussi décontenancée et excitée que lui ?

— Moi non plus, avoua-t-il.

Et il tourna les talons.

4

Au cours des semaines suivantes, Julia n'arrêta pas une minute. Il n'était pas question qu'elle se trouve sur le chemin de Cullum. L'automne était tombé sur la Nouvelle-Angleterre, avec ses couleurs exceptionnelles. Les arbres flamboyaient, et quand ils atteignirent leur apogée, l'air prit un petit air pincé annonciateur de l'hiver.

Julia s'occupait toujours d'immobilier. Elle rendait visite à sa famille, sortait avec des amies, courait les boutiques pour acheter des cadeaux de Noël.

Un jour, elle fit un détour par la maison qu'elle avait partagée avec Gwen et Laura.

Gwen était en train d'expérimenter des recettes de cuisine. Julia fut soulagée de la trouver seule et se rendit compte que, sans vraiment vouloir se l'avouer, elle était venue uniquement dans le but de parler avec sa cousine. Elle s'assit en face d'elle dans la cuisine.

— Tu connais Cullum Murdoch ?

— Bien sûr. C'est le fils du meilleur ami de grand-père. Il a une entreprise de construction. C'est lui qui a travaillé sur cette maison quand nous l'avons achetée.

— Et maintenant, il est chef de chantier dans la mienne. Je ne m'entends pas du tout avec lui. Incompatibilité d'humeur, je suppose.

— Pourquoi travaille-t-il chez toi dans ce cas ?

— C'est une longue histoire. Et la question n'est pas là.

Julia fit un geste pour écarter ce sujet.

— Il y a quelques semaines, nous étions seuls dans la maison, et il était tard, et...

— Oh ! Je vois.

Gwen se mordit l'intérieur de la lèvre.

Julia soupira.

— Non, tu ne vois rien du tout ! Il y a eu entre nous une attirance purement physique, animale. Et nous l'avons surmontée. Nous sommes tombés d'accord sur le fait que ce serait une erreur d'y succomber.

— Parce que vous ne vous entendez pas, tous les deux.

— D'une part, et d'autre part, nous avons une relation professionnelle. J'adore son père. C'est encore une autre raison. Si Cullum et moi nous nous laissons aller à coucher ensemble pour nous débarrasser de cette attirance stupide, je ne sais pas si j'oserai encore regarder son père en face.

— Si je me souviens bien de M. Murdoch, c'est un homme sensé, qui aime son fils. Je n'arrive pas à croire qu'il puisse être choqué que tu trouves son fils attirant, et réciproquement.

— Ce n'est pas parce que tu trouves un homme attirant que tu dois te jeter à sa tête.

Julia poussa encore un soupir déchirant.

— Gwen, j'ai vraiment envie de me jeter à la tête de Cullum.

— Cela ne me paraît pas particulièrement dramatique. Ce n'est pas un monstre, je suppose. S'il est aussi gentil qu'il est beau, je ne vois pas où est le problème.

— Il est...

Julia hésita, revoyant la façon dont il tenait Daniel dans ses bras.

— Il peut se montrer charmant, mais nous nous disputons sans arrêt. Il est têtu comme une mule.

— Oh, je vois !

Gwen ne fit rien pour arrêter le rire qui perlait dans sa gorge.

— Alors que toi, tu n'es pas entêtée pour deux sous !

Julia fronça les sourcils. Le rire de sa cousine finit par devenir contagieux. Elle se détendit.

— Tu as raison, Gwen, c'est sans doute le cœur du problème. Nous tenons autant l'un que l'autre à avoir toujours raison.

Elle se pencha en avant.

— Il a des mains extraordinaires. Grandes et rêches, et vraiment fortes. Je n'arrête pas d'y penser.

— Mais tu préférerais qu'elles appartiennent à un homme plus malléable.

Julia allait acquiescer, mais elle se ravisa.

— Je n'en suis plus si sûre… Je crois que ce que j'ai de mieux à faire est de m'absenter quelques jours.

— Cela ne peut faire de mal à personne, reconnut Gwen. Mais tu as toujours su ce que tu voulais. Et tu n'as jamais eu peur de courir des risques pour l'obtenir. Si tu désires Cullum, je te conseille de faire attention, de te protéger, mais aussi d'avoir confiance en toi.

— C'est un bon conseil.

Julia renvoya une mèche folle en arrière.

— En attendant, je vais prendre un peu de distance et aller voir mes parents à Washington. De plus, il y a une propriété que j'ai envie de visiter, là-bas.

— Embrasse tes parents de ma part.

Gwen adressa un sourire malicieux à sa cousine.

— Et n'oublie pas de me tenir au courant pour le projet Murdoch.

Julia se sentait le cœur plus léger. Gwen avait une excellente façon de voir les choses. Le projet Murdoch ! Hochant la tête, elle se gara devant sa maison. N'était-elle pas experte dans ce domaine ? Elle étudiait chaque projet immobilier, évaluait le coût du travail, le temps passé, les pertes et profits, sans jamais rien laisser au hasard. Pourquoi ne s'y prendrait-elle pas de la même façon pour cette histoire avec Cullum ?

Elle entra chez elle, adressa un signe cordial aux ouvriers et se précipita dans sa chambre pour préparer ses valises.

Elle allait faire une belle surprise à ses parents en arrivant à l'improviste. Cela faisait presque un an qu'elle n'était pas restée seule avec eux. La plupart du temps, la famille se réunissait au complet, et la visite prenait vite un air de bataille rangée.

En fredonnant, elle examina sa garde-robe. Elle choisit quelques vêtements pratiques, blazers, pantalons, et une robe du soir assez simple. Elle les posait dans sa valise quand Cullum entra.

Il releva un sourcil.

— Vous partez ?

— Comme vous voyez. Et je ne crois pas vous avoir entendu frapper à la porte. Dites-moi si je me trompe.

— Elle n'était pas fermée.

— Oh !

Elle déposa les vêtements et retourna vers son placard.

Cullum se planta au milieu de la pièce et posa sur la garde-robe un regard incrédule. Comment une seule femme pouvait-elle avoir tant de vêtements ? Et de chaussures ? N'avait-elle pas deux pieds de la même pointure ? Mais il lui avait déjà fait part de son opinion, et ce n'était pas la peine de perdre du temps en remettant ce sujet sur le tapis.

— Où allez-vous ?

Cette fois, ce fut Julia qui releva les sourcils.

— Loin.

— Pour combien de temps ?

Elle passa devant lui pour porter les sweaters et les chemisiers sur le lit.

— Excusez-moi, mais je n'ai pas de comptes à vous rendre.

— Peut-être que si. Nous avons réalisé la moitié des travaux. Cela veut dire qu'il en reste une autre moitié à faire. Et je n'ai pas envie de vous entendre vous plaindre à votre retour si un détail ne correspond pas à vos souhaits.

— Je ne me plaindrai pas, dit-elle en l'incendiant du regard.

Comment pouvait-elle être attirée par un homme aussi agaçant ? Elle se dirigea vers sa commode pour en sortir de la lingerie.

— Où pourrai-je vous joindre ?

— J'appellerai tous les jours.

— Ecoutez, Julia MacGregor...

Il fit une pause. Pourquoi se mettait-il à paniquer en la voyant faire ses bagages ? Prenant une profonde inspiration, il fit un pas en arrière. Après tout, n'avait-il pas désiré pendant des semaines être débarrassé d'elle ? Prenant le ton le plus calme possible, il reprit :

— Les meubles de cuisine vont arriver dans huit jours. Si vous n'êtes pas là pour vérifier la livraison...

— Je serai de retour, coupa-t-elle sèchement.

Sans la moindre gêne, elle se mit à entasser des soutiens-gorge et des culottes en satin dans un sac de lingerie.

— S'il faut que vous le sachiez, je vais passer quelques jours à Washington D.C.

— Vos parents ont un problème ?

Julia se radoucit. La voix de Cullum venait de trahir une inquiétude sincère.

— Non, ils vont bien. Ils ne savent même pas que je viens.

— Alors, pourquoi ne pas attendre que la cuisine soit livrée ? C'est la plus grosse partie du chantier.

— Vous avez mes bandes magnétiques. Elles sont très claires, j'ai enregistré tout ce que je veux dans les moindres détails. De toute façon, souvenez-vous que c'est vous qui avez en grande partie redessiné la cuisine.

— C'est bien pour cela que je ne veux pas être responsable si vous changez d'avis.

— Quand j'ai décidé quelque chose, je ne reviens jamais dessus.

Elle posa le sac de lingerie dans la valise.

— Cessez de me harceler, Murdoch. Je vais où je veux, quand je veux.

Cullum hocha la tête. Elle croyait l'impressionner en prenant son air pincé. Lentement, il alla fermer la porte.

— Que faites-vous ? interrogea Julia d'un air stupéfait.

— Je nous donne un peu d'intimité.

Posant sur elle un regard aigu, il fit de son mieux pour la voir en toute objectivité. Elle était rouge de colère. Pourquoi cela lui allait-il si bien, et pourquoi à cette vue se mettait-il à avoir des fourmis dans le sang, il aurait été incapable de le dire. Mais c'était la vérité. Julia avait posé les mains sur ses hanches, visiblement prête à l'affronter. Des bagues aux vives couleurs étincelaient à ses doigts. Ses cheveux en liberté cascadaient sur ses épaules moulées par une veste en velours vert foncé.

Elle portait toujours des étoffes douces. Le genre de vêtements qui pouvaient faire perdre la tête à un homme, qui lui donnaient envie de se faufiler dessous.

— Faites-vous ce voyage pour vous éloigner de moi, à cause de ce qui s'est passé entre nous ?

Elle posa sur lui un regard glacial.

— Je ne vois pas à quoi vous faites allusion.

— Le soir où nous avons failli nous retrouver nus sur le carrelage de votre cuisine ?

— C'était une grossière erreur, dit-elle sèchement.

Elle retourna précipitamment vers sa commode. C'était détestable, ce regret de ne pas l'avoir fait. Au moins, elle n'aurait plus cette tension insupportable tout au fond d'elle.

— Nous étions d'accord, ajouta-t-elle.

— C'est vrai, mais avons-nous eu raison ?

— Nous étions d'accord ! répéta-t-elle obstinément.

Elle recula en le voyant s'approcher d'elle.

— Restez où vous êtes.

Cullum lui adressa son sourire le plus charmeur.

— Pourquoi ? Vous êtes nerveuse ?

— Je ne veux pas que vous me touchiez.

— Qui a dit que j'allais vous toucher ? Je n'ai fait que vous poser une question. Je dois reconnaître que vous êtes d'une grande franchise. Vous dites toujours les choses sans détour. C'est pourquoi je vous le demande encore : pensez-vous vraiment que c'était une erreur ?

— Je ne sais pas, dit-elle, à deux doigts de crier.

Elle pivota sur ses talons et jeta littéralement ses vêtements dans la valise.

— Je ne fuis pas. Je veux simplement prendre un peu de recul, voir mes parents, et m'éloigner de vous avant que nous fassions quelque chose de stupide.

— Très bien, c'est une réponse qui a le mérite d'être claire. Je serai aussi direct que vous. Cela m'est égal que vous partiez. Ce n'est pas facile de vous voir chaque jour.

Julia se calma et se mit à plier soigneusement un chemisier de soie sauvage.

— C'est vrai ?

— Plus difficile que je n'aurais cru. J'imagine sans arrêt comment ce serait si nous faisions encore cette erreur.

Julia n'avait jamais été lâche, ni menteuse. Elle se tourna vers lui. Cullum avait vraiment un visage puissant. Des traits bien dessinés, une bouche ferme, des yeux immenses.

— Je dois dire que j'ai imaginé la même chose.

Elle sourit.

— Qu'est-ce qui ne va pas entre nous ?

— Je veux bien être pendu si je le sais.

Il fit un pas vers elle, mais cette fois elle resta sans bouger.

— Refusez-vous toujours que je vous touche ?

Elle poussa un soupir tremblant.

Comme elle ne répondait pas, il glissa ses mains dans le dos de Julia et l'attira contre lui.

Elle planta son regard dans le sien. Suffoquant, elle sentit qu'elle se noyait dans ces immenses lacs verts. Ils ne se quittèrent pas des yeux quand il se pencha sur elle pour l'embrasser. Panique, excitation, désir, tout se mélangeait en elle. Son cœur battait au même rythme précipité que celui de Cullum.

Cullum effleurait maintenant sa bouche, savourant son plaisir. Un plaisir qui lui faisait mal en irradiant dans tout son corps. Il ramena ses mains devant Julia, emprisonna ses seins. Il n'avait jamais rien connu d'aussi érotique que la pression de ses seins fermes sous la mince couche de soie.

Submergée de désir, Julia poussa un gémissement et rejeta la tête en arrière.

— Cullum, tes mains sont si…

Cullum glissa ses mains sous le fin tissu, rencontra la boucle du soutien-gorge. Il sentait le cœur de Julia tambouriner sous sa paume. Il oubliait les ouvriers, au rez-de-chaussée, le travail à finir, et les conséquences de ce qu'il avait si désespérément besoin de faire.

— Julia, maintenant, tout de suite…

— Oui, non ! Attendez, que faisons-nous ?

Frissonnante, elle se dégagea de ses bras et ramena les pans de son chemisier sur sa poitrine.

— C'est impossible, pas ici, pas comme cela.

Frustré, Cullum fourra ses mains dans ses poches. C'était la seule chose à faire s'il ne voulait pas qu'elles finissent d'arracher les vêtements de Julia. Il fit de son mieux pour s'imaginer sous une douche glacée et se força à parler calmement.

— Comme vous voulez, mais reconnaissez que c'est un peu plus qu'une simple erreur.

— Je dois m'éloigner de vous.

Elle referma plus étroitement son chemisier. Elle sentait encore sur ses seins la chaleur de ses mains.

— Nous devons réfléchir, et nous déciderons si cela doit arriver...

— Je crois que nous connaissons la réponse à cette partie de la question, dit sèchement Cullum.

— Très bien, cela va arriver, alors nous devons imaginer comment nous allons affronter la situation. Nous allons retourner chacun dans notre coin, si j'ose dire, pendant quelques jours. Quand je reviendrai, nous pourrons...

— Fixer la date ?

— D'une certaine façon. Il est certainement préférable que nous préparions le terrain, pour pouvoir affronter la suite.

Cullum hocha la tête, les sourcils froncés.

— D'accord, Julia MacGregor, vous allez méditer sur votre proposition, et moi sur la mienne. Nous aurons une réunion au sommet à votre retour.

— Inutile de prendre ce ton.

Il la dévisagea. Echevelée, à moitié dévêtue, Julia avait encore les lèvres gonflées de leur baiser, et elle prétendait qu'il n'avait pas le droit d'être énervé quand elle transformait leur histoire en une affaire raisonnable et prévisible ?

Il gagna la porte, posa une main sur la poignée et lui jeta un regard noir par-dessus son épaule.

— Bon voyage, Julia MacGregor.

Julia soupira.

— Cullum ! J'ai à la fois une relation professionnelle et personnelle avec votre père, et avec vous. Il est important pour moi de ne pas tout compromettre.

Il hocha brièvement la tête et sortit.

Une fois seule, Julia s'assit au bord du lit. Elle allait

attendre que son système nerveux revienne à un état normal. A moins qu'elle se trompe fort, le projet Murdoch venait de prendre un tour inattendu, et risquait d'être déjà fort compromis.

5

Julia arriva devant l'élégante maison de ses parents, dans le quartier de Georgetown. Elle adorait cette maison, où elle était née, où elle avait passé une partie de son enfance et de son adolescence, et qui la réconfortait toujours autant. C'était un peu à cause d'elle qu'elle achetait et revendait des maisons aujourd'hui. Pour leur conférer cet aspect confortable et rassurant.

L'amour avait besoin d'une maison pour l'abriter, et elle avait connu tant de bonheur dans la sienne qu'elle voulait le transmettre aux autres.

Elle souleva son sac et monta les quelques marches de brique, puis elle fit rouler le sac derrière elle en descendant l'étroite allée. Les fleurs d'automne commençaient à perdre leur éclat à l'approche de l'hiver. Dans un mois, la maison allait scintiller de lumières colorées, une couronne serait accrochée à la porte d'entrée, et un arbre de Noël chargé de décorations scintillerait à travers la belle fenêtre du salon.

Julia frappa à la porte à l'aide du heurtoir en cuivre orné du blason des MacGregor. Elle hocha doucement la tête. Ce lion couronné avait le même regard fier que son grand-père.

Une femme de petite taille ouvrit la porte. Julia lui adressa un sourire radieux.

— Boxy, vous ne changez donc jamais ! s'exclama Julia.

— Mademoiselle Julia ! s'exclama la gouvernante, vous

n'avez dit à personne que vous veniez. Qu'auriez-vous fait si nous n'avions pas été là ?

— Je me serais sentie très malheureuse. Maman et papa sont à la maison ?

— Votre père est dans son bureau. Il vient de recevoir un appel d'Europe. Et votre mère travaille aussi dans le sien.

— Je vais les déranger, décida Julia. Ne portez pas ce sac, Boxy. Je vais revenir le chercher dans quelques minutes.

Boxy marmonna quelque chose, s'empara du sac et grimpa l'escalier.

Le bureau de Shelby MacGregor était une cuisine d'été reconvertie, qui offrait assez d'espace pour contenir son tour de potier et son four, sa table de travail et ses fournitures. Pendant toute la durée de la présidence exercée par son mari, elle avait continué son œuvre d'artiste, autant pour satisfaire son besoin de création que pour affirmer son droit de poursuivre sa carrière.

Aujourd'hui, l'ancienne First Lady était perchée sur un tabouret et tournait une poterie. Elle avait les mains enduites d'argile jusqu'aux poignets et les avant-bras éclaboussés de terre. Ses cheveux roux foncé étaient réunis à la diable sur le sommet de son crâne, et ses yeux gris plissés par la concentration.

Ne voulant pas interrompre sa mère en plein travail, Julia s'appuya contre le chambranle de la porte et l'observa. L'argile se transformait sous ses mains habiles. La masse de terre s'allongeait, s'affinait, avant de prendre la forme d'une coupe évasée.

— Pas mal, murmura Shelby en inclinant la tête tandis qu'elle arrêtait la roue.

— Ce sera superbe. Comme toujours.

— Julia !

Shelby se leva, s'élança vers sa fille et s'arrêta à mi-chemin.

— Seigneur, je ne suis pas présentable, dit-elle en riant

et en tendant ses mains enveloppées de terre. Ma chérie, embrasse-moi.

Julia déposa deux gros baisers sur les joues de Shelby.

— Quelle surprise !

— Une bonne surprise, j'espère ?

— La meilleure que tu puisses me faire. Laisse-moi me laver les mains pour que je puisse te serrer dans mes bras. As-tu vu ton père ?

— Non, Boxy m'a dit qu'il était au téléphone, j'ai préféré venir te voir la première.

— Il faut qu'il arrête un peu de travailler, allons le voir ensemble !

Elle se lava rapidement les mains et serra Julia contre elle.

— Tu m'as tant manqué. Tu vas tout me raconter, tout ce qui est nouveau. Le petit Daniel, comment vont tes cousines, où tu en es avec ta maison. Combien de temps vas-tu rester ? As-tu faim ? Tu peux répondre à toutes ces questions dans l'ordre qui te plaît.

En riant, la mère et la fille grimpèrent l'escalier bras dessus, bras dessous.

— Mes cousines sont superbes, Laura ressemble à une madone avec son bébé et Gwen est radieuse comme un ange. J'ai mangé quelques bouchées il y a longtemps dans l'avion, et je ne peux rester que deux ou trois jours. Et la maison… va très bien !

Shelby fronça imperceptiblement les sourcils. L'hésitation de Julia ne lui avait pas échappé. Elle allait essayer d'en connaître la raison, l'air de rien. Elle se tourna vers le bureau de son mari, donna un vague coup sur la porte et entra.

Alan MacGregor était assis. Ses cheveux avaient pris une teinte argentée, et en ce moment précis, le soleil qui se faufilait par la fenêtre les faisait briller. Julia esquissa un sourire ému. Comme toujours, c'était le plus bel homme de la Terre. Les petites rides soucieuses qui entouraient ses yeux se transformèrent en rides d'expression joyeuse.

Le téléphone collé à l'oreille, il se leva et tendit sa main libre.

— Je vais y réfléchir. Oui, sérieusement.

Il passa le bras autour des épaules de Julia.

— Je suis désolé, je vous rappellerai. Oui, je n'y manquerai pas.

Il raccrocha et, se tournant vers sa fille, la prit dans ses bras.

— Tu es magnifique, murmura-t-il en l'embrassant sur les cheveux.

Quelques minutes plus tard, Julia était confortablement installée devant la cheminée, dans le salon, et sirotait un verre de vin blanc. Il y avait longtemps qu'elle ne s'était pas sentie aussi détendue. Elle avait eu une très bonne idée de venir voir ses parents.

— C'est merveilleux.

Elle posa sa tête contre le bras du fauteuil de son père et poussa un soupir de bien-être.

Shelby jeta un rapide coup d'œil à Alan. C'était un signal. Il le comprit et ébouriffa les cheveux de Julia.

— Tu t'es habituée à vivre seule, ma chérie ?

— Mes cousines me manquent. Gwen, Laura et moi, nous avons formé un trio pendant si longtemps. Heureusement, je les vois régulièrement.

— Mais ce n'est plus la même chose, dit Alan.

— Non. Mais d'une certaine façon, c'est plutôt mieux. Elles sont si heureuses.

— Et toi, tu es heureuse ?

— Oui.

Elle tourna la tête et lui adressa un sourire.

— Oui, je suis heureuse. J'adore ma maison et mon travail. En ce moment, je m'amuse beaucoup avec la réhabilitation de la maison.

Shelby regarda son mari avec insistance. Leur fille venait de leur tendre la perche. Il fallait la saisir.

— Je suis impatiente de la voir, dit-elle.

Elle sourit à Alan, qui prit le relais.

— Les travaux ont-ils bien avancé ?

— Ma chambre est finie. Evidemment, c'était ma priorité. Je me suis disputée avec Murdoch sur certains points de détail, mais c'est moi qui signe les chèques.

— Absolument.

Shelby retint un sourire. Julia n'avait pas parlé de M. Murdoch, mais de Murdoch, tout court. Ce devait être le fils.

— Tu as des problèmes avec le chef de chantier ?

— Quelques-uns. C'est Cullum Murdoch qui fait les travaux, son père n'a pas pu s'en occuper, il a été malade.

— Michael ?

Alan se redressa dans son fauteuil.

— Que lui arrive-t-il ?

— Il a attrapé froid et il a mis longtemps à se rétablir. Il va mieux maintenant, mais Cullum a le chantier en main, alors...

Elle haussa les épaules.

— Il travaille très bien. C'est seulement que nous... n'avons pas les mêmes goûts. Il veut que ce soit fait à sa façon, moi je préfère la mienne. C'est aussi bête que cela.

Julia avala son vin et prit une profonde inspiration.

— Je suis en train de réfléchir, je vais peut-être avoir une aventure avec lui...

— Oh !

Instinctivement, Shelby posa une main sur son cœur. Elle venait d'éprouver un petit choc.

— Mais si vous ne vous entendez pas bien ?

— A ce niveau-là...

Poussant un léger soupir, Julia étira ses jambes.

— A un autre niveau, nous nous entendons très bien.

— L'attirance physique n'est pas suffisante, dit Shelby.

Elle lutta pour refouler sa panique sous le regard chaleureux et amusé d'Alan.

— Je crois pouvoir dire que ta mère pense à une adorable jeune femme qui avait essayé de se convaincre qu'elle ne s'entendait pas avec un certain jeune homme sur un plan particulier.

Ses yeux sombres se mirent à luire de bonheur.

— Alors, je l'ai séduite.

— Alan !

Shelby secoua la tête.

— Il s'agit de notre petite fille, Alan ! Je crois que ni toi ni moi n'avons envie qu'elle soit séduite par un Murdoch.

— Elle parle plus comme un MacGregor qu'un MacGregor en personne ! murmura Alan à Julia. Je dirais que cela dépend du Murdoch, continua-t-il. Et de Julia. Tu es une femme intelligente, Julia. Tu fais la différence entre le bien et le mal, et tu sais ce qui te convient.

— Ce qui me convient, pour l'instant, c'est que nous prenions quelque distance, Cullum et moi, et que je vous parle à tous les deux. Ne te fais pas de souci pour moi, maman.

Elle posa une main sur le genou de sa mère.

— Si je m'engage avec Murdoch, ce sera en pure connaissance de cause.

Ils discutèrent encore un long moment puis Julia sortit du salon pour se changer. Shelby se tourna vers son mari.

— Alan, c'est sérieux.

— Mmm.

Il se leva pour remplir le verre de sa femme.

— Ne fais pas ce mmm diplomatique avec moi.

Elle le regarda d'un air sévère par-dessus le bord de son verre.

— Je ne suis pas naïve au point de croire que Julia n'a jamais connu d'hommes. Mais jusqu'à présent, il n'y en a aucun qui ait compté suffisamment pour qu'elle vienne nous en parler.

Assis sur le bras de son fauteuil, Alan se mit à jouer avec les boucles de sa femme.

— Crains-tu qu'elle l'aime ? Ou qu'elle soit seulement attirée physiquement ?

— Les deux.

Elle soupira. Sa petite fille, son bébé ! Elle n'avait pas eu le temps de se préparer à cette nouvelle.

— Je pense que ce serait sage si nous en savions un peu plus sur lui.

— Mon père connaît les Murdoch depuis des années.

Alan porta son verre à sa bouche.

— J'imagine qu'il sera ravi de cette situation, ajouta-t-il avec un clin d'œil.

Il fallut une minute à Shelby pour comprendre. Puis elle posa sa main sur celle d'Alan.

— Tu n'insinues tout de même pas qu'il a arrangé leur rencontre ?

Se penchant vers elle, Alan posa un baiser sur sa bouche un peu pincée par la fureur. Quand il sentit qu'elle s'adoucissait, il releva la tête et répondit :

— J'en suis absolument certain.

6

Cullum méditait devant sa bière en écoutant une chanson qui racontait un amour finissant. Le regard rivé sur sa boisson dorée, il poussa un profond soupir. N'était-ce pas toujours ainsi ? Rien n'était éternel, et, d'ailleurs, si les choses duraient, il serait au chômage. Les constructions n'étaient pas si différentes des gens. Et certaines personnes avaient besoin d'attentions permanentes.

Julia MacGregor faisait partie de cette catégorie.

Heureusement, il avait mis ces quelques jours à profit pour se calmer et reprendre ses esprits. S'il s'était engagé avec elle, il aurait risqué gros, et, personnellement, il préférait rester prudent concernant les femmes.

Il porta la canette à ses lèvres et la reposa bruyamment. Bon sang, c'était incroyable ! Cette femme voulait négocier jusqu'à leurs relations sexuelles ! Elle voulait établir des conditions et des clauses, en prenant le lit pour la table des négociations. Eh bien, puisque c'était ainsi, qu'elle aille au diable ! Quant à lui, il avait toujours pensé que l'attirance mutuelle était une raison suffisante pour qu'un homme et une femme célibataires suivent leur inclination.

Julia n'avait qu'à trouver quelqu'un de son espèce.

Il esquissa un sourire désabusé. C'est sans doute ce qu'elle allait faire. Une femme comme elle n'aurait aucun mal à trouver un partenaire qui accepte ses conditions.

Se passant une main fatiguée dans les cheveux, il

soupira encore. Au fond, qu'entendait-il vraiment par « une femme comme elle » ? En toute objectivité, elle n'était pas à proprement parler très belle, si on l'observait de près. Mais l'ensemble de sa personne produisait sur les hommes un effet indiscutable. Elle devait le savoir, et elle en abusait. Cependant, avec lui, elle n'arriverait à rien de cette manière. Il avait flanché, mais il était retombé sur ses pieds.

Un homme se dirigea vers le comptoir et lui donna une bourrade amicale sur l'épaule.

— Comment ça va, patron ?

Cullum se contenta d'émettre un son un peu guttural. Pourquoi diable s'était-il laissé entraîner par son équipe d'ouvriers à aller boire un verre après le travail ? Il n'était pas d'humeur sociable. Mais il n'était pas non plus d'humeur à rentrer chez lui.

— J'espère que Mlle MacGregor va bientôt revenir, dit le charpentier.

Il repoussa sa casquette de base-ball en souriant.

— Elle manque à tout le monde. Les gars aiment bien la voir, surtout quand elle porte une de ses petites jupes. Laissez-moi vous dire une chose : cette femme-là a des jambes de reine.

Inconscient de la fureur qui commençait à luire dans les yeux de son patron, le charpentier s'accouda au comptoir pour siroter sa boisson.

— Elle sent bon, aussi, on en mangerait, dit-il d'un air lubrique.

Cullum serra convulsivement sa canette de bière. Il éprouvait soudain le besoin de l'écraser sur la tête de son ouvrier. Au lieu de quoi il la posa très lentement devant lui.

— Occupe-toi de ton boulot, Jamison, pas des jambes de notre cliente.

Jamison le regarda d'un air surpris. Le volcan qui

bouillonnait dans les yeux de son patron le calma d'un coup. Il s'éclaircit la gorge.

— Pas de mal à ça, patron, c'était juste pour causer.

Sans faire de commentaire, Cullum jeta quelques billets sur le comptoir et prit la porte en lui jetant un regard sombre. Mieux valait partir avant de lui tomber dessus.

Jamison souffla bruyamment, puis il se mit à glousser de rire et appela son copain.

— Hé, Jo, on dirait que le patron en pince pour la belle MacGregor!

Avec un sourire complice, Jo vint s'asseoir à côté de lui sur le tabouret que Cullum venait de libérer.

Ils passèrent plus d'une heure à bavarder et à rire au sujet de Cullum et de Julia. Le lendemain, tous les ouvriers du chantier se livrèrent à des paris.

Cullum entra au moment où un de ses hommes passait vingt dollars à un autre. Mais Murdoch and Sons n'avaient jamais recruté des imbéciles.

Le bénéficiaire dit à haute et intelligible voix :

— Merci de me dépanner, Mike.

Il empocha le billet avec un sourire décontracté et se remit au travail.

Cullum fit le tour de la maison. La salle à manger était la pièce la plus classique. Les lambris qui recouvraient les murs à mi-hauteur étaient finement sculptés. La pièce était éclairée par trois hautes fenêtres et il y avait un plafond à caissons. Cullum fronça légèrement les sourcils. Il fallait espérer que Julia n'y installerait pas des meubles trop féminins, mais des chaises à haut dossier, une longue table ancienne de bois massif. C'était cela ou rien.

Il restait la petite pièce en haut de l'escalier et le petit salon pour les meubles délicats.

— Elle accrochera probablement des bouquets séchés au mur, marmonna-t-il.

Il retourna dans la cuisine.

Comme il examinait les moindres détails, il ne fit pas attention aux regards en coin et aux sourires complices de ses hommes d'équipe. Le revêtement de sol avait été enlevé, le plancher protégé par des morceaux de tissu. La dernière étape serait de le remettre en état. Les peintures des murs, d'un joli jaune paille, étaient terminées. Cullum hocha la tête. Julia avait du goût. C'était une nuance qui s'harmoniserait bien avec le bois. Un des murs avait été abattu, et en ce moment, les ouvriers installaient les fenêtres.

Cette pièce allait être splendide. Cullum ébaucha un sourire. C'était bon de voir un projet prendre vie. C'était le genre de chose qui lui apportait toujours une intense satisfaction. Mais cette fois, celle qu'il éprouvait était encore plus vive, plus profonde. Il hocha lentement la tête. Aucun doute, c'était la spécificité de cette maison qui le faisait éprouver ce sentiment.

Cependant, sa joie fit bientôt place à une sensation pénible. Il n'avait jamais su se masquer la réalité. S'il était si content du résultat, c'était à cause de la propriétaire de la maison. Il haussa aussitôt les épaules. Quelle idée absurde ! Cela n'avait rien à voir avec Julia !

Cependant, les images défilaient malgré lui dans sa tête. Il se voyait entrer de bonne heure le matin dans cette cuisine. Il y aurait des pots d'herbes aromatiques accrochés à la fenêtre sud. C'était la meilleure exposition, et il aimait avoir des herbes fraîches sous la main quand il se mettait à cuisiner. Il ferait le café sur le comptoir. La pièce sentirait bon le romarin. Un bouquet de fleurs, sur la vieille table de chêne, viendrait ajouter une note de fraîcheur.

Il boirait sa première tasse debout au comptoir, puis il irait déguster la seconde assis à la table de fer forgé, dans le coin face à la porte. Le coin réservé aux repas pris en famille.

Les rayons du soleil se glisseraient dans la pièce quand Julia entrerait, échevelée, les yeux lourds de sommeil, sexy dans sa petite nuisette. Elle lui sourirait et viendrait poser sa tête sur son épaule. Et lui volerait son café.

Complètement plongé dans son rêve éveillé, il retint un cri de surprise.

Julia venait d'entrer.

— Que vous arrive-t il ?

Elle se mit à rire.

— Vous faisiez un rêve éveillé, Murdoch ?

Elle fourra ses mains dans les poches de sa veste et examina la pièce.

— Cette cuisine a bien changé ! Je devrais m'absenter plus souvent. Je la trouve magnifique. Je savais que cette couleur serait parfaite. Je viens de voir les portes latérales de la terrasse. Tout est superbe.

Pétrifié, Cullum essayait de retrouver son aplomb. Dieu merci, Julia ne lui laissait pas le temps de placer un mot. Elle semblait n'avoir pas remarqué qu'il avait pris quelques décisions sans tenir compte de son avis. Mais peu importait. Pour l'instant, il luttait contre une furieuse envie de la prendre dans ses bras et de l'étouffer sous ses baisers.

Julia fit une pause et garda les yeux fixés sur lui. Elle sentit son cœur battre plus vite. Elle avait sérieusement réfléchi à leur relation, pendant son séjour à Georgetown. Elle avait tout prévu, tout planifié, jusqu'aux moindres détails.

Et maintenant, elle ne se rappelait plus rien.

— Je suppose que je…

Elle fit encore une pause. Pourquoi Cullum la regardait-il ainsi ? S'il continuait, elle ne pourrait pas remettre de l'ordre dans ses pensées. Elle allait emporter ses affaires en haut et faire le tour de la maison.

Sortant de sa réflexion, elle interrogea :

— Les placards vont bientôt être installés ici ?

— Après-demain.

— Bon, très bien. Je suis impatiente de les voir. Je vais juste…

Elle agita vaguement une main.

— J'y vais.

Tournant les talons, elle sortit précipitamment et étouffa un cri. La main de Cullum venait de se refermer sur son bras.

— Je vais vous aider à monter vos sacs. Il y a quelques détails dont nous devons parler, pour la chambre d'amis.

Julia secoua la tête. Pas maintenant, c'était impossible. Elle ne pouvait pas aligner deux pensées rationnelles.

— Je ne veux pas interrompre votre travail. Et j'ai quelques coups de téléphone à passer…

— Ce ne sera pas long.

Il releva un sourcil étonné. Le bas de l'escalier était encombré de bagages.

— Vous n'êtes partie que trois jours.

— J'ai fais quelques emplettes, j'avais emporté plusieurs sacs.

Elle en saisit un pour occuper ses mains.

— J'ai presque fini mes achats de Noël.

— Toujours très organisée, à ce que je vois, dit-il, sarcastique.

Cullum souleva deux gros sacs, secoua la tête. Ils pesaient des tonnes.

— Où voulez-vous que je les dépose ?

— Dans ma chambre. Il faut que j'organise tout avant de les emballer. Comment va votre père ?

— Beaucoup mieux, je suppose.

Stupéfait, il s'arrêta au milieu de l'escalier. Une demi-douzaine d'ouvriers étaient dans le hall et le regardaient monter avec Julia.

— Que se passe-t-il ? Vous avez terminé le chantier pendant que j'avais le dos tourné ?

Ils retournèrent en hâte à leur travail. Cullum haussa les épaules, décidé à ignorer les rires qui le suivaient.

— Ils devraient garder les fenêtres ouvertes pendant qu'ils enduisent les murs de colle à papier. Les vapeurs les rendent débiles, dit-il d'un ton exaspéré.

Feignant d'ignorer ses paroles, Julia ordonna :

— Posez-les sur le lit, s'il vous plaît.

Le lit encombré les empêcherait de succomber à la tentation.

— J'ai vraiment hâte de voir le...

Elle ne put terminer sa phrase, interrompue par la bouche de Cullum contre la sienne. La serrant contre lui, les mains posées sur ses cheveux, il captura ses lèvres en un baiser vorace qui les laissa pantelants.

Julia ne pensait plus à respirer. Le sac qu'elle portait lui glissa des mains et heurta le plancher avec un bruit mat.

— Laissez-moi, nous devons parler de cela, arriva-t-elle à dire, haletante.

— Taisez-vous.

Il la serra contre lui. Elle passa ses bras autour de son cou. Quelque chose lui heurta la hanche, tandis qu'elle sentait une piqûre à la cuisse.

— Aïe !

— Ma ceinture à outils, grommela Cullum.

Il desserra son étreinte.

— Désolé.

— Ce n'est rien.

D'une main peu sûre, elle se frotta la cuisse.

— Je ne sais pas si vous avez eu le temps de réfléchir, mais moi si. Nous devons en discuter, dit-elle.

— Je vous veux. C'est tout ce que j'ai à dire.

Avec un rire tremblant, elle fit quelques pas de côté pour mettre le pied du lit entre elle et Cullum.

— En ce qui me concerne, c'est un peu plus com-pliqué.

— Je n'en doute pas, mais voilà ce que je vous propose : je finis la journée à 16 h 30. Je reviendrai à 18 heures. Si vous voulez, j'apporterai le dîner.

Elle hocha la tête.

— Mais nous pourrions peut-être dîner dehors.

Il riva ses yeux verts brillant de convoitise dans les siens.

— Une autre fois. Je n'ai pas envie d'affronter les serveurs, le choix du menu, et la conversation, ce soir.

— Alors nous dînerons ici, et nous discuterons.

Maintenant, il esquissait lentement un sourire sensuel qui fit naître chez elle une succession de petits frissons délicieux.

— On parie ? dit-il.

— Je parle sérieusement, Murdoch.

— Moi aussi, MacGregor. A 18 heures, répéta-t-il avant de se tourner vers la porte.

— 18 h 30, dit-elle.

C'était arbitraire, mais elle avait besoin de s'affirmer un peu.

Cullum secoua la tête.

— Parfait.

Puis il releva un sourcil.

— Vous venez ?

— Où ?

— Dans la chambre d'amis. Vous vous souvenez ?

— Oh !

Troublée, elle rejeta en arrière sa chevelure emmêlée.

— Je croyais que vous aviez dit cela à cause de votre équipe.

— Je n'ai rien à cacher. Allons voir cette chambre. Le gros œuvre a été inspecté et approuvé.

Elle fit de son mieux pour retrouver ses réflexes de femme d'affaires. C'était irritant de voir Cullum reprendre son contrôle plus rapidement qu'elle.

— D'accord. Ensuite, j'aimerais voir de plus près ce qui a été fait pendant mon absence, si vous avez le temps.

Il lui ouvrit la porte.

— Je suis à votre disposition. Du moins jusqu'à 16 h 30.

Elle le regarda en plissant les yeux.

— Pourquoi dites-vous cela comme une menace, Murdoch ?

Sans répondre, il lui adressa un sourire innocent.

A 16 h 45, Julia vit le dernier camion, celui de Cullum, sortir de l'allée. Elle avait moins de deux heures devant elle, mais cette fois, elle serait prête. Il n'arriverait pas à lui brouiller l'esprit avant qu'elle puisse prononcer un mot. Ils allaient parler de leur situation rationnellement, négocier les conditions...

Et quand leur relation se terminerait, ce qui ne pouvait qu'arriver, ils partiraient chacun de leur côté sans faire d'histoires. Ils se ressemblaient beaucoup trop pour que cela puisse durer. Et le feu qui les poussait l'un vers l'autre était bien trop ardent pour brûler longtemps.

Elle ne voulait pas souffrir, ni le faire souffrir. Et pour cela, il fallait mettre au point des règles strictes et les suivre. Après quoi, ils pourraient être heureux ensemble, tant que la vie n'en déciderait pas autrement.

Julia se détourna de la fenêtre. Pourquoi se sentait-elle soudain si déprimée ? Peut-être parce que Laura et Gwen étaient tombées amoureuses si rapidement. Sans prendre la peine de poser des garde-fous.

Mais avec Cullum, ce n'était pas de l'amour. C'était de la chimie. Elle était suffisamment calée dans cette science pour savoir que les expériences pouvaient provoquer des explosions si elles n'étaient pas préparées et exécutées avec le plus grand soin.

Et elle n'avait aucune intention de se brûler les ailes.

Cependant, il n'y avait aucune raison de ne pas faire perdre la tête à Cullum. Elle avait deux heures devant elle pour se préparer. C'était plus qu'il ne lui fallait.

Quand elle serait prête, Cullum, le dur à cuire, serait un objet en pâte à modeler entre ses mains.

7

Devant la porte de Julia, Cullum hésita. C'était tentant de se servir de sa clé pour la mettre en colère. Mais il se ravisa et préféra frapper énergiquement. Il était 18 h 30 précises. Il avait passé un polo bleu marine et un jean flambant neuf, rien qui puisse faire penser à Julia qu'il s'était mis en frais pour elle.

Passant le sac qu'il portait d'une main à l'autre, il regarda le bout de ses chaussures en s'exhortant au calme. Il n'était pas question que Julia s'aperçoive de sa nervosité. Cela lui donnerait l'avantage. Or, il était bien décidé à tout mettre en œuvre pour la faire fondre dans ses bras, ce soir.

Naturellement, c'était très bien que Julia use de ses avantages. C'était digne de respect. Cependant, il ne voulait pas qu'elle ait un pas d'avance sur lui.

Comme la porte restait fermée, il mit sa main libre dans sa poche pour en tirer la clé. Mais, au même instant, Julia vint ouvrir.

Elle non plus ne paraissait pas s'être donné trop de mal pour son apparence. Il l'examina de la tête aux pieds tandis que son cœur martelait dans sa poitrine. Julia n'avait pas attaché ses cheveux, et ses boucles dansaient librement sur ses épaules. C'était ainsi qu'il la préférait. Le petit ensemble qu'elle avait choisi soulignait chacune de ses courbes avec une précision qui lui faisait monter l'eau à la bouche. Elle avait passé une ceinture argentée composée de gros anneaux autour de sa taille, et elle était pieds nus.

Elle ressemblait à une espèce de bohémienne très distinguée, avec ses yeux couleur du chocolat, ses épais sourcils et sa bouche pulpeuse, douce, dépourvue de maquillage.

— Vous êtes ponctuel, dit-elle en l'examinant avec insistance.

Un sourire se dessina lentement sur ses lèvres.

— J'apprécie cette qualité chez un homme.

— Et vous, vous êtes prête. C'est une qualité que j'apprécie chez une femme.

— Quelle chance nous avons ! Entrez !

Elle referma la porte derrière lui, et s'efforça d'ignorer la sensation de vertige qui s'emparait d'elle.

— Qu'avez-vous apporté pour le dîner ?

— Rien que du croustillant.

Il plongea un regard pénétrant dans celui de Julia, qu'une lueur amusée venait de traverser. Il sourit.

— Et un bon vin blanc de Bordeaux qui mettra en valeur, sans les écraser, les fameux secrets de ces herbes et épices.

— Qui aurait pu croire que nous avions les mêmes goûts alimentaires ? Emportons cela à l'étage.

Elle pencha la tête avant qu'il n'ait l'idée de manifester sa surprise.

— Ma chambre est la seule pièce dans laquelle il soit possible de prendre un repas, pour le moment. A moins que vous préfériez vous asseoir sur des seaux renversés et poser votre assiette sur des tréteaux ?

— Votre chambre fera l'affaire.

— Alors montez, je vais essayer d'exhumer deux verres de vin de tout ce fatras.

— Tout ce dont nous avons besoin est ici, dit-il en tapotant le sac. Assiettes et verres en carton. Inutile de salir de la vaisselle.

— Excellente idée.

Julia hocha la tête.

— Les travaux sont bientôt finis, d'après ce que j'ai pu constater.

Il hocha la tête.

— Il suffisait d'un bon planning, et d'un peu de chance.

Julia s'affairait en parlant pour gagner du temps.

— J'ai vu un immeuble en centre-ville. Il pourrait être transformé en dix appartements de quatre pièces.

Faisant une pause devant la porte de sa chambre, elle lui jeta un coup d'œil par-dessus son épaule.

— Est-ce que cela vous intéresserait, vous et votre père ?

— S'il ne faut pas commencer les travaux avant le début de l'année.

— Je ne l'ai pas encore acheté.

Elle se dirigea vers la cheminée, où brûlait un feu qui réchauffait l'air et l'ambiance. Il crépitait derrière un écran en cuivre ciselé. Le manteau était surchargé de bougeoirs et de chandeliers de différentes tailles. Les bougies n'étaient pas encore allumées, sauf une en cire blanche au milieu de la table.

— Très joli, murmura Cullum.

La pièce était attirante, et Julia aussi. Les sourcils froncés, il posa le sac en papier sur la table. Julia avait-elle l'intention de le séduire avant qu'il prenne l'initiative ?

Cette soirée promettait d'être passionnante.

Sortant la bouteille de vin, il la déboucha tout en observant la jeune femme.

— Comme nous sommes des gens civilisés, permettez-moi de vous dire que vous faites un travail fantastique dans cette maison. On sent que vous avez choisi les objets après réflexion. Le décor est élégant, mais il reste accueillant. Personne ne pourrait le nier.

Julia resta bouche bée. C'était un compliment qui atteignait à la fois la pensée et le cœur.

— Merci. C'est très important pour moi, j'ai grandi dans une maison chaleureuse.

— Vous avez grandi à la Maison Blanche, lui rappela-t-il.

Il lui tendit un verre de vin blanc.

— C'est vrai, mais je parlais de notre maison de Georgetown. Cependant, mes parents ont fait l'impossible pour que nous nous sentions chez nous à la Maison Blanche.

— Vous deviez avoir l'impression d'être dans un bocal à poissons.

— Parfois. Mais le plus souvent, je trouvais que c'était confortable et intime. Si je devais y vivre de nouveau, je ferais en sorte que ma famille s'y sente aussi bien.

Il releva les sourcils.

— Vous envisagez d'épouser un futur président ?

— Non, j'envisage de me présenter moi-même à la présidence.

Elle fit une pause. Cullum allait certainement s'étrangler avec son vin, éclater de rire ou lancer une remarque sardonique. Mais rien de cela ne se produisit. Il plissa les yeux en hochant la tête.

— Même si vous faites la moitié de ce que votre père a fait, vous serez un bon président.

— Décidément, vous m'étonnez encore.

— Pourquoi ? Vous trouvez que je m'aplatis comme une carpette devant vous ?

— J'ai eu l'impression que c'était arrivé deux ou trois fois.

Elle s'assit et ouvrit le sac.

— Je suis prête, si vous l'êtes.

Cette fois, il se mit à rire.

— A manger, précisa-t-elle d'une voix faible. Et à parler du reste.

— Une petite conversation en grignotant ne me dérange pas.

Ils partagèrent le poulet rôti et les pommes de terre frites dans les assiettes en carton. Puis Julia fit couler une cascade de sel sur ses aliments. Cullum grimaça. Elle gloussa de rire.

— Je sais. C'est beaucoup trop.

Elle attaqua fermement un pilon et soupira de plaisir.

— Mais c'est si bon. Tout ce qui est mauvais aux yeux des autres semble toujours si bon. Cullum, se peut-il que nous soyons mauvais l'un pour l'autre ?

— Qui sait ? La vie est un pari.

— C'est vrai. J'aime parier, mais j'évalue toujours les risques et je sais toujours combien je peux me permettre de perdre. Ainsi, nous sommes attirés l'un par l'autre pour une raison peut-être folle et contradictoire.

Cullum prit son verre. Il se régalait de Julia autant que de la saveur sèche et fruitée du vin blanc.

— Je suis d'accord.

— En ce qui me concerne, je ne prends pas un amant uniquement parce qu'il m'attire, poursuivit-elle. Il me faut un peu plus d'assise. Du respect mutuel, de la compréhension, de l'affection. Je préfère aussi engager une relation sur un accord partagé ; si le vent tourne, les deux parties doivent l'accepter et partir chacune de son côté. Et la fidélité doit être de règle. Si l'une des deux parties trouve que ce n'est pas satisfaisant, la relation prend fin. Et il n'y a pas de dégâts.

Cullum était partagé entre l'envie de rire et la stupéfaction.

— Alors si je décide de m'offrir un peu de fantaisie, le contrat est annulé ? interrogea-t-il.

— Automatiquement. Et pas de grands sentiments. Cela évite de mentir et de tricher. Je ne tolère ni le mensonge ni la tricherie dans ma vie, et encore moins au lit.

— Je ne mens jamais !

Cette fois, il lui adressa un coup d'œil agacé.

— Et je ne triche pas.

— Je ne vous ai pas dit le contraire. Mais les gens le font souvent, et l'excuse est généralement toujours la même :

ils veulent épargner les sentiments de l'autre. Je n'ai pas besoin qu'on épargne mes sentiments.

— Parfait ! Quand je voudrai tenter ma chance ailleurs, je vous le ferai savoir.

Ostensiblement, il prit son temps pour s'essuyer les doigts avec une serviette en papier en l'observant du coin de l'œil. Puis il ajouta :

— Et dès que vous voudrez tenter la vôtre avec un jeune premier aux cheveux gominés… eh bien, je lui casserai la figure.

Julia retint un sourire. C'était plutôt agréable de sentir son pouls s'affoler, mais en même temps horripilant.

— C'est exactement le genre d'attitude que je trouve inacceptable !

— Pas moi. Mais j'ai compris votre idée, Julia. Vous voulez être respectée. Je respecte votre esprit et votre intégrité. Vous avez l'habitude d'aller votre chemin, et vous aimez mener la danse. Je dois reconnaître que vous êtes très douée pour cela. Et je vous aime assez pour, la plupart du temps. Maintenant, laissez-moi ajouter quelque chose.

Il entrechoqua leurs verres et se renfonça sur son siège.

— Si vous voulez passer des accords, essayez avec quelqu'un comme Tod, celui que vous avez chassé l'autre soir. Je considère que l'amour, quel qu'il soit, ne relève pas du monde des affaires, et aucun de nous n'est capable de savoir comment les choses vont tourner. Nous nous désirons mutuellement. Peut-être qu'après ce soir, ce désir n'existera plus, et l'affaire sera réglée.

— Et s'il n'existe plus que d'un côté ?

— Ce ne sera pas de chance.

Il se leva et, prenant sa main, la tira pour qu'elle se mette debout.

— Voyons un peu.

Julia se raidit. Elle n'avait pas encore fini. Mais, en une fraction de seconde, Cullum venait déjà de faire fondre son assurance. Sa bouche ferme, possessive ne donnait pas d'autre choix à la sienne que de s'entrouvrir avec un gémissement de pur plaisir.

Elle avait voulu allumer les bougies, pour l'amener lentement à perdre la tête jusqu'à ce qu'il accepte toutes ses conditions. Mais c'était compter sans le désir, qui lui mordait le ventre comme une bête affamée.

Ses mains se faufilèrent sous le polo de Cullum, suivirent le contour de ses muscles durs le long de son dos. Fascinée par sa force, elle releva le vêtement, le passa par-dessus la tête de Cullum et le jeta par terre sans ménagement. Ses doigts allaient vite, de plus en plus vite, pour obtenir plus, toujours plus.

— J'aime vraiment ton corps, parvint-elle à murmurer dans un souffle.

Faisant sauter les bretelles de sa petite robe, Cullum lui mordilla le cou.

— Je peux en dire autant, chuchota-t-il.

Il baissa les mains jusqu'à la taille de Julia et détacha sa ceinture.

Ses mains couraient sur le tissu soyeux, puis Julia sentit les paumes calleuses sur sa peau nue. Ils s'embrassèrent follement en gémissant de plaisir anticipé.

Elle retint sa respiration quand Cullum la souleva dans ses bras et l'emporta dans la chambre. Pendant un instant, elle se sentit profondément perdue, dominée, conquise. La panique et l'excitation déferlèrent en petites vagues sur sa peau. Ensuite, il l'allongea sur l'épais duvet, et il ne la quitta pas des yeux en finissant de la débarrasser de sa robe.

Un bref frisson la parcourut. Elle s'était préparée pour Cullum, elle savait que cette soirée se terminerait ainsi. Mais elle ne savait pas, elle n'avait pas pu imaginer qu'un regard soutenu de ses intenses yeux verts allait la priver aussi rapidement de sa maîtrise de soi.

Avec un petit cri d'impatience, elle enroula ses jambes autour de lui tandis que leurs bouches fusionnaient.

Cullum était en ébullition, son cœur battait à tout rompre. Julia était aussi érotique et dangereuse qu'une sirène. Son odeur lui faisait l'effet d'une drogue. Il se sentait brutal, il ne pouvait s'en empêcher. Elle l'avait déjà privé de ce qu'il pouvait avoir de civilisé.

Il s'agrippa à ses hanches et sa bouche s'écrasa sur la sienne jusqu'à ce qu'elle gémisse d'étourdissement. Puis, la prenant par les cheveux, il dévora sa gorge.

Elle avait déjà la peau humide de sueur quand il la rejeta en arrière, quand sa bouche et ses mains prirent possession de ses seins. L'air était trop lourd pour qu'elle puisse respirer, et chaque tentative lui faisait tourner la tête. Il y avait un feu tout au fond d'elle qui chauffait à blanc son système nerveux. Avide elle aussi de toucher Cullum, de le goûter, de le prendre, elle roula avec lui sur le lit.

Elle dégrafa son jean. Chaque seconde leur infligeait une délicieuse torture, chaque mouvement un plaisir presque insupportable.

Cullum sentit ses propres muscles frissonner quand sa peau imberbe se frotta à celle de Julia. Il n'avait jamais désiré quoi que ce soit au point où il la désirait elle. Chaque centimètre de sa peau, chaque courbe, le moindre tremblement, le moindre gémissement. Le besoin qu'il avait de Julia ressemblait à des doigts d'acier qui l'auraient pris à la gorge, et lui auraient emprisonné le cœur, les reins.

Il s'engagea en elle violemment, aveuglément, et sentit qu'elle se refermait autour de lui comme un poing brûlant. Un sentiment de triomphe, étourdissant et doux à la fois, le traversa quand elle se mit à crier. Puis il sentit ses longues jambes s'enrouler autour de ses hanches.

Elle lui griffa le dos quand le premier orgasme la souleva. La pression qui était en elle se libéra, pour revenir aussitôt, la faisant haleter. Elle s'arc-bouta contre lui, de plus en plus avide.

Cullum cligna des paupières pour chasser la brume qui voilait sa vision. Il voulait voir Julia tandis que leurs corps plongeaient de plus en plus profond. Elle avait les yeux brillants, les lèvres tremblantes, et ses cheveux formaient un enchevêtrement de flammes sur le drap froissé.

Quelque chose au fond de lui luttait pour se libérer, un sentiment plus complexe et plus exigeant que la simple luxure. Il le rejeta, et se laissa porter par la vague déferlante des sensations.

Mais quand le point d'orgue arriva, ce fut le nom de Julia qui franchit ses lèvres.

Ils restèrent muets. Julia n'arrivait pas à articuler un mot. Elle ne s'était jamais sentie aussi rassasiée et faible à la fois, ni aussi féminine. Elle avait envie de se laisser sombrer dans le sommeil, étalée nue sur le lit, clouée sur le matelas par le corps de Cullum.

Il remua légèrement et elle soupira. Etait-ce le seul son qu'elle serait désormais capable de produire ? Elle se sentait si bien.

Cullum arriva à relever la tête et observa la jeune femme. Il commençait à avoir les idées plus claires. Pourvu qu'il ne l'ait pas blessée. Il avait des manières plutôt brutales, et il ne s'était jamais donné avec aussi peu de retenue.

Pourtant, à en juger par l'expression de chat ronronnant que Julia arborait, les excuses ne semblaient pas à l'ordre du jour. Dieu merci ! Il avait horreur de s'excuser.

Les yeux de Julia s'entrouvrirent et rencontrèrent les siens. Ses lèvres se retroussèrent.

— Mmm, fit-elle.

— Je suis bien d'accord avec toi !

Il se pencha sur elle et déposa un baiser sur son menton.

Julia cligna des paupières et son cœur se mit à battre plus vite. C'était une réaction ridicule, et même dangereuse. Son cœur devait rester à une distance raisonnable. Malgré la chaleur du corps de Cullum, elle frissonna.

— Tu as froid ?

Il voulait la prendre dans ses bras, lui tenir chaud. La garder. Et cette idée bizarre lui nouait l'estomac.

Julia se jeta sur cette explication, bien que son frisson n'ait rien à voir avec le froid.

— Un peu, murmura-t-elle.

Elle ne put s'empêcher de lever une main et de la passer dans les cheveux ébouriffés de Cullum.

— Je crois que nous pouvons ajouter une bûche dans le feu, murmura-t-elle.

— Je m'en occupe.

Il se pencha encore pour l'embrasser avec légèreté. Mais il s'attarda, et la bûche dut attendre.

Le désir s'empara de nouveau d'eux avec une telle force que ni l'un ni l'autre n'eut le temps de préparer une défense. Vaincus, ils se glissèrent sous le duvet et s'abandonnèrent l'un à l'autre.

8

Julia était heureuse. Elle adorait le mois de novembre. Il marquait la transition entre les saisons, l'air était vif, apportant les prémices de l'hiver, et toutes les surprises qui accompagnaient les vacances de Noël.

C'était presque dommage qu'il tire à sa fin. Elle n'avait jamais passé un mois aussi fascinant et excitant.

Elle sourit. Sa relation avec Cullum était très discrète. Ils gardaient une distance professionnelle pendant les heures de travail. La plupart du temps, du moins.

Le gros problème, c'est qu'ils avaient bien du mal à se tenir tranquilles. Ils s'y efforçaient huit heures par jour, cinq jours par semaine, ce qui exacerbait leurs sens jusqu'à leurs retrouvailles.

Sa chambre et la buanderie n'étaient pas les seules pièces qui avaient abrité leurs ébats. Ils avaient aussi roulé par terre sur le nouveau tissu mural de la bibliothèque étalé sur le sol. Ils avaient ri comme des fous en se battant avec les boutons et les fermetures Eclair de leurs vêtements.

Apparemment, ils n'étaient jamais rassasiés l'un de l'autre.

L'après-midi du premier jour de décembre, Gwen et Laura vinrent voir Julia, comme prévu, pour l'aider à décorer son arbre de Noël. Bien qu'elles aient leur propre maison maintenant, elles n'avaient pas oublié les années passées ensemble, et le lien qui les unissait.

— On peut dire que tu as l'air… contente, commenta Laura.

— J'ai toutes les raisons de l'être. Les travaux sont presque terminés, et la maison est exactement comme je la voulais.

Elle chercha l'endroit parfait pour suspendre un traîneau portant le Père Noël sur un croissant de lune.

Elle posa les mains sur ses hanches et s'éloigna pour constater l'effet produit. Le salon brillait dans la lumière du soleil qui dorait le plancher de pin ciré. Un feu crépitait dans la cheminée de pierre. Le haut des encadrements de bois des portes et des fenêtres était légèrement cintré, et la couleur des murs avait des nuances magnifiques.

Les deux petites pièces sombres avaient fait place à une grande salle très aérée où elle avait installé ses meubles favoris : un canapé au dossier incurvé, garni de coussins de brocart et un divan profond, parfait pour une petite sieste. Elle avait accroché au mur deux aquarelles originales peintes par son frère, et posé sur une table d'appoint une des poteries réalisées par sa mère.

Un vieux berceau de poupée avait été reconverti en porte-magazines. Deux ficus aux feuilles légères flanquaient l'arc qui séparait les deux pièces.

Chaque pièce, chaque détail étaient le fruit de son goût personnel.

— Cette pièce est splendide, déclara Gwen.

— Je m'y attendais, mais elle est encore plus belle que ce que j'avais imaginé. Je suis contente que Cullum m'ait proposé cette séparation en arc au lieu d'un espace complètement ouvert. Cela lui donne beaucoup de caractère.

Gwen et Laura échangèrent un regard complice dans son dos en secouant la tête.

— Si je comprends bien, ce sera complètement terminé dans deux ou trois semaines, dit Laura.

Elle choisit une petite cloche argentée qu'elle accrocha à une branche du sapin.

— Normalement, oui. Si j'en crois son organigramme, nous allons devoir faire des heures supplémentaires.

— C'est ce que vous faites, tous les deux ? Vous étudiez son organigramme quand vous êtes au lit ?

Julia tourna vivement la tête.

— Pardon ?

— Julia, pour l'amour du ciel. Vous êtes ensemble, et cela se voit comme le nez au milieu de la figure !

— C'est vrai ?

En riant, Laura suspendit un ange en gaze.

— L'air crépite littéralement dans cette maison.

Voyant le front rembruni de Julia, elle s'empressa d'ajouter :

— D'accord, nous nous mêlons de ce qui ne nous regarde pas.

Elle se tourna vers sa cousine.

— Mais nous sommes inquiètes. Nous avons toujours parlé de ce sujet toutes les trois. Et cette fois tu es muette, et cela ne te ressemble pas.

— Je ne sais pas quoi vous dire. Nous avons sans doute compris que l'antagonisme qu'il y avait entre nous était dû à l'attirance sexuelle. Quand nous avons commencé à travailler ensemble…

Julia haussa les épaules.

— C'est arrivé comme cela.

Se détendant brusquement, elle adressa un sourire radieux à ses deux cousines.

— C'est merveilleux. Cullum est merveilleux. Je n'imaginais pas que nous serions si bien ensemble, et pas seulement au lit. Le week-end dernier, nous sommes allés au bord de la mer et nous avons pique-niqué sur la plage. Il faisait un froid glacial.

Elle éclata de rire.

— C'était magnifique. Et Cullum aime vraiment courir les antiquaires. Qui l'aurait cru ? Il trouve des objets fantastiques, et il marchande comme un professionnel. Regardez !

Elle se précipita vers une étagère d'où elle tira un objet.

— Il a acheté cela pour moi, il y a quelques semaines.

Les sourcils froncés, Gwen observa l'objet, un bouton métallique avec un mécanisme attaché à un carré de bois.

— Qu'est-ce que c'est ?

— C'est une touche de télégraphe.

Julia la lui tendit, sans se rendre compte que son regard trahissait son amour pour celui qui la lui avait offerte.

— J'adore ce genre d'objets. Je ne m'attendais pas à ce qu'il s'en rende compte. De plus, qui aurait cru que quelqu'un comme lui savait cuisiner ? Il prépare des pâtes extraordinaires. Et il m'aide à choisir tout ce qu'il faut pour la salle de jeux que j'installe pour Daniel et tous les neveux et nièces à venir. Nous aimerions trouver un vieux baby-foot. Mais si nous n'en trouvons pas, il pourra en construire un. Il est très doué pour la mécanique.

Faisant une pause pour reprendre son souffle, elle se laissa tomber sur une chaise et lança un regard horrifié à ses cousines.

— Qu'est-ce que j'ai fait, pauvre de moi ?

Gwen éclata de rire.

— Tu es tombée follement amoureuse, si j'en crois ce que j'entends et ce que je vois !

Elle remplit les tasses de chocolat brûlant et en tendit une à Julia.

— Reprends ton souffle ! dit-elle.

— Ce n'était pas mon intention, ce n'était pas notre contrat, dit Julia, sa voix montant d'une octave.

— Je vais être la première à te l'annoncer : ce genre de chose ne se programme pas.

— Mais je ne l'aime même pas.

Elle ferma les yeux, quand Gwen lui adressa un sourire malicieux.

— Moi non plus je ne l'aimais pas. C'est du moins ce que je croyais.

Laura renchérit :

— Si cela peut t'aider, laisse-moi te dire que vous êtes faits l'un pour l'autre.

— Cela ne m'aide pas du tout.

Julia prit sa tasse à deux mains et but avidement avant de continuer :

— Qu'est-ce que je vais devenir ? Il sera furieux s'il l'apprend.

Laura vint s'asseoir sur le bras de son fauteuil.

— A mon humble avis, un homme capable de cuisiner pour toi, de t'offrir des cadeaux bizarres et de construire un baby-foot de ses mains a perdu la tête autant que toi.

— Non, pas lui, c'est impossible !

Julia se leva brusquement.

— Comment cela a-t-il pu m'arriver, à moi ? Il y a dix minutes, je me sentais maîtresse de mon destin. Cullum va arriver dans quelques heures. Il veut réparer cette lampe Arts-déco que nous avons trouvée hier soir.

— Il répare des lampes, dit Gwen en soupirant. C'est adorable.

— Ce n'est pas adorable, c'est impossible. Je ne veux pas être amoureuse de lui.

— Pourquoi ? demanda Laura en penchant la tête de côté.

— Parce que c'est... parce qu'il est...

— Je vois que le témoin a du mal à répondre à la question, dit Laura en souriant. Permets-moi de la reformuler...

Des cris de bébé leur parvinrent du premier étage.

— Oh, zut ! s'écria Laura. Bon, l'audience est levée. Je reviens tout de suite.

— Julia, dit Gwen pendant que Laura grimpait l'escalier, je voudrais te dire quelque chose.

— Vas-y.

— Tu n'as jamais paru aussi heureuse qu'au moment où tu parlais de Cullum et du temps que tu passes avec lui. Et je viens assez souvent ici pour avoir remarqué la façon dont il te regarde. Je ne crois pas qu'il soit moins amoureux de toi que tu l'es de lui.

— Si c'est vrai...

Julia prit une profonde inspiration.

— Cela pourrait marcher, tu crois ?

— Je sais que c'est effrayant. Parfois, ce que j'éprouve pour Branson, et maintenant pour le bébé..., murmura-t-elle en portant une main à son cœur. C'est si immense, cela me fait encore peur. Mais je ne changerais ma vie pour rien au monde.

— Alors je dois le convaincre qu'il est fou de moi.

— Tu dois plutôt le convaincre de l'admettre, comme tu viens de le faire.

— Qu'il me le dise à voix haute.

Julia se mit à rire, tandis que Laura revenait en portant Daniel dans ses bras.

— Je n'arrive pas à imaginer Murdoch disant cela à haute voix.

Songeuse, elle se mordit la lèvre inférieure.

— Il faut que j'arrive à le lui faire dire.

Laura soupira en secouant la tête d'un air amusé.

— Julia, tu ne changeras jamais !

Elle s'assit dans la chaise à bascule et dégrafa son chemisier pour donner le sein à son bébé.

— Oui, je veux qu'il finisse par avouer qu'il m'aime.

Julia était prête quand Cullum arriva. Elle lui ouvrit la porte avec un sourire chaleureux et, jetant ses bras autour de son cou, l'accueillit avec un long baiser.

— Heureux de te voir, moi aussi.

Elle le fit entrer dans la maison, ferma la porte d'un coup de pied pour repousser le froid et les flocons de neige.

— De quelle humeur êtes-vous, miss MacGregor ?

— Heureuse.

Elle lui mordilla le cou.

— Affectueuse. De quelle humeur êtes-vous, monsieur Murdoch ?

— Contemplative.

— Tu n'as encore rien vu.

Elle recula d'un pas pour lui adresser un sourire enjôleur.

— J'ai préparé le dîner.

— N'est-ce pas très risqué ?

— Il s'avère que je suis une cuisinière très compétente.

« Enfin, pas trop nulle », rectifia-t-elle intérieurement avant de lancer :

— Que dirais-tu d'un rôti de porc farci accompagné d'une purée de pommes de terre maison ?

— Mmm… très tentant.

— Bien.

Elle passa un bras sous le sien et l'entraîna vers la cuisine sans le quitter des yeux.

La table était dressée, avec des assiettes et des bougies de couleur. Une musique douce s'élevait des baffles dissimulés derrière les plantes vertes, et une bouteille de champagne rafraîchissait dans un seau en argent.

Ebahi, Cullum secoua la tête.

— Nous fêtons quelque chose ?

— Non. Ce n'est qu'un repas fait maison, dans le style MacGregor. Si tu ouvrais la bouteille ? Le dîner sera prêt dans une vingtaine de minutes.

— Ça sent très bon.

Il déboucha la bouteille tout en jetant des coups d'œil étonnés sur la table. Qu'est-ce que Julia pouvait bien mijoter ? Si ce n'était pas le décor planté par une femme qui avait une idée derrière la tête, il voulait bien être pendu.

— Vas-tu me demander de démolir un mur que je viens juste de remonter ? Ou bien as-tu changé d'avis au sujet du carrelage de la chambre d'amis ?

— Non, j'avais envie de cuisiner, c'est tout. Ce doit être l'approche des vacances qui m'inspire. Oh, il faut que je te montre ! Nous avons décoré le sapin aujourd'hui.

— Je l'ai vu par la fenêtre quand je suis arrivé. Il a l'air superbe.

— Nous prendrons le dessert dans le salon pour le contempler.

Franchement sur ses gardes maintenant, Cullum remplit deux coupes de champagne et lui en tendit une.

— Tu as préparé un dessert !

— Des soufflés à la crème. Une vieille recette de famille.

Elle lui prit son verre des mains en souriant.

— Je me suis bien amusée en les confectionnant.

Baissant les yeux, elle réprima un soupir. Elle s'y était reprise à trois fois. Les restes des deux premières tentatives étaient enfouis dans la poubelle.

— Comment s'est passée ta journée ? demanda-t-elle.

— Bien. J'ai presque fini le train de bois que je construis pour mes nièces.

— J'aimerais le voir. Je pourrais t'aider à le peindre. Je ne suis pas aussi douée que Shelby MacGregor, mais je me débrouille.

— Je n'en doute pas.

Il scruta son visage.

— Ce serait formidable.

— Je te laisse une minute, je vais voir si le rôti est cuit et préparer la salade.

— Je vais t'aider.

— Ne bouge pas. Assieds-toi et détends-toi.

En la voyant mettre un tablier, il s'enfonça dans le canapé. En effet, il valait mieux qu'il se détende. Que diable se passait-il dans la tête de Julia ? Elle était radieuse, prévenante, pas du tout agressive, et elle portait un tablier.

Ce n'était pas sa Julia.

Sa Julia ? Il but une grande gorgée de champagne, tandis que ces deux mots résonnaient dans sa tête. Depuis quand considérait-il que Julia était à lui ?

Il frissonna. Depuis… toujours, à vrai dire. Il avait eu envie d'elle pendant des années, tout en cachant son désir derrière des sarcasmes et des paroles blessantes. Mais maintenant qu'ils étaient amants, il ne pouvait plus nier qu'il était amoureux d'elle.

Impossible pourtant de faire cette déclaration à Julia, elle le jetterait dehors avant qu'il ait le temps de terminer sa phrase.

Défait, il posa sa coupe de champagne. Julia continuait à s'activer dans la cuisine tout en bavardant. Il était amoureux d'elle. Il n'avait plus qu'à faire en sorte qu'elle tombe amoureuse de lui. Et qu'elle soit la première à le reconnaître.

Il se leva et se rapprocha d'elle. Ses bras s'emparèrent de sa taille, ses lèvres effleurèrent sa nuque.

— Tu sens encore meilleur que le dîner.

Julia sentit ses genoux fléchir.

— Vraiment ?

— Et j'ai de plus en plus envie de te grignoter.

Il tendit la main vers la cuisinière et éteignit le four.

— Et moi, j'ai de plus en plus envie d'être grignotée.

Il lui fit faire demi-tour. Julia sourit. Mais son sourire s'évanouit quand il la dévisagea avec insistance.

— Qu'y a-t-il ? interrogea-t-elle.

— Tu es fascinante, dit-il lentement.

Il ne lui avait jamais dit qu'elle était fascinante. Il n'avait jamais pris son visage entre ses mains comme il le faisait maintenant, et il ne l'avait jamais embrassée avec cette profonde douceur. Toutes les émotions qu'elle avait voulu étouffer surgirent dans son cœur.

— Cullum.

— Pourquoi sommes-nous toujours si pressés ? murmura-t-il contre sa bouche.

— Je ne sais pas.

Mais elle savait une chose : elle ne voulait pas qu'il cesse de l'embrasser, comme il le faisait à cet instant, ni de la toucher de cette façon.

— Ne soyons pas si pressés cette fois.

Il la prit dans ses bras.

— Et voyons ce qui va arriver.

9

Cullum était songeur. Julia n'était plus elle-même depuis quelques jours. Elle souriait tout le temps et lui demandait son avis à propos de tout et de rien, depuis la couleur des abat-jour jusqu'à la forme des chenets. Et elle oubliait de faire des remarques désagréables.

Cependant, le plus inquiétant était qu'elle lui avait confectionné un gâteau.

Cullum secoua la tête. Le glaçage avait un goût curieux, qui évoquait un peu l'odeur de la colle utilisée par les charpentiers. Quoi qu'il en soit, le seul fait qu'il soit arrivé à en consommer deux parts prouvait qu'il était un homme perdu.

Mais il jouait le jeu. Que pouvait-il faire d'autre ? Impossible d'argumenter avec une femme qui approuvait tout ce qu'il disait.

Il soupira. Les discussions animées avec Julia lui manquaient.

Il gara sa voiture devant la boutique de son père. La journée était finie, il allait pouvoir faire le point des travaux avec lui sans être dérangé. Ensuite, il prendrait une douche rapide avant d'aller chez Julia pour un autre dîner qu'elle aurait préparé elle-même.

Il se frotta l'estomac en faisant une petite grimace. Que Dieu le protège !

Dès qu'il l'aurait poussée à avouer qu'elle l'aimait, il

lui demanderait sa main. Et une fois qu'il lui aurait passé la bague au doigt, il trouverait une méthode diplomate pour l'empêcher de pénétrer dans la cuisine pendant les cinquante années à venir.

En attendant, ce n'était pas un gros prix à payer que d'ingurgiter les horreurs que Julia se donnait tant de mal à préparer. Pas quand elle-même en était l'enjeu.

Rien, pas même son poulet aux noix de cajou, ne pourrait l'empêcher de l'épouser. Il avait mis longtemps à s'en rendre compte, mais il savait maintenant qu'elle était la femme de sa vie.

Il sortit dans le vent glacial et ouvrit la porte de la boutique. Frappé d'une inspiration subite, il se dirigea vers le téléphone. Grâce à la bonne humeur dont elle avait fait preuve ces derniers jours, il pouvait changer leur programme au dernier moment. Il allait l'appeler, lui dire qu'il avait réservé une table pour ce soir, que c'était une façon de fêter Noël un peu en avance puisqu'elle allait bientôt passer les vacances en famille à Hyannis Port.

Ragaillardi, il entra. Il allait dire à son père qu'il passait quelques coups de téléphone avant qu'ils se mettent au travail.

Tandis qu'il traversait le hall, il entendit Michael éclater de rire. Il sourit. Cela faisait plusieurs mois qu'il s'inquiétait pour lui, mais Dieu merci, son père semblait reprendre des forces. Son regard était redevenu vif, et il marchait à nouveau avec aisance. Il s'octroyait encore de longs moments de repos, mais tout redevenait comme avant.

Cullum s'approcha de la porte du bureau. Il allait lui faire signe qu'il était arrivé. Mais il se figea sur place en entendant les paroles de son père :

— Je te le dis, Daniel, Cullum va lui faire sa demande avant la fin de l'année. Aucun plan n'a jamais fonctionné aussi vite !

A l'autre bout du fil, Daniel parlait si fort que sa voix arrivait jusqu'à ses oreilles. Médusé, Cullum resta immobile.

— Moi, je trouve qu'ils y mettent le temps, ces deux tourtereaux ! Qu'est-ce qu'ils attendent ? Cela fait trois mois qu'ils sont dans les bras l'un de l'autre.

— Le ciel sait qu'ils sont aussi lents que des tortues, mais nous en viendrons à bout.

Michael se leva avec légèreté et arpenta la pièce d'un pas vaillant.

— D'après les informations que j'ai, elle lui prépare des petits plats.

— Julia ? Dieu nous pardonne, Michael. Ne me dis pas que ce pauvre garçon les mange ?

Michael éclata encore de rire.

— Bien sûr que si, et je peux te dire que n'importe quel homme capable d'absorber une bouchée de ce que Julia a préparé elle-même est un homme que l'amour a rendu fou.

— Ils sont faits l'un pour l'autre. Evidemment, ils seraient assez ingrats pour ne pas nous remercier si nous le leur faisions remarquer. J'aime autant te dire que nous allons leur offrir un sacré mariage, Michael.

— Le plus vite possible, Daniel. Et ce sera un grand soulagement pour moi de retrouver ma santé.

— Attends un peu, Michael. Si nos deux tourtereaux prennent trop leur temps, il faudra que tu aies une rechute. Julia va venir pour Noël. Si elle n'a pas la bague au doigt, je donnerai un petit coup de pouce au destin. Joyeux Noël, Michael.

— Joyeux Noël, Daniel.

Michael se frotta les mains en reposant l'appareil. Mais le sourire qui éclairait son visage se figea brusquement, et le sang se retira de ses joues. Sur le seuil de son bureau, son fils le transperçait d'un regard luisant comme de l'acier.

— Cullum !

Sa voix couina, et pour une fois il n'eut pas à faire semblant de manquer de force. Ses genoux fléchirent.

— Je… ne t'ai pas entendu arriver. Depuis combien de temps es-tu là ?

— Depuis assez longtemps pour avoir tout entendu.

La fureur et l'humiliation se disputaient dans le cœur de Cullum.

— Tu n'as jamais été malade !

— Malade ? Si, hélas, répondit Michael en échafaudant désespérément un scénario. Un refroidissement pulmonaire.

Il se força à tousser et se laissa tomber sur une chaise.

— Je dois dire que je me sens beaucoup mieux. Le docteur m'a conseillé de faire de l'exercice.

— Ne te fatigue pas avec moi !

Cullum marcha lentement vers lui.

— Tu es en pleine forme, et tu l'as toujours été. Tu m'as menti !

Il fit claquer ses mains sur le bureau et se pencha vers son père.

— Je me suis fait un sang d'encre pour toi. Les ouvriers ont collecté de l'argent pour t'offrir un panier de fruits.

— C'était très gentil de leur part. Je leur en suis très reconnaissant. Les fruits sont…

— Encore une fois, ne te fatigue pas !

Les yeux de Michael se réduisirent à deux fentes. Se levant, il rapprocha son visage de celui de son fils.

— Ne me parle pas sur ce ton, Cullum Murdoch. Je suis encore ton père !

— Et c'est la seule raison qui m'empêche de t'envoyer mon poing dans la figure. Toi et Daniel MacGregor, vous avez mis au point cette petite combine pour que je tombe dans les bras de Julia. Vous avez pensé qu'en nous rencontrant, Julia et moi, nous comprendrions que nous étions faits l'un pour l'autre.

Michael redressa le menton.

— Tu viens de résumer assez bien la situation. Et nous avons eu raison, il me semble, alors où est le problème ?

— Où est le...

Les mâchoires serrées, Cullum recula. Il ne pouvait pas lui infliger la correction dont il rêvait car c'était son père. Mais quel dommage !

— J'aimerais en prendre un pour assommer l'autre, finit-il par dire.

— Cela fait des années que tu as remarqué Julia MacGregor, Cullum, n'essaie pas de le nier.

— C'était à moi de faire la démarche, si j'en avais envie !

— Et Julia t'a remarqué depuis des années, elle aussi. Daniel et moi n'avons fait que vous encourager à prendre la bonne direction.

— La bonne direction, c'est-à-dire celle que tu voulais, toi ? Tu crois que je vais te remercier, peut-être ?

— Tu le devrais, pourtant.

Michael haussa les épaules.

— Un aveugle sur un cheval lancé au galop se rendrait compte que vous êtes amoureux l'un de l'autre. Julia te rend heureux, tu la rends heureuse. Et que tu veuilles le reconnaître ou non — tu es le garçon le plus têtu que j'aie jamais connu —, vous avez déjà construit un foyer, tous les deux.

— C'est sa maison.

— Et alors ? C'est autant la tienne puisque ton cœur y est.

Cullum baissa la tête. Il ne pouvait pas nier cela. Mais la question n'était pas là.

— Julia et moi, nous avons passé un accord avant de commencer à être ensemble.

Il fit une pause. Qu'importait qu'il ait trouvé cet accord ridicule et qu'il ne l'ait pas accepté ? Il allait s'en servir maintenant.

— Notre relation ne sera pas éternelle. Ce n'est pas prévu ainsi.

Son père ricana. Il serra les dents et continua :

— Et si tu crois que je vais la demander en mariage, tu te trompes complètement.

— Tu l'aimes, oui ou non ?

Cullum ouvrit la bouche pour dire non, mais le mot ne passa pas ses lèvres. Furieux, il fourra ses mains dans ses poches.

— Et voilà ! Tu viens juste d'avouer que tu l'aimes, bien que tu ne puisses pas décider ta langue à le dire. Tête de mule !

Soupirant, Michael retourna s'asseoir.

— C'est une femme brillante et adorable, et elle a autant de force et de volonté que toi. Elle a un cerveau, de l'humour, tout ce qu'il faut pour fonder une belle famille.

— Eh bien, épouse-la !

Michael sourit.

— Si j'avais vingt ans de moins, mon garçon, je te l'aurais soufflée sous le nez avant que tu aies eu le temps de dire ouf ! Et si tu ne te réveilles pas, c'est peut-être quelqu'un d'autre qui va le faire !

— Elle ne voit personne d'autre.

— Bien sûr, dit doucement Michael. Pourquoi verrait-elle un autre homme puisque c'est toi qu'elle aime ?

Vaincu, Cullum se passa une main sur les yeux.

— Cela ne me mène nulle part. MacGregor et toi avez décidé de nous manipuler comme des marionnettes. Mais laisse-moi te dire une chose : si elle découvre ce que vous avez comploté, elle me rejettera de sa vie pour se venger de vous.

Michael ne put retenir un sourire triomphant.

— Il suffit que tu ne le lui dises pas !

— Non, je ne vais pas le lui dire. Mais à partir de maintenant, vous allez arrêter votre petit jeu. Julia et moi n'avons besoin de personne. Si nous nous décidons à nous marier, ce sera parce que nous l'aurons voulu tous les deux et non pour vous faire plaisir !

— Naturellement, ce sera votre décision !

Le sourire de Michael s'élargit. Cullum avait mordu à l'hameçon.

— C'est la plus grande décision qu'un homme puisse prendre. Pour moi, c'est ton bonheur qui compte par-dessus tout, ajouta-t-il.

Cullum se sentit faiblir.

— Je sais que tu as cru bien faire, mais…

— J'ai fait ce qu'il y avait de mieux, rectifia Michael.

Il ouvrit le tiroir de son bureau.

— Je voudrais te donner cela. Si tu décides que Julia est la femme que tu veux épouser, j'espère que tu le lui donneras.

Il ouvrit une petite boîte recouverte de satin.

— C'était à ta mère.

Les souvenirs l'envahirent tandis qu'il tendait la boîte à son fils.

— Quand je lui ai offert de passer sa vie avec moi, je ne pouvais pas encore lui offrir un diamant. C'est une topaze. Elle disait toujours que cette bague ressemblait à un petit rayon de soleil et elle n'a jamais voulu s'en séparer.

— Papa…

— Je ne te pousse pas. J'ai toujours voulu te le donner, le moment venu. Ta mère aurait adoré Julia, Cullum.

— Oui, je sais, dit doucement Cullum.

Il prit la boîte et la glissa dans sa poche.

Qu'arrivait-il à Cullum ? se demandait Julia tout en commen-çant à préparer sa valise pour son voyage à Hyannis.

Tous les soirs pendant une semaine, il l'avait emmenée dîner ou danser. Lui qui préférait pourtant les soirées tranquilles chez lui s'était mis brusquement à adorer les soirées en société. Julia secoua la tête. C'était à n'y rien comprendre !

Avec un léger soupir, elle plia des gilets et les rangea dans la valise. Combien de temps allait-elle pouvoir afficher cette apparence de femme au caractère facile, elle l'ignorait. Cependant, cette situation bizarre avait un bon côté : elle lui avait permis de cesser de cuisiner. La cuisine n'était vraiment pas son fort. Quel dommage qu'elle plaise à Cullum !

A l'évidence, il avait un estomac d'acier. Elle-même avait du mal à avaler les menus qu'elle préparait, mais lui finissait toujours tout jusqu'à la dernière bouchée.

Elle soupira encore. Autant se l'avouer, elle avait fait un mauvais calcul. Maintenant, il espérait sans doute qu'elle allait cuisiner régulièrement. Or elle détestait cela autant qu'elle aimait Cullum.

L'amour la rendait parfaitement stupide.

Mais Cullum était si doux, si tendre. Cette nouvelle façon qu'il avait de faire l'amour avec elle lui coupait bras et jambes et transformait son cerveau en bouillie. Elle ne trouvait plus ses mots. Chaque fois qu'il la prenait dans ses bras, elle s'attendait à ce qu'il se décide enfin à lui dire qu'il l'aimait.

Mais chaque fois son espoir était déçu.

Elle secoua la tête avec véhémence. Quoi qu'il arrive, elle ne le dirait pas la première ! Impossible. Elle avait déjà fait assez de concessions, il fallait qu'elle maîtrise la situation sur ce point précis.

Elle fourra quelques vêtements dans la valise et jeta un coup d'œil à l'horloge. Où diable était-il passé ? Il savait bien qu'elle partait aujourd'hui, et que c'était leur dernière chance de se voir avant les vacances de Noël. Elle devait se mettre en route dans une heure au plus tard si elle voulait arriver chez ses grands-parents avant la nuit.

Fronçant les sourcils, Julia secoua la tête. Que faisait-elle ? Elle hésitait comme une imbécile et adaptait ses projets à ceux de Cullum. Une fois de plus.

Cette situation était absurde, elle devait cesser une bonne fois pour toutes. Avec un hochement de tête, elle ferma sa valise. Etre amoureuse ne signifiait pas qu'elle devait se transformer en chiffe molle ! Elle allait partir à l'heure prévue, un point c'est tout. Et si cela ne plaisait pas à Cullum Murdoch, tant pis pour lui !

Elle porta sa valise jusqu'à sa voiture et la déposa dans le coffre, puis elle commença à entasser les sacs remplis de cadeaux. Décidément, elle n'avait ni le cœur ni la tête à la fête. Alors qu'elle s'apprêtait à refermer le coffre, le camion de Cullum arriva sur les chapeaux de roues.

Cullum se gara derrière sa voiture. Il était d'humeur massacrante. Il avait passé sa matinée à régler un problème sur un chantier, et était obligé d'y retourner dans la soirée, pour finir lui-même le travail.

De plus, la circulation était infernale et il avait eu une contravention pour avoir grillé un feu rouge — il aurait pourtant juré qu'il était orange — parce qu'il était trop pressé de rejoindre Julia.

Et voilà qu'elle partait au moment où il arrivait.

Il prit une profonde inspiration. Mieux valait retrouver un peu de sérénité. Après tout, c'était la veille de Noël, et il avait devant lui la femme qu'il aimait. Il le lui dirait dès qu'elle aurait le bon sens de lui avouer ses sentiments pour lui.

— Je suis en retard, dit-il en prenant un sac qu'il cala dans le coffre déjà surchargé.

— Moi aussi.

— Il y avait une circulation folle. Tu gagnerais certainement du temps en partant dans une heure.

— Merci pour le conseil, mais je me débrouillerai. Bien sûr, si tu étais arrivé à l'heure, je serais déjà partie.

— J'ai été retenu.

Il lutta pour garder une voix égale, mais il avait le regard noir d'exaspération.

— Naturellement.

Ecumant de fureur contenue, elle se dirigea vers la maison. Il la suivit d'un pas nerveux.

— Ce sont les trois derniers sacs, dit-elle.

— Tu ne te serais pas livrée à une orgie d'achats, par hasard ?

— J'adore faire des cadeaux.

Elle attrapa une petite boîte posée sous l'arbre et la lui fourra dans les mains.

— Voici le tien.

Sans la quitter des yeux, Cullum prit la boîte qu'il glissa dans sa poche pour pouvoir prendre les sacs.

— Qu'est-ce qui ne va pas ?

— Si tu ne le sais pas, ne t'attends pas à ce que je te le dise.

Elle lui tourna le dos et sortit de la maison.

— Ecoute, je n'ai pas passé une heure dans les embouteillages et je ne me suis pas payé une contravention pour que tu me reçoives aussi froidement.

— Ce n'est pas ma faute si tu as fait preuve d'irresponsabilité en conduisant trop vite. Mais cela explique ta mauvaise humeur.

— Ma mauvaise humeur ? Tu m'as jeté un regard furieux avant même que je sorte du camion.

Julia redressa le menton.

— Je n'ai pas le temps de discuter avec toi. Tu m'as déjà mise en retard.

— Parfait. Charmant !

Il tira un long paquet étroit de la poche de son manteau.

— Voici ton cadeau. A bientôt.

Il se dirigea à grands pas vers son camion en jurant puis il fit demi-tour, la prit presque brutalement dans ses bras et écrasa ses lèvres sur les siennes.

— Joyeux Noël ! fulmina-t-il avant de s'en aller.
— Joyeux Noël à toi aussi ! cria-t-elle, hors d'elle.

Elle se glissa dans sa voiture et claqua la portière. Elle attendit qu'il s'éloigne avant d'éclater en sanglots.

10

Tout était fini avec lui. Terminé. Elle avait fait une grossière erreur en croyant être amoureuse de Cullum Murdoch.

A cause de cette folie, elle avait passé ces dernières semaines à faire semblant d'être douce et soumise et à massacrer des recettes.

C'était mortifiant.

Dieu merci, elle avait retrouvé la raison. Elle était indépendante, capable de prendre ses décisions, de vivre sa vie et de mettre au point ses propres objectifs. Quand elle reverrait Cullum, elle lui expliquerait calmement, mais fermement, que leur relation ne lui convenait plus, et tout serait dit.

Mais pourquoi était-elle aussi malheureuse ?

Elle avait fait de son mieux pour afficher un masque joyeux face à sa famille. Quand il arrivait que la façade se fendille, elle avait une excuse toute prête : une petite migraine, ou un marché avec un client qui lui posait des problèmes.

Elle soupira. Naturellement, personne ne s'y était trompé, mais elle avait tenu le coup jusqu'au bout et maintenant, elle se trouvait de nouveau chez elle. Les lumières de son arbre de Noël étaient trop vives, trop colorées, elles jetaient dans la maison un éclat excessif, qui semblait se moquer de sa tristesse. Pourtant, elle ne voulait pas les éteindre. Cullum Murdoch n'allait tout de même pas lui gâcher ses vacances.

Les derniers préparatifs de sa crémaillère lui occupèrent l'esprit. Dès que tout serait organisé, elle le contacterait, probablement avant la fin de l'année.

« Débarrasse-toi de l'ancien, accueille le neuf », se dit-elle en regardant le téléphone pour la centième fois depuis le matin.

Pourquoi ne l'avait-il pas appelée ?

Sans s'en rendre compte, elle effleura du bout des doigts le collier qu'elle portait à son cou. Le cadeau de Noël que Cullum lui avait offert. C'était un superbe sautoir de perles fines minuscules, citrines et grenats.

Elle avait eu un choc en le voyant. Ce collier ne lui était pas inconnu. Elle l'avait déjà vu dans une boutique, et si elle n'avait pas été occupée à faire des emplettes de Noël ce jour-là, elle l'aurait acheté elle-même. Cependant, elle ne lui avait accordé qu'un bref regard. Mais Cullum avait remarqué qu'elle aimait les pierres de couleur et il le lui avait offert.

Cette idée lui fit monter les larmes aux yeux.

Repoussant la sensation de déprime qu'elle sentait poindre, Julia s'assit devant son ordinateur et vérifia sa liste d'invités. Le menu de sa fête était commandé chez un traiteur. Elle avait commandé les fleurs, choisi la musique. Tout était prêt.

Elle n'avait plus rien à faire. Ses yeux s'emplirent de larmes. Furieuse contre elle-même, elle s'éloigna de son bureau. Il fallait qu'elle sorte, qu'elle aille quelque part ! N'importe où !

Au volant de sa voiture, qui l'emmenait chez Julia, Cullum se critiquait lui-même à haute voix. C'était ahurissant, il se conduisait comme un pantin, comme un imbécile qui tendait la joue pour recevoir une autre gifle. Il se méprisait. Julia aurait pu l'appeler à son retour de Washington. Il lui avait donné deux jours pour cela.

Après tout, c'est elle qui était partie, c'est donc elle qui aurait dû lui téléphoner à son retour.

Il avait l'intention de le lui faire remarquer, avec des mots bien choisis. Ensuite, il lui annoncerait que quelques changements allaient s'opérer dans leur relation. Ils allaient en revenir au point où ils étaient un mois plus tôt. Et si cela ne plaisait pas à Julia, elle n'aurait qu'à aller voir ailleurs.

Quelques minutes plus tard, il se gara devant la maison de la jeune femme. Sa voiture n'était pas là. La colère qu'il venait d'éprouver n'était rien comparée à la sensation de manque qui le saisit.

Il voulait voir Julia, lui parler, la toucher.

— C'est typique, marmonna-t-il en lorgnant les joyeuses lumières de son sapin à travers la fenêtre. Elle peut me faire souffrir même sans être là.

Abattu, il enfonça une main dans sa poche, et en sortit la montre à gousset en or qu'elle lui avait offerte pour Noël. Comment diable pouvait-elle le connaître assez bien pour lui choisir un cadeau aussi parfait, et être incapable de savoir quand elle le faisait souffrir ?

Appuyant le front sur son volant, il ferma les yeux. Qu'allait-il devenir sans Julia ? Il ne pouvait pas vivre sans elle. Il avait cru pouvoir, ou du moins il avait passé des jours entiers à se convaincre qu'il en était capable. Mais maintenant, devant la maison qu'ils avaient rénovée ensemble, devant cette maison où elle n'était pas, il ne pouvait plus se mentir à lui-même.

Il ne voulait pas vivre sans Julia. Il avait besoin d'elle.

Il était vaincu.

— Alors, qu'en penses-tu ? Tout est parfait, tu ne trouves pas ?

Jouant avec son bâton de rouge à lèvres, Julia ne laissait pas la moindre occasion à sa grand-mère de placer un mot.

— Je suis si heureuse que grand-père et toi soyez arrivés tôt. Tout est prêt, mais je suis un peu nerveuse, même si cela vous surprend. Après tout, c'est la première fête que je donne dans cette maison.

— Julia...

— Et je veux vraiment qu'elle soit parfaite. Et moi, à quoi je ressemble ? Est-ce que je suis présentable ?

Anna observa calmement sa petite-fille. Julia avait choisi une robe fourreau en velours vert à longues manches serrées. Elle avait relevé ses cheveux en un chignon savant d'où s'échappaient quelques mèches bouclées. Et ses yeux brillaient plus que de coutume.

— Tu es adorable, ma chérie. Viens donc t'asseoir près de moi.

— Je ne peux pas. Je dois aller vérifier si le traiteur n'a rien oublié. Les invités vont bientôt arriver et...

— Julia !

Doucement, Anna prit sa main entre les siennes.

— Assieds-toi là et dis-moi ce qui ne va pas.

— Je ne sais pas, dit Julia, essoufflée.

Elle fit une pause, essayant de maîtriser les battements de son cœur.

— Je ne sais plus quoi faire. Tout se mélange. J'aime Cullum Murdoch et je n'arrive pas à l'oublier.

— Voyons un peu.

Anna l'entraîna vers le petit canapé de la chambre.

— Pourquoi veux-tu l'oublier ?

— Il ne m'aime pas. Il n'a même plus de sympathie pour moi. J'ai tout gâché, et je ne sais même pas comment c'est arrivé. J'ai essayé de... j'ai cessé de discuter avec lui, même quand il avait tort, et je me suis mise à faire la cuisine, et tout s'est détraqué et nous avons commencé à nous disputer. Il est parti. Je suis partie. Je ne sais plus. Il ne m'a même pas appelée, depuis que je suis revenue à la maison.

— Et toi, l'as-tu appelé ?

— Non. Je ne l'appellerai pas tant qu'il ne m'aura pas appelé. C'est lui qui était en retard et désagréable, le jour de mon départ. Bon sang...

Elle passa un doigt sous ses yeux.

— Je suis en train de ruiner mon maquillage.

— Tu te remaquilleras plus tard. Tu viens de me dire que tu t'étais disputée avec Cullum... Et tu ne l'as pas rappelé depuis ?

— Non.

Julia renifla.

— Nous nous disputons toujours, il faut croire que cela nous plaît.

Poussant un gros soupir, elle se tordit les mains. Elle se sentait vraiment ridicule.

— Ensuite, je me suis rendu compte que je l'aimais. Je ne voulais pas, mais c'était évident, alors je me suis dit que si j'étais un peu moins... moi-même, si j'étais plus agréable, si je lui préparais des repas, il tomberait amoureux de moi et il me le dirait, et ensuite, je pourrais le lui dire à mon tour. Et ces paroles sont tellement stupides que je n'arrive pas à croire qu'elles sortent de ma bouche.

— Moi non plus. Mais le fait d'être amoureux dérange parfois les cellules du cerveau. L'idée d'être moins toi-même était une erreur.

— Probablement. Mais j'avais tellement envie de lui... Je voulais qu'il m'aime. Je pensais que pour le reste, nous essayerions de changer une fois que nous en serions arrivés là. Mais il ne m'aime pas. Et de toute façon, je ne veux plus de son amour. Il est arrogant et autoritaire et il n'arrête pas de discuter sur tout.

Avec une patience angélique, Anna ouvrit son petit sac

de soirée d'où elle sortit un mouchoir en tissu. Elle essuya les yeux ruisselant de larmes de sa petite-fille.

— Bien sûr qu'il t'aime. Mais il ne veut pas le reconnaître. Il a peur de se retrouver en position de faiblesse.

Julia secoua la tête.

— J'ai cru que je pourrais l'amener à m'aimer. Mais on ne peut pas forcer les sentiments, ni dans un sens ni dans l'autre.

— Eh bien, tu auras au moins appris quelque chose, ma chérie. Vas-tu faire part des tiens à Cullum ?

— Pour qu'il puisse se moquer de moi ?

— Crois-tu vraiment qu'il le ferait ?

— Je ne sais pas, mais il peut avoir pitié de moi. Ce serait encore pire.

Secouant encore la tête, elle se leva.

— Ne t'inquiète pas, je vais me ressaisir. J'avais juste besoin d'en parler. Je suis désolée de m'être laissée aller ainsi.

— Ma chérie, je ne t'ai jamais vue te laisser aller.

— Et ce n'est pas maintenant que je vais commencer.

Avec un air déterminé, Julia retourna devant son miroir pour rectifier son maquillage.

— Je veux que cette fête soit unique. C'est le début d'une nouvelle vie dans cette maison, et c'est la nouvelle année.

— Où sont mes femmes ?

La voix puissante de Daniel résonna dans le hall, et il apparut bientôt, portant trois flûtes de champagne sur un plateau.

— Ah, elles sont là ! Belles à damner les saints. Buvons à leur santé !

Il posa le plateau et leva les yeux sur Julia. Son sourire s'évanouit devant sa mine défaite.

— Que se passe-t-il, ma petite fille ?

— Rien. J'ai un peu le cafard.

Julia s'absorba dans son maquillage.

— Ah, les hommes ! soupira-t-elle. Pourquoi ne sont-ils pas tous comme toi, grand-père ?

Daniel fronça les sourcils.

— Qu'a donc fait ce chenapan ? Si c'est lui qui te fait pleurer, il va avoir de mes nouvelles !

Julia émit un petit rire, qui s'étrangla bientôt dans sa gorge. Une idée bizarre venait de surgir dans sa tête.

— Quel chenapan ? demanda-t-elle, méfiante.

— Ce Murdoch, bien sûr !

Daniel avait toujours été terrifié par les larmes féminines. C'était la seule chose qui pouvait lui faire perdre ses moyens. Il se mit à arpenter la chambre en agitant les bras.

— C'est un chic type, il sait ce qu'il fait, mais s'il te rend malheureuse, je vais être obligé d'intervenir.

Lentement, Julia se tourna vers lui.

— Jusqu'à quel point es-tu déjà intervenu ?

— Faire pleurer ma petite-fille alors qu'elle devrait être folle de bonheur ! Je vais dire trois mots à ce Cullum Murdoch, tu peux me croire. Et après cela…

Captant la lueur qui brillait dans les yeux de Julia, il fit une pause.

— Que disais-tu ?

— Comment sais-tu que j'ai pleuré à cause de Cullum ?

— Eh bien, c'est toi qui l'as dit.

S'était-il trompé ? Un peu affolé, Daniel jeta un coup d'œil à sa femme. Elle allait bien le défendre ? Mais il rencontra un regard impassible. Il prit un air faussement enjoué.

— Eh bien, n'en parlons plus ! Si nous trinquions ?

Julia était perplexe.

— Comment pourrais-tu être responsable de tout cela ? Tu n'étais pas ici. Ce n'est pas toi qui m'as fait acheter cette maison, et tu n'as pas envoyé Cullum la rénover.

— Non, pas du tout.

Attrapant la balle au bond, Daniel prit un verre et le lui tendit en posant sur elle un regard bleu, innocent.

— Portons un toast à ta belle maison. Le travail qu'a fait ce garçon plaide en sa faveur.

— C'est son père qui était censé s'occuper de cette maison, murmura Julia. Et tu es très ami avec Michael, n'est-ce pas, grand-père ?

— Je le connais depuis des années. C'est une famille formidable, une bonne lignée.

Julia retint son souffle, prête à exploser.

L'esprit toujours aussi vif malgré ses quatre-vingt onze ans, Daniel tenta une nouvelle diversion.

— Les invités arrivent. Ne t'inquiète pas, je vais les accueillir. Anna, aide cette petite à se maquiller. Je m'occupe du reste.

Il profita du fait qu'il avait gardé l'avantage pour quitter le champ de bataille.

— Je ne comprends pas comment il s'y est pris, murmura Julia, mais c'est bel et bien lui le responsable de cette débâcle.

— Je suis d'accord avec toi, dit Anna.

Un sourire attendri naquit sur ses lèvres.

— Mais tu le connais, rien ne peut l'arrêter, dit-elle doucement.

Julia soupira. Au fond, quoi que son grand-père ait pu manigancer, quelle importance cela avait-il ? Cullum et elle avaient fait ce qu'il fallait pour qu'il échoue. La maison était terminée... leur histoire aussi !

Les rires et les voix s'élevaient au-dessus de la musique. La famille et les amis étaient éparpillés un peu partout dans la maison, exactement comme elle l'avait souhaité. Le feu crépitait, les lumières étincelaient.

— Tu as vraiment une maison magnifique.

Shelby s'approcha d'elle et glissa un bras autour de ses épaules.

— C'est absolument parfait.

— Oui, c'est vrai. Je vais la mettre en vente la semaine prochaine.

— Pardon ?

— Je ne veux pas y vivre seule.

Son regard embrassa le spacieux salon, les détails raffinés, le bois luisant.

— Cullum y a trop laissé de choses.

— Ma chérie, ne fais rien sur un coup de tête.

— Ce n'est pas un coup de tête. C'est indispensable. Tout ira bien.

Elle posa la tête contre la poitrine de sa mère.

— Je devrais aller travailler à Washington pendant quelque temps.

— Ton père et moi serions heureux de t'avoir près de nous, mais...

— Ne te fais pas de souci pour moi, maman. Parle-moi plutôt de cette femme qui tourne autour de mon frère.

— Il l'a rencontrée dans le Maine. Elle est poète. Elle n'arrête pas de citer Elizabeth Barrett Browning. Heureusement que j'aimais déjà Browning...

En riant, Julia sirota son champagne.

— Elle est agaçante à ce point ?

Shelby prit un air malicieux.

— Oh, bien plus encore. Si je croyais un seul instant qu'il pense sérieusement à elle, je...

Levant les yeux vers la porte, elle fit une pause. Brusquement, le poids qu'elle avait sur le cœur disparut. Un large sourire s'épanouit sur son visage.

— Tu as un invité surprise, Julia !

— Ah oui ? Qui donc ?

Avant que Shelby ait le temps de répondre, Cullum entra dans la pièce et embrassa la scène du regard. Il se sentait mal dans son costume, et cette fichue cravate l'étranglait à moitié. Mais il n'avait pas pu faire autrement que de s'habiller pour cette soirée. Impossible à New York de venir à une soirée de nouvel an en jean et chemise flottante.

D'autant que, ce soir-là, la soie et le velours le disputaient aux bijoux chatoyants, et que le buffet était servi dans des plats de cristal. Il hocha imperceptiblement la tête. Comme il s'y attendait, Julia avait mis la barre très haut. Il aurait fait la même chose.

Son cœur se mit soudain à battre plus vite. Julia était à deux mètres de lui, au milieu des invités. Tout le reste s'effaça et il ne vit plus qu'elle.

Julia s'était retournée. En l'apercevant, elle plaqua un sourire sur son visage. Jouant son rôle d'hôtesse, elle se dirigea vers lui pour l'accueillir.

— Je suis si heureuse que vous ayez pu venir. Que voulez-vous boire ?

Cullum lutta pour garder son calme. C'était inimaginable d'entendre cela. Julia lui parlait comme à une vague connaissance. Il dit du ton le plus détaché possible :

— Je prendrais volontiers un verre de vin blanc, chère mademoiselle MacGregor.

— Mais bien sûr.

Elle fit signe au serveur.

— Un verre de vin blanc pour M. Murdoch, je vous prie.

Puis, se tournant vers Cullum :

— Je suppose que vous connaissez presque tout le monde, mais je serai heureuse de faire les présentations.

— Je peux me présenter moi-même.

— Je n'en doute pas. Avez-vous passé un joyeux Noël ?

— Parfait. Et vous ?

— Magnifique. Il a légèrement neigé.

— Ici, nous avons eu du grésil.

— Ah ! Très intéressant !

Prenant le verre que le serveur lui tendait, il marmonna un remerciement et se mit à siroter le vin en observant Julia de la tête aux pieds. Le collier qu'il lui avait offert scintillait sur sa peau laiteuse, épousant le décolleté de sa robe.

— Il vous va bien.

— Quoi donc ? Ah oui.

Involontairement, elle porta ses doigts à son cou. Pourquoi avait-elle cédé à l'envie de mettre le cadeau de Cullum ? Elle se serait battue pour s'être laissée aller à ce sentimentalisme idiot.

— Oui, il semble avoir été créé pour cette robe. C'est adorable, Cullum. Merci beaucoup d'y avoir pensé. J'espère que la montre vous a plu.

Il la sentait peser dans la poche de sa veste.

— Elle marche très bien. Merci.

— Le buffet est par là. N'oubliez pas de goûter les petits canapés. Excusez-moi un instant.

Elle voulut s'éloigner mais la main de Cullum emprisonna son poignet.

— Qu'est-ce qui te prend de me parler de cette façon ?

— Je ne vois pas de quoi vous parlez.

— Ne prends pas ce ton supérieur avec moi, Julia MacGregor. Cela ne te va pas.

— Vous feriez mieux de me lâcher, Murdoch.

— Quand je voudrai ! J'ai besoin de réponses à mes questions. J'ai attendu que tu viennes me les donner, mais comme tu ne l'as pas fait, je viens les chercher moi-même.

— Vous voulez des réponses, dit Julia d'une voix coupante.

La fureur commençait à lui brouiller la vue.

— Très bien, en voilà une.

Tendant la main vers lui, elle renversa son verre sur son costume.

Elle regretta aussitôt son geste et se raidit. Pourquoi avait-elle fait cela ? C'était mesquin et ridicule. Pour couronner le tout, elle avait commis cet acte grotesque en public. Le cœur battant la chamade, consciente du silence qui venait de s'installer autour d'eux, elle garda les yeux rivés sur ceux de Cullum. A la flamme qui venait de s'y allumer, elle comprit qu'elle ne pourrait plus se dérober.

— Maintenant que vous avez votre réponse, vous pouvez partir.

Prenant une profonde inspiration, elle s'apprêta à tourner les talons le plus dignement possible. Elle allait effacer cet incident par une plaisanterie. Plus tard, elle pourrait pleurer toutes les larmes de son corps, mais pour l'instant, elle devait garder la tête haute.

Cependant, c'était compter sans Cullum. Il la souleva de terre et la jeta sur son épaule. Elle se mit à crier, à battre des mains et des pieds et à l'injurier sans plus se soucier des convenances tandis qu'il l'emportait au premier étage.

Daniel les suivit des yeux et posa un bras sur les épaules de Michael Murdoch. En soupirant, il cligna des paupières et laissa une larme couler sur sa joue.

— Je te le dis, Michael, ils nous donneront de beaux bébés !

— Buvons à leur santé.

En gloussant de rire, Daniel regarda sa petite-fille disparaître en haut de l'escalier.

Cullum se dirigea tout droit vers la chambre de Julia. Peu lui importaient les coups de pied et les coups de poing dont elle l'accablait. Peu importaient sa propre veste humide et l'odeur de vin qui s'en dégageait. Une fois dans la chambre, il ferma la porte d'un coup de talon, tourna la clé dans la serrure et, sans cérémonie, jeta son fardeau sur le lit.

Julia continua de lui lancer à la tête tout le chapelet d'injures qu'elle pouvait rassembler pendant qu'il retirait son vêtement souillé. Depuis le temps qu'il se bagarrait avec elle, il n'avait jamais soupçonné qu'elle puisse faire preuve d'une telle créativité de langage. Quand elle voulut se relever, il posa une main sur sa tête et la repoussa vers le lit.

— Reste tranquille et tais-toi.

— Tu crois pouvoir me donner des ordres après cette scène révoltante ?

— C'est toi qui as commencé.

Au moins, cela lui donnait une excuse pour retirer sa cravate.

— Je ne sais pas ce que tu as dans la tête. Un jour tu ne sais pas quoi faire pour m'être agréable, le lendemain tu me parles comme si tu ne me connaissais presque pas. Tu n'as même pas pris la peine de me téléphoner pendant une semaine entière.

— C'est moi qui n'en ai pas pris la peine ? Et toi ? Est-ce que tu te serais cassé le doigt en composant mon numéro de téléphone ?

Incapable de se contenir plus longtemps, elle cacha son visage dans ses mains et se mit à sangloter. C'était terriblement humiliant, mais elle n'en pouvait plus.

Horrifié, Cullum s'assit près d'elle et lui caressa les cheveux.

— Non, non, je t'en prie, ne pleure pas.

Sentant ses larmes redoubler, Julia le repoussa.

— Va-t'en. Je ne veux pas que tu me voies dans cette situation ridicule.

— Je t'ai déjà vue te ridiculiser. Cela m'est égal. Allons, Julia.

Il se pencha vers elle avec l'intention de lui tapoter la tête ou l'épaule. Mais sa bouche, plus rapide que sa main, se posa sur les lèvres de Julia. Avant de se rendre compte de ce qu'il faisait, il attira la jeune femme sur ses genoux et la serra contre lui. Il soupira :

— Seigneur, comme tu m'as manqué !

Elle passa doucement ses mains dans ses cheveux.

— C'est vrai ?

— J'ai l'air de mentir ?

Il posa son front contre le sien.

— Tu vas mieux ?

— Oui. Je suppose que je dois m'excuser pour avoir renversé ton verre.

Cullum sourit. Et sa réaction le laissa stupéfait. Comment Julia pouvait-elle le faire sourire à un tel moment ?

— Tu supposes ?

— Si tu ne m'avais pas rendue folle, aussi ! C'est autant ta faute que la mienne !

Elle lui adressa un sourire mouillé de larmes.

— Mais je ferai nettoyer ton costume.

— Tu veux que j'enlève le pantalon tout de suite ?

Voyant les lèvres de Julia trembler et ses yeux s'embuer de larmes, il s'empressa d'ajouter :

— Ce n'était qu'une plaisanterie.

— Je sais, ce n'est pas grave. Je ne sais pas ce que j'ai.

Elle essuya ses yeux et descendit du lit pour aller se regarder dans le miroir.

— Je n'avais pas prévu de faire une scène en public, s'empressa-t-elle de dire.

Pour la seconde fois, elle entreprit de rafraîchir son maquillage.

— Nous avons une relation physique agréable, et il existe entre nous une espèce d'amitié, si j'ose dire. Ce serait dommage de tout gâcher par un accès de sensiblerie.

Cullum enfonça ses mains dans ses poches en observant Julia tandis qu'elle passait une poudre brun rosé sur ses joues.

— Qu'entends-tu par sensiblerie ?

— Je suis trop émotive, je suppose. C'est sans doute à cause des vacances. J'ai été un peu bousculée.

— Raconte-moi ça, grommela-t-il.

Les yeux de Julia s'étrécirent.

— Ce qui signifie ?

— Ecoute, c'est le réveillon du jour de l'an. Je ne veux pas finir l'année en me battant avec toi.

— Pourquoi pas ? Nous le faisons si bien !

— Alors pourquoi t'es-tu arrêtée si longtemps ? Ces dernières semaines, excepté le jour où tu es partie pour Hyannis, je n'ai pas réussi à te mettre en colère. Tout à coup, tu t'es mise à accepter tout ce que je disais, à préparer le dîner. C'est tout juste si tu ne bourrais pas ma pipe et si tu ne m'apportais pas mes pantoufles.

— Tu y vois une objection ?

Se sentant insultée, Julia fit volte-face.

— Je me suis donné un mal fou pour te faire plaisir, et maintenant, tu me le reproches ? Eh bien, ne t'inquiète pas, cela ne se reproduira plus. Je n'ai pas du tout l'intention de recommencer !

— Dieu merci.

— Et, de toute façon, je ne serai plus là.

Elle fit une pause et prit une longue inspiration.

— Parce que je vais vendre cette maison et partir à Washington !

— Voilà qui m'étonnerait.

— Tu ne pourras pas m'en empêcher. Je ne veux pas vivre ici. Je ne comprends pas pourquoi j'ai accepté toutes tes suggestions.

— Parce que c'était la meilleure chose à faire, et que c'était ce que tu désirais, et que je veux bien être pendu si tu vends cette maison.

— Tu peux l'acheter si elle a tant d'importance pour toi.

— Bonne idée. Donne-moi ton prix. Mais si tu crois un seul instant que tu vas la quitter…

— Je ne vais pas rester, je ne peux pas.

— Tu ne partiras pas.

Pris de panique, et aussi furieux l'un que l'autre, ils criaient maintenant comme des chiffonniers. C'est pourquoi il leur fallut cinq bonnes minutes à chacun pour entendre les trois mots bien particuliers que l'autre prononçait, puisqu'ils les prononçaient en même temps :

— Je t'aime, et je ne veux pas rester ici pour être malheureuse.

— Je t'aime, et tu n'iras nulle part sans moi.

Elle cligna des paupières, tandis que Cullum reculait.

— Qu'as-tu dit ? demanda-t-il, les sourcils froncés.

— Je n'ai rien dit. Et toi ?

— Tu as dit que tu m'aimais.

Julia avait la gorge sèche comme du parchemin, son cœur battait à coups redoublés dans sa poitrine.

— C'est ce que j'ai cru t'entendre dire. Est-ce que tu le penses ?

— Et alors, qu'est-ce que cela changerait ?

Il fit volte-face et se mit à arpenter la chambre.

— Cette satanée femme parle tellement que je ne sais même plus ce que je dis. Et qu'est-ce que cela change si je t'aime ? lança-t-il d'un ton exaspéré. Qu'est-ce que tu pourrais y faire ?

Julia suspendit son geste. Cullum était parfait. Absolument parfait !

— Je peux te demander de m'épouser, dit-elle.

Il arrêta sa marche pour la dévisager. A première vue, Julia paraissait remarquablement calme et sûre d'elle. Mais il la connaissait, il savait ce qui se cachait au fond de ses yeux sombres.

— Pardon ? dit-il d'une voix rauque.

— Tu m'as bien entendue, Cullum Murdoch. Vas-tu te décider à le faire, oui ou non ?

Il resta un instant silencieux. Devait-il croire Julia ou se moquait-elle de lui ? Mais il n'avait pas le choix, il voulait la croire, c'était vital. Il mit la main dans sa poche.

— J'ai quelque chose pour toi.

Elle inclina la tête sur le côté.

— Qu'est-ce que c'est ?

— La bague de ma mère.

Il sortit la boîte, souleva le couvercle.

— Ce n'est pas un diamant, mais j'ai cru comprendre que tu préférais les pierres colorées.

— Oh, Cullum…

Elle leva les yeux sur lui.

— Tu m'aimes vraiment ?

— Je te l'ai dit. Si tu avais parlé la première, il y a des semaines, comme je le souhaitais, nous aurions gagné beaucoup de temps.

— C'est toi qui aurais dû parler le premier. Pourquoi crois-tu que j'ai passé toutes ces soirées à me battre avec les casseroles ?

— Julia, crois-moi, il faut avoir perdu la raison pour manger ce que tu cuisines.

Julia fronça les sourcils tandis qu'un autre sourire venait sur ses lèvres. Elle aurait bien aimé se sentir insultée, mais c'était impossible.

— Si tu demandes ma main, je te promets de ne plus jamais te préparer de petits plats.

— Je me trompe ou tu me proposes un marché ?

Il mit sa main à sa poche pour en sortir sa montre, Julia trépigna impatiemment.

— Qu'est-ce que tu attends ?

— Je fais les choses convenablement. Il est 23 h 45. Un quart d'heure avant minuit. Je vais arranger cela.

Il fit tourner les aiguilles jusqu'à ce qu'elles soient sur le douze, puis il prit la main de Julia.

— Tu triches, dit-elle avec un sourire radieux. Je t'aime, Cullum.

— Tu es ce que j'ai toujours désiré sans même le savoir.

Il effleura du doigt une de ses boucles folles.

— Nous avons créé cette maison tous les deux.

— Non.

Elle referma une main sur la sienne.

— Nous avons créé ce foyer tous les deux. Je n'aurais pas pu y vivre sans toi.

— Je veux terminer l'année et commencer l'autre tout de suite avec toi.

Il porta leurs doigts entrelacés à ses lèvres.

— Nous allons former un couple fantastique.

— J'y compte bien.

— Epouse-moi, Julia.

— Je désespérais de te l'entendre dire.

Et elle se pendit à son cou.

Épilogue

D'après les Mémoires de Daniel Duncan MacGregor

Je suis un homme d'affaires, j'ai un don pour le commerce. Ma vie a été très riche. J'ai travaillé dur, et j'ai parié. J'ai gagné et perdu tour à tour. Le travail est un plaisir pour moi.

Ma seule récompense est ma famille.

S'il ne me restait plus un centime mais que tous les miens soient auprès de moi, je serais malgré tout l'homme le plus riche de la terre.

Quand j'ai commencé à écrire mes mémoires, j'avais des espoirs et des projets pour ma famille.

Eh bien, je suis allé au bout de ce que j'avais prévu.

Laura est mariée, heureuse, et c'est une maman merveilleuse. Elle et Royce ont une belle vie, avec leur précieux fils, Daniel MacGregor Cameron. Voilà un bon garçon, intelligent, bien bâti. De bonne souche.

Rien ne me fait davantage plaisir que de voir la façon dont Royce s'occupe de lui, ou de voir la joie de Caine depuis qu'il est grand-père. Royce et lui s'entendent comme larrons en foire. C'est une belle amitié qu'ils ont développée autour de leur amour pour Laura.

Gwen et Branson attendent un bébé qui devrait naître d'un jour à l'autre. Gwen s'inquiète un peu car elle va être obligée de s'absenter quelque temps de son travail à l'hôpital. Mais Anna est la première à lui dire qu'elle peut mener de front sa carrière et sa famille.

Branson se fait un sang d'encre pour elle. Il refuse de la quitter d'une semelle pour aller signer son livre qui est un véritable succès.

Oui, c'est l'amour qui triomphe.

Maintenant, ma Julia et son Cullum se sont installés dans la grande maison qu'ils ont rénovée ensemble sur Beacon Hill. Ils continuent à se battre comme des chiffonniers, et je m'inquiéterais s'ils ne le faisaient pas. Quelle passion entre ces deux-là ! C'est vraiment un couple parfait.

Julia faisait une superbe mariée. Quand elle marchait à côté de Cullum, elle lui a pris la main et leurs yeux se sont rencontrés. Leur sourire à tous deux est devenu radieux, et j'ai senti mon cœur s'enfler de joie, et de fierté parce que ce miracle s'est produit grâce à moi.

Maintenant, le voile de mariée des MacGregor est rangé. Mais je n'ai pas l'intention de le laisser longtemps dans sa boîte.

Il est temps que mes petits-fils songent à faire leur devoir.

Soyons réalistes, je ne vais pas vivre éternellement.

J'ai bien réussi avec mes trois premières petites-filles, mais je ne vais pas me reposer sur mes lauriers. Je veux voir tous mes autres petits-enfants mariés, et le cercle de famille complet avant que mon temps soit fini.

C'est la promesse que je me suis faite, parole de MacGregor.

TROIS FIANCÉES
POUR LES MACGREGOR

DANIEL CAMPBELL

Prologue

D'après les mémoires de Daniel MacGregor

Quand on atteint mon âge, les années passent vite, une saison chassant l'autre impitoyablement. Il faut savourer chaque instant, le vivre le plus intensément possible.

Naturellement, j'avais la même impression à trente ans !

Ces dernières années m'ont comblé. Quatre de mes petits-enfants adorés ont trouvé l'amour. Ils se sont mariés et ont fondé une famille. Laura, d'abord, puis Gwen, Julia et Mac. Leurs yeux brillent de bonheur, leurs voix résonnent de satisfaction. Chacun a trouvé l'âme sœur. Cependant, ils y ont mis le temps. Pourquoi ? allez-vous me demander.

A vrai dire, sans moi, ils seraient encore en train de patauger, et Anna n'aurait pas un seul arrière-petit-enfant à gâter. Mais attention, je ne demande pas de reconnaissance. Non. Tant que je serai le chef de cette famille, je continuerai à remplir mes devoirs sans avoir besoin de remerciements. Avec plaisir. Ce qui compte par-dessus tout, pour moi, c'est de voir mes petits-enfants confortablement installés.

On aurait pu croire que tous ces mariages allaient inciter mes autres petits-enfants à suivre l'exemple de leurs frères et sœurs et de leurs cousins. Mais non! Les MacGregor sont une espèce têtue et indépendante. Et que Dieu en soit loué!

Heureusement, je suis toujours là pour veiller au grain. J'ai vu trois de mes petites-filles dire oui devant l'autel et j'ai encouragé l'aîné de mes petits-fils à en faire autant. Certains disent que c'est de l'ingérence. Moi, je dis que c'est de la sagesse. Et j'ai décidé qu'il était temps d'insuffler un peu de cette vertu à mon petit-fils, Daniel Campbell.

Aujourd'hui, c'est un beau jeune homme, avec un caractère bien trempé, quoiqu'un peu capricieux. Il est aussi très élégant. Je lui ressemblais quand j'avais son âge. Il ne manque donc pas de compagnie féminine. Et c'est justement le problème : avec lui, la quantité prime sur la qualité.

Dieu merci, j'ai trouvé le moyen de régler ce pro-blème.

Dan est un artiste. Je dois avouer que je ne comprends pas grand-chose à sa peinture, mais il a beaucoup de succès. Maintenant, ce garçon a besoin d'une femme qui partagera sa réussite et sa vie. Et avec qui il fondera une famille unie.

Cependant, il ne s'agit pas qu'il épouse n'importe qui. Non, il lui faut une femme qui ait une personnalité, de la matière grise et de l'ambition. Et qui ait envie d'avoir des enfants. Comme celle que j'ai choisie pour lui alors qu'ils étaient encore petits, tous les deux. Je les ai observés tout au long des années. Je les connais comme ma poche, et je sais comment m'y prendre avec mon petit-fils.

Je dois dire qu'il est un peu contrariant, mon Daniel. C'est le genre de garçon qui va trop souvent à gauche quand on lui dit qu'il ferait mieux d'aller à droite. Je suppose que cela vient des huit années pendant lesquelles son père a été Président. Il a été obligé de se plier à un trop grand nombre de règlements.

Quoi qu'il en soit, avec l'aide d'un vieil ami, je vais enfin mettre mon petit Daniel Campbell sur la bonne voie. Nous le surnommons affectueusement Dan, pour le différencier de moi. Evidemment, je compte bien lui faire croire que tout le mérite lui revient à lui, et à lui seul.

Un homme sage n'a pas besoin de remerciements, mais uniquement de résultats.

1

La lumière entrait à flots par les hautes fenêtres, inondant les couleurs violentes qui zébraient la toile. Debout devant son chevalet, Dan brandissait son pinceau avec la fougue d'un guerrier sur le champ de bataille. Il en avait le visage rude, sculpté au couteau, des yeux bleu glacier, une bouche aux lèvres pleines.

Ses cheveux ondulaient sur ses oreilles, bouclaient sur le col de sa chemise en jean maculée de peinture. Ses manches retroussées découvrant une musculature d'athlète, il éclaboussait la toile de furieux coups de pinceau.

Sa carrure aussi était celle d'un guerrier : épaules larges, taille fine et longues jambes. Il était pieds nus, et ses grandes mains habiles étaient tachées de couleurs.

Son regard reflétait sa rage de vivre mêlée à un mélange de passions qu'il projetait sur la toile, tandis qu'une musique rock rugissait de la chaîne stéréo, faisant vibrer l'air matinal.

Pour lui, la peinture était une véritable bataille, qu'il était bien décidé à gagner. Quand son humeur le poussait à peindre, il travaillait jusqu'à en avoir des crampes dans les mains. Mais s'il n'était pas dans de bonnes dispositions, il pouvait rester des jours entiers, voire des semaines, sans toucher à ses pinceaux.

Certaines personnes prétendaient que Daniel Campbell

MacGregor manquait de discipline. Il se contentait alors de hausser les épaules.

— Qui a besoin de discipline ? disait-il en riant.

Coinçant son pinceau entre ses dents, il s'empara d'un couteau pour étaler grossièrement un paquet de peinture vert émeraude. Et son regard brilla de satisfaction.

Il venait enfin d'obtenir ce qu'il voulait, après plusieurs heures d'acharnement. Une fine colonne de sueur serpenta le long de son dos. Une chaleur d'enfer régnait maintenant dans l'atelier. Il s'essuya le front du revers de la main.

Son estomac se mit brusquement à gargouiller, le rappelant à l'ordre. Ce matin, il avait oublié de manger, et aussi de regarder son courrier, et de répondre aux messages téléphoniques. C'est à peine s'il avait jeté un coup d'œil sur les hautes fenêtres qui laissaient entrer la lumière de ce printemps précoce. Il bouillonnait d'une énergie aussi puissante et primitive que la voix de John Mellencamp qui emplissait la pièce.

Examinant son œuvre d'un œil satisfait, il murmura :

— Besoin… Oui, je vais l'intituler simplement : *Besoin.*

Pour la première fois depuis des heures, il se tourna vers les fenêtres. L'atmosphère, remplie des odeurs familières de son atelier, était devenue étouffante. Il traversa la pièce au plancher rustique et ouvrit les deux battants d'une fenêtre.

Enfouissant ses mains dans les poches arrière de son vieux jean râpé, il respira un grand bol d'air. Les fleurs éclatantes des cerisiers commençaient à éclore. Le canal scintillait sous la lumière de l'après-midi. Des joggers filaient le long du sentier qui le longeait.

C'était cette vue imprenable qui l'avait décidé à acquérir cet appartement quand il était revenu s'installer à Washington, où il avait passé son enfance, dont huit années à la Maison Blanche.

Pendant un temps, il avait vécu et travaillé à New

York, et cela lui avait plu. Il avait connu aussi la vie à San Francisco, qu'il avait aimée tout autant. Mais pendant toutes ses années entre vingt et trente ans, le mal du pays l'avait taraudé. Et il avait fini par se rendre.

Dan soupira de plaisir. Il aurait été incapable de dire quel était le jour de la semaine, mais le spectacle était indubitablement celui d'une merveilleuse journée de printemps.

Une nouvelle protestation de son estomac lui fit faire volte-face. Il se dirigea vers la cuisine.

L'appartement possédait deux niveaux. L'étage était conçu pour une vaste et confortable chambre, mais Daniel y avait installé son atelier et il dormait sur un matelas à même le sol dans la chambre d'amis. Il n'avait pas encore eu le temps d'acheter un sommier.

La plupart de ses vêtements étaient restés dans les cartons qu'il avait fait venir par bateau deux mois plus tôt. Il avait bien l'intention de les y laisser en attendant d'acheter une armoire.

Au rez-de-chaussée, le vaste salon était entouré de fenêtres encore plus nombreuses. Comme celles de l'étage, elles étaient restées nues. Un canapé qui avait gardé son étiquette, une table ancienne aux pieds torsadés, couverte de poussière, trônaient au milieu de la pièce. Le mobilier se complétait d'un lampadaire à l'abat-jour en métal dentelé. Il n'y avait pas le moindre tapis sur le plancher de pin, qui attendait désespérément un bon coup d'aspirateur.

Le coin repas, près de la cuisine, était vide, et la cuisine elle-même ressemblait à un champ de bataille. Excepté quelques assiettes et quelques verres empilés dans l'évier, toute la vaisselle était restée emballée dans les cartons. D'un geste nerveux, Dan ouvrit le réfrigérateur et poussa un petit grognement de déception. Il n'y avait que deux œufs, trois canettes de bière et une bouteille de vin blanc.

Il aurait pourtant juré qu'il avait fait des provisions quelques jours plus tôt.

Fouillant dans les placards, il trouva quelques tranches de pain rassis, un paquet de café, six boîtes de cornflakes et une seule brique de soupe. Avec un soupir résigné, il ouvrit une boîte de céréales et en engloutit une poignée. Il avait sérieusement besoin d'un bon café, et d'une douche. Par quoi allait-il commencer ? Il n'hésita pas longtemps. Le café d'abord. Il emporterait une tasse dans la salle de bains. Il commençait à le préparer quand le téléphone sonna.

Le voyant lumineux de la messagerie se mit à clignoter. Mâchant encore ses céréales, il prit le téléphone.

— Allô !

— Bonjour, mon grand !

Souriant, il s'appuya contre le comptoir de la cuisine.

— Hé, grand-père ! Quel bon vent ?

— Hum… Je ne sais pas s'il est bon ou mauvais.

Daniel éloigna le récepteur de son oreille. Comme toujours, la voix de son grand-père était assourdissante.

— Tu n'écoutes jamais ton répondeur ? J'ai parlé une dizaine de fois dans cette satanée machine. Ta grand-mère était prête à se déplacer elle-même pour s'assurer que tu n'étais pas mort en dormant.

Dan esquissa un sourire. Daniel MacGregor ne changerait jamais. Il avait toujours utilisé sa femme chaque fois qu'il voulait harceler ses petits-enfants.

— Je travaillais, répondit-il nonchalamment.

— Bon, c'est très bien, mais tu peux souffler un peu de temps à autre, non ?

— C'est ce que je suis en train de faire.

— J'ai une faveur à te demander, Daniel Campell. Mais cela m'ennuie beaucoup.

Il poussa un profond soupir. Dan fronça les sourcils.

— Tu as besoin de quelque chose ? interrogea-t-il.

— Oui, enfin, ce n'est pas moi. Oh, je crois que cela ne va pas te plaire... Et Dieu sait que je ne pourrai pas te le reprocher. Mais je me suis engagé auprès de ta tante Myra...

Inquiet, Daniel l'interrompit.

— Elle a un problème ?

Myra Dittmeyer était sa marraine, et la meilleure amie de sa grand-mère. C'était un membre important du clan MacGregor. Dan l'adorait. Le remords lui fit faire la grimace. Depuis son retour à Washington, six semaines plus tôt, il n'était pas encore allé la voir.

— Rassure-toi, mon garçon, elle est en pleine forme, répondit vivement Daniel MacGregor. Elle a toujours bon pied bon œil. Mais elle a un autre filleul. *Une filleule*, plus précisément. Layna Drake. Son nom te dit quelque chose ? Je suppose que non. Tu l'as rencontrée seulement une ou deux fois quand tu étais gamin.

Dan fit un effort de concentration. L'image floue d'une fillette aux cheveux ébouriffés lui revint vaguement à la mémoire.

— Que lui arrive-t-il ?

— Elle est de retour à Washington. Tu connais la chaîne de grands magasins Drake's. Elle appartient à sa famille. Elle travaille dans le magasin principal, maintenant, et Myra... enfin, je vais te le dire sans détour. Il y a un bal de charité demain soir, et Myra se fait du souci parce que Layna n'a pas de cavalier. Elle m'a demandé de t'en parler...

— Quoi !

— Je sais, je sais...

Daniel MacGregor poussa un long soupir.

— Je sais... Les femmes s'y connaissent pour nous faire faire ce qu'elles veulent. Je lui ai dit que je te demanderais. Tu me rendrais vraiment un fier service si tu pouvais te libérer pour l'accompagner.

— Je te préviens, si toi et Myra essayez de me marier…

Son grand-père l'interrompit en éclatant de rire.

— Pas encore, mon garçon. Cette fille n'est pas pour toi. Elle est assez jolie et elle a de bonnes manières, mais à l'évidence, vous n'êtes pas faits l'un pour l'autre. Non, non, je n'aimerais pas que tu regardes dans cette direction. Et si tu ne peux pas te libérer demain soir, je dirai à Myra que je t'ai appelé trop tard et que ta soirée était déjà organisée.

— C'est demain soir ? interrogea Dan.

Horripilé, il se passa une main dans les cheveux. Il avait horreur des bals de charité.

— Faut-il y aller en costume-cravate ?

— Hmm… J'en ai bien peur, répondit Daniel d'un ton navré.

Dan ne put retenir un juron. Son grand-père continua :

— Ne t'inquiète pas, je téléphone tout de suite à Myra pour lui dire que tu ne pourras pas y aller. Inutile de perdre ta soirée avec une fille qui va t'ennuyer à mourir. Vous n'avez pas le moindre point commun. Il vaut mieux que tu commences à chercher ta future épouse. Il serait temps que tu songes à créer un foyer, Daniel Campbell. Ta grand-mère te voir déjà devenir vieux garçon. Elle craint que tu vieillisses sans enfants. J'ai pensé à une autre jeune fille… elle est…

— Merci, grand-père, je m'en occuperai moi-même, coupa Dan, de plus en plus furieux.

Les sourcils froncés, il réfléchit à toute vitesse. Si Daniel MacGregor n'avait pas une très haute opinion de la filleule de Myra, cela signifiait qu'il ne passerait pas son temps à lui téléphoner pour savoir comment les choses progressaient avec elle. Peut-être que s'il lui rendait ce petit service, il aurait la paix. Son grand-père cesserait d'œuvrer pour sa descendance. Il soupira. Il n'y croyait pas trop, mais cela valait la peine d'essayer.

— Où et à quelle heure dois-je prendre... Comment s'appelle-t-elle, déjà ?

— Elle s'appelle Layna. Oh, merci, mon grand ! Je te revaudrai cela. Le bal commence à 20 heures à l'hôtel Shoreham. Layna a repris la maison de ville de ses parents. J'apprécie vraiment que tu me dépannes, mon garçon.

Haussant les épaules, Daniel fit glisser quelques flocons de céréales dans sa bouche. C'était bien beau, tout cela, mais dans quel carton allait-il trouver son costume de soirée ?

— Vraiment, tante Myra ?

En sous-vêtements, Layna Drake portait une cascade de soie blanche sur le bras. Elle avait un air mortifié.

— C'est un inconnu ?

— Pas vraiment, ma chérie. Tu l'as déjà vu, quand tu étais petite. Je sais que c'est un peu agaçant, mais Daniel me demande rarement un service. Ce n'est que pour une soirée. Et de toute façon, tu voulais bien y aller ?

— Je voulais y aller avec toi !

— Je serai là quand même. Tu verras, ma chérie, c'est un jeune homme charmant. Un peu irritable, mais charmant quand même.

Avec un sourire radieux, elle effleura d'une main légère ses cheveux blancs comme neige. Malgré son grand âge, elle avait gardé un esprit vif et acéré, et quand la situation l'exigeait, elle pouvait adopter un air fragile, voire désarmé.

— Daniel MacGregor s'inquiète pour son petit-fils, continua-t-elle. Moi aussi, je dois l'avouer. Il le trouve trop solitaire. Mais franchement, qui aurait cru que Daniel allait se jeter sur l'occasion, quand j'ai dit que tu revenais à Washington, et que j'ai mentionné cette fête de charité ?

Myra agita les mains.

— Je ne savais pas comment refuser. Cependant, je me rends compte que c'est une véritable contrainte pour toi.

Ne supportant pas de lui voir ce petit air désolé, Layna s'empressa de dire :

— Cela n'a aucune importance, tante Myra. De toute façon, je devais y aller, à cette fête.

Avec des gestes gracieux, elle enfila sa robe de soie blanche.

— Va-t-il venir me chercher ici ?

Myra regarda sa montre.

— Oh, mon Dieu ! Il ne va pas tarder à arriver ! Nous nous retrouverons là-bas. Mon chauffeur doit se demander où je suis passée.

— Mais...

— Il faut absolument que je parte. Nous allons nous revoir dans moins d'une heure, ma chérie.

Myra se leva et se précipita vers la porte avec une agilité surprenante pour une femme de son âge. En haut de l'escalier, elle se retourna.

— Tu es splendide, dit-elle d'un air admiratif.

Stupéfaite, Layna poussa un profond soupir. C'était typique de sa marraine. Il fallait toujours qu'elle jette des hommes sur son chemin. C'était assommant. D'autant plus qu'après, il n'était pas si facile de s'en débarrasser.

Layna Drake avait rayé le mariage de ses projets une bonne fois pour toutes. Après avoir grandi dans une maison où les bonnes manières primaient sur les manifestations affectives, et où les aventures légères étaient poliment ignorées, elle n'avait aucune intention de se retrouver dans le même genre de relation.

Layna poussa un soupir. Les hommes étaient parfaits pour le décor, tant que c'était elle qui menait la danse. Et pour le moment, sa carrière était bien trop importante pour qu'elle se soucie d'avoir quelqu'un avec qui dîner en tête à tête le samedi soir.

Elle était bien décidée à grimper l'échelle de l'entreprise familiale. Dans dix ans, selon ses estimations, elle serait à la tête de la chaîne de magasins Drake's.

Layna sourit à son miroir. Oui, elle avait des projets grandioses pour sa carrière, et cela seul comptait.

Drake's n'était pas qu'une simple chaîne de magasins. C'était une institution. En restant célibataire, elle pourrait consacrer tout son temps et toute son énergie à l'entreprise familiale pour maintenir sa réputation et son style.

Plantée au milieu de la pièce dans sa robe dont la fermeture Eclair n'était pas remontée, Layna était plongée dans ses pensées. Elle n'était pas comme sa mère, qui considérait Drake's comme son cabinet personnel. Ni comme son père, qui s'était toujours senti plus concerné par les marges de profit que par les innovations ou les traditions. Elle avait elle-même une vision des choses bien personnelle. Pour elle, Drake's représentait à la fois un défi et un plaisir. C'était sa véritable famille.

Certains pouvaient trouver cela triste, mais pour elle, c'était plutôt réconfortant.

D'un geste précis, elle remonta sa fermeture. Elle avait des responsabilités variées chez Drake's, et c'était cela le plus excitant. C'était une somme de travail importante, mais le travail ne lui avait jamais fait peur, au contraire.

En se coiffant, Layna eut un petit rire. Dieu merci, cette fois, sa marraine ne semblait pas avoir la moindre intention de lui faire rencontrer un éventuel futur mari. Elle n'aurait qu'à bavarder tranquillement avec cet étranger pendant toute la soirée. Et Dieu sait qu'elle était experte en la matière !

Se tournant vers sa commode, elle sortit les boucles en perles de culture et diamants qu'elle avait reçues en cadeau pour ses vingt ans. Elle les fixa à ses oreilles et se contempla dans la glace. Hmm, ce n'était pas trop mal… Satisfaite, elle jeta un coup d'œil dans sa chambre. Elle avait été si heureuse de la retrouver. Chaque détail était raffiné, et le mobilier était chaleureux : tête de lit en cerisier sculpté, petites tables anciennes de bois ciré sur lesquelles étaient posés de délicieux bouquets de fleurs ou des objets soigneusement choisis.

Layna redressa fièrement les épaules. C'était sa maison, désormais.

Il y avait un coin salon très confortable en face de la cheminée de marbre, et une coiffeuse en poirier présentant une collection de flacons aux formes audacieuses.

Choisissant le parfum qu'elle adopterait pour la soirée, elle suspendit son geste. Elle aurait mille fois préféré rester chez elle, ce soir. La journée avait été longue, plus de dix heures chez Drake's. Elle avait mal aux pieds, et une faim de loup.

Repoussant ces pensées, elle se tourna vers sa psyché pour s'assurer que sa robe tombait bien. Le corsage, qui laissait ses épaules nues, épousait les lignes de son corps, et la jupe descendait en plis souples jusqu'aux chevilles. Elle enfila la veste assortie, se glissa dans ses chaussures et vérifia le contenu de son petit sac de soirée.

Quand la sonnette retentit, elle soupira. Au moins, ce Daniel Campbell était ponctuel.

Elle se souvenait vaguement de lui, elle était alors bien trop impressionnée par son père, le Président, pour faire attention à autre chose. Cependant, au fil des années, il lui était arrivé d'entendre parler de lui. Fronçant les sourcils, elle se concentra. N'avait-il pas provoqué un scandale, quelques années plus tôt, en sortant avec une danseuse ? Ou une actrice, peut-être ?

Bah, quoi d'étonnant à ce qu'un fils de Président alimente les colonnes des journaux à scandales ? Et le fait qu'il soit le petit-fils de Daniel MacGregor ne pouvait qu'intensifier la lumière des projecteurs. Layna sourit. Elle préférait mille fois travailler dans l'ombre de l'arrière-scène.

Et le pauvre garçon ne devait pas être véritablement un séducteur, s'il n'était même pas capable de trouver lui-même une partenaire pour ses samedis soir.

Affichant son sourire le plus convivial, Layna ouvrit la porte. Seules les années passées à étudier dans un couvent suisse, avec toute la discipline que cela impliquait, l'empêchèrent de pousser un cri de surprise.

L'homme au regard de braise qui se tenait sur le seuil de sa porte avait besoin de son grand-père pour obtenir un rendez-vous ? Elle ne pouvait pas le croire…

— Layna Drake ? demanda Daniel Campbell.

Médusé, il resta un instant sans bouger. Il avait dû se tromper d'adresse. Ce petit roseau scintillant revêtu de soie blanche n'avait rien à voir avec la fillette qu'il se rappelait. Les touffes de cheveux qui se dressaient autrefois sur sa tête comme des pissenlits étaient devenues des boucles dorées, qui encadraient un visage au teint de pêche éclairé par des yeux vert émeraude.

Se ressaisissant aussitôt, il lui tendit la main sans cesser de sourire. Layna la prit en interrogeant :

— Daniel MacGregor ?

— Daniel Campbell, répondit Dan. MacGregor est mon grand-père.

Layna hocha la tête. En temps normal, elle aurait joué les maîtresses de maison en l'invitant à entrer, et elle aurait fait en sorte qu'ils soient tous deux à l'aise. Mais Daniel Campbell n'était pas particulièrement… *sécurisant*. Il était trop grand, trop viril, et son regard était bien trop audacieux.

Sans hésiter une seconde de plus, elle sortit et referma la porte.

— Eh bien, nous y allons ? dit-elle du ton le plus léger possible.

— Nous y allons !

Il hocha la tête. Daniel MacGregor lui avait dit qu'elle

était « décontractée ». Hmm… Ce n'était pas précisément la définition que lui-même en aurait donnée. Layna Drake faisait plutôt penser à une princesse de glace, malgré l'aspect glamour qu'elle affichait. Dan retint un soupir. La soirée allait être très longue.

Layna jeta un coup d'œil sur la voiture de sport ancienne garée devant la maison. Elle fronça les sourcils. Comment diable allait-elle pouvoir se plier en deux pour entrer dans cette boîte à sardines, avec la robe qu'elle portait ?

« Tante Myra, pensa-t-elle, dans quelle galère m'as-tu mise ? »

2

Elle vérifia si la ceinture de sécurité était bien arrimée, et agrippa la poignée, au-dessus de la portière. Il ne lui restait qu'à prier pour ne pas être écrasée comme une mouche contre le pare-brise avant que la soirée ait le temps de commencer.

Il fallait qu'elle parle, de n'importe quoi, pour détourner son esprit de cette image terrifiante.

— Tante Myra m'a dit que nous nous étions déjà vus, quand votre père était... Président, dit-elle d'une voix tendue.

Le dernier mot se coinça dans sa gorge. Dan dirigeait sa petite voiture de sport entre un bus et une limousine.

— C'est ce qu'on m'a dit aussi. Vous venez de réemménager à Washington ?

— Oui.

Elle ferma les yeux pour ne pas voir les énormes poids lourds entre lesquels il se faufilait maintenant. Honteuse, elle les rouvrit courageusement en relevant le menton.

— Moi aussi, dit-il.

Il prit une profonde inspiration. Layna avait un parfum enivrant, à vous faire tourner la tête. Préférant la sécurité, il ouvrit la vitre de sa portière, laissant l'air frais pénétrer dans la voiture.

— Vraiment ? interrogea Layna.

Elle avait le cœur sur les lèvres. Cet homme était fou.

N'allait-il pas ralentir ? Ne voyait-il pas que le feu allait passer au rouge ? Elle faillit s'étrangler en refrénant un petit cri tandis qu'il fonçait au feu orange.

— Sommes-nous en retard ? demanda-t-elle d'une voix blanche.

— En retard ?

— Vous paraissez pressé.

— Pas particulièrement.

— Vous avez grillé un feu rouge.

Il releva un sourcil.

— Le feu était orange.

Il fit crisser ses pneus en dépassant une camionnette.

— Je croyais savoir qu'il fallait ralentir en voyant un feu prêt à passer au rouge, hasarda-t-elle. Vous conduisez toujours ainsi ?

— C'est-à-dire ?

— On dirait que vous êtes au volant d'une voiture de gangster, juste après l'attaque d'une banque.

Il réfléchit un instant et un sourire ironique se dessina sur ses lèvres.

— J'ai bien peur que oui.

Il tourna dans la rue où avait lieu la fête de charité et s'arrêta en faisant hurler les freins.

— Cela permet de gagner du temps, dit-il nonchalamment.

Dépliant ses longues jambes, il sortit de la voiture.

Sans bouger, Layna essaya de retrouver son souffle. Elle pouvait remercier le ciel d'être arrivée entière ! Quand Dan se présenta près de sa portière, elle n'avait pas bougé d'un iota.

— Vous allez être obligée de déboucler votre ceinture de sécurité, dit-il en la toisant de son regard bleu.

Il attendit qu'elle se libère de son siège, puis il lui prit la main pour l'aider à s'extirper du véhicule. Ce contact lui envoya une bouffée de parfum tandis qu'il sentait sous les siens la douceur de ses doigts fins aux ongles vernis.

Elle avait des yeux de sirène dans un visage ciselé comme un camée. Il l'observa sans rien dire. En général, le portrait n'était pas son expression favorite, mais il lui arrivait de peindre des visages qui l'intéressaient.

Se retrouvant enfin debout, Layna poussa un soupir de soulagement. Elle avait les jambes un peu flageolantes, mais du moins vivait-elle encore.

— Les gens comme vous ne devraient jamais obtenir le permis de conduire, et, surtout, ils ne devraient pas avoir le droit de conduire ce genre de bolide.

— C'est une Porsche, fit aimablement remarquer Daniel Campbell.

Comme elle ne paraissait pas décidée à bouger, il la prit par la main et l'entraîna vers l'entrée de l'hôtel.

— Si vous vouliez que je ralentisse, pourquoi ne l'avez-vous pas dit ?

— J'étais trop occupée à prier.

Il lui adressa un sourire resplendissant de blancheur et d'humour. Ce qui ne fit qu'ajouter au danger qu'il représentait. Layna soupira imperceptiblement.

— On dirait que vos prières ont été exaucées, dit-il. Mais où diable devons-nous aller ?

Serrant les dents, Layna se tourna vers les ascenseurs. Elle entra devant lui et appuya sur le bouton de l'étage.

Dans son dos, Dan roula les yeux.

— Vous savez... euh...

Comment s'appelait-elle, déjà ?

— Layna, je crains que la soirée ne soit mortelle. Alors, si en plus vous faites la tête...

Les yeux rivés devant elle, elle garda un silence obstiné. Dan aurait dû être content qu'elle se taise. Sinon, elle risquait de lui envoyer une avalanche de sarcasmes.

— Je ne fais pas la tête, finit-elle par dire d'une voix aussi chaleureuse que la mer de glace.

Dès qu'elle fut sortie de l'ascenseur, elle eut une folle envie de marcher sans tenir compte de Dan. Mais sa bonne éducation triompha. Elle se tourna avec grâce et attendit qu'il la rejoigne.

Il la prit par le bras et l'observa ouvertement. Elle avait les joues rouges de colère. Il sourit. C'était étonnant de voir un visage classique à l'expression calme changer du tout au tout sous le coup de la fureur. S'il s'était intéressé à elle, il aurait fait en sorte que ses joues se colorent souvent, et que ses yeux prennent cette lueur exaspérée. Cela lui réussissait à merveille.

Mais comme il ne s'intéressait pas à elle, il allait s'excuser platement pour que la soirée se déroule sans remous.

— Désolé, dit-il.

Layna lui jeta un regard noir. « Désolé » ! C'était tout ce qu'il trouvait à dire, alors qu'il avait failli la faire passer de vie à trépas ? Décidément, ce type n'avait pas les talents de diplomate de son père.

Ils entrèrent dans une immense salle pleine de monde. Layna commença à se détendre. Dieu merci, elle ne serait pas obligée de discuter toute la soirée avec ce malotru. Dès que le savoir-vivre le lui permettrait, elle s'éclipserait pour aller bavarder avec une personne un peu plus civilisée.

— Voulez-vous boire du vin blanc ? demanda-t-il.

— Oui, merci.

Il lui tendit un verre et prit une bière, qu'il regarda d'un air songeur. Heureusement, cette fois, son grand-père adoré n'avait pas eu l'intention de jouer les entremetteurs ! Il tourna brusquement la tête en entendant la voix de sa marraine.

— Les voilà ! s'exclama Myra en se précipitant vers eux, les bras grands ouverts.

Elle les couvait du regard. Ils formaient un couple

magnifique. Il fallait absolument qu'elle dise cela le plus vite possible à Daniel MacGregor.

— Daniel Campbell, tu es d'une élégance à faire tourner les têtes ! ajouta-t-elle en riant.

Elle lui tendit la joue, qu'il embrassa affectueusement.

— Ma tante ! J'espère que vous allez danser avec moi !

— Bien sûr ! Mais tes parents viennent d'arriver. Je vais d'abord les saluer. Pourquoi ne viendriez-vous pas vous asseoir un moment près de nous, tous les deux ?

Elle passa les bras autour de leurs épaules.

— Je sais que vous devez voir du monde, et que vous avez envie de danser. La musique est merveilleuse, ce soir. Mais j'ai le droit d'être égoïste pendant quelques minutes.

Avec le talent dû à une longue pratique, elle les entraîna en se frayant un chemin entre les tables ornées de bouquets de fleurs.

Myra avait un petit sourire qui ne quittait plus ses lèvres. Elle se sentait d'une impatience peu commune. Elle avait hâte de voir comment Dan et Layna allaient se comporter l'un avec l'autre, et elle voulait étudier le langage du corps qui pouvait s'établir entre eux. En soupirant de satisfaction anticipée, elle établit mentalement la liste des personnes qu'elle inviterait à leur mariage.

— Regardez qui je vous amène, dit-elle quand ils rejoignirent les parents de Dan.

— Dan !

Shelby Campbell MacGregor bondit sur ses pieds. Sa robe de soie jaune paille bruissa quand elle tendit les bras à son fils.

— Mon chéri, je ne savais pas que tu devais venir !

— Moi non plus !

Il la tint un moment dans ses bras, puis il se tourna vers son père pour lui donner l'accolade.

Les cheveux argentés d'Alan MacGregor luisaient sous

les lumières. Un large sourire s'épanouit sur son visage quand il regarda son fils.

— Bon sang, tu ressembles de plus en plus à ton grand-père !

Touchée par leurs effusions de tendresse, Layna restait raide et muette. Même un malotru comme ce Daniel Campbell pouvait aimer ses parents, et visiblement ses parents l'adoraient.

Elle sentit sa mauvaise humeur s'envoler. L'amour qui existait entre eux et la joie qu'ils éprouvaient à se retrouver faisaient chaud au cœur.

Si elle avait rencontré ses propres parents dans des circonstances semblables, ils l'auraient embrassée du bout des lèvres en lui demandant distraitement comment elle allait.

Shelby se tourna vers elle, une question muette dans ses beaux yeux gris.

— Bonsoir !

Sans cacher sa fierté, Myra s'empressa de faire les présentations.

— Shelby, je te présente Layna Drake, ma filleule.

— Je suis enchantée de vous rencontrer, Layna.

Shelby lui tendit la main. Celle de Layna était ferme dans la sienne. Elle hocha la tête. Cette jeune fille, se dit-elle, devait avoir une forte personnalité.

— Vous êtes la fille de Donna et Matthew ?

— Oui. Ils sont à Miami en ce moment.

— Transmettez-leur mes amitiés dès que vous aurez l'occasion de leur parler.

Puis, se tournant vers son mari :

— Alan, voici Layna Drake, la fille de Donna et Matthew, et la filleule de Myra.

— Myra nous a beaucoup parlé de vous.

Il prit sa main, qu'il garda quelques secondes dans la sienne.

— Vous êtes définitivement de retour à Washington ?

— Oui, monsieur. Je suis heureuse d'être revenue. Et c'est un honneur pour moi de vous revoir. Je vous avais déjà vu quand j'étais petite. Je dois avouer que j'étais terrifiée.

En souriant, il tira une chaise vers elle.

— J'étais si terrible que cela ?

— Non, monsieur. Mais vous étiez le Président. Je venais de perdre mes deux incisives, et je me sentais terriblement godiche. Je me souviens que vous m'avez raconté l'histoire de la dent.

Elle sourit.

— J'étais tombée amoureuse de vous.

— Vraiment ?

Shelby éclata de rire. Alan lui adressa un clin d'œil.

— Vous avez été mon premier amoureux imaginaire. Il a fallu au moins deux ans pour que je vous remplace par Dennis Riley. Mais c'est uniquement parce qu'il avait fière allure dans son uniforme de boy-scout !

Fasciné, Dan écoutait leur entretien sans rien dire. Toute cette agitation et cette chaleur dont Layna faisait preuve brusquement, c'était plutôt inattendu. Sa froideur était encore là, il la sentait sous la surface, mais le charme et la vivacité fleurissaient comme un bouton de rose.

Quand elle riait, c'était comme un murmure à travers le brouillard. Elle était sexy, mais discrète. Il fallait reconnaître que c'était un plaisir de l'observer. Elle avait des gestes doux, qu'elle semblait économiser. Ses cheveux dorés dansaient sur ses épaules, et ses lèvres étaient admirablement dessinées.

— Dan, pour l'amour du ciel ! murmura Myra.

Lui donnant un petit coup de coude, elle continua en murmurant :

— Tu ne l'as pas encore invitée à danser !

— Pardon ?

— Invite Layna à danser, dit-elle en luttant pour masquer son impatience. Tu as oublié les bonnes manières !

— Désolé.

« Bon sang ! » pensa-t-il.

Mais il s'exécuta et effleura l'épaule de Layna.

La jeune fille sursauta et tourna vivement la tête. Leurs yeux se rencontrèrent. Elle l'avait complètement oublié. Affichant un sourire poli, elle se prépara à détourner son attention des parents délicieux sur leur malotru de fils.

— Voulez-vous danser ? interrogea-t-il doucement.

Layna sentit son cœur défaillir. Si Daniel Campbell dansait comme il conduisait, elle aurait de la chance si elle finissait la soirée sans un membre cassé !

— Oui, bien sûr, répondit-elle le plus aimablement possible.

Avec l'impression d'entrer dans une arène, elle se leva et le suivit vers la piste de danse.

Dieu merci, la musique était douce. Avec un peu de chance, son cavalier ne lui marcherait pas sur les pieds.

Il s'arrêta au bord de la piste et la prit dans ses bras.

Layna tressaillit. Mais c'était dû à la surprise, uniquement à la surprise… Qui aurait cru qu'un homme aussi grand pouvait danser avec tant de souplesse ? Elle sentait sa main sur sa taille. Une main qui n'était ni rude, ni maladroite, et qui dégageait une grande virilité. Elle eut un petit frisson. Une mince barrière de soie séparait sa peau nue de cette grande main possessive.

Les lumières scintillaient, dansaient sur son visage, sur sa crinière pas tout à fait apprivoisée. Il avait des épaules puissantes. Et des yeux très bleus.

Layna essaya de se ressaisir. Ce genre de pensées étaient vraiment idiotes ! Mais pourquoi ne trouvait-elle rien à lui dire ? Il fallait pourtant rompre ce silence gênant.

— Vos parents sont merveilleux, finit-elle par dire.

— Je les aime beaucoup, dit-il en plongeant ses yeux bleus dans les siens.

Elle était mince comme un saule, ou comme la longue tige d'une rose. Il observa les lumières qui jouaient sur son visage. Sans s'en rendre compte, il serra un peu plus sa taille. Leurs corps s'accordaient comme les pièces d'un puzzle compliqué.

Layna sentit son pouls accélérer sa course. Sans réfléchir, elle glissa une main sur son épaule, ses doigts effleurant le bas de sa nuque. De quoi parlaient-ils, une minute plus tôt ?

— J'avais oublié à quel point Washington peut être belle au printemps.

— Hmm…

Daniel n'en revenait pas. Le désir montait dans ses reins, se lovait dans son ventre. D'où diable pouvait-il être venu ?

— Je veux faire votre portrait, dit-il d'une voix un peu rauque.

— Mais oui…

Elle ne savait pas ce qu'il avait dit. Tout ce qu'elle savait, c'est qu'une femme pouvait se noyer dans les yeux de Daniel Campbell.

— Je crois que la pluie est annoncée pour demain.

Elle laissa échapper un petit soupir quand il plaqua sa main sur son dos.

— Parfait, marmonna-t-il en la couvant du regard.

S'il penchait la tête, il pourrait embrasser cette bouche. Apaiserait-elle ce besoin soudain qui venait le mordre, ou finirait-elle de l'exacerber ?

La musique s'arrêta brusquement. Quelqu'un les bouscula, faisant éclater la fine bulle de verre qui semblait les entourer.

Ils reculèrent et froncèrent les sourcils en même temps.

— Merci, dit Layna d'une voix redevenue ferme.

— Je vous en prie.

Il la prit par le bras, gardant un contact très léger, très impersonnel. Il voulait la ramener à leur table, la laisser là et s'enfuir jusqu'à ce que son esprit s'éclaircisse.

Layna se laissa guider. Elle voulait s'asseoir rapidement avant que ses jambes ne lui fassent défaut.

3

Agacé, Dan se retourna pour la vingtième fois dans son lit. Il s'était réveillé à l'aube. Ce n'était pourtant pas ce qu'il avait prévu en se couchant. Il avait décidé de commencer ce dimanche par une grasse matinée, puis de s'offrir un énorme petit déjeuner. Ensuite, il aurait passé quelques heures à son club de gymnastique et il serait resté seul avec un bon livre pendant le reste de l'après-midi, à moins qu'il ne soit allé flâner au festival de blues.

Apparemment, la journée commençait mal.

Il essaya de se rendormir, mais chaque fois qu'il commençait à sombrer dans le sommeil, il se mettait à penser à elle. C'était plus irritant que de se lever tôt.

Il n'avait aucune raison de penser à Layna Drake. L'instant de connexion physique entre eux n'avait duré que l'espace d'un éclair, au sein d'une longue soirée plutôt monotone. Ils s'étaient montrés polis l'un envers l'autre, et sociables. Ils avaient bavardé entre eux et avec d'autres personnes. Rien de particulièrement excitant.

Ensuite, il l'avait raccompagnée chez elle, en prenant soin de conduire moins vite, de négocier les virages en douceur et de freiner sans à-coups. Ils s'étaient séparés après s'être serré la main devant la porte de Layna. Et elle avait été aussi soulagée que lui, il en aurait mis sa main au feu.

C'était donc complètement ridicule de ne cesser de penser

à elle ! Cependant, malgré tous ses efforts, il n'arrivait pas à se débarrasser des sensations qu'il avait éprouvées à son contact pendant qu'ils dansaient.

Au fond, l'explication était simple : il était intrigué par son visage, rien de plus. D'un point de vue purement artistique.

Incapable de se rendormir, il partit de bonne heure au club de gymnastique et fit de son mieux pour noyer son impatience dans la sueur. Au bout d'une demi-heure, il avait déjà l'esprit plus clair. Il retourna chez lui avec une faim de loup, prêt à dévorer son petit déjeuner.

Il mit la radio et tourna le volume au maximum. Puis, retroussant ses manches, il se rendit dans la cuisine et déposa des tranches de bacon dans une poêle à frire. Sa bonne humeur était revenue. Il se mit à chanter à tue-tête sur le disque de John Foggerty, tout en préparant des œufs brouillés.

Quand le téléphone sonna, il prit l'appareil d'une main et, de l'autre, fit glisser le bacon dans une assiette.

C'était Daniel MacGregor.

— Tu es enfin revenu ! Baisse un peu la musique, mon garçon, tu vas devenir sourd ! hurla-t-il.

— Attends une minute.

Dan chercha la télécommande. Elle était introuvable, comme chaque fois qu'il en avait besoin. En maugréant, il entra dans le salon pour baisser le volume manuellement. De retour dans la cuisine, il attrapa une tranche de bacon bien croustillante.

— Je suis déjà allé au club et je me préparais à graisser mes artères.

— Des œufs au bacon ?

Daniel MacGregor soupira d'envie.

— Cela me rappelle mes petits déjeuners de célibataire… Ta grand-mère est très stricte. Elle se fait du souci pour mon cholestérol. J'aurai de la chance si j'arrive à voir du bacon en peinture un de ces jours.

— Moi, je me régale, dit Dan d'un ton malicieux.

Il mastiqua bruyamment une tranche bien croustillante.

— Crois-moi, c'est fabuleux, ajouta-t-il.

— Espèce de sadique !

Daniel soupira encore.

— Quand je pense que je t'appelais pour te remercier de m'avoir rendu service hier soir ! Maintenant, j'espère que tu as passé une soirée horrible avec la filleule de Myra.

— Disons que j'ai survécu.

— J'en suis ravi. Je sais que tu as mieux à faire de ton temps. C'est une jeune fille tout à fait charmante, mais ce n'est pas ton type. Nous cherchons quelqu'un qui soit plus proche de toi.

Enfournant l'avant-dernière tranche de bacon, Dan fronça les sourcils.

— Merci, mais je peux chercher moi-même.

— Eh bien, qu'attends-tu ? Au lieu de t'enfermer avec tes tubes de peinture et tes toiles, tu ferais mieux de faire la cour à une jeune femme qui te plaise. Sais-tu que ta grand-mère se fait un sang d'encre en t'imaginant tout seul dans cet appartement, avec ces odeurs chimiques ?

Bien que son grand-père ne puisse pas le voir, Dan secoua la tête. Il était trop habitué à ce genre de remontrance pour prendre la peine de protester. Préférant savourer la dernière tranche de bacon, il grommela :

— Hummm…

— Permets-moi de te dire que ton appartement est un vrai trou à rat. A ton âge, on a besoin d'une belle maison, d'une femme et d'enfants. Mais je ne t'ai pas téléphoné pour te rappeler les devoirs auxquels tu aurais dû penser tout seul. Je voulais te dire que j'ai apprécié ce que tu as fait pour moi. Je sais ce que tu as dû vivre. Cela m'est arrivé, à moi aussi, avant que je ne rencontre ta grand-mère. J'en ai passé des soirées à mourir d'ennui en face d'une fille qui n'avait absolument rien d'intéressant à dire ! Cela dit, il est temps que tu enterres ta vie de garçon. Mais je comprends que tu attendes de trouver l'âme sœur. Une jeune fille qui ait les pieds sur terre et, en même temps, de l'esprit. Tout ce que n'a pas la petite Linda.

— Layna, marmonna Dan.

Il se sentait irrité. Mais pour quelle raison précise, il n'aurait su le dire.

— Elle s'appelle Layna, répéta-t-il la bouche pleine.

— C'est vrai. Drôle de nom, tu ne trouves pas ? Enfin, cette soirée est derrière toi et tu n'auras pas à recommencer. Mais dis-moi, quand vas-tu venir voir ta grand-mère ? Elle se plaint de ne jamais avoir ta visite.

— Je viendrai bientôt.

Dan jeta le restant de bacon dans la poêle. Puis, à sa grande surprise, il s'entendit demander :

— Qu'a-t-elle qui ne va pas, Layna ?

— Qui ?

Dans le bureau de sa maison-forteresse, à Hyannis Port, Daniel couvrit le téléphone avec sa main au moment où il éclatait de rire.

— Layna, répéta Dan entre ses dents. Qu'est-ce qu'elle a qui ne va pas ?

— Oh ! Rien du tout. C'est une jolie fille, bien élevée, si j'ai bonne mémoire. Non, je disais cela parce qu'elle n'est pas pour toi. Elle est plutôt glaciale, tu ne trouves pas ? Comme ses parents. Il est certain qu'elle leur ressemble, ils ne peuvent pas la renier ! Ils sont raides comme des passe-lacets, si je me souviens bien d'eux. Bon, assez bavardé, mon garçon... Je te laisse prendre ton petit déjeuner. Essaie de trouver le temps de venir nous voir avant que ta grand-mère me rende folle.

— Promis, grand-père. Embrasse-la pour moi.

— Bien sûr.

Daniel MacGregor raccrocha et se frotta les mains. Combien de temps son petit-fils allait-il attendre avant d'aller voir la jolie Layna Drake ?

Dan n'avait plus faim. Il posa son assiette dans l'évier, et rangea son carnet de croquis, ses crayons et ses fusains dans une vieille sacoche en cuir qu'il jeta sur son épaule. Il allait marcher, pour prendre le temps de réfléchir. C'était curieux, mais le coup de téléphone de son grand-père l'avait rendu perplexe.

Il soupira. Naturellement, son grand-père avait raison, mais en même temps, c'était un peu agaçant qu'il élimine avec tant d'assurance l'idée de le voir fréquenter Layna Drake. Il passa une main nerveuse dans ses cheveux en bataille. Oui, c'était agaçant, mais pas plus que lorsque Daniel MacGregor jetait à ses pieds les femmes qu'il avait sélectionnées pour son mariage.

Il soupira une nouvelle fois. Dieu merci, il n'avait pas dit son dernier mot. Il choisirait lui-même la femme qu'il épouserait. Si tant est qu'il veuille se marier... Il ne pensait pas à Layna de cette façon. Il voulait seulement dessiner son visage. Et puisque la jeune femme avait plus ou moins accepté, la veille, il valait mieux qu'il s'y mette le plus vite possible. Après quoi, il passerait à autre chose.

Sans qu'il y pense vraiment, ses pas l'amenèrent chez Layna. Elle ne répondit pas quand il sonna à sa porte. Vaguement déçu, il se balança d'un pied sur l'autre et jeta un coup d'œil sur les fenêtres grandes ouvertes, d'où s'échappait un concerto de Chopin. Tendant la main pour sonner encore une fois, il hésita. Ce serait plus malin de sa part d'aller faire quelques croquis dans la rue, mais presque malgré lui, sa main se posa sur la poignée de la porte.

Haussant les épaules, il essaya d'ouvrir. Elle n'était pas fermée à clé. Il entra.

— Layna ?

Il jeta un coup d'œil curieux autour de lui. Elle ne l'avait pas fait entrer, la veille, quand il l'avait raccompagnée. Les murs avaient la teinte chaude du pain légèrement grillé. Un bouquet de tulipes blanches trônait sur une console.

Deux dessins accrochés au mur attirèrent son attention. C'étaient des scènes de rue très vivantes. L'auteur avait un bon coup d'œil pour les détails. S'approchant de l'escalier, il posa une main sur la rampe brillante et leva les yeux vers le premier étage. Layna se trouvait peut-être là-haut ? Mais il allait commencer par la chercher au rez-de-chaussée.

Elle n'était ni dans le salon ni à la bibliothèque. Une odeur de cuir et de rose flottait dans la maison, meublée avec le plus grand raffinement. Dan regarda dans la salle à manger, puis dans la cuisine. Toujours pas de Layna. Apparemment, elle aimait le style classique. Ici et là, quelques taches de couleur rompaient l'aspect traditionnel et bien rangé de son intérieur.

Examinant le rez-de-chaussée, il se fit une bonne idée de ses goûts et de son mode de vie.

Il s'approcha de la fenêtre de la cuisine, qui donnait sur un petit patio bordé de fleurs. Layna était de l'autre côté, occupée à planter en alternance des tulipes blanches et des pensées aux couleurs éclatantes.

Elle portait des gants de jardinier, un chapeau de paille à large bord et un tablier marron sur un pantalon beige et un fin sweater d'été.

Dan eut un sourire amusé. La vue de Layna faisait penser à ces magazines qui vantent le matériel adéquat pour se livrer au plaisir du jardinage. Compétence et élégance…

La lumière était parfaite. Elle filtrait doucement à travers les branches qui commençaient à se vêtir de bourgeons verdoyants. Restant où il s'était arrêté, il traça rapidement trois esquisses sur son carnet de croquis.

C'était étonnant de la voir travailler avec une telle précision. Elle retournait la terre à l'aide de la bêche, puis elle versait un peu d'engrais liquide; ensuite, elle prenait doucement la plante et la plaçait exactement au centre du trou qu'elle avait creusé, avant de combler le trou avec la terre.

Elle alignait les plants comme des petits soldats.

Se décidant à sortir dans le jardin, il ouvrit la porte et la laissa se refermer derrière lui. Elle claqua.

Layna sursauta. Elle s'était tant concentrée sur ses plantations qu'elle ne l'avait pas vu venir. Stupéfaite, elle lâcha sa bêche et les fleurs voltigèrent.

— Désolé de vous avoir fait peur, dit-il en souriant.

Layna posa une main sur son cœur.

— Que… que faites-vous ici ? Comment êtes-vous arrivé ?

— Par la porte. J'ai sonné, mais vous n'avez pas répondu.

Il posa sa sacoche sur la table en fer qui se dressait au milieu du patio. Un gros livre de jardinage y était ouvert. Il le feuilleta rapidement, puis il se baissa pour ramasser les fleurs.

Layna le fusilla du regard.

— Qui vous a permis de vous introduire chez moi ?

— Vous. Vous avez laissé votre porte ouverte. Je vous avais dit que je passerais, et…

— C'est faux ! objecta-t-elle, de plus en plus irritée.

Une fragrance de savonnette à la lavande l'assaillit. Daniel Campbell avait une odeur troublante, et il se déplaçait comme un grand fauve.

Espérant faire prendre une autre tournure à ses pensées, elle répéta, obstinée :

— Vous ne m'avez rien dit de tel !

— Si, hier soir. A votre place, je planterais celles-ci en parterre rond plutôt qu'en rangées. Et j'en mettrais un peu plus.

Les yeux étrécis, il se pencha brusquement vers elle et prit son menton entre ses doigts.

— Je vous ai dit que je voulais faire votre portrait.

Elle se détourna vivement pour se libérer de ce contact. Son cœur s'était mis à battre précipitamment. Secouant la tête, elle se concentra sur ses plantations, bien décidée à ignorer cet homme, aussi horripilant que troublant. Mais pour qui se prenait-il, à la fin ? Il se croyait tout permis. Il commençait par entrer chez elle sans y être invité, puis il venait la critiquer. Certes, elle était débutante dans l'art de planter des fleurs, mais il aurait pu y mettre les formes ! Et puis, il ne lui avait jamais parlé de cette histoire de portrait !

— Je ne savais pas que vous vouliez faire mon portrait, affirma-t-elle.

— Mais si, rappelez-vous. Nous étions en train de danser. La lumière est très bonne, en ce moment. C'est idéal.

Il se leva pour prendre son carnet.

— Continuez votre travail, si vous préférez.

S'accroupissant sur ses talons, Layna réfléchit.

Il lui avait annoncé cela quand ils dansaient ? Elle n'arrivait à se rappeler qu'une seule et unique chose : pendant qu'elle dansait avec Dan, elle avait été victime d'une crise d'amnésie momentanée. Elle avait tout oublié.

Et maintenant, il était assis au beau milieu du patio, ses jambes immenses allongées devant lui, et il croquait son portrait sans lui demander son avis.

Elle leva les yeux vers lui. Il lui adressa un sourire étincelant.

— Vous n'avez pas besoin de poser. Faites comme si je n'étais pas là !

Elle secoua imperceptiblement la tête. Qu'elle fasse comme s'il n'était pas là ? C'était aussi facile que d'ignorer une gigantesque panthère couchée dans le salon.

— Je n'arrive pas à travailler quand vous me regardez ! Je veux finir de planter ces fleurs avant qu'il se mette à pleuvoir.

— Il ne vous en reste plus qu'une dizaine. Accordez-vous une petite pause.

Du bout du pied, il éloigna l'autre chaise de la table.

— Asseyez-vous, et parlez-moi.

Poussant un soupir, Layna se leva et enleva ses gants.

— N'avons-nous pas constaté que nous n'avions rien à nous dire ? demanda-t-elle, agacée.

— Ah bon ?

Il savait comment faire du charme à un modèle récalcitrant. Il se servait impitoyablement de son sourire.

— Vous aimez la musique, et moi aussi. Parlons musique ! Chopin correspond très bien à votre style.

Fourrant ses gants dans les poches de son tablier, elle rétorqua sèchement :

— Je suppose que le crin-crin des cornemuses correspond parfaitement au vôtre !

Il releva un sourcil amusé et interrogateur.

— Vous avez quelque chose contre la cornemuse ?

Elle souffla un peu bruyamment avant de consentir à s'asseoir.

— Ecoutez, Dan, je ne veux pas être désagréable, mais…

— Vous ne le serez jamais à moins de le faire exprès. Vous êtes trop bien élevée. Hmm… joli sourire.

Il dessinait vite tout en parlant.

— Dommage que vous soyez si mordante, ajouta-t-il.

— Je ne le suis pas… avec les gens que j'apprécie.

Il se contenta de sourire.

— Vous voyez : là, vous avez été désagréable délibérément.

Elle ne put s'empêcher de rire. Mais son rire se transforma en un petit cri de surprise quand il se pencha vers elle pour lui enlever son chapeau.

— Il fait de l'ombre à vos yeux, expliqua-t-il en le posant sur la table.

— C'est bien pour cela que je le porte, rétorqua-t-elle.

L'examinant d'un air scandalisé, elle s'appuya contre le dossier de la chaise.

— Corrigez-moi si je me trompe, mais il me semble que nous n'avons pas précisément trouvé de terrain d'entente entre nous.

Il hocha la tête.

— Et alors ?

Elle ouvrit la bouche, mais la referma aussitôt. C'était ridicule de se sentir insultée parce qu'il paraissait d'accord avec elle sur ce point précis.

— Et alors, que faites-vous ici ? Cela rime à quoi, que vous soyez venu faire mon portrait ?

— Votre visage m'intéresse. Il est énergique, mais d'une énergie toute féminine. Des yeux attirants, une architecture classique. Je n'ai pas besoin d'être personnellement attiré par une femme pour faire son portrait.

— J'apprécie votre franchise, dit-elle froidement.

— Non. Je vous ai énervée.

Il tourna une page et commença une nouvelle esquisse.

— C'est une réaction bien féminine. Vous êtes irritée parce que nous sommes d'accord sur le fait que je ne suis pas plus votre type que vous n'êtes le mien. Cela ne m'empêche pas de vous trouver belle, parce que vous l'êtes. Tournez un peu la tête à gauche. Il faut que vous releviez vos cheveux.

Joignant le geste à la parole, il se pencha vers elle et passa une main légère sur sa joue. Paralysée, Layna retint son souffle tandis que son cœur recommençait à tambouriner dans sa poitrine. Brusquement, les rayons filtrés du soleil étaient trop chauds. Elle avait la gorge sèche. Furieuse contre elle-même, elle lutta pour se ressaisir. Elle était vraiment stupide, avec ses réactions instinctives.

— Vous avez une peau magnifique, dit-il doucement, d'une voix un peu lointaine.

Faisant glisser ses doigts jusqu'à son menton, il les promena sur le contour de sa joue. Puis il descendit sa main sur son cou. Le pouls de Layna battait furieusement. Il voulait l'embrasser là, à cet endroit précis, pour le sentir palpiter sous ses lèvres.

Prenant sur lui, il se redressa et s'empara d'un fusain. Cependant, ses doigts paraissaient aussi engourdis que son cerveau. Comment diable allait-il arriver à dessiner ?

Layna s'éclaircit la voix.

— Je croyais que... que vous faisiez de la peinture abstraite...

— Je peins selon mon inspiration. Je peins ce qui m'intéresse.

Il plongea un regard pénétrant dans le sien et se mit à dessiner.

— Apparemment, vous m'intéressez. Sur un certain plan.

Layna se redressa. Il fallait absolument qu'elle se détende !

— Il y a deux ou trois ans, vous avez fait une exposition à New York. Je ne l'ai pas vue, mais j'en ai entendu parler par une amie.

— Ce n'est pas grave que vous ne l'ayez pas vue. De mon côté, je fais rarement mes achats chez Drake's...

Layna laissa échapper un petit rire. Fasciné, Dan la dévora des yeux.

— Bien, je suppose que nous avons assez échangé d'insultes subtiles... Et maintenant ?

— Nous pourrions essayer de faire la conversation. Etes-vous contente d'être revenue à Washington ?

— Très. J'ai toujours aimé cette maison, ce quartier.

Jetant un coup d'œil sur les pensées qu'elle venait de planter, elle fronça les sourcils.

— Croyez-vous vraiment que j'aurais dû les planter autrement ?

— Pardon ? Ah, vous parlez des fleurs… Je voulais dire que vous devriez faire des rangées moins alignées, les planter d'une façon désordonnée. Un peu comme ce que Monet avait fait dans son jardin de Giverny.

— Oui, vous avez raison.

Elle fit une pause. Son regard s'adoucit et un sourire léger se dessina sur ses lèvres tandis qu'elle imaginait le résultat.

— J'ai tendance à suivre les directives que l'on me donne quand j'apprends. De cette façon, on risque moins de faire des erreurs.

Elle inclina légèrement la tête sur le côté. Les taches de lumière scintillaient sur son visage, le rendant de nouveau rêveur et doux.

— Mais vous, vous considérez les choses d'un œil d'artiste. Et je ne pense pas que vous craigniez de faire des erreurs.

— En principe, non.

Il soupira. Cette fois, il avait bien peur d'en commettre une. Pourquoi s'était-il lancé dans le portrait de Layna Drake ? Et pourquoi tout, ici, était-il envoûtant : la lumière, la musique, et l'air qui transportait une odeur de terre retournée et de fleurs fraîches ?

— Je prépare soigneusement mon travail et je dévie rarement du projet que je me suis fixé, dit-il.

Elle hocha vaguement la tête. Quelque chose en lui la tentait de se jeter impulsivement dans une folle aventure, l'exigeait presque. Elle imaginait que ce voyage serait aussi fou et aussi rapide que le trajet qu'ils avaient fait la nuit précédente.

Le genre de trajet où une femme risquait de tomber de très haut, et de se faire très mal...

Dan rangea ses pinceaux et ses couleurs dans sa sacoche.

— Bon, ce sera suffisant pour aujourd'hui, décréta-t-il.

Il voulait partir avant de se conduire de façon stupide. Avant de toucher de nouveau Layna, par exemple.

— Je vous remercie, dit-il d'un ton bref.

— Je vous en prie...

Elle se leva en même temps que lui, bien décidée à le raccompagner. Mais elle ne bougea plus, et il resta planté là, à moins de un mètre d'elle. C'était une situation extrêmement inconfortable, et dangereuse. Comme s'il devinait ses pensées, il dit d'un ton un peu brusque :

— Ne me raccompagnez pas, je connais le chemin.

Sans la regarder, il fit un pas vers la porte. Il savait bien que si elle rentrait dans la maison avec lui, il ne pourrait s'empêcher de faire ce geste stupide. Et que ce serait peut-être pire. Peut-être l'attirerait-il contre lui, et goûterait-il longuement sa bouche pulpeuse. Et arrivé là, il ne pourrait sans doute plus s'empêcher de prendre encore beaucoup plus, pendant que la musique de Chopin continuerait à résonner autour d'eux. S'éclaircissant la voix, il marmonna :

— Très bien... Euh... Au revoir. Et merci.

— Au revoir.

Il attrapa sa sacoche et se dirigea vers la maison. Il était sur le point d'y entrer, quand une force irrésistible l'obligea à se retourner. Les cheveux inondés de soleil, Layna était encore debout au milieu du jardin, ses grands yeux verts et rêveurs fixés sur lui.

— Il y a une exposition Dali qui commence mercredi au Smithsonian Institute. Je vous prendrai à 19 heures, dit-il.

Layna resta stupéfaite. Elle avait envie de crier : « Non ! Certainement pas ! » Mais au lieu de cela, elle s'entendit répondre :

— D'accord. C'est une très bonne idée.

Hochant la tête, il se précipita dans la maison et rejoignit la porte d'entrée.

Ce n'est qu'en la franchissant qu'il commença à se traiter de tous les noms.

4

Il avait une dizaine de raisons valables pour annuler ce rendez-vous. Il aurait préféré aller seul à l'exposition. En général, c'est ce qu'il faisait. C'était la façon la plus sûre de se concentrer sur ce qu'il voyait. Ensuite, il aurait peut-être rencontré une femme intéressée par l'art moderne, avec laquelle il aurait terminé la soirée en discutant autour d'un verre ou d'un dîner tardif.

Dan soupira. Oui, il avait l'habitude de faire les choses ainsi.

Mais il n'annula pas ce rendez-vous. Ni le suivant. C'était stupéfiant, mais il appréciait la compagnie de Layna. Cela n'avait aucun sens. Elle n'aimait que l'art figuratif, elle préférait voir sur les toiles des choses qu'elle pouvait reconnaître.

Ils se retrouvèrent en train de discuter âprement devant un café fumant ou un verre de vin. Sans savoir comment, ils avaient réussi à se donner trois rendez-vous, de la manière la plus civilisée qui soit. Dan releva un sourcil étonné. Layna était-elle aussi stupéfaite que lui de voir qu'ils appréciaient mutuellement leur compagnie ?

Et aujourd'hui, ils en étaient à leur quatrième rendez-vous. Le quatrième en deux semaines. Il n'en revenait pas. Il fallait bien reconnaître que c'était plutôt… *inattendu*, et pour le moins bizarre.

Reculant devant une toile, il continua de l'examiner.

Il travaillait souvent l'aquarelle quand il changeait de sujet. Il n'avait pas eu l'intention de faire un portrait. Les esquisses qu'il avait faites d'après Layna n'avaient été qu'un exercice. Mais elles l'avaient taraudé jusqu'à ce qu'il se rende et qu'il prenne son pinceau.

Il hocha légèrement la tête. L'aquarelle serait parfaite pour Layna. Des tons froids, des lignes douces. Il n'avait pas choisi une esquisse de son sourire. Il avait été attiré par cette étude rapide de Layna regardant droit devant elle, une expression grave sur le visage, le regard lointain.

Il soupira. En réalité, il s'en rendait compte maintenant, c'était l'expression d'une femme mettant un homme au défi de briser la glace pour trouver la chaleur. Mais s'il relevait le défi, que se passerait-il ensuite ? Serait-ce un éclair ou un frisson ? Une lente combustion ou une explosion ?

Il ne cessait de se répéter mentalement ces questions. C'était à devenir fou. Mais c'était excitant, aussi.

Le fait de la peindre de cette façon était à la fois intrigant et frustrant. *Il fallait qu'il sache.* Il ne pourrait jamais rendre ce visage vivant s'il ne savait pas ce qui se cachait derrière.

Oui, il venait enfin de comprendre cela. Soulagé, il se détendit tandis que les coins de sa bouche se relevaient imperceptiblement. Naturellement, c'était cela, la raison pour laquelle il n'avançait pas. Il voulait la peindre, mais c'était impossible tant qu'il ne la connaîtrait pas mieux.

II poussa un grand soupir de satisfaction. Posant son pinceau, il se servit un fond de café froid. Alors qu'il commençait à le siroter, la sonnerie de la porte d'entrée retentit. Il se précipita pour ouvrir. Sa mère se tenait sur le seuil, un large sourire aux lèvres.

— Je te dérange dans ton travail, dit Shelby.

— Pas du tout, je fais une pause-café.

D'un seul bras, il la serra contre lui.

— Je suis obligé de t'en préparer, ajouta-t-il en riant. Celui que je bois est froid, et je n'ai qu'un fond de tasse.

Shelby se mit à rire à son tour.

— Cela m'apprendra. Quand j'ai su que tu revenais t'installer ici, je m'étais pourtant promis de ne jamais passer chez toi à l'improviste.

Elle sourit affectueusement et le suivit dans la cuisine.

— Mais Julia m'a envoyé de nouvelles photographies de Travis, et ton père n'est pas à la maison. Il fallait absolument que je les montre à quelqu'un !

— Tu as eu une bonne idée. Fais voir !

Dan poussa de l'autre côté de la table une pile de courrier qu'il n'avait pas encore ouvert, quelques assiettes sales et un carnet de croquis. Sa mère sortit un paquet de photos de son sac et le lui tendit.

— Regarde-les pendant que je m'occupe du café ! dit-elle.

Elle parcourut la cuisine d'un regard effaré. Décidément, son fils avait un mode de vie qui correspondait point par point à l'idée qu'on se faisait des artistes. Mais après tout, si cela lui convenait, elle n'y voyait aucun inconvénient.

— Bon sang, il est magnifique, tu ne trouves pas ? s'exclama Dan.

— Il te ressemble beaucoup quand tu avais son âge.

— Ah oui ?

Dan sourit. C'était stupide, mais il était ravi. Il leva les yeux de la photo où son neveu arborait un large sourire édenté.

— Ces gènes MacGregor, tout de même ! dit Shelby en imitant Daniel. C'est vraiment une bonne lignée !

Elle sourit.

— A propos de MacGregor, as-tu des nouvelles récentes de Daniel ?

— Oui. Il m'a téléphoné avant-hier. Il voulait me remercier de lui avoir rendu un petit service, l'autre soir, et il m'a encore dit que je devrais aller les voir plus souvent. Il paraît que grand-mère se fait de nouveau du souci.

Le rire de Shelby se mêla au bruit du moulin à café.

— A l'entendre, on pourrait croire qu'Anna passe ses journées à se morfondre !

Elle versa le café dans le filtre et inclina la tête.

— Quel service lui as-tu rendu ? interrogea-t-elle d'un ton léger.

Continuant à regarder les photos, il répondit d'un air distrait :

— Layna Drake. Tante Myra voulait que je l'accompagne à la fête de charité. Elle l'a demandé à grand-père.

Shelby se mordilla l'intérieur de la joue pour ne pas éclater de rire.

— Vraiment ? Et tu l'as cru ? Tu es devenu bien crédule !

— Hein ?

Il cligna des paupières.

— Non, maman, détrompe-toi, ce n'est pas sa mise en scène habituelle pour que ses petits-enfants se marient et lui fassent des bébés ! Il pense qu'elle n'est pas du tout mon genre. Il m'a dit tout de suite qu'il avait accepté pour que Myra lui fiche la paix.

Shelby ouvrit la bouche et la referma aussitôt. Une lueur amusée dans les yeux, elle observa son fils. Décidément, Dan était plus naïf qu'elle n'aurait cru !

— Je vois… Et toi, comment l'as-tu trouvée ?

— Elle est très bien. Beau visage. Je veux faire son portrait.

— Tu vas…

Shelby faillit lâcher les tasses qu'elle venait de sortir du placard.

— Mais tu ne fais jamais de portraits !

— Si, parfois.

Dan était très absorbé par les photos. Il voulait en

choisir une qui lui servirait de modèle pour peindre le portrait du petit Travis. Ce serait un cadeau pour sa sœur.

Ouvrant la bouche pour parler, Shelby préféra une fois de plus rester silencieuse. En effet, Dan avait déjà peint quelques portraits. Mais uniquement de la famille, de personnes qui comptaient beaucoup pour lui.

Layna Drake, à quel point comptait-elle pour lui ?

— Tu lui as demandé de poser pour toi ?

— Non, je travaille d'après des esquisses.

— Alors, tu l'as revue.

— Deux ou trois fois.

Il leva les yeux sur Shelby.

— Pourquoi ?

— Pour rien. Je te demande cela par pure curiosité ! Je connais un peu ses parents. J'ai l'impression qu'elle ne leur ressemble pas du tout.

— A ton avis, c'est plutôt bien ou plutôt dommage ? demanda-t-il avec un geste nerveux. Elle ne semble pas avoir envie de parler de sa famille.

— Eh bien…

Shelby se retourna et s'appuya contre le comptoir.

— Je dirais que ce sont des gens assez superficiels. Quant à elle, elle me semble avoir un peu plus de consistance, sous ses apparences flatteuses. Personnellement, je préfère les demi-teintes. Pas toi ?

— Oui…

Dan sourit.

— C'est exactement ce que je cherche pour son portrait. C'est bizarre, mais je l'aime bien, je ne sais pas pourquoi.

— Elle n'est pas comme les femmes que tu as l'habitude de fréquenter.

Le front de Dan se rembrunit, à la façon typique des MacGregor. Shelby s'empressa d'ajouter :

— Mais je ne m'en plains pas ! Ce n'est pas non plus une critique. Je ne fais que constater. Les femmes que tu fréquentes ont le genre bohême, ou flamboyant. Layna Drake n'a ni l'un ni l'autre.

— J'ai seulement dit que je l'aimais bien, rectifia Dan un peu plus sèchement qu'il n'en avait l'intention.

Regardant Shelby, il se radoucit et prit un air malicieux.

— On m'a dit que ma mère avait été une bohémienne flamboyante dans sa jeunesse !

Shelby releva ses fins sourcils arqués et joua le jeu. Les yeux pétillants, elle répondit :

— Hmm… j'en ai entendu parler. Mais qu'est-elle devenue ?

— Son style est devenu à la mode, et c'est elle qui a gardé la première place dans mon cœur.

— Oh…

Touchée et ravie, elle s'approcha de son fils et appuya la joue sur sa tête.

— Je suis si heureuse que tu sois revenu à Washington, là où je peux me faire croire à moi-même que je passe chez toi par hasard, dit-elle en riant.

Dan rit à son tour.

— Papa aussi prétendait passer ici par hasard hier, dit-il en riant.

Il lui enlaça la taille et la serra contre lui.

— Continuez comme cela, tous les deux, murmura-t-il.

Elle poussa un petit soupir.

— Nous ne voulons pas devenir envahissants.

— Vous ne l'avez jamais été. Mais vous êtes toujours avec moi, même quand vous n'êtes pas présents.

Elle l'embrassa tendrement sur les cheveux, puis elle se dégagea et versa le café dans les tasses.

Dan brandit une photographie de Travis.

— Est-ce que je peux garder celle-ci ?

— Bien sûr. Je peux voir tes croquis ?

Ravi, il hocha la tête. Elle feuilleta lentement le carnet, jusqu'à ce qu'elle trouve les esquisses de Layna.

— Elle est très jolie, murmura-t-elle.

Elle eut un petit soupir.

— Et apparemment elle te plaît beaucoup.

— Disons qu'elle a un visage intéressant.

Shelby tourna son regard vers lui. Le soutenant sans ciller, il haussa les épaules.

— Grand-père a raison, elle n'est pas du tout mon genre.

— Oui, il est rare que Daniel MacGregor se trompe.

Un sourire mystérieux aux lèvres, elle s'assit en face de lui et resta songeuse. Ce Daniel MacGregor était rusé comme un renard. A l'heure qu'il était, il devait déjà être en train d'organiser la cérémonie de mariage !

Shelby sirota son café. Jetant un coup d'œil à sa montre, elle poussa un petit cri.

— Mon Dieu, il est temps que je parte ! J'ai une foule d'emplettes à faire.

Elle finit sa tasse et se leva. Entre deux achats, elle jetterait un coup d'œil sur les journaux. Il y avait certainement des critiques sur l'exposition de son fils.

L'assistante de Layna passa la tête par la porte du bureau. Posant sur sa supérieure hiérarchique un regard rempli d'admiration, elle murmura avec déférence :

— Madame Drake, il y a une Mme MacGregor qui veut vous voir.

Layna leva les yeux de son catalogue d'échantillons.

— MacGregor ? répéta-t-elle, étonnée. Shelby MacGregor ?

— Oui, l'ex-première dame des Etats-Unis. Elle est à l'accueil. Je n'arrive pas à le croire.

— Oh…

Emue, Layna passa une main agitée dans ses cheveux. Vérifiant si son bureau était en ordre, elle ordonna :

— Faites-la entrer.

Elle se leva rapidement, lissa sa robe, rajusta sa veste et

frotta ses lèvres l'une contre l'autre. Apparemment, elles n'avaient plus de rouge. Tant pis, elle n'avait pas le temps d'en remettre, car Shelby entrait déjà dans son bureau.

— Madame MacGregor... Quel plaisir de vous voir !

— Je suis désolée de vous déranger dans votre travail, mais je faisais quelques courses dans le quartier, et j'ai eu l'idée de vous rendre une petite visite.

— Je suis ravie. Mais asseyez-vous, je vous en prie ! Puis-je vous offrir quelque chose ? Un café ? Un thé ?

— Non, je vous remercie.

En souriant, Shelby s'assit sur une chaise capitonnée à haut dossier. Sans cesser de sourire, elle examina discrètement la jeune femme et son lieu de travail. A en juger par ce qu'elle voyait, Layna avait des goûts classiques, teintés de notes originales qui apportaient beaucoup de chaleur.

— Je ne vais pas vous faire perdre votre temps, dit-elle d'une voix très douce. Je cherche des vêtements simples. Vous avez une très belle collection pour cette saison.

— Merci. Je commence déjà la collection d'automne.

Essayant de cacher sa surprise, Layna souriait.

— Le tissu écossais revient en force cette année.

— Voilà qui plairait à mon beau-père. Vous ne le connaissez pas, je crois ?

— Si, je suis allée le voir à Hyannis, l'automne dernier. J'accompagnais ma marraine. Elle ne voulait pas faire le voyage toute seule. Il a une maison fantastique, et votre belle-famille est vraiment adorable.

— C'est vrai.

L'air pensif, Shelby hocha la tête. Le complot commençait à prendre forme. Sans quitter Layna des yeux, elle déclara :

— De tous ses petits-enfants, c'est Dan qui ressemble le plus à Daniel MacGregor.

Une petite lueur s'alluma dans les yeux de Layna tandis que ses joues se coloraient légèrement.

Shelby soupira silencieusement. Seigneur ! Cette petite

avait mordu à l'hameçon. De sa voix la plus ferme possible, Layna reprit :

— J'ai l'impression qu'ils sont très exubérants, tous les deux.

Shelby se mit à rire.

— Comme tous les MacGregor. Ils sont exigeants, charmants, frustrants, généreux. Depuis que je suis mariée à l'un d'eux, je peux dire que le mot « ennui » a disparu de mon vocabulaire. Il est remplacé très souvent par le mot-clé « chaos ».

— Vous devez affronter le chaos avec beaucoup de succès, commenta Layna en souriant.

— Oh, Layna, j'adore le chaos !

En riant, Shelby se leva.

— J'aimerais beaucoup que nous déjeunions ensemble un de ces jours.

— Je serais ravie, moi aussi.

— Eh bien, je vais consulter mon agenda et nous fixerons un rendez-vous.

Shelby prit sa main et la garda un instant dans les siennes.

— Quand l'homme est exubérant, dit-elle, la femme doit être intelligente et habile. Vous me faites l'effet d'une femme intelligente et habile, Layna.

— Oh… merci.

— Je vous téléphonerai très bientôt, dit Shelby en se dirigeant vers la porte.

Elle sortit d'un pas alerte, un sourire sur les lèvres. Elle allait d'abord appeler son beau-père, le rusé Daniel MacGregor. Elle commencerait par lui reprocher de se mêler de la vie de son petit-fils, et ensuite elle lui dirait qu'elle approuvait entièrement son choix.

Elle rit sous cape. Voilà qui allait désarçonner ce vieux diable de Daniel… Assez longtemps, il fallait l'espérer, pour que Dan et Layna se rendent compte qu'ils étaient amoureux l'un de l'autre.

Les clubs surpeuplés et bruyants le stimulaient. Dan aimait s'y arrêter parfois. Il écoutait la musique, observait le va-et-vient des clients. Mais, surtout, il devinait leurs émotions et leurs pensées. Quand il venait dessiner dans un établissement comme le Blues Corner, il ne croquait ni des visages ni des corps, mais des sentiments.

Subjuguée, Layna l'observait. Il donnait de grands coups de crayons qui laissaient des balafres sur son carnet. On aurait dit qu'il voulait le taillader. Elle ne comprenait pas cette manière de dessiner, mais c'était fascinant. Aussi fascinant que l'homme qui créait ces dessins.

Adossé au mur, il portait un jean et un T-shirt noirs. Ses cheveux, qu'il avait rejetés en arrière, étaient attachés avec une fine cordelette de cuir. Les lampes jetaient dans la salle une lumière bleutée, que la fumée rendait floue. Il n'y avait plus une seule place libre autour des tables. Sur l'étroite scène, un jeune homme aux cheveux longs jusqu'aux épaules grattait nonchalamment une guitare. A côté de lui, un saxophoniste poussait des notes aiguës sur son instrument, tandis qu'un pianiste très maigre donnait le rythme.

Perchée sur un haut tabouret, une vieille femme noire au visage ridé comme une pomme chantait les misères de l'amour, d'une voix à la fois douce et rugueuse.

Layna ne comprenait pas plus cette musique que les dessins de Dan. Cependant, ces airs touchaient une corde sensible au fond d'elle-même. Ils la rendaient triste. Mais en même temps, cette musique donnait l'impression que l'amour valait la peine d'être vécu, malgré toute la douleur qu'il engendrait.

Soupirant imperceptiblement, Layna sirota son vin.

Avec une petite grimace, elle posa son verre sur la table. Le mot « vin » ne devait pas avoir la même signification pour elle et pour les tenanciers de ce club. Elle glissa un regard vers Dan. Il lui avait très peu parlé, depuis qu'il l'avait amenée dans ce lieu. Elle se redressa. Que faisait-elle ici, au juste ? Pourquoi avait-elle accepté l'invitation de Daniel Campbell ?

Fronçant les sourcils, elle se fit une promesse : c'était la première et la dernière fois qu'elle venait dans ce club, où elle se sentait complètement déplacée.

Battant la mesure avec le pied, elle ravala une boule qui s'était formée dans sa gorge. La voix de velours de cette chanteuse lui déchirait le cœur.

— Elle est merveilleuse, n'est-ce pas ? dit Dan.

Layna hocha la tête sans rien dire. Avec la fumée de la table voisine qui flottait autour de sa crinière bouclée, Daniel Campbell ressemblait à une espèce de dieu bohémien. Et comment ignorer les muscles sinueux de ses bras, soulignés par les manches de son T-shirt ? D'une voix un peu rauque, elle répondit :

— Oui, mais pourquoi faut-il que cette musique soit si triste ?

— Le blues atteint en profondeur. Il s'empare de ce qui fait souffrir. Mais ensuite, il laisse souvent le cœur plus léger.

— Ou en mille morceaux, murmura-t-elle.

Il leva les yeux de son carnet de croquis, qu'il posa sur la table.

— La musique est censée toucher ceux qui l'écoutent, les mettre dans un certain état d'âme.

— Etes-vous en train de dessiner des états d'âme ?

— Oui. Et la musique.

La dévorant des yeux, il inclina légèrement la tête sur le côté. Layna avait enroulé ses cheveux en chignon sur sa nuque. Cette coiffure la changeait beaucoup, la faisant paraître plus fragile.

— Et vous, comment vous sentez-vous, Layna ?

— Très détendue.

— Vous ne paraissez jamais vraiment détendue. Savez-vous à quoi vous ressemblez ?

— Non, mais je vais bientôt le savoir.

— A un être parfait. Un peu trop parfait. Je ne vous ai jamais vue un peu décoiffée.

Impulsivement, il tendit la main. D'un geste rapide, il détacha la pince qui retenait ses cheveux.

— Voilà. Vous êtes un peu moins parfaite, maintenant.

— Pour l'amour du ciel !

Elle passa des doigts affolés dans ses cheveux puis elle tendit la main pour récupérer sa pince.

— Rendez-la-moi !

— Certainement pas ! Je préfère mille fois vous voir avec les cheveux défaits.

En souriant, il les ébouriffa doucement.

— Cela vous va très bien. Ils sont juste un peu en désordre. C'est très sexy. Surtout avec cet éclair de colère dans vos yeux et cette moue boudeuse sur vos lèvres.

— Je ne boude jamais !

— Vous ne voyez pas votre bouche en ce moment !

Il attarda son regard brillant sur ses lèvres. Layna sentit son cœur battre plus vite.

— J'aime vraiment votre bouche, murmura-t-il. En fait…

— Attendez !

Elle posa une main sur son torse. C'était ridicule, elle le savait. Ne s'était-elle pas demandé pourquoi il ne l'avait pas encore embrassée ? Et ce qu'elle éprouverait quand il se déciderait à le faire ? Mais maintenant, elle en avait presque peur. Elle devait rassembler toutes ses capacités défensives, si elle voulait survivre.

— Nous avons déjà beaucoup attendu, dit-il doucement.

Refermant une main sur la sienne, il posa l'autre sur sa nuque.

— Nous devons passer par là tôt ou tard. Voir ce qu'il y a entre nous. Ou ce qu'il n'y a pas...

Il baissa la tête et prit sa lèvre inférieure entre ses dents.

— Voyons dans quel état d'âme nous sommes, dit-il.

Il prit lentement sa bouche. Il voulait absorber son goût, sa texture, ses mouvements. Un goût « sombre », avec un soupçon de vin frais, léger. Texture douce. Mouvements fluides.

Il en voulait davantage.

Entrouvrant les lèvres, Layna poussa un petit gémissement qui vibra avec les trémolos du saxophone. Il la sentit bientôt trembler dans ses bras.

Dieu du ciel, pourquoi avait-il attendu si longtemps ? L'attirant plus près, il approfondit son baiser. Plus rien n'existait autour de lui.

Layna avait le vertige. Elle se noyait dans ces bras si forts, et pourtant si doux. Brusquement, l'air était devenu trop dense pour qu'elle puisse respirer, et la musique s'insinuait dans ses veines, communiquant à son pouls un rythme effréné.

Elle ne s'était pas attendue à cela. Elle avait eu beau réunir tout son arsenal de défense, elle se retrouvait impuissante face à cet assaut. L'esprit embrumé, elle se tendit comme un arc. C'était bon et douloureux à la fois.

Dan fit un violent effort pour se dominer. Il devait se rappeler l'endroit où ils se trouvaient. La main de Layna était encore dans la sienne.

— Et maintenant, Layna, allons-nous finir ce que nous avons commencé, ou nous arrêter là ?

— Je ne sais pas...

Comment pouvait-il attendre d'elle une décision rationnelle, alors qu'il lui faisait complètement tourner la tête ?

— Si vous me laissez prendre la décision...

Il lui adressa un sourire charmeur avant de se pencher encore sur elle et d'effleurer ses lèvres.

Layna recula.

— Non, non…, dit-elle vivement. Il faut que nous prenions du recul pour avoir une vue d'ensemble sur la situation.

— Hmm… Je vois deux adultes libres comme l'air, et qui ont une forte attirance l'un pour l'autre.

— Moi, je ne sais pas très bien ce que je vois, pour l'instant.

Totalement paniquée, elle attrapa son sac de soirée, se leva et se précipita vers la sortie.

5

Dan la rattrapa sur le trottoir. Il bouillonnait d'impatience et de désir. La saisissant sans ménagement par le bras, il la fit pivoter sur ses talons.

— Attendez ! Où est le problème ? Vous n'aviez qu'à me dire : « Non merci, cela ne m'intéresse pas », au lieu de vous enfuir.

Brusquement furieuse d'être échevelée, elle rejeta ses cheveux en arrière.

— Eh bien, non merci, cela ne m'intéresse pas ! répéta-t-elle.

— Menteuse !

— Idiot !

Se libérant, elle partit à grandes enjambées. Comme Dan la suivait, elle allongea encore le pas.

— On ne peut pas dire que vous vous soyez débattue, tout à l'heure, fit-il remarquer.

Lui jetant un regard noir, elle prit une profonde inspiration. Elle n'allait pas se donner en spectacle devant la foule qui se pressait aux terrasses des cafés. Rien au monde ne la pousserait à se ridiculiser en faisant une scène à cet individu.

De sa voix la plus glaciale, elle rétorqua :

— C'était surtout de la curiosité de ma part. Maintenant, ma curiosité est satisfaite. Au revoir et merci !

— Excusez-moi, mais il me semble que je suis un peu

concerné par votre petite expérience. Je vous ai sentie fondre dans mes bras comme neige au soleil.

— Ce n'était rien d'autre qu'un simple baiser, dit-elle entre ses dents.

Un vent de panique souffla de nouveau en elle. Il fallait que ce soit un simple baiser, qui ne tire pas à conséquence. Elle ne voulait plus éprouver ce qu'elle avait éprouvé, ni désirer ce qu'elle avait désiré.

— Un simple baiser, c'est ce que vous donnez à votre grand-mère le jour de son anniversaire, insista-t-il sur un ton persifleur.

Changeant son sac d'épaule, il fronça les sourcils. Pourquoi s'obstinait-il ? Quand une femme déclenchait le signal « arrêt », il fallait freiner et s'arrêter. Fin de l'histoire.

Mais bon sang, il avait encore le goût de sa bouche sur les lèvres…

— Layna, dit-il doucement en posant une main sur son bras.

Elle le repoussa.

— Je ne me laisserai pas mettre au pied du mur de cette façon.

— Vous vous mettez au pied du mur vous-même. Si vous vouliez rester tranquille une minute…

Layna se mit presque à courir. Il poussa un juron.

— Ecoutez-moi !

La prenant par les deux bras, il l'obligea à s'arrêter et l'examina d'un regard pénétrant. Elle avait les joues trop pâles. Et au fond de ses yeux, il y avait plus d'affolement que de colère.

— Vous avez peur. Je vous ai effrayée, dit-il en secouant la tête.

Cette constatation aurait dû le désoler, mais ce n'était pas le cas. Il avait plutôt envie de sourire.

— Je vous imaginais plus courageuse.

Layna tressaillit. Pour la première fois de sa vie, elle eut envie de frapper un être humain.

— Cette conversation ne m'intéresse absolument pas ! Si vous voulez bien m'excuser, je rentre chez moi !

— Nous pouvons en finir avec cette conversation et passer à autre chose, suggéra-t-il malicieusement.

Haletante, elle voulut se libérer. Elle ressentait maintenant une excitation teintée de peur, qui faisait battre son cœur beaucoup trop vite.

— Je… je ne veux pas, souffla-t-elle.

Mais les lèvres de Dan étaient déjà sur les siennes. Pas pour une exploration paresseuse, cette fois. Il ne s'agissait plus d'une tentative de séduction lente et douce. Sa bouche possessive était devenue conquérante, dévorante. Une fois de plus, Layna se sentit fondre. Un feu d'artifice éclata derrière ses paupières closes tandis qu'une chaleur torride l'envahissait tout entière. Elle ne pouvait faire qu'une chose : s'agripper à Dan, et chevaucher avec lui cette vague déferlante.

La tête renversée, elle lui rendit son baiser au centuple. Elle sentait le cœur de Dan battre violemment contre le sien. Il émit bientôt une espèce de râle et la serra dans ses bras, goûtant longuement ses lèvres pulpeuses au parfum enivrant. Sans s'en rendre compte, il la souleva de terre. Jamais il n'avait perdu de vue sa propre force. Mais, cette fois, il avait perdu la tête. C'était effrayant.

Il la reposa sur ses pieds et fit deux pas en arrière. S'éclaircissant la voix, il murmura :

— Je crois que, maintenant, la balle est dans votre camp.

Et il tourna les talons.

Pendant des jours, Dan se traita de tous les noms. Il voulait absolument présenter des excuses à Layna, mais il n'arrivait pas à se décider.

Un matin, après une nuit blanche parmi tant d'autres, il prit une ferme décision : désormais, il allait éviter de penser à elle. C'était la seule solution satisfaisante. Il ne voulait pas s'impliquer dans une relation sentimentale qui lui ferait perdre sa chère liberté. Soulagé d'avoir pris cette décision, il se mit au travail avec une ardeur décuplée. Mais au bout de quelques heures, la pensée de Layna s'insinua de nouveau dans son esprit. Et aussitôt il devint d'une humeur massacrante.

Le lendemain, il reçut un appel téléphonique de son père : ses grands-parents venaient leur rendre une courte visite. C'était parfait ! Voilà qui allait lui changer les idées. Il les aimait tendrement. Et il pourrait repartir avec eux vers le nord, pour passer quelques jours en compagnie de Julia, de Cullum et de leur fils Travis. Il en profiterait aussi pour revoir d'autres cousins qu'il avait un peu perdus de vue depuis quelque temps. Oui, c'était une excellente idée.

Rasséréné, il esquissa un sourire. C'était un des avantages de sa vie de célibataire, un avantage qui n'avait pas de prix : il pouvait emballer quelques toiles, des pinceaux et ses tubes de couleur, et partir quand bon lui semblait. Cette constatation lui rendant le cœur plus léger, il se mit à siffloter joyeusement. Oui, la dernière chose dont il avait besoin, c'était une femme accrochée à ses basques. Dieu sait que Layna Drake était le genre de femme à lui compliquer sérieusement la vie. Sans parler du fait qu'elle devait avoir besoin d'un argent fou, sophistiquée comme elle était.

Une petite brise se leva, apportant les effluves des dernières fleurs de cerisiers.

De l'autre côté de la rue, une jeune fille brune aux longues jambes fuselées, vêtue d'un short et d'un long T-shirt, passa d'un pas vif en tenant au bout d'une laisse un labrador noir au poil lustré. Elle tourna la tête et lui décocha un sourire engageant. Sans réagir, il la regarda s'éloigner. Elle lui jeta un coup d'œil par-dessus son épaule, renouvelant sa silencieuse invitation.

Dan soupira. Que lui arrivait-il ? En temps normal, il aurait parlé à cette inconnue, peut-être même aurait-il pris rendez-vous avec elle pour boire un verre, faire sa connaissance... Mais aujourd'hui, la belle inconnue le laissait indifférent. Incrédule, il secoua la tête. Cette réaction ne lui ressemblait vraiment pas.

Les jeunes filles brunes au chaud sourire et aux longues jambes avaient toujours fait vibrer en lui une corde sensible. Alors pourquoi diable était-il obsédé par une blonde glaciale qui n'avait jamais une mèche de cheveux en désordre ?

Il fallait qu'il change de décor, c'était son seul salut. Il allait passer deux ou trois semaines à Boston et à Hyannis Port. Il jouerait avec les enfants, et il serait bien étonnant que Julia et Cullum ne l'occupent pas avec un peu de bricolage. Il pourrait ainsi se débarrasser de cette idée fixe qui portait un nom féminin : Layna Drake.

Il grimpa les quelques marches qui conduisaient à l'allée. Des impatiens rouge vif encadraient la porte. Dan hocha légèrement la tête d'un air satisfait. Sa mère aurait planté les mêmes, il le savait. Elle aimait les couleurs vives. Elles ajoutaient une touche éclatante à la discrétion et à la dignité d'une maison de ville. Dignité et éclat. C'était la description exacte de ses parents. Il sourit d'attendrissement et de fierté filiale.

Ses parents s'étaient mariés, ils avaient créé un foyer, une famille. Il les chérissait, mais il ne voulait pas suivre cette voie toute tracée. Perdu dans ses pensées, il s'arrêta sur le pas de la porte. Soudain, le rire de son grand-père résonna par la fenêtre ouverte.

Il entra sans frapper. Une odeur de fleurs et d'huile de citronnelle flotta jusqu'à ses narines. Le rire de Daniel MacGregor continuait à cascader, contagieux, et un murmure de voix s'échappait du salon. Dan redressa les épaules. C'était bon à entendre, c'était chaleureux et réconfortant. Il sentit sa mauvaise humeur s'envoler comme par enchantement.

Poussant la porte du salon, il entra d'un pas décidé. Mais son sourire se figea sur ses lèvres. Layna était assise près de Daniel, et ils discutaient et riaient ensemble comme deux amis qui se seraient retrouvés après une longue séparation.

Dès qu'il le vit, Daniel bondit sur ses pieds.

— Ah, te voilà enfin !

Il vint vers lui avec une agileté surprenante pour un homme de quatre-vingt-dix ans. Il se tenait toujours droit comme un i, et même sa crinière d'un blanc immaculé n'arrivait pas à le vieillir. Quant à ses yeux bleu vif, ils pétillaient de plaisir.

S'approchant de lui, il lui donna une accolade un peu rude. Comme Dan ne quittait pas des yeux la jeune fille, il repartit d'un rire guilleret.

— Il était temps que tu arrives, mon garçon ! Toutes ces femmes ont failli me noyer sous un déluge de thé. C'est du whisky qu'il me faut ! Shelby, ce garçon veut un whisky, et je vais l'accompagner !

— Deux doigts, Shelby, pas plus ! dit Anna MacGregor avec une autorité tranquille.

Elle se mit à rire tandis que son mari se répandait en lamentations.

— Dan, mon chéri, je suis si heureuse de te voir !

— Grand-mère !

Elle le prit dans ses bras, et il dut se plier en deux pour l'embrasser. Comme toujours, il trouvait en Anna une grande douceur, qui n'avait d'égal que sa fermeté. Fermant les yeux, il se laissa bercer un instant par cette sensation unique.

Layna détourna le regard. Il y avait tant d'amour

inconditionnel et de complicité entre cette femme et son petit-fils… Il était presque cruel d'en être témoin : cela réveillait un besoin inassouvi tout au fond d'elle.

Elle ne voulait pas voir cet amour et cette confiance réciproques. Ce genre de sentiments n'étaient pas pour elle.

Anna prit le visage de Dan entre ses mains.

— Tu as l'air fatigué, murmura-t-elle.

— J'ai trop travaillé.

Il lui déposa encore un baiser sur la joue, puis il regarda délibérément derrière Layna.

— Heureux de te revoir, tante Myra.

Quand il l'embrassa, Myra s'empara de sa main.

— Te souviens-tu de Layna, mon grand ?

— Oui.

Se tournant vers la jeune femme, il la regarda droit dans les yeux.

— Comment allez-vous ?

Layna tressaillit. Sentant ses mains trembler, elle les laissa sagement sur ses genoux et se contenta de répondre avec un petit hochement de tête :

— Très bien, merci.

Myra força presque Dan à s'asseoir près d'elle.

— Tiens-lui compagnie, mon chéri. Je dois dire deux mots à Daniel au sujet d'un… investissement, improvisa-t-elle.

Layna se força à sourire. Dès que Myra se fut éloignée, elle dit à voix basse :

— Je suis désolée. Je ne pensais pas que vous viendriez. Tante Myra m'a demandé de la conduire ici. Elle voulait voir vos grands-parents. Nous sommes invitées à dîner, mais je peux trouver une excuse pour m'éclipser.

S'appuyant contre son dossier, Dan essaya de prendre un air désinvolte, tout en maugréant intérieurement. Il aurait dû attendre d'avoir son verre de whisky à la main avant de s'asseoir à côté d'elle !

— Cela ne me dérange pas, ne changez rien pour moi, dit-il de sa voix la plus douce.

— Je ne veux pas gâcher votre soirée en famille. La dernière fois que nous nous sommes vus, c'était un peu tendu entre nous, et…

— Aucune importance. J'ai tout oublié, coupa-t-il impatiemment.

Il leva un sourcil plein de défi.

— Pas vous ?

— Mais si !

Se drapant dans sa dignité, elle releva le menton.

— Quand vous êtes parti du club, on aurait dit un gamin qui vient de se faire voler ses billes. C'est pourquoi j'ai cru que vous ne seriez pas très content de me revoir.

— Si j'ai bonne mémoire, c'est vous qui êtes sortie du club comme un lapin effrayé.

Il eut un sourire sarcastique.

— Rassurez-vous, vous ne me gênez pas, Layna.

— Regarde-les, Daniel !

Myra parlait du coin de la bouche, en les observant discrètement.

— On peut voir l'air crépiter autour d'eux.

— Je ne comprends pas pourquoi il leur faut tout ce temps, se plaignit Daniel. Ce garçon la regarde d'un air farouche. Je le dis et je le répète : il me cause bien du souci.

— Ils ont dû se chamailler un peu. Je te l'avais bien dit, Layna a fait la tête pendant plusieurs jours. Je suis contente que tu sois venu t'en rendre compte toi-même. Cette soirée va les aider à se réconcilier.

Daniel soupira.

— Ils m'auront donné du fil à retordre. Mais ne t'inquiète pas, Myra. Nous les marierons cet été.

Il tira voluptueusement sur son cigare. Puis, avec un sourire vainqueur, il ajouta :

— Tu as ma parole !

« Et Daniel MacGregor n'a qu'une parole », pensa-t-il en voyant Myra entraîner la jeune femme dans l'atelier de Shelby. Sans perdre une minute, il s'approcha de Dan.

— Hmm... Jolie petite, dit-il d'un ton faussement désinvolte.

Il sortit un cigare.

— Un peu maigrichonne, cependant.

Agacé, Dan rétorqua :

— Elle est très bien comme elle est.

Puis, regardant son grand-père d'un air amusé :

— Si grand-mère entre dans cette pièce pendant que tu fumes, elle va te scalper.

— Elle n'y verra que du feu, affirma Daniel en tirant une bouffée.

Visiblement, il se délectait.

Il se tourna vers son fils en agitant les sourcils.

— Alan, je vais prendre un grand verre de whisky, maintenant.

— Je tiens à ma peau, répliqua Alan, mi-sérieux, mi-rieur.

— Espèce de lâche ! marmonna Daniel.

S'enfonçant dans son fauteuil, il jeta un regard luisant d'envie sur le verre de whisky de son petit-fils.

Dan soupira.

— J'ai compris, dit-il en lui tendant son verre.

— Merci, mon garçon. Enfin quelqu'un qui n'a pas peur de sa pauvre vieille grand-mère ! Voyons, de quoi parlions-nous ? Ah oui, cette petite Layna... D'après Myra, elle est très prise par son travail. Elle n'a pas le temps d'avoir une vie sociale.

Dan haussa les épaules.

— Cela ne regarde qu'elle, c'est son choix.

— Hmm.. N'empêche que Myra se fait du souci jour et nuit pour elle. Je suis heureux d'avoir eu l'occasion de la voir. Je sais ce qu'il faut à cette jeune fille. Un homme solide… un banquier, par exemple, ou un cadre…

— A première vue, elle me paraît assez grande pour choisir elle-même. Un banquier ! C'est tout ce que tu as trouvé ? Bon sang, grand-père… elle n'a certainement pas besoin de toi pour…

— Certainement, certainement, mon garçon, mais un petit coup de pouce n'a jamais fait de mal à personne. Comment veux-tu qu'elle trouve l'âme sœur si elle ne voit personne en dehors de son travail ? Surtout que je connais l'homme qu'il lui faut. Il est ici même, à Washington.

Faisant une pause, il porta son cigare à sa bouche. Puis il jeta le premier prénom qui lui passait par la tête.

— Henry a déjà fait son chemin. Il a une bonne situation, et un bel avenir devant lui. En somme, tout ce qu'il faut pour créer un foyer et rendre une femme heureuse. Je lui téléphonerai dès demain.

Bondissant de son siège, Dan vint se camper devant lui. Il l'incendia du regard.

— Attends un peu ! Ne me dis pas que tu as l'intention d'appeler ce col blanc pour lui faire rencontrer Layna…

Daniel le regarda d'un air innocent.

— Pourquoi pas ? C'est un chic type, et il vient d'une bonne famille. C'est le moins que je puisse faire pour Myra.

— Le moins que tu puisses faire, c'est de t'occuper de tes oignons. Layna n'a pas envie d'être jetée en pâture à un banquier !

— « Jetée en pâture » ! Comme tu y vas, mon garçon.

Cachant son envie de rire, il fit les gros yeux.

— Figure-toi que j'ai l'intention d'arranger un rendez-vous parfaitement acceptable entre ces deux jeunes gens.

Il balaya l'air avec son cigare.

— Et je me demande bien ce que cela peut te faire ! Que représente Layna pour toi ? Tu ferais mieux de chercher la femme qu'il te faut, tu n'aurais pas le temps de monter sur tes grands chevaux pour une histoire qui ne te regarde pas !

Serrant les poings, Dan ne put s'empêcher de s'écrier :

— Rien ! Elle ne représente rien pour moi !

Daniel toussota pour s'empêcher de rire. C'était charmant. Son petit-fils mordait à l'hameçon comme il n'aurait jamais osé l'espérer.

— Je suis heureux de l'entendre. Vous n'êtes pas faits l'un pour l'autre, cela crève les yeux. Il est clair que tu as besoin d'une jeune femme forte, qui te donnera des enfants resplendissants de santé.

Guettant la moindre réaction de son petit-fils, il continua avec un sourire ironique :

— Et qui ne fera pas un drame si son vernis à ongles est écaillé ! Cette petite est trop classique, trop élégante pour toi.

— Je crois que je suis le meilleur juge pour savoir ce qu'il me faut, dit froidement Dan.

Daniel se leva et lui jeta un coup d'œil suspicieux.

— Tu ferais bien de tenir compte de la sagesse et de l'expérience de tes aînés !

— La sagesse et l'expérience des aînés… ! s'exclama Dan.

Ecumant de colère, il fit une pause. Daniel baissa les paupières. Ce n'était pas le moment que Dan lise sa joie dans ses yeux. D'un air impassible, il le regarda traverser la pièce à longues enjambées furieuses et sortir dans le corridor pour appeler Layna.

Alan MacGregor avait assisté à la scène sans intervenir. Mais dès que son fils se fut éloigné, il murmura :

— Qu'est-ce que tu mijotes, Daniel MacGregor ?

— Regarde, écoute et tire ta conclusion, répondit Daniel en éclatant de rire.

La voix de Layna résonna dans le corridor. Une voix à glacer un régiment.

— Qu'est-ce qui vous prend ? Pourquoi hurlez-vous ainsi ? demanda-t-elle à Dan.

— Venez !

Il l'attrapa par un poignet et l'entraîna vers la sortie.

— Quoi ? Laissez-moi !

— Nous partons.

— « Nous » ? Vous, peut-être, mais moi, je reste ici. Je n'ai aucune envie de partir tout de suite.

Dan n'hésita pas. La seule solution était à portée de main. Ou de bras, plus précisément. Il souleva Layna comme une plume et prit la porte. Daniel était aux anges.

— C'est ce qu'on appelle un MacGregor ! Un vrai ! Il est…

Faisant une pause, il regarda Alan d'un air effaré.

— Seigneur, voilà ta femme et la mienne !

Il lui fourra son verre de whisky et son cigare dans les mains et se précipita vers la porte latérale.

— Dis-lui que je fais un tour dans le jardin, ordonna-t-il avant de s'échapper.

Shelby entra la première. L'air étonnée, elle interrogea :

— Qu'y a-t-il ? Pourquoi tous ces cris ?

Elle parcourut le salon des yeux.

— Où est Dan ? Où est Layna ?

Les yeux étrécis, elle regarda Alan.

— Où est ton père ?

Alan contempla son cigare.

— Eh bien… Ce que j'ai de mieux à te dire, c'est que…

Souriant, il tira une bouffée tandis que sa mère et Myra et entraient dans la pièce.

— Mon père a dit à Dan que Layna ne pouvait pas lui convenir. Naturellement, Dan était hors de lui. Comme prévu. Après avoir vitupéré contre les MacGregor, il a emporté une Layna furieuse hors de la maison.

— Il l'a *emportée* ?

Myra porta une main à son cœur. Ses yeux s'emplirent de larmes romantiques.

— Oh, quel dommage d'avoir manqué cela ! Je savais bien qu'un rien allait le pousser à…

Prenant conscience des regards étonnés qui l'entouraient, elle essaya de se rattraper.

— Enfin, je voulais dire que…

Anna poussa un profond soupir.

— Myra ! Je n'arrive pas à croire qu'après toutes ces années, tu aies encore encouragé Daniel dans ce sens.

Elle se tourna vers son fils.

— Et toi, Alan, qui crois-tu tromper avec ce cigare ? Va chercher ton père !

Elle s'assit et croisa tranquillement les mains.

— Il va nous raconter toute l'histoire.

6

— Vous êtes fou !

Terriblement choquée, Layna resta un instant pétrifiée. Ce n'est qu'en arrivant dans l'allée qu'elle commença à se débattre. Fixant sur lui un regard stupéfait, elle ordonna calmement :

— Laissez-moi ! C'est ridicule ! Posez-moi par terre, Daniel Campbell. Reprenez vos esprits !

Il valait mieux ne pas s'énerver. Si elle criait, elle risquerait d'aggraver la situation.

— C'est pour votre bien, marmonna-t-il.

Il regardait droit devant lui.

— Si je ne vous avais pas emmenée d'ici, vous auriez été mariée à une espèce de banquier nommé Henry, sans avoir le temps de dire ouf !

Layna resta bouche bée. Elle n'avait jamais entendu dire qu'il y avait des fous dans la famille MacGregor. Ou alors, c'est qu'on les avait bien cachés. Ce qui, au fond, n'était pas impossible.

— Bon, la plaisanterie a assez duré ! décréta-t-elle d'un ton coupant.

Des enfants commençaient à les suivre en poussant des grands cris et en riant. Une femme à sa fenêtre interrompit l'arrosage de ses fleurs pour observer la scène.

— Je vous ai demandé de me remettre sur mes pieds.

— Vous ne retournerez pas dans cette maison. Vous

n'avez pas idée du mauvais tour que ce vieux chenapan peut vous jouer. Je l'entends d'ici : « Layna, laissez-moi vous présenter Henry. C'est le fils d'un vieil ami. Il est banquier. » Il ferait cela d'une manière anodine, et le lendemain, vous vous retrouveriez avec la bague au doigt.

Layna avait de plus en plus de mal à contenir sa colère.

— Je refuse d'être trimballée comme un paquet !

C'était exactement l'impression qu'elle avait. Dan ne semblait fournir aucun effort pour la porter. Il continuait à marcher à vive allure, son regard sombre fixé devant lui. C'était à la fois horriblement gênant et étourdissant de se sentir comme une plume dans ses bras d'acier. Elle soupira.

— Laissez-moi ici, et je vous promets de tout oublier. J'oublierai que vous m'avez mise dans une situation impossible devant votre famille et tante Myra. J'oublierai tout. Mais surtout, je vous oublierai, vous, espèce d'idiot !

Comme si elle n'avait pas prononcé un mot, Dan poursuivit :

— Il est sournois. Sournois et rusé. Et maintenant, il s'intéresse à vous. Dieu vous vienne en aide !

Layna écumait de rage. Toute la maîtrise dont elle avait fait preuve jusque-là commençait à s'envoler. Sans chercher à la retenir, elle se mit à tambouriner des poings contre les épaules musclées de Dan. Mais elle ne fit que se meurtrir les doigts. N'en pouvant plus, elle hurla :

— Pouvez-vous me dire de quoi vous parlez ?

— Il a fait la même chose avec ma sœur. Maintenant, elle est mariée et elle a déjà un fils. Ensuite, cela a été le tour de mes cousines. Trois cousines. Et voilà qu'il a la folie des grandeurs. Il se prend pour un entremetteur de première catégorie. Il a décidé que sa prochaine victime, ce serait vous.

Layna continuait à le frapper, du plat de la main cette

fois, sur le côté de la tête. Mais c'était comme si elle tapait sur du granit.

— Vous êtes fou à lier ! De qui parlez-vous ? Je vous préviens, si vous ne me laissez pas tout de suite...

— De Daniel MacGregor, bien sûr. Attendez, nous allons en parler à l'intérieur.

— A l'intérieur de quoi ?

En guise de réponse, il ouvrit une porte d'un coup d'épaule.

— A l'intérieur ? Où donc ? Je veux que vous me lâchiez tout de suite !

— Chez moi. Naturellement, vous ne pouvez pas deviner ce qu'il est en train de mijoter. Personne ne pourrait le deviner. Vous me remercierez quand nous aurons tiré tout cela au clair.

— Vous remercier ?

Rouge de colère, elle ne vit pas tout de suite le couple qui prenait l'ascenseur en même temps qu'eux. Comme si de rien n'était, Dan leur adressa un sourire charmant.

— Bonsoir, vous allez bien ?

— Très bien, et vous ?

— Merveilleusement bien. Avec ce temps magnifique !

Layna ferma les yeux quand la porte de l'ascenseur se referma en glissant silencieusement. Le couple ne paraissait pas surpris le moins du monde. Apparemment, Daniel Campbell était accoutumé à transporter chez lui des femmes comme des baluchons. Pourquoi être gênée, alors qu'elle n'en était qu'une parmi tant d'autres ?

Se forçant à calmer les battements précipités de son cœur, elle déclara de sa voix la plus neutre :

— Il est clair que votre mode de vie et le mien sont dramatiquement opposés. Et bien que nous ayons un vague lien de famille et que nous soyons voisins, je pense que ce ne serait pas un problème de nous éviter mutuellement. A partir de maintenant et jusqu'à la fin de nos jours !

Elle prit une profonde inspiration et souffla lentement.

— Je me répète, mais je voudrais que vous me posiez par terre, Daniel Campbell !

Dan lui jeta un regard en coin. Layna avait les yeux brillants de fureur. Et son parfum était grisant. Frais, légèrement sexy. Comme elle tournait la tête, ils se retrouvèrent face à face, leurs visages très près l'un de l'autre. Trop près. Leurs bouches s'effleurèrent presque, mais c'était sa faute à elle. Qu'est-ce qu'un homme était censé faire, dans ce genre de circonstances ?

Il plaqua ses lèvres sur les siennes. Il la sentit tressaillir. Elle se débattit mollement pendant une fraction de seconde, avant de l'embrasser avec fougue. Il but avidement le long baiser qu'elle lui donnait.

— Vous m'avez manqué, murmura-t-il.

Oubliant tout, Layna se lova dans ses bras. Elle ne cherchait plus à lutter. Elle glissa ses longs doigts fuselés dans sa crinière et émit un râle qui ressemblait à un ronronnement. Il le reçut comme une décharge électrique dans les reins.

La porte de l'ascenseur s'ouvrit, resta un instant ouverte et se referma avant qu'il ait les idées assez claires pour la bloquer avec l'épaule.

Layna chercha de nouveau sa bouche. Il sentait son cœur battre contre le sien à un rythme effréné, qui faisait courir son sang plus vite dans ses veines. A présent, il éprouvait un besoin brûlant, insoutenable.

Il arracha ses lèvres aux siennes et poussa un juron. L'esprit embué, Layna entrouvrit des yeux brillants de désir.

— Qu'y a-t-il ?

— J'essaie de trouver cette fichue clé, marmonna-t-il.

Il fallait qu'il ouvre cette porte immédiatement, qu'il emmène Layna chez lui.

— Qu'y a-t-il ? demanda-t-elle encore.

La raison lui revenant brusquement, elle s'écria :

— Attendez ! C'est...

— La voici !

Il ouvrit rapidement la porte et la referma derrière lui d'un coup de pied. Penchant la tête sur Layna, il écrasa de nouveau sa bouche avec ses lèvres.

— Attendez !

— Nous parlerons plus tard !

Relevant la tête, il plongea son regard brûlant dans ses yeux.

— Nous allons d'abord finir ce que nous avons commencé.

— Non, écoutez...

Elle avait le souffle court. Les mots lui échappaient. Pour la première fois de sa vie, elle eut follement envie de s'abandonner au plaisir. Elle pouvait avoir une folle aventure... Pourquoi refuser ?

— Oui, vous avez raison. Nous parlerons plus tard, dit-elle d'une voix rauque, avant de l'embrasser de nouveau.

Il voulait la caresser. Il la posa sur ses pieds, contre le mur, et promena sur son corps ses grandes mains d'artiste. Elle était mince comme un roseau, gracieuse, étonnante. Brusquement, il releva son sweater au-dessus de sa tête et retraça avec ses lèvres le chemin que ses mains avaient suivi.

Des lèvres goulues, comme si une part de lui craignait qu'elle ne disparaisse, qu'elle ne lui échappe. Il la voulait tout entière : la courbe de danseuse de ses épaules, le renflement si merveilleusement féminin de ses seins, le long torse fin. Sa peau, douce comme le satin, devenait chaude sous sa bouche.

La prenant par les hanches, il la souleva de terre et se remit à la dévorer.

Elle poussa un cri et promena frénétiquement ses mains sur ses épaules, tandis que ses jambes lui enserraient la taille. De violents accès de désir la submergeaient, la poussant dans un monde où la chaleur était brutale et où il n'y avait qu'une seule réponse.

— Maintenant, tout de suite..., murmura-t-elle.

Les mots lui brûlaient la gorge. Ses doigts tremblaient quand elle lui arracha sa chemise et commença à lui mordiller le cou.

La seconde suivante, ils étaient sur le plancher, se débattant avec leurs vêtements, haletant comme des animaux dans leur besoin de chair. Et leur chair était déjà humectée par la rosée du désir.

Dans un geste brusque, il se retourna pour se retrouver face à elle. Ses yeux étaient d'un bleu étincelant quand il la souleva de nouveau par les hanches.

— Maintenant, dit-il dans un souffle. Tout de suite.

Il s'introduisit en elle. Ils restèrent un instant sans bouger, buvant leurs sensations. Leurs cœurs battaient à grands coups. Elle essaya de retenir cet instant, de rester au bord de cette limite aussi dangereuse que délicieuse.

Mais son corps ne lui obéissait pas. Il en voulait beaucoup plus, et il se mit à bouger.

Elle s'arqua contre lui, noyée dans le flot du plaisir. Elle gémit quand il lécha sa peau, frissonna quand sa bouche se referma sur son sein.

Leur rythme s'accéléra. Eperdus, ils chevauchaient à l'unisson.

Il était insatiable. Layna avait un goût qui décuplait son envie d'elle. Il faisait courir ses mains sur son dos, sur ses cuisses. Chaque gémissement, chaque râle qui sortait de sa bouche lui apportait un nouveau frisson. Puis il sentit ses ongles mordre sa chair; elle se tendit contre lui comme un arc. Fermant les yeux, il bascula vertigineusement avec elle.

Il se sentait merveilleusement détendu. Il aurait pu dormir une semaine entière, avec Layna blottie contre lui. Il lui caressa les cheveux d'une main paresseuse.

Qui aurait pu imaginer que sous son apparence froide et composée, Layna Drake dissimulait une nature de chat sauvage ? Il ne pouvait que se réjouir d'avoir ouvert la porte de sa cage.

Layna entrouvrit les yeux et promena un regard effaré autour d'elle. Couchée par terre, elle était en tenue d'Eve. A côté d'elle, Daniel Campbell était, lui aussi, dans son plus simple appareil. Leurs vêtements froissés jonchaient le sol. Elle eut un brusque accès de panique. Elle venait de passer une nuit brûlante avec un homme qu'elle n'était même pas sûre d'apprécier !

Elle avait complètement perdu la tête. Mais aussi, était-ce sa faute si elle se sentait privée de pensée et de raisonnement dès qu'il la touchait ? Cet homme avait le chic pour la chambouler. C'était la première fois de sa vie qu'elle se comportait de cette façon. Jamais elle ne s'était jetée ainsi à la tête de qui que ce soit. Cette nuit, elle s'était comportée comme une vraie Messaline !

Mais il y avait plus surprenant encore : elle ne s'était jamais sentie aussi bien. Ce n'était sans doute qu'une simple réaction physique. Refermant les yeux, elle lutta pour retrouver son bon sens, au milieu de toute cette confusion qui brouillait sa pensée. Après tout, elle était célibataire depuis… un bon moment. Son corps avait simplement trahi ses convictions. Que diable, elle était une femme, elle avait des besoins basiques, elle n'avait pas fait vœu de chasteté !

Et cette… *expérience* était certainement aussi basique que possible.

Mais maintenant, il était temps de se ressaisir.

S'éclaircissant la voix, elle marmonna :

— Eh bien…

C'était tout ce que son cerveau embrumé pouvait produire pour l'instant. Elle se mit à chercher désespérément son sweat-shirt, qu'elle trouva rapidement. Puis elle chercha son soutien-gorge. Il était introuvable. Elle fronça les sourcils. Bon sang, où était-il passé ?

Dan entrouvrit les paupières et resta sans bouger, les yeux fixés sur elle. Elle avait les cheveux défaits, tombant en cascade sur ses épaules. Sa peau avait une jolie teinte rose.

— Que fais-tu ? interrogea-t-il entre deux bâillements.

— Je m'habille.

— Pourquoi ?

Elle secoua la tête. Tant pis pour le soutien-gorge ! Elle n'allait pas partir à sa recherche en rampant autour de la pièce. Elle se décida à répondre.

— Je n'ai jamais... il ne m'est jamais arrivé... enfin, ce n'était que du sexe.

— Mais très haut de gamme...

Elle retint son souffle. Prenant son courage à deux mains, elle tourna les yeux vers lui. Elle se doutait bien qu'il devait sourire, et elle ne s'était pas trompée. Il arborait un sourire aussi étincelant que satisfait, et fabuleusement masculin. Ses yeux d'un bleu éclatant scintillaient de plaisir. Quelques mèches de sa magnifique crinière en bataille lui retombaient sur le front. C'était un spectacle qui ne pouvait laisser indifférente.

Elle se sentit faiblir, tandis qu'une idée fascinante s'insinuait lentement dans son esprit : il ne tenait qu'à elle de se blottir contre lui et de prolonger cette nuit délirante. Mais à sa grande surprise, elle s'entendit dire :

— Je ne me conduis jamais de cette façon.

Puis elle enfila rapidement son sweat-shirt.

Relevant un sourcil, Dan se mit en position assise et interrogea d'un ton sarcastique :

— Jamais ? C'est un principe ?

— Jamais. Ce qui s'est passé entre nous n'était qu'une combustion spontanée, si j'ose dire. Nous sommes deux adultes libres comme l'air et consentants. Cependant…

Elle se rapprocha de lui pour ramasser son pantalon. Il en profita pour glisser une main sous son sweat-shirt.

— Je vais partir, dit-elle d'une voix faible.

— Comme tu voudras.

Effleurant ses joues de sa bouche, il la sentit trembler.

— Nous avons fait une grossière erreur, nous ne pouvons pas… Nous ne sommes pas sur la même longueur d'onde. Nous avons fait une erreur.

— Et puisque tu n'aimes pas faire d'erreurs, nous devrions recommencer jusqu'à ce que nous ayons tout juste !

Il souleva son sweat-shirt et l'attira contre lui.

Comment avait-elle fait pour se retrouver dans son lit ? Si l'on pouvait appeler ainsi un matelas jeté par terre au milieu d'une pièce bourrée de papiers.

Sidérée, les yeux rivés au plafond, Layna soupira. Pourquoi n'avait-elle pas réagi ? Elle était responsable de ses propres actions, et même de s'être laissé séduire. Elle était la seule à blâmer pour s'être mise dans cette situation.

Mais au fond, dans quelle situation était-elle ? Elle n'avait pas la moindre expérience en ce qui concernait le comportement téméraire et spontané dont elle venait de faire preuve. Elle s'était toujours conduite comme une femme sensée, qui avait un but précis et rationnel dans la vie.

Ce genre de détour ne pouvait apporter que des déconvenues et des désillusions.

Essayant de prendre un ton ferme, elle déclara :

— Je dois partir.

Dan émit un petit grognement.

— Ma chérie, vous me tuez.

Chaque fois qu'elle prétendait vouloir partir, il se sentait poussé à la retenir.

— Je parle sérieusement, ajouta-t-elle d'une voix mal assurée.

Comme il roulait pour s'installer sur elle, elle lui donna une claque sur les pectoraux.

— Cela doit cesser, dit-elle.

— Très bien, appelons cela un interlude.

D'un air joyeux, il lui déposa un baiser sur le bout du nez.

— Je meurs de faim. Tu veux qu'on déjeune chez un Chinois ?

— Je veux partir.

— D'accord, allons chez un Italien. Nous mangerons des pâtes, c'est excellent pour retrouver de l'énergie.

Layna le regarda d'un air effaré. Comment pouvait-il lui donner envie de rire et, en même temps, de s'arracher les cheveux ?

— Tu ne m'écoutes pas !

— Layna…

Se rasseyant, il redressa ses puissantes épaules. Cela faisait des semaines qu'il ne s'était pas senti aussi bien.

— Nous savons tous les deux que nous sommes très bons au lit. Ou par terre. Et sous la douche. Si tu pars maintenant, nous allons espérer tous les deux que tu reviendras dans moins d'une heure. Alors, au lieu de partir, laisse-moi commander quelque chose à manger.

Comme les draps étaient tombés sur le plancher, Layna s'empara d'un oreiller qu'elle serra contre elle en s'asseyant.

— Cela ne se reproduira plus, affirma-t-elle.

— Tu es partante pour des spaghettis sauce bolognaise ?

— D'accord.

— Il suffit de demander.

Il attrapa le téléphone et passa une commande à un restaurant italien.

— Il livre dans une demi-heure, annonça-t-il après avoir raccroché. J'ai une bonne bouteille de merlot. Je vais la mettre à rafraîchir.

Il se leva, enfila un jean et descendit dans la cuisine.

Layna resta assise sans bouger pendant une longue minute. Elle soupira. Et voilà, elle avait encore laissé faire ! Elle repoussa ses cheveux d'une main nerveuse. Très bien, elle allait agir d'une façon sensée, pour une fois : rejoindre Dan dans la cuisine, déjeuner avec lui et parler de leur situation.

Ensuite, elle partirait et ne le reverrait plus jamais.

7

— Tu vis dans une vraie porcherie ! s'écria-t-elle.

Assise à la table de la cuisine, elle sirotait un verre de vin en mangeant quelques pâtes du bout des dents.

Dan coupa en deux un morceau de pain à l'ail et lui en tendit une moitié.

— Je pense souvent à embaucher une gouvernante, mais je ne supporte pas qu'il y ait quelqu'un près de moi quand je travaille.

— Tu n'as pas besoin d'une gouvernante, mais d'un équipement lourd. Depuis quand habites-tu cet appartement ?

— Quelques mois.

— Il y a des cartons pleins. Tu n'as pas encore tout déballé.

Il haussa les épaules.

— Je vais les vider tôt ou tard.

— Je me demande comment tu peux réfléchir au milieu de ce bazar... Cela ne te gêne pas pour travailler ?

Il lui adressa un sourire bref, mais éclatant de blancheur et d'ironie.

— Au contraire. Ma sœur prétend que je vis ainsi parce que j'ai passé toute mon enfance dans un univers tiré au cordeau. A la Maison Blanche, il y avait toujours quelqu'un pour remettre le moindre objet à la bonne place.

Layna releva ses fins sourcils.

— Tu ne crois pas qu'il serait temps de sortir de la rébellion ?

— Je n'en ai aucune envie. Mais toi, tu aimes que tout soit bien rangé, si je ne me trompe ?

— J'ai grandi dans une maison où chaque chose avait sa place. Crois-moi, cela simplifie la vie.

— La simplicité n'est pas toujours satisfaisante.

— Je crois que nous pouvons être d'accord sur un point : nous n'avons pas un large terrain d'entente, pour ne pas dire que nous n'en avons aucun. C'est pourquoi cette... situation est une erreur.

— Etre amants, ce n'est pas une « situation », c'est un fait. Et si j'aime le désordre alors que tu aimes l'ordre, cela n'a pas grand-chose à voir avec le fait que je te désire.

— Nous ne pouvons pas développer une relation valable.

— Ma chérie, nous avons une relation, toi et moi.

— La sexualité n'est pas une « relation ».

Les sourcils froncés, elle enroula des spaghettis autour de sa fourchette.

— J'ai l'impression que nous avons eu une relation, ou quelque chose qui y ressemblait énormément, avant d'avoir une relation sexuelle.

Secouant la tête, Layna se mordilla l'intérieur de la joue. C'était pénible à reconnaître, mais Dan venait de dire la vérité.

— Je ne veux pas une relation durable. Je n'aime pas l'influence que cela a sur les gens.

— Vraiment ? interrogea-t-il.

Même si son ton était encore léger, son regard devint plus acéré.

— De quel genre d'influence parles-tu ?

— La plupart des couples se trompent mutuellement, ou il y en a un qui subit en faisant semblant d'ignorer l'attitude de l'autre.

Elle fit une pause. Les circonstances exigeaient la simple honnêteté.

— Depuis longtemps, mes parents ont trouvé un arrangement qui leur convient, mais ce n'est pas ce que je cherche, personnellement. Les Drake ont tendance à être… égoïstes.

Elle soupira. Le mot était faible, mais elle n'en trouvait pas de plus juste.

— Or, le fait d'avoir une relation assidue avec quelqu'un exige une certaine dose de compromis et de générosité.

— Tu as eu une enfance pénible ? murmura-t-il.

— Non, non…

Elle poussa un soupir. Il était difficile d'expliquer à quelqu'un ce qu'elle ne comprenait pas complètement elle-même.

— Au contraire, j'ai eu une enfance très agréable. Nous vivions dans une maison magnifique, et j'ai eu la chance de pouvoir voyager. J'ai reçu une excellente éducation, sans parler d'autres avantages.

Dan secoua la tête. Si quelqu'un lui avait posé la même question, ces aspects se seraient trouvés à la fin de sa liste. Même en ayant été élevé dans l'aquarium de la vie politique, il avait reçu l'amour, la chaleur, l'attention et la compréhension de sa famille.

— Est-ce que tes parents t'aimaient ? s'enquit-il d'une voix incroyablement douce.

Elle hésita. Cette question, elle se l'était souvent posée à elle-même. La gorge sèche, elle répondit :

— Bien sûr.

Baissant les paupières, elle prit son verre et but une gorgée.

— Nous ne sommes pas comme vous… Ma famille n'a pas autant d'ouverture d'esprit, ni autant de cœur que la tienne… ni cette faculté de témoigner de l'affection. C'est une façon d'être très différente, voilà tout.

Elle leva les yeux vers lui.

— Je me rappelle t'avoir vu au journal télévisé. Tu étais avec tes parents et tes sœurs. On sentait tout ce qu'il y avait entre vous. C'était admirable. Mais moi, je ne suis pas habituée à cela.

Elle fit encore une pause. Il était surprenant qu'elle se soit mise à parler avec si peu de retenue. Etait-ce dû au vin, ou au fait que Dan savait aussi bien écouter qu'observer ?

— Le mariage de mes parents leur convenait, poursuivit-elle. Ils vivaient leur vie, ensemble et chacun de leur côté. Ils savaient être très discrets quant à leurs aventures. Les Drake n'ont jamais toléré le scandale. Je comprends cela, mais je préfère éviter de m'engager.

Dan hocha pensivement la tête. Layna se rendait-elle compte que sa famille la rendait triste ? Et croyait-elle vraiment que ce qu'elle disait et ce qu'elle éprouvait était inévitable ?

— C'est comme pour les fleurs, continua-t-elle.

— Quelles fleurs ?

— Les pensées et les tulipes. Instinctivement, je les ai plantées en rangées bien droites.

Elle agita les mains.

— Pour moi, c'était évident, logique. Ta logique à toi, c'était de faire tout le contraire, de les mélanger au hasard. Tu avais peut-être raison. C'est beaucoup plus beau ainsi, plus original… Mais je m'en sors mieux en suivant un plan bien établi.

Dan hocha la tête. Layna parlait avec une telle sincérité que c'en était touchant. Il avait envie de la prendre sur ses genoux et de la serrer dans ses bras.

— Tu peux changer tes plans quand tu prends conscience que d'autres sont plus intéressants, dit-il.

— J'évite d'en changer même quand j'en vois les inconvénients. Mon principal projet est de me concentrer sur ma carrière. Je veux que rien ne vienne m'en détourner. J'aime vivre seule.

— Moi aussi. Mais j'aime aussi être avec toi. Je me demande bien pourquoi. Tu n'es pas du tout mon genre.

— Vraiment ? dit-elle froidement. Et quel est ton genre ?

Amusé, il s'arrêta de manger pour l'observer.

— Tu es cultivée, sophistiquée, tu as une grande maîtrise de toi-même, et des opinions bien arrêtées. Tu as aussi tendance à être un peu snob et distante.

Brusquement, les yeux de Layna s'étaient mis à flamber de fureur. C'était délectable. Il garda son sourire tandis qu'elle disait :

— Et toi, tu es négligé, arrogant, égoïste, et ton comportement a tendance à être irrationnel ! Je peux dire que le genre d'homme qui m'intéresse est exactement à l'opposé.

Sans paraître en prendre ombrage, il lui servit un verre de vin.

— Parfait. Voilà au moins un point important qui vient d'être éclairci, dit-il d'un ton léger. Mais cela n'empêche pas que je continue à te désirer. Et que je t'aime beaucoup, pour des raisons bizarres… De plus, je sais qu'il faut absolument que je fasse ton portrait à l'huile.

— Si tu crois me flatter…

— Je ne dis pas cela pour te flatter.

Il fit une pause puis il continua pensivement :

— Je pourrais le faire. Cependant, tu as déjà entendu tout ce que je pourrais te dire, et je n'aime pas perdre mon temps. Tu es très belle, et tes airs de femme frigide sont très attirants, surtout depuis que je connais le feu qui couve sous la glace. Nous sommes tous les deux libres, en bonne santé, et nous sommes attirés l'un par l'autre. C'est tout simple, et si nous acceptons cette évidence, nous pouvons nous en contenter.

Layna resta un instant silencieuse. Ce qu'il venait de dire était d'une logique à toute épreuve. Dans ces conditions, pourquoi se sentait-elle brusquement effrayée, et un peu triste ?

Elle hocha pensivement la tête.

— Si c'est le cas, nous devrions être capables de reconnaître les limites qu'il y a entre nous, dit-elle.

Dan se rembrunit.

— Je déteste ce mot.

Il était horripilant de l'entendre parler ainsi, alors qu'elle était assise en face de lui, vêtue du vieux peignoir que sa mère lui avait offert pour Noël, des années plus tôt. Alors que son odeur, et celle de la douche qu'ils avaient partagée, hantait encore ses sens... Plongeant son regard dans le sien, il continua :

— Et si le vieux MacGregor veut t'imposer Henry le banquier, renvoie-le aussitôt.

— Je ne connais aucun Henry, banquier ou autre. Et je ne vois vraiment pas pourquoi tu crois que ton grand-père voudrait m'imposer un banquier. Je n'ai pas besoin de changer de banque.

— C'est un mari qu'il veut t'imposer.

Se mettant à rire, elle attrapa son verre de vin et le vida d'un trait.

— Je te demande pardon ? finit-elle par dire.

Dan sourit, ravi de voir son expression à la fois incrédule et choquée.

— Je voulais t'en parler, et nous avons été détournés de ce sujet. Il t'aime beaucoup.

— Henry ?

— Non, pour l'amour du ciel ! Tu n'as pas encore rencontré Henry, je crois ? Je parlais de mon grand-père.

Layna posa son verre et leva ses deux mains.

— Je ne comprends pas. Ton grand-père a plus de quatre-vingt-dix ans, et il a fait un mariage heureux...

Dan faillit éclater de rire.

— Je ne pense pas que tu fasses exprès de ne pas

comprendre. Bon, reprenons au début. Daniel MacGregor t'aime beaucoup. Il trouve que tu es une belle jeune femme pleine de qualités. Cela est suffisant pour qu'il décide que tu as besoin, près de toi, d'un beau jeune homme plein de qualités. Il rêve de te voir mariée, et que vous fassiez tous deux beaucoup d'enfants. C'est une idée fixe : crois-moi, il est complètement obsédé.

— Je ne me souviens pas qu'il y ait jamais fait allusion. Il m'a parfois parlé de ta grand-mère, disant qu'elle s'inquiétait parce que tu n'étais pas encore marié pour fonder une famille.

— Ah ! s'écria-t-il en posant bruyamment son verre sur la table.

Elle sursauta.

Dan pointa un doigt sur elle.

— Ah ! répéta-t-il. Nous y voilà ! Ma grand-mère n'a rien à voir avec cela. C'est lui. Il l'utilise pour nous culpabiliser, et nous faire faire ce qu'il veut. Avant d'avoir le temps de t'en rendre compte, tu te retrouves en train d'acheter des couches pour bébé. Je l'ai déjà vu à l'œuvre. Il se concentre sur l'un de nous à la fois. Pour lui, c'est un projet comme un autre. Il sort de son chapeau le parfait partenaire et il te le met dans les pattes, tout en prétendant qu'il n'y est pour rien. Mes cousines sont tombées comme des mouches dans le bonheur nuptial, mais ce n'est pas suffisant pour lui. Tant que l'un de nous restera célibataire, il ne baissera pas les bras. Cet homme est infatigable.

Layna avait croisé les mains, attendant patiemment la fin de la tirade.

— D'accord, je ne vais pas discuter avec toi. Tu le connais mieux que moi. Bien que je n'arrive pas à croire qu'il puisse manipuler des adultes pour qu'ils s'engagent dans une voie aussi sérieuse que le mariage. Mais puisque tu le dis…

Elle soupira.

— Quoi qu'il en soit, je n'ai aucune intention de me marier, et son petit manège ne me concerne donc en aucune façon, s'il existe vraiment.

— C'est bien là que tu fais erreur. Et il compte précisément là-dessus. C'est grâce à ton incrédulité qu'il te prendra à son hameçon.

Il attrapa sa fourchette et la lui agita sous le nez avant d'y enrouler d'autres spaghettis.

— Il s'intéresse à toi, Layna. C'est un soulagement pour moi, car cela signifie qu'il ne m'a plus dans sa ligne de mire pendant quelque temps. Mais je me sens le devoir de t'avertir. Il fera cela en douce, il prendra un air détaché pour vous dire qu'il connaît ce jeune homme très brillant. Ensuite, il trouvera le moyen d'organiser une rencontre entre lui et toi.

— Entre Henry et moi ?

— Exactement. Tu dois donc faire comprendre tout de suite à ce vieux fouineur que tu n'es intéressée ni par cet Henry-là ni par un autre.

Incapable de résister, Layna se mit à rire.

— Tu m'as bien dit qu'il s'agissait d'un banquier ? Je me demande s'il a le sens de l'ordre. Ton grand-père te l'a-t-il décrit ?

— Vas-y, ris ! On va voir si tu riras encore quand tu choisiras ta robe de mariée.

— Je suis flattée que ton grand-père s'intéresse à mon avenir.

— Cela fait partie de sa tactique pour entortiller les gens, murmura Dan.

Layna réfléchit un instant. Puis elle repoussa son assiette et se pencha en avant.

— C'est pour cette raison que tu as perdu la tête et que tu m'as emmenée de chez tes parents de cette façon ridicule ? Tout cela parce que ton grand-père a dit qu'il voulait me présenter à un banquier ? Hmm… Je dirai que cela ressemble étrangement à de la jalousie.

— De la jalousie ?

Il lui envoya un regard furieux.

— Voici les remerciements, pour t'avoir sauvée ? Des insultes !

Tranquillement, Layna se leva, prit son assiette et la porta dans l'évier, déjà surchargé de vaisselle sale.

— C'était une simple remarque.

— Je n'étais pas jaloux, j'étais… inquiet pour toi.

— Hmm…

— Si j'avais été jaloux, j'aurais menacé de mettre Henry en mille morceaux.

— Je vois…

Regardant d'un air navré la pile d'assiettes sales, elle soupira. Puisqu'elle était là, autant charger la machine et la faire tourner.

— Ensuite, je l'aurais pourchassé jusqu'au bout de la terre.

— Comme c'est passionnant ! As-tu terminé tes pâtes ? demanda-t-elle.

Il repoussa brusquement sa chaise et se jeta sur elle pour la faire pivoter. C'était ridicule, mais elle éprouva un frisson de plaisir.

— Je ne suis pas jaloux, Layna, affirma-t-il.

D'un geste rageur, il la souleva presque du sol et plongea un regard pénétrant dans le sien. Une lueur de défi mêlé d'amusement pétilla dans les yeux verts de Layna. Il se mit à rire.

— Au diable cette histoire ! marmonna-t-il avant de l'embrasser.

Non, il n'était pas jaloux ! Dan se passa une main dans les cheveux. Il se trouvait dans l'obscurité. Layna dormait à côté de lui. Non, il n'était pas jaloux, il... *protégeait* seulement ce qu'il avait décidé de s'approprier.

De s'approprier temporairement, pour être plus précis.

Il aimait avoir Layna près de lui. Pourtant, elle lui avait fait un horrible marchandage : il avait dû nettoyer la cuisine, condition *sine qua non* pour qu'elle accepte de retourner au lit avec lui. Il aimait ces regards tranquilles, mesurés, qu'elle lui lançait pendant qu'ils discutaient. Et les regards profonds, gourmands, qu'elle avait quand ils se livraient à un corps à corps amoureux.

Il aimait le son de sa voix. Qui redevenait calme quand ils parlaient art ou musique. Ou rauque quand elle prononçait son nom dans le noir.

Et il était touché par la jeune fille qu'elle avait été, et désolé qu'elle ait eu si peu d'affection et d'occasions de s'amuser. Elle avait parlé d'autres avantages, mais il avait l'impression qu'ils avaient été plutôt rares. Et ce manque de chaleur et d'amour l'avait fait renoncer à la possibilité de créer une famille.

Il soupira. Tout cela était terriblement triste.

Non pas qu'il soit lui-même pressé d'en arriver là. Mais un jour, certainement... quand le moment serait venu, et qu'il aurait rencontré la femme de sa vie, il aurait envie d'avoir des enfants, une maison pleine de bruits et de couleurs.

Quelque part, au fond de cette femme qui pouvait paraître si froide, battait un cœur qui voulait s'ouvrir et partager, un cœur qui voulait être chéri.

Il la voyait encore dans le vieux peignoir qu'il lui avait prêté. Elle avait roulé les manches effilochées jusqu'aux coudes. Elle était pieds nus, les cheveux lisses, la bouche pulpeuse.

Et ce regard sincère qu'il avait lu dans ses yeux pendant qu'elle lui avait expliqué qu'ils ne pouvaient rien vivre ensemble.

Maintenant, elle était lovée près de lui, dans un T-shirt trop grand qu'il lui avait prêté. Ils avaient découvert au moins un point commun entre eux : tous les deux préféraient dormir la fenêtre ouverte.

Il secoua la tête et se gratta le front. Non, décidément, il n'était pas jaloux. Il glissa un bras possessif autour de ses épaules et l'attira contre lui. Il aimait simplement sa présence. Tant que cela durerait.

8

Reculant de quelques pas, Dan examina le portrait. C'était stupéfiant. Il n'allait pas faire preuve de fausse modestie. On lui avait dit, plus d'une fois, qu'il avait une assurance frisant l'arrogance, quand il s'agissait de son art. Il secoua la tête. Non, ce n'était pas cela. Il peignait ce qu'il ressentait, ce qu'il voyait, ce qu'il savait ou désirait savoir. Et il était rarement déçu par ses tableaux.

Cependant, il était rarement subjugué par ce qu'il avait créé avec son cœur et ses mains.

Cette fois, c'était grâce à son modèle. Layna le subjuguait.

Il n'avait pas travaillé à partir d'un croquis, mais de mémoire. En revivant un moment précis qui s'était logé dans sa tête, et qui avait refusé d'en être délogé tant qu'il ne l'aurait pas reproduit sur la toile.

Il avait eu l'intention de peindre une autre aquarelle, avec des tons pastel, discrets. Qui correspondaient à l'image de Layna. A son style. A son type de femme.

Mais finalement, il s'était retrouvé en train de préparer la toile pour de la peinture à l'huile, et il avait choisi des tons vifs, des bleus électriques, qu'il avait passés à larges coups de pinceaux.

Il avait peint Layna au lit, dans son lit à elle. Cela faisait maintenant plus de dix nuits qu'ils avaient passées ensemble, chez elle ou chez lui. Mais quel que soit le lieu, ils avaient chaque fois éprouvé une frénésie qui les laissait tous deux pantelants.

Et voilà qu'elle lui renvoyait son regard. Il lui avait peint des yeux brillants, aux paupières lourdes, une bouche douce et légèrement retroussée par un sourire un peu mystérieux, affirmation de la conscience qu'elle avait de sa féminité.

Ses cheveux brillants étaient lisses et souples. En s'asseyant au milieu des draps froissés, elle avait passé plusieurs fois une main paresseuse dans sa chevelure pour la remettre en ordre. Il commençait à connaître cette habitude.

Dan soupira. Pourquoi cet instant précis s'était-il gravé aussi profondément dans sa mémoire ? C'était peut-être la façon dont elle avait tourné la tête en lui adressant cette esquisse de sourire. Et la façon dont la lumière de la lampe éclairait ses épaules. Elle avait caché sa poitrine avec son bras, probablement moins par pudeur que par habitude, là encore.

Il n'arrivait pas à chasser de son esprit ces moments d'intimité. Grâce à eux, il avait créé une œuvre plus intéressante que toutes les précédentes. Plus vivante. Il hocha la tête. Oui, ce tableau semblait le connaître et lui renvoyer son regard.

— Qui diable es-tu ? murmura-t-il.

C'était une expérience plus troublante que toutes celles qu'il avait vécues. Il avait cru connaître la réponse à cette question, mais à présent, il n'en était plus très sûr.

D'un geste brusque, presque furieux, il jeta son pinceau et marcha à grands pas vers la fenêtre. Quand Layna s'était-elle introduite en lui de cette façon ? Et comment avait-il pu la laisser faire ? Bon sang, se pouvait-il qu'il soit tombé amoureux d'elle ?

Il se remit à examiner le tableau. Quelle était vraiment la part réelle de Layna dans cette œuvre ? Et quelle était la part qui correspondait à la femme qu'il souhaitait voir en elle ?

Il enfonça ses poings dans ses poches. Au fond, il ne savait pas très bien ce qu'il souhaitait qu'elle soit, mais il n'avait pas envie de passer seulement ses nuits avec elle. Il fronça les sourcils, secoué par la constatation qu'il venait de faire. En fait, *il n'avait jamais eu envie de passer seulement ses nuits avec elle.* Malgré le désir brûlant qu'il éprouvait pour son corps.

Oui, Layna faisait déjà partie de sa vie, et lui de la sienne. C'était difficile à admettre, et Layna ne l'admettrait certainement jamais. Elle l'avait incité à déballer ses cartons, et il avait acheté un vrai lit. Il s'était laissé convaincre par Layna d'y ajouter un encadrement en cuivre repoussé, même s'il craignait que cela ne donne à sa chambre une note trop féminine.

Mais elle avait eu raison. Ce lit s'harmonisait parfaitement avec le reste du mobilier. Et non seulement il l'avait remerciée d'avoir eu cette idée, mais il y avait pris du plaisir !

Ils étaient allés ensemble à l'opéra, à une foire de rue, à un match et à un spectacle de ballet.

Pour des raisons bizarres, ce mélange de styles et de goûts avait semblé s'ajuster à la perfection.

Pensivement, Dan se mit à arpenter son atelier. C'était bien beau, mais il y avait peu de chances pour que cela dure. Il ne devait pas oublier que Layna ne correspondait pas du tout à la femme de ses rêves. Et puis, il avait autre chose à faire pour l'instant.

Se rapprochant de la fenêtre, il l'aperçut sur le trottoir d'en face. Elle avait une démarche rapide et gracieuse. Elle avait troqué son tailleur très stylé, un de ceux qu'elle portait pendant ses heures de travail, contre un large pantalon bigarré et une chemise ajustée qui évoquait le citron vert. Elle transportait un énorme sac de provisions sur lequel était imprimé le logo de Drake. Il l'observa d'un œil amusé tandis qu'elle regardait plusieurs fois des deux côtés avant de traverser la rue.

Il avait beau se dire qu'il aurait préféré être seul aujourd'hui, il ne put s'empêcher d'ouvrir la fenêtre et de se pencher.

Au même instant, Layna leva la tête et s'arrêta en le voyant. D'une main, elle se protégea les yeux du soleil et soupira. Son cœur battait déjà plus vite. C'était ridicule, elle le savait bien, mais chaque fois, elle subissait un grand choc sensoriel.

Avec sa carrure, Dan remplissait toute la largeur de la fenêtre.

— Bonjour !

Elle sourit et essaya de ne pas rougir. Il la regardait avec une telle intensité !

— Est-ce que tu travailles encore ? interrogea-t-elle.

Dan hésita. S'il disait oui, elle repartirait pour ne pas le déranger. En général, aucun des deux n'empiétait sur les heures de travail de l'autre.

— Non, tu peux monter.

Layna avait une clé. Dan releva un sourcil étonné. C'était encore une chose qui s'était passée spontanément, sans qu'ils la programment. Comme un homme qui viendrait juste d'atteindre la surface d'un rêve, il se passa lentement les doigts dans les cheveux, puis sur le visage.

Il se dirigea vers le haut de l'escalier, juste au moment où elle entrait dans la maison. Ils restèrent sans bouger, les yeux dans les yeux.

Dan soupira. Il se sentait attiré comme par un aimant vers Layna. « Dieu, comme je te désire ! pensa-t-il. Combien de temps cela va-t-il durer ? »

— J'espérais que tu serais chez toi. Je voulais juste déposer ce sac, dit-elle.

Il hocha vaguement la tête. Il avait besoin d'aide !

Qu'allait-il faire avec cette femme ? L'esprit ailleurs, il demanda :

— Qu'est-ce que c'est ?

— Un couvre-lit.

Elle se força à lui adresser un sourire plein d'assurance.

— Tu vas voir, il est tout simple, et assez masculin pour ne pas déranger l'atmosphère qui règne chez toi....

Il releva les sourcils. Visiblement, Layna prenait goût à arranger sa maison. Ce qui ne le dérangeait pas. Il voulait bien vivre dans un environnement ordonné, tant qu'on ne lui demandait pas de mettre de l'ordre lui-même. Cependant, il dit d'un ton où perçait une pointe d'ironie :

— Quelle extraordinaire maîtresse de maison ! Monte-le ici, tu veux bien ?

Piquée, Layna se raidit un peu.

— S'il ne te plaît pas, tu pourras toujours t'en servir comme descente de lit. Cela dit, il serait mieux sur ton lit que la guenille que tu utilises.

En arrivant en haut de l'escalier, elle lui jeta le sac à la tête.

— Et ne me remercie surtout pas !

— Je t'aurais déjà remerciée si tu m'avais laissé placer un mot, au lieu de me faire la morale !

— Ce n'était pas de la morale, mais un simple commentaire issu d'une simple constatation.

Laissant tomber le sac par terre, il se tourna vers elle et l'attrapa par la main alors qu'elle s'apprêtait à redescendre l'escalier.

— Où vas-tu ?

— Chez moi. Et la prochaine fois que j'aurai une impulsion pour te faire un petit cadeau, je réfléchirai, crois-moi !

— Personne ne t'a demandé de m'acheter des draps, ni de laver ma vaisselle, ni de faire le marché.

Layna refréna la colère qui l'envahissait. Avec un calme glacial, elle rétorqua :

— C'est noté. Et je me garderai bien de recommencer, tu peux me faire confiance. Et de passer chez toi sans te prévenir. Apparemment, je ne suis pas la bienvenue quand il n'est pas l'heure de sauter au lit.

Les yeux flamboyants, Dan fronça les sourcils et fit quelques pas en arrière. Il fulminait.

— Il n'est pas question de sexe.

Incapable de se faire confiance, cependant, il tourna les talons et entra précipitamment dans son atelier.

Layna ne fit rien pour masquer sa colère. Mais sa voix trahissait aussi qu'il l'avait blessée.

— Vraiment ? Alors, de quoi est-il question ? interrogea-t-elle en lui emboîtant le pas.

— Je n'en sais rien.

Il fit volte-face pour l'affronter, prêt à se battre. Mais au lieu de cela, il la regarda comme il avait regardé son portrait quelques instants plus tôt.

— Je ne sais pas, répéta-t-il en soupirant.

Il alla se planter devant la fenêtre.

— Tu es tombée sur un de mes mauvais moments, Layna. Le problème, c'est que j'en ai beaucoup.

Posant ses mains sur l'appui de la fenêtre, il se pencha en avant. Il fallait absolument qu'il s'éclaircisse les idées. La présence de Layna les rendait systématiquement floues.

Layna l'observa en silence. Visiblement, il venait de passer d'un état d'irritation à un état d'abattement. Elle avait envie de s'approcher de lui et de l'apaiser, mais cette impulsion l'agaçait. Ce n'était pas à elle de l'apaiser, ni de tolérer ses sautes d'humeur.

Prenant une profonde inspiration, elle se tourna vers la porte. Elle devait partir, s'éloigner de Daniel Campbell. Elle se souviendrait de ces dernières semaines comme d'une période d'expérience, d'apprentissage de la vie. Mais ses bonnes résolutions restèrent sans effet. Se retournant lentement, elle jeta un coup d'œil circulaire autour d'elle.

Cette pièce portait l'empreinte de Dan du sol au plafond, et dans les moindres recoins. Depuis les toiles appuyées contre les murs jusqu'au capharnaüm formé par les tubes de peinture, les pots, les brosses et les pinceaux. Elle était pleine d'odeurs fortes qui, curieusement, étaient à la fois étrangères et familières. Celle de Dan, combinaison d'odeur animale et de savonnette, se mêlait à l'essence de térébenthine et aux peintures fraîches.

C'était une vaste pièce, très lumineuse, et emplie de sa présence. Hochant imperceptiblement la tête, elle se tourna vers les tableaux : sillons de couleur, formes et textures discordantes. L'un d'eux avait un climat sombre, un autre éclatait de joie.

Layna soupira. Elle ne comprenait pas vraiment sa peinture. Mais elle éprouvait des réactions contradictoires en la regardant. C'était probablement le reflet des réactions qu'elle éprouvait envers l'artiste lui-même.

— Des états d'âme, oui… je vois.

Elle alla lentement vers un chevalet.

— Tu as beaucoup d'états d'âme différents. Ceci fait sans doute de toi ce que tu es.

Il la regarda en train d'observer ses travaux.

— Et toi, tu es stable, équilibrée. Ce qui fait de toi ce que tu es. Nous sommes complètement différents, toi et moi. Bon sang, Layna, peux-tu m'expliquer ce que nous faisons ensemble ?

Elle cligna des paupières mais continua son observation. Après tout, elle s'attendait à ce qu'il tire cette conclusion. Ignorant le pincement qui lui tiraillait le cœur, elle secoua la tête. Au fond, cela n'avait aucune importance.

— Je me pose souvent la même question, répondit-elle d'une voix faussement calme.

Elle haussa les épaules. Il valait mieux rester prosaïque. Elle continua :

— Je suppose qu'il ne s'agit que d'une attirance physique.

— Tu crois ?

— J'en suis sûre.

Elle indiqua le tableau qu'il avait terminé quelques heures avant qu'elle n'entre dans sa vie et ne bouleverse tout.

— Je ne vois que des sentiments extrêmes, une passion dévorante. C'est primitif, dangereux, et pas très confortable à regarder.

— C'est un *besoin*, murmura-t-il.

— Oui. Les besoins sont assouvis, puis ils changent.

— Même quand on préférerait que ce soit différent.

Il tendit une main vers elle.

— Viens là et dis-moi ce que tu vois.

Elle traversa l'atelier, mais ne prit pas sa main. Elle ne voulait pas commettre l'erreur de le toucher alors que leur histoire tirait manifestement à sa fin. Quelle que soit l'intensité de la douleur qui lui brûlait le cœur.

Dan répéta d'une voix chaude :

— Dis-moi ce que tu vois.

Comme elle restait délibérément écartée de lui, il s'approcha d'elle et la fit pivoter. Puis il ôta le drap qui recouvrait son portrait.

Layna resta muette de stupeur. Sans s'en rendre compte, elle croisa un bras sur sa taille, reproduisant l'attitude qu'elle avait sur le tableau. Son cœur battait très fort, beaucoup trop fort. Elle avait la bouche sèche, et aucun son ne pouvait en sortir.

— Ce n'est pas du tout ce que j'avais l'intention de peindre, dit-il. Je ne m'attendais pas à ce résultat. Ni à la sensation qu'il procure. Je viens juste de le finir. Ensuite, j'ai regardé par la fenêtre et je t'ai vue.

— Tu... tu as fait un très beau portrait.

— J'avais un beau modèle.

Prise de panique, Layna secoua légèrement la tête. C'était trop… *intime*. Cette femme, sur la toile, n'avait rien pour la protéger — ni bouclier, ni masque. Et cette femme savait certainement des choses qu'elle-même ne savait pas. Prenant son courage à deux mains, elle parvint à articuler :

— Je ne suis pas comme cela.

— C'est ainsi que je t'ai vue, à ce moment-là. Pleine de puissance et de plaisir. Ce n'était pas ce que j'avais l'intention de peindre, a priori, mais c'est ce qui est sorti spontanément de moi.

Il lui effleura la joue, puis il laissa glisser ses doigts vers son menton, qu'il releva doucement.

— Cela me renverse. Pourquoi n'avons-nous pas brûlé d'un seul coup ce qu'il y avait entre nous, Layna ? Pourquoi ne puis-je pas en avoir assez de toi ?

— C'était ton programme ?

— Un peu, oui. Mais ce programme ne fonctionne pas, c'est le moins que je puisse dire. Et tu commences à m'inquiéter sérieusement, murmura-t-il en penchant la tête vers elle.

Il posa sur ses lèvres un baiser léger comme une aile de papillon. Mais elle le ressentit jusqu'au plus profond d'elle-même.

— Nous devrions faire une petite pause, nous éloigner quelque temps l'un de l'autre, suggéra-t-elle d'une voix mal assurée.

— Tu as mille fois raison, chuchota-t-il en levant l'autre main, qu'il posa sur sa nuque.

— Nous nous sommes vus constamment pendant des semaines.

Lui enlaçant la taille, elle se serra contre lui.

— Nous devrions prendre un peu de vacances.

— Cela me paraît raisonnable.

Elle soupira et posa sa tête contre son épaule puissante.

— Le problème, c'est que je n'en ai pas envie.

— Moi non plus.

— Je veux dire que je n'ai pas envie de tomber amoureuse de toi, Daniel Campbell. Je ne suis pas équipée pour cette aventure. Ce serait une catastrophe.

— Je sais.

Fermant les yeux, il frotta doucement sa joue contre la sienne et interrogea :

— A quel point es-tu près de tomber amoureuse de moi ?

— A un point effrayant.

— Moi aussi.

— Seigneur, nous ne pouvons pas laisser cela se produire. Cela gâcherait tout, au moment où…

Les lèvres de Dan l'empêchèrent de terminer sa phrase. Et de continuer à penser raisonnablement. Tout s'embrouilla dans sa tête, tandis que ses sentiments remontaient à la surface, là où elle ne pouvait pas leur échapper.

— Reste avec moi, Layna, tout simplement.

Cette fois, ce ne fut pas une chevauchée sauvage, mais une promenade romantique. Il n'y eut pas de violents accès volcaniques, mais une chaleur frémissante qui tremblait juste au centre de son cœur. Ni séduction ni exigences, mais une rencontre, tandis qu'il l'emportait vers le lit qu'ils avaient choisi ensemble.

Tendrement, patiemment, sous les rayons du soleil qui filtraient par les fenêtres ouvertes, il la caressa et fit voler en éclats tous ses espoirs de défense.

Le plaisir fut calme, naturel comme la respiration, doux comme la brise qui voletait sur sa peau pendant que Dan la déshabillait.

Elle se tendit vers lui. Elle voulait connaître encore cette sensation lente, somptueuse.

Son corps de guerrier lui était familier, désormais. Ses muscles d'acier, ses grandes mains, ses épaules larges et puissantes. Mais elle ne connaissait pas encore cette façon de bouger en elle, qui faisait battre son cœur à grands coups réguliers.

Lui aussi, il voulait encore et encore se sentir entouré de cette sensation soyeuse, il voulait entendre Layna soupirer paresseusement, et voir les longs frissons qui la parcouraient. Comme elle se donnait, il prit mille précautions, l'emmenant lentement vers le sommet, tout en observant son visage qui frémissait sous la lumière.

Il se glissa en elle. C'était stupéfiant qu'il ait à ce point envie de se donner, et qu'il éprouve un tel besoin de voir ses yeux s'élargir et s'obscurcir, de l'entendre murmurer son nom.

Il la dévora des yeux jusqu'à ce que sa vue se brouille. Puis il couvrit encore sa bouche de la sienne tandis que leurs corps volaient en éclats.

Layna était affolée. Si elle ne se forçait pas à s'éloigner de lui pour réfléchir, pour trouver un plan, pour se rappeler ce qu'elle désirait par-dessus tout, elle était perdue. Elle ferait une erreur monumentale, qu'elle ne pourrait jamais rattraper.

Elle se leva brusquement et s'habilla.

Les yeux encore embrumés, Dan la contempla.

— Qu'est-ce que tu fais ?

Se mettant à trembler, elle se boutonna de travers.

— Je rentre chez moi. Nous devons réfléchir sérieusement.

— Layna, reste.

— Non, cela ne fait que tout embrouiller. Et tout va beaucoup trop vite.

Il se leva, et enfila son jean.

— Tu comptes beaucoup pour moi.

Elle releva vivement la tête. Ses yeux brillaient d'émotion.

— Je sais… je pense que…, bafouilla-t-elle, de plus en

plus paniquée. Je n'arrive plus à réfléchir. Je vais passer quelques jours loin de toi. Nous nous trompons peut-être… Ce n'est sans doute qu'un mélange d'émotions dans ce qui est censé n'être qu'une simple liaison.

— Naturellement.

Il fourra ses mains dans ses poches. S'il ne faisait pas cela, il allait la prendre encore dans ses bras, ce qui ne résoudrait rien, sauf sa propre frustration.

— Est-ce que ce n'est pas le problème ?

— Je ne sais pas quel est le problème.

Et c'était bien ce qui l'effrayait le plus. Elle s'en rendait soudain compte. Dès qu'elle le regardait, elle oubliait tout. Ses projets, son programme bien ordonné.

— Nous devons d'abord réfléchir chacun de notre côté avant que… cette « situation » ne devienne de plus en plus compliquée. Nous allons éviter de nous voir pendant quelques jours, et nous calmer.

Sans rien dire, il s'appuya contre le mur et releva un sourcil.

— Et si nous n'y arrivons pas ?

— Il sera temps d'y réfléchir.

— Je te désire, Layna.

Elle sentit son pouls s'affoler.

— Je le sais, répondit-elle en cherchant son souffle. S'il n'y avait que cela, ce ne serait pas un problème.

— Pourquoi en faire un problème ? Moi, je n'en vois aucun.

— Moi, si. Je veux prendre le temps d'y penser.

Elle allait partir quand il prononça encore son nom. Elle s'arrêta net, mais elle n'osa pas se retourner. Elle secoua vivement la tête et se précipita dans l'escalier.

Dan soupira. Il aurait pu lui courir après, la rattraper avant qu'elle n'arrive dans la rue. La convaincre de rentrer chez lui, ou l'entraîner de force si nécessaire. Puis l'emmener au lit. Là, ils ne connaissaient aucune complication.

Mais ensuite ?

Poussant un juron, il s'écarta du mur et retourna à grands pas furieux dans son atelier. Il resta éloigné de la fenêtre. Il ne voulait pas la voir partir. Il se planta devant les deux toiles, intitulées *Layna* et *Besoin*. Pourquoi représentaient-elles maintenant la même chose pour lui ?

9

Layna ne rentra pas chez elle. Même si sa maison avait toujours été son refuge, c'était le dernier endroit où elle souhaitait aller.

Elle soupira. Elle avait pourtant été heureuse, en vivant seule. Sa vie et son travail la passionnaient. Ses ambitions étaient claires et simples. Elle voulait renforcer la réputation de la chaîne Drake's à Washington, en faire les magasins les plus raffinés et les plus prestigieux de la côte Est. En réussissant cela, elle renforcerait sa propre réputation. Ce ne serait pas seulement un autre magasin Drake's géré par la fille des créateurs de la chaîne. Ce serait celui de Layna Drake, une femme d'affaires pleine de bon sens, et dotée d'un œil aigu pour la mode.

Elle adorait les voyages en Europe, que ce travail impliquait. Milan, Paris, Londres. C'était un régal de se rendre aux salons, de découvrir de nouveaux designers. Elle était particulièrement douée pour cela. Depuis quelques années, elle avait aiguisé ses talents, développé son propre style, et elle avait appris tous les rouages du métier.

Le travail avait un sens pour elle. Plus que les gens.

En soupirant, elle ralentit son allure. Comment pouvait-elle savoir si elle était amoureuse ? Elle n'avait jamais eu à se poser ce genre de question. Les hommes qu'elle avait admis dans sa vie étaient agréables, faciles à vivre. Ils étaient… dépourvus de dangerosité, il fallait bien l'admettre. Aucun d'eux ne lui avait fait éprouver l'envie de modifier ses projets, ni de faire des compromis.

Mais surtout, aucun d'eux n'avait fait battre son cœur comme Dan le faisait.

Et il valait mieux que cela continue ainsi. Après tout, ses parents avaient vécu en bonne intelligence. Ils éprouvaient l'un pour l'autre plus d'amitié que d'amour, ce qui n'avait pas entravé leur carrière.

Mais elle ne voulait pas reproduire le mariage creux dont elle était issue ! D'ailleurs, elle ne voulait pas se marier… N'était-ce pas là toute la question ?

Prenant une longue inspiration, elle hocha la tête. Bien sûr que toute la question était là. La seule chose qu'elle avait à faire, c'était de prendre des distances par rapport à Daniel Campbell et de calmer ses émotions. Ensuite, elle pourrait retourner à la vie qu'elle aimait.

Elle allait prendre quelques jours de congé, faire un petit voyage, n'importe où, le principal étant de s'éloigner, pour ne pas avoir la tentation de retourner chez lui.

Pourquoi diable fallait-il qu'il habite à quelques rues de chez elle ?

— Layna !

Elle releva brusquement la tête et composa un sourire. Myra venait de surgir en face d'elle. Machinalement, elle embrassa sa marraine sur la joue.

— Je viens juste de sortir pour ma promenade du soir, dit joyeusement Myra. Je voulais passer une minute chez toi.

Inclinant la tête sur le côté, celle-ci observa Layna d'un œil critique. Allons bon, que se passait-il ? Sa filleule était d'une pâleur… Et elle avait un regard si triste !

— Ma chérie, tu ne vas pas bien ?

— Non. Enfin, si…

S'efforçant de sourire, Layna continua d'une voix plus ferme :

— Viens prendre le thé à la maison.

— Quelle bonne idée, ma chérie !

Myra glissa un bras sous le sien.

— Pendant que nous prendrons le thé, tu me raconteras ce qui te rend malheureuse. Je devrais peut-être dire *qui* te rend malheureuse...

— Je ne suis pas malheureuse. J'ai quelques soucis, comme tout le monde.

Elle ouvrit la porte de sa maison.

— Installe-toi dans le salon. Je vais faire chauffer l'eau.

— Non, je préfère m'installer dans la cuisine. Nous pourrons parler tout de suite, ajouta-t-elle d'un air innocent.

Elle sourit. Si elle ne la quittait pas d'une semelle, Layna n'aurait pas le temps de mettre au point sa défense.

— Tu as fait une promenade ? demanda-t-elle.

— Non. Enfin, oui, on peut appeler cela une promenade...

Elle remplit la bouilloire et sortit d'un placard une théière en porcelaine. Elle la réchauffa, avant d'y verser trois mesures de thé à la bergamote.

— Quelle magnifique soirée ! dit-elle en essayant de prendre un air plus gai.

— C'est vrai, ma chérie, magnifique ! L'été approche, nous allons bientôt avoir trop chaud. Profitons de ce mois de mai si agréable. Cette douceur printanière se prête aux promenades. C'est si romantique...

Elle soupira.

— As-tu une histoire romantique en ce moment, Layna ?

— Je ne sais pas...

Continuant de s'activer, elle sortit les tasses, versa de la crème dans un petit pot.

— Les histoires romantiques ne m'intéressent pas.

— Et pourquoi donc ?

— Je ne suis pas équipée pour. Comme tous les Drake. Dans notre famille, on est plutôt équipés pour les affaires.

— Voyons, ma chérie, ce que tu dis est ridicule !

— Pourquoi ? interrogea Layna d'un ton plus sec qu'elle ne souhaitait.

Soudain en colère, elle fit volte-face.

— Tu connais mes parents, tu connais mes grands-parents. Peux-tu m'affirmer dans le blanc des yeux qu'ils ont fait un mariage d'amour, un mariage romantique ?

En soupirant, Myra se laissa aller contre les coussins du petit banc adossé au mur.

— Non, je ne peux pas. Je reconnais que ta mère m'a beaucoup déçue dans ce domaine, Layna. Elle a épousé ton père parce qu'elle a trouvé qu'ils étaient d'humeurs compatibles, tous les deux, que leurs modes de vie s'accordaient bien, et surtout parce qu'elle savait qu'elle aimerait beaucoup s'appeler Mme Drake. Je ne veux pas la critiquer. Après tout, elle savait ce qu'elle voulait, et elle l'a eu. Sa vie la satisfait. Et l'aspect positif, c'est qu'elle t'a mise au monde.

— Je ne la critique pas non plus, dit Layna d'un ton las. Mais je ne veux pas d'une vie comme la sienne. J'aime vivre seule, et m'organiser comme je veux.

Elle se tourna vers la théière.

— Je n'ai l'intention ni de me marier, ni d'avoir des enfants.

— Alors pourquoi es-tu malheureuse ?

— Je suis juste un peu troublée. Mais je vais retrouver mes esprits.

— Es-tu amoureuse ?

— Je ne sais pas ce que c'est, être amoureuse, tante Myra.

— Ce n'est pas une question de savoir, mais de sentiments.

Layna secoua la tête. Sentant la panique monter en elle, elle éleva la voix.

— Je ne veux pas éprouver ce genre de sentiment !

De plus en plus affolée, elle s'empara du plateau et le posa sur la table. A son grand soulagement, ses mains ne tremblèrent pas quand elle servit le thé.

— Cela te fait peur ? interrogea impitoyablement Myra.

— Et pourquoi n'aurais-je pas peur ? Ne crois-tu pas que ma mère a éprouvé quelque chose qui ressemblait à de l'amour, quand elle a eu cette aventure avec son professeur de tennis ? Ou mon père, quand il partait en voyages d'affaires, soi-disant accompagné de sa secrétaire ?

Myra gonfla les joues.

— Alors, tu le savais ?

— Naturellement. J'étais au courant de ces histoires, et des autres. Les enfants ne sont pas aussi stupides que les adultes aiment le croire. Je ne veux pas me mettre dans ce genre de situation, je ne veux pas me marier, être trompée ou tromper mon mari.

— Tous les mariages ne se passent pas ainsi, ma chérie. Herbert et moi, nous avons eu cinquante années de bonheur, d'amour et de fidélité. Je continue à penser à lui chaque jour. Et il me manque autant chaque jour.

— Je sais.

Emue, Layna se pencha vers elle et lui prit la main, qu'elle pressa affectueusement.

— Mais vous étiez une exception, Herbert et toi. Je ne vois que des coupes adultérins, pendant mes voyages d'affaires. Je trouve cela si triste… Et ce n'est pas mieux quand je vois une femme intelligente perdre le sens de sa propre valeur parce qu'elle tombe amoureuse. Les histoires d'amour durent si rarement !

— La peur de l'échec bloque toute chance de réussite.

— Peut-être, mais la prudence et le sens pratique sont souvent une garantie de réussite.

Un peu irritée, Myra agita la main.

— Tu es trop jeune pour te refermer de cette façon !

— Je suis assez vieille pour connaître mes limites.

Layna sourit, adoucie par les remontrances de sa marraine.

— J'ai décidé de prendre quelques jours de repos, de changer de décor. Quand je reviendrai, je me rendrai probablement compte que j'ai déjà vécu tout ce que je peux espérer vivre avec cet homme.

Levant sa tasse, Myra esquissa un fin sourire. « Nous verrons cela », pensa-t-elle.

— Eh bien, j'ai de la chance, dit-elle gaiement. Je venais justement te demander si tu avais un peu de temps libre. Je veux faire un petit voyage, mais je suis devenue incapable de me déplacer seule.

Elle posa sa tasse en demandant intérieurement pardon pour ce petit mensonge. En réalité, elle voyageait facilement, et aussi souvent qu'elle en avait envie.

Layna hésita.

— A vrai dire, j'avais l'intention…

— Je déteste m'imposer, coupa Myra, mais puisque tu veux toi-même partir quelques jours…

Elle fit un effort pour paraître fatiguée.

— Depuis quelque temps, j'ai toujours peur de ne pas savoir m'orienter dans les aéroports. Naturellement, je pourrais louer une voiture avec chauffeur. Mais c'est plus facile de partir seule quand on est jeune.

Elle poussa un long soupir. Touchée, Layna se laissa convaincre.

— D'accord, tante Myra, tu peux compter sur moi. Nous pourrons partir après-demain si tu veux.

— Tu es adorable, ma chère petite. Je me demande ce que je deviendrais sans toi. Oh, et tu seras si heureuse de passer quelques jours à Hyannis Port ! Daniel et Anna seront ravis.

Layna faillit s'étrangler.

— Daniel et Anna MacGregor ? Mais, tante Myra, je… je ne veux pas m'imposer !

— Ne dis pas de bêtises. Ils seront très contents de t'avoir quelques jours. Je vais m'occuper des billets d'avion.

Elle allait se lever d'un bond, mais elle se ravisa. Si elle ne voulait pas que Layna voie son petit manège, elle devait paraître le plus fragile possible, et se déplacer lentement. Avec un sourire faussement accablé, elle ajouta :

— Je vais les réserver par téléphone. Dieu merci, c'est une chose que je suis encore capable de faire.

Puis, hochant la tête, elle sourit à sa filleule.

— Je suis si heureuse que tu viennes avec moi, ma chérie ! A mon âge, on ne sait jamais combien de temps on va pouvoir profiter encore de la présence de ceux qu'on aime.

Elle lui tapota la main.

— Maintenant, je vais te laisser.

Elle se força à se lever et à marcher lentement. Une fois hors de la maison et hors de vue, elle accéléra le pas, un sourire déterminé aux lèvres, les yeux luisants de plaisir.

Elle avait vingt-quatre heures pour arranger la situation. C'était plus qu'il n'en fallait. Il suffisait qu'elle téléphone à Daniel MacGregor et qu'il se mette à l'œuvre de son côté.

Jetant un coup d'œil impatient par la fenêtre de son bureau, Daniel fronça les sourcils. Pourquoi diable n'arrivaient-ils pas ? Il n'avait que quelques jours pour mettre au point son petit stratagème, et il ne pouvait pas commencer avant que le premier personnage ne soit en piste.

Il ne doutait pas que tout se passerait bien. D'autant plus que Duncan, son petit-fils, avait pris l'avion pour lui faire une visite impromptue. Se détendant, Daniel sourit. Dieu bénisse ce garçon ! C'était exactement celui qu'il lui fallait pour clouer Dan sur place.

Oui, la chance lui souriait pour ce projet particulier. Et pourquoi pas ? C'était un beau projet, un projet d'amour.

Pianotant du bout des doigts sur la table, il hocha pensivement la tête. Si tout allait comme il le désirait, il n'aurait eu qu'une participation très discrète. Et c'était préférable ainsi. Ses petits-enfants avaient tendance à lui reprocher de s'immiscer dans leur vie.

— Grand-père ? Tu es là ?

Daniel se frotta les mains de plaisir et tourna un visage souriant vers le second fils de sa fille, qui venait d'entrer dans son bureau. Il l'examina d'un œil admiratif. Beau garçon, ce Duncan, grand comme son père, avec les yeux sombres de sa grand-mère, et l'impertinence de sa mère.

« Sans parler de son inclination pour le jeu, qu'il tient de moi », pensa Daniel.

Il se redressa avec fierté. Pour Duncan aussi, il avait de beaux projets, mais chaque chose en son temps.

Duncan tendit les bras et lui sourit de toutes ses dents éclatantes de blancheur. Remuant légèrement le nez, il chuchota :

— Comment, pas de cigare ?

Daniel joua le jeu.

— Je ne vois pas de quoi tu parles.

— Moi non plus ! dit Duncan d'un air malicieux.

S'installant dans un profond fauteuil de cuir, il croisa ses longues jambes et tira nonchalamment un cigare de sa poche. Sans quitter son grand-père des yeux, il se le passa sous le nez, le respira longuement, voluptueusement.

Daniel était aux anges.

— Quel garçon adorable !

— Hé ! C'est le mien !

Une lueur amusée dans les yeux, Duncan coinça le cigare entre ses dents et annonça d'une voix convaincante :

— Mais je veux bien le partager si tu me racontes ce que tu es en train de mijoter !

Daniel prit un air offensé.

— Rien du tout ! Je m'apprête seulement à accueillir ma plus vieille et ma plus chère amie, et sa filleule.

— Je parierais que la filleule en question est célibataire et en âge de se marier. Et qu'elle est d'une bonne famille. Est-ce que je me trompe, grand-père ? demanda-t-il.

— Et pourquoi ne serait-elle pas d'une bonne famille ?

— Cela ne m'intéresse pas.

Se réjouissant intérieurement, Daniel eut un sourire malin.

— C'est une charmante jeune fille, Duncan. Belle comme une image. Vous feriez de magnifiques bébés, tous les deux. Ma foi, il me semble qu'un garçon de ton âge devrait commencer à penser aux choses sérieuses.

— Je n'ai qu'une chose à te dire, Daniel MacGregor : chasse immédiatement cette idée de ta tête.

Il lui adressa un sourire satisfait. Il n'avait eu aucun mal à comprendre les intentions de son grand-père. Faisant tourner le cigare entre ses doigts, il continua :

— Ma vie me rend parfaitement heureux ; je connais un bel échantillon de jeunes femmes superbes. Je suis capable de trouver moi-même celle qui me conviendra.

— Tu en as trouvé beaucoup trop. Mais aucune ne te convient. Tu sais peut-être ce que tu veux, Duncan, mais ce dont tu as besoin, c'est une femme et des enfants. Celle que tu vas voir est une femme d'affaires avisée. Je m'attends à…

Faisant une pause, il tourna les yeux vers la fenêtre, d'où il avait perçu un mouvement, du coin de l'œil. Agitant les sourcils, il s'exclama :

— Ah, les voici enfin ! Descends et présente-toi, mon garçon. Et vois un peu si je ne t'ai pas trouvé une future épouse parfaite.

— Oui, je descends, grand-père.

Duncan déplia paresseusement ses longues jambes.

— Mais n'achète pas tout de suite la couronne de fleurs d'oranger, ajouta-t-il en riant.

Il tendit le cigare vers Daniel puis, en souriant, l'agita sous ses yeux et tourna le poignet pour le faire disparaître au moment où son grand-père allait s'en emparer.

Daniel grommela quelques mots incompréhensibles, mais un sourire triomphant éclaira son visage quand Duncan quitta la pièce.

— Tu es exactement celui qu'il me fallait pour faire bouger ton cousin.

Fredonnant la Marche nuptiale, il descendit à la rencontre de ses invitées.

Quelques heures plus tard, Daniel jubilait. C'était parfait, absolument parfait. Comme prévu, Duncan s'était montré charmant avec Layna, la faisant rire et flirtant avec elle. C'était très bien qu'ils s'entendent comme larrons en foire, puisque d'ici peu ils allaient devenir cousins.

Daniel soupira de plaisir. Chaque membre de sa famille méritait tous les soins, toutes les attentions possibles. Il voulait qu'ils soient tous heureux et pleins d'amour.

— Duncan, montre donc le jardin à cette jeune fille. Vous aimez les fleurs, mademoiselle ? Nous en avons de magnifiques.

Daniel souriait de toutes ses dents à Layna.

— Elles sont particulièrement belles au coucher du soleil.

— Grand-père a raison, reconnut Duncan.

Se levant, ce dernier adressa un regard noir à Daniel, avant de se tourner en souriant vers Layna.

— Vous voulez marcher un peu ?

— J'aimerais beaucoup.

Anna attendit qu'ils soient sortis, puis elle s'enfonça dans son fauteuil.

— Tu as l'air bien content de toi, Daniel. Ces enfants ne sont pas intéressés le moins du monde l'un par l'autre. En tout cas, pas de la façon que tu espères. Et ils ne s'accordent pas du tout.

Daniel faillit adresser un clin d'œil à Myra qui, elle-même, étouffa un fou rire.

— Moi, j'ai l'impression qu'ils s'entendent très bien, objecta-t-il très sérieusement.

— Oui, bien sûr, comme de bons amis.

Exaspérée, Anna leva les mains.

— Ils sont tous les deux très séduisants, mais cette fois, tu t'es trompé. Si tu essaies de les pousser dans les bras l'un de l'autre, Daniel, je vais t'en empêcher.

Levant un doigt menaçant, elle continua avant qu'il puisse placer un mot :

— Ils ne vont pas du tout ensemble, cela crève les yeux. Et n'importe quel imbécile peut voir que cette pauvre jeune fille n'est pas heureuse.

— Hmm… Elle pourrait l'être si elle n'était pas entêtée.

Il renifla doucement.

— Si elle pensait avec son cœur, pour une fois, comme quelqu'un que j'ai rencontré il y a plus de soixante ans…

Il regarda Anna d'un air langoureux.

— Et nous verrons si elle ne sourit pas quand elle repartira d'ici, dans quelques jours, conclut-il.

En soixante années de mariage, Anna avait appris à reconnaître le moment où elle devait cesser de se cogner la tête contre les murs. Une fois encore, elle n'aurait pas le dernier mot : Daniel se montrait trop déterminé.

Secouant la tête, elle se tourna vers son amie.

— Myra, dis-lui qu'il se trompe. Duncan n'est pas pour Layna.

— Je veux son bonheur, Anna. Cette petite n'attend que le moment d'ouvrir son cœur, dit Myra.

— Pas à Duncan, objecta Anna. Tu as vu Layna et Dan

se regarder. Si elle n'est pas encore amoureuse de lui, elle n'en est pas loin. Daniel et toi, vous les avez jetés sur le même chemin il y a un mois à peine. Malgré le charme de Duncan, je suis sûre que vous courez à la catastrophe en les mettant en rapport l'un avec l'autre.

Myra ne put s'empêcher d'éclater de rire. Les yeux étrécis par la suspicion, Anna promena son regard de son amie à son mari. Puis, prenant une profonde inspiration, elle s'exclama :

— Qu'avez-vous encore mijoté, tous les deux ?

— Juste une petite mise en scène, répondit Daniel. Pour que Dan se précipite ici dès demain.

— Dan doit venir ?

N'attendant pas de réponse, Anna s'appuya sur son dossier et réfléchit. Puis elle hocha la tête.

— Bon...

— « Bon » ? Tu as dit « bon » ? répéta Daniel, incrédule.

Il s'était attendu à une avalanche de remontrances.

— Oui, c'est bien ce que j'ai dit. Bien que je n'approuve pas tes tactiques, Daniel, mais nous en reparlerons plus tard.

Un petit sourire s'accrocha à ses lèvres. Elle se pencha en avant.

— Nous allons vivre là quelques jours passionnants, conclut-elle.

10

Dan gara sa voiture devant la maison-forteresse de Daniel MacGregor, construite au bord d'une falaise qui dominait l'océan. Levant la tête, il vit un spectacle auquel il n'était nullement préparé : son cousin Duncan marchant à côté de Layna, un bras passé autour de ses épaules.

Pendant tout le trajet, il avait ruminé sa tristesse, mais brusquement, une fureur noire monta en lui, menaçant de lui faire perdre tout sang-froid. Essayant d'oublier la présence de Duncan, il riva son regard sur Layna, sur ses cheveux en désordre et ses joues rosies par le vent. Apparemment, Duncan et elle revenaient d'une promenade sur les falaises. Cette idée redoubla sa colère.

Tandis qu'il les observait, Layna s'arrêta et leva les yeux vers lui. Elle devint d'une pâleur mortelle.

— Bonjour !

Enchanté, Duncan sourit et se dirigea vers son cousin pour lui donner l'accolade.

— Je ne savais pas que tu devais venir.

— C'est ce que je crois comprendre, en effet. Que diable se passe-t-il, ici ?

Ses yeux bleus jetaient des flammes. Il les posa sur Layna. Elle répondit d'une voix à peine audible :

— Je... je suis venue passer quelques jours ici avec tante Myra.

— Tu es partie sans laisser un mot.

— J'avais dit que je voulais prendre quelque distance.

— Je me demandais où tu étais passée !

— J'ai pris ma décision en une minute.

Elle redressa les épaules.

— C'était ma décision !

Un peu étonné, Duncan intervint :

— Je crois comprendre que vous vous connaissez.

— Toi, tais-toi. Cette histoire ne regarde que Layna et moi.

— Il n'y a rien entre nous, rétorqua la jeune femme.

Puis, se tournant vers Duncan :

— Excusez-moi.

Et elle grimpa l'escalier aussi vite que ses genoux tremblants le lui permirent.

Dan se précipita derrière elle, mais Duncan lui coupa la voie.

— Attends une minute !

En un éclair, il venait de tout comprendre. C'était encore un coup fourré de son satané grand-père ! Le moins qu'il pouvait faire était de jouer le jeu.

— Ecarte-toi de mon chemin ! hurla Dan en serrant les poings. Et ne t'avise pas de poser une main sur elle, ou je te transforme en bouillie !

Ravalant avec peine un sourire amusé, Duncan posa sur son cousin un regard qu'il espérait le plus dédaigneux possible.

— Tout doux, Dan... Nous étions ici avant toi. Mais si nous nous demandions d'abord pour quelle raison nous voulons nous jeter l'un sur l'autre ?

— Layna est à moi !

Il enfonça un index dans le torse de Duncan.

— C'est tout ce que tu dois savoir ! ajouta-t-il.

Comme pour confirmer ce qu'il venait de dire, il hocha la tête. Mais au fond, c'était tout ce que lui-même devait savoir. Layna était à lui, un point c'est tout.

— Vraiment ? demanda Duncan, sarcastique. J'ai l'impression que Layna l'ignore. Je suppose que grand-père ne le sait pas non plus, puisqu'il l'a choisie pour moi.

Il riait intérieurement. Même s'il recevait un coup de poing dans la mâchoire, cela valait la peine de voir la tête de son cousin. Il semblait être sur des charbons ardents.

— Qu'il aille au diable ! s'écria Dan.

— Il pense que nous allons bien ensemble, continua Duncan, imperturbable. Il a peut-être bien raison. Je dois dire que Layna est splendide, intelligente, et que c'est agréable de parler avec elle. Et elle a un petit rire sexy, je ne te dis pas...

Il ne sourcilla pas quand Dan l'attrapa par le col de sa chemise. Mais le poids de son cousin lui revint brusquement à la mémoire : quinze kilos de plus que lui. Il serait peut-être sage de réfléchir !

— Est-ce que tu l'as touchée ? questionna férocement Dan.

— Il est rare que je pelote les femmes que je connais depuis moins de vingt-quatre heures, répondit Duncan d'un ton nonchalant. Mais si tu veux poser des frontières, cousin, il vaut mieux que tu te dépêches. Si tu veux tenter ta chance, pourquoi pas, mais...

La fin de sa phrase resta coincée au fond de sa gorge. Dan le secouait comme un prunier. Ce petit jeu commençait à devenir dangereux. Il n'avait pas vraiment envie de se retrouver à l'hôpital. De plus en plus hors de lui, Dan cria d'un ton menaçant :

— Je ne veux pas tenter ma chance auprès d'elle, espèce de crétin ! Je l'aime !

— Pourquoi ne l'as-tu pas dit plus tôt ? cria à son tour Duncan.

Dan resta silencieux quelques secondes et le regarda d'un air hébété. Il paraissait avoir reçu un coup sur la tête. Duncan en profita pour se libérer de ses mains puissantes.

Finalement, Dan murmura :

— Je viens juste de le comprendre.

— Ce serait plus malin d'aller le lui dire, plutôt que de me tomber dessus, conseilla ironiquement Duncan.

Il lissa sa chemise du plat de la main.

— Je suis fichtrement innocent, dans cette histoire, crois-moi !

— C'est plus facile de me battre avec toi, rétorqua Dan.

Enfonçant ses poings dans ses poches, il partit à grands pas vers la maison.

Ils étaient tous réunis dans la salle du Trône, ainsi nommée à cause de l'immense fauteuil dans lequel Daniel MacGregor présidait aux réunions de famille. Il s'agissait aujourd'hui d'une réunion amicale autour d'un thé. Quand Dan entra d'un pas furieux, sa grand-mère se leva et se précipita vers lui.

— Dan ! Quelle belle surprise ! C'est si bon de te voir...

— J'avais dit à grand-père que je viendrais quelques jours pour peindre.

Daniel lui adressa un sourire rayonnant.

— C'est vrai. J'ai oublié de te le dire, Anna, avec toute cette excitation... Eh bien, entre, mon garçon, entre ! Maintenant que tu es là, ces charmantes dames vont peut-être me laisser mettre un peu de whisky dans mon thé. Où est ton cousin ?

— Viens dehors , Layna, je voudrais te parler.

Layna fit un effort surhumain pour rester impassible en apparence. Elle sirota tranquillement son thé, puis elle dit :

— Je t'écoute.

— En privé, ajouta Dan entre ses dents.

— Cela tombe mal.

Elle se tourna vers Anna.

— Madame MacGregor, ces scones sont délicieux.

— Merci. C'est une spécialité de notre cuisinière.

Anna regarda Daniel en roulant les yeux, puis elle se rassit.

— Dan, ce sont tes gâteaux favoris. Viens te servir.

— Non merci. Je ne veux rien. Enfin, si, je veux quelque chose... Très fort. Layna, vas-tu sortir de cette pièce avec moi ou vas-tu m'obliger à t'emmener de force ?

Elle lui adressa un regard calme par-dessus le bord de sa tasse.

— Je suggère que tu t'assoies et que tu prennes le thé avec nous. Quand nous aurons fini, si tu as quelque chose à me dire, je serai heureuse de t'écouter.

— Tu veux que je m'assoie et que je prenne le thé, comme si de rien n'était, alors que je t'ai vue pendue au bras de mon cousin ?

Layna posa sa tasse un peu brusquement.

— Je ne me suis pendue au bras de personne.

— Je suis forcé de le reconnaître, affirma Duncan d'un ton joyeux en entrant dans le salon. J'avais pourtant quelque espoir, ajouta-t-il. Hmm... Des scones !

Ravi, il s'approcha du plateau à thé et se servit copieusement.

— Je t'ai déjà dit de ne pas te mêler de cela, si tu tiens à ta jolie petite gueule ! aboya Dan.

Choquée, Layna poussa un cri léger, puis elle bondit sur ses pieds tandis qu'Anna lui servait tranquillement une autre tasse de thé.

— Comment oses-tu menacer Duncan, me mettre dans l'embarras et bouleverser ta famille ? demanda-t-elle, toujours maîtresse d'elle-même.

— Laissez-le parler, ma petite ! s'écria Daniel en tapant du poing sur son accoudoir.

Dan planta son regard dans celui de Layna.

— Je n'aurais pas fait de scène, je n'aurais menacé personne si tu étais sortie quand je te l'ai demandé. Et laisse-moi te rappeler que c'est grâce à ton entêtement que nous sommes ici !

Les yeux étrécis de colère, Layna s'approcha de lui.

— C'est parfait, insulte-moi, maintenant ! Je ne serais pas là si j'avais su que tu allais venir. Et puisque c'est la maison de tes grands-parents, c'est à moi de m'en aller.

— Tu n'iras nulle part avant que j'aie fini de te parler.

— Nous sommes d'accord, dit-elle.

Elle se dirigea majestueusement vers la porte.

Dan l'attrapa par un bras.

— Allons dehors, marmonna-t-il.

— Bas les pattes ! Je connais le chemin.

Se libérant, elle ouvrit la porte en grand.

— Je croyais que tu m'avais humiliée à un point difficile à surpasser, mais je vois que je me suis trompée. Tu viens de battre ton propre record.

Hors d'elle, les jambes tremblantes, elle contourna la pelouse pentue.

Derrière la fenêtre, quatre personnes s'étaient rapprochées pour connaître la suite des événements.

— Je t'ai humiliée ? répéta Dan. Comment ? As-tu imaginé un seul instant ce que j'ai ressenti quand je suis arrivé chez mes grands-parents et que je t'ai vue accrochée au bras de mon cousin ?

Layna pivota sur ses talons pour lui faire face.

— J'avais une discussion très intéressante avec ton cousin, qui est un homme charmant. Mais je n'ai aucun compte à te rendre.

— Tu en es sûre ? Réfléchis bien, dit-il sur un ton un peu trop calme.

— C'est ce que j'ai fait. Et j'ai tiré la conclusion que ce qu'il y a entre nous, quoi que ce soit, doit cesser immédiatement.

— Certainement pas !

La saisissant par le poignet, il prit sa chevelure de sa

main libre et lui renversa la tête en arrière. Il posa une bouche avide et frustrée sur ses lèvres.

A l'intérieur de la maison, Anna eut un petit rire.

— Nous ne devrions pas regarder, dit-elle en écartant le rideau pour mieux voir.

Les larmes aux yeux, Daniel passa un bras autour de ses épaules.

— Est-ce que ce n'est pas délicieux ?

— Il est drôlement accroché, commenta Duncan avant d'attaquer son sixième scone.

— Ce sera bientôt ton tour, mon grand, assura Daniel d'un ton ému.

— J'espère bien que non.

Confiant en ses capacités d'esquive, Duncan continua d'observer son cousin. Il secoua la tête.

— Adieu la liberté, mon vieux ! murmura-t-il.

Leur baiser se prolongeait. Comme chaque fois, Layna se sentit fondre. Mais elle eut un sursaut d'énergie.

— Non...

Il lui caressa le visage du bout des doigts.

— Ne fais pas cela, ajouta-t-elle. Ce n'est pas la bonne solution.

— C'est la solution que mon cœur m'impose.

Il frotta sa joue contre la douceur de sa peau.

— Ne vois-tu pas que tu tiens mon cœur entre tes mains ?

Les yeux agrandis d'émotion, elle hocha lentement la tête. Il disait la vérité, elle le lisait dans son regard. Son cœur se mit à marteler à grands coups dans sa poitrine.

— Je ne peux pas faire cela... Ma vie serait trop bouleversée. Laisse-moi partir.

— Je croyais pouvoir te laisser, je voulais en être capable.

Il desserra son étreinte. Ils restèrent face à face, les yeux dans les yeux. Layna luttait contre la fascination qui la subjuguait. La voix de Dan lui parvenait comme dans un rêve.

— Crois-tu être la seule à avoir des projets, à croire que tu savais exactement où tu voulais aller et comment y aller ? Moi non plus, je ne voulais pas m'impliquer de cette manière. Pourtant, il n'y a plus que toi qui comptes dans ma vie, désormais.

— Cela ne pourra pas durer. C'était très bien tant que nous n'avions que du désir l'un pour l'autre. Tant que c'était simple.

— La façon dont je te désire n'a rien de simple. Et si tu penses ce que tu dis, pourquoi pleures-tu ?

D'une main douce, il essuya une larme sur sa joue.

— Moi aussi, je tiens ton cœur entre mes mains. Je ne lui ferai aucun mal.

— Tu peux le dire et le croire. Ta famille est tellement adorable, et pleine d'amour… La mienne est vide. Elle représente un nom, un mode de vie, c'est tout.

— Tu n'es pas comme tes parents.

— Peut-être, mais…

— Et ni toi ni moi ne sommes exactement les mêmes que lorsque nous nous sommes rencontrés, tu ne crois pas ?

Elle croisa ses bras sur sa poitrine.

— Non, nous ne sommes pas les mêmes.

— Nous avons déjà fait des compromis pour construire quelque chose ensemble. Je t'aime, Layna.

Il prit tendrement son visage entre ses mains.

— Tu n'as qu'à me regarder pour le voir.

— Oui.

C'était excitant et terrifiant à la fois. Elle murmura :

— Moi aussi, je… Mais que se passera-t-il si cela ne marche pas, si je n'arrive pas…

— Si nous n'essayons pas, crois-tu que ce soit mieux ?

— Au moins, je pourrai reprendre ma vie comme avant. La vie que je croyais aimer.

Elle prit une profonde inspiration et souffla lentement.

— Et je serai horriblement malheureuse. Je ne veux pas m'éloigner de toi, de nous.

Frémissant de bonheur, il sourit tendrement.

— Alors, prenons le même chemin.

Il referma ses mains sur les siennes et leurs doigts s'entrelacèrent.

— Nous n'aurons pas toujours envie d'aller dans la même direction, ni au même rythme, mais nous pouvons arriver là où nous avons tous les deux besoin d'être.

Elle regarda leurs mains. Elles étaient si différentes. Les siennes étaient étroites, celles de Dan larges ; les siennes étaient délicates, celles de Dan si fortes ! Et cependant, elles allaient si bien ensemble…

— Je n'ai jamais été amoureuse.

Levant les yeux vers lui, elle soutint son regard.

— Je n'ai jamais eu de difficulté à mettre un terme à une relation. Cela n'a jamais été un problème pour moi. Mais avec toi, je n'ai pas pu. J'étais si malheureuse, si perturbée, quand je me disais que nous étions allés assez loin.

Il leva leurs mains jointes vers ses lèvres.

— Il n'y avait personne dans ma vie avant toi. Layna, je veux que tu m'épouses. Je veux vivre avec toi.

— Je crois que nous avons déjà commencé.

Se libérant une main, elle lui caressa la joue.

— Cela m'a pris du temps, mais j'ai compris que c'était la vie que j'avais envie de mener.

— Je dirais volontiers que cela ressemble à un assentiment.

Elle lui adressa un sourire radieux.

— Je dirais volontiers que tu as raison.

Il la souleva de terre et se mit à tourner sur lui-même. Elle éclata de rire.

— Allons l'annoncer à ma famille ! dit-il.

Il lui donna un long baiser et la fit tourner de nouveau.

— Cela lui apprendra, à Daniel MacGregor. Il verra qu'il ne peut pas manipuler tous ses petits-enfants pour qu'ils se marient avec ceux qu'il a choisis !

Il éclata de rire à son tour.

— Tu n'es pas mon type, d'après lui !

Il l'embrassa encore.

Derrière la fenêtre, Daniel écrasa une larme.

DUNCAN

Prologue

D'après les mémoires
de Daniel Duncan MacGregor

Les saisons passent plus vite quand on atteint un certain âge. L'été succède si rapidement au printemps que l'on n'a presque pas le temps de voir fleurir les tulipes avant qu'elles ne se fanent de nouveau. Sans famille, sans l'amour des siens, on doit se sentir bien seul.

J'ai la chance de ne jamais être seul.

Et, chaque jour, j'en suis reconnaissant. Reconnaissant pour la femme magnifique qui a passé toutes ses saisons avec moi, pour les enfants que nous avons élevés et pour les bébés qu'ils nous ont donnés. Et je prends conscience, plus que d'autres, je crois, que lorsqu'un homme a eu tous ces bienfaits, il a la responsabilité de les protéger.

Hier, mon fils aîné a marié son fils. Les saisons passent, et les générations les suivent presque aussi vite. Je sais ce que mon fils a dû éprouver en voyant le sien faire ce grand pas décisif. La fierté mêlée à l'amertume de l'éloignement, les espoirs pour l'avenir...

J'aurais pu dire à mon Alan qu'il n'avait aucune raison de s'inquiéter pour l'avenir de Dan et de Layna. Après tout, je les avais choisis, je savais qu'ils étaient faits l'un pour l'autre. Naturellement, ceci doit rester entre nous. Je préfère que mon petit-fils croie avoir tout décidé lui-même. Je suppose que c'est important pour lui.

Ils forment un beau couple. C'était adorable de les voir échanger leurs anneaux dans la lumière des bougies. Dan ressemblait au jeune homme que j'étais, soixante ans plus tôt. Quant à Layna, elle était resplendissante, avec le voile de mariée des MacGregor posé sur ses cheveux dorés.

Ils vont faire de superbes bébés. Je vais être heureux, et ne parlons pas de leur grand-mère. Elle est d'une impatience folle !

Maintenant qu'ils sont partis en voyage de noces, nous allons les laisser construire leur vie ensemble.

Aujourd'hui, j'ai fait une promenade sur les falaises en compagnie de mon Anna. Au-dessous, la mer s'agitait inlassablement, et au-dessus de nos têtes, le ciel clair était une immensité bleue. Je sentais le vent sur mon visage, et la main d'Anna dans la mienne.

Cette promenade, nous l'avons souvent faite, tous les deux.

Depuis la falaise, je voyais la maison que nous avons construite. Certains disent que c'est une forteresse, ou un château. C'est un peu les deux. Une place forte, composée de bonnes pierres du pays, avec des tours majestueuses, et le blason de mon clan au-dessus de la porte. Un homme ne doit pas oublier ses racines.

Mais cette maison est surtout mon foyer. Le lieu où Anna et moi avons livré nos batailles, fait l'amour, et où nous avons vu grandir nos enfants. C'est un foyer que nous partageons encore tous, bien que nos enfants soient désormais installés, qu'ils soient parents et parfois grands-parents.

Grâce à moi, bien sûr.

Je suis heureux d'avoir mis les miens sur le bon chemin. Foyer et famille. Quoi que fasse un homme, ou une femme, dans la vie, ceci est la base de toute chose.

Maintenant, j'aimerais savoir où en sont mes autres petits-enfants.

Certes, il y a eu des progrès de ce côté-là, mais je ne suis pas éternel. Eh oui, même un MacGregor ne l'est pas. J'ai accompagné à l'autel cinq de mes petits-enfants. Et les bébés qu'Anna et moi sommes impatients de voir arriver sont en route. Il nous reste encore quatre petits-enfants qui ne sont pas mariés. Quelle joie ils sont pour nous ! Mais ils ne viennent pas nous voir assez souvent.

Après tout, les enfants doivent vivre leur vie. Et c'est ce à quoi je m'applique, à ma façon.

Je vais faire en sorte que notre jeune Duncan — le second fils de mon adorable Serena et de son beau Justin — vive sa vie. Il est persuadé de vivre heureux, à sillonner le Mississippi sur son bateau, libre comme un poisson. C'est un garçon intelligent, ce Duncan Blade, et il a un charme fou. Il pilote la Princesse comanche d'une main ferme, car il a un grand sens des affaires, derrière son sourire malicieux. Et gare à ceux qui ne voient en lui qu'un joli garçon et qui le mettent en colère ! Après tout, il a le sang des MacGregor dans les veines.

Il a besoin d'une femme de tête, qui ait beaucoup d'aplomb mêlé d'impertinence. Justement, j'ai sous la main celle qu'il lui faut.

Pour répondre à ceux qui me traitent d'entremetteur, je dirai que je me suis contenté de faire se croiser leurs chemins. Tout comme je l'avais fait pour ses parents, il y a tant d'années. Rien que d'y penser, j'en deviens sentimental. C'est comme une boucle qui se ferme, n'est-ce pas, de donner au fils de ma fille la même chance ?

Nous verrons bien ce qu'il en fera.

Et s'il continue à lambiner, je crois que j'irai passer quelques jours sur la rivière, avec mon Anna. Moi aussi, je suis un homme qui prend des risques.

1

Duncan Blade jouait toujours les numéros impairs. Qu'ils soient longs ou courts lui importait peu, tant qu'il les connaissait et que la mise pouvait rapporter gros.

Et c'était un homme qui aimait gagner.

Il avait le jeu dans le sang, ce qui lui venait à la fois du clan écossais des MacGregor et du sang comanche des Blade. Rien ne lui convenait mieux que de piloter la *Princesse comanche*. C'était un risque. Toute sa vie, il avait vu ses parents diriger des hôtels dans les stations balnéaires. A Atlantic City, Las Vegas, Reno, et dans d'autres endroits encore. Mais le rêve de Duncan avait été le bateau, et il l'avait conçu, programmé, nourri. Il avait aussi compris que sa famille lui faisait confiance.

Il n'avait aucune intention de la décevoir.

Sur les quais de Saint Louis, les mains enfoncées dans les poches, il contemplait son véritable amour.

La *Princesse* était de toute beauté. Elancée, avec des lignes pures, de larges ponts et des garde-fous tarabiscotés. C'était la réplique des bateaux traditionnels qui, autrefois, naviguaient sur le fleuve en transportant des passagers, des denrées et des joueurs de tout poil. Sa peinture blanche, toute fraîche, était éblouissante. Toute en grâce et en charme, elle était cependant puissante. Et luxueuse.

Duncan voulait que ses passagers soient détendus et

heureux. La nourriture était abondante, et de première catégorie, ainsi que les distractions. Les cabines offraient un grand confort, certaines étaient somptueuses. Chacun des trois salons permettait d'avoir une vue époustouflante sur le fleuve.

Quant au casino… c'était en quelque sorte le cœur du bateau.

Les passagers payaient pour la croisière, et pour tenter leur chance au jeu.

La *Princesse* reliait Saint Louis à La Nouvelle-Orléans, avec une escale à Memphis et une autre à Natchez. Ceux qui choisissaient de rester à bord pendant toute la durée du voyage aller-retour ne s'ennuyaient jamais. Duncan hocha la tête. Que les passagers débarquent après avoir perdu ou gagné, ils en avaient tous eu pour leur argent.

A présent, il préparait une autre croisière. Autour de lui, l'équipage chargeait les provisions sous le soleil écrasant de juillet.

En fin d'après-midi, la *Princesse* brillerait de tous ses feux : la peinture avait été rafraîchie, le cuivre des rampes et les miroirs étincelaient.

Tout était prêt. Enfin, presque.

Derrière ses lunettes de soleil, Duncan plissa les yeux. La nouvelle chanteuse avec laquelle il avait passé un contrat n'était toujours pas arrivée. Elle avait vingt-quatre heures de retard. Si elle ne se présentait pas d'ici quatre heures, il devrait s'en passer.

Agacé par ce contretemps, il tira son téléphone portable de sa poche pour appeler une fois de plus l'agent de Cat Farrell.

Il arpenta le quai à longues enjambées en attendant la connexion. Son apparence révélait sa lignée : grand, élancé, il avait la peau vieil or, des yeux d'un brun profond aux longs cils et les cheveux noirs de ses ancêtres comanches. Son visage étroit était sculpté de hautes pommettes et d'un nez rectiligne. Sa bouche ferme aux lèvres pleines n'était pas avare de brefs sourires.

Mais pour l'instant, il ne souriait pas.

— Cicero ? Blade à l'appareil. Où diable est passée Cat Farrell ?

— Elle n'est pas encore arrivée ? Ne t'inquiète pas, tu peux compter sur elle. Quelque chose a dû la retarder. Elle va arriver d'une minute à l'autre. Tu verras, tu ne seras pas déçue, elle est renversante, je te le garantis.

— Mon vieux, tu m'as déjà garanti qu'elle devait arriver hier. Elle doit présenter son premier spectacle ce soir. Débrouille-toi pour qu'elle soit ici dans moins de quatre heures ! Tu ne restes jamais en contact avec tes artistes ?

— Si, mais Cat est différente. Attends un peu, elle en vaut la peine. Tu as de la chance car elle commence à monter au firmament. Tu verras dans un an…

— Je me fiche pas mal de ce qu'elle fera dans un an, Cicero. C'est maintenant qui m'intéresse. Et pour l'instant, je ne la vois nulle part.

Sans se laisser démonter, Cicero continua :

— Ton frère l'a beaucoup appréciée. Elle a fait un tabac à Las Vegas.

— Mon frère est plus tolérant que moi. Si tu ne me l'amènes pas d'ici une heure, je te botterai le cul ! Crois-moi, je peux me montrer intransigeant.

Il raccrocha, glissa le téléphone dans sa poche arrière et se dirigea vers le bateau en hochant imperceptiblement la tête.

Oui, son frère Mac avait apprécié Cat Farrell.

Et il faisait confiance à Mac, les yeux fermés. Sinon, il ne se serait pas précipité pour accepter la proposition de son grand-père, qui la lui avait chaudement recommandée. Elle avait l'air vraiment parfaite. Mais la ponctualité ne semblait pas faire partie de ses qualités. Il se remémora une de ses photographies. Elle était mince, sexy, et d'après le disque que Cicero lui avait envoyé, elle avait une voix magnifique.

Duncan secoua la tête. En quoi cela l'avancerait-il, si elle jouait l'Arlésienne ?

Levant les yeux, il vit une adolescente approcher de la passerelle. Vêtue d'un jean délavé, d'un T-shirt flottant et de tennis avachies, elle avait une casquette de base-ball enfoncée sur la tête et de grosses lunettes noires perchées sur le nez. Duncan soupira. C'était vraiment dommage que les jeunes n'aient aucun goût vestimentaire…

Il allongea le pas pour arriver près d'elle avant qu'elle ne monte à bord.

— Désolé, mon petit, vous ne pouvez pas monter. Aucun passager avant 15 heures. Et les mineurs doivent être accompagnés de leurs parents.

Tournant la tête vers lui, elle ôta ses lunettes de soleil. Duncan tressaillit en voyant les yeux qu'elles cachaient. D'un vert pur, perçant, avec une étroite bande dorée autour des pupilles.

Il refréna une exclamation admirative. Dans quelques années, cette fille mettrait les hommes à genoux. Il esquissa un sourire pendant que les yeux verts le parcouraient de haut en bas avant de se fixer sur les siens, avec une expression audacieuse qu'il ne put s'empêcher d'admirer.

— Et vous, qui êtes-vous ? interrogea-t-elle d'un petit air effronté.

Elle avait une voix un peu rauque, de celles qui appartiennent plutôt aux femmes mûres et expérimentées.

Faisant un signe de tête vers le bateau, il répondit :

— Je suis Duncan Blade, le propriétaire. Et vous serez la bienvenue à bord dès que vous serez majeure, ou accompagnée.

La jeune fille sourit sans se départir de son arrogance.

— Vous voulez voir ma carte d'identité ?

Elle fit un geste vers son sac à dos.

— Hmm… Elle est un peu inaccessible. Mais puisque je suis en retard, laissons tomber les histoires de papiers. Je suis votre nouvelle chanteuse, monsieur Blade.

Elle lui tendit la main.

— Cat Farrell. J'ai eu vingt-cinq ans le mois dernier.

Duncan resta sans voix. Evidemment, s'il se servait de son imagination, il comprenait, maintenant. Il aurait dû la reconnaître en voyant ses yeux. Mais sur la photo, il n'y avait pas la moindre tache de rousseur, et elle avait une cascade de cheveux roux. Il n'y en avait plus la moindre trace. Pouvaient-ils être tous cachés sous cette horrible casquette ?

Retrouvant sa voix, il demanda :

— Pourquoi êtes-vous en retard ?

— J'étais coincée.

Elle lui adressa un sourire étincelant.

— Je n'aurais jamais dû accepter cet engagement à Bakersfield. J'ai raté mon avion, une vraie galère. Ecoutez, toutes mes affaires sont dans le taxi que vous voyez. Pouvez-vous vous en occuper ? Je vais jeter un coup d'œil à la scène.

Il l'attrapa fermement par un bras.

— Attendez ! Restez là !

Une lueur agacée trembla dans les yeux verts de Cat. Curieusement, il en éprouva une certaine satisfaction. Se tournant vers un membre de l'équipage, il lui ordonna de s'occuper de ses bagages.

— Maintenant, allons voir la scène !

Il l'entraîna vers la passerelle.

— Ensuite, je vous ferai un cours sur la façon d'utiliser ce fantastique objet qui s'appelle un téléphone.

— Personne ne m'avait dit que vous étiez un homme d'esprit, dit-elle sèchement.

Elle lui jeta un regard noir. Mais elle avait besoin de ce travail. A contrecœur, elle ravala un autre sarcasme.

— Je suis désolée. Il arrive parfois que l'on rencontre une succession d'obstacles. C'est ce qui m'est arrivé. Croyez-moi, je suis venue aussi vite que j'ai pu.

Elle fit une pause. Elle était épuisée, pour n'avoir dormi que quelques heures au cours des dernières quarante-huit heures, et elle n'avait presque rien avalé depuis la veille. Et maintenant, ce type qui ressemblait à une gravure de mode lui reprochait d'avoir un peu de retard !

Mais c'était un Blade, et un MacGregor. Et avec le pouvoir attaché à ces deux noms, elle avait toutes les chances de voir sa carrière propulsée au firmament de la gloire. Elle le méritait bien. N'avait-elle pas travaillé dur pour y arriver ?

Radoucie, elle jeta un coup d'œil autour d'elle. Ce bateau était parfait. Les ponts étaient impeccables, les bastingages faisaient penser à des petits balcons. Les verreries étincelaient. A l'évidence, le bateau de Blade était dirigé d'une main de fer.

Duncan ouvrit une porte peinte en rouge et lui fit signe d'entrer. Posant les mains sur ses hanches, Cat inspecta les lieux.

Comme à l'extérieur du bateau, le charme et la tradition régnaient : petites tables rondes éclairées de chandeliers d'argent, moquette rouge, comme la porte.

A l'autre bout, le bar était très stylé, avec sa forme incurvée et ses hauts tabourets ornés de cuivre. De grands miroirs reflétaient les lumières dansantes. Cat hocha la tête. Tout cela avait beaucoup de classe.

Traversant le parquet ciré, elle s'approcha de la scène. Elle eut un petit frisson de joie. Près du piano Steinway, une grande affiche avec sa photographie annonçait son concert.

Arrivée au centre de la scène, elle ferma les yeux et prit une profonde inspiration. Puis elle entonna les premières notes de *Stormy weather.*

Duncan retint son souffle. Cat avait une voix qui vous prenait aux tripes, et qui emplissait la salle sans qu'elle ait besoin d'un micro.

A la deuxième mesure, elle fit une pause.

— L'acoustique est excellente, dit-elle.

— Vous avez un bel organe.

Elle sourit : elle le savait. Sa voix, c'était tout ce qu'elle avait, et elle était bien déterminée à la porter au sommet.

— Merci. C'est mon petit instrument pour atteindre la gloire. Je veux faire une répétition. Mais avant, montrez-moi ma loge, ma cabine et faites-moi préparer un bon sandwich.

— Le spectacle aura lieu dans…

Il consulta sa montre.

— Huit heures.

— Je ne manque jamais une répétition.

Faisant glisser ses lunettes, elle les accrocha au décolleté de son T-shirt.

— Je fais mon boulot, Blade.

— La loge est derrière la scène, entre le salon et le casino.

— C'est bien conçu. Les gens peuvent commander des boissons, puis aller claquer leurs billets sur le tapis vert. Vous êtes un vrai vampire !

Il releva un sourcil.

— J'en conclus que vous ne buvez pas et que vous ne jouez pas.

— Non, c'est un principe. La boisson abrutit, et le jeu… signifie généralement perte d'argent. Je n'aime pas perdre.

— Moi non plus.

Ils passèrent par une porte battante, puis tournèrent à gauche.

— Voici votre loge.

Cat cacha son émotion. Sa loge ! Cela faisait un peu plus d'un an qu'elle avait eu sa première loge personnelle.

Mais elle ressentait chaque fois un petit frisson de plaisir. Depuis un an, elle n'avait plus à partager une pièce exiguë avec des stripteaseuses ou des danseuses. Elle n'avait plus à se bagarrer pour obtenir une place devant le miroir, ni à fouiller dans les costumes pour trouver le sien.

Sa loge... Avec un sourire ravi, elle examina la pièce.

Une coiffeuse surmontée d'une lampe, un tabouret, un valet. Et un très joli divan.

— Un peu étroit, dit-elle en haussant les épaules.

Elle avait envie de se mettre à danser.

— Mais je me débrouillerai, ajouta-t-elle. Je pourrais faire apporter ma garde-robe.

— Je vais m'en occuper. Venez voir le casino.

Il l'entraîna vers les tapis verts, les roues colorées, les machines à sous rutilantes.

Elle sourit. Visiblement, c'était là que Duncan Blade se sentait le plus à l'aise. Quelle que soit la façon dont il s'habillait — il trouvait sans doute qu'un costume et une chemise de soie étaient des vêtements « décontractés » —, il offrait l'image même du joueur courant les fleuves sur un bateau de luxe. Et il ne devait pas sortir souvent de ce lieu avec les poches plus légères.

— Deux spectacles par soirée, annonça-t-il tandis qu'ils remontaient vers le pont inondé de soleil. Dans la journée, vous êtes libre, mais j'encourage le personnel à sympathiser avec les passagers. Vous prendrez vos repas avec l'équipage. De 6 à 8 heures pour le petit déjeuner, de 11 à 13 heures pour le déjeuner, et le dîner entre 17 et 19 heures. Je vous promets que vous ne mourrez pas de faim.

— J'espère bien. J'ai bon appétit.

Il baissa les yeux sur elle. Elle était très fine, beaucoup plus que sur les photographies, où l'on devinait quelques courbes très attirantes. Il réprima un sourire malicieux.

Les femmes avaient le chic pour augmenter leur volume par de petits effets de sous-vêtements.

— Le club de fitness vous est ouvert. Vous devez acheter vos boissons, et puisque vous ne buvez pas, par principe, je n'ai pas besoin de vous dire que si vous vous enivrez à bord, vous recevrez un avertissement, un seul, et la fois suivante vous serez congédiée.

Il descendit un escalier. Cat le suivit. Ils empruntèrent un petit corridor.

— Voici les cabines de première classe.

Il poussa une porte et l'invita à entrer.

C'était plus spacieux qu'elle n'aurait cru, avec un grand lit, un coin salon confortable. Les meubles étaient anciens. Des fleurs fraîches, et un balcon derrière une porte-fenêtre ouvrant sur la rivière.

— Cela doit coûter une petite fortune, murmura-t-elle.

— Les gens viennent ici pour se détendre, pour s'amuser, et nous leur en donnons pour leur argent.

— Je suppose.

L'air rêveur, elle hocha la tête. Un jour, elle s'offrirait une cabine comme celle-ci. Ce jour-là, elle se vautrerait nue comme un bébé sur le dessus-de-lit de soie, et elle rirait à s'en faire éclater les côtes.

Et elle oublierait tous les motels, les chambres miteuses qui avaient été son quotidien.

Prenant malgré elle un air ironique, elle dit :

— Je suppose que les employés n'ont pas droit à ce régime de luxe. Où est ma cabine ?

— Je vais vous la montrer. Suivez-moi.

Il recula, mais comme elle sortait de la cabine, leurs épaules se heurtèrent.

Un peu irritée, Cat s'éloigna. Même l'odeur de Duncan était celle de la richesse. Elle, elle devait sentir le vieux chiffon usé jusqu'à la corde. Mais surtout, elle mourait de faim. Si elle ne mangeait pas ce fichu sandwich tout de suite, elle allait tomber raide et s'humilier devant lui.

Ils descendirent un petit escalier. Elle soupira. Ce n'était pas la première fois qu'elle avait faim. Elle n'avait qu'à penser à autre chose. A n'importe quoi.

Au joli postérieur de Blade, par exemple. De première classe, lui aussi. Elle ne put s'empêcher de rire.

Duncan lui jeta un coup d'œil par-dessus son épaule.

— Qu'y a-t-il de drôle ?

— Rien. Je profite juste du spectacle.

Il releva un sourcil. Un talent qu'elle avait toujours admiré chez les autres. Puis il lui adressa un sourire éblouissant. Cat eut un coup au cœur. Il avait là une arme aussi efficace que secrète.

— La prochaine fois, vous passerez devant moi, dit-il d'un ton décontracté.

Il ouvrit une porte.

— Voici votre cabine.

Elle était deux fois plus petite que celle qu'elle venait de voir, et le minuscule hublot permettait d'avoir un peu de lumière naturelle, mais guère de vue. Cependant, cet espace était agréable, avec le lit étroit, les petits placards et le sol impeccable. Cat hocha la tête. Ses bagages étaient déjà arrivés, remplissant presque la cabine.

— C'est très bien, dit-elle.

C'était plus que « très bien », en réalité. Il y avait une odeur de propreté. Et dans les cabines voisines, il n'y aurait pas d'ivrognes se jetant des insultes à la tête. Elle n'aurait pas besoin de coincer une chaise sous le loquet de la porte pour pouvoir dormir sur ses deux oreilles.

La salle de bains aussi était minuscule, mais cela n'avait aucune importance. Tout, ici, resplendissait de fraîcheur et d'hygiène.

Et elle allait en profiter pendant six semaines.

— C'est très bien, répéta-t-elle.

Puis, l'interrogeant du regard :

— Et ce sandwich ?

— Je vous le ferai porter. Prenez une heure pour vous installer. Je vais prendre les dispositions pour que vous puissiez vérifier le son. Le grand salon est fermé jusqu'à 16 heures. C'est tout le temps que je peux vous accorder pour répéter. Alors soyez à l'heure.

— J'y serai.

Se dirigeant vers la porte ouverte, elle s'y adossa et attendit silencieusement qu'il sorte.

— J'aimerais aussi une bouteille d'eau plate. De l'eau minérale.

Il releva encore un sourcil.

— Rien d'autre ?

— Eh bien...

Ses lèvres se retroussèrent légèrement tandis qu'elle tendait un doigt vers lui et suivait le contour de sa chemise.

— L'avenir le dira. Merci de m'avoir engagée.

Il esquissa un sourire. Si Cat aimait ce petit jeu, elle aurait affaire à lui. Il aimait les jeux de toutes natures. Posant un doigt sous son menton, il se pencha vers elle. Les yeux de Cat s'étrécirent.

— Ma chérie, vous n'avez encore rien vu.

Souriant de toutes ses dents, il s'éloigna à longues enjambées.

2

Il préférait la nuit. Et le crépuscule. Le mois de juillet, c'étaient de longues journées de soleil aveuglant sur les eaux sombres du Mississippi, et des nuits chaudes rafraîchies par la brise.

Juillet, c'était l'action.

Les passagers étaient montés à bord, formant un joyeux groupe qui donnait le ton pour une période de réjouissances et de plaisirs. C'était l'occasion de revivre ces époques aventureuses où les bateaux à aubes étaient les maîtres du fleuve.

Il y avait de jeunes couples qui s'offraient leur voyage de noces, et des gens à l'œil avide qui rêvaient de faire fortune devant les tables de jeu. Tandis que le crépuscule approchait, Duncan sentit ce petit frisson d'excitation qui précédait toujours les départs.

Il avait passé une grande partie de sa vie dans des hôtels, aussi bien en ville que dans des stations balnéaires. Cela lui avait plu, et il avait appris l'art de s'occuper des affaires de sa famille, pour lesquelles il s'était découvert un talent particulier. Mais il avait aussi découvert qu'il préférait sa liberté de mouvement, les changements et l'inattendu.

En riant, sa mère disait qu'il était né un siècle trop tard. Il était né pour parcourir la rivière.

Et c'est ce qu'il faisait maintenant. La *Princesse*

comanche glissait paresseusement vers le sud. Il aurait pu piloter lui-même ce grand bateau, c'était encore une chose qu'il avait apprise. Il n'était pas homme à s'en remettre à quelqu'un sans savoir comment s'y prendre en cas de nécessité.

Mais il avait choisi lui-même le capitaine et l'équipage. Maintenant, il pouvait savourer le fait que ce qui lui appartenait fonctionnait bien.

Traversant le casino, il adressa un hochement de tête à la directrice. Gloria Beene avait l'œil acéré, l'esprit vif, et un petit accent traînant du Sud qui lui donnait du charme, et faisait un peu oublier son efficacité impitoyable.

Il l'avait embauchée à Savannah. Il avait considérablement augmenté son salaire et, au bout de quelques mois, il avait envisagé une relation plus intime. Mais ils s'étaient vite rendu compte, tous les deux, que leur relation était plus amicale qu'amoureuse.

— Jolie foule, ce soir, commenta Gloria. Les machines à sous sont prises d'assaut.

— Les touristes aiment fêter de cette manière leur première soirée sur le bateau. Vous allez vite repérer deux couples de jeunes mariés. N'oubliez pas de leur offrir une bouteille de champagne.

— Je n'y manquerai pas.

Quand il eut tout vérifié dans la salle, il se rendit dans le grand salon.

S'arrêtant devant la loge de Cat, il consulta sa montre et fronça les sourcils. Il n'avait pas entendu la moindre note sortir de sa bouche depuis qu'il l'avait laissée dans sa cabine, deux heures plus tôt.

Il frappa brièvement à la porte.

— Cinq minutes, mademoiselle Farrell.

— D'accord… Mince ! Pouvez-vous me donner un coup de main ?

Duncan ouvrit la porte. Et il reçut le choc de sa vie.

Cat se tenait au milieu de la pièce, vêtue de ce qu'une âme généreuse aurait peut-être nommé une robe. Du même vert vibrant que ses yeux, et qui laissait ses épaules nues, où tombait en cascade une vaporeuse chevelure rousse.

Duncan soupira imperceptiblement. Comment aurait-il pu se douter, tout à l'heure, que sous son jean râpé, Cat cachait de longues jambes fines, aussi douces que la soie ? Maintenant, sa robe courte et les talons gigantesques sur lesquels elle était perchée les mettaient merveilleusement en valeur.

— Euh…, marmonna-t-il.

Cessant de se battre avec sa fermeture Eclair, Cat lui offrit le spectacle délicieux de son dos nu.

— Vous avez acheté tout le lot, mon chou. Maintenant, il faut que vous m'aidiez à nouer le ruban. Ce foutu machin ne veut pas tenir.

— Voyons ce que nous pouvons faire, finit-il par articuler.

Il s'approcha d'elle. Elle avait maquillé ses grands yeux et enduit ses lèvres d'un rouge brillant. Elle ne ressemblait plus du tout à l'adolescente qu'il avait vue sur le quai. Et elle avait un parfum exotique, terriblement sexy.

Que pouvait faire un homme, sinon apprécier cet instant précieux ?

— Parfois, il faut aller très bas avant de remonter, fit-il remarquer.

Ses doigts glissèrent sur sa peau nue tandis qu'il faisait descendre la fermeture.

Impassible, Cat soupira silencieusement. Ce bref contact lui avait procuré un petit frisson. Duncan Blade était un homme redoutable. Mais elle savait comment affronter les individus comme lui. Elle tourna la tête et lui adressa un sourire sensuel.

— Je sais, dit-elle. J'ai eu des hauts et des bas.

— Vous n'êtes peut-être jamais descendue à la bonne place.

Incapable de résister, il passa un doigt sur sa colonne vertébrale.

— Joli dos, Farrell.

— Merci. Jolie gueule, Blade, rétorqua-t-elle sans se départir de son sourire. Maintenant, aidez-moi à fermer cette robe, sinon je serai en retard pour entrer en scène, et mon patron est très pointilleux à ce sujet.

Plongeant les yeux dans les siens, il hocha la tête. Il avait une envie folle de lui arracher sa robe, de découvrir les autres merveilles qu'elle cachait.

Le cœur battant un peu trop vite à son goût, Cat soutint son regard. Les doigts qui effleuraient son dos étaient très prometteurs. D'une voix un peu rauque, elle déclara :

— Ce serait une erreur.

— Vous avez raison.

A regret, il remonta lentement la fermeture.

Faisant un pas en arrière, il inclina la tête sur le côté et examina longuement sa nouvelle chanteuse.

— Pourtant, cela semble en valoir la peine, vu d'ici.

Il fit demi-tour et ouvrit la porte.

— Cassez-vous donc une jambe.

— J'essaie toujours de me casser les deux à la fois.

Elle sortit avec lui. Suivant une impulsion, elle s'arrêta quand ils passèrent la porte. Levant la main vers le visage de Duncan, elle suivit le contour de sa bouche du bout des doigts.

— Vraiment dommage !

Le cœur battant très vite, elle s'éloigna et s'arrêta juste avant la scène, puisant dans les pulsations provoquées par Duncan un supplément d'énergie.

Quand la scène s'obscurcit, elle entra, compta le nombre de pas pour se trouver au milieu. Fermant les yeux, elle se mit à chanter a capella, doucement, d'une voix rêveuse. Bientôt, la musique commença à l'accompagner, les projecteurs éclairèrent lentement son visage, puis son corps, tandis que sa voix se faisait plus intense, envahissant l'espace.

Duncan avait les yeux rivés sur elle. « Séduction » était le mot qui venait à l'esprit quand on la regardait. Malgré la tristesse de sa chanson, Cat n'était que séduction.

Et le public y était sensible.

Les femmes allaient pleurer, et les hommes la désirer.

Car elle pouvait rendre un homme fou de désir !

Il se frotta la bouche, là où elle l'avait furtivement caressé. Ce léger contact lui avait envoyé une décharge électrique dans les reins. Il hocha pensivement la tête. C'était une femme dangereuse. Il fallait toujours qu'il soit attiré par les femmes dangereuses...

Il écouta attentivement jusqu'à ce que les dernières notes s'éteignent et que les applaudissements crépitent. Puis il retourna vers le casino, là où la chance avait l'habitude de lui sourire.

Cat fit la grasse matinée jusqu'à midi. Après le second spectacle, elle s'était changée et démaquillée. Ensuite, elle s'était écroulée sur son lit et avait dormi comme un loir.

Les rayons du soleil et le balancement régulier du bateau l'éveillèrent. Et aussi son estomac, qui criait famine.

Elle se doucha rapidement et descendit aux cuisines. Elle avait déjà sympathisé avec un cuisinier, comme elle l'avait toujours fait dans chaque hôtel, chaque night-club où elle avait travaillé. Elle se faisait un devoir d'être en bons termes avec le responsable des cuisines.

C'était le meilleur moyen de bien manger.

Charlie lui parla de ses trois ex-épouses tout en lui servant une généreuse assiette de langouste. Elle aimait manger dans la cuisine, où elle pouvait bavarder avec l'équipe et obtenir de petites informations.

— Charlie, parlez-moi du patron.

— Duncan ? C'est un type très bien. Il m'a dit : « Charlie, je veux de la nourriture de rêve. »

Il eut un rire bref.

— Il veut des plats poétiques, et ce qu'il y a de meilleur. Duncan Blade ne veut rien de moins que cela, ma chère.

— J'imagine.

Une fois sa langouste engloutie, Cat se fit servir un soufflé au potiron.

En la regardant manger d'un œil amusé, Charlie agita ses sourcils broussailleux.

— Et il a l'œil en ce qui concerne les femmes, dit-il. Il leur fait son numéro de charme et il s'éloigne pendant qu'elles sont encore en train de soupirer.

— Toutes les femmes ne se laissent pas charmer.

— Beaucoup. La plupart ont un point faible. Remarquez, les hommes aussi. Tenez, moi, par exemple, j'en ai plusieurs.

Cat hocha la tête en entamant une mousse au chocolat. Dieu merci, elle n'avait pas de point faible dans ce domaine. Quand une femme possédait suffisamment de raison, elle pouvait s'arranger pour que ses points faibles deviennent durs comme de la pierre.

Elle soupira. Quand on ne peut compter que sur soi-même, il faut savoir se préserver.

Son repas terminé, elle bavarda encore quelques minutes avec Charlie, puis remonta sur le pont.

S'accoudant au bastingage, elle contempla la rivière. C'était bon d'être loin de la foule, de la ville et du bruit. De respirer l'air salin et de sentir la chaleur du plein été, qui vous rendait un peu somnolent.

Elle allait s'engager pour d'autres concerts de ce type, avec le bénéfice de belles randonnées et d'après-midi paresseux. Charlie avait raison. Duncan Blade n'était pas pingre. Le salaire qu'elle allait gagner pendant les six semaines à venir lui permettrait d'augmenter sensiblement ses économies. C'était une idée réconfortante. Les jours passés à gagner péniblement quelques dollars pour payer le loyer d'une petite chambre miteuse semblaient révolus.

Cat redressa les épaules. Elle ne serait plus jamais pauvre, ni désespérée, c'était une promesse qu'elle s'était faite. Et elle n'aurait plus peur. Les mauvais jours étaient derrière elle. Non, rien ni personne ne l'empêcherait de réussir.

Relevant la tête, elle prit une profonde inspiration. Les Duncan Blade n'avaient qu'à bien se tenir. Pour rien au monde elle ne faiblirait.

Du pont supérieur, Duncan l'aperçut. Elle appuyait ses bras croisés au bastingage. Elle paraissait aussi paresseuse et satisfaite qu'un chat allongé au soleil.

Duncan fronça les sourcils. Pourquoi se sentait-il nerveux dès qu'il la voyait ? Elle ne ressemblait plus du tout à la séductrice de la veille. Elle avait remis sa casquette ridicule, et ses cheveux en queue-de-cheval passaient à travers l'ouverture arrière. Son large T-shirt lui couvrait les hanches, ou du moins le peu qu'elle en avait, et elle était pieds nus.

Evidemment, elle avait un short effiloché qui laissait voir ses magnifiques jambes.

Duncan soupira. C'était moins ce qu'elle montrait que son attitude qui le troublait. Elle paraissait être pleine de confiance en elle et se moquer éperdument d'être le point de mire. On pouvait dire que ce genre d'attitude était son style.

— Hé ! Cat Farrell !

Elle se retourna vivement. Malgré sa visière et ses lunettes de soleil, elle se protégea les yeux d'une main. Sans changer d'expression, elle répondit :

— Hé ! Duncan Blade !

— Vous montez ? dit-il.

— Pourquoi ?

— Je veux vous parler.

En souriant, elle cala ses coudes sur le bastingage.

— Alors, descendez !

Si elle commençait à lui obéir au doigt et à l'œil, elle allait lui donner une fausse image d'elle.

— Montez. Dans mon bureau ! dit-il sans la quitter des yeux.

Elle haussa les épaules. Sans insister davantage, il se retourna et attendit. Il savait que Cat allait prendre son temps. Lui-même aurait sans doute réagi de la même façon.

Quand il la vit apparaître sur le deuxième pont, il lui fit signe de continuer.

— Il y a un problème, patron ?

— Non. Vous avez passé une bonne matinée ?

— Je ne sais pas. J'ai dormi.

En arrivant sur le pont supérieur, elle regarda autour d'elle.

— Heureusement que j'aime l'altitude !

— Entrez...

Il ouvrit la porte et la laissa passer devant lui.

Cat entra d'un pas nonchalant et jeta un coup d'œil circulaire. Apparemment, son patron n'aimait pas être enfermé. Son bureau n'était pas grand, mais il était entouré de tant de hublots que la pièce était baignée de soleil.

— C'est fantastique, murmura-t-elle.

— Grâce à cette vue, j'ai une chance de ne pas devenir fou avec la paperasse. Je vous offre une boisson fraîche ?

— De l'eau.

Hochant la tête, il ouvrit un mini-réfrigérateur d'où il sortit une bouteille.

— C'est tout ce que vous buvez ?

— La plupart du temps. Mais vous ne m'avez pas fait grimper ici pour que j'admire la vue.

— J'ai de nouveau regardé votre dossier de presse.

Il lui tendit un verre d'eau.

— Et alors ?

— Très professionnel. Et vos chansons sont bien écrites, même si elles disent peu de choses.

S'asseyant, il étendit les jambes et tira un cigare de la poche de sa chemise.

— Parlez-moi de vous.

— Pourquoi ?

— Pourquoi pas ?

Elle s'assit et l'imita en allongeant les jambes.

— Vous m'avez engagée, je remplis mon contrat. Que voulez-vous de plus ?

Il alluma son briquet sans la quitter des yeux à travers la flamme.

— Cela ne me dit pas d'où vous venez.

— De Chicago. Quartiers sud.

Il leva un sourcil étonné.

— Ce sont des quartiers difficiles.

— Comment pourriez-vous le savoir ? dit-elle avec un sourire sarcastique. On n'a jamais vu de MacGregor traverser ces quartiers en limousine.

Sans se démonter, il souffla une bouffée de fumée. A en croire la réaction de Cat, ce sujet était un point sensible.

— Détrompez-vous. Le vieux MacGregor a travaillé dans les mines, il a passé une partie de sa jeunesse dans des quartiers tout aussi durs. Mon père est un Blade, avec du sang comanche. Il est parti de certains lieux à côté desquels les quartiers sud de Chicago ressemblent au paradis. Je viens d'une famille qui n'a pas oublié ses racines.

— C'est votre problème, Duncan. Moi, j'ai coupé les miennes.

L'observant derrière l'écran de ses lunettes noires, elle sirota son eau.

— Où est votre famille ? s'enquit-il.

— Mon père est mort, fauché par un chauffard ivre. Il avait vingt-neuf ans, et moi huit. Ma mère vit à Chicago. Mais qu'est-ce que cela a à voir avec mon travail ?

Rapide comme l'éclair, il lui ôta ses lunettes.

— Mais…

— J'aime voir les yeux de mes interlocuteurs.

Il posa les lunettes sur le bureau et se renversa contre son dossier, sans la quitter du regard. C'était réjouissant de voir la lueur de colère qu'il avait réussi à provoquer en elle.

— Je vous ai établi un contrat de six semaines, avec la possibilité de le renouveler une fois. Avant de me décider à utiliser cette option, j'aimerais savoir à qui j'ai affaire.

Cat ouvrit la bouche pour parler, mais elle la referma aussitôt. Encore six semaines de travail stable, de revenus stables ! En tout, elle serait logée et nourrie pendant trois mois. Elle allait presque doubler ses économies, ainsi que le chèque qu'elle envoyait chaque mois à sa mère. Et qui sait ? Cela pourrait très bien aboutir à un autre contrat avec un autre MacGregor.

Sans trahir la joie et l'espoir qui brûlaient en elle, elle ébaucha un sourire.

— Eh bien, dans ce cas, ma vie est un livre ouvert. Que voulez-vous savoir ?

3

Il avait vu juste. Pour certaines personnes, l'argent était l'argument le plus convaincant. Avec quelqu'un d'autre, il aurait tourné autour du pot, il aurait fait en sorte qu'elle en vienne elle-même là où il voulait l'amener, et tout cela en faisant un numéro de charme mêlé d'une bonne dose de ruse. Mais avec Cat, rien de tout cela n'aurait pu avoir de l'effet.

— Y a-t-il un homme dans votre vie ?

Amusée, elle leva les sourcils.

— C'est ce qui s'appelle aller droit au but.

— Je sais ajuster mon allure à celle des personnes avec lesquelles je marche, ma chère. Alors ?

— Il n'y en a pas, à moins que je ne veuille qu'il y en ait un.

Elle sirota de nouveau son verre d'eau, prenant son temps et lui donnant la conviction qu'elle ne faisait que dire la vérité.

Il hocha la tête.

— Donc, pas d'homme pour l'instant. Et vous ne buvez pas, par principe. Vous ne jouez pas. Aucun défaut, Cat ?

Elle ne se pressa pas pour répondre. Le regardant par-dessus le bord de son verre, elle finit par se décider.

— Est-ce que j'ai dit cela ? Vous, vous buvez, vous jouez, et je suppose qu'il y a une femme dans votre vie quand cela vous intéresse. Cela signifie-t-il que vous êtes criblé de défauts, Duncan ?

— Un point pour vous.

Il prit une pièce de monnaie sur la table et se mit à jouer avec.

— Vous m'avez impressionné, hier soir.

— Dans ma loge ?

Il lui adressa un sourire étincelant et connaisseur.

— Oui. Et sur scène. Vous avez un sacré talent.

— Je sais.

Il inclina la tête sur le côté.

— Le fait que vous le sachiez est en votre faveur. Jusqu'où voulez-vous pousser votre talent ?

— Le plus loin possible.

— Pourquoi ne faites-vous pas d'enregistrements ?

Du bout de la langue, elle rattrapa une goutte d'eau sur sa lèvre supérieure.

— Les producteurs..., dit-elle sèchement. Je les ignore.

— Vous avez besoin d'un nouvel agent. Je peux vous aider, ajouta-t-il en la regardant droit dans les yeux.

Elle ne cilla même pas. Son magnifique regard vert devint glacial. Lentement, elle baissa son verre et le posa.

— Et que voulez-vous, comme pourcentage ?

Duncan cessa brusquement de tripoter la pièce.

— Je ne fais jamais de marché avec la sexualité. Je ne paie pas pour cela, et je ne joue pas non plus pour cela.

Elle resta un instant silencieuse. Duncan Blade était surprenant. Sa voix douce pouvait soudain devenir coupante comme une lame de rasoir. Elle soupira. Chaque fois qu'elle se trompait, elle aimait l'admettre. Même quand c'était cuisant.

— Désolée. Mais je n'ai pas l'habitude de voir quelqu'un m'offrir son aide sans espérer avoir du répondant dans ce domaine.

— La sexualité est pour le plaisir. Les affaires sont...

un plaisir différent, disons. Je ne mélange jamais les genres. C'est clair ?

— Comme de l'eau de roche.

Satisfait, il se remit à jouer avec la pièce.

— J'ai quelques contacts dans le monde du spectacle. Passez-moi une bande d'essai dans quatre ou cinq semaines. Je la remettrai entre bonnes mains.

— Comme cela, tout simplement ? Mais pourquoi ?

— Parce que j'aime votre voix. Et tout le reste.

Hésitante, elle réfléchit très vite. Il y avait certainement un piège. Mais pour l'instant, elle ne le trouvait pas.

— J'apprécie beaucoup votre proposition, dit-elle, sincère.

Pour sceller leur accord, elle lui tendit la main. Dans celle de Duncan, la pièce disparut.

Elle se mit à rire.

— Vous connaissez d'autres tours de prestidigitation ?

— Trop pour pouvoir les compter.

Amusé par sa réaction, il ramena la pièce dans sa main et la fit tourner du bout des doigts. Serrant le cigare entre ses dents, il leva les deux poings et ouvrit les mains. La pièce avait disparu.

Cat éclata d'un rire bref, un peu rauque. Elle se pencha en avant.

— Recommencez ! Je vais essayer de comprendre.

— On parie ?

Elle leva rapidement les yeux vers les siens.

— J'ai le coup d'œil, vous savez.

— Des yeux magnifiques. Ils m'ont fait monter l'eau à la bouche quand j'ai cru que vous étiez une jeune délinquante. Et puis, il y a vos cheveux..., ajouta-t-il d'une voix radoucie.

Se penchant vers elle, il fit courir une main sur sa queue-de-cheval. Sans la quitter des yeux, il lui ôta sa casquette et la posa sur ses genoux.

— Fabuleux. Mais où est passée la pièce ?

— Pardon ?

En souriant, il s'appuya contre son dossier et leva les deux mains, grandes ouvertes.

— Je n'ai rien dans mes manches.

Cat émit un petit rire. Elle s'était laissé dangereusement distraire pendant un court instant. Elle soupira.

— Vous êtes vraiment très fort.

— C'est diablement vrai.

Il reprit la casquette.

— Tendez la main.

Tournant le couvre-chef, il lui envoya le jeton. Un dixième de seconde avant qu'il ne touche sa main, il le rattrapa et le fit de nouveau disparaître.

Elle ne put s'empêcher de rire de nouveau.

— Vraiment très bon.

Elle se leva.

— Je me suis bien amusée. Maintenant, je vais travailler un peu.

Alors qu'elle allait s'éloigner, les mains rapides et fortes de Duncan lui emprisonnèrent les poignets. Elle sentit quelque chose tressauter en elle, mais elle releva la tête et rencontra son regard.

— Vous sentez cela ?

— Quoi donc ?

— La connexion.

— Peut-être. Lâchez-moi.

Il la retint assez longtemps pour l'inquiéter et l'irriter, puis ses doigts se desserrèrent, et il laissa tomber ses mains.

— Pas d'attaches, Cat.

— D'accord. J'aime avoir les mains libres.

Ce disant, elle leva une main vers lui et le prit par la nuque tandis qu'elle posait ses lèvres sur les siennes.

Elle s'était attendue à la décharge électrique. C'était

bon, une décharge comme celle-ci. Sans cela, un baiser n'avait pas de sens.

Cependant, c'était plus que cela, quand une telle chaleur s'insinuait dans les veines. Elle aurait aimé s'y lover, jusqu'à ce qu'elle se dissolve. Jusqu'à ce que ce besoin inattendu relâche le nœud qu'il avait tressé en elle.

Pourtant, son instinct de survie prit le dessus. Elle recula.

— Hmm…

Elle n'avait plus la tête très claire.

— Hmm…, fit Duncan, comme en écho.

Il se rapprocha d'elle et posa les mains sur ses hanches avant qu'elle puisse réagir.

— C'est à mon tour.

Il baissa la tête et posa sa bouche tout près de la sienne. Cat se mit à respirer plus vite. L'anneau doré qui entourait ses pupilles était scintillant.

Il passa lentement ses lèvres sur sa bouche.

Après tout, ne venait-elle pas de le prendre par surprise ? Il ne s'agissait pas qu'elle en fasse une habitude. S'il ne gardait pas la tête froide, elle allait le mener par le bout du nez avant la fin de sa première semaine de contrat.

Et il n'était pas question que cela arrive.

Il savait comment faire plaisir à une femme. Comment donner, et comment prendre. Il fit glisser ses mains le long de son dos, avant qu'elles ne remontent vers ses seins. Il l'étreignit pour qu'elle sente son corps dur contre le sien.

Gémissant un vague : « Oh, non… », elle accepta l'inévitable et se pendit à son cou.

Il continua à jouer avec sa bouche du bout des lèvres, les mordillant, les incitant à s'entrouvrir.

Et brusquement, elle se mit à trembler contre lui.

C'est à cet instant seulement qu'il prit sa bouche, chaude et pleine. Elle ronronna de plaisir.

Duncan lutta pour retrouver son calme. Cat submergeait ses sens, elle avait un goût et une odeur enivrants. Elle pencha la tête en arrière dans une invitation silencieuse, le corps moulé dans le sien.

Il se sentait perdre le contrôle, l'animal qui était en lui voulait briser ses chaînes. Se forçant à adoucir son baiser, il la caressa lentement avant de prendre son visage entre ses mains.

Quand il la vit tressaillir, il s'arracha à elle.

Son pouls frénétique ressemblait à une dizaine de marteaux battant l'enclume. Le désir lui déchirait le ventre. Cependant, il continua de la caresser doucement quand elle ouvrit ses grands yeux verts aux paupières lourdes.

Elle s'humecta les lèvres, comme pour absorber encore un peu de sa saveur. Elle avait le souffle court.

— Je crois que l'on peut appeler cela une connexion, dit-elle dans un souffle.

Il sourit.

— Venez dans ma cabine après le spectacle, ce soir. Nous… nous connecterons.

Elle soupira. C'était une des choses qu'elle avait le plus envie de faire. Mais ce n'était pas si simple.

— Vous voulez vous suicider. Et moi, j'ai trop de choses en jeu pour sauter d'une falaise.

Il resserra l'étreinte de ses doigts.

— Cela n'a rien à voir avec le travail, Cat.

— Je sais. Et cela pourrait peut-être fonctionner. Je parlais d'autre chose.

Faisant quelques pas en arrière, elle saisit sa casquette et ses lunettes.

— Vous êtes un bourreau des cœurs, Duncan, et je ne peux pas me permettre d'avoir la moindre faille dans mon cœur.

— Je ne brise pas les cœurs. Je ne leur fais pas le moindre mal.

En riant, elle chaussa ses lunettes.

— Je suis sûre que vous y croyez.

Du bout des doigts, elle se tapota les lèvres et lui envoya un baiser. Puis elle fit volte-face et s'éloigna à grands pas. Elle n'allait pas risquer d'y croire elle aussi.

Il voulut la suivre mais il se ravisa en secouant la tête. Non, ce serait humiliant. La seule idée qu'il puisse se conduire comme un mendiant était intolérable.

Arpentant la cabine, il glissa ses mains dans ses poches et tripota sa pièce de monnaie. C'était facile de désirer une femme, c'était naturel. Et agréable.

Mais la séduire, c'était bien plus que tout cela.

Il hocha lentement la tête. Il pouvait séduire Cat, cela ne faisait aucun doute. Il y avait trop d'étincelles entre eux pour qu'aucun des deux n'ait envie de pousser plus loin l'expérience.

Il fronça les sourcils. Cat avait tort, il n'était pas un bourreau des cœurs. Il n'avait jamais fait de mal à une femme. Il prenait toujours ses distances avant que les émotions ne s'en mêlent et menacent de faire souffrir l'un des deux.

A cette étape du jeu, il n'y avait aucune raison que cela change. Cat représentait un plus grand défi que la plupart des femmes qu'il avait connues, elle l'intriguait aussi comme aucune ne l'avait jamais fait.

Il haussa les épaules. Au fond, il suffisait de la convaincre que les règles du jeu étaient acceptables.

Plongé dans ses pensées, il tira la pièce de sa poche et l'envoya en l'air.

— Face, je gagne, marmonna-t-il.

Il la rattrapa dans le creux de la main.

— Face !

Tournant la pièce entre ses doigts, il se mit à rire. Les deux faces étaient identiques.

Il riait encore quand le téléphone sonna. Posant une fesse sur son bureau, il attrapa le combiné.

— Blade.

— Tu pourrais dire bonjour quand tu réponds ! Qui t'a élevé ainsi ?

Son sourire s'élargit.

— Bonjour, grand-père !

— Voilà qui est mieux. Comment va ton bateau ?

— Une vraie… princesse. Nous voguons vers Memphis. Il fait une chaleur d'enfer.

— Ha ! Moi, j'ai une brise qui souffle doucement de l'océan, et je suis en train de fumer un bon cigare.

— Ce qui signifie que grand-mère est sortie.

— Elle n'arrête pas de me harceler pour que je te dise de venir nous voir.

Duncan secoua la tête. Anna MacGregor n'était pas du genre à harceler quiconque, mais à quoi bon le faire remarquer ?

— Je viendrai quelques jours à l'automne.

— Je crois qu'une petite promenade sur ton bateau lui ferait très plaisir.

— Pas de problème, je serai très heureux de vous accueillir.

— Ton frère lui a parlé de cette nouvelle chanteuse que tu as engagée, et maintenant, elle n'a qu'une envie, c'est d'aller l'écouter.

— Cat Farrell. Oui, elle vaut le déplacement.

— Je t'avais bien dit qu'elle était excellente.

— J'apprécie beaucoup, grand-père. Elle a fait un tabac hier soir. Ce matin, j'ai entendu des passagers parler d'elle en termes élogieux.

— Bien, bien. Et elle a une belle apparence aussi. Ah, ces Irlandaises ! Catherine Mary Farrell ne fait pas exception.

Duncan leva un sourcil interrogateur. Une idée inconfortable venait de se glisser dans son esprit.

— Catherine Mary ? répéta-t-il. Je n'ai lu que Cat Farrell sur son contrat. Comment connais-tu son prénom entier ?

A l'autre bout du fil, Daniel fit la grimace. Il aurait pu réfléchir avant de parler !

— Par ton frère ! répondit-il vivement. Mac me l'a dit, et je m'en souviens parce que je trouve que c'est un joli nom… Catherine Mary.

Duncan tambourina du bout des doigts sur ses genoux, tandis qu'un sourire malicieux se formait sur ses lèvres.

— Hmm… je suppose qu'elle gardera son nom même quand elle aura épousé le pianiste.

— Quoi ? Quel pianiste ? interrogea Daniel.

— Son fiancé, répondit Duncan d'un air indifférent.

Il refréna une envie de rire. « Voilà qui t'apprendra à te mêler de ce qui ne te regarde pas, vieux renard. »

— Il s'appelle Dabny Pentwhistle, ajouta-t-il.

— Pentwhistle ? D'où sort-il un nom pareil ? Une femme belle et intelligente comme Cat ne va pas s'intéresser à un Pentwhistle ? Et d'abord, d'où vient-il ? La semaine dernière, elle n'était pas fiancée, que je sache.

— Ah bon ? Comment le sais-tu ?

— Eh bien, je…

Flairant un piège, Daniel dit prudemment :

— Je trouve que c'est payant de connaître les détails. Je m'intéresse à ton fichu bateau, non ? Ce qui veut dire que je m'intéresse aussi à ceux et celles qui y travaillent. Si cette fille veut épouser son Pentwhistle de pianiste, c'est son affaire, mais moi, j'aime savoir ce qui se passe.

— Maintenant, tu le sais, tu es content ? Alors si tu avais l'idée à la noix de me faire épouser Catherine Mary Farrell, tu peux la garder.

— L'idée à la noix ? C'est ainsi que tu parles à ton grand-père ! Je devrais te botter les fesses.

— Tu me l'as déjà dit.

Souriant, il tendit la main vers son cigare et l'alluma.

— Quand vas-tu le faire ? interrogea-t-il.

— Dès que tu seras à ma portée, mon gars. Tu vas

voir si je ne le fais pas. Un garçon comme toi qui laisse tomber une belle jeune fille comme Cat dans les bras d'un Pentwhistle, c'est un gros péché. Cette fille a de la poigne. Elle a des tripes, ne t'y trompe pas. Elle mérite ce qu'il y a de mieux.

Duncan éclata de rire.

— Et moi, je suis ce qu'il y a de mieux ?

— Toi, tu n'es qu'un vaurien ! Tu vas briser le cœur de ta pauvre grand-mère en perdant ton temps à monter et à descendre cette rivière alors que tu devrais t'installer et penser à ton avenir.

— Et lui faire des bébés pour qu'ils sautent sur ses genoux. Je connais la chanson, Daniel MacGregor.

Daniel se mit à pester. Duncan rit de plus belle.

— Je t'aime, grand-père.

— Je l'espère bien.

Avec un rire chaleureux, Daniel changea de tactique.

— Duncan, mon garçon, je ne veux que ton bonheur. Avant de mourir, je veux voir mon petit-fils favori marié et heureux.

Duncan hocha la tête. Tous les petits-enfants de Daniel étaient ses favoris.

— Tu ne mourras jamais, grand-père. Mais si cela arrivait, tu reviendrais hanter tes arrière-petits-enfants jusqu'à ce qu'ils se marient et qu'ils procréent. Maintenant, va faire ton petit numéro avec Ian ou un autre.

— C'est bon, c'est bon, grommela Daniel. Toi, va jouer avec ton bateau.

— C'est bien mon intention. Embrasse grand-mère pour moi.

— Je n'y manquerai pas. Pentwhistle ! Quel nom ! marmonna-t-il en raccrochant tandis que Duncan se tordait de rire.

4

Duncan Blade ne détestait pas les histoires romantiques, bien qu'il n'ait jamais eu envie d'aller aussi loin. Mais il croyait en leur pouvoir et en leur beauté.

Et, d'après ce qu'il savait, les femmes en raffolaient.

Quand ils firent escale à Memphis, il fit livrer des fleurs dans la cabine de Cat. A Natchez, il lui offrit du parfum et, à Baton Rouge, une petite boîte à bijoux en forme de cœur. Pendant la croisière, il voulut l'inviter plusieurs fois à dîner sur son balcon privé, ou à faire des promenades au clair de lune sur le pont.

Mais chaque fois, la réponse fut la même : ce n'était même pas la peine d'y penser.

Observant les quais de La Nouvelle-Orléans par son hublot, il soupira. Décidément, Cat Farrell était têtue comme une mule.

Non seulement cette évidence avait tendance à le rendre fou, mais Cat avait une attitude déraisonnable. Elle avait provoqué quelque chose en lui qu'elle ne pouvait pas ignorer. Et il ne lui était pas indifférent. Pourtant, depuis l'instant où elle était sortie de son bureau, une semaine plus tôt, elle ne lui avait plus laissé l'opportunité de l'approcher.

Elle ne l'évitait pas, ce n'était pas son genre. Elle se promenait sur le bateau et bavardait avec des passagers ou avec l'équipage, et quand ils se croisaient, elle ne se mettait pas à bégayer ou à rougir. Au contraire, elle lui adressait un de ses sourires félins et le regardait droit dans les yeux.

Elle ne paraissait pas affectée le moins du monde, même quand il s'approchait d'elle et qu'il sentait son parfum. Le parfum qu'il lui avait offert, pour l'amour du ciel !

Cat Farrell était en train de le rendre fou.

Mais il n'était pas près de baisser les bras.

Si le mélange Duncan Blade et La Nouvelle-Orléans n'était pas capable de convaincre une femme, il n'y avait plus d'espoir pour l'humanité.

Dans son lit étroit, Cat s'étira voluptueusement. Le changement de rythme du bateau l'avait réveillée. Apparemment, il avait accosté. Après une semaine à bord, elle commençait à connaître chaque mouvement, chaque son, chaque humeur de la *Princesse comanche*.

Derrière le minuscule hublot, c'était La Nouvelle-Orléans, avec ses avalanches de fleurs, ses fameux beignets, son jazz et ses touristes ivres. Qu'est-ce qu'une femme pouvait demander de plus ? Elle avait des heures pour se promener dans ses rues étroites, pour explorer ses charmantes boutiques, pour goûter la nourriture typique et renommée de cette ville, et pour écouter les musiciens des rues.

Mais aussi, pour s'éloigner de ce bateau et de son dangereux propriétaire, Duncan Blade.

Cat eut un sourire étrange. Elle n'aimait pas la façon dont elle pensait à lui depuis quelques jours. Un homme qui s'intéressait tant à une femme, qui était si charmeur, si beau, si sexy, était aussi dangereux qu'un fusil chargé.

Et elle n'avait aucune intention de prendre une balle perdue.

Entrant dans la minuscule baignoire, elle soupira. Dieu

sait que cet homme avait quelque chose… une façon bien particulière de poser ses magnifiques yeux chocolat sur une femme, comme si elle seule au monde était digne d'intérêt. Et sa façon de lui parler avec cette voix un peu sexy et très virile, comme s'il avait attendu cet instant toute sa vie. Sa façon de l'effleurer de ses mains habiles, qui envoyait dans tout son corps de minuscules et délicieuses décharges électriques.

Ce don Juan était en train de la rendre folle.

Or elle ne pouvait pas se permettre le moindre détour par la folie.

Cat secoua la tête. Il lui avait envoyé des fleurs. Cela faisait tellement cliché ! Mais les clichés fonctionnaient toujours, et elle savait pourquoi. Ne s'était-elle pas à moitié pâmée en voyant ce bouquet, n'y avait-elle pas enfoui son visage ? Et n'avait-elle pas pensé à Duncan chaque fois qu'elle avait le malheur de les regarder ?

Et le parfum ! Jamais de sa vie elle n'avait eu un véritable parfum. Conditionné dans un superbe flacon, coûtant la peau du dos, et donnant à la femme qui le portait l'impression d'être une reine. Le pire, c'est que Duncan avait trouvé exactement le parfum qui lui plairait, qui rendrait ce flacon irrésistible.

Elle poussa encore un petit soupir. Oui, décidément, Duncan Blade savait s'y prendre avec les femmes.

Mais c'était la boîte à bijoux qui avait failli la faire craquer. Elle était si fantaisiste et si jolie, mais aussi tellement inutile. Elle n'avait jamais eu les moyens de s'offrir des objets fantaisie. Et elle n'avait jamais pensé que cela pourrait lui procurer tant de plaisir. Même si elle n'avait aucun bijou à y déposer.

Enveloppée dans une serviette de bain, elle se dirigea vers son placard. La journée allait encore être chaude. Elle savait ce que le dangereux Duncan avait en tête. Il menait une espèce de campagne, prudente, stratégique.

Et elle était la forteresse qu'il avait l'intention de prendre d'assaut.

Une fois qu'il l'aurait conquise et qu'il y aurait planté son drapeau, il préparerait la prochaine campagne, la prochaine forteresse.

— C'est ce que font les bourreaux des cœurs, murmura-t-elle.

Haussant les épaules, elle enfila un T-shirt blanc et un short noir. Dieu merci, elle savait comment affronter ce genre d'homme. Elle se glissa dans ses sandales, fourra quelques billets dans sa poche, attrapa sa casquette et ses lunettes de soleil.

Quand elle ouvrit la porte, Duncan levait la main pour frapper.

— Parfait, vous êtes déjà prête.

Cat sentit une nouvelle décharge électrique lui traverser les reins. C'était stupéfiant de se trouver nez à nez avec Duncan alors qu'elle pensait si fort à lui. Stupéfiant, et irritant.

Mais elle resta impassible.

— Que voulez-vous ? s'enquit-elle d'une voix aussi neutre que possible.

— Je viens vous chercher. Etes-vous déjà venue à La Nouvelle-Orléans ?

— Non, mais je compte bien tout découvrir.

— Formidable. Nous allons commencer par déguster des beignets au Café du Monde, comme de vrais touristes. Avez-vous des chaussures confortables ?

— Oui. Mais j'avais l'intention de me promener seule, patron.

— Changement de programme !

Il l'entraîna vers l'escalier.

— Je suis venu souvent ici. C'est une des villes que je préfère.

Ils se dirigeaient maintenant vers la passerelle.

— C'est mieux la nuit, mais par un chaud matin d'été, l'atmosphère est fantastique. Vous aimez le poisson ?

Elle hocha la tête.

— Je connais une adresse formidable pour déjeuner.

— Ecoutez, Duncan…

S'arrêtant brusquement, il se tourna vers elle et fit glisser ses mains sur ses épaules. Il la cloua sur place sous l'effet de son regard magnétique.

— Cat, je ne vous demande qu'une chose : passez cette journée avec moi.

Elle poussa un soupir silencieux. Oui, ce type avait une façon bien personnelle de s'y prendre avec les femmes. Quand elle était à côté de lui, elle avait l'impression de marcher dans une rivière tropicale. Elle adorait cela. Chaque pas vaporeux. Elle le suivit dans le quartier français. Les maisons étaient élégantes, racées, avec leurs balcons tarabiscotés ornés de cascades de fleurs. De riches parfums se mêlaient à une vague odeur de décrépitude. Ils marchèrent lentement à travers les rues étroites et les parcs verdoyants.

Elle avait mangé trois beignets et bu dans la tasse de Duncan une gorgée du café au lait. Elle avait écouté les Cajuns parler français, et le clip-clop des sabots des chevaux, autour de Jackson Square. Elle avait observé les artistes de rue, elle avait ri en voyant une caricature au fusain d'Elvis.

C'était une journée à déambuler main dans la main à l'ombre des arbres gigantesques.

Dans un jardin public, trois jeunes garçons faisaient des claquettes, le visage luisant de sueur. Cat s'arrêta pour les admirer. Dans la boîte posée devant eux, Duncan déposa quelques billets de banque.

« Généreux », pensa-t-elle.

— Ces gamins doivent gagner une fortune chaque jour, commenta-t-elle.

— Ils le méritent bien. Vous avez envie de déjeuner ?

Elle se mit à rire.

— Je suis toujours prête.

A sa grande surprise, il ne l'emmena pas dans un restaurant chic. Elle s'était préparée à ne pas se laisser impressionner. Mais ils entrèrent dans un café bourré de monde, où les nappes étaient en papier et le menu écrit à la craie sur une ardoise.

Elle esquissa un petit sourire. C'était un petit boui-boui, à la bonne franquette. Elle aimait beaucoup, mais elle n'aurait jamais imaginé Duncan dans un lieu comme celui-ci.

La femme qui se tenait derrière le comptoir était énorme. Son tablier, grand comme une toile de tente, était aspergé de couleurs et de formes qui faisaient penser à une peinture abstraite.

Son large visage noir était doux comme du satin. Il se fendit en un sourire rayonnant quand elle vit Duncan.

— Viens donc embrasser Mama ! cria-t-elle par-dessus la musique.

Duncan sourit, se pencha vers elle et lui donna un gros baiser sonore sur la bouche.

— Bonjour, Mama. Vous allez bien ?

— Couci-couça. Qui est cette petite fille efflanquée qui t'accompagne ?

— Cat, je vous présente Mama. C'est la meilleure femme au monde.

— Bonjour, ma belle.

Elle se tourna vers Duncan.

— Tu l'as amenée à la bonne adresse. Cette petite n'a que la peau sur les os. Je vais m'en occuper !

Cat renifla d'un air gourmand.

— Hmm, quelle odeur merveilleuse !

— Installez-vous, je vais vous bichonner.

Comme Cat attendait de lire la carte, Duncan sourit.

— Je ne commande jamais. Je mange ce qu'elle me sert. Et je ne suis jamais déçu. Croyez-moi, vous ne le serez pas non plus.

Il avait raison.

Quelques minutes plus tard, elle se régalait d'énormes crevettes grillées, de riz et de pain de maïs.

Son verre de bière à la main, Duncan l'observait. C'était merveilleux. Elle avait un appétit de gladiateur.

— Je ne comprends pas pourquoi vous n'êtes pas aussi grosse que Mama, dit-il en riant.

— Hmm. J'essaie, pourtant, je fais de mon mieux. Mais je brûle tout au fur et à mesure.

Il rit encore et sirota sa bière.

— Gardez de la place pour le dessert. Mama a une recette de tarte aux noix de pécan à vous faire damner.

— Aux noix de pécan ?

Elle avala sa dernière crevette.

— Avec de la crème fraîche ? interrogea-t-elle d'un air gourmand.

Admiratif, il hocha la tête en souriant de toutes ses dents étincelantes de blancheur.

— Bien sûr, si vous en voulez.

Quand elle eut mangé son dernier grain de riz, elle se cala contre son dossier.

— C'était délicieux.

— Vous comprenez maintenant pourquoi je m'arrête toujours chez Mama quand je descends à La Nouvelle-Orléans.

Se penchant vers elle, il tendit la main.

— Vous avez un peu de sauce, là.

Il passa un pouce sur le coin de sa bouche et s'immobilisa, sans la quitter du regard. Un regard plein de désir.

— Vous avez une bouche magnifique, murmura-t-il.

Se penchant de plus en plus, il se souleva de sa chaise et posa ses lèvres sur les siennes.

Cat ne bougea pas. Son cœur battait à grands coups, de petits frissons parcouraient sa peau tandis que son esprit commençait à chavirer.

Quand leurs lèvres se séparèrent, elle se força à se ressaisir. Il y avait une chose qu'elle ne devait jamais oublier : elle savait s'y prendre avec les hommes comme Duncan Blade. Ce n'étaient pas eux qui gagnaient, généralement. Il n'avait qu'à bien se tenir.

La voix de Mama les fit sursauter.

— Laisse donc cette petite manger sa tarte ! gronda-t-elle gentiment.

— Elle veut l'inonder de crème fraîche, Mama.

— Est-ce que je n'y ai pas pensé ?

Elle brandit les assiettes sous leur nez et les posa sur la table, qu'elle débarrassa des assiettes sales. Elle fit un clin d'œil à Cat.

— Il m'a tout l'air de savoir embrasser, hein ?

— Hmm, pas mal.

Ravalant un soupir, Cat entama la tarte.

— Mais ce dessert…

Elle ferma les yeux.

—… est un miracle.

Mama donna une bourrade affectueuse à Duncan.

— Elle aime ce qui est bon. Sois malin, mon garçon, garde-la.

Dès qu'elle eut le dos tourné, Duncan commenta en riant :

— Je devrais la présenter à mon grand-père. Ils ont les mêmes idées.

— Vraiment ? dit Cat entre deux bouchées.

Elle lui jeta un coup d'œil incrédule. Que pouvait-il y avoir de commun entre une cuisinière noire de La Nouvelle-Orléans et un vieil Ecossais vivant à Hyannis Port ?

— Oui. Ils pensent tous les deux que je devrais me

marier et avoir une ribambelle d'enfants. Ils essaient toujours de me caser.

— Vous ne semblez pas avoir besoin d'aide dans ce domaine.

— Allez le leur dire.

Buvant une gorgée de bière, il réfléchit un instant en la dévorant des yeux. Ce serait drôle de voir la tête qu'elle ferait s'il lui parlait du plan de son grand-père. Il finit par se décider.

— Savez-vous que le vieux MacGregor vous a choisie pour moi ?

Elle cligna des yeux. Pour la première fois depuis qu'il la connaissait, elle parut complètement désemparée.

— Pardon ?

— Mon grand-père. Il veut que je vous épouse.

Eclatant de rire, elle se concentra sur son dessert.

— Quelle blague ! dit-elle.

— Je vous assure que c'est sérieux.

Roulant les r, il imita la voix de Daniel :

— Cette fille a du cran. Elle vient d'une bonne lignée.

— Comment le saurait-il ? Il me connaît à peine.

— Il vous connaît très bien. Cet homme est inquiétant, et tenace. Je trouve normal que vous sachiez quelle idée il a derrière la tête.

Tambourinant du bout des doigts sur la table, elle resta un instant silencieuse. Puis elle le regarda droit dans les yeux.

— Vous obéissez toujours à votre grand-père ?

— Non, rassurez-vous. Je ne viens pas de vous faire une demande en mariage. Je ne me doutais pas de ses intentions avant qu'il m'appelle, il y a quelques jours, pour voir où nous en étions.

Avec un sourire irrésistible, il attaqua son dessert.

— J'ai compris ce qu'il mijotait et je l'ai mené en

bateau. Je lui ai dit que vous alliez épouser un pianiste, un Dabny Pentwhistle.

Le rire fusa de la gorge de Cat.

— Pentwhistle ? Où êtes-vous allé pêcher un nom pareil ?

— C'est exactement la question que mon grand-père m'a posée. Soit dit en passant, il était rudement déçu par vous, ma chère, ajouta-t-il en faisant tourbillonner sa fourchette.

Il lui sourit malicieusement.

— Comprenez-le. Il ne veut pas que vous perdiez votre temps avec un pianiste. Mais je ne pense pas qu'il morde à l'hameçon très longtemps. Il est rusé comme un vieux renard. Il vient juste de marier mon cousin, Dan.

Il soupira.

— Le pire, c'est que Dan et Layna forment un couple parfait. Ce vieux chenapan ne se trompe jamais. Il a aussi marié mes parents. Il est très fier de lui.

Stupéfaite, Cat interrogea :

— Il a arrangé le mariage de vos parents ?

— Disons qu'il les a mis sur le même chemin. Ensuite, il a laissé faire les choses. Puis il est passé à la troisième génération. Et c'est moi qui suis maintenant dans sa ligne de mire.

L'air un peu sceptique, elle hocha imperceptiblement la tête.

— Et vous avez l'intention de lui résister ?

— J'ai l'intention de vivre ma vie et de faire mes propres choix.

Tendant un bras vers elle, il lui effleura la main du bout des doigts. Il plongea un regard pénétrant dans le sien.

— Mais je dois reconnaître qu'il a bon goût, ajouta-t-il.

— Hmm. Vous avez une famille bizarre, patron.

— Vous ne pouvez même pas imaginer.

Après le dîner, ils se retrouvèrent dans la chaleur moite des rues. Ils firent des incursions dans les boutiques, plus attirés par l'air conditionné que par les articles à vendre. Cependant, les yeux de Cat brillèrent quand elle vit une échoppe de pralines.

Duncan éclata de rire.

— Vous avez encore faim ?

— Non, pas pour le moment. Mais bientôt. Alors, pourquoi ne pas se montrer prévoyant ?

Il en acheta un sachet, pas le petit qu'elle avait regardé mais un gros paquet pour famille nombreuse.

Lui jetant un coup d'œil amusé, elle se mit à rire à son tour. Décidément, il était charmant. Elle éprouva un petit tiraillement au cœur. Elle allait avoir du mal à résister. Le fait qu'il soit si charmant, combiné à la sensation animale qui lui taquinait le ventre, allait lui donner du fil à retordre.

Elle soupira imperceptiblement tandis qu'il l'entraînait dans une autre boutique. Il ne fallait pas qu'elle perde de vue ses objectifs professionnels. C'était cela, et cela seul, qui comptait pour elle. Et qui l'aiderait à résister au dangereux Duncan. Oui, c'était sa seule planche de salut.

Cette boutique était pleine de bijoux et d'objets en pierres colorées et en cristal. Sur le côté, il y avait trois petites alcôves fermées par des rideaux où les curieux, et surtout les incrédules, pouvaient se faire lire les lignes de la main.

Elle se promena dans le magasin, laissant Duncan examiner les bijoux. Entendant sonner un tiroir-caisse, elle haussa les épaules. Décidément, Duncan aimait jeter son argent par les fenêtres.

Elle tressaillit en sentant une main sur son épaule. Elle se retourna et il lui glissa une petite chaîne autour du cou. Au bout se balançait une pierre jaune en forme de larme.

Il lui adressa son sourire le plus charmeur.

— C'est une citrine. Cette pierre stimule la communication…

— Vous n'allez pas me faire croire que vous croyez en ces sornettes, dit-elle vivement.

Mais ses doigts s'étaient déjà refermés sur la pierre.

— Mon ange, je suis à moitié celte, à moitié comanche. Je connais ces choses-là. De plus, elle vous va très bien, Catherine Mary.

Elle n'eut pas le temps de refréner une expression de surprise mêlée de consternation.

— Comment connaissez-vous mon prénom ?

— C'est une des nombreuses choses que je sais de vous. Vous voulez voir une diseuse de bonne aventure ?

— C'est complètement idiot.

— Mais cela ne risque pas de vous faire de mal.

Malgré ses protestations, il l'entraîna vers une alcôve.

Elle poussa un soupir agacé.

— Après tout, si vous avez de l'argent à perdre !

Elle secoua la tête. Elle n'était pas superstitieuse. Si elle ne voyageait jamais sans sa casquette porte-bonheur, c'était surtout pour perpétuer une tradition. S'installant dans la petite alcôve, elle adressa un sourire condescendant à la jolie jeune femme qui lui prenait la main droite. Elle attendit qu'elle lui annonce un long voyage et la rencontre d'un bel étranger au teint buriné.

— Vous avez une main intéressante. Qui révèle une belle âme… ancienne.

Cat roula les yeux en regardant Duncan, appuyé contre le mur.

— Oui, je suis très vieille, dit-elle un peu sèchement.

— Vous avez souffert de la perte de gens aimés. Vous êtes très combative.

— Je ne suis pas la seule, marmonna Cat.

La femme passa le bout du doigt sur la paume de sa main.

— Vous transformez en force les événements négatifs de votre vie. Vous avez choisi votre voie quand vous étiez très jeune, et vous regardez rarement en arrière. Je lis de la passion, de l'ambition. Vous aimez prendre des décisions en ayant la tête froide. Vous vous méfiez de votre cœur...

Cat la regarda droit dans les yeux.

— Là aussi, je ne suis pas la seule !

Sans se laisser impressionner, la voyante continua :

— Vous avez un cœur fidèle, auquel on peut faire confiance. Et vous avez beaucoup de talent, qui vous nourrit. Ce que vous donnez vous est rendu au centuple. Cela vous permettra d'atteindre votre but.

Elle fit une pause. Fronçant légèrement les sourcils, elle leva les yeux et examina attentivement son visage.

— Est-ce que vous chantez ? interrogea-t-elle.

Cat sentit son cœur battre plus vite. Spontanément, elle voulut retirer sa main, mais elle se ressaisit et haussa les épaules.

— Mon copain a dû vous raconter ma vie de A à Z.

La voyante secoua la tête.

— Vous pouvez lui faire confiance à lui aussi. Son cœur est aussi sûr que le vôtre, mais malheureusement aussi bien gardé.

Elle reporta les yeux sur sa main.

— Changements et décisions, risques et récompenses. Ce sera à vous de jouer. Rien ne vous oblige à rester seule. Créer une famille vous donnerait un point d'ancrage, où que vous vous trouviez. Vous avez tant de voyages à faire, tant de portes à ouvrir.

Elle lui adressa un sourire chaleureux.

— Des portes qui étaient fermées ou qui semblaient l'être.

Elle pianota un instant dans sa paume.

— Vous n'avez pas peur de travailler dur mais vous attendez d'être payée en proportion. Vous savez faire de grands efforts mais vous aimeriez ne pas y être obligée. Généreuse avec ceux qui comptent pour vous. Quelqu'un comptera plus que les autres. Il n'y a qu'un homme qui s'accordera avec vous, corps, tête et âme. Et il est déjà dans vos pensées.

Sortant dans l'air épais d'humidité et de chaleur, Cat rejeta ses cheveux en arrière.

— C'était franchement stupide, Blade. Combien cela vous a-t-il coûté de lui dire ce qu'elle aurait à me raconter ?

— Je ne lui ai rien dit.

Il secoua la tête, un peu perturbé. Il s'était attendu à passer un moment distrayant.

— Allons, avouez ! insista Cat.

— Je vous jure que je ne lui ai rien dit.

Il fourra ses mains dans ses poches.

— Je me suis arrêté là sur une impulsion. J'ai pensé qu'on allait s'amuser cinq minutes.

S'arrêtant brusquement, elle se tourna vers lui et posa une main légère sur son bras. Les yeux étrécis, elle scruta son visage pendant quelques secondes. Ou Blade était un comédien hors pair, ou il était aussi ahuri qu'elle.

Elle se remit à marcher lentement.

— Eh bien, c'était plutôt bizarre, dit-elle d'un ton rêveur.

— Oui, plutôt bizarre.

En silence, ils se dirigèrent vers la rivière.

5

Après deux jours à La Nouvelle-Orléans, ils remontèrent à bord et, une fois de plus, le bateau s'éloigna du quai.

Duncan circula dans la foule des passagers, accueillit les nouveaux, échangea quelques mots avec ceux qui avaient choisi le voyage aller-retour. Cependant, Cat était introuvable.

Suivant son instinct, il descendit aux cuisines. L'équipe s'affairait, des vapeurs et des odeurs succulentes s'échappaient des marmites. Il attrapa nonchalamment une carotte crue et la croqua tandis que Charlie s'approchait de lui.

— Bonsoir, patron. Vous venez nous donner un coup de main ? plaisanta-t-il.

— Je ne fais que passer. Avez-vous vu Cat ?

— Elle est passée par là elle aussi. Cette fille a un appétit féroce.

Il agita les sourcils.

— Vous espérez qu'elle va vous croquer aussi ?

— Cela ne me dérangerait pas outre mesure. Elle est passée ici ce soir ?

— Elle a pris son dîner avant le spectacle, comme d'habitude. Elle a mangé des rougets, et elle a emporté du gâteau aux fraises dans sa cabine. Si vous vous dépêchez, vous pouvez peut-être la rattraper avant qu'elle l'ait fini, dit-il avec un clin d'œil malicieux.

Duncan se mit à rire.

— C'est une option.

Sentant son téléphone vibrer dans sa poche, il le sortit et regarda le numéro qui s'affichait. C'était celui du casino.

— Je la rattraperai plus tard. On a besoin de moi.

Il ne parvint pas à se libérer avant le milieu du second spectacle. Le directeur du casino et deux de ses meilleurs jokers avaient contracté en ville une intoxication alimentaire.

Duncan fut obligé de s'installer à une table de black-jack, prenant la tête du jeu, auquel participaient les sœurs Kingston, quatre blondes aux longues jambes effilées et au regard papillonnant.

Il ne se cacha pas pour les observer. Elles étaient aussi belles les unes que les autres. Et elles avaient les poches bien remplies. En temps normal, il se serait amusé à jouer tout en flirtant avec elles, mais ce soir, il n'arrivait pas à détourner ses pensées du spectacle qui se déroulait à l'étage supérieur.

Cat devait être en train de chanter, campée au milieu de la scène dans une petite robe sexy. Sa voix profonde, riche et veloutée devait emplir la salle.

Il fronça les sourcils. Il n'avait pas seulement envie de la voir, il voulait aussi l'entendre. Il aurait aimé se mettre à une table au fond de la salle, dans l'obscurité, et rester là à l'écouter.

— J'ai un douze ! s'écria une des sœurs Kingston. Que dois-je faire, Duncan ?

— Prenez le risque.

Elle minauda :

— D'accord, mais soyez gentil avec moi.

Il la cloua avec un roi et lui adressa un sourire de sympathie.

Elle fit une jolie petite moue.

— Je suis peut-être plus chanceuse à d'autres jeux.

Duncan esquissa un sourire. Message reçu, cinq sur cinq. Mais que diable avait-il ? Il n'était pas du tout tenté de lui répondre par un autre signal. Voyant Gloria s'approcher de la table, il éprouva un grand soulagement.

— Je viens remplacer M. Blade, mesdames, annonça-t-elle joyeusement.

Elles manifestèrent leur déception par un chœur de désapprobation.

— A demain, Duncan, dit Gloria.

Il se leva.

— Bonsoir, mesdames.

— Pourquoi n'iriez-vous pas assister à la fin du spectacle, là-haut ? Après tout, c'est ce qui vous trotte par la tête depuis le début de la soirée, non ? interrogea Gloria en riant.

Il lui donna une petite tape sur le nez. Puis, se tournant vers la tablée de joueuses :

— Gloria va bien s'occuper de vous.

Quatre paires de grands yeux bleus admiratifs le suivirent jusqu'à la sortie.

— Alors, il est pris ? interrogea l'une des sœurs.

Gloria leva un sourcil et sourit.

— Oui, il l'est. Mais il ne le sait pas encore. Mesdames, faites vos jeux !

Pendant ce temps, Duncan se glissa dans le grand salon, où la voix de Cat le frappa de plein fouet. Sa chanson parlait d'une femme qui aimait l'homme qu'elle n'aurait pas dû aimer, mais dans sa voix, il y avait autant de défi que de tristesse.

Il avait eu l'intention d'aller s'asseoir sur le côté, au fond, et de commander un cognac. Mais il resta figé dans l'ombre, juste à gauche de la scène.

Les accents chauds et tourmentés qui s'élevaient de la

voix de Cat faisaient vibrer l'air. Il la dévorait des yeux, et bientôt, elle tourna la tête vers lui.

Elle savait qu'il était là. Elle aurait juré qu'il y avait eu un brusque changement dans l'air au moment où il était entré. L'atmosphère était devenue plus chargée, elle en avait la chair de poule. Scrutant la pénombre, elle le vit. Ils étaient maintenant les yeux dans les yeux. Oubliant le public, elle chanta pour lui.

Quand les applaudissements crépitèrent, elle fit un effort pour couper le contact et adressa un sourire rayonnant à son auditoire.

Elle se concentra sur lui. Elle devait oublier l'homme dangereux qui se tenait à l'affût comme un fauve dans l'ombre.

Elle se glissa entre les tables, parlant aux uns et aux autres. Duncan la suivit du regard. Elle charmait le public, c'était évident. Elle fit signe à l'éclairagiste de tourner les projecteurs sur un couple qui fêtait son vingt-cinquième anniversaire de mariage. Elle dit quelques plaisanteries, juste assez salées pour que la salle se mette à rire, puis elle offrit une chanson suggestive au couple en regardant l'homme dans les yeux. Lui caressant la joue, elle passa les doigts dans ses cheveux et s'assit sur ses genoux. Alors que son épouse gloussait de rire, il devint écarlate.

Duncan sourit. Cat était vraiment douée. Elle les entortillait tous autour de son petit doigt.

Et c'était exactement ce qu'elle lui faisait, à lui. Il soupira. La même chose, oui, à la différence près qu'il avait bien l'intention d'en faire autant avec elle.

S'adossant au mur, il ne la quitta pas des yeux jusqu'à la fin de son numéro.

Cat continuait à envelopper le couple de sa voix suave. Cependant, elle se sentait nerveuse. Du coin de l'œil, elle voyait Duncan. Il était resté au même endroit, elle serait obligée de passer devant lui pour regagner sa loge.

Elle était mal à l'aise, et c'était une raison de plus pour lui faire croire qu'il ne l'intéressait pas le moins du monde.

— Vous ne restez jamais aussi longtemps, dit-elle quand elle eut fini son numéro. Vous êtes venu vérifier si je méritais toujours mon cachet ?

— J'avais envie de vous voir, et de vous entendre, répondit-il simplement.

Il hocha légèrement la tête. C'était la vérité. Et cette vérité la déstabilisait.

— Eh bien, vous m'avez vue.

Elle passa devant lui, mais il lui prit les poignets.

— Sortons.

— Non merci. Je dois me changer.

— Non. J'aime vous voir dans ce minuscule chiffon qui se fait passer pour une robe.

— Je suis fatiguée, Duncan.

— Non, vous ne l'êtes pas. Vous êtes subjuguée.

Il sentit l'énergie qui montait en elle, et il eut envie de la capturer. Plongeant un regard pénétrant dans le sien, il porta à ses lèvres la main qu'il tenait.

— Il fait chaud sur le pont, et il y a un beau clair de lune, dit-il d'une voix de velours. Venez faire une promenade avec moi. Je ne vous toucherai pas, sauf si vous le désirez.

Elle prit une profonde inspiration. C'était bien le problème. Elle le désirait. Il était peut-être temps de cesser de prétendre le contraire.

— Très bien, allons marcher. Un peu d'air frais ne me fera pas de mal. Quelle foule ce soir !

Ils se faufilèrent entre les tables jusqu'à la sortie.

— Ce client n'est pas près d'oublier sa soirée d'anniversaire, commenta Duncan d'une voix qu'il voulut indifférente.

Cat se mit à rire. D'un bref coup de tête, elle renvoya ses cheveux en arrière et aspira longuement l'air frais de la nuit.

— Avant le spectacle, sa femme m'a donné cinquante dollars pour que je fasse mon numéro.

— Elle en a eu pour son argent. Montons sur le pont supérieur, plus près de la lune.

— J'ai entendu dire que vous faites un tabac avec les sœurs Kingston, dit-elle en grimpant lentement l'escalier.

— Ah oui ?

— Elles étaient dans le grand salon, en fin d'après-midi. Elles n'ont pas arrêté de soupirer et de glousser en parlant de vous.

— Rien n'est plus gratifiant pour un homme que de faire glousser et soupirer les dames.

Il continua à monter jusqu'au troisième pont, qui était désert. Il poussa un petit soupir de satisfaction.

— Seigneur, c'est fabuleux ! s'écria Cat. J'adore les nuits sur la rivière.

— C'est ce que je préfère au monde. Et je suis enfin arrivé à vous faire accepter de monter ici.

— Ce n'est pas ici que vous me voulez, Duncan.

Il la prit doucement par un bras, sans l'attirer vers lui.

— C'est un des nombreux endroits où je vous veux. Ce soir, vous avez chanté pour moi.

Cat sentit son cœur s'agiter follement dans sa poitrine. C'était aussi inconfortable que ridicule.

— Je chante pour tout le monde. C'est mon travail.

— Vous avez chanté pour moi, insista-t-il d'une voix calme mais vibrante. Je vous ai d'autant plus désirée.

Il fit glisser ses doigts jusqu'à ses épaules, sur son cou.

— J'ai compris que c'était réciproque.

Il baissa la tête vers elle.

— Il faudra que vous me le demandiez, dit-il. Souvenez-vous, je vous ai promis que je ne ferais rien sans que vous me le demandiez.

Haletante, Cat essaya de rire.

— Vous tenez toujours vos promesses, Duncan ?

— Oui.

Elle sentit son souffle sur ses lèvres.

— Et moi, je ne demande jamais.

Prenant sa tête à deux mains, elle l'attira vers elle.

Duncan se sentit brusquement chanceler. La bouche de Cat était une flamme qui le dévorait, elle réveillait le volcan qui sommeillait en lui. Il souhaitait désespérément aller plus loin. S'il ne se reprenait pas aussitôt, il allait perdre la tête ici même !

Avec un violent effort, il s'arracha à son étreinte.

— Ma cabine est juste derrière nous.

Inclinant la tête, elle laissa un sourire s'épanouir lentement sur ses lèvres.

— Je sais.

Il emprisonna ses mains fines entre ses longs doigts musclés et l'entraîna avec lui. Il tira la clé de sa poche et ouvrit prestement sa porte.

— Si nous entrions ?

— Pourquoi pas ?

Un peu étourdie, elle fit quelques pas et se retrouva dans sa cabine. Il avait laissé une lampe de chevet allumée. Par la fenêtre grande ouverte, la clarté de la lune inondait la pièce. Elle entrevit vaguement le mobilier cossu, et entendit qu'il grattait une allumette. Il alluma deux bougies blanches.

— Vous êtes très romantique, dit-elle d'une voix un peu tremblante.

— Cela vous pose un problème ? s'enquit-il en éteignant la petite lampe.

— Pas particulièrement.

Elle secoua la tête. Elle était en train de perdre ses

moyens. Pour contrer cette sensation, elle plaqua un sourire sur ses lèvres et commença à dégrafer sa robe.

— Attendez. Je veux vous déshabiller.

Elle laissa ses bras retomber.

— Qu'attendez-vous ?

Baissant la tête, il lui mordilla le cou.

— Vous sentez aussi bon que vous êtes belle à regarder.

Elle sentit le besoin de respirer très fort pour s'éclaircir les idées.

— C'est le parfum que vous m'avez offert, murmura-t-elle.

Il rit et passa le bout de la langue sur son cou.

— Vous avez aussi le goût…

Malgré ses efforts, elle sentait son souffle devenir chaotique.

— Vous avez déjà eu un ou deux échantillons, dit-elle tout bas.

— Ce n'était pas assez.

Il trouva sa bouche, qu'il effleura à peine.

— Dois-je vous dire ce que je veux faire avec vous, ou préférez-vous la surprise ?

— Je ne m'étonne pas facilement.

Il passa doucement sa bouche sur ses lèvres, les taquinant jusqu'à ce qu'elles s'entrouvrent. Cat ferma les yeux. Duncan l'entraînait dans une brume dorée qui s'épaississait lentement, de façon exquise.

Personne ne l'avait jamais embrassée ainsi, n'avait passé tant de temps, ni montré tant de patience avec elle. Et quand il fit descendre la fermeture dans son dos, elle frissonna délicieusement.

Mais il ne lui ôta pas sa robe. Il se contenta d'en écarter les pans, et il lui caressa lentement le dos. Il voulait prendre le temps de savourer chaque centimètre de sa peau, chaque instant de ce précieux moment. Même quand elle s'agrippa à lui des deux mains et que ses ongles s'enfoncèrent dans son torse, il continua à prendre son temps.

Ce plaisir se construisait lentement, augmentant de manière diabolique la puissance de leur désir. Quand il fit glisser sa robe le long de ses jambes et qu'il l'entendit tomber dans un léger bruissement de soie, il était prêt à les guider à l'étape suivante.

D'un air rêveur, il traça le contour de son soutien-gorge sans bretelles.

— Très joli, murmura-t-il.

Puis il inséra son doigt entre les deux bonnets, là où se trouvait l'agrafe.

— Très très joli, répéta-t-il d'une voix brûlante de désir.

— Voyons si je peux en dire autant.

Luttant pour empêcher ses mains de trembler, elle entreprit de déboutonner sa chemise. La lumière des bougies vacilla sur la peau dorée de Duncan, brilla sur son torse mince, sur ses longs muscles effilés. Dardant son regard dans le sien, elle dit doucement :

— Oui, je peux en dire autant. Ce que je vois est magnifique.

Il l'enleva dans ses bras, lui faisant chavirer le cœur.

— Cela va bientôt être encore mieux.

6

Fermant les yeux, elle se laissa porter. Maintenant, il allait certainement se débrider, ce qu'elle souhaitait par-dessus tout. Mais quand il la posa sur le lit, il explora lentement ses courbes de ses mains habiles, joueuses.

Il l'entendit gémir et sentit qu'elle se tendait comme un arc sous lui. Pris de vertige, il lui mordit le haut de la cuisse. Comme elle frissonnait, il fit courir sa langue sur tout son corps.

Choquée par ce changement soudain, ébranlée par la lance aiguisée du désir, elle s'arc-bouta, s'ouvrant à lui. La tête vide, le cœur battant, elle flottait, loin de tout ce qui l'entourait.

Il ouvrit l'agrafe de son soutien-gorge et embrassa avidement ses seins.

Prise d'un désir frénétique, elle s'enroula autour de lui, les mains et la bouche aussi affairées que les siennes.

— Je te veux en moi, dit-elle dans un râle.

Elle lui arracha son pantalon.

— Maintenant, tout de suite.

Ses yeux brillaient dans la lumière des bougies. Ses cheveux tombaient sur ses épaules comme des flammes. Duncan était subjugué. En ce moment, il la désirait plus que la vie.

— Regarde-moi, murmura-t-il, haletant.

Il la souleva par les hanches.

— Regarde-moi.

Il exauça son désir en la dévorant des yeux. Voyant son regard basculer, il savoura la plainte qui trembla sur ses lèvres. Elle se mit à bouger sous lui, éclair d'orage dans un fourreau de soie.

Puissance, vitesse, énergie sauvage, son corps était tout cela tandis qu'elle lui griffait le dos, les hanches. Puis elle prit passionnément son visage entre ses mains pour dévorer sa bouche.

Un petit sanglot s'échappa de sa gorge.

Les yeux rivés sur elle, Duncan pensa : « Elle est à moi. »

Et son esprit se vida.

Et voilà, elle l'avait fait. Cat frémit. Ses idées s'étaient un peu éclaircies et son cerveau avait plus ou moins recommencé à fonctionner. Le constat était pénible : toutes ses bonnes résolutions, tous ses beaux raisonnements s'étaient envolés…

Elle soupira. Duncan avait gagné. Non seulement elle s'était rendue physiquement, mais quelque part, elle ne savait comment, elle l'avait laissé prendre une bonne place dans son cœur. Et elle savait exactement ce qui allait se passer après. Il s'en réjouirait. Ils allaient avoir une histoire torride, mais discrète. Après tout, il était le patron, il ne voulait certainement pas provoquer de commérages. Et quand son contrat serait terminé, il la remercierait en ajoutant peut-être à son cachet un petit cadeau d'adieu.

Et ce serait fini.

Les hommes comme Duncan Blade n'étaient pas des partis sérieux pour les jeunes chanteuses itinérantes.

Eh bien, elle n'avait plus qu'à s'y préparer. Et quand le moment serait venu, c'est elle qui tirerait sa révérence la première.

Résolue à suivre les règles de ce jeu bien spécial, elle

passa nonchalamment une main sur le dos de Duncan. Puis elle s'étira voluptueusement.

— Mmm… superbe dos, Blade, superbe.

— Je me sens comme un chat de dessin animé.

— Pardon ?

— Oui, celui qui reçoit des coups de marteau sur la tête. Après, il a trois têtes, qui vibrent toutes et qui font un son très doux quand il tourne les yeux.

Elle éclata de rire. Elle allait le prendre dans ses bras mais elle se ravisa. Mieux valait jouer l'indifférence.

— Et quand ses têtes ne vibrent plus, que se passe-t-il ?

— Il recommence.

En riant, il lui embrassa le cou et posa un long baiser sur ses lèvres. Au moment où elle sentait son esprit partir de nouveau dans les brumes, il roula et l'entraîna sur lui.

L'emprise qu'il avait déjà sur son cœur se resserra encore.

— Tu regardes beaucoup de dessins animés ? interrogea-t-elle en lui mordillant le menton.

— Il n'y a rien de tel pour se changer les idées. Quand on s'y plonge, il devient impossible de prendre ses problèmes au sérieux.

Elle rit en se lovant contre lui. Il murmura :

— Je viens d'avoir une idée. Tu devrais apporter tes affaires ici.

Elle se retourna vivement et se retrouva sur le dos. Elle fronça les sourcils.

— De quoi parles-tu ?

— Je veux être avec toi. A quoi cela rime-t-il que tu dormes deux niveaux au-dessous de ma cabine ?

Il s'assit sur le lit et la prit dans ses bras. Cat secoua la tête.

— Si je m'installe dans ta cabine, l'équipage et les passagers vont le savoir.

— Et alors ?

La faisant pivoter, il lui souleva les jambes et les posa autour de sa taille.

— Nous sommes adultes, nous n'avons plus besoin de nous cacher. Je veux que tu sois là, répéta-t-il en lui taquinant le cou du bout des dents.

Affolée, Cat prit une longue inspiration. Elle devait réfléchir, et vite. Dans sa tête, son sang affluait comme une vague à marée montante.

— Tu as un lit plus grand, une plus belle vue, et… des mains extraordinaires, dit-elle d'une voix ronronnante. Cependant…

Elle posa les mains sur ses épaules et le repoussa doucement.

— Cependant, si je déménage mes affaires ici, la cabine que j'occupe restera à moi. Il n'est pas question que tu la loues.

Il la regarda dans les yeux.

— Tu veux une sortie de secours ?

— Cela me paraît plus sûr ainsi. Si l'un de nous deux trouve que notre arrangement commence à vieillir, je n'aurai qu'à redéménager en bas. Ainsi, personne n'aura à souffrir.

Ignorant le pincement au cœur qu'il éprouva, il la saisit par les hanches.

— Marché conclu, dit-il.

Cat s'étira dans le lit qu'elle considérait désormais autant comme le sien que celui de Duncan. Bien qu'elle ne cessât de s'y attendre, leur arrangement n'avait pas une ride. Au contraire, plus ils passaient de temps ensemble, plus ils éprouvaient le besoin de se voir.

Elle soupira. Ce n'était probablement qu'une question d'attirance sexuelle. Leur désir réciproque semblait insatiable et s'emparait d'eux à tout moment. Un après-midi,

Duncan l'avait rejointe dans sa baignoire et ils avaient fait l'amour frénétiquement, dans un amoncellement de mousse parfumée.

Il lui offrait toujours des fleurs et des petits cadeaux fous. Elle ne savait plus comment s'y prendre avec lui. Il l'avait séduite, alors pourquoi continuait-il à la courtiser ? Cela faisait maintenant trois semaines qu'ils étaient devenus amants. Ils avaient parcouru la rivière dans les deux sens, et aujourd'hui, ils la remontaient de nouveau. Et ce lien entre eux ne s'évanouissait toujours pas.

Elle ne savait vraiment pas quoi en penser.

Elle était aux anges. « Au moins, profites-en », songea-t-elle.

Elle s'étira encore en bâillant. Ce serait bon de se rendormir quelques instants. Ils avaient accosté à Saint Louis et Duncan était descendu à quai pour vaquer à ses occupations, comme chaque fois qu'ils faisaient une escale. Elle avait toute la journée devant elle, et aucune envie d'aller en ville. L'après-midi, elle allait travailler sur son enregistrement. Elle haussa les épaules. Ce serait étonnant que Duncan fasse quoi que ce soit à ce sujet, mais puisqu'il lui avait proposé de s'en occuper, cela valait peut-être la peine.

Cependant, elle aurait besoin de ce disque quand son contrat serait terminé. Elle ne voulait pas retrouver des contrats d'un soir dans les bars de nuit. Elle avait trop pris goût à la belle vie.

Mais rien ne valait le présent. En chantonnant, elle se leva et entra dans la salle de bains.

Une fois prête, elle monta sur le pont. Le soleil aveuglant lui fit plisser les paupières jusqu'à ce qu'elle trouve ses lunettes au fond de son sac. Avec la chaleur accablante, de nombreux passagers s'étaient enfermés dans l'air conditionné de leur cabine.

Mais elle aimait la chaleur. Elle s'offrit une petite promenade avant de se mettre au travail.

C'était délicieux, elle avait l'impression d'avoir le bateau pour elle seule. Elle n'aurait jamais cru que la vie sur la rivière lui plairait tant. Maintenant, elle savait que cela lui manquerait terriblement quand ce ne serait plus qu'un souvenir.

Elle soupira. Rien ne durait éternellement. C'est pourquoi il fallait prendre le meilleur de la situation.

En arrivant au bout du pont, elle resta pétrifiée. Duncan était en train de serrer une blonde dans ses bras.

Le cœur battant à grands coups, elle crispa les poings. Une envie irrépressible de lui arracher les yeux venait de s'emparer d'elle. Quel salaud ! Pour qui la prenait-il ? Personne ne l'avait ridiculisée jusqu'à présent, et ce n'était pas lui qui commencerait. Ignorant les griffes qui lui égratignaient le cœur, elle redressa fièrement la tête. Elle allait lui montrer qu'elle se moquait éperdument de lui et de ses conquêtes.

— Bonjour, espèce de crétin.

Le sourire qu'il lui adressait s'évanouit. Il posa sur elle un regard stupéfait.

— Hein ?

— Pour qui vous prenez-vous, Duncan Blade ? interrogea-t-elle en le vouvoyant pour lui montrer qu'elle prenait des distances.

Mais elle était furieuse contre elle-même. Sa voix n'exprimait pas la fierté qu'elle aurait voulu faire passer. Secouant la tête, elle s'approcha de lui et lui enfonça un doigt dans le torse.

— Vous croyez pouvoir dormir dans le même lit que moi, et après vous jeter sur une…

— Mère, dit vivement Duncan en l'attrapant par la main. Et pas n'importe laquelle. La mienne, en l'occurrence. Maman, je te présente Cat Farrell, la chanteuse dont je t'ai parlé.

— Je suis enchantée, dit Serena avec un sourire radieux.

Elle plongea les yeux dans ceux de Cat et hocha la tête. Visiblement, Duncan avait oublié de lui parler de quelques détails importants. Tendant la main à la jeune femme, elle déclara :

— Je dois d'abord vous remercier. Votre méprise est très flatteuse pour moi.

Horriblement gênée, Cat lui serra la main.

— Je suis désolée, madame Blade.

— Oh, non, je vous en prie ! dit Serena en riant. Vous allez gâcher votre petit effet.

Cat se détendit. Cette femme était adorable. Elle ne semblait être la mère de personne, avec ses magnifiques cheveux brillants et ses grands yeux lavande. Son pantalon impeccable et son chemisier de soie soulignaient sa silhouette fine, et sa peau avait la texture des pétales de rose.

Glissant les mains dans les poches de son short, Cat murmura :

— Vous êtes très belle.

— Vous me plaisez, dit Serena. Nous avons fait la surprise à Duncan. Son père et moi avons décidé de venir en avion et de passer une journée sur le bateau avant de continuer vers l'ouest. Nous avons des affaires à traiter à Las Vegas.

— Et ce n'est pas tout, intervint Duncan.

Ravi de voir la réaction de Cat, il posa un bras sur les épaules de sa mère.

— Mes grands-parents sont venus aussi. Ils vont faire la croisière jusqu'à La Nouvelle-Orléans avec nous.

Cat ravala une exclamation de surprise.

— Je suis heureuse pour vous. Je vous prie de m'excuser, je dois...

Elle fit une pause. Un homme arrivait vers eux. Grand,

la peau dorée, des reflets argentés brillant dans une crinière noir corbeau, un visage sculpté, mystérieux, et... particulièrement attirant.

Elle retint son souffle. C'était certainement le champion des bourreaux des cœurs.

Serena se tourna vers lui.

— Justin, je te présente Cat Farrell, la jeune chanteuse que Duncan a engagée.

Cat ouvrit la bouche et la referma aussitôt. Cet homme fabuleux était le père de Duncan... Bien sûr, elle aurait dû s'en douter. Eh bien, pas étonnant que Duncan soit aussi irrésistiblement attirant. Il avait de qui tenir.

— Quel plaisir ! dit Justin en prenant sa main entre les siennes. Mac et Duncan nous ont parlé de vous dans les termes les plus élogieux. J'espère que vous accepterez un contrat pour Atlantic City.

Cat faillit hurler de joie. Gardant son sang-froid, elle dit en souriant :

— J'attendrai ce moment avec impatience.

Elle avait envie de sauter, de danser. Il fallait qu'elle s'éloigne avant de se comporter de façon ridicule.

— Excusez-moi, je dois aller répéter. J'espère vous revoir avant que vous repartiez.

— Comptez sur nous, dit Serena à mi-voix en la regardant s'éloigner.

Puis, se tournant vers son fils.

— Donc, c'est...

— Donc, rentrons avant de fondre au soleil. Je vais voir si grand-mère et grand-père sont bien installés.

Il prit la main de sa mère.

— Ensuite, je t'en parlerai.

— Parfait.

Une heure plus tard, Serena était confortablement installée dans un fauteuil et sirotait un thé glacé. Elle se mit à rire.

— C'est ton grand-père qui a mis tout cela au point. Il a envoyé Cat sur ton bateau, tout comme il avait envoyé Justin sur le mien.

— Je sens que je vais être obligé de le remercier.

Justin leva la main.

— Ah non ! Il est bien assez content de lui !

— Je dois dire que je ne peux pas critiquer son goût, Cat est fabuleuse.

Derrière son bureau, il se renversa contre le dossier de sa chaise.

— Professionnellement parlant, elle est stupéfiante. C'est sidérant qu'elle ne soit pas encore arrivée au sommet. Elle doit avoir un mauvais agent, je ne vois pas d'autre explication ; mais nous allons arranger cela.

— Nous ? répéta Serena.

— La famille a des relations, dit-il simplement. Je compte bien m'en servir. Je sais que Cat a eu une enfance pénible, elle était pauvre, et jusqu'à présent, son niveau de vie n'a guère évolué. Mais il n'y a aucune raison pour que cela continue, avec le talent qu'elle a. Voilà pour le côté show-biz. Quant à l'aspect personnel, je ne sais pas encore très bien où j'en suis. Elle est… inhabituelle, et je n'ai jamais éprouvé pour personne ce que j'éprouve pour elle.

Fronçant légèrement les sourcils, il saisit un presse-papier en cuivre jaune et le passa pensivement d'une main à l'autre. Il resta silencieux quelques instants. Oui, il s'agissait de sentiments, toute la question était là. Des sentiments forts et urgents, doux et délicieux, un mélange confus qui emprisonnait son cœur.

Aucune femme, à aucun moment de sa vie, n'avait ainsi pris une telle place dans sa vie.

Avec un petit sourire, il continua :

— C'est peut-être parce qu'elle n'est pas comme les autres. Je vais renouveler son contrat pour six semaines. Professionnellement, c'est une bonne garantie. Elle plaît vraiment au public. Et personnellement, cela me laissera le temps de... comprendre ce qui se passe entre elle et moi.

Hochant la tête, Serena le regarda d'un air attendri et songeur. Une part de lui avait déjà compris, mais son cerveau avait une longueur de retard sur son cœur.

Elle s'échappa quelques minutes pour rejoindre Cat. Elle voulait avoir une impression précise de celle qui avait ébloui son fils. Bien qu'elle ait réussi à tirer quelques informations de son père — tout en lui reprochant d'avoir interféré dans la vie de Duncan —, elle voulait en savoir davantage : qui était Cat Farrell, et avait-elle le cœur assez grand pour y accueillir Duncan ?

En atteignant la porte du grand salon, elle ne put s'empêcher de se moquer d'elle-même. Apparemment, elle mettait ses pas dans ceux de son père en se mêlant elle aussi de la vie de son fils.

Ouvrant la porte, elle resta figée sur place et écouta.

Cat s'accompagnait au piano, à l'autre bout de la scène.

Elle jouait assez bien, mais c'était sa voix qui était renversante. Cat chantait *Am I Blue* avec une puissance qui devait venir tout droit de l'âme.

Quand elle eut fini, Serena avait les yeux embués de larmes.

— Normalement, vous devriez être trop jeune pour rendre justice à cette chanson, dit-elle.

Voyant Cat tourner vivement la tête vers elle, elle sourit.

— Mais vous l'avez chantée comme si elle avait été écrite pour vous.

Luttant contre l'émotion, Cat dit :

— C'est mon travail.

— C'est votre talent. Vous m'avez fait pleurer.

— Merci. C'est le plus beau compliment que je puisse recevoir.

Serena traversa la salle et s'assit sur le banc près du piano.

— Je suis désolée de vous interrompre, dit-elle. Je voulais vous inviter à vous joindre à nous au dîner de ce soir.

Cat secoua la tête.

— Merci, mais c'est une réunion de famille. Je n'y ai pas ma place.

Elle ne connaissait rien aux réunions de famille, elle savait juste ce que les pièces rapportées éprouvaient. Serena insista chaleureusement.

— Nous aimerions tous que vous veniez. Vous avez déjà rencontré mon père.

— Oui, brièvement, quand j'étais à Las Vegas. Il m'a fait une forte impression.

En riant, Serena se mit à pianoter.

— Cela ne m'étonne pas. Et je peux vous affirmer que ça a été réciproque. Vous lui avez beaucoup plu.

Cat sourit.

— Je suppose que Duncan vous a raconté que M. MacGregor s'est débrouillé pour que j'obtienne ce contrat.

— Oui, j'espère que vous n'êtes pas vexée.

— Non, mais surprise.

— Vraiment ? Pourquoi ?

— J'aurais imaginé qu'il allait piocher dans le rang des débutantes pour son petit-fils.

— Vous l'auriez fait rire… Non, ce qu'il cherche, c'est un bon cœur et une forte personnalité, et vous avez les deux. De l'esprit, de la perspicacité, et vous avez votre appréciation sur la famille.

Cat releva les sourcils.

— J'ai à peine fini mes études au lycée. Jusqu'à présent, ma perspicacité s'est limitée à gagner assez d'argent pour ne pas mourir de faim, et ma mère constitue toute ma famille. Mais je l'apprécie beaucoup.

— S'il vous entendait, Daniel MacGregor dirait : « Cat Farrell a du cran. » Il est impossible de gagner contre Daniel MacGregor.

Cat baissa les yeux sur ses mains, puis sur celles de Serena. La mère de Duncan avait des mains de femme du monde, un visage de femme du monde, une attitude de femme du monde.

Elle frissonna. Elle commençait à voir où la mère de Duncan voulait en venir. Elle leva les yeux sur elle.

— Et vous aimeriez que je passe mon chemin, madame Blade, avant que Duncan commence à penser que son grand-père pourrait bien avoir eu une très bonne idée.

S'arrêtant de pianoter, Serena plongea un regard étonné dans le sien.

— Pourquoi dites-vous cela ?

— C'est évident. Je sais qui je suis, et d'où je viens. Mon père était un homme ordinaire, qui a eu la malchance de mourir avant d'atteindre sa trentième année. Ma mère est serveuse, et elle n'a jamais eu la chance de pouvoir être autre chose. Et moi, je chante pour pouvoir manger. Votre père est peut-être âgé et sentimental, mais vous ne l'êtes pas.

Serena hocha pensivement la tête.

— Je vois.

Elle rit doucement.

— Et si je vous offrais, disons... dix mille dollars pour laisser mon fils, que diriez-vous ?

Les yeux de Cat flambèrent de colère froide.

— Je vous dirais d'aller au diable !

Renversant la tête en arrière, Serena éclata de rire.

— A la bonne heure ! Je savais que je vous aimais. Dès l'instant où je vous ai vue apparaître sur le pont. Cat, vous ne me connaissez pas, je ne me sentirai donc pas insultée si vous croyez que je suis plus intéressée par votre pedigree que par le bonheur de mon fils, mais…

Elle fit une pause et retrouva son sérieux.

— Mais vous devriez avoir une meilleure opinion de vous.

— Je ne sais pas de quoi vous parlez.

— Vous êtes une jeune femme intéressante, attirante et délicieuse. Mais la seule personne qui ne vous voit pas de cette façon, ici, c'est vous-même.

Elle lui prit la main, qu'elle serra doucement entre les siennes.

— J'aime mon fils. C'est un beau jeune homme, dans tous les sens terme. Comment pourrais-je ne pas être heureuse que vous l'aimiez aussi ?

— Je n'ai pas dit que je l'aimais.

Paniquée, Cat retira sa main.

— Je n'ai jamais dit cela !

Elle secoua la tête. C'était impossible.

— Non, dit Serena en souriant, vous ne l'avez pas dit. Mais si vous le faites un jour, je serai heureuse pour lui. Et maintenant, je vous laisse travailler.

Elle se leva d'un mouvement gracieux.

— Réfléchissez pour le dîner, voulez-vous ?

Elle avait presque atteint la porte quand Cat retrouva la parole.

— Madame Blade ?

— Oui ?

— Quand j'ai vu tout cela…

Elle fit un grand geste englobant le bateau.

— J'ai pensé que Duncan avait de la chance. Mais il en a beaucoup plus que je ne pouvais l'imaginer.

— Oh oui, dit Serena. Vous savez, je vous aime vraiment beaucoup.

Avec un sourire rayonnant, elle sortit de la salle.

7

Cat était abasourdie. Elle ne s'était pas attendue à tomber amoureuse pendant une croisière de six semaines. Et elle n'avait surtout pas soupçonné qu'elle tomberait sous le charme d'un homme de quatre-vingt-dix ans.

C'est pourtant ce qui était arrivé. Elle était folle de Daniel MacGregor.

C'était un coquin, et cela concordait avec son propre sens de l'aventure. Il avait la tête dure, et elle se sentait à égalité avec lui. Il était sentimental, avec un esprit aiguisé comme une lame de rasoir. Voilà un tout explosif auquel elle ne pouvait résister.

Elle n'était pas aussi sûre d'Anna MacGregor. C'était une femme digne, sereine. Elle avait un tempérament d'acier dans un gant de velours, ce qui ne pouvait pas s'apprendre. C'était un don inné.

Sa fille le possédait également, probablement comme toutes les femmes MacGregor, y compris celles qui avaient rejoint la famille par le mariage.

Cat soupira. Elle ne serait jamais une femme du monde, et elle n'en avait aucune envie. Elle n'avait pas l'intention de se hisser dans la société par le mariage. Elle aimait travailler en solo. Cela ne l'empêchait pas d'aimer se retrouver en tête à tête avec Daniel MacGregor et de passer chaque fois un moment inoubliable. A cette heure, il assistait à sa répétition. Assis à une table, il était seul dans la salle.

— Vous ne connaissez aucune ballade écossaise ? interrogea-t-il, douloureusement surpris. Quel genre de chanteuse êtes-vous donc ?

— Réaliste, monsieur MacGregor.

Ravie, Cat répétait dans le salon désert. Daniel avait pris l'habitude de venir s'asseoir à une table quand il n'y avait personne, et de commenter son répertoire en faisant de l'esprit.

— Ce qui veut dire que vous ne pouvez pas chanter de variétés ?

Il lui envoya un regard brillant sous ses sourcils broussailleux.

— Il y a quelques airs écossais qui peuvent déchirer le cœur. Avec votre voix, n'importe quel homme ayant du sang écossais pourrait tomber amoureux de vous.

Délibérément, elle passa une main dans ses cheveux.

— De toute façon, ils tombent tous amoureux de moi.

Eclatant de rire, il donna un coup de poing sur la table.

— Vous êtes une petite insolente, Cat Farrell. Qu'attendez-vous pour embobiner mon petit-fils ?

C'était encore une question typique du personnage. Cat lui adressa un sourire malicieux.

— Mais c'est vous qui m'intéressez. Pourquoi prendre du menu fretin quand on peut pêcher le gros poisson ?

Le large visage de Daniel rosit de plaisir. Dardant sur elle ses yeux rusés, bleus comme un ciel d'été, il se frotta la barbe.

— Je vous donnerai de beaux enfants.

— Vous voulez dire que c'est moi qui vous les donnerai. Je vous ai compris, monsieur MacGregor.

Elle se pencha vers lui et l'embrassa sur la joue.

— Vous ne serez pas heureux tant que vous n'aurez pas assez d'arrière-petits-enfants pour remplir un auditorium.

— C'est Anna qui en veut.

Comme sa femme n'était pas là, il tira un cigare de sa poche.

— Elle se fait un sang d'encre pour Duncan.

— Pour quelqu'un qui se fait tant de souci, votre femme paraît bien sereine, fit remarquer Cat en riant.

Elle gratta une allumette et adressa un regard rieur à Daniel pendant qu'il faisait rougeoyer son cigare.

— Si vous vous enfuyez avec moi, nous n'aurons aucun souci, dit-elle.

— Encore en train de séduire mon grand-père ?

Duncan entra à grands pas. Il avait la même sensation, chaque fois qu'il les voyait tous les deux. Ce qui arrivait souvent.

— Je lui aurais proposé de m'emmener à Venise si vous n'étiez pas arrivé.

Elle n'eut pas le temps de rire. Duncan l'attrapa par le cou et lui donna un baiser à lui couper le souffle.

Daniel donna un autre coup de poing sur la table.

— Voilà qui me plaît ! Continue comme ça, mon garçon. Ne la laisse pas te filer entre les doigts !

— Je l'ai attrapée, dit calmement Duncan.

Il hocha la tête. Il commençait à croire qu'il avait envie de la garder.

— Le salon ouvre dans vingt minutes, grand-père, murmura-t-il en gardant les yeux rivés sur Cat. Va jouer ailleurs, maintenant.

— Ce n'est pas bien de parler de cette façon à ton grand-père, dit Cat d'un air sévère.

— C'est parce qu'il veut te voler à moi.

Il la prit fermement dans ses bras. Elle essaya de se libérer.

— Il y a quelqu'un qui doit se préparer pour travailler, dit-elle.

— Je suis le patron, tu te souviens ? Excuse-nous, grand-père, je dois parler affaires avec ce jeune talent.

Il entraîna Cat vers sa loge en criant par-dessus son épaule :

— Au fait, grand-mère va bientôt arriver. Tu ferais mieux de faire disparaître ton cigare !

Daniel s'empressa de l'écraser et fit de grands gestes pour chasser la fumée, tandis qu'un sourire sentimental apparaissait sur ses lèvres.

— Douce Mary, marmonna-t-il en faisant claquer ses doigts.

Il était prêt à parier qu'il y aurait un mariage avant la fin de l'été.

Quand ils se furent éloignés, Cat se tourna vers Duncan.

— Je discutais avec M. MacGregor.

— Je te vois sans arrêt discuter avec lui. Je n'arrive pas à croire qu'il t'intéresse plus que moi.

— Je suis folle de lui.

— Moi aussi, mais...

Il ferma la porte de la loge, bloqua la poignée et poussa doucement Cat contre le mur. Sans la quitter des yeux, il promena ses mains sur ses flancs, sur ses seins.

Elle sentit son cœur battre violemment dans sa poitrine. Soutenant le regard de Duncan, elle essaya de garder la tête froide. Elle devait s'efforcer de ne pas tomber dans le piège, de conserver la maîtrise de leur relation. Ne pas penser, ne pas éprouver plus qu'elle ne pouvait supporter. Elle l'enlaça et se prépara à l'attirer dans un baiser vertigineux.

Mais il prit son visage entre ses mains et resta un instant sans bouger, puis il effleura sa bouche avec ses lèvres. Il voulait entendre son souffle haletant. Parfois, c'était comme un incendie dans leurs veines, et dans ces cas-là, ils ne pouvaient jamais se satisfaire assez vite.

A d'autres moments, ils luttaient en riant, comme des enfants insouciants.

Et parfois, c'était lent et tendre. Rien que le cœur. Il passa lentement sa bouche sur celle de Cat. C'était exactement ce qu'il voulait pour l'instant, il voulait son cœur.

En soupirant, elle se laissa aller dans ses bras, et elle lui donna ce qu'elle n'avait jamais imaginé pouvoir lui donner. Avec Duncan, elle sentait qu'elle avait toujours plus de ressources en elle, une réserve d'émotions, un jardin secret qu'elle ne partageait qu'avec lui.

Elle murmura son nom pendant qu'il la soulevait pour l'emporter sur le canapé.

Les doigts de Duncan sur sa peau, la chaleur de son souffle se mêlait au sien. Leurs bouches se rencontrèrent pour se fondre en baisers longs et profonds, presque douloureux.

Il sentait son pouls battre à toute allure sous ses doigts, mais il voulait plus que de l'excitation sensuelle, plus que du désir. Il voulait de l'amour.

— Laisse-moi entrer, murmura-t-il tout contre son oreille. Je ne te ferai jamais de mal.

Pourtant, c'est ce qu'il fit. Il était en train de déchirer en elle quelque chose qu'elle était terrifiée de perdre. Elle secoua la tête, déniant cette constatation, mais sa bouche était patiente, ses mains d'une tendresse impitoyable.

Cat soupira. Les mains de Duncan ouvraient son cœur, dans lequel il se laissa tomber.

Ce changement la détruisait, la laissait sans défense.

Il ne la quittait pas des yeux.

— C'est différent, murmura-t-il.

Incapable de prononcer un mot, elle secoua la tête et ravala un sanglot tandis qu'il couvrait sa bouche de ses lèvres. Elle ne pouvait plus résister. Elle se laissa emporter sur la haute vague brûlante. Puis elle plongea en dessous.

— C'est différent, répéta-t-il.

Elle attrapa un peignoir et s'en enveloppa. Cherchant désespérément à retrouver son équilibre, elle noua fermement la ceinture.

Suicidaire. N'avait-elle pas déjà dit qu'il était suicidaire ? Et elle était là, marchant à côté de lui juste au bord de la falaise.

— Non, dit-elle, et cela n'a pas lieu d'être.

Il inclina la tête.

— Pourquoi cela te fait-il peur de savoir que tu comptes pour moi ?

— Cela ne me fait pas peur.

Pour occuper ses mains tremblantes, elle prit une brosse et commença à la passer dans ses cheveux.

— Quoi que tu puisses penser de moi, je n'ai jamais eu de relations sexuelles avec un homme qui ne me respectait pas.

— Ce n'est pas ce que je voulais dire.

Il enfila son pantalon et chercha sa chemise.

— Tu es douée pour présenter les choses comme elles t'arrangent, Cat. Mais je suis aussi doué pour m'attarder sur ce qui est important. Et pour l'instant, c'est toi qui es importante à mes yeux.

— C'est très bien.

Elle laissa son regard glisser vers le sien dans le miroir.

— J'aime être importante.

Plus sûre d'elle, elle posa la brosse, et se tourna vers lui.

— Toi aussi, tu es important pour moi, Duncan. C'est ce que tu voulais entendre ? Bien sûr que tu l'es, sinon je ne serais plus avec toi depuis longtemps. Ne complique pas notre situation.

— C'est drôle, je croyais plutôt la simplifier. Qu'éprouves-tu pour moi ?

— Beaucoup de choses. Je te désire, je crois que c'est évident, j'aime être avec toi.

Souriant, elle s'approcha de lui et lui caressa le torse.

— J'aime ton style, ton visage, et j'adore ton corps.

Elle plongea ses yeux dans ceux de Duncan. C'était décevant, ils n'avaient pas la lueur amusée qu'elle espérait y voir. Ils étaient un peu froids.

— Et à part le sexe ?

— Difficile à dire.

Elle haussa les épaules et se tourna de nouveau vers sa coiffeuse.

— C'est difficile de ne pas en tenir compte, non ? Mais puisque tu aimes discuter… Je t'aime beaucoup. Tu es un homme aimable. Je n'ai pas beaucoup d'amis, Duncan, je ne reste jamais assez longtemps quelque part pour avoir le temps de m'en faire. Tu es une exception.

Il releva un sourcil. C'était bizarre de se sentir à la fois ravi et irrité.

— Alors nous sommes amis ?

— Tu ne crois pas ?

— Je suppose que si.

Il lui adressa un sourire faussement décontracté.

— Maintenant, je dois me préparer. Nous allons bientôt naviguer et la soirée va commencer.

— Je te verrai plus tard.

Elle hocha la tête tandis qu'un petit frisson la traversait. Elle avait l'impression d'avoir frôlé une crise majeure.

— Duncan ! C'est bon de travailler avec toi.

En ouvrant la porte, il lui envoya un sourire étincelant. Mais dès qu'il l'eut refermée, son sourire s'évanouit et ses yeux s'assombrirent.

Il s'était toujours considéré comme un homme chanceux. Mais la chance semblait l'abandonner brusquement. Sinon, il ne serait pas tombé subitement amoureux, de façon si ridicule, d'une femme qui ne correspondait en rien à son idéal.

L'amour n'était pas un jeu qu'il avait voulu jouer avant

d'être mûr pour le faire. Mais les dés étaient jetés. Il fallait juste qu'il sache si elle allait monter la barre un peu plus haut et si elle n'allait pas lui échapper en bluffant.

Il redressa les épaules. Quand Duncan Blade jouait, c'était toujours avec l'intention de gagner.

8

Au casino, Duncan menait le jeu à la table des sœurs Kingston. Pendant le reste de la semaine, il avait laissé la situation avec Cat au point mort, ce qui n'était pas vraiment un sacrifice. Il avait constaté que plus elle se détendait, plus elle devenait démonstrative.

Il aimait la voir flirter avec son grand-père, et se rapprocher de plus en plus de sa grand-mère. Un jour, il les avait vues en tête à tête sur le pont, et il aurait juré qu'elles échangeaient des secrets.

Mais il avait besoin de lui parler de son contrat, avant de le prolonger, et il n'avait pas trouvé une minute cet après-midi. Et le matin même, il avait reçu un appel des studios Reed Valentine. Il leur avait envoyé le disque de démonstration de Cat. Elle allait être contente du résultat.

Il ne voulait pas lui annoncer cela entre deux portes. De telles nouvelles méritaient que l'on prenne son temps. Il allait le faire après le second tour de chant de la soirée.

Duncan sourit, et la chaleur qui irradiait de son sourire se communiqua à sa tablée. Une des quatre sœurs lui saisit la main.

— Je n'arrive pas à croire que nos vacances se terminent demain, se lamenta-t-elle en papillonnant des cils.

— J'espère que vous avez passé une semaine agréable, dit Duncan, toujours souriant.

— Merveilleuse ! Nous projetons déjà de recommencer l'année prochaine. C'est si amusant.

— Nous aimons rendre nos passagers heureux. Aucune chance ?

En soupirant, elle plongea ses yeux bleus dans les siens.

— Pas autant que je l'aurais souhaité.

Il se mit à rire.

— Je parlais des cartes !

— Là non plus, mais c'était distrayant.

Apercevant Cat qui venait d'entrer au casino, il se leva d'un bond.

— Excusez-moi, je vous abandonne une minute.

La blonde le regarda s'éloigner et poussa un soupir de frustration.

— Il y a des gens qui ont toutes les chances, murmura-t-elle.

Cat le vit arriver. Elle ne le quitta pas des yeux pendant qu'il se faufilait entre les tables et les machines à sous.

Elle admira sa démarche féline. Mais qu'est-ce qui ne lui plaisait pas en lui ? Elle soupira. Rien, à vrai dire. Et c'était bien le problème.

— Que fais-tu là ? Je ne t'ai jamais vue ici, dit-il en arrivant près d'elle.

Il la prit par la main, joua avec ses doigts effilés.

— Jusqu'à présent, je n'avais aucune raison de venir. Je ne…

— Tu ne joues pas, je sais, c'est un principe. Tu n'as jamais fait une entorse à tes principes ?

— Je n'arrête pas.

— Tu veux jouer ?

— Je n'ai que vingt minutes avant le début de mon tour de chant.

— C'est largement suffisant.

Il repéra une table vide.

— Viens. Je suis issu d'une longue lignée de joueurs de black-jack.

— Je n'en doute pas.

– Disons plutôt une courte lignée. Ma mère jouait. C'est ainsi qu'elle a rencontré mon père.

– Vraiment ? Et qui a gagné ?

— Tous les deux.

Il la dévora des yeux.

— Tu es particulièrement délicieuse, ce soir.

En souriant, Cat se hissa sur un tabouret. Sa robe bleu nuit épousait chaque courbe de son corps et scintillait sous les spots.

— C'est la dernière soirée sur le bateau pour les passagers. Je veux qu'ils partent heureux.

Elle posa une coupure de cinq dollars sur la table. Duncan lui adressa un sourire ravageur.

— Que dirais-tu d'un rendez-vous, ce soir, ma beauté ?

— Hmm…

Elle jeta un coup d'œil à ses cartes. Apparemment, ce n'était pas son jour. Duncan sortit un roi de cœur. Puis une reine. Il avait vraiment toutes les chances. Mais il devait aussi être doué pour le jeu.

— Je n'appelle pas cela jouer, fit-il remarquer. Tu ne veux pas courir de risques.

Elle soupira. S'il n'y avait eu que les cartes… Mais elle continuait à perdre du terrain par rapport à lui. Il l'incitait sans arrêt à risquer un peu plus gros. Et chaque fois qu'elle se laissait tenter, elle avait toujours plus de mal à se rappeler qu'elle aurait peut-être un jour le cœur brisé.

— Toi, tu joues bien, Blade.

— C'est mon travail.

— Bien, j'ai perdu les trente dollars que tu m'as fait jouer en moins de cinq minutes. Terminé. A ce rythme, je vais perdre ma chemise avant le spectacle.

— Nous pourrions jouer au « strip black-jack », plus tard.

Elle rit. C'était un jeu qu'elle pouvait s'offrir. Elle se pencha au-dessus de la table.

— J'étais juste venue te dire que j'avais une petite surprise pour ton grand-père, à la fin du second tour de chant. J'ai pensé que tu voudrais en avoir un aperçu.

— Qu'est-ce que c'est ?

Coulant un regard vers la plus blonde des sœurs Kingston, elle lui adressa un sourire satisfait.

— Viens voir, si tu peux t'échapper de ton harem, dit-elle.

— Mon cœur, je suis tout à toi.

— Très bien.

Elle gloussa de rire et lui tapota la joue. Puis elle se redressa.

— Non, nous réglerons cela plus tard. Il faut que j'aille gagner l'argent que j'ai perdu.

Elle s'éloigna avec un balancement des hanches qui lui coupa le souffle.

Elle venait de couler la dernière note sensuelle du second tour de chant. Elle savait que Duncan était dans la salle, assis à la table de ses grands-parents. Elle avait mis au point le timing avec Anna, et elle avait quitté la scène quand la foule avait commencé à se disperser.

Certains allaient rester, au bar ou à des tables. Mais ce qui allait suivre devait être un spectacle privé qui, curieusement, provoquait en elle une émotion qu'elle n'aurait pas imaginée.

— Je ne vois pas où est ton problème, mon garçon, grommela Daniel MacGregor. Cette femme est faite pour toi.

Anna se contenta de soupirer.

— Daniel !

Elle avait fait la même constatation. Mais elle ne voulait pas risquer un commentaire malheureux qui aurait pu faire pencher la balance du mauvais côté.

— Laisse donc Duncan tranquille. C'est un homme maintenant.

— Justement ! Quand va-t-il se décider à faire son devoir ? Quand va-t-il agir comme un homme et se mettre en ménage ? J'aimerais savoir. Il laisse cette petite lui filer entre les doigts. Non, ce n'est pas digne d'un MacGregor.

Croisant les bras, Daniel se redressa sur sa chaise et regarda autour de lui d'un œil furibond.

Sans rien dire, Duncan sortit de sa poche un cigare et esquissa un sourire. Son grand-père allait en mourir d'envie. Il le fit tourner lentement entre ses doigts. Puis, le coinçant entre ses dents, il l'alluma, tira voluptueusement quelques bouffées, tandis que les yeux bleus de Daniel luisaient d'envie et de dépit.

— Qui a dit que je la laissais me filer entre les doigts ?

— Si tu te servais de tes yeux, tu verrais…

Faisant une pause, Daniel fit machine arrière. Il prit une profonde inspiration et donna une bourrade dans le dos de son fils.

— Ah, ah ! Tu vois, Anna, je t'avais bien dit que ce garçon était très intelligent et que tu n'avais pas besoin de te faire du souci.

Anna hocha la tête. Elle posa ses mains sur celles de son mari et de son petit-fils.

— Duncan, j'aime beaucoup Cat.

— Je sais. Veux-tu dire à grand-père de ne plus s'en mêler ?

— Que je ne m'en mêle plus ! dit Daniel, vexé. Tu ne la connaîtrais même pas si je n'avais…

— Quoi, Daniel ? interrogea doucement Anna avec

un sourire. Tu n'as pas encore interféré dans les affaires de ton petit-fils ?

— Ah, non, je n'ai rien fait. Rien du tout. Je ne vois pas de quoi tu parles. Je disais juste... ce que je disais.

Il réfléchit très vite. Il devait tirer son épingle du jeu.

— Tu devrais aller te reposer, Anna.

Il lui caressa la joue.

— Je vais finir mon vin.

Elle leva son verre et remua sur sa chaise. C'était le signal qu'elle avait mis au point avec Cat.

Cat revint alors sous les projecteurs.

— Daniel MacGregor ? J'ai quelque chose pour vous.

— Eh bien, venez près de moi et donnez-le-moi !

— Cela vient d'ici, et de là, dit-elle en portant une main à son cœur.

Les yeux fixés sur lui, elle se mit à chanter la vieille ballade écossaise, *Loch Loman.*

Duncan ne respirait plus. Il avait accepté, ou presque, l'évidence : il était amoureux d'elle. Mais ce soir, c'était encore plus que cela. Il y avait une telle douceur en elle alors qu'elle adressait cette chanson à son grand-père, un homme si important pour lui. C'était plus que d'être amoureux d'elle.

Il ne ressentait pas la décharge électrique qui se répandait habituellement dans son corps. Il éprouvait un sentiment chaleureux et limpide, et Cat en était la seule responsable. Il soupira. Sa vie allait changer. Il était assez écossais pour reconnaître que cela se préparait depuis un certain temps.

Maintenant, il devait absolument conquérir Cat.

Près de lui, Daniel renifla et chercha un mouchoir dans sa poche. Quand les dernières notes de la chanson s'évanouirent, il se moucha bruyamment.

— Ça, c'est une chanteuse, arriva-t-il à dire d'une voix nouée.

— Vous allez me manquer, Daniel.

Elle s'approcha de sa table et l'embrassa sur la joue.

— Vous allez vraiment me manquer, répéta-t-elle.

A sa grande surprise, il l'attira sur ses genoux.

— Duncan, viens te promener avec moi, murmura Anna.

Elle le prit par la main et l'entraîna loin de leur table.

— Cette petite a besoin d'amour, dit-elle doucement.

Il jeta un coup d'œil par-dessus son épaule sur le couple dans les bras l'un de l'autre.

— J'ai l'amour dont elle a besoin. Il ne me reste plus qu'à la convaincre de le prendre.

Anna pressa tendrement sa main.

— Je fais le pari que tu y arriveras.

Duncan raccompagna Cat à sa cabine. Visiblement, elle était fatiguée. Elle ne devait pas laisser ses émotions déborder très souvent. Pour une femme comme elle, cette expérience avait dû être épuisante.

— C'est un très beau cadeau que tu as fait à mon grand-père.

— Je suis folle de lui. Sérieusement.

Elle hocha la tête. C'était effrayant d'aimer à ce point des gens qui ne pourraient jamais vivre près d'elle.

— Je suis sûr que c'est réciproque. S'il n'y avait pas ma grand-mère, et puis, accessoirement, les soixante-dix ans qui vous séparent, je m'inquiéterais…

Elle se mit à rire et ravala un bâillement.

— Je ne suis pas très sûre de moi, même en l'état actuel des choses.

Passant devant lui quand il ouvrit la cabine, elle cligna des yeux dans la lumière des bougies et le reflet des verres en cristal. Elle était stupéfaite.

— Qu'est-ce que c'est, Blade ? interrogea-t-elle.

— Je me suis dit que tu aurais peut-être envie d'enfreindre un autre principe.

Il s'approcha de la table et sortit d'un seau à glace une bouteille de champagne.

Cat siffla d'admiration.

— En quel honneur ?

— Nous allons en parler. Tu veux un verre ?

— Je crois que je pourrais en avaler un, merci. C'est pour cela que tu n'as pas voulu que je me change après le tour de chant ? Pour que je sois en tenue appropriée ?

— Non, je n'ai pas voulu que tu te changes parce que je veux te déshabiller moi-même.

D'un coup de poignet expert, il ouvrit la bouteille, qui émit un « pop » retentissant.

Il remplit deux coupes et lui en tendit une. Ils trinquèrent.

— A tes stupéfiantes cordes vocales.

Elle rit et sirota une gorgée.

— Comment ne pas boire à cela, en effet ?

— Nous arrivons à la dernière semaine de ton contrat.

Elle faillit s'étrangler, mais Dieu merci, elle se rattrapa.

— Oui, je sais.

— Je veux le renouveler.

Cat soupira silencieusement. Son cœur se remettait à battre.

— Je devrais boire à cela aussi.

— Je voulais t'en parler avant d'appeler ton agent.

— Je l'ai congédié, tu peux faire affaire avec moi directement.

— Tu l'as congédié ?

Duncan plissa les lèvres, puis il hocha la tête.

— Tu as bien fait, mais tu auras besoin d'un autre agent.

— Ils ne se pressent pas à ma porte. Quand le moment sera venu, je m'en occuperai.

— Je dirais que c'est le moment. Reed Valentine veut

prendre rendez-vous avec toi, pour un essai professionnel en studio, à New York, le jour qui te conviendra.

Cat chancela. Elle ne sentait plus ses mains ni ses pieds. Tout ce qu'elle sentait, c'était les coups de marteau démentiels qui frappaient son cœur.

Hébétée, elle répéta :

— Reed Valentine ? Les enregistrements Valentine ? Un rendez-vous avec moi, quand je veux ?

En riant, il répondit :

— Oui, c'est bien cela. Ils ont été très impressionnés par le disque que tu as fait.

— Tu le leur as envoyé ? A Reed Valentine ?

— Je t'avais dit que je l'enverrais à des gens que je connaissais.

Cat serra sa main autour de sa coupe de champagne. Les studios Valentine…

— Je ne m'y attendais pas… Je n'aurais jamais cru…

— Tu ne m'as pas pris au sérieux, Cat ? Je ne joue pas ce genre de jeux.

Elle essaya de prendre une profonde inspiration.

— Seigneur, je n'arrive plus à respirer !

Elle posa une main sur son cœur.

— Je n'arrive pas à reprendre mon souffle.

Inquiet, Duncan tendit la main vers elle. Elle était devenue livide.

— Assieds-toi.

— Non, oui. J'ai besoin d'air.

Elle lui fourra la coupe dans la main et partit vers le petit balcon. Elle avait la tête légère, comme si elle avait avalé toute la bouteille de champagne d'un seul coup. Elle ne pouvait pas respirer parce que l'air était piégé quelque part sous son diaphragme.

S'agrippant à la balustrade, elle se pencha et regarda sans la voir la rivière qui coulait lentement à ses pieds.

— N'est-ce pas ce que tu désirais ? s'enquit Duncan.

Elle ferma les yeux. Des larmes brûlantes gonflaient ses paupières.

— Toute ma vie. C'est ce dont j'ai rêvé toute ma vie. Avoir une chance, une seule chance de prouver que je pouvais être quelqu'un.

Sa voix se brisa.

— Pardonne-moi, Duncan, j'ai besoin d'une minute. Laisse-moi juste une minute, d'accord ?

Au lieu de la laisser, il s'approcha d'elle, la fit pivoter pour qu'elle soit face à lui. Elle avait les joues inondées de larmes.

D'une voix douce, il murmura :

— Je croyais savoir à quel point c'était important pour toi, mais je me trompais. J'aurais dû trouver une autre façon de te l'annoncer.

— Non, c'est parfait, je vais bien.

Elle frissonna. Ce qu'il lui offrait était merveilleux, mais terrifiant. Elle avait peur de lui, aussi, et de ces battements saccadés qui lui chaviraient le cœur.

— Laisse-moi seule une minute. J'en ai besoin pour me ressaisir.

— Non.

Il la serra contre lui.

— Il faut te laisser aller.

Elle eut un hoquet avant de se mettre à sangloter. Le visage enfoui contre son épaule, elle s'accrocha à lui.

— C'est tout pour moi, tout. Même s'ils changent d'avis, s'ils détestent ce que je fais et s'ils me chassent à coups de pied, cela représente tout pour moi. D'avoir cette chance. Je ne pourrai jamais te prouver ma reconnaissance.

— Tu n'as aucune reconnaissance à avoir, Cat.

— C'est tout pour moi, répéta-t-elle.

Faisant un pas en arrière, elle prit le visage de Duncan entre ses mains.

— Je te suis si reconnaissante, Duncan.

Elle fit passer dans son baiser le torrent d'émotions qu'elle éprouvait.

— Je vais te le prouver.

— Cat, je ne cherche pas ta gratitude.

— Il faut que je te la donne.

Elle l'embrassa encore, d'un baiser qui les hypnotisa tous les deux.

— Laisse-moi te la donner.

9

Cat devait lui avoir jeté un sort. Maintenant, dans la clarté du jour, il se débattait encore. Il avait voulu lui dire qu'il l'aimait. Et lui demander de lui appartenir. Mais le moment était mal choisi. Elle avait déjà eu son content d'émotions.

Il pouvait attendre ce soir. L'air serait frais et doux, et ils seraient seuls dans la douceur de la nuit. Quoi qu'il en soit, cela lui donnerait plusieurs heures pour trouver la meilleure façon de lui parler. Pour chercher ses mots, et la manière de les prononcer.

Il soupira. Il aurait tant voulu être aussi sûr d'elle qu'il l'était de lui-même.

Dès que ses grands-parents étaient descendus du bateau, il s'était précipité en ville pour acheter une bague. Elle était dans sa poche et elle allait peser lourd toute la journée.

Relevant la tête, il se dirigea vers son bureau. Il allait se mettre au travail. C'était le meilleur moyen de faire passer le temps plus vite.

Cat s'était préparée toute la matinée. Et pendant ce temps, elle avait réfléchi. Il n'y avait qu'une réponse possible. Duncan Blade lui avait procuré quelque chose qu'elle avait espéré toute sa vie. Et il l'avait fait sans demander de contrepartie.

La seule façon de le remercier, selon son propre raisonnement, était de le débarrasser d'elle le plus vite possible. Sans lui faire de mal.

D'un pas décidé, elle grimpa l'escalier de son bureau.

Ses genoux tremblaient. Elle s'arrêta en maudissant sa faiblesse et fit un violent effort pour se ressaisir. Elle était forcée d'admettre qu'elle n'avait pas le beau rôle. Elle prenait la fuite.

Elle ne pouvait pas affronter ce qu'elle éprouvait pour lui. Au nom de quoi y serait-elle obligée ? Elle ne savait pas aimer. Elle n'en serait jamais capable, pas plus qu'elle ne pourrait jamais appartenir à son monde, si raffiné, si différent.

Oui, il valait mieux couper les liens tout de suite, avant qu'elle s'investisse encore plus profondément, avant qu'elle commence à croire qu'elle pourrait faire partie de la vie de Duncan.

De plus, ce serait lâche d'attendre encore une semaine, jusqu'à la fin de son contrat, pour lui dire qu'elle partait. La seule attitude décente, et professionnelle, était de lui laisser le temps d'engager une autre chanteuse.

Elle n'allait pas le remercier en bouleversant sa vie et son travail.

Elle ravala la grosse boule qui lui obstruait la gorge. Elle n'avait qu'à s'en prendre à la malchance. C'était elle la responsable si elle était tombée amoureuse de lui.

Elle avait voulu se convaincre qu'il ne s'agissait que de reconnaissance. Elle voulait croire qu'elle survivrait sans avoir la moindre égratignure quand ils se sépareraient. Mais elle n'était pas folle. C'était elle qui s'était exposée, et elle devait maintenant payer le prix.

Brusquement, le bonheur de réaliser le rêve de toute une vie n'avait plus le même éclat.

Elle soupira. Elle savait faire face à ses responsabilités,

et elle avait déjà eu de mauvais moments à passer dans sa vie. Cette fois encore, elle saurait réagir avec dignité.

Elle monta jusqu'au bureau de Duncan et le vit à travers la fenêtre. Comme chaque fois qu'elle le voyait, elle sentit son cœur chavirer.

Dieu, il était si parfait ! Qu'avait donc dit sa mère ? Que c'était un beau jeune homme, dans tous les sens du terme. C'était la pure vérité. Il n'avait pas que la beauté physique et le charme.

Il était bon, et prévenant.

Ce n'était pas un de ces hommes qui se prenaient pour les rois du monde et se vautraient dans l'argent de papa. Il travaillait dur, et il avait mis sa griffe personnelle dans chaque coin et recoin de son bateau.

Il était intègre, ambitieux.

Elle soupira. Duncan le dangereux. Le bourreau des cœurs. « Tu oublieras mon nom avant la fin de l'été », songea-t-elle tristement.

Prenant une longue inspiration, elle rejeta ses cheveux en arrière et entra dans le bureau. D'une voix qu'elle espérait légère, elle demanda :

— Vous avez une minute, patron ?

Il se renversa sur son dossier et repoussa ses papiers.

— Je crois que je peux t'accorder une minute. Comment te sens-tu ?

— Je suis encore sur un petit nuage. As-tu vu partir tes grands-parents ?

— Oui, ils vont passer une journée à La Nouvelle-Orléans, puis ils prendront l'avion pour Boston, où ils iront voir ma sœur et mes cousins. Ils vont jouer au papa et à la maman avec leurs bébés. Ils vont retrouver mon oncle Caine et ma tante Diana, et grand-père va harceler mon cousin Ian en lui demandant pourquoi il est toujours célibataire. Il était question qu'ils aillent dans le Maine pour pouvoir harceler aussi la famille Campbell.

Les yeux de Cat luisaient d'amusement.

— Cela lui permet de rester jeune.

— Alors il aura éternellement dix-huit ans, car il ne va jamais s'arrêter.

— La famille est sa raison de vivre.

— Oui. Tu as vite appris à le connaître.

— J'ai vite appris à l'aimer. A vous aimer tous. A vous aimer tant que cela me fait peur. J'ai une invitation, ajouta-t-elle sans transition.

Elle força un sourire sur ses lèvres.

— Une invitation pour visiter Hyannis Port autant de fois que j'en aurai envie. J'ai vu des photographies du château qu'il a construit là-bas. C'est fantastique.

— Il faut que tu le voies, vraiment.

Elle hocha vaguement la tête. Pas avant d'être sûre de pouvoir le supporter, c'est-à-dire probablement jamais. Allongeant les jambes, elle les croisa à la hauteur des chevilles et s'apprêta à faire le grand numéro de sa vie.

— Je ne vais pas t'interrompre longtemps dans ton travail. Mais nous devions parler affaires.

— Parfait. Je pensais te voir plus tard, mais maintenant, c'est aussi bien.

Il ouvrit un dossier d'où il sortit son contrat.

— C'est une clause optionnelle, avec une augmentation de salaire de cinq pour cent garantie quand elle sera activée. Tout le reste est identique au contrat d'origine. Je te laisse le temps de le lire avant de signer.

— Je l'ai déjà lu.

— Tu as peut-être envie de le relire ? dit-il en lui tendant les papiers.

— Non. En fait, je ne veux pas le signer.

Duncan suspendit son geste pendant plusieurs secondes, puis il posa doucement le contrat sur son bureau.

— Pardon ? dit-il, médusé.

— Je ne veux pas signer cette option. Je ne veux pas

prolonger ce contrat. En ce qui me concerne, dès que nous aurons mis les pieds à Saint Louis, la semaine prochaine, je serai libre comme l'air.

— Enlève tes lunettes.

— Il y a beaucoup de lumière ici.

— Si tu veux parler affaires, tu me regardes dans les yeux.

Elle tressaillit. La voix de Duncan avait rapidement changé, passant du velours à l'acier. Mais il avait raison. C'était lâche de se cacher derrière des lunettes noires. Elle les ôta lentement et les balança au bout de ses doigts.

Prenant son temps, il la dévisagea, cherchant les signes que tous les joueurs reconnaissent. Si elle bluffait, elle était sacrément bonne.

— Tu veux négocier le contrat en de nouveaux termes ?

— Ce n'est pas ce que j'ai dit. Et je dis ce que je pense.

Elle redressa les épaules, et les laissa aussitôt retomber.

— J'ai fait une belle pêche, et c'est grâce à toi. Je n'ai aucune raison de passer encore six semaines à chanter sur un bateau alors que je peux le faire à New York.

— Je vois. Mais tu n'as pas dû lire attentivement ton contrat, Cat. Sinon, tu saurais que j'ai le droit d'appliquer cette clause optionnelle, et que, dans ce cas, tu es obligée de l'honorer.

Elle baissa les yeux. Un point pour lui. Elle n'avait pas pensé qu'il lui faciliterait la tâche, bien sûr.

— J'espérais que tu me laisserais partir, au nom des semaines que nous avons vécues.

— L'espoir fait vivre.

Il se leva et se dirigea vers le miniréfrigérateur d'un air faussement nonchalant. Il avait l'impression qu'on lui avait ouvert la poitrine et arraché le cœur. Il sortit deux petites bouteilles d'eau et lui en tendit une.

— Mais il s'agit ici d'affaires. Rien à voir avec le fait que nous avons couché ensemble. Tu veux un verre ?

Secouant la tête, elle but nerveusement au goulot. Duncan l'observa silencieusement. Son estomac commençait à se dénouer un peu. Après tout, Cat n'était pas aussi détendue qu'elle prétendait l'être.

Mais que diable voulait-elle ?

— D'accord, pas de faveurs. Ce n'est que justice, dit-elle.

Elle but une autre gorgée d'eau.

— Tu n'as plus qu'à me faire un procès.

— Voyons d'abord si nous pouvons affronter cette crise en professionnels, dit-il d'un ton délibérément sarcastique.

Cat retrouva des couleurs. Il hocha imperceptiblement la tête. Elle avait vraiment du cran. Et à en juger par ce qu'il lisait dans ses yeux, elle avait des sentiments pour lui malgré ses airs crâneurs. Il pouvait jouer là-dessus.

— Tu veux aller à New York et continuer avec les studios Valentine. Je ne peux pas t'en blâmer. Dès que nous arriverons à Saint Louis, tu pourras partir.

Il leva une main avant qu'elle puisse parler.

— Je vais prolonger le contrat pour une semaine.

— Cela ne me plaît pas.

— C'est à prendre ou à laisser.

— Je laisse, dit-elle en se levant.

— Assieds-toi.

— Ne me donne pas d'ordre !

— L'affaire est conclue. Maintenant, c'est personnel. Et je t'ai dit de t'asseoir.

Elle leva la bouteille et le fixa dans les yeux tout en se remettant à boire de l'eau.

— Est-ce que tu as un problème avec ton ego, Duncan ? dit-elle après avoir rebouché la bouteille.

— Crois-tu vraiment que je vais te laisser partir ?

— Oui, parce que si tu m'en empêches, ce n'est pas seulement ton ego qui en prendra un coup. Ecoute, je me suis bien amusée et je te dois beaucoup. Mais il est temps que je passe à autre chose.

— Et c'est ce que tu sais faire le mieux? Passer à autre chose?

Pour toute réponse, elle hocha la tête, mais elle ne put empêcher une lueur de regret de traverser ses yeux.

— Désolée, mais je dois d'abord penser à moi. Je te promets de ne jamais t'oublier.

Elle tendit une main hésitante et lui caressa la joue en souriant.

Son sourire s'évanouit quand il lui saisit le poignet.

— Tu trembles, Cat.

— Non.

Elle avait du mal à parler, avec sa gorge brûlante et sèche comme si elle n'avait pas bu depuis huit jours. Elle haussa les épaules.

— C'est parce qu'il fait froid ici, c'est tout.

— Autant qu'en enfer. Pourquoi trembles-tu?

— Tu me fais mal.

— Non.

Ses doigts serraient à peine son poignet.

— Non, je ne te fais pas mal, mais tu t'évertues à me faire du mal, à moi. Pourquoi?

— Je ne veux pas, Duncan.

Sa voix chevrota d'émotion contenue.

— Je ne veux pas te faire du mal. Mais je t'en prie, laisse-moi partir.

— Certainement pas. Tu veux me laisser tomber? Tu veux partir? Et personne ne souffrira? Menteuse. Tu mens, mais pas aussi facilement que je l'aurais cru.

— Je suppose que tu n'as pas l'habitude qu'on te laisse tomber. En général, tu dois avoir le beau rôle.

Il releva un sourcil.

— Ah, nous y voilà. Tu veux filer avant que je ne le fasse, c'est cela?

— Tu peux voir les choses comme tu veux…

— Mettons cartes sur table et voyons ce que nous avons en mains. Je t'aime, et tu vas m'épouser.

— Pardon ?

S'il lui avait envoyé une bouteille d'eau glacée au visage, elle n'aurait pas été plus médusée. Elle suffoquait.

— Quoi ? Tu es fou ?

— Tu es exactement celle que je veux, exactement celle que j'aurai, alors autant t'habituer à cette idée.

— Va au diable ! Pour qui te prends-tu ?... Oh, je ne peux plus respirer.

Luttant pour retrouver son souffle, elle passa une main entre ses seins.

— Bon sang !

— C'est drôle, tu as eu la même réaction hier soir quand je t'ai parlé des studios Valentine. Et je crois avoir compris que c'était parce que tu en avais rêvé pendant toute ta vie.

Il s'approcha d'elle. Elle haletait.

— Est-ce que tu veux encore autre chose, Cat ?

— Non, va-t'en. Tu es fou. J'ai besoin d'air.

— Tu ne vas aller nulle part.

La prenant par un bras, il la poussa dans un fauteuil.

— Nous avons une tradition dans ma famille.

Il sortit une pièce de sa poche.

— Face, tu m'épouses. Pile, tu t'en vas.

— Essaie toujours !

Prise de vertige, elle baissa la tête sur ses genoux.

— Tu es d'accord ?

— Non.

Elle releva vivement la tête, quand il lança la pièce en l'air. Il la laissa retomber au creux de sa main.

— Face. J'ai gagné. Tu veux un mariage en grande pompe ou une cérémonie plus rapide ?

Elle ne bougea pas. Elle avait retrouvé son souffle, et le sang avait cessé de battre furieusement à ses tempes.

Elle le regarda. Il était en colère, c'était évident. Derrière son sourire charmeur, il était furieux.

— Duncan, les gens raisonnables ne se marient pas en jouant à pile ou face.

— C'est ce que mes parents ont fait. Et c'est ce que nous allons faire nous aussi.

— Moi, je ne fais pas de pari…

— Par principe, je sais.

Posant ses mains sur chaque accoudoir du fauteuil pour la piéger, il se pencha vers elle.

— Je t'aime.

D'une voix faible, elle arriva à dire :

— Laisse-moi.

— Je t'aime, répéta-t-il. Je le sais. J'ai toujours su que lorsque le jour viendrait, je le saurais au fond de moi. Catherine Mary, tu es la femme de ma vie. Maintenant, ose me dire que tu ne m'aimes pas.

— C'est vrai.

— Qu'est-ce qui est vrai ?

— Oh, va-t'en ! Comment suis-je censée réfléchir alors que tu es en train de me harceler ?

— Dis-le, que tu ne m'aimes pas. C'est tout ce que je te demande.

Il se pencha encore plus et effleura ses lèvres de sa bouche.

— Et débrouille-toi pour que je te croie.

— Cela ne pourra pas marcher entre nous.

— Ce n'est pas ce que je t'ai demandé.

— Je te faisais une faveur.

— Merci. Maintenant, dis-le-moi.

— Recule, Duncan. Tu es en train de m'étouffer.

En souriant, il recula. Il avait déjà lu la réponse dans ses yeux.

— Dis-le-moi en étant debout, c'est davantage ton style.

Comme il avait raison, elle se leva.

— Je veux m'occuper de ma carrière.
— Moi aussi.
Il le pensait, elle pouvait le voir dans l'expression de son regard. Un miracle s'était produit, et la seule chose dont elle avait rêvé était devenue aussi importante pour lui que pour elle.
Elle enfonça ses mains dans ses poches.
— Je n'ai pas besoin d'une grande maison, ni d'une barrière de bois blanc, dit-elle en souriant.
— Merci. Cette idée m'a toujours pétrifié.
Elle eut un petit rire bref, puis elle soupira.
— Est-ce que tu le penses vraiment ?
— Absolument. Les barrières de bois blanc m'ont toujours fait faire des cauchemars.
— Duncan !
Elle pressa ses paupières du bout des doigts.
— J'essaie d'être franche avec toi.
Laissant tomber ses bras, elle plongea le regard dans le sien. Tout ce qu'elle voulait était là.
— J'ai besoin que tu sois franc avec moi, car tu peux faire pire que me briser le cœur. Tu peux le faire éclater en mille morceaux.
Le regard de Duncan s'emplit de tendresse.
— Je t'ai dit que je ne te ferais jamais de mal. Je tiens toujours parole.
Elle prit une profonde inspiration. Brusquement, elle respirait plus librement.
— Es-tu sûr que c'est bien ce que tu veux ?
— Je ne pourrais pas en être plus sûr.
Il sortit une petite boîte de sa poche.
— Devine ce qu'il y a dedans !
— Seigneur, tu vas vite !
Elle regarda ses mains.
— J'ai les mains moites. Ce qui ne m'arrive que lorsque je suis très nerveuse.

Elle les frotta sur son short.

— D'accord, tu l'auras voulu. Mais rappelle-toi que je t'ai laissé la chance d'y échapper. Moi aussi je t'aime, et je crois que j'ai commencé le jour où tu as voulu m'empêcher de monter sur le bateau. Tu étais si sexy, et si... dangereux.

— C'est drôle, j'ai pensé la même chose quand je t'ai vue.

— Alors nous sommes à égalité.

Il ouvrit la boîte et prit sa main. N'en croyant pas ses yeux, Cat s'exclama :

— Tu es complètement fou !

Rugissant de rire, il la prit dans ses bras et lui donna un baiser qui les étourdit tous les deux.

— Tu veux parier qu'elle te va ?

Sans répondre, elle appuya sa joue contre la sienne. Dieu, il la voulait vraiment ! Pour la garder.

— Je ne parie jamais...

— Je sais. Par principe.

En la couvant des yeux, il sortit la citrine de la boîte et la fit glisser autour de son doigt. Puis il porta sa main à ses lèvres et l'embrassa, juste au-dessus de la bague.

— Marché conclu ?

— On dirait.

Elle lui adressa un sourire malicieux.

— Mais je voudrais bien voir cette pièce avec laquelle tu as joué à pile ou face.

Relevant un sourcil, il fit tourner la pièce entre les doigts de sa main libre et la fit disparaître.

— Quelle pièce ? demanda-t-il d'un air innocent.

IAN

Prologue

D'après les mémoires
de Daniel Duncan MacGregor

Il y a des moments qui se gravent dans la mémoire d'un homme, y laissant un souvenir qui ressemble à un diamant aux multiples facettes translucides. Par exemple, le jour où il tombe amoureux pour la première fois. Et le jour où il voit pour la première fois la femme de sa vie. Ou encore l'instant où il prend dans ses bras son enfant nouveau-né.

Et les nombreux événements de sa vie qui le remplissent de joies et de chagrins, de rires et de larmes.

C'est ainsi qu'il y a des instants précieux gravés dans ma mémoire, trop nombreux pour être comptés, trop rares pour qu'ils soient considérés comme acquis. Mais tous tendrement évoqués.

Il y en a eu un autre récemment. Une belle jeune fille, que j'aime maintenant comme si elle était ma propre enfant, vient de s'unir avec mon petit-fils Duncan.

Elle fait partie des nôtres.

Après qu'ils ont prononcé leurs vœux et échangé leur premier baiser, elle s'est dirigée droit vers moi et m'a murmuré à l'oreille :

— Merci.

N'est-elle pas adorable ?

Non pas que j'aie fait cela pour avoir des remerciements. Mais c'est bon de voir ses idées et ses attentions appréciées à leur juste valeur, de temps à autre.

Quels beaux enfants ils vont faire ces deux-là ! Il n'y a pas vraiment d'urgence, bien qu'Anna s'impatiente déjà. Elle craint qu'ils mettent du temps à se décider.

Quoi qu'il en soit, nous avons fait ce qui était en notre pouvoir pour les mettre sur la bonne voie.

Aujourd'hui, j'admire par la fenêtre les dernières roses grimpantes. Elles vont bientôt être fauchées par le vent d'hiver. Eh oui, le temps passe, malgré notre désir de le retenir.

C'est pourquoi il ne faut pas le gaspiller. J'ai encore des petits-enfants qui ont besoin d'être poussés dans la bonne direction. Mais il vaut mieux que je n'en parle pas. Anna m'a fait la leçon, l'autre jour, parce que j'avais remarqué, au passage, que notre petit Ian arrivait en âge de penser à son avenir.

Aujourd'hui, il est avocat. Et je lui ai trouvé une jolie future épouse. Une qui s'accordera avec sa nature douce et son grand cœur. Ce garçon veut fonder une famille, croyez-moi. Ne vient-il pas d'acheter une maison ? Pourquoi un homme achèterait-il une maison si ce n'était pour y installer une épouse et la faire retentir des cris de ses enfants ?

Le moins que je puisse faire pour lui, c'est de lui indiquer le bon chemin, et ensuite de le laisser vivre sa vie.

1

Ian détestait se précipiter, que ce soit pour le travail, le plaisir, ou la vie en général. Mais parfois, il n'avait tout simplement pas assez d'heures à sa disposition dans une journée. Cependant, depuis quelques jours, il avait perdu beaucoup de temps, notamment dans les embouteillages. La circulation à Boston aux heures de pointe était vraiment impossible.

C'était précisément là qu'il se trouvait maintenant, au milieu de dizaines de voitures agglutinées les unes aux autres dans un concert de Klaxon. Il soupira. Encore un feu rouge, et il allait enfin arriver chez lui. Dans sa nouvelle maison. Le seul fait de penser à la vieille demeure élégante dissimulée derrière des érables centenaires le fit sourire. Il ne râla même pas quand un automobiliste klaxonna furieusement derrière lui.

Cela faisait deux mois qu'il courait les antiquaires et les magasins de matériel de cuisine, et qu'il meublait et décorait chaque pièce de sa nouvelle maison exactement comme il le désirait.

Et chaque fois qu'il faisait glisser la clé dans la serrure et qu'il entrait dans le hall majestueux, avec ses murs peints d'un vert profond et ses planchers de bois blond lustrés comme des miroirs, il était heureux de laisser derrière lui le temps des dortoirs universitaires et des appartements partagés.

Ce n'était pas qu'il détestât la compagnie des autres. Il venait d'une grande famille, et il ne craignait ni l'agitation, ni l'affrontement de caractères différents. De plus, le fait de partager un logement avec plusieurs copains était souvent très divertissant.

Mais il voulait désormais avoir son chez-lui. Il en avait besoin. Et grâce à sa cousine Julia, qui dirigeait une agence immobilière, il avait trouvé la maison de ses rêves.

Il sourit encore imperceptiblement. Ce penchant pour les vieilles maisons pleines de charme devait être atavique. Les MacGregor avait cela dans le sang.

Dans son enfance, il n'avait connu que des lieux pleins de personnalité, de style et de dignité. A commencer par les bureaux du cabinet d'avocats MacGregor & MacGregor.

Avec ses parents et sa sœur, il faisait partie de ce prestigieux cabinet. Il avait bien l'intention de faire ses preuves, de respecter les traditions familiales et peut-être, un jour, de suivre la voie de son père et de son oncle vers Washington.

La presse disait souvent qu'il était doué pour la politique, et qu'il avait de qui tenir, avec un ancien Président des Etats-Unis dans sa famille. De plus, il avait le physique de l'emploi. Ses cheveux dorés, ses yeux bleus au regard ferme, ses traits volontaires et sa bouche sensuelle faisaient soupirer les femmes et inspiraient la confiance aux hommes.

Un jour, la presse à sensations avait publié une photographie le représentant en slip de bain sur son yacht. Les ventes du journal avaient explosé, et, depuis, ses admiratrices l'appelaient « le don Juan de Harvard », ce qui l'agaçait et amusait beaucoup ses parents.

Il avait décidé de prendre cela avec humour, il n'avait pas le choix. Ceux qui prétendaient qu'il n'était qu'un beau parti avaient ravalé leur langue quand il était sorti dans les premiers élèves de sa promotion, et qu'il avait obtenu son inscription au barreau.

En général, Ian MacGregor arrivait à ses fins, et aussi loin qu'il se souvienne, il avait eu envie de se consacrer au droit.

Mais ses diplômes ne l'empêchaient pas d'être le plus jeune membre du cabinet, et, en tant que tel, il était souvent obligé de se transformer en coursier.

Et son poste actuel n'était guère plus élevé.

Ian arriva enfin à son but et tourna plusieurs fois dans les petites rues, espérant trouver une place pour se garer. Il finit par s'arrêter deux carrefours plus loin. Il soupira. Il aurait aussi bien fait de se garer devant chez lui et de revenir à pied.

Il se détendit en regardant les vitrines des galeries pendant qu'il se dirigeait d'un pas souple vers la librairie Brightstone's.

C'était le début de l'automne, et le temps était délicieusement doux et parfumé. Les arbres commençaient à peine à se parer de couleurs chaudes dans la légèreté du crépuscule qui tombait doucement. Ian hocha la tête. Dès qu'il serait rentré chez lui, il siroterait un verre de vin, assis sous la véranda, d'où il contemplerait son petit royaume.

Quelques minutes plus tard, il s'arrêta devant le vieux bâtiment de brique de Brightstone's et leva les yeux pour l'observer.

C'était une institution bostonienne. Elle faisait partie de celles qu'il n'avait pas eu le temps d'explorer au cours des dernières années. Mais maintenant qu'il habitait très près, il trouverait bien l'occasion d'y aller et de déambuler entre les rayons de livres.

Brightstone's, le temple de la lecture à Boston.

Il était souvent venu avec sa mère quand il était petit. Il adorait fureter dans les rayons pour la jeunesse et regarder des livres d'images. Il avait passé des heures inoubliables entre ces murs.

Brusquement, il eut une idée. Pourquoi ne transformerait-il pas en bibliothèque une des nombreuses chambres d'amis de sa maison ?

Il entra, heureux de revoir les hauts plafonds à la française, le beau bois poli du plancher en châtaignier, les immenses étagères chargées de livres.

Il se dirigea vers l'escalier. S'il avait bonne mémoire, les romans, biographies, histoires locales se trouvaient au deuxième étage. Et au troisième, il y avait des trésors de livres rares.

Il parcourut la salle du regard. Apparemment, les affaires avaient repris. A en croire certaines rumeurs, cette librairie avait rencontré des difficultés, à cause de l'âpre concurrence des grandes surfaces. Mais il y avait de nombreux clients. Quelques-uns étaient installés dans le coin salon et feuilletaient des livres.

C'était nouveau. Il n'avait jamais vu ces chaises confortables et ces tables basses. Un café avait aussi été créé à l'arrière, en haut d'une petite volée de marches où se trouvaient, avant, de gigantesques étagères.

Un duo de harpe et de flûte était doucement diffusé dans la salle, créant une atmosphère particulièrement détendue.

Il flâna dans le magasin. Le coin des enfants était resté le même, mais la nouveauté consistait en un panier plein de jouets en plastique et d'affiches représentant des scènes de contes de fées.

Un rayon attira particulièrement son attention. Il présentait des lampes et des marqueurs de livres, des presse-papiers, et une variété de petits cadeaux s'adressant aux amoureux du livre. Tandis qu'il s'en approchait, une alléchante odeur de café lui chatouilla les narines.

Amusé, il hocha la tête. Cet agencement était très

malin. Il fallait une volonté de fer pour sortir de ce lieu sans avoir rien acheté dans ce nouveau rayon et sans aller goûter ce café qui paraissait délicieux. Malheureusement, il n'avait le temps ni pour l'un ni pour l'autre. Il s'adressa à un employé.

— S'il vous plaît, j'ai rendez-vous avec Naomi Brightstone. Je suis Ian MacGregor.

— Elle est dans son bureau, au deuxième étage. Je vais la prévenir, elle descendra dans une minute.

— Qu'elle ne se dérange pas. Je vais y aller, dit Ian en souriant.

— Je la préviens, monsieur MacGregor.

— Merci.

Montant l'escalier raide qui grimpait à l'étage, il eut soudain une image de sa mère lui promettant une crème glacée s'il l'attendait sagement pendant qu'elle finissait ses achats.

Le deuxième étage lui parut beaucoup moins impressionnant qu'autrefois. Et ce n'était certainement pas parce qu'il avait grandi. Des lumières avaient été ajoutées, et les étagères jadis de bois foncé étaient en pin clair. Deux grandes tables et des chaises prévues pour former un coin lecture accueillaient pour l'instant un couple de jeunes amoureux.

Ian sourit. Des rendez-vous, il en avait eu dans la bibliothèque du lycée. C'était quelque chose qui lui manquait terriblement. D'une manière générale, le genre féminin lui manquait terriblement.

— Monsieur MacGregor ?

Il se retourna. Une jeune femme s'approcha de lui. Elle avait de magnifiques cheveux noirs encadrant un visage de madone. Ses lèvres pleines étaient peintes en rouge, s'harmonisant avec son tailleur, de coupe classique. De simples anneaux dorés ornaient ses oreilles. Elle lui tendit une main fine et sans bague.

— Naomi Brightstone ?

— Elle-même.

Elle sourit.

— Je suis désolée de ne pas avoir été en bas quand vous êtes arrivé.

— Je n'étais pas à l'heure. Embouteillages…

— Allons dans mon bureau. Puis-je vous offrir quelque chose ? Un café ? Un cappuccino ?

— Le cappuccino est-il aussi bon que son odeur le laisse croire ?

Cette fois, le sourire de Naomi brilla aussi dans ses yeux.

— Il est encore meilleur. Surtout si vous l'accompagnez d'un petit biscuit à la noisette.

— Alors, je ne résiste pas.

— Vous ne serez pas déçu.

Elle l'entraîna vers une porte, près du café.

— Je vais en commander deux. Ne faites pas attention au désordre.

Elle contourna un escabeau et des seaux de peinture.

— Nous n'avons pas encore fini nos petits travaux de rafraîchissement.

— J'ai vu qu'il y avait beaucoup de changements ici. C'est très réussi.

— Merci.

Jetant un coup d'œil derrière elle, elle ouvrit une autre porte.

Elle le fit entrer dans son bureau flambant neuf et lui indiqua une chaise aux coussins rayés de couleurs vives.

— Asseyez-vous, je vous prie. Je suis à vous dans une minute. Je commande les cafés.

Il s'assit et prit le temps de l'observer. Naomi était la fille des propriétaires de la librairie, et l'arrière-petite-fille de ses créateurs, toutes choses qu'il savait.

Mais il s'était attendu à la voir plus âgée, avec une apparence plus sèche. En réalité, elle devait avoir à peine plus de vingt ans. Elle était efficace et stylée, et fort jolie. Il ne put s'empêcher d'admirer les courbes que le tailleur un peu strict n'arrivait pas à dissimuler.

Raccrochant le téléphone, elle s'assit en face de lui et croisa les mains sur ses genoux.

— Le café arrive dans deux minutes. Je veux tout d'abord vous remercier d'avoir accepté ce rendez-vous ici. Depuis quelques jours, le magasin ne me laisse pas beaucoup de temps pour me déplacer.

Elle avait une voix aussi claire et calme que ses yeux.

— Je comprends, et ce n'est pas du tout un problème pour moi. Je n'habite pas très loin.

— C'est très pratique. Votre secrétaire m'a dit que vous aviez le contrat d'associés que je dois signer.

Ouvrant son attaché-case, il chercha le dossier et demanda sans cacher sa curiosité :

— Dois-je en déduire que votre père se retire des affaires ?

— Plus ou moins. Mes parents souhaitent passer une bonne partie de l'hiver dans leur maison de l'Arizona, et peut-être s'y installer définitivement. Mon frère et sa famille y vivent déjà.

— Et vous, vous n'avez pas envie de les rejoindre ?

— Non, ma vie est à Boston.

Elle sentit son cœur palpiter de joie. Sa vie était à Boston, et elle allait bientôt diriger la librairie Brightstone, la plus importante de la ville.

— Depuis dix-huit mois, j'assume de plus en plus de responsabilités pour la librairie, expliqua-t-elle en souriant.

— C'est vous qui avez apporté tous ces changements ?

— Oui.

Elle hocha la tête. Elle s'était battue bec et ongles pour transformer le magasin.

— Le marché évolue, les clients sont plus exigeants,

et ils attendent autre chose. Il était temps de se mettre au goût du jour.

Quelqu'un frappa discrètement à la porte. Elle se leva et prit le plateau que le garçon lui tendait.

— Merci.

Elle se tourna vers Ian.

— Voici exactement le genre de service que les gens espèrent trouver aujourd'hui dans les librairies. Ils ne viennent plus seulement acheter des livres, ils cherchent une atmosphère, un lieu de rencontre.

En souriant, elle se rassit, et lui tendit une tasse.

— Ils veulent pouvoir s'offrir un bon café entre deux choix de livres.

Ian se mit à savourer la boisson brûlante.

— Ma foi, j'adhère à cent pour cent à cette idée. Ce café a du caractère. D'après ce que j'ai pu voir de votre comptabilité, les transformations que vous avez apportées sont gratifiantes.

Elle hocha la tête.

— Les ventes ont augmenté de quinze pour cent pendant les neuf derniers mois.

Elle fit une pause. Elle ne voulait pas penser pour l'instant à ce que lui coûtaient ces innovations qui avaient permis d'augmenter le chiffre d'affaires.

— Et j'estime qu'elles vont encore augmenter de quinze pour cent au cours des six prochains mois.

Ian posa sa tasse.

— J'adorais venir ici quand j'étais gamin.

— Etes-vous resté un client de Brightstone ?

Il secoua la tête.

— Non, je suis désolé. Mais je vais le redevenir.

Il lui passa les documents.

— Prenez le temps de les lire, et n'hésitez pas à me poser toutes les questions que vous voudrez.

— Merci.

Ouvrant un tiroir de son bureau, Naomi en retira une paire de lunettes cerclées qu'elle fit glisser d'un geste précis sur son nez, tandis que Ian la dévorait des yeux. Elle était encore plus adorable avec ses lunettes. Il se sentit fondre.

Reprenant sa tasse de café, il se ressaisit. Il ne devait pas oublier que Naomi était une cliente du cabinet MacGregor.

Mais ses yeux gris-vert avaient un tel éclat. Sans parler du rouge à lèvres ardent qu'elle arborait sur une bouche charnelle, incroyablement sexy. Et il avait eu le temps d'apprécier le galbe et la finesse de ses jambes.

Tout cela réuni en une seule femme pouvait faire damner un saint. Et les MacGregor n'avaient jamais eu la réputation d'être des saints.

Ian soupira silencieusement. Il devait garder la tête froide. Baissant le regard sur sa tasse de café, il fit un effort pour oublier les qualités physiques de Naomi, et son parfum si féminin, qui ajoutait à l'ensemble une note subtile, irrésistible.

Cependant, la tasse de café devint vite floue sous ses yeux. Il était incapable de détourner le cours de ses pensées. Au fond, quel mal y aurait-il à inviter Naomi à dîner ? Ou plutôt, à déjeuner, c'était mille fois mieux. Un déjeuner d'affaires, en somme, au cours duquel il ferait l'impossible pour ne pas rêver de lui mordiller le cou afin de connaître la saveur de sa peau.

Il l'observa de nouveau pendant qu'elle lisait consciencieusement le contrat. Elle avait les ongles courts, taillés en arrondi et dépourvus de vernis. Elle ne portait pas de bague. Ce qui signifiait sans doute qu'elle était libre.

Il hocha imperceptiblement la tête. Oui, il allait trouver une formule agréable pour l'inviter à déjeuner dans la semaine.

Naomi lut jusqu'à la dernière ligne, puis elle poussa un petit soupir. Ces documents symbolisaient quelque chose de prépondérant pour elle. C'était un grand jour.

Dommage qu'elle ne soit pas seule. Elle avait envie de pleurer de joie en les serrant contre son cœur. Ou de crier de joie. Cependant, elle s'exhorta au calme. Elle posa le contrat sur son bureau et retira ses lunettes.

— Tout me paraît en ordre.

— Vous avez des questions ?

— Non, je pense avoir tout compris. J'ai une licence de droit.

— Parfait. Vous pouvez les signer devant témoin. Puis je les enverrai à vos parents à Scottsdale. Quand ils les auront contresignés, le marché sera conclu.

Naomi se leva.

— Je vais chercher mon assistante.

Cinq minutes plus tard, elle lui tendit une main ferme.

— Merci beaucoup de vous être occupé de cela pour nous.

— Je suis heureux d'avoir été utile. J'ai une liste de livres sur moi, pour mon grand-père... Je crois que vous l'avez rencontré.

— Oui, plusieurs fois.

Son regard se réchauffa et ses lèvres se retroussèrent légèrement.

— Votre grand-mère et lui viennent à la librairie souvent quand ils sont à Boston.

— Il cherche quelques livres rares. Il m'a demandé si vous pouviez faire quelque chose pour lui.

— J'en serais ravie. Nous allons monter au troisième étage. Et si je n'ai pas ce qu'il veut, je ferai une recherche.

— Formidable.

Elle fit quelques pas. Ian resta sans bouger. Quand elle leva les yeux sur lui, il lui adressa un lent sourire.

— Vous avez un parfum fabuleux.

— Oh !

Elle baissa les yeux tandis que ses joues rosissaient. Elle agita les mains, puis elle les serra l'une contre l'autre.

— Merci... C'est un... nouveau parfum.

Elle releva la tête. Une expression paniquée traversa brièvement son regard.

— Nous devrions y aller, dit-elle d'une voix crispée.

Ian la suivit sur le palier et grimpa silencieusement l'escalier derrière elle. Cette montée avait un petit goût de paradis.

2

Naomi avait toujours pensé que le Grand Canyon n'était pas assez profond pour la cacher. Seul le fait qu'elle soit entourée de livres, ce qui la rassurait toujours, et qu'elle ait un travail urgent à accomplir l'avait empêchée de perdre de vue cette image avant que Ian soit parti. Après avoir trouvé deux des livres qu'il voulait et commencé une recherche pour le troisième, elle lui avait formellement serré la main, l'avait encore remercié et l'avait poliment raccompagné au rez-de-chaussée.

Puis elle était retournée directement dans son bureau, dont elle avait silencieusement refermé la porte. Et elle avait enfoui sa tête dans ses mains.

Quelle imbécile ! Quelle idiote !

Allait-elle toujours se transformer en pie jacasse dès qu'elle avait affaire à un homme attirant, qui ne lui avait même pas montré l'ombre d'un intérêt personnel ? N'avait-elle pas prévu que ce serait un des bénéfices des changements qu'elle avait opérés en elle-même ? La transformation d'une jeune fille trop ronde, malhabile et fade en une jeune femme mince, sûre d'elle et stylée ?

Mais elle s'était ridiculisée parce que Ian MacGregor l'avait complimentée sur le choix de son parfum.

Une semaine plus tard, elle ne s'en était toujours pas remise.

Elle avait trouvé le livre qu'il lui avait commandé. Il

était maintenant posé sur son bureau, enveloppé, prêt à être emporté. Il fallait encore qu'elle trouve le courage de téléphoner à Ian pour lui dire qu'il pouvait passer le prendre.

Désespérée, elle secoua la tête. Une parfaite idiote, voilà ce qu'elle était.

Après tous les efforts qu'elle avait fournis ! Brightstone n'était pas le seul projet qu'elle avait entrepris avec une volonté de revanche. Depuis un an, elle s'était donné un mal fou pour se métamorphoser.

Et ce n'était pas qu'une question de poids. Elle avait commencé à en perdre quand elle s'était convaincue qu'elle devait cesser de noyer sa timidité et sa maladresse en société en mangeant comme quatre. Et elle avait commencé à faire une introspection.

Elle avait trouvé en elle une femme digne de respect.

Elle avait pris l'habitude de suivre un régime raisonnable et de pratiquer des exercices physiques. Elle ne voulait plus se cacher, comme elle l'avait fait pendant toute son adolescence.

Elle se passa les mains sur le visage. Il n'y avait pas que sa garde-robe, bien qu'il lui ait fallu des mois pour se décider à la remplacer par des vêtements flatteurs et attrayants. Et pour ajouter des couleurs. Finis le bleu marine, le marron et le gris qui passaient inaperçus. Finis les vêtements larges dans lesquels ses formes se perdaient.

Elle soupira. Oui, mais cela n'était que l'apparence. Exactement comme les produits de beauté qu'elle avait appris à choisir et à appliquer sur sa peau. Elle ne se fondait plus dans la foule. Elle avait compris ce qu'il fallait faire pour présenter une apparence raisonnablement attirante, compétente et professionnelle.

Intérieurement, elle était arrivée aussi à se métamorphoser. Elle ne s'autorisait plus à être timide, à se cacher, à éviter les gens, comme elle l'avait fait la plus grande partie de sa vie parce qu'elle ne se trouvait pas aussi belle que sa mère, ni aussi épanouie et sûre d'elle que son frère.

La librairie Brightstone avait besoin d'une directrice pleine d'assurance, ce qu'elle était devenue.

Elle secoua la tête. Elle avait si bien réussi, et cela l'avait rendue si fière ! Ce rendez-vous avec Ian MacGregor, elle l'avait parfaitement assumé. C'était pourtant le genre d'homme qui, avant, l'aurait rendue muette comme une carpe.

« Le don Juan de Harvard ». Oui, il méritait définitivement ce titre. Il avait une telle allure, et quand il souriait... elle ne devait pas être la seule à sentir son cœur s'affoler.

Cependant, elle avait tenu son rôle. Ils avaient pris le café, discuté, parlé affaires.

Puis il lui avait fait une brève remarque personnelle, un compliment, et elle s'était mise à parler à tort et à travers, et à bégayer. Et, que Dieu lui vienne en aide, elle avait même rougi ! Tout cela parce qu'il lui avait parlé de son parfum.

Elle redressa la tête. Et d'abord, pourquoi s'était-elle parfumée ? Pour que les gens la remarquent, pour se sentir à la fois féminine et sûre d'elle.

Un homme comme lui, avec ses livres, son milieu, son charme, devait avoir le don de flatter les femmes, avec son petit air nonchalant. Et il devait s'attendre à ce qu'elles lui répondent avec naturel, et peut-être en flirtant un peu.

Mais elle, elle avait rougi et bégayé. C'était tout ce qu'elle avait trouvé à faire.

Elle avait réagi comme une adolescente. Ian avait dû bien rire en rentrant chez lui. Ou pire encore, il l'avait peut-être prise en pitié.

Elle fit une petite grimace. Cette idée lui était insupportable. Elle avait passé trop d'années à se ridiculiser ou à se faire prendre en pitié.

Même avec sa famille, qui l'avait pourtant toujours

aimée. Mais quand vous étiez le seul petit canard dans une famille de cygnes, c'était difficile de faire comme si tout était normal.

Elle soupira. Ses parents avaient été ravis de voir qu'elle avait fait l'effort de présenter une apparence plus sociable. Sa mère en avait presque eu le vertige quand elle lui avait demandé conseil pour la couleur et la coupe de ses vêtements. Juste avant qu'ils partent pour l'Arizona, son père l'avait prise dans ses bras comme il l'avait toujours fait, à la manière d'un ours. Mais cette fois, au lieu de l'appeler « ma petite fille chérie », comme d'habitude, il avait dit « ma princesse ».

Ses parents lui avaient fait confiance pour Brightstone. Ils savaient qu'elle avait la capacité de diriger la librairie, et qu'elle ne reculerait pas devant la tâche. Elle avait aussi gagné une longue bataille en les convainquant d'apporter des modifications au concept. Son père n'était pas d'accord, au départ. Il ne voulait pas engager de telles dépenses, ni prendre de risques financiers. Il aurait préféré prendre sa retraite et vendre le magasin.

Mais elle l'aimait trop. Et elle en avait besoin. Cette librairie avait été son refuge, sa joie de vivre, aussi loin qu'elle s'en souvienne. Finalement, sa famille avait compris sa démarche et lui avait fait confiance.

Elle releva résolument la tête. Elle n'allait pas les décevoir maintenant. Ni se décevoir elle-même.

Et cela ne servait à rien de ruminer éternellement sa petite maladresse avec Ian. Il devait avoir déjà tout oublié, comme il l'avait sans doute oubliée elle-même. Et pour que ce petit incident ne lui trotte pas trop longtemps dans la tête, et ne l'empêche pas d'atteindre ses objectifs, elle devait l'affronter. Et affronter Ian.

Prenant une longue inspiration, elle saisit le livre et se leva. Elle ne téléphonerait pas à Ian. Elle lui porterait elle-même son livre.

Entrant d'un pas ferme dans le joli bâtiment de deux étages qui abritait les bureaux MacGregor & MacGregor, elle releva la tête et esquissa un sourire. Tout allait bien, elle maîtrisait parfaitement la situation. Elle avait pris le temps de se passer du rouge à lèvres, après l'avoir complètement effacé en se mordillant par nervosité. Et elle avait respiré profondément une dizaine de fois. Un moyen idéal, longtemps éprouvé, de se calmer les nerfs.

Le vrai problème, c'était la réaction qu'elle avait eue en voyant Ian. Dès qu'elle l'avait aperçu, souriant à la jeune vendeuse au deuxième étage de Brightstone, elle avait eu l'impression qu'un ouragan lui coupait le souffle.

Cela lui était déjà arrivé maintes fois, quand elle voyait quelque chose de particulièrement beau et hors de sa portée. Elle éprouvait alors une espèce de nostalgie de ce qu'elle ne pourrait jamais avoir à elle.

Dieu merci, elle s'était ressaisie. Il lui avait suffi de se souvenir que Ian MacGregor n'était pas venu pour la voir elle, mais pour l'affaire qui les intéressait.

Traversant le grand hall d'accueil, elle s'accrocha fermement à cette idée et jeta un coup d'œil circulaire. Les couleurs raffinées — vert pâle et beige rosé — étaient mises en valeur par le marbre veiné de violet de la cheminée, dans laquelle crépitait un feu de bois.

Elle eut un sourire admiratif. Cet endroit était décoré avec beaucoup de goût. Et respirait la tradition. Des qualités, dans le travail aussi bien que dans la famille, qu'elle appréciait à leur juste valeur.

Derrière un grand bureau de bois de citronnier, une hôtesse lui adressa un sourire de bienvenue.

— Bonjour. Puis-je vous aider ?

— Je suis Naomi Brightstone. J'ai...

Elle fit une pause tandis que la porte s'ouvrait et se refermait sur une superbe femme brune, qui entra comme un ouragan.

— J'ai gagné ! La justice a triomphé une fois de plus, et nos enfants seront en sécurité.

Puis, voyant Naomi, elle lui adressa un sourire triomphant.

— Excusez-moi. Nous n'avons pas toujours un comportement aussi peu digne, dit-elle. Je suis Laura Cameron.

— Naomi Brightstone. Félicitations.

— Merci… Brightstone, comme la librairie ?

— Elle-même.

— Oh, j'ai toujours adoré cet endroit.

Chassant une mèche de cheveux qui lui retombait sur les yeux, Laura ajouta avec un air gourmand :

— Et le café est délicieux !

— Merci, nous en sommes très fiers.

— Nous avons quelque chose pour vous, je crois. Ou plutôt, c'est Ian qui…

— Oui, je suis juste passée pour…

— Je suis sa sœur.

— Oui, je sais. Votre grand-père voulait un livre.

Elle brandit son sac à main.

— J'avais quelques courses à faire dans ce quartier, j'ai pensé que je pouvais le déposer.

— Voulez-vous me le laisser, ou préférez-vous voir Ian ?

— Eh bien, je…

Elle se mit à fouiller dans son sac. La sonnerie de son téléphone portable fut un soulagement.

— Quelle invention stupide ! dit-elle avec un petit rire nerveux. Cela me fait toujours sursauter. Excusez-moi un instant.

Elle trouva enfin l'appareil.

— Allô !

— Naomi ? Ian MacGregor à l'appareil.

— Oh !

Le sang envahit ses joues.

— Comme c'est bizarre !

— Quoi donc ?

— Je veux dire… Je suis justement… J'ai le livre que vous cherchiez. J'allais juste…

— Parfait. Nous allons faire d'une pierre deux coups. Vos documents sont prêts. Je peux les déposer chez vous et prendre le livre dès que je sortirai du tribunal.

— A vrai dire, ce n'est pas nécessaire…

— Cela ne me pose aucun problème. Vous êtes sur mon chemin, souvenez-vous !

— Oui, je me souviens. Mais je suis juste en bas de votre escalier.

— Où ? Ici ?

Il émit un petit rire enchanté.

— Attendez-moi, dit-il avant de raccrocher.

Naomi regarda son téléphone d'un air stupéfait.

— C'était votre frère.

Laura sourit.

— Je m'en doutais.

Détournant la tête, elle murmura :

— Les miracles de la technologie !

Elle jeta un coup d'œil espiègle à Naomi. Pourquoi cette rougeur subite sur les joues de la jeune femme ? Elle n'aurait pas été surprise d'apprendre que Ian y était pour quelque chose.

Arrivant en courant au bas de l'escalier, Ian ne vit qu'elle. Elle tenait encore son téléphone à la main. Et elle était aussi belle que dans son souvenir. Il lui tendit la main en lui adressant un sourire étincelant.

— Vous pouvez raccrocher, dit-il avec un regard amusé.

Elle retint son souffle.

— Oh… oui, bien sûr !

Et elle se détesta aussitôt. Bravo, Naomi, c'était brillant ! Au point où elle en était, elle pourrait aussi bien lui lécher les pieds.

— Je faisais quelques courses, et j'ai eu l'idée d'apporter le livre de M. MacGregor.

— Excellente idée. Suivez-moi, je vous prie.

— Je ne veux pas vous déranger.

— Vous ne me dérangez pas du tout.

La prenant par le bras, il l'entraîna vers l'escalier.

— Vous devez avoir beaucoup de travail, dit-elle d'une voix qu'elle espérait claire et posée.

Le scénario qu'elle avait mis au point dans sa tête n'incluait pas un détour par le bureau de Ian.

— J'ai quelques minutes. Vous n'avez pas mis longtemps pour trouver ce livre.

— Nous avons plusieurs sources excellentes. Le prix se situe dans la fourchette que je vous ai indiquée. La fourchette supérieure, je le crains.

Ian la guida le long du couloir aux murs tendus de panneaux d'acajou.

— Mon grand-père voulait ce livre à tout prix.

Il lui pressa légèrement le bras. Elle avait encore cette merveilleuse odeur, mais il préféra éviter de le lui faire remarquer. Il n'était pas question de la déstabiliser de nouveau.

— Asseyez-vous.

Ne voyant aucune possibilité de s'éclipser sans paraître grossière, elle prit la chaise qu'il lui indiquait et jeta un regard discret autour d'elle. Cette pièce était en parfaite harmonie avec le reste de la vieille demeure. Le bureau à moitié dissimulé sous l'ordinateur de bois massif supportait des piles de dossiers, et le tapis qui recouvrait une partie du magnifique plancher était un Bristol.

Des placards en chêne étaient alignés contre un mur, des étagères croulant sous les livres en cachaient un autre. La fenêtre au rebord sculpté donnait sur la rue, où le feuillage des arbres commençait à se teinter des couleurs de l'automne.

— Cet immeuble est magnifique.

— Mon père l'a acheté avant d'épouser ma mère. Il n'avait pas encore fini de le réhabiliter quand ma mère a pris un bureau ici. Ils voulaient que la loi soit hébergée dans un lieu plein de caractère et de chaleur.

— Ils ont parfaitement réussi.

— Je vous remercie. Puis-je vous offrir un café ? C'est à peine si j'ose vous le proposer, après avoir goûté le vôtre.

— Je suis sûre qu'il est très bon, mais je vous remercie. Je dois…

— Je vais vous donner les papiers, coupa-t-il.

Il n'allait pas la laisser partir avant d'avoir trouvé le moyen de lancer son invitation.

Il s'assit sur la chaise à côté d'elle.

— J'ai des photocopies pour vous, continua-t-il, mais les originaux seront au palais de justice. Vous êtes maintenant associée et vice-présidente de la librairie Brightstone. Vous avez toute autorité, ainsi que les pouvoirs exécutifs. Félicitations.

Elle ouvrit la bouche pour le remercier, mais aucun son n'en sortit. L'émotion lui coupait la respiration. Elle ne put faire qu'une chose : fermer les yeux.

— Vous allez bien ? lui demanda-t-il doucement.

Elle hocha la tête et porta une main à ses lèvres pour chasser les accès de joie et de peur qui la submergeaient.

— Oui, excusez-moi.

— Je vous en prie.

Sans réfléchir, il lui prit la main. Naomi paraissait à la fois heureuse et terrifiée.

— C'est un grand moment pour vous.

— Le plus grand de toute ma vie. Je croyais y être préparée… Je suis prête, corrigea-t-elle, pour ce travail. Mais le fait de l'entendre, de savoir que c'est la réalité… Je me sens un peu déconcertée. Merci beaucoup.

Elle eut un rire bref.

— Heureusement que j'étais assise.

— Je sais ce que l'on ressent. J'ai éprouvé la même chose le jour où je me suis installé dans ce fauteuil. Je faisais partie d'une œuvre primordiale pour moi. Je suis resté assis pendant au moins une heure en souriant comme un idiot. Euphorie et terreur. C'est bien cela ?

— Exactement.

Sa main se détendit dans la paume douce et chaude de Ian.

— C'est impressionnant d'être le maillon suivant d'une longue chaîne de tradition familiale, ne trouvez-vous pas ? dit-elle d'une petite voix.

— Sans aucun doute. Comment allez-vous fêter cela ?

— Fêter ?

Elle hésita.

— Je crois que je vais retourner travailler.

— Hmm. Que diriez-vous d'un dîner ?

— Un dîner ? Oui, je le préparerai à la maison.

Il l'observa un instant, puis il secoua la tête. Inutile d'user de subtilités.

— Naomi, j'aimerais vous inviter à dîner ce soir, si vous n'avez rien d'autre à faire.

— Oh, eh bien… Non, pas vraiment. Je…

Elle se raidit. Seigneur, elle n'allait pas se mettre encore à jacasser en bégayant !

— Ne vous croyez pas obligé de…

— Très bien. Je vais vous présenter cela d'une autre façon.

Il ne la quittait pas des yeux. C'était fascinant de voir la façon dont le rose lui montait aux joues d'une seconde à l'autre.

— Accepteriez-vous de dîner avec moi ce soir ?

— Oh, oui, merci. Avec plaisir.

— Parfait. A 19 heures ?

— 19 heures, c'est très bien.

— Dois-je vous prendre au magasin, ou à votre appartement ?

— Mon… appartement. Je vais vous donner l'adresse.

— Je l'ai déjà… dans votre dossier.

— Oui, bien sûr.

Elle prit une profonde inspiration. Quand allait-elle cesser de se comporter comme une idiote ?

— Il n'est pas loin de la librairie. Je peux aller travailler à pied tous les jours. J'aime beaucoup le quartier, ajouta-t-elle.

Elle se mordit l'intérieur de la joue. « Tais-toi, mais tais-toi donc ! » pensa-t-elle désespérément. « Et sors de là avant de t'être complètement ridiculisée. »

— Je dois partir, dit-elle en se levant précipitamment.

Sa main était toujours prisonnière de celle de Ian.

— Je dois aller travailler… à la librairie.

Ian hocha légèrement la tête. Il la dévorait du regard. Naomi avait des yeux immenses, magnifiques et, pour une raison qu'il ignorait, emplis de peur…

— Vous êtes sûre que tout va bien ? s'enquit-il encore.

— Oui, tout va bien. Merci.

— Je vais vous raccompagner à la sortie.

— Non, surtout, ne vous dérangez pas.

Désespérée, elle libéra sa main.

— Je connais le chemin.

— Naomi…

— Hmm ?

— Le livre ?

— Le livre ? Oh !

Se maudissant, elle se retourna et lui tendit le sac qu'elle avait gardé à la main.

— Désolée, j'avais complètement oublié. Au revoir.

— Merci. A ce soir.

— Oui, à ce soir.

Elle s'éclipsa.

Ian posa le livre sur son bureau d'un air pensif. C'était curieux. Naomi ne lui avait pas paru écervelée. Ce devait être la signature du contrat qui lui avait un peu tourné la tête.

A moins… que ce soit lui qui la rende nerveuse. Est-ce que ce ne serait pas un gentil petit bénéfice supplémentaire ? Après tout, cela ne le dérangerait pas le moins du monde de faire perdre un peu la tête à la jolie et efficace Naomi Brightstone.

Se rapprochant du bureau, il appela sa secrétaire et lui demanda de réserver une table pour deux chez Rinaldo, pour 19 h 30. Puis, fourrant les papiers dans son attaché-case, il partit pour le palais de justice en sifflotant.

Il ne se rappelait pas avoir attendu une soirée avec une telle impatience.

3

Ian nouait sa cravate quand le téléphone sonna. Il l'ignora. Il n'avait pas de temps à perdre. Il devait encore passer chez le fleuriste avant d'aller chez Naomi.

Une voix tonitruante à l'accent écossais retentit dans le répondeur. En soupirant, il saisit le récepteur.

— Je suis chez moi, mais pas pour longtemps, annonça-t-il.

— Pourquoi aucun de mes petits-enfants ne peut-il rester tranquille ? se lamenta Daniel. Toujours à courir le guilledou ! Votre grand-mère n'a pas une minute de repos. Elle se fait un sang d'encre pour vous tous.

— Ah oui ?

Ian se mordilla la lèvre.

— Je croyais qu'elle s'inquiétait parce que je ne sortais pas assez et que j'étais toujours plongé dans mes livres.

— L'un n'empêche pas l'autre, répliqua Daniel sans se démonter. Quand vas-tu te décider à venir nous voir ?

— Grand-père, je suis venu le mois dernier pour le mariage de Duncan, tu te souviens ?

— Et alors ? C'était le mois dernier ! Qu'y a-t-il, ce mois-ci, qui t'empêche de penser à tes pauvres grands-parents ?

— Rien. Vous allez bientôt me voir venir.

— Tu as intérêt à tenir parole, mon garçon. Je ne veux

pas que ta grand-mère me harcèle nuit et jour pour que je te téléphone. Bien, en attendant, que fais-tu de beau ?

— Je me prépare pour aller dîner avec une jolie femme, grâce à toi.

— A moi ? Comment cela ? Je n'y suis strictement pour rien. Et ne t'avise pas de raconter à ta grand-mère que j'y suis pour quelque chose. Tout ce que j'ai fait…

Ian éclata de rire.

— Détends-toi. Je ne t'accusais pas de te mêler de ce qui ne te regarde pas. Disons que c'est une heureuse coïncidence. Tu m'as demandé d'aller chez Brightstone pour chercher ton livre, tu te souviens ?

— Et alors ? N'importe qui a le droit de chercher un livre rare, non ?

Ian leva les yeux au ciel.

— Oui, grand-père. Naomi m'a apporté ton Walter Scott au bureau, aujourd'hui, ce qui m'a permis de la revoir. Et je l'ai invitée à sortir avec moi. Alors, je te remercie.

— Très bien, très bien.

Dans son bureau de Hyannis Port, Daniel était aux anges. Son petit-fils était futé, mais pas autant que lui. Ha !

— C'est très bien, répéta-t-il. C'est une adorable jeune femme, cette Naomi. Elle a de bonnes manières, et de la matière grise.

— Ne t'emballe pas, grand-père. Je l'ai simplement invitée à dîner.

— Pourquoi veux-tu que je m'emballe ? Je disais seulement que c'est très bien de dîner avec une belle jeune femme. Qu'y a-t-il de répréhensible, j'aimerais le savoir ?

— Rien, rien du tout.

Ian consulta sa montre.

— Je dois partir si je ne veux pas être en retard à mon rendez-vous.

— Eh bien qu'attends-tu ? Vas-y, mon garçon, et n'oublie pas de rendre visite à ta grand-mère.

Daniel raccrocha et se frotta les mains. Tout allait comme sur des roulettes.

Affolée, Naomi faisait défiler les cintres de sa garde-robe. Qu'allait-elle porter ce soir ? Et quand elle aurait trouvé la robe adéquate, il resterait un problème à résoudre : ses cheveux. Qu'allait-elle en faire ?

L'heure avançait, et elle était incapable de se décider. C'était horrible. En désespoir de cause, elle finit par se décider pour une robe noire toute simple à encolure montante et manches courtes. Quant à ses cheveux, elle allait les laisser libres.

Elle soupira. Pourvu que sa tenue soit suffisamment recherchée tout en restant assez décontractée pour ne pas trahir son désarroi ! Elle passa autour de son cou la triple rangée de perles que sa grand-mère lui avait donnée, et se glissa dans de fines chaussures noires à hauts talons. Elle aurait mal aux pieds avant la fin de la soirée, mais elle se sentait plus sûre d'elle. Elle s'aspergea de parfum, celui que Ian avait remarqué.

S'observant dans le miroir, elle murmura :

— Tu n'es pas si mal. Tu es prête, et tu ne vas pas te comporter stupidement. Un homme charmant a eu l'idée généreuse de t'inviter à dîner pour fêter un événement important de ta vie. C'est tout.

Elle sursauta quand on frappa à la porte.

— Oh, Seigneur !

Fermant les yeux, elle prit les dix profondes inspirations qui lui sauvaient la mise chaque fois.

Elle était sûre d'elle et souriante en ouvrant la porte. Son cœur fit un bond dans sa poitrine quand elle le vit sur le seuil — aussi beau qu'un prince de conte de fées — mais elle n'en laissa rien paraître.

— Vous êtes ravissante.

— Merci. Vous aussi.

Elle se mit à rire. Elle ne se sentait pas trop ridicule.

— Je parlais des fleurs, ajouta-t-elle.

Il baissa les yeux sur le bouquet de roses.

— Elles vous plaisent ?

— Beaucoup.

Elle lui prit le bouquet en rougissant.

— Entrez. Mettez-vous à l'aise pendant que je les mets dans un vase.

Il hocha la tête. Ce ne serait pas difficile. Le salon était confortable, agréable et simple. Comme le bureau de Naomi. Comme elle. Les couleurs chatoyantes, verts profonds et mauves, les lignes traditionnelles des meubles Queen Anne, le raffinement des objets et des œuvres d'art, tout était à son image.

Au bout de quelques minutes, Naomi revint avec le bouquet de roses, qu'elle avait joliment disposé dans un vase. Elle le contempla d'un air satisfait. Dieu merci, elle n'avait pas perdu son aplomb devant ces fleurs, bien que ce soit la première fois qu'elle en reçoive d'un homme qui ne soit pas de la famille. Plus tard, elle pourrait passer tout le temps qu'elle voudrait à rêvasser en les admirant.

— Elles sont vraiment très belles. Merci encore.

— Vous êtes très belle vous aussi. J'aime beaucoup votre salon.

— Vraiment ?

Posant le vase sur la petite table basse, elle se félicita intérieurement. Elle n'avait pas tremblé, ni fait tomber une goutte d'eau. Elle pouvait être fière d'elle.

— Je voulais un appartement proche de mon travail, et je n'ai pas besoin de beaucoup d'espace. Il y avait des appartements neufs qui auraient peut-être été plus fonctionnels, mais j'aime les immeubles anciens. Et leur fantaisie.

— Moi aussi. J'ai acheté une maison il y a quelques

mois. Les planchers craquent, les canalisations gargouillent et la cave est humide comme un caveau. Une vraie maison hantée. Mais j'adore ça.

— Elle me fait penser à la maison de mon enfance. Je suis toujours prise de nostalgie quand je passe devant. Voulez-vous boire quelque chose avant que nous partions ?

— Non, merci. Je vous conseille de prendre un manteau, il commence à faire frais dehors.

Sortant dans le petit corridor, elle ouvrit un placard et poussa un soupir de soulagement. Elle était arrivée à prendre sur elle, à se conduire tout à fait normalement, et Dieu sait pourtant que cet homme l'impressionnait. En se retournant, elle se cogna contre lui, fit un bond en arrière comme si elle était montée sur ressorts, et faillit tomber dans le placard.

Il la prit par le bras pour la stabiliser, tandis qu'un sourire se dessinait lentement sur ses lèvres. Oui, il la rendait très nerveuse. Hmm, c'était délicieux.

— Désolé, mentit-il. Je ne voulais pas vous faire peur.

— Je n'avais pas vu que vous étiez derrière moi. J'étais venue… prendre mon manteau.

Elle le brandit entre eux comme un bouclier.

Il le lui prit des mains.

— Laissez-moi vous aider.

La gorge sèche, Naomi hocha légèrement la tête. Son cœur cognait à grands coups dans sa poitrine. C'était certainement à cause de cette scène ridicule. Elle se méprisait pour son incorrigible maladresse. Prenant une profonde inspiration, elle rassembla ses esprits. Après tout, il n'y avait peut-être pas de quoi désespérer. Quelques mois plus tôt, elle se serait consolée avec un grand paquet de chips.

Se forçant à rester calme, elle se retourna et enfila son manteau.

Elle s'éloigna rapidement de lui et attrapa son sac à main.

— Nous y allons ?

Ce fut plus facile au restaurant, avec la lumière douce des bougies et la saveur veloutée du bon vin. Et c'était merveilleux de discuter avec Ian, de l'écouter. Mais surtout, elle constata avec ravissement qu'ils avaient de nombreux points communs.

— J'aime l'esprit et le charme de la musique traditionnelle, dit-elle. Je laisse toujours un fonds musical à la librairie. Je crois que si la musique n'est pas envahissante, elle est bonne pour le moral des clients.

— Etes-vous allée au festival de musique celtique, cet été ?

— J'y ai passé une journée entière.

— Moi aussi.

Il piqua des champignons au porto de sa fourchette.

— La musique était magnifique... et les danseurs stupéfiants.

— J'adore regarder les gens danser.

Faisant une pause, elle se pencha sans réfléchir par-dessus son assiette pour prendre la bouchée qu'il lui tendait. Elle mâcha lentement.

— Hmm... c'est délicieux.

— Vous en voulez encore ?

— Non, merci, je n'ai plus faim. C'était par gourmandise. J'ai un faible pour la cuisine italienne.

— Je l'aime particulièrement, moi aussi. Et je sais préparer un poulet picata.

Naomi leva un sourcil étonné.

— Vous aimez cuisiner ?

C'était difficile de l'imaginer en train de s'affairer dans une cuisine. Sans attendre sa réponse, elle continua :

— Moi aussi. Et je suis prête à mettre ma sauce clam en compétition avec votre picata, un de ces jours.

— Défi accepté. Nous organiserons une séance de cuisine.

Elle lui adressa un petit sourire.

Ian l'observa quelques instants en silence. Il ne devait pas brûler les étapes. Après tout, son grand-père n'était pas le seul MacGregor qui soit capable de mettre une stratégie au point. Et lui, il en avait déjà une en tête.

— En fait, Naomi, j'ai une petite proposition de travail à vous faire.

— De travail ?

Elle lui jeta un coup d'œil surpris, tandis que le serveur enlevait les assiettes d'apéritif et déposait les entrées devant eux.

Ian hocha la tête.

— J'espère qu'elle vous plaira autant qu'à moi. Je veux transformer une chambre d'amis en bibliothèque. J'ai déjà une idée, mais j'aimerais vous la soumettre pour que vous me fassiez des suggestions. Et j'aimerais que vous me donniez des conseils pour choisir ma collection.

— Naturellement, dit Naomi, le visage impassible.

Elle ignora la déception causée par les paroles de Ian. De toute façon, c'était beaucoup mieux ainsi. Ian s'intéressait à elle sur le plan professionnel. Que pouvait-elle attendre d'autre ?

— Vous voulez investir dans des livres rares ?

— Pas forcément. Je veux une bibliothèque avec des livres variés, pas un musée. J'aimerais que ce soit une pièce confortable. Je n'ai pas envie que mes invités se sentent mal à l'aise et n'osent pas sortir un livre des rayons. J'ai déjà un certain nombre de titres, et pour le reste, je veux explorer les librairies.

— Je serai enchantée de vous aider. Si vous pouviez me donner une liste des livres que vous avez, et de ceux que vous cherchez, nous commencerons très vite.

— Formidable. Pourrez-vous vous libérer pour venir voir la pièce dans laquelle je vais l'installer ? Vous n'hésiterez pas à critiquer, s'il le faut.

— Très bien. Dites-moi à quel moment cela vous conviendrait.

— Que diriez-vous de samedi, vers 18 heures ?

Elle était trop surprise, et trop éblouie par son sourire, pour répondre par autre chose qu'un hochement de tête.

Le vent faisait ployer les arbres quand il se gara devant l'immeuble de Naomi. Le clair de lune éclairait la rue, et la musique douce qui s'échappait de l'autoradio invitait à la rêverie.

Ian sourit. C'était une soirée parfaite.

Le parfum subtil de Naomi flottait dans la voiture. Elle avait commencé à se détendre quand ils avaient repris leur discussion sur les livres. Elle s'était même particulièrement animée. Il ne pouvait que se féliciter d'avoir trouvé le bon stratagème.

Non que ce soit uniquement un stratagème. Après tout, c'était vrai, il voulait cette bibliothèque, et c'était logique qu'il aille chercher des conseils auprès de Naomi, qui était une fine connaisseuse. Et si, de plus, c'était une femme attirante qui suscitait son intérêt à un niveau plus personnel, il ne pouvait que s'en réjouir.

Et il voulait bien être damné si cet intérêt n'était pas réciproque.

Se tournant vers lui, elle rejeta en arrière sa chevelure bouclée qui tombait en cascade sur ses épaules.

— Merci de m'avoir accompagnée pour fêter cela.

— Merci à vous.

Il se glissa hors de la voiture et contourna le capot pour lui ouvrir la portière. Elle arriva à déboucler sa ceinture de sécurité sans trop de maladresse, mais avant qu'elle puisse lui dire qu'il n'avait pas besoin de la raccompagner à sa porte, il lui avait pris la main.

Elle eut un brusque accès de panique. Il ne lui avait

pas pris le bras, mais la main. Ils marchaient côte à côte, main dans la main. C'était si… intime.

Etait-elle censée l'inviter chez elle ? C'était impossible, tout à fait hors de question. Elle n'avait pas du tout prévu cela pour la soirée, elle n'y était pas préparée et elle risquerait d'avoir un comportement ridicule.

— Demain sera votre première journée en tant qu'associée, dit-il tandis qu'ils entraient dans le hall de l'immeuble.

Elle poussa un imperceptible soupir de soulagement. Dieu merci, il venait de lui lancer une bouée de sauvetage.

— Tout à fait, s'empressa-t-elle de répondre. J'ai une réunion importante demain matin, où nous parlerons de la nouvelle organisation pour les signatures d'auteurs. Nous avons notre première séance de lecture pour les enfants samedi prochain.

— Vous ne vous contentez pas de vendre des livres ?

Il passa nonchalamment le pouce sur son poignet. C'était un plaisir de sentir son pouls s'emballer.

Elle prit une profonde inspiration.

— Non, répondit-elle, le souffle un peu court.

Ils étaient maintenant dans l'escalier qui conduisait chez elle.

— C'est… important pour une librairie d'offrir des activités liées au livre. Je veux, enfin… nous voulons, être capables de proposer des services et des événements qui intéressent toutes les catégories sociales et tous les âges.

Quand ils arrivèrent sur son palier, Ian lui prit l'autre main. Frémissante, elle se mit à parler à toute vitesse.

— Et nous sponsorisons trois clubs de lecture. Chaque mois, ils organisent des rencontres au… au…

De plus en plus troublée, elle fit une pause. Bon sang, quel était le nom qu'elle cherchait ?

— Au Café, finit-elle par dire d'une voix à peine audible.

Se libérant une main, elle prit son petit sac, qu'elle avait coincé sous son bras. Il fallait qu'elle trouve ses clés, vite.

— Eh bien… merci pour ce dîner charmant.

Elle laissa tomber ses clés et faillit lui cogner la tête quand ils se baissèrent pour les ramasser. Elle se redressa, raide comme un poteau téléphonique.

Hésitant un instant, Ian lui tendit les clés. Puis il prit doucement son visage entre ses mains pour l'obliger à rester en place.

— Essayons comme ceci, murmura-t-il en posant sa bouche sur la sienne.

A sa grande surprise, elle ne réagit pas. Peut-être avait-il mal compris cet enchevêtrement de signaux ? Brusquement, il sentit qu'elle entrouvrait les lèvres. Incapable de résister, il glissa ses mains dans sa chevelure soyeuse. Il émit un son rauque en l'attirant contre lui.

Naomi ferma les yeux. Pendant toute la soirée, la terre n'avait pas été très ferme sous ses pieds, mais maintenant, avec ces lèvres de feu qui lui donnaient le vertige, elle semblait vouloir littéralement céder sous elle.

Lui échappant pour la seconde fois, les clés tombèrent dans un bruit métallique tandis qu'elle s'agrippait au bras de Ian. Puis, lentement, avec la sensation d'osciller comme un roseau, elle se détendit contre lui.

Une nappe de brume semblait envelopper son esprit.

Ian desserra un peu son étreinte pour l'observer. Elle entrouvrit ses grands yeux verts, embrumés de désir. Sa bouche pulpeuse frémissait sous son souffle saccadé.

Il fit glisser ses mains sur ses épaules. Elle frissonna.

— Il faut que je recommence, chuchota-t-il.

Elle posa sur lui un regard si vacillant qu'il ne put s'empêcher de sourire.

Avec fougue, il prit de nouveau sa bouche, l'embrassa plus profondément. Et il éprouva le même accès de désir qu'il avait expérimenté avec le premier baiser. Naomi poussa un petit soupir qui embrasa ses sens.

Il se noyait dans son odeur, dans ce parfum singulier

qui avait titillé ses sens depuis le moment où il l'avait rencontrée. Naomi Brightstone lui faisait littéralement perdre la tête.

Elle lui effleura la nuque d'une main hésitante, tandis que ses lèvres capitulaient lentement sous la pression impérieuse de sa bouche. Conscient qu'il allait bientôt lui en demander plus, il fit un effort pour reculer.

Sans rien dire, il se baissa pour ramasser ses clés et ouvrit sa porte.

— Bonne nuit, Naomi.

La regardant dans les yeux, il posa les clés dans sa main.

— Oui... bonne nuit... merci.

Elle entra en titubant dans son appartement. Sans se retourner, elle lui ferma la porte au nez.

Il resta un instant immobile. Avait-il fait une erreur en l'embrassant, ou en s'arrêtant de l'embrasser ? Puis il entendit le petit bruit métallique des clés qui tombaient de nouveau par terre.

Avec un large sourire, il s'éloigna à grands pas. Il n'avait pas fait la moindre erreur. Et il recommencerait très bientôt à embrasser Naomi Brightstone. Aucun doute là-dessus.

4

— Tu n'as pas du tout de chocolat ? se lamenta Julia.

Remuant une sauce, Ian lui jeta un coup d'œil par-dessus son épaule. Sa cousine était toujours aussi jolie, toujours aussi impatiente, et enceinte jusqu'aux yeux.

— Tu as tout mangé la dernière fois que tu es venue, lui rappela-t-il.

Elle posa sur lui un regard acéré, et continua l'exploration des placards.

— Tu pourrais aller faire des courses de temps à autre, non ?

Ian se mit à rire.

— Il y a des fruits frais au réfrigérateur. Je regrette, ils ne sont pas enrobés de chocolat.

Lui faisant un signe de tête, il lui tendit une cuillère de bois contenant quelques gouttes de liquide rougeâtre.

— Tiens, goûte plutôt cela.

Avec un petit soupir résigné, Julia s'approcha de lui. Posant une main sur son ventre volumineux, elle s'exécuta.

— Hmm… pas mauvais du tout. Où est le dessert ?

Riant encore, Ian posa la cuillère.

— Cullum te fait mourir de faim ?

— Ce n'est pas moi, c'est lui. Il veut du chocolat, dit-elle en caressant tendrement son abdomen. Tu n'as même pas de bonbons ?

— Désolé, mais je vais en constituer un stock. Pour

Travis, c'était les crèmes glacées, si je me souviens bien. Des tonneaux.

— Il aime toujours les crèmes glacées, dit Julia avec un tendre sourire. Ses premiers mots ont été : « crème au chocolat ».

Comme Ian riait encore, elle inclina la tête sur le côté.

— Tu es drôlement de bonne humeur, mon vieux.

— C'est grâce à une femme.

— En général, c'est toujours la réponse. Elle ne s'appellerait pas Naomi Brightstone, par hasard ?

— Comment l'as-tu deviné ? Elle va arriver d'un instant à l'autre...

— Ne t'inquiète pas, Cullum et Travis vont venir me chercher. Je ne vais pas t'encombrer longtemps. Où est le projet final pour ta bibliothèque ?

— A l'étage. Je l'ai étudié hier soir.

— Qu'attends-tu pour me le montrer ?

— Merci, Julia, j'apprécie beaucoup que tu t'y intéresses.

Il posa un bras affectueux autour de ses épaules et ils se dirigèrent vers l'escalier.

— Grâce à toi et à Cullum, cette maison a vraiment pris forme.

Julia sourit.

— Je ne peux pas dire que tu sois resté les bras croisés. Tu as fait du beau travail ici, Ian. Beaucoup de gens trouvent irréaliste qu'un célibataire s'attache à une grande maison comme la tienne.

— Beaucoup de gens peut-être, mais pas toi.

— Non. Je trouve que rien ne vaut une maison à soi.

Elle fit courir un doigt sur la rambarde en chêne.

— Celle-ci te ressemble. Elle est ouverte, pratique, solide, avec un œil sur l'avenir et l'autre sur le passé.

Elle poussa un petit soupir.

— Je ne vais pas monter cet escalier. Il faudrait que

je redescende, et j'ai du mal à voir mes pieds depuis quelques jours.

— Je vais chercher les plans. Va t'asseoir dans le salon.

— Je n'ai pas envie de m'asseoir.

Elle se massa le bas du dos pour soulager la fatigue.

— C'est du chocolat qu'il me faut !

— La prochaine fois, je te jure que j'en aurai.

Tandis qu'il grimpait l'escalier, elle déambula dans les pièces du rez-de-chaussée, admirant l'harmonie des proportions, le charme du décor. Elle avait été tout à fait sincère avec Ian. Oui, sa maison lui ressemblait. C'était agréable de savoir qu'elle l'avait aidé à la trouver, et qu'elle avait pu le faire bénéficier de son expérience et de celle de Cullum pour qu'il en fasse son foyer.

Elle hocha la tête. Oui, Ian avait besoin d'un foyer.

Le bébé se mit à s'agiter et à lui donner de grands coups de pied.

— Patience, murmura-t-elle en se frottant les flancs. Papa va bientôt arriver et il nous donnera une grosse boîte de brownies.

Quand on sonna à la porte, elle se déplaça aussi vite que le bébé le lui permettait.

Ce n'était pas Cullum, mais une jeune femme ravissante qu'elle ne connaissait pas. Elle la regardait avec insistance, un léger sourire aux lèvres.

— Vous devez être Naomi ? Ian vous attend avec impatience. Je suis Julia, la cousine du Golden Boy.

Elle lui adressa un sourire étincelant.

Un peu crispée, Naomi lui rendit son sourire. Julia avait le style dont elle avait toujours rêvé. Une masse de cheveux roux tombait en boucles foisonnantes autour d'un visage resplendissant de santé et illuminé par de grands yeux bruns, chaleureux.

— Oui, je vous ai reconnue, dit-elle. Je vous ai entendue

parler au déjeuner des Femmes d'affaires, il y a quelques années.

Julia se mit à rire.

— J'étais un peu plus mince à cette époque.

Elle tapota son ventre et s'effaça pour la laisser passer.

— Entrez. Ian est allé me chercher le plan de sa bibliothèque. Mon mari et son équipe vont faire le plus gros du travail.

Elle la regarda d'un air songeur. Naomi était très belle. Elle avait un corps magnifique, des cheveux fabuleux, un regard doux. Mais elle avait l'air un peu timide. Julia hocha la tête. Naomi allait subir l'interrogatoire de Laura et Gwen, ses cousines et celles de Ian. Elles se délecteraient sûrement à lui demander une foule de détails sur sa relation avec lui.

— Il paraît que vous avez repris la librairie Brightstone ? lui demanda-t-elle.

— Oui, je la dirige maintenant.

— Il paraît aussi que vous faites de fabuleux mokas au chocolat ?

— Oui, ils sont délicieux.

Posant les mains sur son ventre, Julia poussa un petit gémissement.

— Allons, allons, calme-toi. La simple évocation du chocolat le met dans tous ses états, dit-elle en riant.

Comme Naomi paraissait alarmée, elle ajouta en souriant :

— Il est fou de chocolat. Ne vous inquiétez pas, il a encore deux mois à passer ici.

— Il veut du chocolat ?

Naomi baissa les yeux sur la mappemonde cachée par un long sweater vert.

— J'en ai sur moi. Du chocolat noir.

Roulant les yeux, Julia l'attrapa par un bras.

— Vous plaisantez ?

— Pas du tout, je parle sérieusement. J'en emporte toujours, au cas où je sauterais un repas, ou si j'ai besoin d'un petit encouragement.

C'était encore quelque chose qu'elle avait appris récemment : ne pas nier le besoin de s'offrir des douceurs, mais ne pas en abuser. Ouvrant son sac, elle en sortit un sachet.

— Si vous me les offrez, dit Julia d'une voix pleine d'émotion, je donnerai votre nom à mon bébé. Que ce soit une fille ou un garçon, il s'appellera Naomi.

— C'est ce que tu m'as fait croire quand tu attendais Travis et que tu m'as chipé ma glace au caramel, commenta Ian en arrivant au bas de l'escalier.

Naomi tendit le sachet à Julia.

— Régalez-vous.

— Je n'oublierai jamais votre geste, promit Julia en déchirant le sachet.

Elle sortit une poignée de chocolats.

— Hmm… oui, délicieux. Vous voyez, grâce à vous, mon bébé est heureux maintenant.

— Il joue au foot ? Super !

Posant une main sur le ventre de sa cousine, Ian sourit jusqu'aux oreilles.

— Il a mis un but.

Se tournant vers Naomi :

— Venez voir !

En un clin d'œil, il lui prit la main et la pressa sous la sienne contre le ventre de Julia.

Elle commença par être gênée, mais cela ne dura pas longtemps. Les mouvements qu'elle sentait sous sa paume lui allèrent droit au cœur.

— Oh, c'est merveilleux !

Quand elle plongea les yeux dans ceux de Julia, un courant passa entre elles, que seules les femmes pouvaient comprendre.

Deux faibles coups frappés à la porte les interrompirent.

— Voilà Cullum ! s'exclama Julia. Nous étudierons les plans ce soir, Ian.

Elle prit les feuilles et leva la tête pour l'embrasser.

— Heureuse de vous avoir rencontrée, Naomi.

Elle secoua le sachet de chocolats.

— Et merci encore !

— Dommage que son fils ne soit pas venu, dit Ian en regardant sa cousine marcher vers la voiture. Il est formidable. Il a deux ans à peine, et il parle déjà à vous en écorcher les oreilles.

Naomi lui adressa un sourire attendri.

— J'ai l'impression que vous aimez beaucoup les enfants.

— Oui, beaucoup.

Il referma la porte sur la brise d'automne.

— Dans ma famille, il vaut mieux les aimer, continua-t-il. Il y en a une quantité astronomique, et il y en a toujours un en route. Deux, en ce moment, celui de Julia, et celui de Mac, un autre cousin.

Faisant une pause, il la prit par les épaules.

— Merci d'être venue.

Et il l'embrassa sur la joue.

Elle recula brusquement.

— Vous avez un problème ?

— Non, non. Ce n'est rien.

Sauf qu'elle avait réussi à se convaincre qu'il l'avait embrassée à la fin de la soirée passée ensemble par simple habitude.

— Parfait. Laissez-moi vous offrir un verre de vin.

— Je ne devrais pas en boire. Je conduis.

Mais elle se laissa mener le long du couloir.

— Je croyais que nous allions examiner vos… la pièce que vous voulez aménager, puis…

Une savoureuse odeur de sauce lui parvint. Elle entra dans la cuisine. C'était une pièce très chaleureuse, et pas seulement grâce aux odeurs d'épices. Un comptoir en carreaux de couleurs chaudes, des pots d'herbes sur le large rebord de la fenêtre, le foyer en brique de la cheminée, tout cela contribuait à en faire une pièce agréable, où l'on avait envie de s'attarder. Une grande poêle à frire attendait sur la cuisinière.

— Vous avez des invités. Je ne serai pas longue.

Prenant une bouteille de vin sur le comptoir, Ian commença à remplir un verre.

— Naomi, je vous ai demandé de venir. C'est vous, mon invitée.

— Oh !

Il lui tendit le verre.

— Puisque je vous fais travailler un samedi soir, c'est la moindre des choses que je vous offre un dîner.

— Il ne fallait pas vous donner tout ce mal. Cela ne me dérange nullement que nous soyons samedi soir. Votre projet de bibliothèque m'intéresse beaucoup.

— Hmm.

Il s'appuya nonchalamment contre le comptoir.

— Dois-je trouver une excuse chaque fois que j'ai envie de dîner avec vous ?

— Je... non.

Incapable de répondre, elle baissa les yeux. La dévorant du regard, il dit :

— Je devrais peut-être vous demander si vous êtes uniquement intéressée par mon projet de bibliothèque, ou si vous l'êtes aussi par ma personne.

Elle leva les paupières. Ce qu'il lut dans ses superbes yeux verts lui fit faire un pas en avant.

— Ou alors, je devrais vous dire tout simplement que je suis très attiré par vous, et que j'aime être en votre compagnie.

Il lui prit le verre des mains et le posa sur la table.

— Et que je désire passer plus de temps avec vous...

Baissant la tête, il effleura ses lèvres des siennes.

—… et que je veux apprendre à vous connaître…

Puis il se mit à les mordiller doucement.

—… et que je vous veux.

Naomi était pétrifiée. Son cerveau semblait obscurci par un nuage opaque.

— Que vous me voulez… Pourquoi ?

Reculant légèrement, il secoua la tête, puis il lui déposa des petits baisers sur les joues.

Sa bouche revint sur la sienne, et elle sentit une lame brûlante percer son nuage. Entrouvrant les lèvres, elle émit un faible gémissement tandis que ses mains cherchaient les épaules de Ian.

Il la voulait ? Elle ? pensa-t-elle en sentant ses jambes flageoler. Une immense vague de sensations la submergea, lui donnant le vertige. Elle s'accrocha à lui pour ne pas être emportée.

Ian n'avait pas voulu aller trop vite, mais la réaction inattendue de Naomi en décida autrement. La faisant pivoter, il la fit s'appuyer contre le comptoir pour pouvoir dévorer plus à son aise cette bouche adorable.

Ses mains coururent sur ses hanches, sur ses flancs, et elles se refermèrent sur ses seins fabuleux.

Il sentit que son cœur battait violemment sous ses paumes.

— Pourquoi n'essaierions-nous pas de faire plus ample connaissance, tout à l'heure ? dit-il d'une voix rauque.

Un violent désir s'emparant de lui, il lui mordilla le cou.

— Je veux tout savoir : les histoires de votre vie, vos rêves et vos espoirs, vos goûts, et ce que vous détestez. Bon sang, Naomi, je vous désire.

— Oui… non, attendez !

Elle était terrifiée par cette faim sauvage qui lui mordait le ventre.

— Dites oui, Naomi.

— Non, je vous en prie…

Levant les mains sur son torse, elle sentit la tension qui vibrait en lui. Elle riva ses grands yeux gris-vert aux siens.

— Je vous en prie, répéta-t-elle.

Elle se mit à trembler quand il recula.

— Je suis désolée.

— Ne le soyez pas. Nous allons sans doute un peu trop vite.

Levant un verre de vin, il le vida d'un trait.

— C'est ma faute. J'ai cru que nous avancions au même rythme.

Naomi resta un instant silencieuse. Il était en colère, c'était évident. Il essayait de le cacher, mais son regard le trahissait.

— Je suis vraiment navrée, finit-elle par dire. J'avais mal compris pourquoi vous m'avez demandé de venir chez vous, pourquoi vous…

Il l'interrompit.

— Vous êtes-vous méprise aussi sur la raison pour laquelle je vous ai embrassée, l'autre soir ? Et sur la façon dont je vous ai embrassée ? Et sur la façon dont vous, vous m'avez embrassé ?

Elle n'avait plus de doute, la colère bouillonnait dans ses yeux.

Elle secoua la tête.

— Je ne sais pas, dit-elle d'une voix faible.

Croisant nerveusement les bras, elle lutta contre un horrible mélange de confusion et de gêne.

— Je ne sais pas, tout simplement, continua-t-elle. Je n'ai aucune expérience en la matière. Je suis désolée, je n'ai jamais fait que ce que vous attendiez de moi.

La fureur qu'elle avait vue grandir dans ses yeux fut remplacée par l'incrédulité.

— Vous n'avez jamais…. vraiment jamais ?

— Non.

La gêne devenait un supplice. Elle baissa les paupières.

— Je dois partir, murmura-t-elle.

Il semblait être encore sous le coup de la nouvelle. Elle se précipita vers la porte.

— Naomi, attendez ! Bon sang !

Il la rattrapa dans le couloir.

— Attendez ! ordonna-t-il en l'attrapant par l'avant-bras. Laissez-moi une minute.

— Je ne vais pas vous présenter encore des excuses, marmonna-t-elle entre ses dents.

— Non, c'est à moi de vous en présenter.

Il la lâcha et se prit le visage entre les mains. Il fallait qu'il se reprenne, et vite. Qu'il surmonte sa surprise, son sentiment de culpabilité. Et surtout, que Dieu lui vienne en aide, qu'il dompte son excitation, décuplée par cette nouvelle.

— Pardonnez-moi, murmura-t-il en la regardant dans les yeux.

Il secoua légèrement la tête. Dieu tout-puissant ! Naomi n'avait jamais été touchée par un homme ! Et lui qui lui avait donné des baisers fougueux et avides.

— Naomi, je suis désolé de vous avoir harcelée de la sorte. Vous avez dû être terrifiée.

— Un peu, oui.

— Je ne recommencerai pas.

Levant lentement la main, il lui passa un doigt léger sur la joue.

— Je ne vous brusquerai pas. Nous pouvons faire un pas en arrière.

Elle l'observa un instant, puis elle ferma les yeux et prit dix profondes inspirations.

— Quel genre de pas en arrière ?

— Nous allons examiner l'espace de la future bibliothèque en prenant un verre de vin. Je vous montrerai le plan. Puis nous dînerons.

— Vous n'êtes pas furieux contre moi ?

— Bien sûr que non. J'espère que vous ne l'êtes pas non plus. Voulez-vous rester, pour me donner une autre chance de… vous connaître ?

— Oui.

Elle lui adressa un petit sourire.

— Avec plaisir.

— Bien. Je vais chercher le vin.

Ignorant le nœud de désir qui lui tiraillait le ventre, il se rendit d'un pas vif dans la cuisine. Il devait gagner sa confiance, ce qui prendrait du temps. Il la désirait plus que jamais, maintenant qu'il savait qu'il serait le premier. Mais cela ne l'aiderait en rien de le lui dire.

— Sois patient, MacGregor, murmura-t-il entre ses dents.

Il sortit un autre verre du placard.

— Sois très patient, répéta-t-il en revenant vers elle.

5

C'était ridicule d'être gênée parce qu'elle lui avait avoué son manque total d'expérience avec les hommes. Si elle avait été plus intelligente, elle lui aurait dit qu'elle n'était pas sûre d'avoir envie de vivre une relation amoureuse.

Certaines femmes auraient échangé des baisers fulgurants, accepté ses attentions, puis laissé tranquillement mariner.

Elle soupira. N'aurait-elle pas dû murmurer : « Plus tard, mon chéri, peut-être. »

Mais ce genre de promesse brûlante ne devait-elle pas être émise d'une voix rauque, agrémentée d'un petit rire sexy ? Et il aurait fallu l'accompagner d'une caresse furtive sur la joue, du bout des doigts aux ongles longs comme des griffes, parfaitement manucurés et vernis, ce qui aurait accru le désir de son soupirant. Sans parler du regard qu'elle aurait dû lui couler entre de longs cils épaissis de mascara.

Elle soupira encore. Non, tout cela relevait de talents de séductrice qu'elle n'aurait jamais. Elle n'osait même pas en rêver.

Cependant, il était complètement idiot, et inutile, d'être embarrassée parce qu'elle avait dit en bafouillant qu'elle n'avait jamais eu de relations avec un homme.

Cela avait au moins apaisé la tension qu'il y avait entre eux.

La diplomatie naturelle de Ian lui avait permis d'effacer sa maladresse rapidement, et de l'emmener à l'étage pour lui montrer la pièce qu'il voulait aménager pour ses livres.

Et quand ils y étaient entrés, personne n'aurait pu imaginer que quelques minutes plus tôt, ils avaient échangé des baisers enflammés dans la cuisine.

Quelques jours plus tard, elle avait elle-même du mal à le croire. Elle haussa les épaules. C'était beaucoup mieux ainsi. Si elle se laissait aller à revivre ces minutes dans les bras de Ian, cela ne ferait qu'augmenter l'émotion tumultueuse qu'elle éprouvait au fond d'elle. Il valait mieux travailler, c'était une façon plus positive et plus productive d'occuper son temps.

Les mains croisées devant elle, elle se tenait à l'arrière de la salle qu'elle avait créée avec son équipe pour la nouvelle « soirée des femmes », dans la librairie Brightstone. L'auteur invité donnait une petite conférence mêlée d'anecdotes et de courtes lectures extraites de son livre *Rendez-vous depuis l'enfer… et comment y survivre*, face à un public qui semblait hypnotisé.

Les rires qui fusaient régulièrement avaient attiré d'autres clients, obligés de rester debout derrière les rangées de chaises occupées. Naomi parcourut l'audience d'un œil satisfait. Rien au monde n'aurait pu lui provoquer plus de joie.

Une séance de dédicaces était prévue à la fin de la conférence. Elle se glissa discrètement vers la table pour vérifier s'il ne manquait rien. Les livres étaient disposés en piles bien nettes et plusieurs stylos étaient à la disposition de l'auteur. Les fleurs commandées étaient arrivées à temps. Elle avait prévu de les offrir à la jeune femme après la signature. Et de lui proposer un choix de boisson, en plus de la bouteille d'eau fraîche à sa disposition sur la table.

Naomi eut un petit sourire. Elle pouvait être fière d'elle. Sa première soirée consacrée aux rencontres avec les écrivains féminins était une réussite.

Elle se tourna vers le coordinateur pour lui rappeler qu'il devait annoncer la séance de dédicaces dès la fin de la conférence. Puis, faisant demi-tour, elle faillit rentrer la tête la première dans Ian.

Elle sursauta.

— Pardon, dit-il.

Il lui prit le bras pour la maintenir en équilibre.

— On dirait que j'ai la spécialité de surgir près de vous au moment où vous ne vous y attendez pas.

— C'est ma faute. Je n'ai pas regardé...

Elle plongea son regard dans le sien, et, brusquement, elle n'eut aucun mal à se rappeler ce baiser qui l'avait fait chanceler. Elle en retrouvait même la saveur.

Ian lui donna une petite pression de la main, d'une façon plutôt fraternelle, avant de la lâcher.

— Vous avez attiré les foules ce soir, commenta-t-il avec un sourire admiratif.

Elle jeta un coup d'œil par-dessus son épaule.

— C'est Nelly Goldsmith.

— J'ai vu l'annonce dans le journal. Excellente idée, cette soirée littéraire féminine. C'est la vôtre ?

— Oui. Avez-vous assisté à la conférence ?

Il releva un sourcil tandis que les applaudissements crépitaient.

— Hmm... avec un peu de retard.

— Oh, excusez-moi.

Elle se précipita vers le podium pour remercier l'auteur et lui serrer la main.

Sans bouger de l'endroit où il se trouvait, Ian l'observa. Naomi avait beaucoup d'aisance dans ce métier, elle était faite pour cela. A la fois très professionnelle et chaleureuse.

A cet instant précis, elle remerciait le public et l'invitait à discuter avec l'auteur et à lui faire signer un autographe.

Ian s'effaça de leur passage quand Naomi accompagna Nelly Goldsmith à la table de signature. Elle lui proposa un café, et, d'un simple regard, ordonna à un assistant de leur en apporter. Puis, penchée en avant, un sourire aux lèvres, elle prit un moment pour discuter avec elle.

Ian ne la quittait pas des yeux. Elle était efficace, et incroyablement sexy dans ce tailleur coupé très près du corps, et dont la couleur vert mousse mettait en valeur ses yeux verts et ses cheveux magnifiques enroulés en chignon.

Cette coiffure dégageait sa nuque délicate. Une nuque qu'il avait goûtée.

Il soupira. S'il voulait tenir ses promesses avec Naomi, il valait mieux qu'il chasse de son esprit enfiévré ce genre de pensées.

En se rendant à la soirée, il savait qu'elle allait être très occupée. En fait, il avait eu l'intention de rentrer directement chez lui après le travail. Il n'avait aucune raison de faire un détour par Brightstone… si ce n'était pour l'apercevoir.

Mais n'avait-il pas promis de la laisser tranquille ? Cependant, il était là, quelques jours à peine après l'avoir pratiquement dévorée dans sa cuisine.

C'était stupide. Démoralisant.

Et irrésistible.

Jaugeant la queue qui s'était formée devant la table, il secoua la tête. Bon, il allait sortir, elle en avait pour toute la soirée.

Assise près de l'écrivain, Naomi le vit partir du coin de l'œil. Elle fit un violent effort pour ne pas laisser ses épaules s'affaisser. Qu'allait-elle s'imaginer ? Il était plus que probable qu'il était passé uniquement pour acheter un livre.

« Après tout, je tiens une librairie, non ? » pensa-t-elle, prenant presque plaisir à se tourmenter. Voyant la foule, il avait dû rester un moment pour satisfaire sa curiosité.

Maintenant, il avait trouvé son livre et s'en allait. Rien de plus logique. Et tout ce qu'elle avait trouvé à faire, c'était de trébucher en lui marchant sur les pieds.

Reprenant ses esprits, elle se mit à bavarder avec quelques clients qui attendaient leur tour pour faire signer leur livre.

Il était plus de 9 heures du soir. Naomi était enchantée. Cette soirée avait été très réussie, et chaque minute avait valu la peine de s'être donné tant de mal pour l'organiser.

Elle avait raccompagné tous ses hôtes à la porte. Et maintenant, elle ne désirait plus qu'une chose : passer un quart d'heure assise les yeux fermés, dans un coin tranquille.

— Beau travail !

Ian l'avait attendue, mais il n'avait pas perdu son temps. Il portait un sac Brightstone chargé de livres. Elle sentit le rouge lui monter aux joues.

— Je n'avais pas vu que vous étiez encore là.

— J'allais me mettre à feuilleter des livres.

Il sourit en secouant le sac.

— A ce rythme, je vais être obligé d'ajouter des étagères à ma bibliothèque.

— Brightstone apprécie que vous fassiez partie de ses clients, dit-elle en lui rendant son sourire.

Elle se força à empêcher ses mains de tripoter ses cheveux.

— Avez-vous trouvé tout ce que vous vouliez ? interrogea-t-elle d'une voix égale.

Ian plongea dans ses yeux un regard pénétrant. Oui, il l'avait trouvée, *elle*. N'était-ce pas le principal ?

— J'ai l'impression, répondit-il lentement. Et j'ai fait un peu d'espionnage pour vous.

— De l'espionnage ?

— Disons que j'ai écouté aux portes, si vous préférez. Vous avez beaucoup de clientes très satisfaites. Il y avait un groupe de femmes qui discutaient dans l'allée des livres de fiction. Elles ne tarissaient pas d'éloges au sujet de cette soirée, et elles projetaient déjà de revenir le mois prochain.

— Magnifique. C'est exactement ce que j'espérais.

— Etes-vous libre maintenant ? lui demanda-t-il en gardant un ton neutre.

— Oui, Dieu merci.

Il se mit à rire et proposa, sans la quitter des yeux :

— Que diriez-vous d'un excellent café Brightstone ?

Clignant des paupières, elle hésita. Ian mit ses scrupules de côté et insista :

— J'espérais vraiment vous montrer les changements que nous avons apportés au plan. Je crois que je le tiens, maintenant.

— J'aimerais beaucoup les voir. Voulez-vous monter dans mon bureau ?

Ian ne répondit pas tout de suite. Dans son bureau, il serait seul avec elle. Non, ce n'était pas une bonne idée.

— Je veux bien aller au Café.

— Très bien. Mais c'est Brightstone qui régale. C'est le moins que nous puissions faire pour un si bon client.

Elle passa devant lui et jeta un coup d'œil sur le coin des enfants, où régnait un beau désordre. Si Ian n'avait pas été là, elle se serait empressée de ranger tous les jouets et les livres disséminés sur le sol.

— Fatiguée ? s'enquit-il tandis qu'ils grimpaient la courte volée de marches menant au Café.

— Hmm ? Non, à vrai dire, je suis plutôt nerveuse. J'avais donné mon feu vert pour le budget publicité et promotion de ce nouveau programme. Je jurerais que mon père a fait la grimace quand je lui ai parlé de ces dépenses. Je dois dire qu'il m'a beaucoup aidée.

— Il vous a vraiment laissé la bride sur le cou.

— Oui, il me fait confiance, dit-elle d'une voix plus chaleureuse. J'ai hâte de lui dire qu'il ne s'est pas trompé.

Elle parcourut le Café des yeux. Il était presque plein. C'était un vrai bonheur. Apercevant un groupe de femmes qui riaient en écoutant l'une d'elles lire des passages du livre de Nelly Goldsmith, elle esquissa un sourire radieux.

Ian la prit par le coude et l'entraîna vers l'une des rares tables libres.

— Nous avons de la chance. Il va bientôt falloir réserver sa place ici. Brightstone va devenir une adresse incontournable.

— Parfois, quand je vois tous ces clients, je me sens prise de vertige, et je suis très émue.

Agacée de lui avoir parlé de ses réactions, elle ajouta vivement :

— C'est idiot.

— Absolument pas. Vous êtes en train de faire vos preuves, Naomi. Vous devriez être fière de ce que vous accomplissez. Je vous ai observée pendant la séance de dédicaces. Vous étiez très à l'aise. Ce métier est fait pour vous.

Médusée, Naomi garda un instant le silence. Qu'est-ce qui lui faisait le plus plaisir ? Le compliment, ou le fait qu'il l'ait observée ?

— J'ai toujours rêvé de faire ce métier. Quand j'étais petite, je venais ici avec mon père, je me promenais entre les rayons, je me blottissais dans un coin avec un livre, ou je m'asseyais derrière le comptoir. Les poupées que ma pauvre mère m'achetait devenaient mes clientes et mes employées quand je jouais à la libraire.

Elle fit une pause. Les poupées étaient aussi un prétexte

pour manger des bonbons qu'elle prétendait leur donner. Parce que sa mère était déçue qu'elle ne soit pas la jolie petite fille gracieuse qu'elle aurait voulue.

— Certaines personnes sont nées pour faire quelque chose de bien précis, murmura Ian. C'est votre cas.

— Oui, c'est mon cas.

Elle poussa un petit soupir. Dieu merci, les journées passées à se cacher dans les coins n'étaient plus qu'un mauvais souvenir. Elle fit signe à la serveuse, qui s'approcha d'elle.

— Il y a un monde fou, ce soir, Tracy.

— C'est ce que nous espérions depuis 5 heures de l'après-midi. Que puis-je vous apporter, madame Brightstone ?

— Deux cappuccinos, s'il vous plaît.

Elle demanda d'un regard l'approbation de Ian. Il hocha la tête.

Tracy lui adressa un large sourire.

— Je vous les apporte tout de suite. Vous devriez goûter le « Péché au chocolat » , madame Brightstone. Il est extraordinaire. Et cela vous retapera. Vous êtes debout depuis des heures.

— Oh non, je...

— Nous le partagerons, coupa Ian en adressant un sourire radieux à Tracy. Merci.

— Six millions de calories, marmonna Naomi.

Ian se mit à rire.

— Mon ange, vous les avez déjà brûlées au cours de cette soirée. Comment faites-vous pour être ainsi ?

Ce « Mon ange » l'avait déstabilisée, et le changement subit de sujet acheva de la déconcerter.

— Pardon ?

— Vos couleurs. Vous avez les mêmes cheveux que ma mère, d'un noir très profond. Le nom de Brightstone est-il celui d'un Indien d'Amérique ?

— Oui. J'ai un peu de sang cherokee dans les veines,

du côté de mon père, mélangé avec toutes sortes d'autres. Du sang italien, français, gallois, et anglais du côté de ma mère. Elle aime dire que ses enfants sont hybrides.

— J'ai du sang comanche par ma mère, mais c'est Laura qui en a les couleurs.

— Elle est très belle.

— Oui, très belle.

— Toute votre famille est éblouissante. Chaque fois que je vois une photographie dans le journal, ou un flash d'informations, je suis admirative. Vous ressemblez à votre père. Je suppose qu'un de ces jours, vous serez un mélange d'homme d'Etat distingué et de beau mec de Harvard.

Il fit une petite grimace et elle roula les yeux. Venait-elle vraiment de prononcer ces paroles ?

— Euh… je suis désolée… Quelle réflexion stupide.

Amusé de la voir plus gênée que lui, il pencha la tête.

— Vous voulez dire que je ne suis pas un beau mec, et que je n'ai aucune chance d'atteindre un statut distingué ?

— Non, enfin si. Naturellement, vous avez toutes les chances, et…

Elle ferma les yeux. Pourquoi diable fallait-il toujours qu'elle se mette dans des situations impossibles ?

Ian se mit à rire. Apportant les cafés, la serveuse lui jeta un coup d'œil ravi. Enfin, Mme Brightsone avait un peu de chance. Il était temps ! Apparemment, elle avait gagné le jackpot.

Se calmant, Ian soupira en prenant sa tasse.

— Je n'oublierai jamais cette photo dont vous parlez. Je devais avoir vingt-trois, vingt-quatre ans. J'étais parti pour une virée en bateau. Quand j'ai retiré ma chemise pour bronzer un peu, un type a appuyé sur le bouton. Il m'a immortalisé !

— La presse doit être pénible.

— J'ai grandi avec.

Prenant une cuillerée de chocolat crémeux, il la lui offrit.

— On s'y habitue, ajouta-t-il.

— Je crois que je ne pourrais pas.

Comme il n'avait pas l'air offensé, elle accepta la bouchée qu'il lui tendait.

— Voilà bientôt un an que j'ai affaire aux médias pour la publicité de la librairie. Je donne des interviews aussi. Je ne peux pas dire que je m'y sois habituée.

— L'essentiel est de le faire bien.

Il goûta le chocolat.

— Son nom lui va comme un gant. « Péché au chocolat ». Hmm, absolument délicieux.

Il reporta les yeux sur Naomi. Ce devait être encore plus délicieux de savourer le chocolat sur ses lèvres pulpeuses. Mais elle regardait le chocolat comme si elle voyait le diable en personne.

Sentant son estomac chavirer, Naomi prit sa tasse de café.

— Vous allez être obligé de pécher tout seul. Moi, je résiste.

— Encore une cuillerée, murmura-t-il.

Il plongea sa fourchette dans le dessert et leva vers elle une bouchée tentatrice. Naomi la prit du bout des dents. Il sourit. C'était bon de voir qu'elle pouvait se laisser tenter malgré ses bonnes résolutions.

Mais s'il voulait survivre à cette soirée, il valait mieux qu'il retrouve son attitude professionnelle.

— Je vais vous montrer ce que j'ai trouvé. Vous me direz ce que vous en pensez.

Ouvrant son attaché-case, il en sortit le dessin millimétré du plan dont il lui avait parlé.

— Je le donnerai à Cullum dès demain. Il pourra se mettre tout de suite au travail, dit-il.

— Vous êtes rapide.

Hochant la tête, il lui décocha un regard brûlant.

— Oui, en général, murmura-t-il.

Il déplia le plan sur la table.

Troublée par son insinuation, Naomi fouilla désespérément dans son sac, à la recherche de ses lunettes. Elle les trouva enfin et les posa d'un geste nerveux sur son nez.

La dévorant des yeux, Ian ouvrit la bouche pour parler, mais il se ravisa aussitôt. Il n'allait pas lui dire qu'elle était encore plus adorable avec ses lunettes, et qu'elle lui faisait monter l'eau à la bouche. C'était inutile de l'effaroucher.

Elle se pencha en avant pour examiner le dessin, et il sentit l'odeur envoûtante de son irrésistible parfum. Il soupira silencieusement en continuant à l'observer.

— Oh, c'est merveilleux. Vous avez mis la même échelle qu'à la librairie, et la console, s'exclama-t-elle.

— C'étaient d'excellentes suggestions. Merci d'y avoir pensé.

— Je suis si heureuse d'avoir pu vous aider. Votre bibliothèque va être fabuleuse. Vous avez un espace fantastique pour mettre les meubles en valeur. Et la cheminée est exactement au bon endroit. En vous asseyant à côté, vous serez bien installé pour profiter des livres que vous avez choisis.

Ian hocha la tête. Oui, il s'y voyait déjà. Mais plus encore, il les voyait tous les deux, étendus sur un canapé en face d'un feu ronronnant, avec une bonne bouteille à portée de main, et une musique d'ambiance en sourdine. Il commencerait par lui masser ses adorables petits pieds. Puis il les embrasserait, et il continuerait son chemin en la mordillant en douceur, jusqu'à ce que…

Du calme ! Tâchant de retrouver ses esprits, il fit un violent effort pour se concentrer sur le sujet qui les occupait tous les deux. S'éclaircissant la gorge, il l'interrogea :

— Avez-vous des modifications à me suggérer ?

Naomi secoua la tête.

— Aucune. C'est tout simplement parfait ainsi. Je trouve ce plan très réussi, Ian.

— Moi aussi.

Il avait une envie folle de lui effleurer la main, de caresser doucement son poignet si fin.

Une fois de plus, il se contrôla et se consola avec une bonne part de « Péché au chocolat ».

Une voix s'éleva dans le haut-parleur pour annoncer discrètement la fermeture de la librairie dans un quart d'heure. Etonnée, Naomi leva les yeux. Comment le temps avait-il pu passer si vite ?

— Je ne savais pas qu'il était si tard !

— A vrai dire, moi non plus… Avez-vous encore quelque chose à faire ? demanda-t-il d'une voix aussi neutre que le lui permettaient les battements précipités de son cœur.

— Non. Et je n'ai pas besoin de revenir avant demain en milieu de matinée. Je m'offre ce petit congé en compensation des douze dernières heures presque ininterrompues de travail.

— Voulez-vous aller au cinéma ?

— Au cinéma ?

— Pourquoi pas ? dit-il sans la quitter des yeux.

L'air circonspect, elle resta un instant silencieuse. Il l'observa sans rien dire. S'il voulait qu'elle apprenne à lui faire confiance, il devrait renouveler ce genre d'invitations régulièrement pour qu'elle s'habitue à sa compagnie. Comme elle ne répondait pas, il finit par dire :

— Nous avons bu pas mal de café. Aucun de nous deux ne va dormir tout de suite. Alors pourquoi ne pas aller voir un bon film ?

— Eh bien… je suppose…

— Parfait !

D'un geste vif, il replia le plan.

— Vous êtes venue travailler à pied, je crois ? Ma voiture est garée au carrefour. Après le cinéma, je vous reconduirai chez vous.

Il se leva d'un bond, portant d'une main le sac et l'attaché-case, et tendant l'autre à Naomi.

6

Une de ses plus grandes qualités était la patience. Il savait attendre. Il connaissait l'importance de construire des fondations solides, de développer des relations et de se lier d'amitié.

Il aimait prendre son temps, s'arrêter sur des moments particuliers et faire des projets. Pour lui, les brefs instants qu'il passait avec Naomi avaient autant de valeur que les journées entières auprès d'elle. Ils lui étaient infiniment précieux. Et il voulait la connaître encore plus, parler avec elle de leur famille, de leur travail, de leurs intérêts mutuels.

Après tout, il ne courait pas simplement après elle pour coucher avec une novice. Il était un homme civilisé, raisonnable, qui trouvait du plaisir et de la satisfaction dans la compagnie d'une femme qu'il appréciait, qu'il respectait, et dont il aimait la compagnie.

Ian soupira. Oui, tout cela était vrai, ô combien ! Cependant, il n'en était pas moins vrai que s'il n'arrivait pas à se rapprocher physiquement de Naomi Brightstone le plus vite possible, il allait devenir complètement fou.

Elle était fascinante, fabuleuse, et terriblement sexy. La plupart du temps, quand il était à côté d'elle, il se sentait comme un cheval sauvage impatient. Et en même temps, il était ébloui quand il prenait conscience qu'il l'avait trouvée, elle, Naomi Brightstone. La femme de sa vie.

Il prenait le plus grand soin de ne pas la toucher, excepté quelques petites tapes amicales, un baiser sur la joue, mais rien qui puisse égaler ce premier baiser torride au milieu de sa cuisine, quelques semaines plus tôt. Des semaines qui commençaient à lui paraître des mois. Néanmoins, il s'en tenait prudemment à ses bonnes résolutions. Il ne voulait pas courir le risque de la faire fuir.

Depuis qu'il connaissait un peu mieux Naomi, il avait découvert une chose : elle était beaucoup plus timide, plus vulnérable et plus insécurisée qu'il ne l'avait imaginé en faisant sa connaissance.

Ils allaient au cinéma, à des concerts, et ils faisaient de longues promenades. De temps à autre, ils préparaient des petits plats ensemble. Et tous les soirs, quoi qu'il arrive, ils passaient un temps fou au téléphone.

L'air pensif, Ian hocha la tête. Il n'avait pas connu une expérience aussi intense, merveilleuse et innocente, mais également aussi frustrante, depuis le lycée.

Et quand, par-ci par-là, il tâtait le terrain, Naomi se repliait sur elle-même comme un lapin dans son terrier, le laissant plus frustré que jamais.

Mais il s'accrochait à une pensée : s'ils finissaient par devenir amants, il serait le premier homme avec lequel elle aurait une relation sexuelle. Non seulement il aurait ce plaisir intense, mais il en porterait aussi la responsabilité.

Ce n'était pas simple. Il ne pouvait pas prendre cela à la légère, ni brûler les étapes.

Surveillant les derniers travaux dans sa bibliothèque, il soupira. Dieu merci, il était patient. Il avait toujours été capable d'avancer vers les buts qui lui paraissaient primordiaux d'un pas mesuré, mais ferme, quand c'était nécessaire.

Pendant quelques secondes, il observa les ouvriers qui apportaient les dernières finitions. La réalisation de ce projet était importante aussi, à sa manière. Cette bibliothèque avait fait l'objet de longues réflexions, c'était une création qui durerait. Cullum avait vraiment fait du beau travail. Aussi précis qu'inventif. Les étagères de bois de cerisier brillaient, leurs coins taillés en arrondi. Elles paraissaient presque fluides.

Elles avaient été installées à différentes hauteurs, pour éviter l'uniformité. Il avait voulu que rien ne soit rigide ou gênant dans cette pièce. Entre les deux hautes fenêtres s'élançait un citronnier planté dans un large pot de cuivre. Un cadeau de ses parents. Passant un doigt léger sur une feuille brillante, Ian sourit. Ils avaient toujours su ce qui lui convenait le mieux.

Il avait déjà arrangé la partie salon, avec un long canapé bleu, deux chaises profondes, des petites tables qui invitaient les occupants de la bibliothèque à y poser les pieds pour se détendre. Naomi l'avait aidé à choisir les lampes, l'une en étain ajouré, les autres, plus romantiques, en forme de globes.

Les deux magnifiques chandeliers en bronze qui ornaient le manteau de la cheminée lui avaient été offerts par ses grands-parents. Entre eux trônait un superbe vase de Wegdewood, dans lequel il avait disposé un bouquet d'asters jaune foncé qu'il avait cueillis dans son jardin.

Il avait mis beaucoup de lui-même dans cette pièce. Et des objets offerts par ceux qu'il aimait.

Y compris Naomi.

S'asseyant dans un immense fauteuil, il passa une main dans sa chevelure aux reflets dorés. Cela ne servait à rien de se le cacher : il était amoureux de Naomi. Il avait tout bonnement eu le coup de foudre dès l'instant où il l'avait vue.

Il hocha la tête. Oui, il croyait à ces choses-là, au coup de foudre, au destin, à l'amour pour la vie. Et il voulait que cela lui arrive. Même pendant ses années de lycée, alors qu'il travaillait comme un fou, il avait toujours gardé un œil fixé sur cette possibilité.

Il savait parfaitement ce qu'il rêvait de faire de sa vie. Sa carrière était importante, mais les buts qu'il se fixait étaient clairs. Ils s'appelaient foyer, mariage, famille, enfants.

Il se releva et se mit à arpenter sa bibliothèque. Non, il ne pouvait pas se servir de ses sentiments pour faire pression sur Naomi. Pourtant, il était prêt à mettre sa main au feu que s'il lui avouait son amour, elle succomberait dans ses bras. De là, il pourrait la convaincre de vivre avec lui, puis, avec un peu plus de persuasion, il l'amènerait doucement à l'épouser.

Et il obtiendrait exactement ce qu'il voulait.

Mais cela ne lui dirait pas ce que Naomi désirait de son côté. En soupirant, il fourra les mains dans ses poches et regarda par la fenêtre. Il fallait que ce soit elle qui prenne la décision.

Naomi s'arrêta devant l'adresse que Julia lui avait indiquée et examina la magnifique façade de brique. La maison était située à quelques rues de celle où habitait Ian.

Elle aurait voulu être avec lui. Elle pouvait bien se l'avouer maintenant, elle avait toujours envie d'être là où il se trouvait.

Elle soupira. Il devait être en train d'installer sa bibliothèque. Des livres qu'ils avaient choisis ensemble. Il lui avait demandé de venir voir la dernière étape.

Mais elle avait déjà accepté de venir participer à la « journée entre filles », comme disait Julia.

Elle sourit imperceptiblement. Au cours des dernières semaines, elle s'était tellement attachée à Julia, pendant qu'ils examinaient les projets de Ian, qu'elle avait été incapable de refuser.

Prenant sur le siège du passager une boîte de gâteaux, elle sortit de sa voiture et se dirigea vers la maison. C'était dimanche et le soleil brillait de tous ses feux. Elle redressa les épaules. Après tout, c'était la première fois qu'elle allait participer à une « journée entre filles ».

Quand elle était adolescente et que les autres sortaient en bandes, parlaient garçons et fanfreluches, elle restait toujours à l'écart, incapable de s'intégrer au groupe, de se sentir à l'aise dans cette atmosphère féminine. Et elle avait fini par se persuader qu'elle n'en avait aucune envie.

Mais bien sûr, c'était faux.

Aujourd'hui, pour une fois, elle allait savoir ce que c'était.

Un peu anxieuse, elle tira sur l'ourlet de son sweater rouge. Julia avait dit qu'il fallait s'habiller décontracté. Prenant une longue inspiration, elle sonna à la porte.

— Hé, qu'est-ce que tu apportes ?

D'une main experte, Julia s'empara de la boîte et, de l'autre, elle attrapa Naomi par la main pour l'attirer à l'intérieur.

— Des brownies.

— Hmm... je t'adore. Et tu arrives au moment idéal. Nous venons juste de coucher les gosses pour la sieste.

— Oh, non ! J'espérais voir Travis !

— Ne t'inquiète pas, tu le verras. Lui et Daniel, le fils de Laura, ne restent jamais tranquilles très longtemps.

Sans cesser de parler, elle l'entraîna dans un grand salon.

— Tu connais déjà Laura ?

— Oui, bonjour Laura.

— Bonjour, Naomi. Je suis heureuse que tu aies pu venir.

Assise par terre, Laura grignotait des chips.

— Qu'est-ce qu'il y a dans cette boîte ? s'enquit-elle d'un air gourmand.

— Des brownies.

— Magnifique. Passe-les-moi !

— Ne sois pas si gourmande ! gronda Julia. Naomi, je te présente notre cousine Gwen.

Assise sur une chaise, Gwen se vernissait consciencieusement les ongles des pieds.

— J'ai beaucoup entendu parler de vous, dit-elle en se levant. Je suis toujours fourrée dans votre librairie. Branson est votre auteur du mois prochain.

— Il est formidable ! Branson Maguire est un des plus brillants écrivains de Boston ! dit Naomi avec enthousiasme. J'ai tous ses livres dans ma collection personnelle, et ils sont tous signés.

— Sais-tu que dans son dernier livre, il s'est inspiré de Gwen pour créer le personnage du médecin psychopathe ?

— Pas pour l'aspect psychopathe, pour l'aspect du médecin dévoué, coupa Gwen en riant. Mais passons aux choses sérieuses. Nous pouvons t'offrir du chocolat chaud, de la mousse au chocolat, des morceaux de chocolat, et des bretzels enrobés de chocolat.

— C'est Julia qui a choisi le menu, expliqua Laura en riant.

— Non, c'est lui, dit Julia en se caressant le ventre.

Posant la boîte de gâteaux sur la table, elle l'ouvrit en un tour de main.

— Et je sens qu'il ne va pas se faire prier pour ceux-ci. Assieds-toi, Naomi, et prends quelques calories.

Une heure plus tard, elle était dopée à la caféine, son estomac protestait contre une avalanche de douceurs qu'elle ne s'était pas permise depuis trois ans, et elle avait tant ri qu'elle avait mal au ventre. Il faut dire que cela ne lui était pas arrivé depuis un siècle !

Adolescente, elle n'arrivait jamais à se laisser aller, à se faire plaisir. Mais aujourd'hui, elle s'était installée confortablement par terre et avait parlé des sujets les plus fantaisistes avec aisance. Elle s'était vraiment sentie à sa place, un sentiment qui la remplissait d'une joie ineffable.

Chez Julia, elle s'était débrouillée pour se faire trois amies en un temps record. Le temps qu'il fallait pour dévorer à quatre une boîte de brownies.

— Mmm…

Julia lécha ses doigts pleins de chocolat.

— Attends de voir la bibliothèque de Ian, dit-elle à Gwen. Elle est superbe.

— Cullum a fait un boulot fantastique, dit Laura en se versant une troisième tasse de chocolat chaud.

— N'oublie pas que je l'ai aidé à dessiner les plans, lui rappela Julia.

La bouche pleine, elle montra Naomi du doigt.

— Et elle aussi !

— Je n'ai pas fait grand-chose, dit modestement Naomi. Ian savait déjà très bien ce qu'il voulait.

— Il a déjà installé ses livres ? voulut savoir Julia.

— Il le fait aujourd'hui.

— Bien… Et vous deux, comment ça va ?

— Oh, très bien. C'est un ami merveilleux.

— Un ami ?

Laura faillit s'étrangler.

— Ce n'est pas à ça que je pensais, étant donné la façon dont il te regarde… J'avais plutôt l'impression qu'il voulait se jeter sur toi.

Naomi baissa les yeux.

— Il ne pense pas à moi de cette façon.

— Depuis quand ?

Haussant les épaules, Naomi tendit la main vers la chocolatière. Une goutte de plus ne lui ferait pas de mal.

— Il y a pensé, mais c'est fini, répondit-elle.

— Excusez-moi, dit Julia en levant la main. Nous sommes toutes amies, maintenant, n'est-ce pas ?

Sans attendre de réponse, elle hocha la tête.

— Très bien. Dis-moi, Naomi, est-ce que tu perds la tête ?

— Je ne vois pas de quoi tu parles.

— Ian n'a d'yeux que pour toi, ma chérie. Il a plongé, il est gaga de toi. Gwen, tu ne l'as pas vu, mais tu le connais, hein ?

— Je le connais et je l'adore, dit Gwen.

Tendant son pied nu, elle admira ses orteils aux ongles colorés. Impitoyable, Julia continua :

— Bon. En termes médicaux, quel est ton diagnostic pour un patient que tu connais bien, qui passe tout son temps libre avec la même femme, qui parle constamment d'elle dès qu'elle n'est pas avec lui, qui rêve debout, et qui prépare des petits repas pour deux ?

— Hmm. En terminologie médicale, je dirais qu'il est gaga.

Julia se tapota le ventre pour convaincre le bébé de donner des coups de pied moins virulents.

— Au bureau aussi, il rêve éveillé, commenta Laura. Et la semaine dernière, je l'ai entendu dire à sa secrétaire de bloquer tous les appels pour la matinée, sauf s'ils venaient de Mlle Brightstone.

— Complètement gaga, conclut Gwen avec un léger hochement de tête. Un état qui fend le cœur, et qui jusqu'à présent a laissé la science impuissante.

Naomi voulut protester.

— Mais il n'est pas...

Elle fit une pause, partagée entre l'envie de rire et celle de gémir. Elle prit quelques carrés de chocolat à l'orange.

— Il me considère comme sa sœur.

— Il est vraiment très malade, dit Gwen, prenant un air faussement tragique. Si tu veux avoir plus de détails, je serai heureuse de te suggérer un traitement.

— Il m'embrasse sur les joues, marmonna Naomi tandis que son front se plissait lentement. Il me tapote la tête. De temps à autre, il me regarde dans les yeux, et je me dis : « Ça y est, il va se décider. » Mais non, il ne se passe rien. Avant que je lui dise que je n'avais pas encore eu de rapports sexuels, il m'a embrassée à me couper le souffle, mais maintenant.... Oh !

Comme Laura s'étouffait, elle fit une pause. Se tournant vivement vers elle, elle lui tapa dans le dos.

— Ça va ?

— Oh, le pauvre Ian !

Laura éclata de rire, suivie immédiatement par ses deux cousines, qui riaient aux larmes.

Médusée, Naomi se leva et observa ses trois amies.

— Je suis désolée, Naomi, dit Laura en portant ses deux mains à son cœur. Je me doute que ce n'est pas drôle pour toi, ni pour lui, mais nous, nous sommes de sa famille. Nous ne pouvons que rire. Il doit souffrir comme un damné, le pauvre Ian.

Reprenant son souffle, elle fit signe à Gwen de la relayer. Gwen continua :

— Naomi, tu terrifies Ian.

Elle sourit. Comment ne pas se rappeler la façon romantique dont Branson était devenu le premier pour elle ?

Naomi haussa les épaules.

— C'est ridicule.

— Non !

Gwen lui tendit une main amicale.

— Il ne veut pas te bousculer, ce n'est pas son style. Il a trop peur de te choquer, de t'effrayer ou de te blesser. Et si tu l'attires autant que je veux bien le croire, ce ne doit pas être facile pour lui de t'embrasser fraternellement, comme tu dis. Il attend que tu fasses le premier pas, il veut être sûr que ce soit vraiment ce que tu désires.

Eperdue, Naomi regarda les trois visages qui lui souriaient.

— Je croyais qu'il ne s'intéressait plus à moi de cette

façon après avoir appris que je n'avais aucune expérience en la matière.

— Ian ne forcerait jamais une femme, dit Laura.

Elle lui pressa doucement la main.

— Et plus c'est important pour lui, plus il est prudent.

— Tu crois vraiment...

Faisant une pause, Naomi sourit aux anges.

Julia adressa un clin d'œil à sa cousine.

— Oh, oh... docteur Maguire, je crois que nous avons un autre cas de gâtisme, dit-elle en se tenant les côtes. Cela pourrait bien provoquer une épidémie !

Il faisait presque nuit quand Naomi gara sa voiture devant la maison de Ian. Les lumières étaient allumées, comme si elles l'invitaient à entrer. Elle leva les yeux sur celles de la bibliothèque. Ian était-il encore là-haut, en train de ranger ses livres ? Se demandait-il si elle allait lui téléphoner ou passer le voir ?

En avait-il envie ?

Ou sa famille se trompait-elle lamentablement ? Ne la considérait-il pas plutôt comme une amie ?

De plus, il n'était peut-être pas seul.

Quand cette idée s'insinua dans son cerveau, elle s'agrippa au volant. Ian était si attirant, si charmant, si... tout ! Il devait avoir toutes les femmes à ses pieds. Des femmes belles, expérimentées, cultivées.

Pourquoi l'attendrait-il, elle, Naomi Brightstone ?

Secouant la tête, elle tambourina du poing sur le volant. Non, elle devait cesser d'avoir ce genre de pensées ! Cela, c'était bon pour avant, mais maintenant, elle était différente. Elle avait tout fait pour changer. Peut-être avait-elle encore un long chemin à parcourir, mais elle avait fait des progrès. De gros progrès. Elle était raisonnablement attirante quand elle prenait soin d'elle. Elle pouvait tenir une conversation. Et, que diable, elle dirigeait sa propre affaire. Elle avait des employés, et personne ne la voyait comme une personne insignifiante, sans la moindre personnalité.

Trois femmes absolument délicieuses et intelligentes la considéraient maintenant comme leur amie. Elle ferma les yeux. C'était un véritable trésor. Elle se souviendrait toute sa vie de ce fol après-midi.

Et ces trois femmes connaissaient bien Ian, et elles l'aimaient. Pourquoi remettrait-elle en cause leur opinion ?

Et surtout, pourquoi était-elle si lâche et n'allait-elle pas découvrir par elle-même la vérité ?

Elle hocha la tête.

— D'accord, très bien, on y va ! marmonna-t-elle.

Elle respira longuement pour se calmer et se dirigea vers la porte d'un pas mal assuré. Apparemment, sa méthode n'était pas efficace, elle avait absorbé trop de caféine. Prenant son courage à deux mains, elle appuya sur la sonnette.

Ian ouvrit la porte. Il était vêtu d'un jean délavé, d'un vieux sweater Harvard Law, et il était pieds nus. Il lui adressa un sourire de bienvenue qui lui réchauffa aussitôt le cœur.

— Bonsoir ! Je ne croyais pas vous voir ce soir.

— J'aurais dû téléphoner. Mais j'étais chez Julia et…

— Je sais, la « journée entre filles » !

Il lui prit les mains et l'attira à l'intérieur.

— Elles font cela tous les deux ou trois mois. Mais que se passe-t-il dans une telle journée ?

— On se vernit les ongles, on mange du chocolat. On parle des hommes.

— Ah oui ? Et que dites-vous ?

— Oh…. eh bien, puis-je avoir quelque chose à boire ?

— Bien sûr. Pardonnez-moi. Venez, j'ai un peu de

vin à la bibliothèque, et je meurs d'impatience de vous montrer ce que j'ai fait.

Il la couvait des yeux. Elle avait les joues roses, les yeux très sombres, et son sweater un peu trop grand lui donnait des démangeaisons aux doigts. Il aurait voulu aller papillonner dessous. Gardant prudemment les mains dans ses poches, il se dirigea vers l'escalier.

— J'y ai passé presque toute la journée. Rien n'aurait pu m'interrompre.

Il s'arrêta à quelques mètres de la porte ouverte.

— Fermez les yeux.

Sans poser de questions, elle obéit. Il serra les poings et dut faire un violent effort pour les desserrer et poser doucement les mains sur ses épaules. Il la guida vers la pièce.

— Nous y sommes. Vous pouvez regarder.

Ouvrant les yeux, elle poussa une exclamation de surprise.

— Oh, Ian, c'est magnifique. C'est extraordinaire !

Les yeux brillants, elle inspecta la pièce entière. Toutes les étagères étaient garnies de livres. De vieilles éditions, des ouvrages flambant neufs, des livres à reliure gravée et d'autres aux couvertures un peu mal en point.

— C'est parfait. Et vous avez déjà reçu la petite échelle. J'aime vraiment beaucoup l'ensemble. C'est une réussite !

Elle examina encore tout autour d'elle. Puis, se tournant vers lui, elle lui adressa un sourire radieux.

— Je voulais que vous soyez là, dit-il à voix basse.

Son cœur battait beaucoup trop fort dans sa poitrine. D'une voix un peu rauque, il continua :

— Je voulais voir comment je me sentirais dans cette pièce en votre présence. C'est parfait.

Il enfonça de nouveau ses mains dans ses poches, pour les ressortir quelques secondes après.

— Je vais chercher le vin.

Naomi porta les mains à son cœur. Les laissant retomber, elle réunit tout son courage.

— Ian, voulez-vous coucher avec moi ?

La surprise lui fit verser le vin à côté du verre. Il aspergea son sweat-shirt et se mit à jurer.

— Pardon ? dit-il, médusé.

— Je ne veux pas vous mettre dans une situation pénible. Mais je voudrais savoir si je vous attire encore ou non. Si votre réponse est négative, ce n'est pas grave. Mais si elle est positive, et si vous avez des égards pour moi parce que je n'ai encore jamais connu d'homme, vous pouvez les oublier.

Elle fit une pause pour retrouver son souffle et, pour compenser, elle haussa les épaules. Ian la dévisageait, une bouteille de vin dans une main, un verre à demi plein dans l'autre. Et une large éclaboussure de sauvignon sur son beau sweat-shirt.

7

Il finit par poser la bouteille.

— Vous ne voulez pas que j'aie des égards pour vous ? dit-il d'un air incrédule.

— Non, pas vraiment.

Il posa le verre près de la bouteille.

— Vous ne voulez pas que je garde mes mains dans mes poches ?

Naomi frissonna de plaisir.

— Non, pas si je vous intéresse encore.

Il resta un instant silencieux. Il avait la gorge sèche comme du parchemin. La femme qu'il désirait le plus au monde venait s'offrir à lui, comme elle ne l'avait jamais fait avec aucun autre homme.

Un sourire retroussa lentement le coin de ses lèvres tandis qu'il se dirigeait vers elle.

— Le témoin est exigé pour répondre à la question. Oui ou non, voulez-vous que je laisse mes mains dans mes poches ?

— Non.

Elle rejeta la tête en arrière pour garder les yeux rivés dans les siens.

— Dieu merci, murmura-t-il dans un souffle.

L'enlaçant, il la souleva presque de terre, et sa bouche vint capturer la sienne en un long baiser. Prise de vertige, Naomi ferma les yeux. Son cœur menaçait d'exploser.

— Est-ce que cela répond à votre question ?

Il glissa ses lèvres sur la gorge tendre qui fit entendre un son rauque.

— Quelle question ?

— Est-ce que je vous veux ? Est-ce que j'ai envie de faire l'amour avec vous ?

Seigneur, elle était délicieuse.

— Au cas où vous n'auriez pas compris ma réponse la première fois, je vais la répéter.

Ses lèvres effleurèrent sa joue avant de se poser, brûlantes, sur sa bouche.

— Vous avez compris maintenant ?

— Oui.

Pour garder l'équilibre, et par plaisir, elle noua les bras autour de son cou.

— Oui, j'ai compris maintenant.

— Vous avez failli me rendre fou pendant toutes ces semaines.

La faisant tournoyer, il l'emmena lentement vers la porte.

— Je…

Naomi ouvrit de grands yeux. Elle avait failli le rendre fou ? C'était aussi agréable que stupéfiant à entendre.

— Vraiment ? dit-elle.

— Le fait d'avoir des égards pour vous me tuait.

— N'aviez-vous pas décidé que nous serions amis ?

— Nous sommes amis.

Il continua à l'emmener, en une danse lente, le long du couloir, jusqu'à sa chambre.

— Je n'en ai eu que plus envie de vous, ajouta-t-il.

— Cela ne m'est jamais arrivé.

Le regardant avec des yeux débordant d'émotion, elle lui caressa la joue.

— Je ne sais pas ce que je dois faire.

— Je vais vous aider, comptez sur moi.

Il tourna la tête et ses lèvres effleurèrent la main posée sur son visage.

— Faites-moi confiance, Naomi, je ne vous ferai aucun mal. Et si vous voulez que je m'arrête, je m'arrêterai.

— Je ne voudrai pas.

Il laissa la lumière allumée. Il aurait préféré qu'il y ait un feu dans la cheminée, et des bougies. Mais il n'était pas capable de la laisser le temps de s'en occuper.

Elle tremblait légèrement, mais ses grands yeux gris-vert restaient rivés aux siens. Il pouvait y lire une confiance absolue. Il se fit un serment silencieux : quels que soient ses propres désirs, il ne trahirait pas cette confiance.

Il lui mordilla doucement les lèvres.

— J'aime votre bouche.

Il prit sa lèvre supérieure entre ses dents.

— Elle est si sexy.

Etonnée, elle cligna des paupières. Il se mit à rire.

— Surprise, hein ? J'ai si souvent rêvé de mordiller vos lèvres.

Ce qu'il fit, jusqu'à ce que le volcan de désir qui grondait en elle menace d'entrer en éruption. Avec un petit cri étouffé, elle jeta ses bras autour de lui, et sa bouche devint frénétique.

Il prit une profonde inspiration. Son sang bouillonnait dans ses veines, battait à ses tempes. Il devait se maîtriser.

Même si la réaction de Naomi ressemblait à un rêve érotique, il ne devait pas oublier qu'aucun homme ne l'avait encore touchée.

Et il lui avait donné sa parole.

Adoucissant son baiser, il commença à dénouer la longue tresse qui retenait sagement ses cheveux. Il voulait prendre sa chevelure luxuriante à pleines mains et s'en envelopper. Sa texture et son parfum l'exaltaient. La coiffant du bout des doigts, il fit un pas en arrière. Puis, dardant sur elle un regard brûlant, il releva doucement son sweater.

Naomi posa instinctivement les mains sur ses seins, mais il les prit dans les siennes. Haletante, elle sentit de petits frissons parcourir sa peau tandis qu'il la parcourait d'un regard extasié.

Lâchant ses mains, il passa un doigt léger sur le renflement moelleux, au-dessus du soutien-gorge. Elle serra ses mains et s'ordonna aussitôt de se détendre. Elle devait être assez courageuse pour faire ce qu'elle avait envie de faire. Elle prit une inspiration un peu tremblotante et, à son tour, lui souleva son sweat-shirt.

— Seigneur !

Dieu, il était magnifique ! Des muscles effilés, une peau hâlée et soyeuse. Sans réfléchir, elle effleura son torse du bout des doigts. Elle le sentit tressaillir et écarta ses mains.

Avec un rire tendu, il les prit dans les siennes et les ramena sur sa poitrine.

— Enlevez vos chaussures, murmura-t-il.

Elle hocha vaguement la tête. Elle sentait sous ses doigts son cœur qui battait la chamade. Et son torse était si... dur.

— Mes chaussures...

— Enlevez-les.

— Mmm.

Fascinée, elle écarta les doigts tout en ôtant ses chaussures. Et elle eut un sursaut quand il déboutonna son pantalon.

— Détendez-vous, murmura-t-il en approchant sa bouche de la sienne.

Il l'embrassa tandis que son pantalon glissait sur ses hanches. Pendant que sa bouche continuait à jouer avec ses lèvres, il la souleva et la déposa sur le lit.

Naomi émit un petit râle. La chaleur de ce corps d'athlète sur le sien contrastait avec la fraîcheur du drap sous elle. Son cœur bondit quand il fit lentement glisser ses mains sur ses flancs. Elle frissonna, subjuguée de désir. Les paumes et les lèvres de Ian la faisaient dériver dans un monde inconnu, fascinant.

Ian l'observait. Il n'avait jamais été aussi prévenant avec une femme. Il n'avait jamais non plus éprouvé le besoin de tant donner. Il voulait l'éveiller à ses propres désirs. C'était plus facile qu'il ne l'avait cru de tempérer le feu qui brûlait en lui.

Les yeux fermés, elle respirait profondément. Mais il sentait son cœur battre violemment sous ses lèvres. Le lent gémissement qu'elle fit entendre quand il détacha son soutien-gorge le bouleversa.

Ses hanches s'arquèrent instinctivement pendant qu'il lui titillait le bout des seins. Il observa le plaisir mêlé d'étonnement sur son visage, ses cils qui papillonnaient. Bientôt, ses paupières se relevèrent sur des yeux brillants de désir.

Elle prit une inspiration.

— Que devrais-je faire ? murmura-t-elle sans cesser de faire courir ses mains sur son dos.

— Détendez-vous.

Il approcha sa bouche de ses seins, leur infligea une douce torture du bout de la langue. N'en pouvant plus, elle l'attira contre elle.

Avec de brefs effleurements des doigts, il commença à la rendre folle. Tendue comme un arc, elle haletait. Il fit glisser lentement ses mains plus bas, toujours plus bas en caressant des lèvres ses épaules et ses seins. Sa paume longea le contour de ses cuisses. Il la prit tendrement dans ses bras, lui laissant le temps de s'habituer à cette nouvelle intimité.

Dans un râle, elle murmura son nom, tandis qu'elle sentait son corps sur le point d'exploser.

Devant sa réaction, Ian dut faire un violent effort pour

se maîtriser. Prenant une longue inspiration, il enfouit son visage dans ses cheveux défaits.

Naomi sentait son corps dériver, elle avait le souffle court. Rien ne l'avait préparée à affronter ce choc sublime, cette vague de fond de plaisir brûlant. Délirante, elle tourna la tête vers lui, chercha sa bouche.

Il avait la peau moite. Elle adorait cette sensation. Elle voulait en connaître d'autres, de plus en plus fortes. Elle fit courir ses lèvres sur les puissantes épaules et le cou de Ian, tandis que ses hanches se soulevaient, se pressaient contre lui.

Son corps ressemblait à un orage prêt à éclater, son esprit à une tornade.

Le sang battant follement dans ses veines, Ian lutta plus que jamais pour se contrôler. Il enleva lentement son jean. Il voulait la noyer dans le plaisir, la faire vibrer.

Tandis qu'elle tendait un corps hurlant son impatience vers le sien, et qu'un gémissement s'échappait de sa gorge, il agrippa ses hanches et se glissa en elle. La résistance de sa virginité le fit frissonner. Prenant sa bouche, il avala le cri bref qu'elle poussa.

Et il la fit sienne.

Il la garda encore palpitante dans ses bras, lui caressant les cheveux, attendant de retrouver son propre équilibre.

— Tu vas bien ? lui demanda-t-il d'une voix douce.

— Mmm.

Elle ne put rien répondre d'autre. Il sourit.

— Comment te sens-tu ? questionna-t-il une minute plus tard.

— Légère, un peu ivre.

Elle soupira.

— Et incroyablement détendue. J'étais sûre que je serais gênée, après. Est-ce que j'ai fait tout ce qu'il fallait ?

Elle avait la voix ensommeillée.

Il leva un sourcil amusé.

— Non, tu m'as beaucoup déçu. J'ai bien peur d'être obligé de te prier de partir.

Relevant vivement la tête, elle posa sur lui des yeux épouvantés. Elle cligna des paupières en le voyant sourire malicieusement.

— Je ferai certainement mieux quand j'aurai de l'expérience.

— Hmm. Je te donnerai d'autres leçons, ma belle Naomi.

Prenant son visage entre les mains, il posa un baiser sur ses lèvres.

— Tu veux boire du vin ?

— Tout ce que tu veux.

Elle soupira. Elle n'en avait pas spécialement envie, mais peut-être le vin l'aiderait-il à se remettre du long frisson qu'elle avait éprouvé quand il l'avait appelée « ma belle Naomi ».

Il sortit du lit et traversa la chambre sans prendre la peine de s'habiller. Elle fit semblant de ne pas le regarder. Dès qu'il fut sorti, elle posa une main sur son cœur. C'était stupéfiant. Comment avait-elle pu susciter l'intérêt d'un homme comme lui, qui combinait la beauté physique — il avait l'allure d'un dieu — à une profonde gentillesse ?

Elle se retourna dans le lit. Inutile de se poser ce genre de question. Prenant brusquement conscience qu'elle était aussi nue que lui, elle tira le drap sur elle au moment même où il revenait.

S'immobilisant un instant, il secoua la tête.

— Comment se fait-il que personne ne t'ait dévorée avant moi ? interrogea-t-il d'un air incrédule.

Elle rougit, ce qui ne fit qu'accroître son charme à la fois enfantin et terriblement sexy.

— Personne n'a vraiment essayé.

En riant, il apporta le vin et les verres près du lit.

— Sérieusement, tu n'as pas dû y faire attention.

— J'ai toujours été mal à l'aise avec les garçons. Les hommes, les mâles.

Comme elle commençait à se sentir de nouveau embarrassée, elle prit le verre qu'il lui tendait.

— Chérie, permets-moi de te dire que ce sont plutôt les hommes qui t'ont connue qui devaient être gênés, si aucun d'eux n'est arrivé à t'approcher.

Du bout des doigts, il tira légèrement le drap qu'elle avait remonté jusqu'à ses seins.

— Tu as un corps magnifique.

— J'ai toujours rêvé d'être grande et mince.

Elle sirota un peu de vin.

— Je me suis développée très jeune. C'était très pénible.

— Pourquoi ?

— Oh… je suppose qu'il n'y a que les filles capables de comprendre ce que c'est qu'être adolescente et d'avoir soudain…

— De superbes seins, termina-t-il en souriant. Mais les garçons aiment les seins, Naomi. Nous les considérons comme un des plus beaux miracles de la nature.

Elle se mit à rire.

— J'ai passé des années à essayer de les dissimuler.

— Et tu continues.

Il fit glisser le drap jusqu'à sa taille. Comme elle se mettait à bafouiller, il eut un sourire ravi.

— C'est beaucoup mieux ainsi. Comment trouves-tu le vin ?

— Très bon.

Résolument, elle tira de nouveau le drap sur elle. Elle ne pouvait tout de même pas rester dans son plus simple appareil en sirotant un verre de vin.

— Je suis désolée pour ton sweat-shirt. Tu devrais pouvoir faire partir la plupart des taches si tu le mets tout de suite dans la lessive.

Il secoua la tête.

— Je veux les garder. Elles me rappelleront la nuit la plus fabuleuse de mon existence.

Elle rit.

— Comment peux-tu t'intéresser à moi ?

Elle se mordit l'intérieur des joues. Pourquoi avait-elle posé cette question stupide ? Mais Ian l'examina longuement avant de répondre :

— Tu as des seins magnifiques.

Indignée, elle ouvrit la bouche pour protester. Mais elle éclata de rire en voyant la lueur espiègle dans ses yeux.

— J'ai de la chance.

Il lui caressa tendrement les épaules, la gorge, et s'empara de nouveau du drap.

— Quand tu auras fini ton vin, je crois que nous devrions entamer une nouvelle séance pratique.

— Oh !

Il la désirait encore. La vie était soudain pleine de miracles. Dardant son regard émeraude sur lui, elle dit :

— Très bien. Mais cette fois, je préférerais que nous le fassions à la bibliothèque.

Ce fut à son tour de lire la surprise dans ses yeux. Elle ajouta malicieusement :

— Je fais cela très bien au milieu des livres.

Il planta un regard de flamme dans le sien.

— Naomi ?

— Oui ?

— Finis ton vin.

Elle dut d'abord avaler sa salive. Puis, rejetant la tête en arrière, elle vida son verre d'un seul trait.

— Terminé ! annonça-t-elle.

C'était merveilleux d'être étendu dans l'obscurité, avec Naomi lovée contre lui. Si seulement cela pouvait être toujours ainsi. Elle s'était glissée dans sa vie naturellement, et elle y avait désormais sa place.

Il soupira de bien-être. Il s'imaginait avec elle dans le grand lit de sa vieille maison, année après année. Les enfants dormiraient dans la chambre d'en face, et un chien ronflerait sur le tapis du couloir.

Ils seraient très occupés, avec leur carrière respective et leurs enfants à élever, mais ils réussiraient.

Ses parents y étaient bien arrivés avec brio. Ce lien qui les unissait, il aurait voulu le créer avec Naomi.

Il n'avait qu'une chose à faire : prendre son temps, avancer pas à pas. En faisant attention à elle, il avait gagné sa confiance. Il lui avait laissé le temps de s'habituer à l'idée d'une intimité physique entre eux. Et elle était venue vers lui non seulement consentante, mais avide.

D'une avidité qui le mettait encore dans tous ses états.

Il lui laisserait quelques semaines, puis il la persuaderait de s'installer chez lui. Surtout, ne pas brûler les étapes, ne pas l'effaroucher. Il pouvait contrôler sa propre impatience, ses besoins, quand cela en valait vraiment la peine.

Oui, il lui laisserait le temps.

Ensuite, ils auraient toute une vie à vivre ensemble.

8

Raccrochant le téléphone, Ian secoua la tête. Son grand-père n'avait cessé de l'appeler, ces derniers jours, pour qu'il aille les voir à Hyannis Port.

Il soupira. Il fallait vraiment qu'il prenne le temps de leur rendre visite. Ce serait fabuleux d'aller y passer un week-end avec Naomi.

Mais…

Il était prêt à parier que si Daniel MacGregor trouvait Naomi à son goût, il allait se mêler une fois de plus de ce qui ne le regardait pas. Il allait faire des allusions très peu subtiles au mariage, aux devoirs des enfants de fonder un foyer. Il allait lui rabâcher sur tous les tons qu'à son âge, il devait penser à pérenniser la lignée des MacGregor.

Il sourit. Son grand-père ne devait pas imaginer un seul instant que c'était exactement ce qu'il avait en tête.

Et rien ne le ferait changer d'avis.

Un coup frappé à la porte le tira de sa rêverie. Sa mère entra. Il admira sa taille élancée, ses cheveux bruns rejetés en arrière, son visage altier.

— Tu as beaucoup de travail ? s'enquit-elle.

— Pas trop.

Elle posa une pile de dossiers sur son bureau.

— Eh bien, maintenant, tu en as !

— J'espère que ce n'est pas l'affaire Perinsky ? dit-il d'un air affolé.

Diana lui adressa un sourire.

— Tu as tapé dans le mille. Cette fois-ci, Mme Perinsky a décidé de faire un procès au supermarché qui est près de chez elle parce qu'il ne lui a pas livré son thé favori. Elle prétend qu'il a violé ses droits civiques.

Ian feuilleta l'épais dossier alimenté par les lettres incessantes que Mme Perinsky aimait adresser au tribunal. Il soupira. Quelle vieille chouette ! Elle n'avait donc rien d'autre à faire ? Mais il ne put s'empêcher d'éprouver un élan d'affection pour la vieille dame.

— Laura s'en tire beaucoup mieux avec elle, dit-il en jetant sur sa mère un regard plein d'espoir.

— Peut-être, mais la cliente préfère avoir affaire à toi.

En riant, elle s'assit sur le bord du bureau.

— Je crois qu'elle a un faible pour toi, mon chéri.

— Dommage qu'elle ait au moins cent cinquante ans.

— Et qu'elle n'ait pas oublié le plaisir d'avoir un beau jeune homme à sa disposition. Je sais que c'est pénible, Ian, mais c'est une très vieille cliente. Tu n'étais pas encore né quand elle est venue chez nous pour la première fois.

— Toi non plus, marmonna-t-il.

Diana éclata de rire.

— Presque. Quoi qu'il en soit, elle est très seule, et elle a besoin que l'on s'intéresse à elle. Prête-lui un peu d'attention, tu fais cela très bien. Elle va t'offrir quelques cookies, et tu vas la convaincre d'abandonner ce procès contre son épicier.

— Je peux essayer. Mais tu me revaudras cela.

— Est-ce qu'un plat mijoté à la maison rétablirait la balance ?

Souriant, il fit mine de réfléchir.

— Peut-être qu'un pot-au-feu ferait l'affaire.

— Je crois que nous pouvons arranger cela. Pour dimanche ?

Il hocha la tête.

— Ce sera parfait si tu peux ajouter un couvert.

— Pour Naomi ?

— Oui.

Ian observa sa mère. Ils n'en avaient jamais vraiment parlé.

— Tu es d'accord ?

— Je l'aime beaucoup.

— Et moi, je l'aime.

— Oh !

Diana eut les larmes aux yeux.

— Je suis désolée !

— Attends !

Alarmé, il se leva pour fermer la porte, puis il se rua vers sa mère et la prit par les épaules.

— Qu'y a-t-il, maman ? Je croyais que tu l'aimais bien.

— Oui, naturellement.

Diana agita la main et la tendit vers lui. Elle lui caressa la joue.

— Mais tu es resté mon bébé.

Se redressant, elle posa sa joue contre la sienne. Elle soupira. Cet instant lui rappelait tant de choses.

— Mon bébé, murmura-t-elle. Ian, je suis si heureuse pour toi !

— Tu m'as fait peur !

— Pardonne-moi.

Elle eut un petit rire et s'éloigna de lui.

— Il y a une place dans mon cœur où tu seras toujours mon petit garçon. Et une autre, où je suis incroyablement fière de l'homme que tu es devenu.

Il la prit tendrement dans ses bras.

— Maman, tu vas bientôt me faire pleurer.

Lui enlaçant possessivement la taille, elle prit une profonde inspiration et poussa un grand soupir.

— Je sais qu'il y a eu d'autres filles, d'autres femmes.

— Moi ? Des filles ? Des femmes ? Je me demande où tu es allée chercher de telles idées, protesta-t-il.

Elle se mit à rire.

— C'est peut-être à force de les avoir vues s'agglutiner à la maison, ou de les avoir entendues répondre au téléphone quand je t'appelais au lycée. Mais...

Faisant une pause, elle prit son visage entre ses mains.

— C'est la première fois que tu me dis que tu aimes quelqu'un. Alors je sais que c'est la vérité.

— Oui, c'est la vérité.

— Elle a beaucoup de chance.

Diana déposa un baiser léger sur son front.

— Et je dis cela sans la moindre idée préconçue.

— Alors tu pourrais peut-être en profiter pour faire quelques commentaires sur ton fils exceptionnel, quand elle viendra dîner à la maison.

Elle hocha la tête en souriant.

— Cela ne me paraît pas impossible.

— Avec subtilité, bien sûr. Elle est très timide et je ne veux pas lui faire peur.

Surprise, Diana releva les sourcils.

— Tu ne lui as pas dit ce que tu éprouvais pour elle ?

— J'y pense. C'est dans mes projets.

— Ian, si j'ai une critique à faire à ton sujet, c'est que tu prends un peu trop de précautions. A moins que...

Elle lui jeta un regard brillant.

— A moins que tu ne « complotes », à la Daniel MacGregor !

— C'est bon pour lui, dit joyeusement Ian. Et je vois d'ici sa réaction quand je vais lui présenter la femme que je veux épouser. Il va en faire une jaunisse de n'avoir pas eu le temps de jouer les entremetteurs.

Diana fit une petite moue pour s'empêcher de rire. Daniel avait confié à Ian une longue liste de livres à acheter, alors qu'il aurait aussi bien pu passer la commande par téléphone. Mais à quoi bon en parler à son Ian ? Il valait mieux que son bébé garde ses illusions.

Naomi tenait à disposer elle-même sur la table de présentation les exemplaires du dernier thriller de Branson Maguire. Elle avait toujours apprécié son œuvre, mais elle lui témoignait maintenant un intérêt personnel. N'était-elle pas devenue l'amie de sa femme et de sa famille ? Elle avait même pris ses filles sur ses genoux.

Interrompant un instant son travail, elle sourit. Elles étaient absolument adorables. Aussi délicieuses que les fils de Laura. Sans parler de Travis. Elle avait une tendresse spéciale pour le fils de Julia. Il débordait d'énergie.

Posant un exemplaire de *Tueur en fuite* sur une pile déjà impressionnante, elle sourit. Elle avait toujours été très à l'aise avec les enfants. Elle aimait leur univers. L'une de ses premières tâches d'adulte, dans la librairie familiale, avait consisté à créer le coin jeunesse et les séances de lectures hebdomadaires.

Cependant, elle n'était jamais allée jusqu'à penser à ceux qu'elle pourrait avoir. Mais maintenant, elle pouvait se le permettre.

Si elle ne se comportait pas comme une bécasse, Ian pouvait tomber amoureux d'elle. Ce n'était pas impossible, plus rien ne l'était désormais. Il la désirait, et il avait des sentiments pour elle, elle le savait. Il n'y avait aucune raison que ces sentiments ne deviennent pas de l'amour.

Un amour profond, émouvant et brûlant, comme celui qu'elle éprouvait pour lui.

Un jour, il prendrait son visage entre ses mains, comme il le faisait parfois, il la regarderait droit dans les yeux, et il lui dirait : « Je t'aime, Naomi. »

— Naomi ?

Une petite tape sur son épaule la fit redescendre sur terre. Elle se retourna et regarda Julia d'un air éberlué.

— Tu as fait bon voyage ? interrogea la jeune femme.

— Oh !

Elle se mit à rire et secoua la tête pour s'éclaircir les idées.

— Je rêvassais, Julia. Mais tu ne devrais pas sortir seule en voiture alors que tu es près d'accoucher d'une minute à l'autre.

Julia leva les yeux au ciel.

— Seigneur, j'ai l'impression d'entendre Cullum. Et tu seras certainement ravie d'apprendre qu'il est en train de se garer. Il m'a laissée devant la porte, et je me suis dandinée jusqu'ici. Je ne peux pas me déplacer autrement en ce moment.

— Si tu voulais un livre, tu aurais pu téléphoner, je te l'aurais apporté.

Touchée, Julia sourit et son regard s'adoucit.

— Je sais. Tu es absolument adorable, Naomi. Mais j'avais envie de sortir un peu. J'étais énervée. Et Cullum commençait à devenir fou à cause de moi. Il a eu la brillante idée de me calmer avec un moka au chocolat.

Naomi se mit à rire.

— Allons au Café. Je vais en commander un.

Julia jeta un coup d'œil sur la tour de livres qui dominait la table.

— C'est magnifique. La file de lecteurs pour la signature va faire le tour de l'immeuble.

Prenant Julia par le bras, Naomi jeta un coup d'œil sur l'édifice de livres qu'elle avait presque terminé.

— J'y compte bien. Est-ce que tu l'as déjà lu ?

Julia secoua la tête.

— Non, en ce moment, je n'arrive pas à me concentrer assez pour lire. C'était la même chose quand j'attendais Travis. Mais j'ai pensé à glisser le livre de Branson dans mon sac pour mon séjour à la clinique. Tout de suite après l'accouchement, je suis capable de me mettre en boule comme un chat pendant des heures.

— Tu vas aimer ce bouquin, j'en suis sûre. Il procure beaucoup d'émotions.

— Je devrais en choisir deux ou trois autres, pendant que j'y suis.

Portant une main à son dos, Julia fronça les sourcils. Non, décidément, elle n'en aurait pas le courage aujourd'hui.

— Je ne suis pas d'humeur à faire des achats, quels qu'ils soient, avoua-t-elle.

— Veux-tu que je t'en choisisse quelques-uns ? proposa Naomi.

— Si tu as le temps, ce serait formidable.

Brusquement, elle s'appuya lourdement contre une étagère et posa ses deux mains sur son ventre.

— Waouou…

— Il donne des coups de pied ? Veux-tu t'asseoir ? interrogea Naomi, un peu affolée.

— Non, je crois qu'il veut sortir. Je comprends mieux pourquoi je me suis sentie bizarre toute la journée.

— Il veut sortir ?

Julia ne répondit pas. Elle haletait. La gorge nouée par la panique, Naomi continua :

— Il veut sortir m… maintenant ?

— Pas à la seconde, articula péniblement Julia.

Elle prit une longue inspiration pour se détendre. Elle ne s'était pas attendue à avoir des contractions aussi violentes. Pour Travis, elles avaient commencé doucement, puis elles étaient progressivement devenues plus fortes. Se redressant à demi, elle marmonna :

— Je crois qu'il ne va pas tarder. Dommage, c'est fichu pour le moka.

— Il faut que tu t'assoies, insista Naomi.

Elle chercha désespérément du regard l'aire de repos la plus proche.

— Là ! Viens t'asseoir et attends tranquillement.

Elle l'accompagna jusqu'aux chaises.

— Je vais chercher Cullum.

— Bonne idée.

Julia se laissa tomber dans un fauteuil.

— Naomi ! Dis-lui de se dépêcher. Je crois que le bébé est impatient d'arriver.

Deux heures plus tard, Naomi faisait les cent pas dans la salle d'attente de l'hôpital remplie de MacGregor. Elle leur jeta un coup d'œil étonné. Comment faisaient-ils pour rester si calmes ? Comment pouvaient-ils rester tranquillement assis à rire, bavarder, se raconter des histoires de famille ?

En ce qui la concernait, elle avait l'estomac complètement noué et les mains moites.

La mère de Ian discutait joyeusement au téléphone avec l'ancien Président et l'ancienne Première Dame des Etats-Unis. En route pour Boston, les parents de Julia prenaient régulièrement des nouvelles de leur fille par téléphone.

Téléphonant de son côté, Caine riait en parlant aux futurs arrière-grands-parents.

Naomi jeta un coup d'œil dans le couloir. Ian était introuvable.

Voyant sortir Gwen de la salle d'accouchement, elle se précipita, sans penser un seul instant qu'elle ne faisait pas partie de la famille.

— Comment va-t-elle ? Est-ce que le bébé arrive ?

Un chapelet de jurons se fit entendre de l'autre côté de la porte. Elle ouvrit de grands yeux interrogateurs.

— Ne me dis pas comment je dois respirer, Murdoch, tête de mule. Je sais comment je dois respirer !

Gloussant de rire, Gwen tapota les joues livides de Naomi.

— Ne t'inquiète pas, elle s'en tire très bien. Le bébé se présente bien, il n'y aura aucune complication.

Posant une main sur l'épaule de Naomi, elle sourit aux visages qui les regardaient dans la salle d'attente.

— J'y retourne. Elle est prête à se mettre à pousser.

Au téléphone, Diana s'écria :

— Shelby, as-tu entendu ?

Elle eut un petit rire cristallin.

— Non, je reste au téléphone. Elle est près d'accoucher. Oui, je sais. Gwen lui dira que tu l'aimes.

— Je n'y manquerai pas, promit Gwen.

Elle sortit dans le couloir et se trouva nez à nez avec Ian.

— Est-ce que j'ai raté la naissance ? demanda-t-il, essoufflé.

Il avait couru depuis le parking et grimpé l'escalier quatre à quatre. Les ascenseurs étaient bien trop lents pour le satisfaire.

— Tu as failli.

En souriant, Gwen ouvrit la porte de la maternité. Julia donnait encore de la voix.

— Ne me dites pas que je ne dois pas pousser tout de suite, espèce de crétin sadique ! Vous êtes renvoyé !

Amusée, Gwen commenta :

— C'est la troisième fois qu'elle veut renvoyer l'obstétricien. C'est moins que pour Travis. Elle l'avait envoyé au diable cinq fois.

Avec un sourire radieux, Gwen entra et referma la porte derrière elle.

Naomi se tordit les mains.

— Elle doit souffrir. Elle doit être terrifiée.

— Terrifiée ? Julia ? Ce serait bien la première fois ! dit Ian en riant.

Elle se retourna si brusquement que Ian recula.

— Comment peux-tu le savoir ?

Toute la famille MacGregor la regarda d'un air surpris.

— Tu n'étais même pas là ? Où étais-tu passé ? dit-elle encore.

— J'étais piégé chez une vieille dame capricieuse, qui m'a gavé de cookies un peu rances. J'ai réussi à partir dès que j'ai eu le message.

Il posa la main sur son bras.

— Veux-tu un verre d'eau, Naomi ? Tu es très pâle.

— Non, je ne veux pas de verre d'eau.

Rejetant sa main, elle s'éloigna dans le couloir. En revenant dans la salle d'attente, elle refréna l'envie de faire demi-tour. La plupart des visages tendus vers elle affichaient un sourire ravi.

Elle rougit et se mit à bégayer.

— Je... je suis désolée. Je suis vraiment... vraiment désolée. Je n'ai jamais connu ce genre de situation. Je me sens très nerveuse. Pourquoi suis-je la seule à être nerveuse ?

Ian la prit par le coude.

— Nous y sommes passablement habitués. Cela fait plusieurs années que cet événement se répète régulièrement dans la famille. Mais tu devrais t'asseoir, proposa-t-il en la prenant par le coude.

— Non.

Elle respira lentement en comptant jusqu'à dix. Puis, le regardant dans les yeux, elle répéta :

— Je suis désolée, je n'aurais pas dû te parler sur ce ton désagréable.

— Tu as le droit d'être désagréable quand tu en éprouves le besoin.

Lui passant un bras autour des épaules, il la conduisit vers une chaise libre.

— J'ai téléphoné à la librairie quand j'ai reçu le message au sujet de Julia. Je voulais savoir où elle en était. Ton assistante m'a expliqué.

Naomi finit par s'asseoir. Elle se força à rester tranquille, mais elle ne tint bon que quelques minutes.

— Crois-tu qu'il y en ait encore pour longtemps ? demanda-t-elle d'une voix anxieuse.

— C'est difficile à dire. Quand Travis est né, j'ai eu l'impression que ça prenait au moins dix ans.

— Quatorze heures, corrigea Laura. Trois heures de moins qu'il m'en a fallu pour mon premier enfant, et une heure de plus que pour le second.

Ian hocha la tête. Il comprenait la nervosité de Naomi. Ne s'était-il pas senti aussi tendu et angoissé quand Laura avait mis au monde son premier bébé ?

— En tout cas, cela m'a paru une éternité, dit-il.

Il jeta un coup d'œil circulaire dans la pièce.

— Où est Branson ?

— Il garde tous les enfants de la famille. On a tiré à la courte paille, répondit Caine en souriant. Il nous a demandé de prier pour lui !

Il alla chercher une tasse de thé qu'il tendit à Naomi.

— Merci !

N'osant pas lui dire qu'elle ne voulait rien, elle sirota son thé en écoutant les bavardages et les rires. Quand elle eut terminé sa tasse, elle se détendit. La boisson lui avait calmé l'estomac, et les nerfs.

Gwen fit son apparition sur le seuil de la salle d'attente. Elle avait le visage luisant de sueur, et débordant de joie.

— Mesdames et messieurs, j'ai le bonheur de vous annoncer la naissance de Fiona Joy Murdoch. Elle a fait son apparition dans ce monde à 16 h 43 précises, elle pèse quatre kilos. La mère, le père et la fille se portent comme des charmes.

Brusquement, elle se mit à pleurer.

— Fiona est absolument adorable.

Tout le monde commença à parler en même temps, à se congratuler, à rire et à pleurer. Naomi se retrouva dans un véritable tourbillon. Les femmes l'embrassèrent, le père de Ian lui offrit un cigare, qu'elle regarda comme s'il s'agissait d'une curiosité. Quand Ian put enfin l'approcher, il la prit dans ses bras et la souleva de terre.

— N'est-ce pas merveilleux, Naomi ? murmura-t-il en la faisant tournoyer.

9

C'était la famille la plus extraordinaire que l'on pouvait imaginer. Et ils l'avaient accueillie comme si elle en faisait partie. Elle avait partagé avec eux un de leurs moments les plus merveilleux.

Naomi poussa un petit soupir ému. Elle avait vu le bébé à travers la vitre. La petite Fiona était dans les bras de Cullum. Et quand Caine avait annoncé qu'ils sortaient tous pour aller fêter l'événement, elle n'avait pas eu le temps de réfléchir ou d'hésiter. Ils l'avaient emmenée avec elle.

Personne ne l'avait considérée comme une étrangère, comme quelqu'un n'appartenant pas à la famille.

Ils avaient tous l'esprit ouvert, et ils étaient pleins d'amour, de générosité et d'une grande franchise. Elle secoua la tête. Elle n'avait pas été vraiment franche avec Ian.

Mais quand elle avait accepté d'aller chez lui, ce soir, elle était prête à l'être.

— Il y aura une autre vague de famille demain, annonça-t-il pendant qu'il ouvrait la porte. Tu peux compter là-dessus. Et d'après toi, qui ouvrira le cortège ? Le vieux MacGregor lui-même. Il commencera par fanfaronner, puis il essuiera une larme en contemplant le bébé. Et quand D.C. et Layna arriveront, il ne les lâchera pas tant qu'ils ne lui auront pas dit pourquoi ils n'en ont pas encore fait un.

L'examinant intensément, il fit une pause. Il valait

mieux la prévenir tout de suite, pour qu'elle sache ce qui se passerait ensuite.

— Et après, ce sera ton tour.

— Mon tour ?

Horriblement nerveuse, elle arpenta le salon, remit en place des coussins qui n'en avaient nul besoin.

Ian hocha la tête.

— Je l'entends d'ici : « Pourquoi une jeune beauté comme vous n'est-elle pas encore mariée ? Est-ce que vous n'aimez pas les bébés ? Si vous les aimez, qu'attendez-vous pour en faire ? »

Il arrosa son discours avec un verre de whisky écossais.

Il espérait qu'elle allait sourire, mais elle était plus sérieuse que jamais.

— Ian, ce n'est pas bien. Ni pour toi, ni pour ta famille. Vous êtes tous si gentils avec moi.

Il la regarda avec des yeux arrondis de surprise.

— Qu'est-ce qui n'est pas bien ?

— Je n'ai pas été franche avec toi. Tu ne me connais même pas.

Poussant un soupir à fendre l'âme, elle ouvrit les bras en un geste d'impuissance et les laissa retomber.

— Je n'aurais jamais dû te laisser croire que j'étais comme cela. Je fais de mon mieux pour le devenir, mais j'en suis encore loin, et c'est injuste pour toi.

De plus en plus stupéfait, Ian posa son verre et s'avança vers elle. Il la prit par les épaules.

— Naomi, je ne comprends pas un traître mot de ce que tu me racontes.

— Je n'ai fait que changer la surface. Il y a deux ans, tu ne m'aurais même pas regardée. Pourquoi l'aurais-tu fait ? Personne ne me regardait. J'étais horrible. Je faisais tout pour grossir parce que c'était plus facile de manger que d'accepter de ne jamais être comme ma mère, quels que soient les efforts que je pouvais déployer.

— Comme ta mère ? répéta-t-il, médusé.

Une passion inattendue vibrait maintenant dans la voix de Naomi.

— Oui, comme elle : mince, belle, féminine jusqu'au bout des ongles. Je savais que je ne pourrais jamais être comme elle… Alors je mangeais et je me cachais entre les étagères de la librairie.

— Naomi, il y a un tas d'adolescents qui passent par une phase boulimique.

— Ce n'était pas une phase. C'était une condition, et un symptôme de ce que j'étais à l'intérieur. J'étais fade, mal fagotée, maladroite. Un jour, j'ai commencé à détester la façon dont je me traitais et j'ai essayé de changer. J'ai voulu voir ce qu'il y avait réellement au fond de moi, et apprendre à l'aimer.

— Et tu y es arrivée. Tu n'es ni fade, ni mal fagotée.

— Mais si !

Elle le repoussa impatiemment.

— Le matin, je ne sais toujours pas quoi me mettre sur le dos. Je suis obligée d'ouvrir mon ordinateur.

— Ton ordinateur ?

Naomi hocha la tête. C'était mortifiant d'en être réduite à tout lui raconter.

— Toute ma garde-robe est enregistrée dans mon ordinateur, avec les accessoires, les chaussures, et le rouge à lèvres appropriés pour chaque tenue. J'ai un autre dossier dans lequel je note ce que j'ai porté à telle ou telle date, et dans telle ou telle circonstance, pour ne pas mettre la même robe trop souvent.

Ian n'en revenait pas. La dévorant des yeux, il inclina la tête sur le côté.

— Vraiment ? C'est génial.

— Génial ? Ridicule, plutôt. Une femme normale n'a pas besoin de faire un tel cirque. Elle ouvre la porte de sa penderie, et elle en sort ce qu'elle a envie de porter. La semaine dernière, nous avons eu une panne d'électricité, et je n'ai pas pu allumer mon ordinateur. J'ai failli avoir une crise de nerfs tellement j'ai paniqué.

Elle poussa un profond soupir.

— C'est pathétique, conclut-elle.

— Tu es fabuleuse, je ne crois pas que tu aies besoin de t'inquiéter.

— Tu ne peux pas comprendre. Tu es beau, tu as grandi en le sachant, en étant sûr de toi. Mes parents sont des gens étourdissants, et mon frère ressemble à une vedette de cinéma. Et moi, au milieu…

— Naomi.

Il lui prit la main.

— Tu es très belle, Naomi.

— Non. Je sais que je peux être présentable si je fais attention, et j'en suis satisfaite. Je peux même affirmer que j'en suis très heureuse. Je pense qu'à force de pratique, ce sera de plus en plus simple.

— Comment peux-tu croire à ces bêtises ?

Partagé entre l'amusement et l'agacement, il l'attira dans le couloir et la fit pivoter sur ses talons pour qu'elle se trouve face au miroir accroché au mur.

— Qu'est-ce que tu vois là ?

— Toi.

Son cœur tambourina dans sa poitrine.

— Je ne vois que toi. Personne ne voulait de moi avant toi.

Ian resta interdit. Pour la première fois, la signification réelle de ces paroles pénétrait dans son cerveau. Il eut un sentiment de culpabilité. Naomi continua :

— Je n'ai jamais rien éprouvé de tel avec quelqu'un d'autre. Toute ma vie, je me suis sentie à l'arrière-plan, et je ne croyais pas que quelqu'un s'intéresserait assez à moi pour me laisser marcher à son côté.

— Naomi.

— Laisse-moi finir.

Rassemblant tout son courage, elle se retourna pour affronter Ian. C'était terrifiant, mais elle devait aller jusqu'à bout.

— Je ne veux pas que tu continues à croire que je suis celle que je ne suis pas. Une part de moi est restée la fille maladroite qui a eu exactement deux rendez-vous au lycée, pas un de plus, et encore, c'étaient des amis de mon frère qui m'avaient prise en pitié. L'autre part, c'est la jeune femme qui a passé toute sa vie d'étudiante enfouie au milieu des livres, parce que c'était le seul endroit où elle se sentait bien. Et cela m'arrive encore.

Elle fit une pause pour retrouver son souffle.

— Tu es le premier homme qui m'ait offert des fleurs, le premier qui m'ait emmenée dîner au restaurant, le premier qui soit capable de m'écouter, me regarder.

Sa voix se brisa. Elle lutta pour arriver jusqu'au bout de ce qu'elle avait à dire :

— Et tu es le seul homme à m'avoir touchée et embrassée.

Profondément ému, Ian ravala la boule qui lui obstruait la gorge. Il était le premier pour elle, à tous points de vue, et surtout le plus important. Pas seulement sur le plan physique, mais aussi sur le plan affectif. Elle avait dormi dans son cocon, comme un papillon attendant de s'envoler, d'étendre ses ailes. Et il l'avait arrachée à l'air avant même qu'elle en sente la puissance.

Il secoua légèrement la tête. Seigneur ! Qu'avait-il fait ? Et qu'allait-il faire maintenant ?

— Je ne suis pas le seul qui s'intéressera à toi. Et tu te trompes en croyant que tu n'es pas comme je te vois.

Lui caressant doucement le bras, il l'attira contre lui et appuya une joue sur ses cheveux. Et soudain, il eut un coup au cœur. Il venait de comprendre une chose évidente : non seulement Naomi avait besoin qu'il lui laisse du temps, mais elle allait certainement partir, afin qu'elle se voie vraiment telle qu'elle était et qu'elle s'accepte. Et quand elle le ferait, il n'avait qu'à espérer qu'elle reviendrait vers lui.

Il se força à s'éloigner d'elle de quelques pas.

— Tu es une très belle femme, Naomi, une femme fascinante.

— Et toi, tu es le seul qui ait jamais pensé cela.

Ses yeux se mirent à scintiller de larmes. Ian continua :

— Je crois que tu ne faisais pas assez attention aux garçons. Et maintenant que j'y pense, je me rends compte que j'ai monopolisé tout ton temps libre depuis quelques semaines.

— Mon temps libre ?

— Oui, je n'avais pas pensé que tu avais à peine terminé les modifications à la librairie quand je t'ai sollicitée pour ma bibliothèque.

Parlant toujours doucement, il entra dans le salon, et l'invita à le suivre. Il l'examina d'un œil rêveur. Il voulait bien lui laisser encore six mois de réflexion. Mais au bout de six mois, si elle ne se décidait toujours pas, il passerait à l'attaque. Elle aurait intérêt à être prête.

— Je ne t'ai pas laissé beaucoup de temps pour t'installer dans ta nouvelle vie et tes nouvelles responsabilités.

Cherchant à s'occuper les mains pour ne pas risquer de les poser sur elle, il s'accroupit devant la cheminée et disposa méticuleusement des bûches dans le foyer.

— Nous sommes arrivés un peu trop vite là où nous en sommes. Nous ferions peut-être mieux de ralentir.

Elle ouvrit la bouche et la referma aussitôt. Elle venait d'avoir un grand coup au cœur, qui lui coupa le souffle. La gorge sèche, elle dit :

— J'aimerais que tu parles plus clairement, Ian. Je n'ai pas assez d'expérience dans ce genre de relation pour être sûre que je comprends tes sous-entendus.

Il craqua une allumette et contempla la flamme vacillante. Ce qu'elle venait de dire était exactement le cœur du problème.

— Il n'y a aucun sous-entendu, Naomi. Je suggère seulement que nous ralentissions un peu, que nous nous accordions un moment de repos.

— Tu ne veux plus me voir ?

— Si, je veux encore te voir.

Il observa la flamme qui s'élevait dans l'âtre, mais qui ne le réchauffait pas.

— Ce que je veux dire, c'est que nous ne sommes pas obligés d'avoir une relation exclusive.

Il se leva et se tourna vers elle avec assurance. Il faisait la seule chose à faire pour elle. Et cela allait peut-être apaiser le tourment qui grondait dans sa poitrine. Comme Naomi ne disait rien, il ajouta :

— Tu devrais voir d'autres gens.

— D'autres gens, murmura-t-elle.

Elle garda le silence. C'était inouï, il voulait lui faire comprendre à demi-mot qu'il désirait voir d'autres femmes. Naturellement, elle aurait dû s'y attendre. Elle prit plusieurs profondes inspirations et finit par dire :

— Je pense que c'est très raisonnable.

Un bref sourire ironique retroussa ses lèvres. Dans sa fureur, elle se remit à le vouvoyer.

— Nous avons beaucoup de chance que j'aie toujours été quelqu'un de raisonnable, de sensé, vous ne trouvez pas ? J'imagine que certaines femmes pourraient se mettre en colère, ou du moins être vexées en entendant une suggestion comme celle-ci. Mais Dieu merci, je ne ressemble pas à toutes les femmes, n'est-ce pas ?

— Non, c'est vrai, dit-il doucement. Il ne doit y en avoir qu'une sur un million comme vous.

Elle laissa échapper un petit rire de dérision.

— Une sur un million, murmura-t-elle.

Peut-être, mais apparemment, elle n'était pas encore assez bien pour lui.

— Bon, la journée a été longue. Je suis très fatiguée. Je vais rentrer chez moi.

— Naomi, je ne veux pas que vous partiez ce soir.

Elle l'observa un instant. Il tournait le dos au feu qui jetait des lueurs dorées sur ses cheveux.

— Et moi, je n'ai pas envie de rester, dit-elle d'un ton ferme.

Longeant le couloir, elle se dirigea vers la porte d'entrée.

— J'ai été honnête avec vous, Ian, je vais donc continuer à l'être. Voilà, je vous aime. Depuis le début.

Elle sortit précipitamment, avant qu'il puisse prononcer quelques paroles gentilles qui lui auraient fait encore plus mal.

Poussant un profond soupir, il parla à haute voix dans la maison vide.

— Je le sais. Mais vous n'aviez jamais eu vraiment d'autres occasions d'aimer. Maintenant, vous en aurez.

Pendant une interminable journée, il tourna comme un ours en cage. Il était malheureux comme les pierres. Il se traîna lamentablement toute la semaine. Mais il ne prit pas le téléphone pour l'appeler, et ne céda pas à l'envie d'aller jusque chez elle et de frapper à sa porte.

S'approchant de la fenêtre de son bureau, il regarda au-dehors d'un air maussade, ce qui lui arrivait un peu trop souvent depuis quelques jours. Il haussa les épaules. Après tout, il avait décidé de lui laisser six mois.

Oui, Naomi aurait six mois de liberté, pendant lesquels elle pourrait apprendre à se connaître et à savoir ce qu'elle voulait. Et pendant ces six mois, elle pourrait fréquenter d'autres hommes si elle en avait envie.

Et si l'un d'eux la touchait, la caressait….

Luttant contre la jalousie qui le torturait, il se redressa. Non, justement, il n'était pas question de casser la figure à qui que ce soit. Au contraire, il fallait espérer qu'elle connaisse d'autres hommes. Sinon, comment pourrait-elle jamais savoir si elle l'aimait vraiment, au point de l'épouser et de passer sa vie avec lui ?

Un coup frappé à la porte le fit tressaillir. Il resta immobile. Il voulait l'ignorer, ou, mieux encore, se mettre à hurler : « Fichez le camp, vous ne comprenez donc pas que je ne veux voir personne ? »

Au lieu de quoi il demanda d'un ton sec :

— Qu'est-ce que c'est ?

La porte de son bureau s'ouvrit en grand. Anna et Daniel MacGregor entrèrent d'un pas ferme. Daniel déclara d'un air joyeux :

— Voilà un jour idéal pour discuter, mon garçon. Mais dis-moi, accueilles-tu tous tes clients comme des chiens dans un jeu de quilles, ou réserves-tu ta mauvaise humeur à tes pauvres grands-parents ?

— Désolé.

Ian s'approcha d'eux pour les embrasser. Daniel le prit dans ses bras et lui donna une accolade bourrue. Anna lui déposa un baiser tendre sur les joues.

Il éprouva le besoin de se justifier.

— Je pensais à autre chose, dit-il en essayant d'adoucir sa voix.

— Nous n'allons pas te retenir longtemps, promit Anna.

Elle jeta à son mari un coup d'œil qui avait valeur d'avertissement, ce qui n'empêcha pas Daniel de s'installer confortablement sur une chaise.

— Nous sommes venus te dire au revoir, dit-il.

— Déjà ? Vous venez juste d'arriver.

— Ta grand-mère ne tient pas en place, marmonna Daniel.

— Tu as autant hâte que moi de retrouver ton lit,

rétorqua Anna en riant. Nous allons passer voir le bébé de Julia avant de rentrer à la maison.

— Vous allez me manquer.

— Viens nous voir plus souvent.

Tambourinant du poing sur son accoudoir, Daniel lui dit avec un air de reproche :

— Tu es trop occupé à passer du bon temps avec les femmes. Tu ne penses plus à tes vieux grands-parents.

— Je viendrai dans quelques semaines. Pour l'instant, je ne passe pas particulièrement du bon temps.

— Et pourquoi diable ? Et d'abord, où est Naomi ?

— Je suppose qu'elle est à son travail.

Inclinant la tête, Ian lui jeta un coup d'œil suspicieux.

— Pourquoi cette question ? demanda-t-il, sur la défensive.

— Tout le monde parle d'elle, dans la famille.

Daniel fit une pause, puis, posant un regard perçant sur son petit-fils :

— Tout le monde, sauf toi. Pourquoi ne vous ai-je pas vus ensemble depuis que nous sommes arrivés, alors que vous ne vous quittiez pas, paraît-il ?

— Parce que nous prenons nos distances pendant quelque temps.

— Vos distances ? Quelle mouche vous a piqués ? Vous êtes faits l'un pour l'autre, cela crève les yeux. Cette fille a été faite pour toi, et pour toi seul, espèce de tête de bois ! Elle est intelligente et douce. Elle vient d'une bonne famille. Et ne va pas te laisser berner par sa fragilité apparente. Il y a une femme forte derrière son visage de madone, de la race de celles qui ont du cran.

— Tu sembles connaître rudement bien une femme que tu n'as rencontrée que deux ou trois fois dans une librairie.

Daniel lui lança un regard noir.

— Je connais sa famille, non ?

Secouant la tête, Anna poussa un soupir sonore.

— Oh, Daniel, j'aurais dû m'en douter !

— Te douter de quoi ? dit-il en posant sur elle des yeux bleus aussi innocents que ceux d'un nouveau-né.

Ian hocha lentement la tête. C'était donc cela. Le vieux renard avait encore sévi.

— C'est toi qui as tout comploté, dit-il en essayant de prendre un ton coléreux.

Il l'imita :

— « Ian, tu veux bien aller me chercher ces livres rares ? En même temps, demande à la petite Naomi si elle peut t'aider pour ta bibliothèque. »

En riant à moitié, il leva les yeux au plafond.

— Dire que je n'ai rien soupçonné !

— Et alors ? Je t'ai seulement demandé de faire une course pour moi. Ce n'est pas un crime. Si ce que tu as vu ne t'avait pas plu — ce qui aurait été bien stupide de la part d'un de mes descendants — tu n'aurais eu qu'à te contenter d'acheter les livres et de me les apporter.

Il lui adressa un sourire rusé.

— Mais il me semble que tu as beaucoup apprécié ce que tu as vu, jeune homme. Est-ce que je me trompe ?

Ian secoua la tête.

— Non.

— Alors, c'est tout ce que tu trouves à me dire ?

— Merci, grand-père.

Surpris, Daniel cligna des paupières. Il devait y avoir un piège dans la réaction de son petit-fils. Incrédule, il répéta :

— Merci ?

— Merci d'avoir eu le bon goût de reconnaître la femme que j'espère épouser.

— Ha, ha !

Avec une rapidité surprenante pour un homme de son âge, il se redressa sur le bord de sa chaise.

— Voilà un brave petit gars.

Il se tourna vers sa femme.

— Tu vois, Anna, lui au moins sait apprécier la sagesse de son grand-père. Cela explique pourquoi, parmi tous mes petits-enfants, c'est lui que je préfère.

— C'était Julia que tu préférais, il y a deux jours, lui rappela Ian. Je t'ai entendu le lui dire.

— Eh bien, elle venait d'avoir un bébé. Elle avait besoin d'être chouchoutée. Mais c'est toi maintenant.

Un sourire radieux aux lèvres, il se renversa sur sa chaise. Mais son sourire s'évanouit aussitôt.

— Qu'entends-tu par « j'espère l'épouser » ? Tu vas épouser cette petite, oui ou non ? J'espère bien t'entendre répondre oui, parce que je ne veux pas avoir de tête fêlée dans ma famille.

Ian soupira.

— Je lui laisse le temps de réfléchir. Quelques mois. Ensuite, j'espère que nous reprendrons les choses là où nous les avons laissées.

Daniel poussa un cri.

— Quelques mois ?

Horrifié, il secoua la tête.

— Mais si, apparemment, j'ai bien une tête fêlée parmi mes petits-enfants ! Qu'est-ce que tu attends pour aller chercher cette adorable jeune fille ? Vas-y immédiatement, pour l'amour du ciel !

Anna fronça les sourcils.

— Daniel, laisse-le tranquille. Il sait ce qu'il a à faire.

— Sûrement pas !

Donnant une légère tape sur la tête de son petit-fils, il gronda :

— Es-tu amoureux de cette jolie jeune fille, oui ou non ?

Ian sortait rarement de ses gonds. Mais pour une fois, sa colère fut à la hauteur de celle de son aïeul.

— Oui ! Je le suis assez pour savoir ce dont elle a

besoin, et pour le lui donner. C'est toi qui es responsable de notre rencontre, et je t'en suis reconnaissant. Mais la suite ne regarde que moi !

Surgissant à la porte du bureau, Caine cria à pleins poumons pour se faire entendre :

— Excusez-moi, mais j'ai cru comprendre que ce lieu était un lieu de travail ! Les querelles de famille ne sont pas au programme avant 18 heures !

Sans tenir compte de son intervention, Daniel continua à hurler :

— Sais-tu ce que ce garçon est en train de faire ? Ton propre fils ? Il a bien la tête aussi dure que toi. Tu ferais mieux de lui remettre les idées en place. Sinon, moi, je m'en lave les mains !

— Quelle bonne idée ! dit Caine en souriant. Et si tu allais te laver les mains pendant que je discute avec lui ?

— Débrouille-toi.

Daniel renifla.

— Allons voir Julia ! Elle au moins, elle n'a pas un petit pois dans la tête comme l'un de mes petits-fils. Elle nous a fait un précieux petit bébé… Et toi…

Il passa une main rude sur la tête de Ian.

— Et toi, tâche de te conduire intelligemment en rattrapant cette fille.

Caine leur dit au revoir en riant, tandis qu'Anna entraînait un Daniel toujours vociférant. Puis il referma la porte et s'assit tranquillement sur une chaise, le sourire aux lèvres. Ian se frotta le front.

— Il a la main ferme, hein ? dit Caine.

— Il ne m'a pas boxé les oreilles depuis mes douze ans.

Il ne put s'empêcher de sourire.

— Ils me manquent déjà, tous les deux.

— Je comprends ce que tu veux dire. Assieds-toi, Ian.

L'expression de Caine devint plus sérieuse.

— Il est temps que nous parlions. J'aimerais juste savoir ce qui se passe, et pourquoi, depuis la semaine dernière, tu montres les crocs à tous ceux qui t'approchent ?

— J'ai des soucis, je ne suis pas censé être agréable vingt-quatre heures sur vingt-quatre !

Caine releva un sourcil.

— Je t'ai dit de t'asseoir. Cela t'épargnera une migraine. Tu n'as sans doute pas oublié que Daniel MacGregor n'est pas le seul capable de te boxer les oreilles.

10

Ian s'assit en face de son père. Sans rien dire, il se mit à pianoter sur sa cuisse et le regarda droit dans les yeux.

Caine l'observa en silence, avec un air mêlé d'admiration et d'agacement. Jusque-là, il avait considéré l'obstination de son fils, pour ne pas dire sa tendance à être entêté, comme une de ses principales qualités. De plus, Ian se mettait rarement dans une situation conflictuelle, mais si cela se présentait, il n'était pas du genre à fuir.

Caine poussa un grand soupir avant de lui demander :

— Que se passe-t-il entre Naomi et toi ?

Les yeux de Ian se chargèrent de colère. C'était typique de son père d'aller droit au but.

— J'ai presque trente ans, rétorqua-t-il d'une voix qu'il aurait souhaitée moins sèche. Il me semble que cela ne regarde qu'elle et moi.

Caine hocha la tête avec un sourire complaisant.

— Tu as parfaitement raison. Mais ce raisonnement ne tient pas compte d'un certain Daniel MacGregor. Quant à moi, je m'inquiète de ne pas te voir au mieux de ta forme depuis quelques semaines, Ian.

— Cela va s'arranger.

— J'en suis sûr. Mais en attendant...

Se penchant vers lui, il posa la main sur son bras.

— Tu peux toujours me parler si tu en ressens le besoin.

Brusquement submergé par ses émotions, Ian bondit de sa chaise.

— Bon Dieu ! Je fais ce qu'il faut faire, ce qui est le mieux pour elle.

— C'est-à-dire ?

— Je prends mes distances.

— Est-ce que c'est ce qu'il y a de mieux pour toi aussi, Ian ? Tu es amoureux d'elle. Je ne te pose pas la question, c'est écrit sur ton visage. Je sais ce que c'est, j'éprouve la même chose pour ta mère.

— Je sais. C'est une évidence. Moi aussi, je veux vivre une véritable histoire d'amour.

Il se passa deux mains agitées dans les cheveux.

— Je lui laisse un peu de temps et d'espace. Naomi doit savoir ce qu'elle veut.

— Et elle ne le sait pas ? Le lui as-tu demandé ?

Prenant une profonde inspiration, Ian se rassit.

— Elle n'a pas connu d'autres hommes avant moi.

— Je vois.

Caine baissa les yeux et examina longuement ses mains.

— Est-ce que tu l'as séduite ?

— Non, j'ai reculé. Je voulais que ce soit sa décision, qu'elle soit prête. Que pouvais-je faire d'autre ?

— Rien, puisque tu es un MacGregor. Maintenant, je suppose que tu es tourmenté par le fait d'être le seul à l'avoir touchée.

— Je croyais maîtriser la situation. Mais ce n'est pas seulement le fait qu'elle n'ait jamais eu de rapports sexuels. Elle n'a jamais rien connu, ni personne. Elle s'est mise à me raconter qu'elle vivait dans la supercherie, que j'étais attiré par une fausse image d'elle. Elle m'a dit tout cela sans détour, qu'elle était fade et maladroite, qu'elle se cachait parce qu'elle ne se sentait pas à la hauteur. Elle n'a même jamais eu de rendez-vous avec un garçon, elle n'a jamais eu l'occasion de voir ni de vivre quoi que ce soit.

Elle commence juste à se rendre compte de ses propres capacités, de sa force, et moi, j'allais lui parler mariage et enfants alors qu'elle ne connaît rien de la vie.

— Donc... si je comprends bien, tu lui as dit que tu l'aimais assez pour lui laisser le temps de connaître un peu la vie ?

— Si je lui avais dit que je l'aimais, elle n'aurait pas écouté la suite.

Il se mit à méditer cette évidence.

— Elle croit être amoureuse de moi.

— Elle le croit seulement ?

— Comment diable pourrait-elle le savoir ?

Levant les mains dans un geste d'impuissance, il quitta de nouveau le fauteuil.

Caine hocha pensivement la tête.

— Bonne question, marmonna-t-il. Mais dis-moi, comment sais-tu que tu l'aimes ?

— Parce que je n'ai jamais eu envie de passer toute ma vie avec une autre femme. Parce que je nous vois vivre ensemble dans un an, dans dix ans. Dans cinquante ans.

Il fit le tour de la pièce et s'arrêta devant son père.

— Tu sais bien que j'ai raison. Ce ne serait pas juste de profiter de son innocence, de lui demander de m'épouser avant qu'elle ait le temps de vivre autre chose.

— Je suppose que mon avis ne t'intéresse pas.

— Bien sûr que si !

— Alors, je vais te le donner.

Caine se leva à son tour et posa la main sur l'épaule de son fils.

— Tu es une tête fêlée.

— Pardon ?

— Dieu sait que cela me déplaît d'être d'accord sur ce point avec Daniel MacGregor, mais je n'ai pas le choix. Tu es bel et bien une tête fêlée. Tu ne crois même pas que la femme que tu prétends aimer est capable de savoir ce qu'elle veut, et de connaître ses propres sentiments. Tu as pris une décision à sa place, et cela, tu n'en as absolument pas le droit. Voici mon opinion, bien que je souffre qu'elle soit l'écho de celle de mon père : ce que tu as de mieux à faire, c'est de prendre tes jambes à ton cou et d'aller la retrouver.

Loin d'être convaincu par les arguments des hommes de sa famille, Ian alla néanmoins se planter devant la porte de l'appartement de Naomi, et attendit.

Il avait eu l'idée d'aller à la librairie, mais finalement, il l'avait rejetée. S'ils devaient parler de leur avenir commun, il ne fallait pas que ce soit dans un lieu public.

Cependant, au fur et à mesure que l'heure avançait, il sentit un doute s'insinuer en lui. Il n'avait pas pris la bonne décision. En allant chez Brightstone, il aurait été sûr de la trouver. Mais maintenant, il ne savait pas du tout où elle pouvait bien être.

Brusquement, les pas de Naomi résonnèrent dans l'escalier. Il se redressa.

En l'apercevant, elle s'arrêta net. Puis elle passa son attaché-case de sa main droite à sa main gauche et s'avança vers lui.

— Bonsoir, Ian.

— Tu as travaillé tard.

Elle avait la même merveilleuse odeur.

— En effet.

Elle sortit ses clés de son sac et en glissa une dans la serrure.

— Est-ce que je peux entrer un instant ? J'aimerais te parler.

— Le moment est plutôt mal choisi...

Elle fit une pause. Elle avait trop mal en le voyant pour que le moment soit jamais bien choisi.

— S'il te plaît, Naomi.

Il posa la main dans l'embrasure de la porte pour la maintenir ouverte.

— Naomi, il faut que nous parlions.

Elle soupira.

— D'accord.

Après tout, elle pouvait affronter cette situation. Ne se l'était-elle pas promis ?

— Mais fais vite. Il faut que je me change.

— Pourquoi ?

— J'ai rendez-vous.

Elle entra dans l'appartement. Elle venait de dire un énorme mensonge, dont elle aurait certainement honte plus tard. Mais pour l'instant, la dignité était plus vitale que l'honnêteté.

— Avec un homme ?

Le choc qu'elle venait de lire sur son visage fit monter sa fierté d'un cran.

— J'ai essayé de sortir avec un babouin, mais nous n'aimions pas les mêmes films, plaisanta-t-elle.

D'un geste rapide, elle posa son attaché-case et suspendit son manteau.

— Que puis-je faire pour toi ?

Ian enfonça ses poings dans ses poches. Il voulait lui dire de l'épouser, de porter ses enfants.

— Je n'ai pas été clair l'autre jour, finit-il par dire.

— Mais si, parfaitement clair.

— Nous, je ne t'ai pas donné mes raisons.

— Je les ai parfaitement comprises.

Elle avait envie de se haïr elle-même, et de le haïr, pour être si amoureuse de lui. C'était pathétique.

— Je t'ai dit que ce que tu voyais en me regardant ne correspondait pas à ce qu'il y avait en dessous. Tu étais d'accord, et voilà.

— Non, je… Seigneur Dieu ! Est-ce que c'est vraiment ce que tu as cru, Naomi ? Je suis navré.

Il tendit la main vers elle. Elle recula.

— C'est complètement faux. J'ai très mal présenté les choses. Laisse-moi t'expliquer.

— Je n'ai pas beaucoup de temps, Ian.

Il se mit presque à crier :

— Ton rendez-vous attendra !

Fourrant de nouveau ses mains dans ses poches, il fit les cent pas dans la pièce. Les sourcils relevés, elle l'observa.

— Quand tu m'as dit que tu n'avais jamais connu d'hommes…. je ne parlais pas uniquement de sexualité !

Il hurla vraiment cette fois. Naomi plissa les yeux.

— Dieu, la sexualité n'est qu'un des nombreux aspects d'une relation à deux. Il y a l'humour, et les nuits passées à discuter, les dîner à deux, les sorties main dans la main. Enfin, tout ce que l'on fait quand on sort avec quelqu'un. Et que tu n'as jamais fait, sauf avec moi.

Sûr de se maîtriser de nouveau, il se tourna vers elle.

— Je voulais te laisser le temps de réfléchir, d'être certaine que tu voulais vivre tout cela avec moi seul.

— Me laisser le temps ?

Elle aurait aimé éclater d'un rire dédaigneux, mais tout ce qu'elle arriva à faire fut un petit son dérisoire.

— Tu m'as dit que tu voulais voir d'autres femmes pendant que tu me laissais le temps de réfléchir.

— Je n'ai jamais voulu voir d'autres femmes ! se défendit-il.

Faisant un effort pour ravaler sa fureur, il continua :

— Je pensais qu'il valait mieux que tu rencontres d'autres hommes. Et je dois reconnaître que je ne me trompais pas, puisque, apparemment, cela ne te pose pas le moindre problème.

Elle le dévisagea.

— C'est toi qui voulais que je voie d'autres hommes, répéta-t-elle lentement.

— Ce n'est pas ce que je voulais. Est-ce que tu es devenue folle ?

Il la transperça d'un regard brûlant.

— C'est ce qu'il te fallait. Comment veux-tu que je te demande de m'épouser si tu n'as aucun point de comparaison possible ? Comment pourrais-tu être sûre de m'aimer ? J'essayais d'être honnête avec toi.

— Honnête ? Honnête ?

La fureur lui fit battre le cœur plus vite.

— Tu as décidé de ce qui était bon pour moi, et ce qui était bon pour moi, c'était de me briser le cœur ?

— Non. De te protéger.

— De quoi ? De toi ? De moi-même ? Comment oses-tu prendre de telles décisions à ma place ?

— Ce n'est pas exactement ce que j'ai fait.

L'air désespéré, il secoua la tête. Il avait brusquement l'impression de tomber dans un trou très profond.

— Je voulais juste… je pourrais peut-être…

Elle lui coupa la parole.

— Oh, j'ai envie de te frapper ! Je m'en sens capable !

Retenant ses larmes, elle se détourna pour ne pas céder à ses impulsions. Elle n'avait jamais éprouvé de colère aussi froide, c'était une réaction toute nouvelle, à laquelle elle allait sans doute devoir s'habituer.

— Je n'ai jamais frappé personne, mais là, je m'en sentirais capable. Et je me demande quelle impression cela me ferait.

Comme il s'approchait d'elle, elle s'écria :

— Ne me touche pas ! Ou je saurai quelle impression cela fait.

Ian s'arrêta et fronça les sourcils. Il ne l'avait jamais entendue parler ainsi depuis qu'il la connaissait. Visiblement, elle était hors d'elle.

— Naomi !

Elle fit volte-face avant qu'il puisse prononcer un second mot.

— Tu me prends pour une imbécile.

— Bien sûr que non. Je…

— Tu me prends pour une femme qui ne peut pas faire confiance à sa propre tête, à son propre cœur.

En gesticulant, elle se mit à arpenter la pièce à grands pas nerveux, tandis que ses yeux lançaient des éclairs.

— Je suppose que la seule façon de savoir si je t'aime est d'avoir des relations sexuelles avec une dizaine d'hommes. Ou vingt ? Combien, d'après toi ?

— Je ne veux pas que tu aies de relations sexuelles avec d'autres hommes !

— Oh, parfait, ce n'est pas une question de sexualité. Bien, je vais te donner un papier et tu vas écrire le nombre de dîners romantiques, de rendez-vous, de promenades dans la campagne et de je ne sais quoi que je dois vivre avant que tu me considères capable de savoir ce que je pense et ce que j'éprouve.

Joignant le geste à la parole, elle sortit un bloc de papier de son attaché-case.

— D'accord, ça suffit !

Il lui arracha le bloc des mains et le jeta par terre.

— Je me moque pas mal de ce qui est juste pour toi et de ce qui ne l'est pas. Je ne vais pas passer les six prochains mois à attendre que tu fasses tes petites expériences.

— Six mois. C'était la limite ? Tu avais vraiment tout programmé.

Une joie sauvage se mêlait maintenant à sa fureur. La tête lui tournait sous l'effet de cette combinaison. Et curieusement, elle se sentait forte.

— Parfait, cela nous mène au mois d'avril. Nous nous reverrons peut-être à ce moment-là.

Elle se dirigea vers la porte avec la ferme intention de

partir. Mais Ian la rattrapa et lui colla le dos au mur. Rapprochant son visage du sien, il la dévisagea sans cacher son exaspération.

Elle soutint son regard. Elle était fière d'avoir réussi à le faire sortir de ses gonds. Il l'aimait au point d'être devenu complètement incohérent.

Bien qu'elle soit maladroite. Comme c'était merveilleux !

Et elle y était arrivée sans rien faire de plus qu'être elle-même.

— Je t'ai dit d'oublier tout cela, gronda Ian en lui saisissant la main. Je ne veux pas vivre six mois sans toi. Ni même un seul jour. Tu vas m'épouser, et si tu te rends compte plus tard que nous sommes allés un peu trop vite pour toi, tu n'auras qu'à t'en prendre à toi-même.

— Très bien.

— Et tu ferais mieux d'emballer tes affaires tout de suite, parce que…

Comme il faisait une pause, elle refréna un sourire. C'était absolument délicieux de voir Ian MacGregor complètement abasourdi.

— Très bien ? répéta-t-il d'une voix rauque.

— Oui.

Savourant son nouveau pouvoir, elle l'attrapa par sa chemise et posa sa bouche sur ses lèvres.

Frissonnant d'impatience, il la prit dans ses bras et la serra très fort. Leurs cœurs battaient à l'unisson l'un contre l'autre.

— Depuis quelques jours, ma famille m'appelle affectueusement « tête fêlée », murmura-t-il.

— Tête fêlée, répéta-t-elle. Comme ce nom te va bien ! Oh, je suis tellement en colère contre toi !

Elle embrassa son visage et, bientôt, ses lèvres brûlantes revinrent trouver sa bouche.

— C'est ce que j'ai vu, marmonna-t-il.

Il lui mordilla la lèvre supérieure.

— Continue, reste encore un peu en colère. Je l'ai bien mérité.

— D'accord.

— Je t'aime, Naomi.

Il lui prit le visage entre les mains et recula pour planter son regard dans le sien.

— Je t'aime, répéta-t-il.

Elle ferma les yeux, baignant dans le flot d'émotions qui l'envahissait.

— Répète un peu ce que tu viens de dire.

Il l'embrassa d'abord, sur le front, les joues, les lèvres.

— Je t'aime, Naomi. Ce n'est pas seulement pour ton apparence. Dieu sait pourtant qu'elle est parfaite. Je t'aime aussi pour ce que tu es. Tout ce que tu es. Je suis tombé amoureux de toi dès que je t'ai vue.

Elle poussa un petit soupir de bonheur.

— Moi aussi, cela s'est passé exactement de la même façon, et pour les mêmes raisons. Oh, Ian, j'étais si malheureuse sans toi.

— Si cela peut te consoler, je n'ai passé que des nuits blanches depuis que tu es partie.

— Oui, c'est bon à entendre.

Elle sourit quand il se mit à rire.

— J'espère que tu as souffert. Et je te rappellerai ce que tu as souffert la prochaine fois que tu décideras de ce qui est le mieux pour moi.

Il passa les doigts dans ses cheveux.

— C'est moi, ce qui est le mieux pour toi.

— Il t'a fallu du temps pour le comprendre !

Elle posa la tête sur son épaule et continua :

— Et moi, je suis ce qu'il y a de mieux pour toi. Je veux que nous passions notre vie ensemble, Ian.

— Ne perdons plus une minute. Rentrons à la maison.

LES FAVORIS

Découvrez vos romans favoris
et vos thématiques préférées
issues de toutes
les collections Harlequin.

À découvrir tous les mois.